JONGEN VERSLINDT HEELAL

TRENT
DALTON

JONGEN VERSLINDT HEELAL

Vertaling Elvira Veenings

HarperCollins

MIX
Papier van verantwoorde herkomst
FSC® C005833

Voor dit boek is papier gebruikt dat onafhankelijk is gecertificeerd door FSC™
ten behoeve van verantwoord bosbeheer.
Kijk voor meer informatie op www.harpercollins.co.uk/green

HarperCollins is een imprint van Uitgeverij HarperCollins Holland, Amsterdam

Oorspronkelijke titel: *Boy Swallows Universe*

Omslagontwerp: Darren Holt, HarperCollins Design Studio / Marry van Baar
Omslagbeeld: © Michael Leach / Getty Images (het vogeltje)
Foto auteur: © Lyndon Mechielsen
Zetwerk: Mat-Zet B.V., Soest
Druk: Tesinska Tiskarna, a.s.

ISBN 978 94 027 0263 7
ISBN 978 94 027 5778 1 (e-book)
NUR 302
Eerste druk april 2019

Originele uitgave verschenen bij HarperCollins Publishers LLC, New York, U.S.A.
Deze uitgave is uitgegeven in samenwerking met HarperCollins Publishers LLC
HarperCollins Holland is een divisie van Harlequin Enterprises Limited

Voor mama en papa.
Voor Joel, Ben en Jesse.

Jongen schrijft woorden

Je einde is een dood ornaatelfje.

'Zag je dat, Slim?'

'Wat?'

'Niks.'

Je einde is een dood ornaatelfje. Zeker weten. Je. Einde. Zeker weten. Is. Een dood. Ornaatelfje.

*

De barst in Slims voorruit is precies een langgerekt stokmannetje zonder armen dat een buiging maakt voor de koning. De barst in Slims voorruit lijkt precies op Slim. De ruitenwissers hebben een regenboog van oud vuil uitgesmeerd over de ruit aan de passagierskant, waar ik zit. Slim zegt dat ik zelfs de kleinste details van mijn leven het beste kan onthouden door de momenten en beelden te koppelen aan dingen van mezelf of dingen uit mijn normale, bewuste leven, dingen die ik vaak zie en ruik en aanraak. Lichaamsdingen, slaapkamerdingen, keukendingen. Zo krijg ik voor alle details twee geheugensteuntjes voor de prijs van één.

Zo is Slim Black Peter de baas gebleven. Zo heeft Slim het hol overleefd. Alles had twee betekenissen, één voor *hier*, het hier waar hij toen was, cel D9, Afdeling 2, Boggo Road-gevangenis, en een tweede voor *daar*, dat grenzeloze heelal zonder sloten dat zich uitstrekte in zijn hoofd en in zijn hart. In het *hier* niets anders dan vier groene, betonnen muren, duisternis op duisternis en zijn eenzame, verstijfde lichaam. Een bed van ijzer en gevlochten staal, vastgelast aan de muur. Een tandenborstel en een paar stoffen gevangenispantoffels. Maar een kopje oude melk, door een zwijgende gevangenisbewaarder door het spiegat van een celdeur geschoven, bracht hem *daar*, naar Ferny Grove in de jaren dertig, naar de slungelige jonge boerenknecht die koeien melkt aan de rand van Brisbane. Een litteken op een onderarm werd de poort naar een fietstocht in zijn jeugd. Een moedervlek op een schouder was een wormgat naar de stranden van de Sunshine Coast. Eén keer wrijven en hij was weg. Een ontsnapte gevangene in cel D9. In gedachten vrij maar nooit op de vlucht, wat bijna even goed was als zijn status voordat ze hem in het hol opsloten, echt vrij maar voortdurend op de vlucht.

Als hij met zijn duim over de heuvels en dalen van zijn knokkels streek brachten ze hem *daar*, naar de heuvels van het achterland van de Gold Coast en verder nog, naar Springbrook Falls, en het koude stalen frame van zijn brits in cel D9 veranderde in een door het stromende water afgesleten kalkstenen rots, en de koude betonnen vloer van het gevangenishol onder zijn blote voeten in zomers warm water om zijn tenen in te steken, en dan streek hij over zijn gebarsten lippen en herinnerde hij zich hoe het voelde wanneer iets zo zacht en perfect als Irenes lippen de zijne bereikte, hoe ze al zijn zonden en pijn wegnam met haar balsemende kus, hem schoonwaste zoals Springbrook Falls hem schoonwaste met al dat schuimende water dat op zijn hoofd spatte.

Ik maak me er wel een beetje ongerust over dat Slims gevangenisfantasieën de mijne worden. Irene uitgestrekt op dat natte, bemoste smaragdgroene rotsblok, naakt en blond, giechelend als Marilyn Monroe, haar hoofd achterover, lichtzinnig en krachtig, heerseres in het universum van elke man, bewaarder van dromen, een beeld van *daar* om *hier* te blijven, om het lemmet van een binnengesmokkeld mes nog een dagje te laten rusten.

'Ik had een volwassen geest,' zegt Slim altijd. Zo bleef hij Black Peter de baas, de ondergrondse isoleercel van Boggo Road. Ze gooiden hem in dat middeleeuwse hol en lieten hem daar veertien dagen brommen, terwijl er een hittegolf heerste in Queensland. Hij kreeg een half brood waar hij het twee weken mee moest doen. En in al die tijd vier, misschien vijf kopjes water.

Slim zegt dat de helft van zijn maten in Boggo Road het na een week in Black Peter al afgelegd zou hebben, omdat de helft van de gevangenispopulatie, en trouwens van welke grote stad ter wereld dan ook, bevolkt wordt door volwassen mannen met de geest van een kind. Maar een volwassen geest brengt een volwassen man overal waar hij wil.

Black Peter had een borstelige kokosvezelmat waarop hij sliep, niet groter dan een deurmat, oftewel even lang als een van Slims lange scheenbenen. Elke dag, zegt Slim, ging hij op zijn zij op de kokosmat liggen, trok zijn lange scheenbenen op naar zijn borst, sloot zijn ogen en opende de deur naar Irenes slaapkamer; dan glipte hij bij Irene onder het witte laken, kroop lepeltje-lepeltje tegen haar aan, sloeg zijn rechterarm om haar naakte porseleinen buik, en zo ging het veertien dagen. 'Opgekruld als een beer in winterslaap,' zegt hij. 'Het werd zo knus daarbeneden in de hel dat ik nooit meer naar boven wilde.'

Slim zegt dat ik een volwassen geest heb in het lichaam van een kind. Ik ben pas twaalf, maar Slim denkt dat ik groot genoeg ben voor de harde verhalen. Slim vindt dat ik alle gevangenisverhalen moet horen, over verkrachtingen door mannen en mannen die zich opknoopten aan beddenlakens of scherpe stukjes metaal inslikten met de bedoeling hun ingewanden aan flarden te scheuren en zichzelf een weekje vakantie te bezorgen in het zonnige Royal Brisbane Hospital. Ik vind dat hij weleens overdrijft met de details, over bloed dat uit verkrachte kontgaten spuit en zulke dingen. 'Licht en schaduw, jongen,' zegt Slim. 'Er is geen ontsnappen aan het licht en geen ontsnappen aan de schaduw.' Ik moet de verhalen over ziekte en dood daarbinnen aanhoren om de betekenis van zijn herinneringen aan Irene te begrijpen. Slim zegt dat ik de harde verhalen aankan, omdat de leeftijd van mijn lichaam niets uitmaakt vergeleken met de leeftijd van mijn ziel, die hij geleidelijk aan heeft teruggebracht tot ergens tussen begin zeventig en dementie. Een paar maanden geleden, in deze zelfde auto, zei Slim dat hij graag een gevangeniscel met mij had willen delen omdat ik kan luisteren en onthoud waar ik naar luister. Er rolde een traan over mijn wang toen hij me deze enorme eer bewees.

'Tranen doen het niet zo best daarbinnen,' zei hij.

Ik wist niet wat hij bedoelde, in een gevangeniscel of in je lichaam. Ik huilde deels van trots en deels van schaamte, omdat ik niet waardig ben, als 'waardig' een woord is voor een kerel met wie je een cel deelt in de bajes.

'Sorry,' zei ik, me verontschuldigend voor de traan. Hij haalde zijn schouders op.

'Er is meer waar dat vandaan kwam,' zei hij.

Je einde is een dood ornaatelfje. *Je einde is een dood ornaatelfje.*

*

Ik zal me de regenboog van viezigheid op Slims voorruit herinneren dankzij de melkachtige maan die opkwam in mijn linkerduimnagel, en voortaan zal ik altijd als ik die melkachtige maan zie denken aan de dag waarop Arthur 'Slim' Halliday, de grootste ontsnappingskoning die ooit heeft geleefd, de wonderbaarlijke en ongrijpbare 'Houdini uit Boggo Road', mij – Eli Bell, de jongen met de oude ziel en de volwassen geest, topkandidaat-celgenoot, de jongen met zijn tranen aan de buitenkant – leerde rijden in zijn verroeste donkerblauwe Toyota Land Cruiser.

Tweeëndertig jaar geleden, in februari 1953, na een zesdaags proces in het hooggerechtshof van Brisbane, werd Slim door rechter Edwin James Droughton Stanley tot levenslang veroordeeld voor de brute mishandeling en doodslag, uitgevoerd met een .45 Colt-pistool, van een taxichauffeur, Athol McCowan genaamd. De kranten noemden Slim sindsdien hardnekkig 'de taximoordenaar'.

Ik noem hem gewoon mijn oppas.

'Koppeling,' zegt hij.

Slims linkerdij spant zich als zijn oude zongebruinde been, gerimpeld met zevenhonderdvijftig levenslijnen, omdat hij misschien wel zevenhonderdvijftig jaar oud is, de koppeling intrapt. Slims oude zongebruinde linkerhand verschuift de versnellingspook. Een sjekkie brandt op tot geel, grijs en dan zwart en bungelt vervaarlijk aan het spuug in de hoek van zijn onderlip.

'In z'n vrijijij.'

Ik zie mijn broer August door de barst in de voorruit. Hij zit op ons bruine bakstenen muurtje en schrijft iets met zijn rechterwijsvinger, tekent de woorden in het niets.

Jongen schrijft op lucht.

Jongen schrijft woorden zoals onze buurman, de oude Gene Crimmins, zegt dat Mozart pianospeelde, alsof elk woord bedoeld is om aan te komen, verpakt en verzonden vanuit een diep verborgen plek in zijn eigen drukke geest. Niet op papier, schrijfblok of een typemachine, maar een geloofsdaad op ijle lucht, het onzichtbare spul, dat spul waarvan je niet eens zou weten dat het bestond, ware het niet dat het soms verandert in wind en in je gezicht blaast. Briefjes, gedachten, dagboekaantekeningen, allemaal in de lucht geschreven met zijn uitgestrekte rechterwijsvinger; zwiepend en draaiend schrijft hij brieven en zinnen in het niets, alsof hij zijn hoofd moet leegmaken en het verhaal in de ruimte wil laten verdwijnen, altijd met zijn vinger gedompeld in zijn eeuwige glazen bron onzichtbare inkt. Woorden doen het niet zo best daarbinnen. Altijd beter buiten dan binnen.

Hij houdt prinses Leia stevig in zijn linkerhand. Jongen laat haar nooit los. Zes weken geleden nam Slim August en mij mee naar Yatala om in de drive-inbioscoop alle drie de *Star Wars*-films te zien, achter elkaar. We zogen dat verre sterrenstelsel in ons op vanuit de achterbak van deze zelfde Land Cruiser, met ons hoofd op een paar opgeblazen wijnzakken die op een oude, naar dode poon stinkende krabbenfuik lagen die altijd bij Slim achterin lag, samen met een viskoffer en een oude kerosinelamp. Er flonkerden die avond zo veel sterren boven het zuidoosten van Queensland dat toen de Millennium Falcon naar de zijkant van het scherm vloog, ik even dacht dat hij zomaar zou doorvliegen naar onze eigen sterrenhemel, op lichtsnelheid in één keer door naar Sydney.

'Luister je?' gromt Slim.

'Ja.'

Nee. Ik luister nooit echt zoals het zou moeten. Zit altijd te piekeren over August. Over mama. Over Lyle. Over Slims Buddy Holly-bril. Over de diepe rimpels in Slims voorhoofd. Over dat grappige loopje van hem, omdat hij zichzelf in 1952 in zijn been heeft geschoten. Over het feit dat hij een geluksproet heeft, net als ik. Over hoe hij me geloofde toen ik hem vertelde dat mijn geluksproet een soort kracht bezat, dat hij iets voor me betekende en dat het als ik zenuwachtig of bang ben of me rot voel mijn eerste instinct is om naar die diepbruine sproet op de middelste knokkel van mijn rechterwijsvinger te kijken. Dan voel ik me beter. Klinkt stom, Slim, zei ik. Klinkt idioot, Slim, zei ik. Maar hij liet me zijn eigen geluksproet zien, meer een soort moedervlek eigenlijk, boven op de harde knobbel van zijn rechterpols. Hij zei dat het misschien best kanker kon zijn, maar het is zijn geluksproet en hij kon het niet over zijn hart verkrijgen om hem weg te laten snijden. In D9, vertelde hij, werd die sproet heilig omdat hij hem herinnerde aan een sproet van Irene, aan de binnenkant van haar dijbeen, vlak bij haar heiligste heilige, en hij verzekerde me dat ik op een dag ook dat verrukkelijke plekje helemaal bovenaan de binnenkant van een vrouwendij zou leren kennen en dat ik dan zou weten hoe Marco Polo zich voelde toen hij voor het eerst met zijn vingers over zijde streek.

Dat vond ik een mooi verhaal, dus vertelde ik Slim dat die sproet op de knokkel van mijn rechterwijsvinger mijn vroegste herinnering is, dat ik hem zag toen ik ongeveer vier jaar was en in een geel shirt met bruine mouwen op een lange bruine nepleren bank zat. Er staat een televisie aan in die herinnering. Ik kijk naar mijn wijsvinger en zie de sproet en dan kijk ik omhoog en draai mijn hoofd naar rechts en zie een gezicht waarvan ik denk dat het bij Lyle hoort, maar misschien is het van mijn vader, hoewel ik me het gezicht van mijn vader niet echt kan herinneren.

Dus de sproet is altijd bewustzijn. Mijn persoonlijke oerknal. De bank. Het geel met bruine shirt. En ik land. Ik ben hier. Ik zei tegen Slim dat de rest volgens mij twijfelachtig was, dat de vier jaar daarvoor evengoed nooit hadden plaatsgevonden. Slim glimlachte toen ik hem dat vertelde. Hij zei dat de sproet op de knokkel van mijn rechterwijsvinger thuis is.

*

Starten.

'In godsnaam, Socrates, wat zei ik nou net?' foetert Slim.

'Voorzichtig je voet laten zakken?'

'Je zat me maar wat aan te gapen. Je keek alsof je luisterde, maar je luisterde voor geen meter. Je ogen zwierven over mijn gezicht, keken hiernaar, keken daarnaar, maar je hoorde geen woord van wat ik zei.'

Dat is de schuld van August. Jongen praat niet. Babbelziek als een vingerhoed, kletst erop los als een cello. Hij kan praten, maar hij wil niet praten. Ik kan me geen enkel woord herinneren. Niet tegen mij, niet tegen mama, niet tegen Lyle, zelfs niet tegen Slim. Hij communiceert trouwens prima, brengt hele verhalen over door zachtjes je arm aan te raken, te lachen, een schuddende beweging met zijn hoofd te maken. Hij kan je vertellen hoe hij zich voelt door de manier waarop hij het deksel van een potje Vegemite[1] losdraait. Hij kan je vertellen hoe gelukkig hij is door de manier waarop hij een boterham smeert, hoe verdrietig hij is door de manier waarop hij zijn veters strikt.

Op sommige dagen, als we tegenover elkaar op de bank Super Breakout spelen op de Atari, hebben we zo veel lol dat ik precies op het moment dat ik zeker weet dat hij iets gaat zeggen naar hem kijk. 'Zeg het,' zeg ik dan. 'Ik weet dat je het wilt. Zeg het gewoon.' Dan lacht hij, kantelt zijn hoofd naar links en trekt zijn linkerwenkbrauw op, en zijn rechterhand maakt een boogbeweging, alsof hij over een onzichtbare sneeuwkoepel strijkt, en zo vertelt hij me dat het hem spijt. *Op een dag, Eli, zul je weten waarom ik niet praat. Die dag is niet vandaag, Eli. En schiet verdomme op, het is jouw beurt.*

Mam zegt dat August stopte met praten rond de tijd dat ze wegliep bij mijn vader. August was zes jaar oud. Ze zegt dat het heelal de woorden van haar jongen heeft gestolen toen ze even niet keek, toen ze te veel bezig was met de dingen die ze me pas gaat vertellen als ik groter ben, dingen over hoe het heelal haar jongen heeft gestolen en hem heeft vervangen door die geheimzinnige bolleboos van een buitenaardse malloot met wie ik de afgelopen jaren een stapelbed heb gedeeld.

Het komt weleens voor dat een kind in Augusts klas de domme fout begaat om August uit te lachen of te pesten omdat hij niet wil praten. Zijn reactie is altijd hetzelfde: hij loopt rustig naar de pestkop van de maand met zijn grote bek toe, die geen idee heeft van Augusts verborgen psychopathische woedetrekjes, en dan, gezegend door zijn onvermogen om zijn daden te verklaren, haalt hij zonder pardon uit naar de smetteloze kaak, neus en ribben van de jongen met een van de drie bokscombinaties van zestien stoten die mijn moeders vriendje sinds jaar en dag, Lyle, tijdens eindeloze winterweekenden onvermoeibaar met ons heeft geoefend op een aftandse bruinleren boksbal in de schuur in de achtertuin. Lyle gelooft vrijwel nergens in, maar hij gelooft rotsvast in de allesveranderende kracht van een gebroken neus.

De leraren nemen het dan meestal voor August op, omdat hij een uitmuntende leerling is, zo ijverig als je ze maar zelden ziet. Wanneer de kinderpsychologen aan de deur komen haalt mama er een van zijn fantastische rapporten bij, waar altijd wel een verklaring van een of andere leraar op staat over waarom August eén aanwinst is voor elke klas en dat het onderwijssysteem in Queensland baat zou hebben bij meer kinderen zoals hij: volledig stom.

Mam zegt dat August toen hij vijf of zes was urenlang naar reflecterende oppervlakken zat te staren. Terwijl ik op speelgoedvrachtwagens ramde en met blokken op de keukenvloer speelde en mam worteltaart bakte, staarde hij in een oude ronde make-upspiegel van mama. Hij kon urenlang bij een plasje water naar zijn spiegelbeeld turen, niet op een Narcissus-achtige manier, maar op een volgens mama onderzoekende manier, alsof hij iets zocht. Soms, als ik langs de deuropening van onze slaapkamer kwam, betrapte ik hem gekke bekken trekkend in de spiegel boven onze aftandse ladekast van houtfineer. 'Heb je het al gevonden?' vroeg ik op een keer toen ik negen was. Hij keek me aan met een uitdrukkingsloos gezicht, de linkerhoek van zijn bovenlip iets opgekruld, waarmee hij me vertelde dat er buiten onze crèmekleurige slaapkamerwanden een wereld bestond waar ik niet klaar voor was – sterker nog, waar niemand op me zat te wachten. Maar ik bleef hem die vraag stellen, telkens wanneer ik zag dat hij naar zichzelf staarde. 'Heb je het al gevonden?'

Hij staarde altijd naar de maan, volgde vanuit ons slaapkamerraam zijn baan over ons huis. Hij kende de breking van het maanlicht. Soms glipte hij diep in de nacht ons slaapkamerraam uit, rolde de tuinslang af en sleepte hem in zijn pyjama helemaal naar de goot voor ons huis, waar hij urenlang bleef zitten en de straat stilletjes liet vollopen met water. Wanneer hij de hoek precies goed had, vulde een enorme plas zich met de zilveren reflectie van de vollemaan. 'De maanpoel,' riep ik op een koude nacht theatraal uit. En August straalde, sloeg zijn rechterarm over mijn schouder en knikte met zijn hoofd, zoals Mozart met zijn hoofd had kunnen knikken aan het slot van Gene Crimmins' favoriete opera, *Don Giovanni*. Hij knielde neer en met zijn rechterwijsvinger schreef hij in een perfecte, vloeiende beweging drie woorden over de maanpoel.

Jongen verslindt heelal, schreef hij.

August was degene die me alles leerde over details, hoe je een gezicht moet lezen, hoe je zo veel mogelijk informatie kan halen uit het non-verbale, hoe je expressie en conversatie en verhaal kan opdiepen uit de gegevens van elke sprakeloze flinter die zich pal voor je neus bevindt, de dingen die tot je spreken zonder met je te praten. Van August heb ik geleerd dat je niet altijd hoeft te luisteren. Soms hoef je alleen maar te kijken.

*

De Land Cruiser komt met luid metaalgerammel tot leven en ik stuiter op en neer op de nepleren zitting. Twee strips Juicy Fruit-kauwgom die ik zeven uur lang had bewaard glippen uit mijn broekzak in een schuimholte van de stoel waar Slims oude, trouwe en spierwitte bastaard Pat voortdurend aan knaagde tijdens de vele reizen die ze samen hebben gemaakt, van Brisbane naar de stad Jimna, ten noorden van Kilcoy, in de jaren na Slims gevangenschap.

Pat heette voluit Patch, maar dat werd Slim algauw te ingewikkeld. Hij en de hond gingen er regelmatig opuit om naar goud te zoeken in een geheime kreek in het achterland van Jimna, waarvan Slim tot op de dag van vandaag gelooft dat die genoeg gouderts bevat om koning Salomo van de kaart te vegen. Hij gaat er nog steeds naartoe met zijn oude pan, op de eerste zondag van elke maand. Maar de zoektocht naar goud is niet hetzelfde zonder Pat, zegt hij. Het was Pat die echt voor het goud ging. De hond had er een neus voor. Volgens Slim was Pat oprecht begerig naar goud, 's werelds eerste hond die aan goudkoorts leed. 'De glinsterende ziekte,' zegt hij, 'heeft ouwe Pat de das omgedaan.'

Slim verschuift de versnellingspook.

'Trap voorzichtig de koppeling in. In z'n één. Laat de koppeling los.'

Nu zachtjes het gaspedaal intrappen.

'Kalm aan met de pedalen.'

De kolossale Land Cruiser gaat drie meter vooruit langs onze met gras begroeide stoeprand en Slim remt, pal naast August, die nog steeds woest in de lucht schrijft met zijn rechterwijsvinger. Slim en ik draaien onze hoofden helemaal naar links om naar Augusts schijnbare uitbarsting van creativiteit te kijken. Als hij een volledige zin heeft geschreven prikt hij in de lucht alsof hij een punt zet. Hij draagt zijn favoriete groene T-shirt met de tekst YOU AIN'T SEEN NOTHIN' YET erop in regenboogkleurige letters. Sluik bruin haar, model borderline-Beatle. Hij draagt een van Lyles oude blauw met gele supportershorts voor de Parramatta Eels, ondanks het feit dat hij totaal niet in de rugbycompetitie is geïnteresseerd, ook al heeft hij minstens vijf jaar van zijn dertienjarige leven samen met mij en Lyle op de bank gezeten om naar de wedstrijden van de Parramatta Eels te kijken. Onze lieve mysterieuze jongen. Onze Mozart. August is een jaar ouder dan ik, maar August is een jaar ouder dan iedereen. August is een jaar ouder dan het heelal.

Als hij vijf volledige zinnen heeft geschreven likt hij aan het topje van zijn wijsvinger alsof hij een ganzenpen in de inkt doopt, om vervolgens terug te keren naar de mystieke bron die de onzichtbare pen voortstuwt waarmee hij zijn onzichtbare schrift optekent.

Slim legt zijn armen op het stuur en neemt een lange trek van zijn sjekkie zonder zijn ogen van August af te houden. 'Wat schrijft hij nu?' vraagt hij.

August is zich niet bewust van onze blikken, zijn ogen volgen alleen de letters in zijn persoonlijke blauwe lucht. Misschien is het voor hem een eindeloze reeks gelinieerd papier waarop hij schrijft, of misschien ziet hij zwarte schrijflijnen die zich uitstrekken over de hemel. Voor mij is het in spiegelschrift. Ik kan het lezen als ik vanuit de juiste hoek naar hem kijk, als ik de letters duidelijk genoeg kan zien om ze in mijn hoofd om te keren, ze rond te draaien in mijn spiegelgeest.

'Steeds dezelfde zin ditmaal.'

'Wat zegt hij?'

De zon boven Augusts schouder. Een withete god. Een hand op mijn voorhoofd. Geen twijfel mogelijk.

' "Je einde is een dood ornaatelfje." '

August verstart. Hij kijkt me aan. Hij lijkt op mij, maar dan een betere versie van mij, sterker, mooier, alles glad aan zijn gezicht, glad als het gezicht dat hij ziet als hij in de maanpoel staart.

Zeg het nog eens. ' "Je einde is een dood ornaatelfje." '

August glimlacht zijn halve glimlach, schudt zijn hoofd en kijkt naar me alsof ik degene ben die gek is. Alsof ik degene ben die zich dingen inbeeldt. *Je verbeelding slaat weer eens op hol, Eli.*

'Ja, ik heb je gezien. Ik heb de afgelopen vijf minuten naar je zitten kijken.'

Hij grijnst breeduit en veegt met zijn open handpalm woest zijn woorden uit in de lucht.

Slim grijnst ook breeduit en schudt zijn hoofd. 'Die jongen heeft de antwoorden,' zegt Slim.

'Waarop?' vraag ik me hardop af.

'Op de vragen,' zegt Slim.

Hij zet de Land Cruiser in zijn achteruit, rijdt drie meter terug en remt.

'Nu jij.'

Slim kucht, hoest bruin tabaksspeeksel op, dat hij uit het raampje spuwt op ons zonovergoten asfaltweggetje vol kuilen en gaten dat langs een rommelig geheel van veertien lage vezelcementen huizen loopt, dat van ons en van alle anderen, in verschillende tinten crème, aquamarijn en hemelsblauw. Sandakan Street, Darra, mijn kleine voorstad van Poolse en Vietnamese vluchtelingen en slechte-oude-tijd-vluchtelingen zoals mama en August en ik, die hier al acht jaar in ballingschap leven, diep verborgen voor de rest van de wereld, gestrande overlevenden van het grote schip dat Australiës uitschot uit de lagere klasse meevoerde, gescheiden van Amerika en Europa en Jane Seymour door oceanen en een behoorlijk mooi Great Barrier-rif en nog eens zevenduizend kilometer kustlijn van Queensland en vervolgens een viaduct dat auto's naar Brisbane City brengt en nog een beetje meer gescheiden door de nabijgelegen Queensland Cement and Lime Company, de steenfabriek die op winderige dagen cementstof over Darra blaast en de hemelsblauwe vezelcementmuren bedekt met gruis dat August en ik moeten afspuiten voordat de regen het vastzet, waardoor er harde grijze aderen van ellende blijven zitten aan de voorkant van het huis en langs het grote raam waar Lyle zijn sigarettenpeuken uit gooit en ik mijn appelklokhuizen, altijd in navolging van Lyle, omdat, maar misschien ben ik te jong om beter weten, Lyle altijd de moeite waard is om te volgen.

Darra is een droom, een stank, een overvolle vuilnisbak, een gebarsten spiegel, een paradijs, een kom Vietnamese noedelsoep met garnalen, plastic bakjes krab, varkensoren en varkenskluifjes en varkensbuik. Darra is een meisje dat door de regenpijp is gespoeld, een jongen met een snotneus, zo rood dat hij opgloeit in de paasnacht, een tienermeisje uitgestrekt op het treinspoor in afwachting van de sneltrein naar Central en verder, een Zuid-Afrikaanse man die Soedanese wiet rookt, een Filipijnse man die Afghaanse dope spuit naast een meisje uit Cambodja dat melk drinkt uit de Darling Downs in Queensland. Darra is mijn stille zucht, mijn kijk op oorlog, mijn onnozele prepuberteitverlangen, mijn thuis.

'Hoe laat komen ze thuis?' vraag ik.

'Strakjes.'

'Wat gingen ze zien?'

Slim draagt een dun, bronskleurig katoenen overhemd, stevig in zijn donkerblauwe korte broek gestopt. Die broek draagt hij altijd en hij beweert dat hij afwisselt tussen drie dezelfde korte broeken, maar ik zie elke dag hetzelfde gat in de rechterbenedenhoek van zijn achterzak. Zijn blauwe rubberen slippers zitten normaal gesproken vastgekleefd aan zijn oude eeltige voeten, onder het vuil en stinkend naar zweet, maar nu glijdt zijn linkerslipper van zijn voet, blijft hangen achter de koppeling als hij stram uit de auto stapt. Houdini kan beginnen. Houdini zit vast in het waterreservoir van Brisbanes meest afgelegen westelijke voorsteden. Zelfs Houdini ontkomt niet aan de tijd. Slim kan niet vluchten van MTV. Slim kan niet ontsnappen aan Michael Jackson. Slim ontkomt niet aan de jaren tachtig.

'*Terms of Endearment*,' zegt hij terwijl hij het portier aan de passagierskant opent.

Ik hou echt van Slim, omdat hij echt van August en mij houdt. Slim was hard en gemeen in zijn jeugd. Hij is milder geworden met de jaren. Slim is altijd bezorgd over August en mij, over hoe het met ons gaat en hoe we zullen opgroeien. Ik hou ontzettend veel van hem als hij probeert ons ervan te overtuigen dat mama en Lyle, als ze zo lang weg zijn, naar de bioscoop zijn en niet de heroïne aan het doorverkopen zijn die ze gekocht hebben bij Vietnamese restauranthouders.

'Heeft Lyle die uitgekozen?'

Ik verdenk mama en Lyle ervan dat ze drugsdealers zijn sinds ik vijf dagen geleden een blok Gouden Driehoek-heroïne van een pond vond in de opvangbak van de maaimachine, in het schuurtje achter in de tuin. Ik wist zeker dat mam en Lyle drugsdealers zijn toen Slim me vertelde dat ze naar de bioscoop waren om *Terms of Endearment* te gaan zien.

Slim kijkt me doordringend aan. 'Opschuiven, wijsneus,' mompelt hij vanuit zijn mondhoek.

Koppeling in. In z'n één. Kalm aan met de pedalen. De auto schokt naar voren en we rijden. 'Gas geven,' zegt Slim. Mijn blote rechtervoet gaat omlaag, mijn been volledig uitgestrekt, en we steken ons gazon over, helemaal naar de rozenstruik van Mrs Dudzinski langs de stoep.

'Ga de weg op,' zegt Slim lachend.

Stuur naar rechts, de goot over en het asfalt van Sandakan Street op.

'Koppeling in, in z'n twee,' gromt Slim.

Sneller nu. Langs het huis van Freddy Pollard, langs Evie, de zus van Freddy Pollard, die een poppenwagen met een barbie zonder hoofd voortduwt langs de straat.

'Moet ik stoppen?' vraag ik.

Slim kijkt in de achteruitkijkspiegel, strekt zijn nek om in de spiegel aan de passagierskant te kijken. 'Welnee, wat boeit het. Een rondje om het blok.'

In z'n drie en we karren door met veertig kilometer per uur. We zijn vrij. Het is een ontsnappingspoging. Ik en Houdini. Op de vlucht. Twee beruchte vluchtkanonnen breken uit.

'Ik rijijij!' schreeuw ik.

Slim lacht en zijn oude borst piept.

Linksaf naar Swanavelder Street, langs het voormalige Poolse migrantencentrum uit de Tweede Wereldoorlog, waar Lyles vader en moeder hun eerste dagen in Australië doorbrachten. Linksaf naar Butcher Street, waar de Freemans hun verzameling exotische vogels houden: een krijsende pauw, een grauwe gans, een Barbarijse eend. Vlieg naar de vrijheid, vogel. Rijden. Rijden. Linksaf naar Hardy, linksaf weer terug op Sandakan.

'Gas terugnemen,' zegt Slim.

Ik trap op de rem, verlies het houvast op de koppeling en de motor slaat af, opnieuw pal naast August, die nog steeds woorden in de lucht schrijft en volledig opgaat in zijn taak.

'Heb je me gezien, Gus?' roep ik uit. 'Heb je me zien rijden, Gus?'

Hij kijkt niet op van zijn woorden. Jongen zag ons zelfs niet wegrijden.

‘Wat schrijft hij nu?’ vraagt Slim.

Dezelfde twee woorden, keer op keer. De halvemaan van een hoofdletter C. Mollige kleine a. Magere kleine i, een neerwaartse slag in de lucht met een kers erbovenop. August zit op de plek op het muurtje waar hij meestal zit, bij de ontbrekende steen, twee bakstenen van de rode smeedijzeren brievenbus af.

August is de ontbrekende steen. De maanpoel is mijn broer.

August is de maanpoel.

‘Twee woorden,’ zeg ik. ‘Een naam die begint met een C.’

Haar naam zal voor altijd verbonden zijn met de dag waarop ik leerde rijden en, tot in de eeuwigheid, met de ontbrekende steen en de maanpoel en Slims Toyota Land Cruiser en de barst in de voorruit en mijn geluksproet, en alles over mijn broer August zal me aan haar doen denken.

‘Wat voor naam?’ vraagt Slim.

‘Caitlyn.’

Caitlyn. Zeker weten. Caitlyn. Zijn rechterwijsvinger en het eindeloos lege blad van de blauwe hemel met die naam erop.

‘Ken je iemand die Caitlyn heet?’ vraagt Slim.

‘Nee.’

‘Wat is het tweede woord?’

Ik volg Augusts vinger, wervelend door de lucht.

‘Spies,’ zeg ik.

‘Caitlyn spies,’ zegt Slim. ‘Caitlyn spies.’ Hij trekt aan zijn sigaret, nadenkend. ‘Wat betekent dat nou weer?’

Caitlyn spies. Zeker weten.

Je einde is een dood ornaatelfje. Jongen verslindt heelal.

Caitlyn spies.

Geen twijfel mogelijk.

Dit zijn de antwoorden.

De antwoorden op de vragen.

Jongen maakt regenboog

Deze kamer van ware liefde. Deze kamer van bloed. Hemelsblauwe wanden van vezelcement. Verkleurde plekken in de verf waar Lyle de gaten heeft dichtgestopt. Een opgemaakte twijfelaar, strak ingestopt wit laken, een oude, versleten grijze deken die niet had misstaan in een van die vernietigingskampen waar Lyles vader en moeder aan zijn ontkomen. Iedereen vlucht voor iets, vooral voor ideeën.

Een ingelijst portret van Jezus boven het bed. De zoon en zijn doornenkroon, redelijk kalm voor al het bloed dat over zijn voorhoofd druipt – zo cool onder druk die vent – maar fronsend als altijd omdat August en ik hier niet mogen zijn. Deze roerloze blauwe kamer, de stilste plek op aarde. Deze kamer van ware vriendschap.

Slim zegt dat de fout van al die oude Engelse schrijvers en al die matineefilms is dat ze suggereren dat ware liefde gemakkelijk komt, dat je alleen maar hoeft te wachten op het draaien van sterren en planeten rond de zon. Wachten op het lot. Sluimerende ware liefde, voor iedereen beschikbaar, wachtend om gevonden te worden, uitbarstend wanneer de draad van het leven in botsing komt met het toeval en de ogen van twee geliefden elkaar ontmoeten. *Boem*. Van wat ik ervan heb gezien is ware liefde moeilijk. Ware romantiek draagt de dood in zich. Ze komt met middernachtelijke rillingen en poepvlekken op het beddenlaken. Ware liefde als deze sterft als ze op het lot moet wachten. Ware liefde als deze vraagt geliefden om wat voorbestemd is opzij te zetten en te werken met wat er is.

August neemt de leiding, jongen wil iets laten zien.

'Hij vermoordt ons als hij ons hier vindt.'

Lena's kamer is verboden terrein. Lena's kamer is heilig. Lyle is de enige die hier mag komen. August haalt zijn schouders op. Met de zaklamp in zijn rechterhand loopt hij langs Lena's bed.

'Ik word verdrietig van dit bed.'

August knikt begrijpend. *Het maakt mij verdrietiger, Eli. Ik word van alles verdrietiger. Mijn emoties gaan dieper dan die van jou, Eli, vergeet dat niet.*

Het bed is aan één kant doorgezakt, naar beneden gezakt in de acht jaar dat Lena Orlik er alleen op sliep zonder de balans van het gewicht van haar echtgenoot Aureli Orlik, die in 1968 in ditzelfde bed is gestorven aan prostaatkanker.

Aureli stierf stil. Stierf zo stil als deze kamer.

'Denk je dat Lena nu naar ons kijkt?'

August glimlacht, haalt zijn schouders op. Lena geloofde in God, maar ze geloofde niet in de liefde, of in elk geval niet in het soort dat in de sterren staat geschreven. Lena geloofde niet in het lot, want als haar liefde voor Aureli voorbestemd was, dan was de geboorte en de hele gruwelijke en krankzinnig gestoorde volwassenheid van Adolf Hitler ook voorbestemd, omdat dat monster, 'die vuile *potwór*', de enige reden was waarom ze elkaar in 1945 hadden ontmoet in een door de Amerikanen opgezet vluchtelingenkamp in Duitsland, waar ze vier jaar hebben doorgebracht, lang genoeg voor Aureli om het zilver te verzamelen dat Lena's trouwring vormde. Lyle werd in 1949 in het kamp geboren en sliep zijn eerste nacht op deze wereld in een grote ijzeren wasteil, gewikkeld in een grijze deken zoals deze hier op dit bed. Amerika wilde Lyle niet opnemen en Groot-Brittannië wilde Lyle niet opnemen, maar Australië wel, en Lyle zou dit feit nooit vergeten, wat de reden is waarom hij in zijn losbandige en vergooide jeugd nooit eigendommen heeft verbrand of vernield waar *Made in Australia* op stond.

In 1951 arriveerden de Orliks in het interneringskamp voor ontheemden in Wacol, tweeënzestig seconden fietsen van ons huis. Vier jaar lang leefden ze met tweeduizend mensen samen, deelden houten hutten met in totaal driehonderdveertig kamers, en gemeenschappelijke toiletten en badhokjes. Aureli wist een baantje te versieren bij de aanleg van de nieuwe spoorbaan tussen Darra en de aangrenzende voorsteden Oxley en Corinda. Lena werkte in een houtfabriek in Yeerongpilly, in het zuidwesten, en zaagde multiplexplaten, zij aan zij met mannen die twee keer zo groot waren als zij en niet de helft van haar lef hadden.

Aureli bouwde deze kamer zelf, bouwde het hele huis in de weekenden, samen met zijn Poolse vrienden van de spoorlijn. De eerste twee jaar hadden ze geen elektriciteit. Lena en Aureli leerden zichzelf Engels bij het licht van een kerosinelamp. Het huis werd uitgebreid, kamer voor gespijkerde kamer, stronk voor stronk, tot de geur van Lena's Poolse wildepaddenstoelensoep, aardappel-en-kaas-pierogi, kool-*golabki* en gebraden lams-*baranina* drie slaapkamers, een keuken, een woonkamer, een zitkamer, een bijkeuken, een badkamer en een apart watercloset onder een wandkleed van Warschaus witte driebeukige Kerk van de Heilige Verlosser vulde.

August blijft staan, draait zich om naar de ingebouwde kast. Lyle heeft deze kledingkast zelf gebouwd, dankzij de houtbewerkingsvaardigheden die hij opstak toen zijn vader en diens Poolse vrienden dit huis in elkaar zetten.

'Wat is er, Gus?'

August gebaart met zijn hoofd naar rechts. *Je moet de kastdeur opendoen.* Aureli Orlik leidde een rustig leven en was vastbesloten om ook stilletjes te sterven, waardig, niet met het geluid van hartmonitors en haastig medisch personeel. Hij zou nooit een scène schoppen. Elke keer dat Lena met een lege po of een schone handdoek naar deze sterfkamer terugkeerde om het braaksel van haar man van zijn borst te vegen, verontschuldigde Aureli zich voor het veroorzaken van zo veel problemen.

Zijn laatste woord voor Lena was 'Sorry' en hij bleef niet lang genoeg om duidelijk te maken waar hij precies spijt van had, maar het enige wat Lena zeker wist was dat hij niet op hun liefde had gedoeld, omdat deze ware liefde ontberingen had gekend, uithoudingsvermogen en beloning, mislukking en vernieuwing en uiteindelijk de dood, maar nooit spijt.

Ik doe de kast open. Een oude strijkplank, rechtop. Een zak met Lena's oude kleren op de vloer van de kast. Lena's jurken op hangertjes, effen kleuren netjes op een rij: olijfgroen, bruin, zwart, blauw.

Lena stierf met een hoop kabaal, een woeste kakofonie van botsend staal en een Frankie Valli-falset in het schemerlicht, onderweg naar huis vanaf het jaarlijkse bloemenfestival in Toowoomba, nog tachtig minuten te gaan naar Brisbane op de Warrego Highway, toen haar Ford Cortina in aanraking kwam met de stalen grille van een oplegger met een lading ananassen. Lyle zat samen met zijn oude vriendin Astrid in het zuiden, in een afkickkliniek van Kings Cross, voor de tweede van in totaal drie pogingen om van een decennialange heroïneverslaving af te komen. De onthoudingsverschijnselen gierden door zijn lijf tijdens het gesprek met de verkeerspolitie van het snelwegstadje Gatton, die snel ter plaatse was.

'Ze heeft niet geleden,' zei een hoge politiefunctionaris, wat Lyle opvatte als een milde manier om te zeggen: 'Die verdomde vrachtwagen was gigántisch.' De politieman overhandigde hem de enige bezittingen van Lena die ze uit het wrak van de Cortina hadden kunnen redden: Lena's handtas, een rozenkrans, het ronde kussentje waarop ze zat om beter boven het stuur uit te komen en, wonder boven wonder, een cassettebandje uit de simpele radiocassettespeler van de auto, *Lookin' Back* van Frankie Valli & The Four Seasons.

'Sodeju,' zei Lyle hoofdschuddend met het cassettebandje in zijn handen.

'Pardon?' vroeg de politieagent.

'Niets,' zei Lyle, in het besef dat een verklaring de heroïneshot die zijn gedachten domineerde zou vertragen, de fysieke behoefte aan drugs en hun mooie dagdroom, wat ik mama ooit 'de siësta' hoorde noemen – om een emotionele dijk op te werpen die een week later zou breken en hem overspoelde met de gedachte dat er nu geen levende ziel meer op aarde was die van hem hield. Die nacht, op een slaapbank in de kelder van zijn jeugdvriend Tadeusz 'Teddy' Kallas in Darra, spoot hij zijn linkerarm vol bij de gedachte aan hoe romantisch zijn moeder was, hoeveel ze van haar man had gehouden en hoe de stijgende hoge tonen van Frankie Valli ieder mens op aarde deden glimlachen behalve zijn moeder. Frankie Valli bracht Lena Orlik aan het huilen. In een heroïnewaas plaatste Lyle de cassette van The Four Seasons in Teddy's cassettespeler. Hij drukte op *play* omdat hij het liedje wilde horen dat uit de autoradio had geklonken toen ze tegen de oplegger met ananassen aan knalde. Het was 'Big Girls Don't Cry' en op dat moment wist Lyle weer, zo zeker als Frankie Valli's eerste hoge toon, dat Lena Orlik geen ongelukken overkwamen.

Ware liefde komt niet gemakkelijk.

*

'Wat is er, Gus?'

Hij legt een wijsvinger op zijn lippen. Hij zet stilletjes de zak met Lena's kleren opzij, schuift Lena's jurken terug over de rail in de kast. Hij duwt tegen de achterwand van de kastruimte en een plaat witgeverfd hout, één bij één meter, klikt tegen een compressiemechanisme achter de muur en valt naar voren in Augusts handen.

'Wat doe je, Gus?'

Hij schuift de houten plaat opzij, achter Lena's jurken.

Achter de kledingkast opent zich een zwarte leegte, een kloof, een ruimte van onbekende afmetingen achter de muur. Augusts ogen staan wijd open, opgetogen over de hoop en mogelijkheden van die leegte.

'Wat is dat?'

*

We leerden Lyle kennen via Astrid en mama had Astrid leren kennen in het opvangcentrum voor vrouwen van de Zusters van Genade in Nundah, aan de noordkant van Brisbane. We dompelden ons brood in een stoofschotel, mama, August en ik, in de eetzaal van het opvangcentrum. Mama zegt dat Astrid aan de kop van onze tafel zat. Ik was vijf. August was zes en wees voortdurend naar een paars kristal, een tatoeage onder Astrids linkeroog, zo aangebracht dat het leek of ze kristallen huilde. Astrid was Marokkaans en mooi en eeuwig jong en altijd zo behangen met juwelen en mystiek dat ik haar en haar blote koffiekleurige buik zag als een personage uit *Duizend-en-een-nacht*, een hoedster van magische lampen en dolken, vliegende tapijten en verborgen betekenissen. In de eetzaal van het opvangcentrum draaide Astrid zich om en staarde August in de ogen en August staarde glimlachend terug, lang genoeg om Astrid zover te brengen dat ze mama aansprak.

'Je zult je wel uitverkoren voelen,' zei ze.

'Waarom?' vroeg mam.

'Omdat Spirit jou heeft gekozen om over hem te waken,' zei ze met een knikje naar August.

Spirit, zouden we later ontdekken, was een alomvattende term voor de schepper van alle levende wezens, die regelmatig contact met Astrid zocht in drie verschillende geestverschijningen: een mystieke godin in witte gewaden, Sharna genaamd, een Egyptische farao met de naam Om Ra en Errol, een scheten latende, vuilbekkende vertegenwoordiging van alle kwaden van de wereld, die sprak als een kleine dronken Ier. Gelukkig voor ons hield Spirit van August en Spirit voerde al snel wonderbaarlijke gesprekken met Astrid over haar pad naar verlichting, dat inhield dat ze regelingen moest treffen om ons drie maanden onder te brengen in de serre van het huis van haar grootmoeder Zohra in Manly, een voorstad ten oosten van Brisbane. Ook al was ik pas vijf, mij leek het bullshit, maar Manly is een plek waar een jongen bij eb op blote voeten over de uitgestrekte zandstranden van Moreton Bay kan rennen, zo ver dat hij zichzelf kan wijsmaken dat hij helemaal naar de rand van Atlantis rent, waar hij voor eeuwig zou blijven leven of in elk geval tot de geur van gepaneerde kabeljauw met gebakken aardappeltjes hem naar huis roept, dus deed ik net als August en hield ik mijn klep.

Lyle kwam naar Zohra's huis om Astrid op te zoeken. Hij kwam al snel naar Zohra's huis om met mam te scrabbelen. Lyle is niet boekenwijs maar hij is streetwise en leest de ene paperbackroman na de andere, dus hij kent een heleboel woorden, net als mam. Lyle zegt dat hij verliefd op mama is geworden toen ze het woord 'exquise' legde op driemaal de woordwaarde.

Mams liefde kwam niet gemakkelijk. Die ging gepaard met pijn, met bloed en geschreeuw en bonzende vuisten tegen vezelcementwanden, want het ergste wat Lyle ooit heeft gedaan was dat hij mijn moeder aan de drugs heeft geholpen. En ik denk dat het beste wat Lyle ooit heeft gedaan was om haar van de drugs af te helpen, maar hij weet dat ik weet dat het laatste het eerste nooit meer kan goedmaken. Hij hielp haar van de drugs af in deze kamer. Deze kamer van ware liefde. Deze kamer van bloed.

*

August knipt de zaklamp aan, schijnt ermee in de zwarte leegte achter de kledingkastmuur. Het spierwitte licht onthult een kleine kamer, niet veel groter dan onze badkamer. Het licht dwaalt over drie bruine bakstenen muren, een holte die diep genoeg is voor een volwassen man om in te staan, als een soort schuilkelder, maar zonder spullen of voorraden. De vloer is gemaakt van de aarde waaruit de kamer is gegraven. August laat het licht door de lege ruimte dwalen, tot hij de enige voorwerpen in de kamer heeft gevonden. Een houten kruk met een zachte, ronde zitting. En op de kruk staat een telefoon met druktoetsen. Een rode telefoon.

*

De ergste junkies zijn de junks die denken dat ze niet de ergste junkies zijn. Mama en Lyle behoorden een tijdje tot die betreurenswaardige soort, ongeveer vier jaar geleden. Niet in hun uiterlijk, maar wel in hun gedrag. Niet dat ze mijn achtste verjaardag als zodanig waren vergeten, maar ze sliepen er gewoon dwars doorheen, dat soort dingen. Een mijnenveld van injectiespuiten en zooi. Je sloop hun slaapkamer binnen om ze wakker te maken en te vertellen dat het Pasen was, sprong op hun bed als de vrolijke paashaas en kreeg een junknaald in je knie.

August bakte pannenkoeken voor me op mijn achtste verjaardag, serveerde ze met ahornsiroop en een verjaardagskaars die eigenlijk gewoon een waxinelichtje was. Toen we de pannenkoeken ophadden maakte August een gebaar dat zei dat het mijn verjaardag was en dat we alles konden doen wat ik maar wilde. Ik vroeg of we een paar dingen konden verbranden met mijn verjaardagskaars, te beginnen met het groen beschimmelde brood dat al drieënveertig dagen in de koelkast lag, iets wat August en ik nauwkeurig hadden bijgehouden.

August was alles toen. Moeder, vader, oom, oma, priester, dominee, kok. Hij zorgde voor ons ontbijt, hij streek onze schooluniformen, hij kamde mijn haar, hielp me met mijn huiswerk. Hij begon op te ruimen als Lyle en mama sliepen, verstopte hun zakjes drugs en lepels, gooide op een verantwoorde manier hun spuiten weg, terwijl ik voortdurend achter hem aan drentelde en zei: 'Stik met die zooi, we gaan een balletje trappen.'

Maar August zorgde voor mam alsof ze een verdwaald reekalfje was dat nog moest leren lopen, omdat August alle geheimen kende en wist dat het allemaal maar een fase was, een deel van mama's verhaal waar we even doorheen moesten. Ik denk dat August geloofde dat ze deze fase nodig had, ze verdiende deze gedrogeerde rust, deze langdurige slaap, deze time-out van haar hersenen, deze time-out van het piekeren over het verleden – haar diavoorstelling van dertig jaar geweld en verwaarlozing, van slaapzalen voor onhandelbare meisjes uit Sydney met slechte vaders. August kamde haar haar terwijl ze sliep, trok dekens over haar borst, veegde met tissues het kwijl van haar mond. August was haar beschermer en hij waste me de oren met een lading stoten en stompen als ik mijn oordeel en afkeer durfde te uiten. Omdat ik niets wist. Omdat niemand mama kende, behalve August.

Dit waren mams Debbie Harry-'Heart of Glass'-jaren. Ze zeggen altijd dat dope je uiterlijk ruïneert, dat van te veel heroïne je haar uitvalt, je hele gezicht en polsen onder de korsten komen te zitten van je angstige vingers en je angstige vingernagels, altijd op zoek naar bloed en velletjes. Ze zeggen dat de dope het calcium uit je tanden en botten zuigt, je als een rottend lijk achterlaat. En dat had ik allemaal gezien. Maar ik vond ook dat mama mooier werd van de dope. Ze was zo dun en bleek en blond – niet zo blond als Debbie Harry, maar net zo mooi. Ik vond dat het mama op een engel deed lijken. Ze had een weerloze, verdwaasde blik op haar gezicht, aanwezig maar niet aanwezig, zoals Harry in die 'Heart of Glass'-clip, als iets uit een droom, bewegend in de ruimte tussen slapen en waken, tussen leven en dood, maar op de een of andere manier sprankelend, alsof ze een spiegelbol had die permanent ronddraaide in de pupillen van haar saffieren ogen. En ik herinner me dat ik dacht dat een engel er echt zo uit zou zien als die helemaal vanuit de hemel hier terecht zou komen, in de voorstad Darra in het zuidoosten van Queensland. Zo'n engel zou echt zo verward zijn, zo verwezen kijken, met glazige ogen, klapperend met haar vleugels als ze al die vuile borden zag, opgestapeld in de gootsteen, al die auto's die langs het huis reden achter de gescheurde gordijnen.

Een gouden zijdespin weeft een web voor mijn slaapkamerraam, zo ingewikkeld en perfect dat het eruitziet als een sneeuwvlok, duizend keer vergroot. De zijdespin zit midden in het web en maakt een soort zijwaartse parachutesprongen, onderbroken in de zoektocht die hij wil afmaken zonder te weten waarom, geraakt maar niet verslagen door wind en regen en zomerse middagstormen, zo hevig dat er elektriciteitspalen zijn omgewaaid. Mama was als die zijdespin in die jaren. En zij was het web en zij was ook de vlinder, de blauwe tijgervlinder met saffieren vleugels die levend door de spin werd verslonden.

*

'We moeten hier weg, Gus.'

August steekt me de zaklamp toe om voor hem vast te houden. Hij draait zich om, gaat op zijn knieën zitten en laat zijn benen door het gat in de kast glijden, de lege ruimte in. Hij laat zich zakken tot zijn voeten de grond raken. Dan draait hij zijn gezicht weer naar me toe en, op zijn tenen om zich langer te maken, knikt hij naar de schuifdeur. Ik doe hem dicht, en dan bevinden we ons in totale duisternis, afgezien van het licht van de zaklamp. August geeft met een knikje aan dat ik de leegte in moet, steekt zijn hand uit om de zaklamp van me over te nemen.

Ik schud mijn hoofd. 'Dit is idioot.'

Hij geeft me nogmaals een knikje.

'Klootzak die je bent.'

Hij lacht. August weet dat ik net zo ben als hij. August weet dat als ze mij zouden vertellen dat er een hongerige Bengaalse tijger losliep achter een deur, ik die deur open zou doen om zeker te weten dat ze niet stonden te liegen. Ik laat me de kamer in glijden en mijn blote voeten landen op de vochtige aarden vloer. Ik laat een hand langs de muren lopen, ruwe baksteen en aarde.

'Wat is dit voor plek?'

August kijkt aandachtig naar de rode telefoon.

'Waar kijk je naar?'

Hij staart naar de telefoon, gespannen en afstandelijk.

'Gus, Gus...'

Hij steekt zijn linkerwijsvinger op. *Wacht even.*

En de telefoon gaat over. Een luid gerinkel weerklinkt door de ruimte.

Tring, tring. Tring, tring.

August kijkt me aan, zijn ogen wijd open en elektrisch blauw.

'Niet opnemen, Gus.'

Hij laat hem nog drie keer overgaan en steekt dan zijn hand uit naar de hoorn.

'Gus, afblijven, verdomme!'

Hij neemt op. Hoorn tegen zijn oor. Hij glimlacht al, schijnbaar geamuseerd door iemand aan de andere kant van de lijn.

'Hoor je iets?'

August glimlacht.

'Wat is het? Laat mij even luisteren.'

Ik doe een graai naar de telefoon, maar August duwt mijn arm weg, zijn linkeroor drukt de telefoon tegen zijn linkerschouder. Hij lacht nu.

'Praat er iemand tegen je?'

Hij knikt.

'Leg nou neer, Gus.'

Hij keert me de rug toe, aandachtig luisterend, het rode gedraaide telefoonsnoer over zijn schouder. Hij blijft een volle minuut met zijn rug naar me toe staan, dan draait hij zich om, met een afwezige blik op zijn gezicht. Hij wijst naar mij. *Ze willen jou spreken, Eli.*

'Nee.'

Hij knikt van ja en geeft de telefoon aan mij door.

'Ik wil het nu niet,' zeg ik, en ik duw de telefoon weg.

August gromt, met opgetrokken wenkbrauwen. *Doe niet zo kinderachtig.* Dan gooit hij de telefoon naar me toe en instinctief vang ik hem op. Diep ademhalen.

'Hallo?'

Een mannenstem.

'Hallo.'

Een echte, mannelijke mannenstem, een zware stem. Een man van in de vijftig, zestig misschien wel.

'Met wie spreek ik?' vraag ik.

'Met wie denk je?' antwoordt de man.

'Ik weet het niet.'

'Natuurlijk wel.'

'Nee, echt niet.'

'Jawel. Je hebt het altijd geweten.'

August lacht en knikt. Ik denk dat ik weet wie het is.

'Bent u Tytus Broz?'

'Nee, ik ben Tytus Broz niet.'

'Bent u een vriend van Lyle?'

'Ja.'

'Bent u de man die Lyle de Gouden Driehoek-heroïne heeft gegeven die ik heb gevonden in de bak van de maaimachine?'

'Hoe weet je dat die heroïne afkomstig was uit de Gouden Driehoek?'

'Mijn vriend Slim leest elke dag *The Courier-Mail*. Als hij de krant uit heeft, geeft hij hem aan mij. De misdaadrubriek staat bol van verhalen over heroïne die vanuit Darra over Brisbane wordt verspreid. Ze zeggen dat het spul afkomstig is uit het gebied met de grootste opiumproductie in Zuidoost-Azië, dat zich uitstrekt over Birma, Laos en Thailand. Dat is de Gouden Driehoek.'

'Je bent goed op de hoogte, jochie. Lees je veel?'

'Ik lees alles. Slim zegt dat lezen de grootste ontsnapping is die er is en hij heeft hele grote ontsnappingen gedaan.'

'Slim is een wijs man.'

'Kent u Slim?'

'Iedereen kent de Houdini van Boggo Road.'

'Hij is mijn beste vriend.'

'Is je beste vriend een veroordeelde moordenaar?'

'Lyle zegt dat Slim die taxichauffeur niet heeft vermoord.'

'Is dat zo?'

'Ja, dat is zo. Hij zegt dat Slim erin geluisd is. Ze hebben hem opzettelijk vals beschuldigd, omdat hij een strafblad had. Dat doen ze bij de politie, weet je.'

'Heeft Slim je zelf verteld dat hij het niet gedaan heeft?'

'Niet echt, maar Lyle zegt dat hij het op geen enkele manier gedaan kan hebben.'

'En jij gelooft Lyle?'

'Lyle liegt niet.'

'Iedereen liegt, jochie.'

'Lyle niet. Daar is hij fysiek niet toe in staat. Dat heeft hij tenminste tegen mam gezegd.'

'Dat geloof je toch niet echt, hè?'

'Hij noemde het een heuse medische aandoening, *Disinhibited Social Engagement Disorder*. Het betekent dat hij de waarheid niet kan verbergen. Hij kan niet liegen.'

'Ik denk niet dat het betekent dat hij niet kan liegen. Ik denk dat het betekent dat hij niet discreet kan zijn.'

'Dat is hetzelfde.'

'Misschien, jochie.'

'Ik ben het zat dat volwassenen zo discreet zijn. Niemand vertelt ons ooit het hele verhaal.'

'Eli?'

'Hoe weet u mijn naam? Wie bent u?'

'Eli?'

'Ja.'

'Weet je zeker dat je het volledige verhaal wilt horen?'

Het geluid van een openschuivende kastdeur. Dan hoor ik August naar lucht snakken en ik voel Lyles ogen in mijn rug prikken voordat ik zijn stem hoor.

'Wat doen jullie verdomme daarbinnen?' blaft hij.

August laat zich op de grond vallen en in het donker kan ik alleen flitsen zien van zijn zaklamp, die uitzinnige bliksemschichten vormen op de wanden van deze kleine, vochtige ondergrondse aarden kamer, terwijl zijn handen wanhopig naar iets zoeken, tot hij het heeft gevonden.

'Heb het gore lef,' brult Lyle met opeengeklemde kaken.

Maar August heeft het gore lef. Hij vindt een vierkante bruinmetalen klep onder in de rechterwand, ter grootte van de kartonnen bodem van een grote bananendoos. De klep zit met een bronzen grendel vast aan een houten plank op de vloer. August peutert de vergrendeling los, klapt de deur open en laat zich op zijn buik zakken, om met behulp van zijn ellebogen de ruimte uit te tijgeren, een tunnel in.

Ik kijk verbijsterd op naar Lyle. 'Wat is dit voor plek?'

Maar ik wacht het antwoord niet af. Ik laat de hoorn vallen.

'Eli!' schreeuwt Lyle.

Ik laat me op mijn buik glijden en ga achter August aan, de tunnel in. Aarde onder mijn buik. Vochtige aarde en harde modderwanden tegen mijn schouders en duisternis, afgezien van de trillende zaklamp in Augusts hand, die schokkerig wit licht uitstraalt. Een van mijn schoolkameraadjes, Duc Quang, is op bezoek geweest bij zijn grootouders in

Vietnam en heeft daar met zijn familie een tunnelnetwerk bezocht, gebouwd door de Vietcong. Hij vertelde me hoe eng het was om door die tunnels te kruipen, de verstikkende claustrofobie, het vuil dat op je gezicht valt en in je ogen. Dit is verdomme net zo, complete Noord-Vietnamese legerwaanzin. Duc Quang zei dat hij halverwege een tunnel moest stoppen, verstijfd van angst, en twee toeristen die achter hem kropen moesten hem achteruit de tunnel uit slepen. Voor mij is er geen weg terug. Achter me in die kamer is Lyle en, belangrijker nog, Lyles open rechterhandpalm, waarvan ik zonder enige twijfel weet dat hij die met een hele serie rek- en strekoefeningen van zijn vingers en het ballen van zijn vuisten voorbereidt om straks mijn arme billen mee te bewerken. Angst hield Duc tegen in zijn tunneltocht, maar de angst voor Lyle zorgt dat ik voortkruip als een doorgewinterde VC-explosievenexpert, zes, zeven, acht meter de duisternis in. De tunnel maakt een lichte bocht naar links. Negen meter, tien meter, elf meter. Het is heet hier, inspanning en zweet en vuil vermengen zich tot modder op mijn voorhoofd. Muffe lucht.

'Verdomme, August, ik krijg hier geen lucht.'

En August stopt. Zijn zaklamp schijnt op een andere bruinmetalen klep. Hij klapt hem open en een smerige zwavelstank vult de tunnel en laat me kokhalzen.

'Wat is dat voor stank? Is dat stront? Volgens mij is dat stront, August.'

August kruipt door de tunneluitgang en ik volg hem zo snel ik kan, diep inademend wanneer ik uitkom in weer een vierkante ruimte, kleiner dan de vorige, maar net groot genoeg voor ons tweeën om in te staan. Een pikdonkere ruimte. Ook hier is de vloer van aarde, maar er ligt iets op waar mijn voeten in wegzakken. Zaagsel. De geur is nu sterker.

'Dit is absoluut stront, August. Waar zijn we verdomme?'

August kijkt omhoog en mijn ogen volgen de zijne naar een perfecte lichtcirkel recht boven onze hoofden, ongeveer zo groot als een bord. Dan wordt de lichtcirkel gevuld met het gezicht van Lyle. Rood haar, sproeten. Lyle is een volwassen Ginger Meggs, altijd in een blauw, katoenen Jackie Howe-hemd en op rubberen slippers. Zijn dunne maar gespierde armen zijn bezaaid met goedkope, belabberd uitgevoerde tatoeages: een adelaar met een baby in zijn klauwen op zijn rechterschouder; op zijn linkerschouder een tovenaar op leeftijd die met zijn staf zwaait en sprekend lijkt op mijn schoolmeester uit het zevende jaar, Mr Humphreys; pre-Hawaii-Elvis Presley schudt zijn knieën op zijn linkeronderarm. Mam heeft een boek met kleurenfoto's van The Beatles en ik heb altijd gevonden dat Lyle een beetje lijkt op John Lennon in de jaren van *Please Please Me*. Ik zal me Lyle herinneren door 'Twist and Shout'. Lyle is 'Love Me Do'. Lyle is 'Do You Want to Know a Secret'?

'Jullie tweeën zitten diep in de stront,' zegt Lyle door het cirkelvormige gat boven ons.

'Waarom?' vraag ik uitdagend. Mijn angst slaat om in boosheid.

'Nee, ik bedoel het letterlijk, jullie staan in de stront. Jullie zijn regelrecht de poepdoos in gekropen.'

Godver. De poepdoos. Het verlaten, roestige tinnen hok achter in Lena's achtertuin, een en al spinnenwebben, roodrugspinnen en bruine slangen, zo hongerig dat ze zelfs in je dromen in je kont bijten. Perspectief is iets grappigs. De wereld ziet er heel anders uit als je twee meter onder de grond zit. Het leven vanaf de bodem van een schijtgat. Van hieruit kunnen August en Eli Bell alleen nog maar omhoog.

Lyle verwijdert de dikke plank met het gat erin dat over de poepdoos ligt en ooit dienstdeed als wc-bril voor de mollige billen van Lena, Aureli en al zijn collega's die hielpen bij de bouw van het huis waar we net op wonderbaarlijke wijze uit zijn gekropen via een geheime ondergrondse tunnel. Hij steekt zijn rechterarm de diepte in, zijn hand open om vast te grijpen. 'Kom.'

Ik ontwijk zijn hand. 'Nee, je gaat ons een pak slaag geven.'

'Nou, ik kan niet liegen,' zegt hij.

'Krijg de klere, man.'

'Niet vloeken, verdomme, Eli,' zegt Lyle.

'Ik ga nergens heen voordat je ons wat antwoorden geeft,' snauw ik.

'Stel me niet op de proef, Eli.'

'Jij en mama gebruiken weer.'

Nu heb ik hem te pakken. Hij laat zijn kin zakken, schudt zijn hoofd. Hij is milder nu, meelevend en berouwvol. 'We gebruiken niet, maatje,' zegt hij. 'Ik heb het jullie beloofd. Ik verbreek mijn beloften niet.'

'Wie was die gast aan de rode telefoon?' schreeuw ik.

'Welke gast?' vraagt Lyle. 'Waar heb je het in godsnaam over, Eli?'

'De telefoon ging en August nam op.'

'Eli...'

'Die man,' zeg ik. 'Zware stem. Hij is je drugsbaas, of niet? Hij is de man die je die zak heroïne heeft gegeven die ik in de grasmaaier heb gevonden.'

'Eli...'

'Hij is het grote meesterbrein, de slechterik, de man die aan de touwtjes trekt, de drugsbaron die heel lief en aardig klinkt en saai als een natuurkundeleraar op een middelbare school, maar eigenlijk een moordenaar is met grootheidswaanzin.'

'Eli, verdomme!' schreeuwt hij.

Ik hou mijn mond.

Lyle schudt zijn hoofd. Hij haalt diep adem. 'Die telefoon krijgt geen telefoontjes. Je verbeelding slaat weer eens op hol, Eli.'

Ik kijk August even aan en kijk dan weer omhoog naar Lyle. 'Hij ging over, Lyle. August nam op. Een mannenstem aan de andere kant. Hij wist mijn naam. Hij kende ons allemaal. Hij kende Slim. Ik dacht even dat jij het was, maar toen...'

'Zo is het welletjes, Eli,' blaft Lyle. 'Wiens idee was het om naar Lena's kamer te gaan?'

August legt een duim op zijn borst.

Lyle knikt. 'Oké, hier is de deal. Jullie komen nu naar boven, krijgen wat je verdiend hebt, en nadat iedereen weer een beetje is afgekoeld, zal ik jullie bijpraten over een paar dingen waar we mee bezig zijn.'

'Rot op,' zeg ik. 'Ik wil het nu weten.'

Lyle legt de houten wc-bril weer op de poepdoos. 'Ik hoor het wel als je je weer weet te gedragen, Eli.'

Hij loopt weg.

*

Vier jaar geleden dacht ik dat hij voorgoed zou vertrekken. Hij stond bij de voordeur met een plunjezak over zijn rechterschouder. Ik klampte me vast aan zijn linkerhand, wilde hem met heel mijn gewicht tegenhouden, en hij sleepte me met zich mee, de deur uit.

'Nee,' riep ik. 'Nee, Lyle.' Tranen in mijn ogen, tranen in mijn neus en in mijn mond.

'Ik moet mezelf oplappen, maatje,' zei hij. 'August gaat voor mij voor je moeder zorgen. En jij moet goed op August passen.'

'Nee,' brulde ik en hij draaide zijn hoofd weg en ik dacht dat ik hem had omdat hij nooit huilde en nu waren zijn ogen vochtig. 'Nee.'

Toen schreeuwde hij: 'Laat me gaan, Eli.' En hij duwde me terug door de deur en ik viel op de linoleumvloer van de serre, zo hard dat ik mijn ellebogen openhaalde.

'Ik hou van je,' zei hij. 'Ik kom terug.'

'Je liegt,' gilde ik.

'Ik kan niet liegen, Eli.'

Toen liep hij de voordeur uit, het pad af naar het hek, langs de smeedijzeren brievenbus en het bruine bakstenen muurtje met die ene ontbrekende steen. Ik volgde hem helemaal naar het hek en brulde zo hard dat het brandde in mijn keel.

'Je bent een liegbeest,' krijste ik. 'Liegbeest. Liegbeest. Gemeen liegbeest.' Hij draaide zich niet eens om. Liep gewoon weg.

Maar hij kwam terug. Zes maanden later. Het was januari en het was heet en ik was in de voortuin, met een bruine blote bast, met mijn duim op de tuinslang om sproeibogen te spuiten naar de zon en mijn eigen regenbogen te maken, en ik zag hem aankomen door de muur van water. Hij opende het hek, sloot het achter zich, en ik liet de slang vallen en rende naar hem toe. Hij had een marineblauwe werkbroek aan en een marineblauw denim werkshirt, dat helemaal onder de olievlekken zat. Hij was fit en sterk en toen hij op het pad knielde om mij op mijn hoogte te begroeten, dacht ik dat hij knielde als koning Arthur en ik had in mijn hele korte leventje nog nooit zo veel van een man gehouden. Dus regenbogen zijn Lyle en olie is Lyle en koning Arthur is Lyle. Ik vloog zo hard op hem af dat hij bijna achteroverviel van de schok, omdat ik hem raakte als Ray Price, de snoeiharde *lock forward* van de winnende Parramatta Eels. Hij lachte en toen mijn vingers zich in zijn schouders boorden om hem dichter naar me toe te trekken, liet hij zijn hoofd op mijn haar zakken en kuste me op mijn kruin en ik weet niet waarom ik zei wat ik zei, maar ik zei het toch. 'Pap,' zei ik.

Hij gaf me een scheve grijns, zette me overeind met zijn beide handen op mijn schouders en keek me recht in de ogen. 'Je hebt al een vader, maatje,' zei hij. 'Maar je hebt mij ook.'

Vijf dagen later zat mama opgesloten in Lena's kamer en bewerkte ze de dunne vezelcementwanden met haar vuisten. Lyle had de twee ramen in de kamer met planken dichtgespijkerd. Hij had Lena's oude bed naar buiten gesleept en het portret van Jezus van de wand gehaald, en Lena's oude vazen, ingelijste foto's van verre familieleden en goede vrienden van de Darra Lawn Bowls Club weggehaald. De kamer was kaal, op een dunne matras zonder lakens, dekens of kussens na. Zeven dagen lang hield Lyle mama vast in die hemelsblauwe kamer. Lyle, August en ik stonden voor haar gesloten deur te luisteren naar haar geschreeuw, *banshee*-gejank met lange uithalen, alsof achter die gesloten deur een grootinquisiteur zat die toezicht hield op een afgrijselijke serie martelingen met katrolsystemen en mama's uitgestrekte ledematen. Maar ik wist zeker dat er niemand anders in die kamer was dan zij. Ze jammerde om twaalf uur 's middags, ze brulde om middernacht. Gene Crimmins onze buurman rechts, een aardige, gepensioneerde postbode met duizend verhalen over verkeerd geadresseerde post en gebeurtenissen in de voorsteden, kwam langs om te kijken wat er aan de hand was.

'Ze is er bijna, maat,' zei Lyle bij de voordeur. En Gene knikte alsof hij precies wist waar Lyle het over had. Alsof hij wist wat discreet zijn was.

Op de vijfde dag riep mama mij, omdat ze wist dat ik de zwakste was.

'Eli,' riep ze door de deur. 'Hij probeert me te vermoorden. Je moet de politie bellen. Bel de politie, Eli. Hij wil me vermoorden.'

Ik rende naar onze telefoon en draaide drie nullen op de lange draaischijf, totdat August zachtjes zijn vinger op de hoorn legde. Hij schudde zijn hoofd. *Nee, Eli.*

Ik huilde en August sloeg lief zijn arm om mijn nek en we liepen terug door de gang en staarden naar de deur. Ik huilde nog wat door. Toen liep ik naar de woonkamer en schoof de schuifdeurtjes open van de houtfineerkast met mams vinylplaten. *Between the Buttons* van The Rolling Stones. De plaat die ze zo vaak draaide, met de hoes waarop ze in hun winterjassen staan en Keith Richards helemaal wazig is, alsof hij zojuist een tijdportaal is binnengestapt dat hem naar zijn toekomst zal brengen.

'Hé, Eli, zet hem op 'Ruby Tuesday',' zei mama altijd.

'Welke is dat?'

'Kant A, derde dikke groef van de rand.'

Ik trok de stekker uit het stopcontact, sleepte de platenspeler door de gang en sloot hem zo dicht mogelijk bij Lena's kamerdeur weer aan. Liet de naald zakken, derde groef vanaf de rand.

Dat liedje over een meisje dat nooit zei waar ze vandaan kwam.

Het galmde door het huis en mama's snikken galmden door de deur. Het liedje was afgelopen.

'Draai het nog een keer, Eli,' zei mam.

*

Op de zevende dag, bij zonsondergang, ontgrendelde Lyle de deur. Na twee of drie minuten ging Lena's slaapkamerdeur krakend open. Mama was uitgemergeld en waggelde langzaam naar buiten, alsof haar botten aan elkaar hingen met een touwtje. Ze probeerde iets te zeggen, maar haar lippen en haar mond en keel waren zo droog en haar lichaam was zo uitgeput dat ze de woorden niet kon uitbrengen.

'Gr...' zei ze.

Ze likte haar lippen en probeerde het opnieuw. 'Gr...'

Ze sloot haar ogen, alsof ze duizelig was. August en ik keken en wachtten op een teken dat ze terug was, een teken dat ze ontwaakt was uit haar lange slaap, en ik denk dat het teken was dat ze zich in Lyles armen liet vallen en vervolgens op de grond zakte, zich vastklampend aan de man die waarschijnlijk haar leven had gered en wenkend naar de jongens die geloofden dat hij dat kon. We kropen om haar heen, ze was als een uit het nest gevallen vogel.

En in de grot van onze lichamen tjilpte ze één woord. 'Groepsknuffel,' fluisterde ze. En we knuffelden haar zo stevig dat we allemaal in steen veranderd zouden zijn als we lang genoeg waren blijven zitten. Veranderd in diamant.

Toen krabbelde ze overeind en stevig vastgehouden door Lyle strompelde ze naar hun slaapkamer. Lyle sloot de slaapkamerdeur achter zich. Stilte. August en ik slopen onmiddellijk naar Lena's kamer, zo zachtjes alsof we behoedzaam door een mijnenveld liepen in een van die Noord-Vietnamese oerwouden in het geboorteland van de grootvader van Duc Quang.

De vloer was bezaaid met papieren borden en etensresten, te midden van plukken haar. Er stond een ondersteek in de hoek van de kamer. De hemelsblauwe wanden van de kamer zaten vol gaten ter grootte van mama's vuisten en uit deze gaten liepen bloedsporen die eruitzagen als gescheurde rode vlaggen, wapperend in de wind boven het slagveld. Een langgerekt bruin spoor van opgedroogde poep liep als een modderpad naar nergens langs twee van de wanden. En wat de strijd ook was die mama in die kleine slaapkamer had gevoerd, we wisten dat ze hem had gewonnen.

Mijn moeder heet Frances Bell.

*

August en ik staan zwijgend in de poepdoos. Er gaat een volle minuut voorbij. August geeft me uit frustratie een harde stomp tegen mijn borst.

'Sorry,' zeg ik.

Er verstrijken nog twee volle minuten in stilzwijgen.

'Bedankt dat je de schuld op je nam.'

August haalt zijn schouders op. Nog twee minuten en de stank en de hitte in dit schijthuis grijpen me bij mijn nek en mijn neus en bij mijn verstand.

We turen naar de cirkel van licht, dwars door Lena en Aureli Orliks houten poepgat in de achtertuin.

'Denk je dat hij terugkomt?'

Jongen volgt voetstappen

Wakker worden. Duisternis. Het maanlicht valt door het slaapkamerraam op Augusts gezicht. Hij zit op zijn knieën naast mijn bed en veegt het zweet van mijn voorhoofd.

'Heb ik je weer wakker gemaakt?' vraag ik.

Hij glimlacht, knikt. *Ja, maar het geeft niet.*

'Weer dezelfde droom.'

August knikt. *Dacht ik al.*

'De betoverde auto.'

De droom van de betoverde auto met August en mij op de bruine nepleren achterbank van een Holden Kingswood, in dezelfde kleur als Lena's hemelsblauwe slaapkamerwanden. We spelen bochtje, vallen hard tegen elkaar aan en moeten zo hard lachen dat we het bijna in onze broek doen, want de man die de auto bestuurt neemt de ene na de andere scherpe bocht en we hobbelen alle kanten uit. Als ik het raampje omlaagdraai word ik door een orkaanwind tegen August aan geblazen en pin ik hem tegen het portier. Vechtend tegen de wind die door het raam raast steek ik mijn hoofd naar buiten en dan zie ik dat we door de lucht vliegen. Het mysterieuze voertuig maakt duikvluchten door de wolken. Ik draai het raampje weer dicht en het wordt grijs buiten. Overal grijs. 'Gewoon een regenwolk,' zegt August. Want in deze droom praat hij. Daarna wordt het grijs en groen buiten het autoraam. Alles grijs en groen buiten, en nat. Dan zwemt er een brasem langs mijn raam en komen we langs een woud van wuivende zeewiervarens. We rijden niet door een regenwolk. We rijden naar de bodem van een oceaan. De bestuurder draait zich om en die bestuurder is mijn vader. 'Ogen dicht,' zegt hij.

Mijn vader heet Robert Bell.

*

'Ik ben uitgehongerd.'

August knikt. Lyle heeft ons geen plak slaag gegeven voor het betreden van zijn geheime kamer. Ik wou dat hij dat wel had gedaan. Het zwijgen is erger. Zijn teleurgestelde ogen. Ik had liever tien klappen met de vlakke hand op mijn achterste gehad dan dit gevoel dat ik ouder word, dat ik te oud word voor billenkoek en te oud om geheime kamers binnen te sluipen waar ik niets van behoor te weten; te oud om uit de school te klappen over zakjes drugs in de opvangbak van de maaimachine. Lyle heeft ons vanmiddag zwijgend uit de poepdoos gevist. Hij hoefde ons niet te zeggen waar we heen moesten. Het was een kwestie van gezond verstand om regelrecht af te druipen naar onze slaapkamer. De woede sloeg van Lyle af als een smerige eau de cologne. Onze kamer was de veiligste plek, ons krappe heiligdom, opgesierd met een enkele verbleekte McDonald's-reclameposter met teamfoto's die zijn genomen voor de Benson & Hedges World Series Cup 1982/'83, de eendaagse cricketcompetitie van Australië, Engeland en Nieuw-Zeeland, met als speciaal eerbetoon een pik-met-ballentekening van August op het voorhoofd van David Gower, vooraan tussen de Poms[2]. We kregen geen avondeten. Er werd geen woord tegen ons gezegd, dus zijn we maar gewoon naar bed gegaan.

'Stik maar, ik ga wat eten,' zeg ik een paar uur later.

Ik sluip op mijn tenen in het donker de gang door, de keuken in. Open de koelkast, een streep licht valt de keuken in. Ik vind een oud pakje boterhamworst in plastic en een bakje ETA 5 Star-margarine. Ik doe de deur van de koelkast dicht, ga linksaf naar de voorraadkast en bots tegen August aan, die al vier sneetjes brood heeft klaargelegd op een snijplank. Broodjes boterhamworst met tomatenketchup. August loopt met zijn broodje naar het raam van de woonkamer, zodat hij naar de maan kan kijken. Als hij zijn hand uitsteekt om het raam open te zetten, duikt hij onmiddellijk naar de grond, in een paniekerige poging om uit het zicht te blijven.

'Wat is er?' vraag ik.

Hij beduidt me met zijn rechterhand dat ik moet bukken. Ik duik omlaag en ga naast hem onder het raam zitten. Hij geeft me een hoofdknikje en trekt zijn wenkbrauwen op. *Ga kijken. Voorzichtig.* Ik steek mijn hoofd uit tot net boven het kozijn en tuur de straat in. Het is na middernacht en Lyle staat aan de kant van de weg een Winfield Red te roken, leunend tegen het bakstenen muurtje bij de brievenbus. 'Wat doet die nou?'

August haalt zijn schouders op en gluurt verbaasd met me mee. Lyle heeft zijn zware jachtjas aan, de dikke, wollige kraag omhoog tegen de nachtelijke kilte in zijn nek. De rook die hij uitblaast zweeft als een grijze geest de duisternis in.

We laten ons allebei weer naar de grond zakken, happen in onze sandwiches. August morst ketchup op het tapijt.

'Ketchup, Gus,' zeg ik.

Sinds Lyle en mam helemaal drugsvrij en opruimerig zijn geworden, mogen we niet meer eten op dit tapijt. August veegt met duim en wijsvinger de druppels saus van het tapijt en likt zijn rode vingers af. Hij spuugt op de rode vlek op het tapijt en wrijft hem eruit, maar niet zo goed dat mama het niet zal merken.

Dan klinkt er een luide knal boven onze wijk.

August en ik springen overeind en turen door het raam naar buiten. In de nachtelijke hemel, ongeveer één huizenblok verderop, suist een paarse vuurpijl door de duisternis boven de voorstedelijke huizen, hoger en hoger met de snelheid van een kurkentrekker, tot hij zijn piekhoogte heeft bereikt en explodeert in een paraplu van een tiental kleinere vuurwerkstrengen, als een felverlichte paarse hemelfontein.

Lyle kijkt hoe het vuurwerk langzaam uitdooft, neemt nog een lange haal van zijn Winfield en laat de peuk naast zijn voeten vallen, hem uittrappend met zijn rechterlaars. Hij steekt zijn handen in de zakken van zijn jas en loopt de straat in, in de richting van het vuurwerk.

'Kom op, we gaan,' fluister ik.

Ik prop de rest van mijn broodje boterhamworst met ketchup in mijn mond, wat er vast uitziet alsof ik twee grote knikkers eet. August blijft rustig onder het raam zitten eten.

'Kom op, Gus, we gaan.'

Hij blijft gewoon zitten, de boel verwerkend zoals altijd, alles van alle kanten bekijkend zoals altijd, de opties afwegend zoals altijd.

Hij schudt zijn hoofd.

'Kom op, wil je niet weten waar hij naartoe gaat?'

August glimlacht zijn halve lachje. De rechterwijsvinger waarmee hij net nog tomatenketchup wegpoetste, snijdt door de lucht en krabbelt de onzichtbare lijnen van drie woorden. *Weet ik al.*

*

Ik heb jarenlang mensen gevolgd. De belangrijkste factoren voor een succesvolle achtervolging zijn afstand en geloof. Genoeg afstand van degene die je volgt om niet gesnapt te worden. Genoeg geloof om jezelf ervan te overtuigen dat je diegene niet echt volgt, ook al doe je dat wel. Geloof betekent onzichtbaarheid. Zomaar een onzichtbare onbekende in een wereld van onzichtbare onbekenden.

Het is koud. Ik geef Lyle een voorsprong van vijftig meter. Ik ben net voorbij de brievenbus als ik besef dat ik blootsvoets ben in mijn winterpyjama, die met het grote gat boven mijn rechterbil. Lyle banjert stevig door, handen in zijn zakken, en verdwijnt in de duisternis achter de straatlantaarns bij de ingang van het Ducie Street Park aan de overkant van ons huis. Lyle verandert in een schaduw, steekt het ovaalvormige cricketveld dwars over, beklimt de heuvel naar de kinderspeelplaats en de gemeentebarbecue, waar we in maart vorig jaar worstjes hebben gegrild voor Augusts dertiende verjaardag. Ik sluip als een spook over het cricketveld, lopend op de lucht, stil als een ninja, snel als een ninja. *Krak*. Een droge twijg knapt onder mijn blote rechtervoet. Lyle stopt onder een straatlantaarn aan de andere kant van het park. Hij draait zich om en tuurt in de duisternis van het park, die me opslokt. Hij staart me recht aan maar hij kan me niet zien omdat ik afstand en geloof heb. Ik geloof dat ik onzichtbaar ben. En Lyle ook. Hij draait zich om en loopt verder, hoofd omlaag, langs Stratheden Street. Ik wacht totdat hij rechtsaf Harrington Street inslaat voordat ik rennend de duisternis van het park verlaat, naar het licht van de straatlantaarns van Stratheden. De grote kruin van een mangoboom op de hoek van Stratheden en Harrington biedt me de bescherming die ik nodig heb om te zien, zo helder als bij daglicht, dat Lyle links afslaat naar Arcadia Street en de oprit op loopt van het huis van Darren Dang.

*

Darren Dang zit bij mij in de klas. We zitten maar met zijn achttienen in het zevende jaar van de Darra State School en we zijn het er allemaal over eens dat de knappe Vietnamees-Australische Darren Dang verreweg de grootste kans maakt van ons allemaal om beroemd te worden, waarschijnlijk omdat hij ons alle achttien in het klaslokaal uitmoordt met een machinegeweer. Vorige maand, tijdens een project over de Eerste Vloot, toen we Britse schepen moesten maken van Paddle Pop-ijsstokjes, kwam Darren bij mijn tafeltje langs. 'Hé, Tink,' fluisterde hij.

Eli Bell. Tinkelbel. Tink.

'Hé, Tink. Flessenbakken. Na school.'

Dat vertaalde zich als: 'Je kunt na school maar beter naar de grote gele glasbakken achter het schuurtje van terreinbeheerder McKinnon komen als je je bescheiden schoolopleiding aan deze staatsschool in Queensland wilt voortzetten met beide oren aan je kop.' Ik wachtte dertig minuten bij de glasbakken en begon net de valse hoop te krijgen dat Darren Dang onze spontane afspraak misschien was vergeten, toen hij achter me opdook en me met zijn rechterwijsvinger en duim in mijn nekvel greep. 'Als je ninja's ziet, zie je geesten,' fluisterde hij. Een zin uit *The Octagon*. Twee maanden daarvoor, tijdens de gymnastiekles, had ik Darren Dang verteld dat ik, net als hij, vond dat de film van Chuck Norris over een geheim trainingskamp voor ninjaterroristen de beste film ooit was. Ik had gelogen. *Tron* is de beste film ooit.

'Ha!' lachte Eric Voight, Darrens onnozele, volgevreten spierbundelvriendje uit een gezin van onnozele vette monteurs, de bazen van Darra Auto Transmission and Window Tinting aan de overkant van de steenfabriek. 'Tinkelbel het elfje heeft in zijn elfenbroekje geschijt.'

'Gescheten,' zei ik. 'Tinkelbel het elfje heeft in zijn broek *gescheten*, Eric.'

Darren ging naar de glasbakken en graaide door Mr McKinnons verzameling lege drankflessen. 'Hoeveel drinkt die vent?' vroeg hij zich hardop af terwijl hij een Black Douglas-fles ophield en een half dopje resterende drank achteroversloeg. Hij deed hetzelfde met een miniatuurflesje Jack Daniel's en vervolgens met een fles Jim Beam-whisky. 'Jij ook wat?' vroeg hij, terwijl hij me de droesem in een fles Stone's Green Ginger Wine aanbood.

'Nee, dank je,' zei ik. 'Waar wil je me over spreken?'

Darren lachte en liet een grote canvas plunjezak van zijn rechterschouder zakken. Hij stak zijn hand in de plunjezak. 'Ogen dicht,' commandeerde hij.

Dergelijke verzoeken van Darren Dang eindigen altijd in tranen of bloed. Maar net als met school, als je eenmaal met Darren Dang begint, is er geen realistische manier om aan Darren Dang te ontkomen.

'Waarom?' vroeg ik.

Eric gaf me een harde por in de borst: 'Ogen dicht, Bellzak.'

Ik sloot mijn ogen en sloeg instinctief mijn handen voor mijn ballen.

'Ogen open,' zei Darren. En ik opende mijn ogen om een close-upbeeld te zien van een grote bruine rat, waarvan de twee voortanden zenuwachtig op en neer trilden, als een gemeentelijke drilboor.

'Godverdomme, Darren,' schreeuwde ik.

Darren en Eric brulden van het lachen. 'Gevonden in de opslagruimte,' zei hij.

Darren Dangs moeder, 'Back Off' Bich Dang, en zijn stiefvader, Quan Nguyen, runnen de Little Saigon Big Fresh-supermarkt aan het einde van Darra Station Road, een grote supermarkt voor Vietnamese geïmporteerde groenten, fruit, specerijen, vlees en verse vis. De opslagruimte achter de supermarkt, naast de koelcel, is tot grote vreugde van Darren de thuisbasis van de grootste kolonie bruine ratten met obesitas in het zuidoosten van Queensland.

'Hou hem even vast,' zei Darren terwijl hij de rat in mijn tegenstribbelende handen legde.

De rat zat te trillen in mijn handen, passief van angst.

'Dit is Jabba.' Darren tastte in zijn plunjezak. 'Grijp hem bij zijn staart.'

Ik nam halfhartig de staart van de rat tussen mijn rechterwijsvinger en duim.

Darren haalde een machete uit zijn plunjezak.

'Wat is dat, verdomme?'

'Opa's machete.'

De machete was langer dan Darrens rechterarm. Hij had een bruine houten steel en een groot, breed lemmet, roestend aan de vlakke zijden, maar geolied en blinkend zilver aan de snijkant.

'Nee, je moet hem echt stevig bij zijn staart pakken, anders raak je hem kwijt,' zei Darren. 'Pak de staart goed vast met je vuist.'

'Je moet hem even stijf vasthouden als je lul, Bellzak, anders gaat hij ervandoor,' zei Eric.

Ik pakte de staart stevig vast in mijn vuist.

Darren haalde een rode doek uit zijn plunjezak, een soort groot uitgevallen zakdoek. 'Oké, zet hem op de septic tank, maar laat hem niet los.'

'Misschien kan Eric hem beter vasthouden?'

'Jij houdt hem vast,' zei Darren met iets onverstoorbaars in zijn ogen, iets onvoorspelbaars.

Naast de glasbak stond een betonnen ondergrondse septic tank met een zwaar roodmetalen deksel. Ik zette Jabba voorzichtig op de tank, met mijn rechterhand om zijn staart.

'Geen spier bewegen, Tink,' zei Darren.

Darren vouwde de grote rode zakdoek tot een blinddoek, wikkelde hem om zijn ogen en ging op zijn knieën zitten, als een Japanse krijger die op het punt staat een mes door zijn eigen hart te drijven.

'O, in godsnaam, Darren, serieus,' zei ik.

'Niet bewegen, Tink,' blafte Eric, die over me heen ging staan.

'Maak je geen zorgen, ik heb dit al twee keer gedaan,' zei Darren.

Jabba, die arme sukkel, was even verstijfd van angst en gelaten als ik. Hij keerde zijn kop met klapperende tanden naar me toe, verward en doodsbang.

Darren greep het handvat van de machete met beide handen vast en hief hem met een trage, weloverwogen beweging boven zijn hoofd, waarbij het snijblad van het onhandelbare instrument een ogenblik schitterde in de volle zon, die deze helse scène verlichtte.

'Wacht, Darren, straks hak je mijn hand eraf,' stamelde ik.

'Onzin,' zei Eric. 'Hij heeft ninjabloed. Hij ziet je hand beter in zijn gedachten dan met zijn echte ogen.' Hij legde een stevige hand op mijn schouder om me op mijn plaats te houden. 'Gewoon stil blijven zitten, sukkel.'

Darren ademde diep in. Ademde uit. Ik wierp nog een laatste blik op Jabba, zijn lijf ineengedoken van angst, onbeweeglijk, alsof hij dacht dat we, als hij gewoon stil zou blijven zitten, zouden vergeten dat hij er was.

Darrens machete kwam neer met een snelle en gewelddadige zwaai en het glimmende, geoliede mes sloeg met een korte gele vonk een centimeter van mijn gesloten vuist in het deksel van de septic tank.

Hij haalde zijn blinddoek in triomf los om naar het bloedige stoffelijk overschot van Jabba de Rat te kijken. Maar er was niets te zien. Jabba was verdwenen.

'Sjodemietel, Tink?' riep hij, zijn Vietnamese accent duidelijk hoorbaar in zijn woede.

'Hij heeft hem losgelaten!' schreeuwde Eric. 'Hij heeft hem losgelaten!' Hij sloeg zijn arm om mijn nek, de smerige stank van zijn oksel als een oud moeras. Ik zag Jabba zijn vrijheid tegemoet rennen door een gat onder de schoolomheining van ijzergaas, het dichte struikgewas achter Mr McKinnons gereedschapsschuurtje in.

'Je hebt me beledigd, Tink,' fluisterde Darren.

Eric ging met zijn volle gewicht over mijn rug hangen en dwong me plat op de septic tank te gaan liggen. 'Bloed voor bloed.'

'Je kent de krijgerscode, Eli Bell,' zei Darren formeel.

'Nee, ik ken de code echt niet, Darren. En trouwens, volgens mij was die oude erecode meer een richtlijn of zo.'

'Bloed voor bloed, Eli Bell. Wanneer de rivier van de moed opdroogt, stroomt er bloed in haar plaats.' Hij knikte Eric toe. 'Vinger.'

Eric rukte mijn rechterarm achterwaarts over de septic tank.

'Verdomme, Darren,' brulde ik. 'Denk even na. Je wordt van school getrapt.'

Eric rukte mijn rechterwijsvinger uit mijn gebalde vuist.

'Darren, bedenk even wat je aan het doen bent,' smeekte ik. 'Ze stoppen je in de jeugdgevangenis.'

'Ik heb mijn pad lang geleden aanvaard, Eli Bell. En jij?'

Darren trok de blinddoek weer over zijn ogen en hief met beide handen de machete hoog boven zijn hoofd. Eric verdraaide mijn pols tot hij bijna brak en duwde hem hard naar beneden, met mijn uitgestrekte vinger open en bloot op het deksel van de septic tank. Ik schreeuwde van de pijn onder de druk. Mijn vinger was de rat. Mijn vinger was de rat die wilde verdwijnen. Mijn rechterwijsvinger, die met mijn geluks-sproet op de middelste knokkel. Mijn gelukssproet. Mijn geluksvinger. Ik staarde naar die gelukssproet en bad uit alle macht tot het geluk. En dat was precies het moment waarop Mr McKinnon, de dronken, scotch-minnende Ierse terreinbeheerder van begin zeventig, op een drafje de hoek van zijn schuurtje om kwam en verbijsterd bleef staan bij het zien van de Vietnamese jongen met een rode blinddoek om die op het punt stond om de wijsvinger van de jongen met de gelukssproet, uitgespreid over de septic tank, ritueel te offeren.

'Wat is hier in vredesnaam aan de hand!' brulde McKinnon.

'Rennen!' schreeuwde Eric.

Darren vluchtte, inderdaad met het heimelijke reactievermogen van zijn geliefde ninja. Eric was trager, het duurde even voordat hij zijn dikke pens van mijn linkerschouder had getild, maar hij ontweek de klauw van McKinnons dikke, zwaaiende linkerarm, die uiteindelijk de achterzak te pakken kreeg van mijn kastanjebruine katoenen schoolbroek, waardoor ik als Wile E. Coyote in de lucht rende, in een nutteloze poging me uit de voeten te maken.

'Waar denk jij heen te gaan?' vroeg McKinnon. Zijn adem stonk naar Black Douglas.

*

Nu sluip ik ineengedoken naar de omheining van de familie Dang, gemaakt van lange, bruine houten staken met spitse toppen. Lyle volgt het pad van Darren Dangs lange oprijlaan. Darren Dang woont in een van de grootste huizen van Darra. Drieduizend gele bakstenen, voor de helft van de prijs rechtstreeks aangekocht bij de lokale steenfabriek, vormen een huis met drie verdiepingen met de ambities van een Italiaans landhuis, maar de realiteit van een goedkope, slechte buitenwijksmaak. De voortuin heeft het formaat van een half voetbalveld en is omzoomd door misschien wel vijftig hoge palmbomen. Ik schiet snel over de lange betonnen oprit en trek me dan terug achter de palmen langs het gazon van de voortuin om uit het zicht te blijven. Dichter bij het huis staat een trampoline, omringd door plastic prinsessenkastelen van Darrens drie jongere zussen, Kylie Dang, Karen Dang en Sandy Dang. Ik loop naar de trampoline, duik achter het grootste prinsessenkasteel, een roze plastic sprookjeswereld met een bruine glijbaan in de vorm van een ophaalbrug en kasteelmuren die hoog genoeg zijn om me achter te verschuilen terwijl ik door de glazen schuifdeuren zicht heb op de woonkamer en zie dat Lyle bij Bich en Quan, Darrens moeder en stiefvader, op de bank gaat zitten.

'Back Off' Bich Dang dankt haar bijnaam aan een serie onbeschrijflijke geweldsdaden. Naast de Little Saigon-supermarkt bezit ze een groot Vietnamees restaurant en de naastgelegen kapsalon waar ik mijn haar laat knippen, tegenover het treinstation van Darra. Quan Nguyen is meer haar nederige trouwe dienaar dan haar man. Bich is even beroemd in onze stad vanwege de onbaatzuchtige sponsoring van sociale evenementen in Darra – dansfeesten, voorstellingen van het historisch genootschap, rommelmarkten om fondsen te werven – als vanwege die keer dat ze Cheryl Vardy, een schoolmeisje uit het vijfde jaar, met een stalen schoolliniaal in haar linkeroog stak nadat ze haar dochter Karen Dang had uitgelachen omdat ze elke dag gestoomde rijst mee naar school kreeg als lunch. Cheryl Vardy moest na het incident worden geopereerd. Het scheelde weinig of ze was blind geworden en ik heb nooit begrepen waarom Bich Dang niet naar de gevangenis hoefde. Toen besefte ik voor het eerst dat Darra eigen regels, wetten en codes had en wie weet had 'Back Off' Bich Dang die in haar onbaatzuchtigheid zelf wel in het leven geroepen. Niemand weet wat er is gebeurd met haar eerste echtgenoot, Darrens vader, Lu Dang. Hij is zes jaar geleden verdwenen. Iedereen beweert dat Bich hem heeft vergiftigd, dat ze zijn garnalen-varkensvleesloempia's heeft gekruid met arsenicum, maar het zou me niets verbazen als ze hem met een stalen liniaal in het hart heeft gestoken.

Bich draagt een lichtpaarse kimono, haar gezicht van halverwege de vijftig is opgemaakt, zelfs op dit tijdstip. Alle Vietnamese moeders in Darra zien er hetzelfde uit: hoog gekapt zwart haar in een wrong, zo zwaar in de lak dat het lichtstralen weerkaatst, met witte poederachtige foundation op hun wangen en lange zwarte wimpers, waardoor ze er voortdurend verschrikt uitzien.

Bich, met haar handen gevouwen, ellebogen rustend op haar knieën, geeft instructies, zo nu en dan wijzend met haar wijsvingers zoals de grote coach van de Parramatta Eels, Jack Gibson, vanaf de zijlijn deed als hij instructies gaf aan zijn trouwe jongens op het veld, Ray Price en Peter Sterling. Bich knikt met haar hoofd als reactie op iets wat Lyle zegt en wijst dan naar haar man, Quan. Ze stuurt hem ergens heen en hij knikt gehoorzaam, verdwijnt schommelend uit het zicht en keert terug met een grote rechthoekige koelbox van piepschuim, zo'n doos waarin de Dangs hun verse vis koel houden in de Little Saigon-supermarkt. Quan zet de koelbox aan Lyles voeten.

Dan voel ik een scherp en koud metalen blad in mijn nek.

'Dingdong, Eli Bell.'

Darren Dangs lach klinkt door de palmbomen.

'Jezus, Tink,' zegt hij, 'als je probeert om onzichtbaar te blijven, moet je misschien eens een andere pyjama overwegen. Ik kon die bleke Aussie-kont van je helemaal vanaf onze brievenbus zien.'

'Goed advies, Darren.'

Het lemmet is lang en dun en drukt hard tegen de zijkant van mijn nek.

'Is dat een samoeraizwaard?' vraag ik.

'Fuck, ja,' zegt hij trots. 'Gekocht in het pandjeshuis. Heb ik vandaag zes uur lang zitten slijpen. Ik sla zo je kop eraf, zeker weten. Wil je het zien?'

'Hoe kan ik het zien als ik geen hoofd meer heb?'

'Je hersenen werken nog als je kop is afgehakt. Best cool. Je oogballen kijken omhoog vanaf de grond, en ik hou je lichaam zonder hoofd vast en zwaai naar je. Fuck. Wat een grappige manier om dood te gaan!'

'Ja, ik lach me helemaal dood.'

Darren brult van het lachen. 'Dat is een goeie, Tink.'

Dan wordt hij plotseling ernstig en hij duwt het mes harder tegen mijn nek. 'Waarom bespioneer je je vader?'

'Hij is mijn vader niet.'

'Wie is hij dan?'

'Het vriendje van mijn moeder.'

'Issie goed?'

'Goed in wat?'

Het lemmet duwt nu iets minder hard in mijn nek.

'Goed voor je moeder.'

'Ja, heel goed.'

Hij haalt het zwaard uit mijn nek, loopt naar de trampoline en gaat op de rand zitten, zijn benen bungelend boven de stalen veren van het zwarte springzeil. Hij is helemaal in het zwart gekleed, zijn zwarte trui en trainingsbroek zijn even zwart als zijn bloempotkapsel.

'Wil je een peuk?'

'Tuurlijk.'

Hij beweegt zijn zwaard, steekt het in de grond om plaats te maken voor mij op de rand van de trampoline. Hij haalt twee sigaretten uit een zacht wit pakje zonder merk, steekt ze aan in zijn mond en geeft er een aan mij. Ik neem een voorzichtig trekje en het brandt in mijn keel en bezorgt me een enorme hoestbui.

Darren lacht. 'Noord-Vietnamese saffies, Tink. Hartstikke sterk. Word je lekker high van.'

Ik knik ijverig, duizelig van de tweede hijs.

We kijken door de schuifdeuren van de woonkamer naar Lyle, die met Bich en Quan zit te praten bij de piepschuimen koelbox.

'Kunnen ze ons niet zien?' vraag ik.

'Nah. Ze hebben helemaal niks door als ze zakendoen. Verdomde amateurs. Het wordt hun ondergang.'

'Wat doen ze daarboven?'

'Weet je dat niet?'

Ik schud van nee.

Hij lacht weer. 'Kom op, Tink. Dat weet je best. Je kan dan wel volbloed Aussie zijn, maar zo stom ben je niet.'

Ik lach ook. 'Die koelbox zit vol met heroïne.'

Darren blaast sigarettenrook de nacht in. 'En...'

'En het paarse vuurwerk was een soort geheim waarschuwingssysteem. Zo laat je moeder haar klanten weten dat hun bestellingen klaarstaan.'

Hij grijnst. 'Ga door!'

'Verschillende kleuren vuurwerk voor verschillende dealers.'

'Heel goed, sukkel. Die goeie man van jou doet een klusje voor zijn baas.'

'Tytus Broz,' zeg ik. Tytus Broz. De Heer der Ledematen.

Darren zuigt aan zijn sigaret en knikt. 'Wanneer heb je dit allemaal uitgevogeld?'

'Nu net.'

Hij lacht. 'Hoe voelt dat?'

Ik zeg niks.

Darren gniffelt. Hij springt van de trampoline en raapt zijn samoeraizwaard op. 'Zin om hem ergens in te steken?'

Ik denk even na over deze merkwaardige kans.

'Ja, Darren. Dat wil ik wel.'

*

De auto staat twee straten van Darrens huis geparkeerd, in Winslow Street, voor een eenvoudige, vierkante doos van een huis waar nergens licht brandt. Het is een kleine, donkergroene Holden Gemini.

Darren haalt een zwarte bivakmuts uit zijn achterzak en trekt hem over zijn hoofd. Dan haalt hij een kous uit zijn broekzak. 'Hier, trek aan,' zegt hij, terwijl hij behoedzaam naar de auto sluipt.

'Waar heb je die vandaan?'

'Uit m'n moeders mand met vuile was.'

'Laat maar, bedankt.'

'Maak je geen zorgen, ze passen altijd. Ze heeft dikke dijen voor een Vietnamese vrouw.'

'Dit is de auto van pater Monroe,' zeg ik.

Hij knikt en springt zachtjes op de motorkap. Zijn gewicht maakt een deuk in het oude, roestende metaal van de auto.

'Waar ben je verdomme mee bezig?' vraag ik.

'Ssst!' fluistert Darren. Hij houdt één arm tegen pater Monroes voorruit om zijn evenwicht te bewaren, hijst zich op en gaat boven op het dak van de auto staan.

'Kom op, geen gezeik met de auto van pater Monroe.'

Pater Monroe. De ernstige, ouder wordende pater Monroe met zijn vriendelijke stem is een gepensioneerde priester uit Glasgow, via Darwin en Townsville en Emerald in de centrale hooglanden van Queensland hier beland. Mikpunt van grappen, geheimhouder van zonden en gul met papieren bekertjes sinaasappel- en limoenlimonade uit de vriezer, speciaal voor permanent dorstige kinderen uit de buurt, zoals August en ik.

'Wat heeft hij je ooit misdaan?'

'Niks. Mij heeft hij niks misdaan. Maar Froggy Mills wel, die heeft hij wel iets misdaan.'

'Hij is een goede man, laten we hier weggaan.'

'Goede man?' herhaalt Darren. 'Froggy zegt heel wat anders. Froggy zegt dat pater Monroe hem elke zondag na de mis een tientje betaalt om hem zijn lul te laten zien terwijl hij zich aftrekt.'

'Dat is lulkoek.'

'Froggy verkoopt geen lulkoek. Hij is religieus. Pater Monroe zei tegen hem dat het een zonde is om lulkoek te verkopen, maar het is natuurlijk geen zonde om een vijfenzeventigjarige man je pik en ballen te laten zien.'

'Je krijgt hem nooit door het metaal.'

Darren tikt met zijn schoen op het autodak. 'Het is heel dun. Half verroest. Dit mes is zes uur lang geslepen. Het beste Japanse staal helemaal uit...'

'Het pandjeshuis in Mill Street.'

Achter de gaten in zijn bivakmuts sluit Darren zijn ogen. Hij neemt het handvat stevig in beide vuisten, heft het mes hoog op en concentreert zich op iets vanbinnen, als een oude krijger die op het punt staat om het leven van zijn beste vriend, of dat van zijn favoriete Australische voorstedelijke auto, ritueel te beëindigen. 'Shit,' zeg ik, terwijl ik de ongewassen kous van Bich Dang over mijn hoofd trek.

'Wakker worden, tijd om te sterven,' zegt Darren.

Hij stoot het zwaard naar beneden en drijft het met luid gekrijs van metaal op metaal in de Gemini. Een derde deel van het lemmet doorboort het autodak zoals Excalibur de steen.

Darrens mond valt open. 'Fuck, hij ging er dwars doorheen.' Hij straalt. 'Zag je dat, Tink?'

Er gaat een licht aan in het huis van pater Monroe.

'Kom op, wegwezen,' schreeuw ik.

Darren rukt aan het handvat, maar de kling zit muurvast en er is geen beweging in te krijgen. Hij rukt eraan met beide handen. 'Hij komt er niet uit.' Hij trekt het bovenste uiteinde van de kling naar zich toe en duwt hem dan naar voren, maar het onderste deel beweegt niet mee.

In de woonkamer van pater Monroe gaat een raam open.

'Hé, hé, wat doe jij daar?' roept pater Monroe door een halfopen raam.

'Kom nou, wegwezen,' dring ik aan.

Pater Monroe opent zijn voordeur en rent het pad af naar zijn hek. 'Ga van mijn auto af!' schreeuwt hij.

Darren springt vloekend van de achterkant van de auto.

Pater Monroe bereikt zijn auto en ziet het samoeraizwaard heen en weer zwaaien, zijn mystieke kling op onverklaarbare wijze dwars door de bovenkant van de geparkeerde auto gespietst.

Op veilige afstand draait Darren zich om, vrolijk zwaaiend met de Vietnamese pik die hij uit zijn broek heeft gehaald. 'Een tientje voor deze pik, pater!' gilt hij.

*

Stille nachtlucht en twee jongens, rokend in de goot. Sterren aan de hemel. Een reuzenpad, platgereden door een autoband op de asfaltweg, een meter van mijn rechtervoet. Zijn roze tong is uit zijn mond geëxplodeerd, waardoor het is alsof de pad halverwege een maaltje frambozenslang is platgereden.

'Waardeloos, hè?' zegt Darren.

'Wat?'

'Opgroeien met het idee dat je bij de goeien hoorde, terwijl je al die tijd achter de kwaaien aan liep.'

'Ik loop niet achter de kwaaien aan.'

Hij schokschoudert. 'We zien wel. Ik weet nog dat ik erachter kwam dat mama in de handel zat. We woonden nog in Inala. De politie viel ons huis binnen. Haalde de hele boel ondersteboven. Ik was zeven en scheet in mijn broek. Ik bedoel, letterlijk, ik scheet echt in mijn broek.'

De juten lieten Bich Dang al haar kleren uittrekken, smeten haar tegen de vezelcementwanden, hadden er lol in hun huishoudelijke spullen kapot te smijten. Darren zat naar *The Partridge Family* te kijken op een groot toestel van National, dat de detectives omverwierpen op zoek naar drugs.

'Het was waanzin, alles werd vernield, mama schreeuwde tegen ze, trapte ze tegen de benen, krabde ze en alles. Ze sleepten mama de voordeur uit en lieten me alleen achter op de vloer van de woonkamer, huilend als een malloot, met een enorme drol in mijn broek. Ik was zo van streek dat ik wezenloos naar die moeder van de Partridges bleef kijken, die ondersteboven op de televisie tegen haar kinderen praatte.'

Ik schud mijn hoofd. 'Niet normaal gewoon.'

Hij haalt zijn schouders op. 'Dat is het spel. Zo'n twee jaar later heeft ma het me eerlijk verteld. Wij waren belangrijke spelers. Ik voelde me net zoals jij nu.'

Hij zegt dat dit akelige gevoel dat ik vanbinnen heb het besef is dat ik bij de slechteriken hoor, maar dat ik niet de slechtste van de slechteriken ben.

'De slechtste jongens werken alleen maar voor je,' zegt hij.

Huurmoordenaars, humorloos en krankjorum, zegt hij. Ex-leger, ex-gevangenis, ex-mens. Alleenstaande mannen van in de dertig en veertig. Mysterieuze klootzakken, enger dan het soort dat avocado's tussen de vingers tot pulp knijpt op groente- en fruitmarkten. Het soort dat de nek van een man tot pulp knijpt. Al die slechteriken opereren tussen de kieren van deze stille stad. Dieven en oplichters en mannen die kinderen verkrachten en vermoorden. Een bepaald soort moordenaars, maar niet het soort waar we van houden uit *The Octagon*. Deze mannen dragen slippers en Stubbies-shorts. Ze steken mensen niet neer met samoeraizwaarden, maar met de messen die ze op zondag gebruiken om het braadvlees aan te snijden wanneer hun weduwemoeders op bezoek zijn. Psychopaten in de voorsteden. Darrens mentoren.

'Ze werken niet voor mij,' zeg ik.

'Nou, ze werken voor je vader.'

'Hij is mijn vader niet.'

'O, vergeten, sorry. Waar is je echte vader?'

'Bracken Ridge.'

'Is hij goed?'

Iedereen wil de volwassen mannen in mijn leven meten aan de hand van hun goedheid. Ik meet ze in details. In herinneringen. In de momenten dat ze mijn naam noemden.

'Nooit geweten,' zeg ik. 'Wat heb je toch met mannen en of ze goed zijn?'

'Nooit een goeie ontmoet, dat is alles. Volwassen mannen, Tink. De meest gefrustreerde wezens op de planeet. Vertrouw ze nooit.'

'Waar is jouw echte vader?'

Darren staat op uit de goot, spuugt een straal speeksel door met opeengeklemde tanden. 'Die is precies waar hij thuishoort.'

*

We lopen terug naar Darrens oprit en gaan weer op de rand van de trampoline zitten. Lyle en Bich zijn nog steeds diep verzonken in een schijnbaar eindeloos gesprek.

'Maak je geen zorgen, man,' zegt Darren. 'Je hebt net de loterij gewonnen. Je bent met je neus in een groeimarkt gevallen. De markt voor die shit daar in die koelbox zal nooit opdrogen.'

Hij zegt dat zijn moeder hem laatst een geheim heeft verteld over Australiërs. Ze zei dat dit geheim een rijk man van hem zou maken. Ze zei dat het grootste geheim over Australië de ingebakken ellende van de natie is. Bich Dang lacht om de advertenties op tv, als Paul Hogan nog een garnaal op de barbecue legt. Ze zei dat buitenlandse bezoekers zonder meer ingelicht zouden moeten worden over wat er vijf uur later gebeurt bij die Australische garnalenbarbecue, wanneer het bier en de rum in combinatie met de kloppende koppijn door de zon uitdraaien op al dat geweld op zaterdagavond, achter gesloten deuren en verspreid over het hele land. De waarheid is, volgens Bich, dat de Australische kindertijd zo idyllisch en vrolijk is, zo een en al dagjes strand en cricketspelletjes in de achtertuin, dat Australische volwassenen onmogelijk kunnen voldoen aan de verwachtingen uit onze jeugd. Onze perfecte kinderlevens in dit uitgestrekte eilandparadijs verdoemen ons tot melancholie omdat we weten, in de harde, eerlijke botten onder onze dubieuze bronzen huid, dat we nooit meer zo gelukkig zullen worden als we vroeger zijn geweest. Ze zei dat we in het mooiste land van de wereld wonen, maar dat we ons eigenlijk allemaal diep ellendig voelen vanbinnen en de heroïne geneest de ellende en de heroïne-industrie zal nooit opdrogen, omdat de Australische ellende nooit zal opdrogen.

'Over tien, twintig jaar bezit ik driekwart van Darra, ongeveer half Inala en een flink stuk van Richlands.'

'Hoe dan?'

'Uitbreiding, Tink,' zegt hij met grote ogen. 'Ik heb plannen. Dit gebied zal niet altijd het afvoerputje van de stad zijn. Op een dag, man, worden al deze huizen hier in de buurt iets waard, maar voordat dat gebeurt koop ik ze allemaal op. Met die dope is het net zo. Tijd en plaats, Tink. Die dope daarboven is niks waard in Vietnam. Laad het op een boot, breng het naar Cape York en het verandert in goud. Het is magisch. Stop het in de grond, laat het tien jaar liggen en het verandert in diamant. Tijd en plaats.'

'Waarom praat je nooit zo veel op school?'

'Er is niks waar ik een passie voor heb op school.'

'Drugs dealen is jouw passie?'

'Dealen? Schei uit. Te link, te veel variabelen. Wij importeren het alleen. Wij dealen niet. We maken alleen afspraken. Jullie Aussies mogen het vuile werk opknappen en het doorverkopen.'

'Dus Lyle knapt jullie vuile werk op?'

'Nee,' zegt Darren. 'Hij doet het vuile werk voor Tytus Broz.'

Tytus Broz. De Heer der Ledematen.

'Hé, een man moet werken, Tink.'

Hij legt zijn arm om mijn schouder. 'Hoor eens, ik heb je nooit bedankt dat je me niet hebt verlinkt over Jabba.' Hij lacht. 'Je hebt niet de rat uitgehangen over de rat.'

De terreinbeheerder, Mr McKinnon, sleurde me aan mijn kraag naar het kantoor van de directeur. Mr McKinnon was te blind of te straalbezopen om de twee jongens te identificeren die van plan waren mijn rechterwijsvinger af te hakken met een machete.

Het enige wat McKinnon wist te vertellen was: 'Een van hen was *Vietmanees*.' En dat had onze halve school kunnen zijn. Het was niet uit loyaliteit dat ik geen namen noemde, meer uit zelfbehoud, en een week nablijven en sommen maken in een schriftje was een kleine prijs voor mijn gehoor.

'We kunnen een man als jij wel gebruiken,' zegt Darren. 'Ik heb mensen nodig die ik kan vertrouwen. Wat dacht je ervan? Wil je me helpen mijn imperium op te bouwen?'

Ik kijk even omhoog naar Lyle, die nog steeds over zaken zit te praten met de felle Bich Dang en haar bescheiden echtgenoot.

'Bedankt voor het aanbod, Darren, maar weet je, het is nooit mijn levensplan geweest om een heroïne-imperium op te bouwen.'

'Is dat zo?' Hij schiet zijn sigarettenpeuk in het sprookjeskasteel van zijn zus. 'Een man met een plan. En wat is het grote levensplan van Tink Bell dan wel?'

Ik haal mijn schouders op.

'Kom op, Eli, een slimme Aussie-modderkrab zoals jij, vertel me eens hoe je uit deze schijtemmer gaat kruipen?'

Ik kijk omhoog naar de nachtelijke hemel. Daar is het Zuiderkruis. De steelpan, de witte glinsterende sterren in de vorm van het kleine pannetje waar Lyle op zaterdagochtend altijd zijn eieren in kookt. 'Ik word journalist.'

'Ha!' joelt Darren. 'Journalist?'

'Yep. Ik word misdaadverslaggever bij *The Courier-Mail*. Ik ga in een huis wonen in The Gap en ik ga mijn hele leven misdaadverhalen schrijven voor de krant.'

'Ha! Een van de slechteriken verdient zijn brood met schrijven over de slechteriken,' zegt Darren. 'En waarom wil je in godsnaam in The Gap wonen?'

We hadden onze Atari-spelconsole gekocht via de *Trading Post*. Lyle reed met ons naar een gezin in The Gap, een groene buitenwijk acht kilometer ten westen van Brisbanes Central Business District, dat onlangs een Commodore 64-desktopcomputer had gekocht, waardoor de Atari overbodig was geworden en voor zesendertig dollar aan ons verkocht kon worden. Ik had nog nooit zo veel hoge bomen in één buitenwijk gezien. Reusachtige blauwe gombomen wierpen hun schaduwen over kinderen die handbal speelden in cul-de-sacs. Ik hou van cul-de-sacs. Darra heeft niet genoeg cul-de-sacs.

'Om de cul-de-sacs,' zeg ik.

'Wat is verdomme een cul-de-sac?'

'Daar sta je in. Een doodlopende weg. Te gek voor een partijtje handbal of cricket. Er komen geen auto's langs.'

'Ja, ik hou wel van een doodlopende weg,' zegt hij. Hij schudt zijn hoofd. 'Man, als jij een optrekje wil in The Gap, dan krijg je dat in geen twintig, dertig jaar voor elkaar met die journalistenflauwekul. Eerst moet je studeren, dan moet je gaan smeken om een baantje bij een of andere klootzak die je dertig jaar gaat lopen commanderen en intussen moet je elke cent opzijleggen en tegen de tijd dat je eindelijk uitgespaard bent, zijn er geen huizen meer te koop in The Gap!'

Hij wijst naar de woonkamer. 'Zie je die piepschuimen doos naast de voeten van die goede man daarboven?'

‘Ja.’

‘Daar zit een heel huis in The Gap in. Wij slechteriken, Tink, wij hoeven niet te wachten tot we huizen kunnen kopen in The Gap. In mijn wereld kopen we die morgen als we dat willen.’ Hij lacht.

‘Is het leuk?’ vraag ik.

‘Wat?’

‘Jouw wereld.’

‘Natuurlijk is het leuk. Je ontmoet veel interessante mensen. Alle mogelijkheden om je bedrijfskennis te vergroten. En als de politie komt rondsnuffelen, weet je pas echt dat je leeft. Je komt weg met een enorme import pal onder hun neus en je verkoopt de boel en casht de winst en dan zeg je tegen je familie en vrienden: “Godsamme, kijk eens wat je kunt bereiken als je optreedt als een team en je er echt voor inzet.”’

Hij slaakt een diepe zucht.

‘Ik vind het inspirerend,’ zegt hij. ‘Het doet me geloven dat in een land als Australië alles mogelijk is.’

We blijven een poosje zwijgend zitten. Hij speelt met de vuursteen van zijn aansteker, springt van de trampoline en beent naar de trap voor de voordeur.

‘Kom, we gaan naar boven,’ zegt hij.

Ik kijk hem stomverbaasd aan.

‘Waar wacht je op? Mam wil je leren kennen.’

‘Waarom wil je moeder me leren kennen?’

‘Ze wil de jongen ontmoeten die niet geluld heeft over de rat.’

‘Ik kan niet mee naar boven.’

‘Waarom niet?’

‘Het is bijna één uur en Lyle trapt me in elkaar.’

‘Hij trapt je niet in elkaar als wij dat niet willen hebben.’

‘Hoezo ben je daar zo zeker van?’

‘Omdat hij weet wie we zijn.’

'En wie zijn jullie?'

'Wij zijn de slechteriken.'

*

We lopen naar binnen via de glazen schuifdeuren van het terras. Darren banjert zelfverzekerd de woonkamer in en negeert Lyle in de stoel links van hem. Zijn moeder zit, met haar ellebogen op haar knieën, op de lange bruinleren bank, haar man op de luie stoel naast haar.

'Hoi, mam, ik heb deze jongen betrapt op spioneren in de tuin.'

Ik ga de woonkamer binnen in mijn pyjama met het gat op de bil.

'Dit is het joch dat niet over Jabba heeft geluld,' zegt Darren.

Lyle kijkt naar rechts en als hij mij ziet, vertrekt zijn gezicht van woede. 'Eli, wat doe jij hier in vredesnaam?' vraagt hij zacht en fel.

'Darren heeft me uitgenodigd.'

'Het is één uur 's nachts. Naar. Huis. Nu.'

Ik draai me bliksemsnel om en loop de deur van de woonkamer uit.

Bich Dang laat een zacht lachje horen. 'Geef je het echt zo gemakkelijk op, jongen?'

Ik blijf staan. Draai me om.

Bich Dang lacht, de porseleinblanke poedercrème op haar gezicht kraakt rondom de rimpels van haar halfgeopende mond. 'Bepleit je zaak, jongen. Vertel ons alsjeblieft waarom je op dit nachtelijke tijdstip buiten ronddwaalt in je pyjama en dat schattige witte kontje laat zien.'

Ik kijk naar Lyle. Hij kijkt naar Bich en ik volg zijn blik.

Ze neemt een lange witte mentholsigaret uit een zilveren houder, steekt hem aan, leunt achterover tegen de leuning van de bank terwijl ze haar eerste trek neemt en blaast die vervolgens uit, haar ogen fonkelend alsof ze naar een pasgeboren baby kijkt. 'Nou?'

'Ik zag het paarse vuurwerk.'

Bich knikt begrijpend. Godsamme. Ik heb me nooit gerealiseerd hoe mooi ze is. Ze is dan wel halverwege de vijftig, begin zestig misschien zelfs, maar ze is zo exotisch en zo koelbloedig opwindend dat ze de uitstraling heeft van een slang. Misschien is ze zo aantrekkelijk op deze leeftijd omdat ze haar huid afwerpt, uit haar eigen lichaam glijdt wanneer ze een nieuw vindt waarin ze door het leven kan kronkelen. Ze houdt mijn blik vast met die glimlach tot ik mijn ogen moet afwenden, mijn hoofd laat zakken om aan het trekkoord van mijn losse pyjamabroek te frunniken.

'En?'

'Ik, eh... Ik heb Lyle hier geschaduwd omdat...' Mijn keel wordt dik. Lyles vingers boren zich in de armleuningen van zijn stoel. 'Vanwege alle vragen.'

Bich buigt zich naar voren. Kijkt me onderzoekend aan. 'Kom eens hier.'

Ik doe twee stappen naar haar toe.

'Dichterbij,' zegt ze. 'Kom hier staan.'

Ik schuifel dichterbij en ze legt haar sigaret in de hoek van een glazen asbak en pakt me bij mijn hand om me zo dichtbij te trekken dat haar knieschijven tegen de mijne schuren. Ze ruikt naar tabak en citrusparfum. Haar handen zijn bleekwit en zacht, met lange, vuurrood gelakte vingernagels.

Ze bestudeert mijn gezicht gedurende twintig seconden en begint te lachen. 'O, druk jong baasje Eli Bell, zo veel gedachten, zo veel vragen. Nou, ga je gang, vraag maar raak, jongen.'

Ze wendt zich tot Lyle, nu met een zekere ernst in haar gezicht. 'En Lyle, ik vertrouw erop dat je eerlijk antwoordt.'

Ze legt haar handen op mijn dij en draait me om, met mijn gezicht naar Lyle. 'Ga je gang, Eli,' zegt ze.

Lyle zucht, schudt zijn hoofd. Ik hou mijn hoofd naar beneden. 'Bich, dit is...'

'Moedig zijn, jongen,' zegt Bich, waarmee ze Lyle afsnijdt. 'Je kunt beter je tong gebruiken, voordat Quan hier hem eruit snijdt en in zijn noedelsoep laat vallen.'

Quan straalt, trekt zijn wenkbrauwen op bij het vooruitzicht.

'Bich, ik denk niet dat dit nodig is,' zegt Lyle.

'Laat de jongen beslissen,' zegt ze, genietend van het moment.

Ik heb een vraag. Ik heb altijd een vraag. Ik heb er altijd te veel.

Ik hef mijn hoofd op en staar hem in de ogen. 'Waarom handel je in drugs?'

Lyle schudt zijn hoofd, kijkt weg, zegt niets.

Bich klinkt nu als mijn schooldirecteur. 'Lyle, de jongen verdient een antwoord, vind je niet?'

Hij haalt diep adem, wendt zich weer tot mij. 'Ik doe het voor Tytus.'

Tytus Broz. De Heer der Ledematen. Lyle doet alles voor Tytus Broz.

Bich schudt haar hoofd. 'De waarheid, Lyle.'

Hij moet hier heel lang over nadenken, boort zijn nagels dieper in de armleuning. Hij staat op en tilt de piepschuimen koelbox van het tapijt in de woonkamer. 'Tytus zal contact opnemen over de volgende bestelling,' zegt hij. 'We gaan, Eli.'

Hij loopt de schuifdeuren door. En ik volg hem omdat er op dat moment zorgzaamheid lag in zijn stem, zijn liefde lag erin en dat gevoel zal ik overal volgen.

'Wacht!' blaft Bich Dang.

Lyle blijft staan, dus ik ook.

'Kom terug, jongen,' zegt ze.

Ik kijk naar Lyle. Hij knikt. Ik schuifel behoedzaam terug naar Bich.

Ze kijkt me recht in de ogen. 'Waarom heb je mijn zoon niet verraden?'

Darren zit nu op het aanrecht van de aangrenzende keuken een mueslireep te eten terwijl hij stilletjes het tafereel gadeslaat dat zich voor zijn neus afspeelt.

'Omdat hij mijn vriend is,' zeg ik.

Darren lijkt te schrikken van deze uitlating. Hij glimlacht.

Bich bestudeert mijn ogen. Knikt. 'Wie heeft je geleerd zo loyaal te zijn aan je vrienden?'

Ik wijs onmiddellijk met mijn duim naar Lyle. 'Hij.'

Bich lacht. Ze kijkt me nog steeds in de ogen als ze zegt: 'Lyle, als ik zo brutaal mag zijn –'

'Ja,' zegt Lyle.

'Je neemt de jonge Eli nog een keer mee, hoor je, en misschien praten we over enkele kansen die zich onlangs hebben voorgedaan. Laten we eens kijken of we onderling zaken kunnen doen.'

'We gaan, Eli.'

We lopen de deur uit, maar Bich Dang heeft nog een vraag. 'Wil je het antwoord nog weten, Eli?'

Ik blijf staan en draai me om. 'Ja.'

Ze leunt achterover op de bank en neemt een trek van haar lange witte sigaret. Ze knikt en blaast zo veel rook uit dat een grijze wolk haar blik verhult. De wolk en de slang en de draak en de slechteriken. 'Het is allemaal voor jullie.'

Jongen krijgt post

Beste Eli,

Groeten uit B16. Bedankt, zoals altijd, dat je me schrijft. Je brief was het beste wat me overkwam in de afgelopen maand, blij dat die voorbij is. Erger dan Noord-Ierland hier de laatste tijd. Een aantal mannen is in hongerstaking gegaan, uit protest tegen de krappe leefomstandigheden, de overbevolking in de cellen, en omdat er op recreatiedagen te weinig activiteiten zijn. Gisteren is Billy Pedon met zijn hoofd in de strontemmer van Binnenplaats 4 gedompeld omdat hij een grote bek opzette tegen Guigsy, die zat te zeiken omdat het zo koud was buiten. Nu hebben ze alle strontemmers voorzien van een ring, waardoor ze kleiner zijn en er geen mensenhoofd meer in past. Ik denk dat je dat vooruitgang kunt noemen. Zondag brak er een enorme knokpartij uit in de cafetaria. De oude Harry Smallcombe stak zijn vork in Jason Hardy's linkerwang, omdat Hardy het laatste restje rijstpudding inpikte. De hel brak los en het gevolg was dat de cipiers de televisie weghaalden van Binnenplaats 1. Geen Days of Our Lives *meer. Neem een Boggo-ganger zijn vrijheid af, neem hem zijn rechten af, neem hem zijn menselijkheid af, neem hem zijn wil om te leven af, maar neem hem in godsnaam alsjeblieft niet zijn* Days of Our Lives *af! Je kunt je voorstellen dat de jongens daar pislink van werden en ze begonnen overal in de gevangenis te piesen, alsof het honden waren. Ik vraag me af of het woord 'pislink' daarvandaan komt. Hoe dan ook, alle jongens hier willen van jullie buitenwerelders alleen maar horen wat de laatste ontwikkelingen zijn in* Days*, dus alle nieuws daarover zou enorm op* *prijs worden gesteld. Het laatste wat we zagen was dat Liz kennelijk de gevangenis in draaide omdat ze Marie had neergeschoten – dom sletje dat ze is – ook al was het per ongeluk. Ze had de zijden 'C'-sjaal nog steeds niet gevonden waarvan ik denk dat die haar de das om zal doen. Mijn kakdoos gaf er dinsdag de brui aan, omdat Dennis de racekak had van een bedorven partij linzen die ze ons te eten hadden gegeven. Dennis raakte door zijn rantsoen wc-papier heen en moest verder met de pagina's van een oud exemplaar van* Sophie's Choice *dat hier rondslingerde. Die werden natuurlijk niet afgebroken en daardoor raakte de kakdoos verstopt, zodat de stank van Dennis' innerlijke demonen door de hele afdeling hing. Heb ik je in mijn vorige brief over Tripod verteld? Fritz zag een tijdje terug een kat door de tuin sluipen. Fritz had zich de laatste tijd goed gedragen, dus de cipiers vonden het goed dat hij tijdens de dagrec voor die kat zorgde. We bewaarden allemaal wat van ons middageten om dat beest te voeren en zo wandelde hij op zijn gemakkie door onze cellen tijdens de dagrec. Maar een van de cipiers sloeg per ongeluk een celdeur dicht met de kat ertussen en toen moest de arme stakker naar een dierenarts worden gebracht, waar Fritz' poesje een lastig ultimatum kreeg: een dure operatie om een poot te amputeren of een kogel tussen zijn ogen (niet precies wat de chirurg zei, maar je snapt het beeld). Het nieuws over de kreupele kat verspreidde zich als een lopend vuurtje en we zijn met de pet rondgegaan en hebben allemaal ons maandloon gegeven om die verrekte kat te laten opereren. Na de operatie kwam hij terug, op drie poten. Daarna hebben we uitvoerig besproken hoe we de kat zouden noemen wiens leven we met zijn allen hadden gered en we werden het eens over de naam Tripod. Die kat is hier beroemder geworden dan The Beatles. Blij te horen dat August en jij het zo goed doen op school. Goed je best blijven doen. Je wilt niet in zo'n schijthol als dit terechtkomen, omdat je niet stoned als een garnaal van de chloralhydraat wilt zijn en dwars door het hek van de wasserij in je kont geneukt wil worden door de*

Black Stallion, want dat is wat er kan gebeuren met kinderen die niet hun best doen op school. Ik heb Slim gevraagd me op de hoogte te houden van jullie rapportcijfers, goed én slecht. In antwoord op je vraag: volgens mij is de beste manier om te weten of een kerel je aan zijn mes wil rijgen de snelheid van zijn voetstappen. Als iemand uit is op moord, zie je dat allereerst aan zijn ogen, er ligt een intentie in om het te doen. Als hij in het voordeel is, zul je zien dat hij zijn slachtoffer langzaam nadert, vanuit de verte als een havik in de gaten houdt, en naarmate hij dichterbij komt, zal hij zijn stappen versnellen. Slof, slof, slof. Je valt het slachtoffer in de rug aan en je zorgt dat je de steek zo dicht mogelijk bij de nieren aanbrengt. Hij valt neer als een zak zand. Het gaat erom dat je het mes hard genoeg naar binnen brengt om jouw punt duidelijk te maken, maar zacht genoeg om een moordaanklacht te voorkomen. Een uiterst subtiel evenwicht.

Zeg tegen Slim dat zijn tuin er nog nooit zo goed bij heeft gestaan. De azalea's zijn zo roze en pluizig dat je zou denken dat we suikerspinnen kweken voor de Royal Show.

Bedankt voor de foto van Miss Haverty. Ze is nog mooier dan je had beschreven. Niets sexyer dan een jonge schooljuf met een bril. Je hebt gelijk over dat gezicht, 'als een zonsopgang'. Ik neem aan dat je het haar niet zult vertellen als je weet wat goed voor je is, maar de jongens van de D-vleugel sturen hun groeten. Wel, ik moet gaan, maatje. Etenstijd, en ik kan maar beter zorgen dat ik mijn portie bolognese krijg, voordat de hond in de pot zit. Mik hoog en wees voorzichtig, jochie.

Alex

PS Heb je je vader al gebeld? Ik ben niet de beste man om vader-zoonrelaties te beoordelen, maar als jij zo vaak aan hem denkt, denk ik dat de kans groot is dat hij ook aan jou denkt.

*

Zaterdagochtend. Brieven schrijven met Slim. Mam en Lyle zijn weer naar de bioscoop, enthousiaste filmliefhebbers die ze zijn. Ze zijn naar *Octopussy*. August en ik vroegen of we mee mochten. Ze zeiden weer nee. Wat een grap. Stelletje amateurs.

'Waar gaat *Octopussy* over?' vraagt Slim, terwijl hij met zijn rechterhand verwoed bezig is met het schrijven van zijn brief in een opvallend net handschrift met langgerekte, cursieve letters.

Ik stop met schrijven om antwoord te geven. 'James Bond vecht met een zeemonster met acht vagina's.'

We zitten aan de keukentafel met glazen Milo-chocomel en partjes sinaasappel. Slim luistert naar de paardenrennen in Eagle Farm op de transistorradio naast het aanrecht. August heeft een kwart schil van een sinaasappel over zijn tanden geplakt, als de mondbeschermer van Ray Price. Het is heet en drukkend buiten, omdat het zomer is en we in Queensland wonen. Slim heeft zijn hemd uitgetrokken en ik kan zijn uitgemergelde ribbenkast zien, alsof hij voor mijn ogen langzaam doodgaat aan zijn dieet van sigaretten en verdriet.

'Eet je wel, Slim?'

'Hou eens op, zeg,' zegt hij, een sjekkie in zijn mondhoek.

'Je ziet eruit als een geest.'

'Een vriendelijke geest?' vraagt hij.

'Nou, niet onvriendelijk.'

'Nou, je bent zelf ook geen bronzen beeld, opdondertje dat je bent. Hoe gaat het met je brief?'

'Bijna klaar.'

*

Slim zat in totaal zesendertig jaar in Boggo Road. Een groot deel van zijn tijd in D9 was het hem verboden om post te ontvangen. Hij weet wat een goedgeschreven brief betekent voor een man in de bajes. Het betekent verbinding. Mens-zijn. Het betekent ontwaken. Hij schrijft al jaren brieven aan Boggo Road-gevangenen, met valse namen op de enveloppen omdat de cipiers nooit een brief zouden doorlaten van Arthur 'Slim' Halliday, een man die beter dan wie dan ook weet te ontsnappen uit hun fort met de rode bakstenen muren.

Slim leerde Lyle kennen in 1976, toen ze allebei in een reparatiewerkplaats in Brisbane werkten. Slim was toen zesenzestig. Hij had drieëntwintig jaar van zijn levenslange gevangenisstraf uitgezeten en zat nu in een werkverlofprogramma, waarbij hij overdag onder bewaking buiten de muren mocht werken en 's avonds terugkeerde naar Boggo Road. Slim en Lyle konden goed samenwerken, hadden een eigen taaltje voor motormechanica, net zoals ze een eigen taaltje hadden voor hun vergooide jeugd. Op vrijdagmiddag liet Lyle lange handgeschreven brieven in Slims rugzak glijden, zodat hij ze in het weekend zou vinden en ze hun gesprekken konden voortzetten via Lyles kreupele krabbelschrift. Slim heeft me ooit verteld dat hij bereid was te sterven voor Lyle.

'Toen kwam Lyle naar me toe om iets van me te vragen wat zorgelijker was dan sterven.'

'Wat dan, Slim?' vroeg ik.

'Hij vroeg me om op twee ratten te passen.'

Twee jaar geleden trof ik Slim aan, brieven schrijvend aan de keukentafel.

'Brieven aan gevangenen die geen post krijgen van familie en vrienden,' zei hij.

'Waarom schrijven hun familie en vrienden niet?' vroeg ik.

'De meeste van deze jongens hebben niemand.'

'Mag ik er een schrijven?'

'Natuurlijk. Waarom schrijf je niet aan Alex?'

Ik pakte pen en papier en ging naast Slim aan tafel zitten.
'Waar moet ik over schrijven?'
'Schrijf over wie je bent en wat je vandaag hebt gedaan.'

Beste Alex,
Ik heet Eli Bell. Ik ben tien jaar oud en zit in het vijfde jaar op de Darra State School. Ik heb een oudere broer, August. Hij praat niet. Niet omdat hij niet kan praten, maar omdat hij niet wil praten. Mijn favoriete Atari-spel is Missile Command en mijn favoriete rugbyclub is de Parramatta Eels. Vandaag zijn August en ik naar Inala gefietst. We vonden een park met een riooltunnel die groot genoeg was om in te kruipen. Maar we moesten naar buiten komen toen een paar Aboriginal-jongens zeiden dat de tunnel van hen was en dat we eruit moesten als we geen pak slaag wilden. De grootste van de Aboriginal-jongens had een groot litteken over zijn rechterarm. Die heeft August in elkaar geslagen en toen gingen ze er allemaal vandoor. Op weg naar huis zagen we een libel op het voetpad, die levend werd opgegeten door groene mieren. Ik zei tegen August dat we de libel uit zijn lijden moesten verlossen. August wilde hem aan zijn lot overlaten. Maar ik zette mijn voet op de libel en trapte hem dood. Maar toen ik erop stond, heb ik tegelijk dertien groene mieren vermoord. Vind je dat ik de libel aan zijn lot had moeten overlaten?
Met vriendelijke groeten,
Eli
PS Het spijt me dat niemand je schrijft. Ik zal je blijven schrijven als je wil.

Twee weken later was ik zielsgelukkig toen ik een brief van zes kantjes terugkreeg van Alex, waarvan er drie waren gewijd aan herinneringen aan momenten in zijn jeugd waarop hij door jongens in riooltunnels was geïntimideerd en aan het geweld dat erop volgde. Na de passage waarin Alex een uitvoerige beschrijving gaf van de anatomie van de menselijke neus en hoe zwak deze is in vergelijking met een voorhoofd in een snel uitgevoerde kopstoot, vroeg ik Slim met wie ik precies penvrienden was geworden.

'Dat is Alexander Bermudez,' zei hij.

Veroordeeld tot negen jaar in de Boggo Road-gevangenis nadat de politie van Queensland vierenzestig illegaal geïmporteerde Sovjet AK-74-machinegeweren had gevonden in de achtertuin van zijn huis in Eight Mile Plains, die hij op het punt stond te verspreiden onder de leden van de Rebels, een beruchte motorbende waarvan hij indertijd de *sergeant-at-arms* in Queensland was.

*

'Denk erom dat je specifiek moet zijn,' zegt Slim altijd. 'Details. Zet alle details erbij. De jongens waarderen alle details uit het dagelijkse leven dat zij niet meer hebben. Als je een juf hebt waar je op geilt, vertel hem dan wat voor kapsel ze heeft, hoe haar benen eruitzien, wat ze eet tijdens de lunch. Als ze meetkunde geeft, vertel dan hoe ze een verrekte driehoek op het bord tekent. Als je gisteren in de winkel een zak snoep hebt gekocht, was je op de fiets, ben je gaan lopen, heb je onderweg een regenboog gezien? Heb je toverballen of spekkies of toffees gekocht? Als je vorige week een lekkere vleespastei hebt gegeten, was het dan rundvlees met erwten, curry of gehakt met champignons? Snap je wat ik bedoel? Details.'

Slim blijft op zijn pagina krabbelen. Hij trekt aan zijn sigaret en zijn wangen worden hol en ik kan de vorm van zijn schedel zien, het korte haar op zijn achterhoofd en aan de zijkanten en de stekeltjes bovenop geven hem het uiterlijk van het monster van Frankenstein. Het leeft. Maar hoelang nog, Slim?

'Slim.'

'Ja, Eli.'

'Mag ik je iets vragen?'

Hij stopt met schrijven. August ook. Ze kijken me allebei aan.

'Heb je die taxichauffeur vermoord?'

Slim schenkt me zijn halve glimlach. Zijn lip trilt en hij zet zijn dikke zwarte bril recht. Ik ken hem lang genoeg om te weten dat hij gekwetst is.

'Het spijt me,' zeg ik, terwijl ik mijn hoofd laat zakken en de punt van mijn balpen weer op het papier zet. 'Er staat een artikel over in de krant van vandaag,' zeg ik.

'Wat voor artikel?' snauwt Slim. 'Ik heb vandaag niets over mezelf gelezen in *The Courier*.

'Niet in *The Courier-Mail*. In het plaatselijke huis-aan-huisblad, *The South-West Star*. Een verhaal in de rubriek *Queensland Remembers*. Een heel lang stuk, hoor. Het ging over de Houdini van Boggo Road. Ze hadden het over je ontsnappingen. Ze hadden het over de moord in Southport. Er stond dat je misschien onschuldig was. Dat je misschien wel vierentwintig jaar hebt gezeten voor een misdaad die je niet hebt...'

Hij kapt me af. 'Lang geleden.'

'Maar wil je niet dat mensen de waarheid kennen?'

Slim trekt aan zijn sigaret. 'Mag ik je een vraag stellen, jochie?'

'Ja.'

'Denk je dat ik hem heb vermoord?'

Ik weet het niet. Wat ik weet is dat niets Slim heeft gedood. Wat ik weet is dat hij nooit heeft opgegeven. De duisternis heeft hem niet gedood. De politie heeft hem niet gedood. De cipiers hebben hem niet gedood. De tralies. Het hol. Black Peter heeft hem niet gedood. Ik denk dat ik altijd heb gedacht dat als hij een moordenaar was, zijn geweten hem tijdens die zwarte dagen in het hol wel had gedood. Maar zijn geweten heeft hem nooit gedood. Het verlies, het leven dat hij had kunnen leiden, heeft hem nooit gedood. Bijna de helft van zijn leven opgesloten en hij kan nog steeds glimlachen als ik vraag of hij een moordenaar is. Houdini zat alles bij elkaar zesendertig jaar vast en hij kwam er levend uit. De lange magie. Het soort goocheltruc dat zesendertig jaar duurt voordat het konijn zijn kop uit de hoed steekt. De lange magie van een mensenleven.

'Ik denk dat je een goede man bent,' zeg ik. 'Ik denk niet dat je in staat bent om iemand te doden.'

Slim laat de rook uit zijn mond ontsnappen. Hij buigt zich over de tafel. Zijn stem klinkt zacht en sinister. 'Onderschat nooit waartoe iemand in staat is.'

Hij leunt achterover in zijn stoel. 'Laat me nu dat artikel maar eens zien.'

QUEENSLAND REMEMBERS: GEEN KANS TE KLEIN VOOR DE HOUDINI VAN BOGGO ROAD

Hij werd beschouwd als de gevaarlijkste gevangene in het Britse Gemenebest, de ontsnappingsmeester die 'De Houdini van Boggo Road' wordt genoemd, maar het zou Arthur 'Slim' Hallidays grootste truc worden om als vrij man de gevangenis uit te lopen. Slim Halliday, een weesjongen die op twaalfjarige leeftijd zijn beide ouders verloor, begon zijn voorbestemde misdaadbestaan toen hij vier dagen achter de tralies werd gezet voor het meeliften op een trein, op weg naar een baantje als schapenscheerder in Queensland dat hem wellicht op het rechte pad had gehouden. Halliday was een doorgewinterde dertigjarige oplichter en inbreker toen hij op 28 januari 1940 zijn eerste ontsnapping waagde uit Boggo Roads beruchte Afdeling 2.

SLIMS ONTSNAPPINGEN

Houdini Halliday verrichtte zijn eerste magische ontsnapping door een spectaculaire beklimming van een deel van de gevangenismuur dat later bekend werd als 'Halliday's Leap', een blinde vlek voor de omringende wachttorens, onzichtbaar voor de bewakers. Ondanks de openbare kritiek op de doelmatigheid van de gevangenisbeveiliging na deze eenmansontsnapping bleef dit deel van de gevangenismuur ongewijzigd.

Het was dan ook geen verrassing voor de inwoners van Brisbane toen bekend werd dat Halliday tijdens een volgende ontsnapping, op 11 december 1946, over een muur van de gevangeniswerkplaatsen was geklommen, op nog geen vijftien meter van de inmiddels legendarische 'Halliday's Leap'. Eenmaal buiten de gevangenismuren trok hij zijn gevangeniskleding uit, waaronder hij binnengesmokkelde burgerkleding droeg, en nam een taxi naar de noordelijke buitenwijken van Brisbane, met een dikke fooi voor de chauffeur voor de moeite.

Na een felle klopjacht door de politie werd Halliday vier dagen later opgepakt. Op de vraag waarom hij de stoutmoedige tweede ontsnapping had aangedurfd, antwoordde hij: 'Er gaat niets boven vrijheid voor een man. Je kunt het een man nooit kwalijk nemen dat hij het probeert.'

CYCLUS VAN EEN LEVENSLANG VEROORDEELDE

Na zijn vrijlating in 1949 verhuisde Halliday naar Sydney, waar hij een tijdje voor het Leger des Heils werkte totdat hij een dakdekkersbedrijf begon, gebruikmakend van zijn vaardigheden als metaalbewerker, die hij in Boggo Road had opgedaan. Hij veranderde zijn naam in Arthur Dale en keerde in 1950 terug naar Brisbane, waar hij verliefd werd op de dochter van een snackbarhouder uit de wijk Woolloongabba. Halliday trouwde met Irene

Kathleen Close op 2 januari 1951, en het paar verhuisde in 1952 naar een flat in Redcliffe, aan de noordkust van Brisbane, slechts enkele maanden voordat Halliday opnieuw de nationale krantenkoppen haalde toen hij werd veroordeeld tot levenslange gevangenisstraf voor de moord op taxichauffeur Athol McCowan, 23, op de Esplanade in Southport. De hoofdrechercheur in deze zaak, rechercheur van de politie van Queensland, inspecteur Frank Bischof, beweerde dat Halliday het toneel van de moord op McCowan had ontvlucht en halsoverkop naar Sydney was vertrokken, waar hij door de politie werd opgepakt nadat hij zichzelf in zijn been had geschoten met zijn eigen .45-kaliber-pistool, dat afging bij een gewelddadige worsteling met een dappere winkelier in Guildford die hij wilde beroven.

In een afgeladen rechtbank getuigde Bischof dat Halliday de moord op McCowan had bekend terwijl hij herstelde van zijn schotwond in een ziekenhuis in Parramatta. Bischof beweerde dat Hallidays bekentenis een gedetailleerd verslag was geweest van hoe hij die noodlottige avond van 22 mei 1952 in Southport bij McCowan in de taxi was gestapt en de jonge taxichauffeur later op een afgelegen plek op de Currumbin Lookout, verder naar het zuiden, dwong te stoppen. Toen McCowan zich verzette, aldus Bischof, mishandelde Halliday de chauffeur met zijn .45-kaliber-pistool. Bischof getuigde dat Halliday een gedicht voordroeg tijdens zijn bekentenis: 'Vogels eten en ze zijn vrij. Ze werken niet, waarom zouden wij?'

Slim Halliday bleef intussen stug volhouden dat Bischof hem voor de moord op McCowan liet opdraaien; de gedetailleerde bekentenis – van de exacte plaatsnamen tot zijn dichtregels – was volgens Halliday een verzinsel dat alleen in Bischofs verbeelding bestond.

The Courier-Mail van 10 december 1952 meldde dat de heer

Halliday opschudding veroorzaakte in de rechtszaal toen Bischof zei dat Halliday had verklaard: 'Ik heb hem vermoord.'
'Halliday sprong overeind,' aldus het verslag. 'En met zijn handen op de leuning van de beklaagdenbank schreeuwde hij: "Dat is een leugen."'
Halliday beweerde dat hij zich in de nacht van de moord op McCowan in Glen Innes bevond, in de Northern Tablelands in New South Wales, zo'n vierhonderd kilometer verderop.
Frank Bischof vervolgde zijn loopbaan en vervulde van 1958 tot 1969 de functie van commissaris van politie, voordat hij ontslag nam onder wijdverbreide beschuldigingen van corruptie. Hij stierf in 1979. Voordat Halliday werd veroordeeld tot levenslang, verklaarde hij vanuit de beklaagdenbank: 'Ik herhaal, ik ben niet schuldig aan deze misdaad.'
Buiten de rechtbank zwoer Hallidays vrouw, Irene Close, achter haar man te blijven staan.

ZWARTE DAGEN IN BLACK PETER

In december 1953, na een mislukte ontsnappingspoging, werd Halliday gedropt in de beruchte Black Peter van Boggo Road, een ondergrondse cel voor eenzame opsluiting, een overblijfsel dat teruggaat naar het barbaarse en bloederige verleden van Brisbanes strafkolonie. Halliday overleefde veertien dagen in de schroeiende decemberhitte, wat leidde tot een fel publiek debat over de moderne rehabilitatiemethoden voor gedetineerden.
'Dus Halliday heeft de isoleercel gekregen,' schreef L.V. Atkinson uit Gaythorne in een ingezonden brief aan *The Courier-Mail* op 11 december 1953. 'Moet die arme gekooide stakker, die instinctief zijn vrijheid zoekt, bestraft worden met de meest verdorven en afschuwwekkende uitwassen van ons middeleeuwse gevange-

nissysteem? De beginselen van het hedendaagse strafrecht staan martelingen niet toe.'
Halliday kwam uit Black Peter als een lokale legende. De schooljongens uit de jaren vijftig in Brisbane fluisterden niet over Ned Kelly en Al Capone bij hun thee en Anzac-koekjes, ze disten verhalen op over 'De Houdini van Boggo Road'.
'Zijn kennis van gebouwen, daken en gereedschap, in combinatie met zijn wreedheid en durf, maakte hem tot de zwaarst bewaakte gedetineerde in de gevangenis,' schreef *The Sunday Mail*. 'Rechercheurs die hem hebben gekend door zijn jarenlange uitbraakpogingen zeggen dat hij tegen muren kan klimmen als een vlieg. Waarschijnlijk zal Halliday zijn ontsnappingspogingen nooit staken. Politieagenten die hem kennen, waarschuwen dat hij elke minuut van zijn levenslange gevangenisstraf bewaakt zal moeten worden, wat betekent dat hij, als hij lang genoeg leeft, nog minstens veertig jaar lang een gekmakend bestaan achter de rode bakstenen muren van Boggo Road voor de boeg heeft.'
In de daaropvolgende elf jaar van zijn veroordeling werd Halliday driemaal per dag gefouilleerd. De enige kleding die in zijn cel was toegestaan waren zijn pyjama en pantoffels. Hij werd voortdurend bewaakt door twee cipiers. Zijn studie was stopgezet. Er werden extra sloten aangebracht op zijn cel, D9, evenals extra sloten op de D-vleugel. Binnenplaats 5 van Boggo Road werd omgebouwd tot een plaats met maximale beveiliging, waar Halliday zich overdag kon bewegen binnen de beperkingen van een stalen gaaskooi. Alleen in het weekend mocht één enkele gevangene de kooi betreden om een partijtje met hem te schaken. Hij mocht geen andere gevangenen spreken, uit angst dat hij zijn eindeloze ontsnappingsstrategieën zou doorgeven.
Op 8 september 1968 bracht de krant *Truth* uit Brisbane een artikel over Halliday met de kop: GEBROKEN MOORDENAAR PRAAT MET NIEMAND.

'De glans is verdwenen uit de ogen van moordenaar en ontsnappingsmeester Arthur Ernest Halliday uit Queensland,' aldus het verslag. 'Na jaren onder dubbele bewaking en de meest uitvoerige veiligheidsmaatregelen die ooit zijn toegepast op een gedetineerde in deze staat, is de bijna zestigjarige Slim Halliday een wandelende plant geworden binnen de grimmige muren van Boggo Road.'

Maar Halliday bezat een 'onverzettelijke geest', vertelde de gevangenisdirecteur destijds aan de media, 'die nooit breekt onder rigoureuze strafmaatregelen, en niemand heeft hem ooit horen klagen over zijn behandeling, hoe hard of zwaar die misschien ook is geweest'.

Naarmate zijn langdurige straftijd werd verminderd, nam ook Hallidays obsessie met ontsnappen af. Toen hij tegen de zeventig liep, was hij simpelweg te oud om de rode bakstenen muren van Boggo Road te beklimmen. Na jaren van goed gedrag kreeg hij de rol van gevangenisbibliothecaris, waardoor hij zijn liefde voor literatuur en poëzie kon delen met een groeiend aantal geïnteresseerde medegevangenen. Ze kwamen regelmatig bij elkaar op de binnenplaats om Houdini Halliday gedichten te horen voordragen van zijn geliefde Perzische filosoof-dichter Omar Khayyám, wiens werk hij in de jaren veertig had ontdekt in een gevangenisbibliotheek.

Zijn favoriete gedicht was Khayyáms 'Rubáiyát', dat hij vaak reciteerde boven het schaakbord met de stukken die hij zorgvuldig had vervaardigd van geguillocheerd metaal in de gevangeniswerkplaats:

Een schaakbord is het Al van dag en nacht,
Waar 't lot ons mensch' als stukken heeft gebracht:
Het schuift ons heen en weer, en neemt, en slaat.
Tot, na het spel, ons d' eeuw'ge rust weer wacht.[3]

Uiteindelijk was de grootste ontsnappingstruc die Houdini Halliday ooit leverde het feit dat hij de Boggo Road-gevangenis overleefde. Hij ontsnapte uit de gevangenis, na vierentwintig jaar te hebben gezeten voor de moord op Athol McCowan, door de voordeur uit te lopen, met de glimlachende gelukwensen van gevangenen en bewakers.

In april 1981 trof verslaggever Peter Hansen van *Telegraph* de sinds lange tijd uit het nieuws verdwenen Slim Halliday aan als goudzoeker bij een kreek nabij Kilcoy, waar hij het Forestry Department vijf dollar had betaald om legaal in het bos te mogen wonen, als een kluizenaar.

'Ik heb nooit bekend,' zei hij over zijn controversiële veroordeling voor moord. 'Bischof heeft die zogenaamde bekentenis in de rechtszaal gewoon verzonnen. Bischof was een meedogenloze man, weet je. Over mijn rug is hij commissaris van politie geworden. Ik was twee dagen voor de moord uit Brisbane vertrokken... ik ben veroordeeld omdat ik Arthur Halliday heet.'

Halliday zei dat hij niet bang zou zijn om terug te keren naar Boggo Road als een oude man. 'Ik run die tent praktisch,' zei hij. 'Uiteindelijk gebruikten ze mij als beveiligingsadviseur.'

Twee jaar later lijkt Arthur 'Slim' Halliday van de aardbodem te zijn verdwenen. Hij werd voor het laatst gezien toen hij achter in zijn vrachtwagen woonde, in Redcliffe, aan de noordkant van Brisbane. Maar de legende van Slim Halliday leeft voort binnen de rode bakstenen muren van de Boggo Road-gevangenis, waar Houdini's cel, nummer 9 in de D-vleugel, leeg blijft. Kwestie van logistiek, zeggen gevangenisbeambten. Hoewel de gevangenen ervan overtuigd zijn dat ze nog een schurk moeten vinden die een waardige opvolger kan zijn van de vorige celbewoner.

'Slim?'

'Ja, jochie?'

'Hier staat toch dat Irene zei dat ze achter haar man zou blijven staan?'

'Ja.'

'Nou, dat heeft ze niet gedaan, hè?'

'Ja, dat heeft ze wel gedaan, jochie.' Slim geeft me de krant terug, zijn lange gebruinde armen reiken over de keukentafel. 'Je hoeft niet altijd naast iemand te blijven staan om achter hem te kunnen staan. Hoe gaat het met je brief?'

'Bijna klaar.'

Beste Alex,

Vind jij dat Bob Hawke het goed doet als premier? Slim zegt dat hij precies de juiste hoeveelheid sluwheid en lef bezit om een goede leider voor Australië te zijn. Slim zegt dat hij hem doet denken aan Roughie Regini, de oude Joodse Duitser die halverwege de jaren zestig samen met Slim de leiding had over de weddenschappen van Afdeling 2. Roughie Regini was diplomaat en afperser in één. Hij nam weddenschappen aan op alles: paardenrennen, voetbal, bokswedstrijden, vechtpartijen op de luchtplaats, schaakpartijen. Hij nam zelfs weddenschappen aan op wat de jongens zouden krijgen voor de paaslunch in 1965. Volgens Slim heeft Roughie Regini het kakkerlakkenkoerierssysteem ontwikkeld. Gebruiken jullie het kakkerlakkenkoerierssysteem nog steeds? De winnaars werden grotendeels uitbetaald in White Ox-tabak, maar de gevangenen begonnen stampei te schoppen over het uitblijven van hun rechtmatige winst als de deuren werden afgesloten voor de nacht, juist als ze hun saffie het hardste nodig hadden. Om zich te onderscheiden van andere potentiële bookmakers ontwikkelde Roughie Regini het kakkerlakkenkoerierssysteem. Hij hield een verzameling grote, goed doorvoe-

de kakkerlakken in een ananasblik onder zijn bed. Verrekte sterk waren die beesten. Met wat katoenen draden uit zijn beddengoed lukte het Roughie om drie dunne White Ox-sjekkies te bevestigen aan de achterkant van een kakkerlak en deze onder zijn celdeur door te schuiven, op weg naar zijn beoogde gokker. Maar hoe zorgde hij ervoor dat de kakkerlak de gewenste richting uit ging? Een kakkerlak heeft zes poten, drie aan elke kant. Roughie begon met zijn koeriertjes te experimenteren. Hij had al snel in de gaten dat een kakkerlak een bepaalde richting uit zou gaan, afhankelijk van welke van zijn zes poten waren verwijderd. Verwijder een voorpootje en de kakkerlak beweegt zich in noordoostelijke of noordwestelijke richting. Neem het linkerpootje in het midden weg en de kakkerlak leunt zo sterk naar links dat hij in kringetjes gaat lopen, tegen de klok in. Haal zijn rechterpootje in het midden weg en hij loopt in kringetjes met de klok mee. Zet die kakkerlak tegen een muur, en hij volgt hem in één rechte lijn en is je nog dankbaar ook. Als Roughie een pakketje moest afleveren bij Ben Banaghan, zeven cellen verderop in de gang links van hem, verwijderde hij de middelste linkerpoot van een kakkerlak en stuurde hem op zijn grote avontuur, met op de bovenste sigaret de naam van zijn bestemming, 'Banaghan'. De dappere kakkerlak glipte onderweg elke cel binnen waar hij langs kwam, maar de eervolle gedetineerden stuurden hem plichtsgetrouw verder op zijn grote odyssee langs de muur. Ik moet er steeds aan denken hoe zacht hun handen moeten zijn geweest. Al die moordenaars en rovers en boeven. Ik denk dat ze de tijd hadden om zachtaardig te zijn. Alle tijd van de wereld.

De laatste tijd denk ik weleens, Alex, dat elk probleem in de wereld, elke misdaad ooit gepleegd, teruggevoerd kan worden op iemands vader. Diefstal, verkrachting, terrorisme, Kaïn die Abel om zeep helpt, Jack the Ripper, alles gaat terug naar de vader. Of naar de moeder, misschien, maar er is geen rotmoeder in deze wereld die niet eerst de dochter was van een rotvader. Het hoeft niet als je niet wil, maar ik zou graag willen weten wat jouw vader voor iemand was, Alex. Was hij goed? Was hij fatsoenlijk? Was hij er voor je? Bedankt voor je tips over het bellen van mijn vader. Je hebt wel een punt, geloof ik. Elk verhaal heeft twee kanten.

Ik heb mam gevraagd om een update over Days of Our Lives. *Ze zei dat ik je moest vertellen dat Marie in het ziekenhuis aan de beterende hand lijkt te zijn. Liz is naar de intensivecareafdeling gegaan om te bekennen maar toen Marie bijkwam, zei ze dat het te donker was geweest om haar aanvaller te identificeren, dus hield Liz haar mond en kennelijk kan ze met de schuld leven. Het eerste woord dat Marie zei toen ze wakker werd was 'Neil', maar hoewel Neil haar ware liefde was, zei ze dat ze nooit zijn vrouw zou kunnen worden en gaf ze hem toestemming om bij Liz en hun kind te zijn.*

Laat snel van je horen,

Eli

PS Ik heb een kopie bijgevoegd van het gedicht van Omar Khayyám, 'Rubáiyát'. Slim zegt dat het hem door zijn gevangenisjaren heeft gesleept. Het gaat over de ups en downs van het leven. Het nadeel is dat het leven kort is en moet eindigen. Het voordeel is dat het brood, wijn en boeken bevat.

'Slim?'

'Ja, jochie?'

'Arthur Dale. Die nieuwe naam die je hebt gekozen.'

'Ja.'

'Dale.'

'Ja.'

'Dat was de naam van die cipier, agent Dale.'

'Ja,' zegt Slim. 'Ik had de naam van een heer nodig en dichter bij een heer dan agent Dale ben ik nooit gekomen.'

Agent Dale hoorde bij Slims eerste periode in Boggo Road, lang geleden, in het begin van de jaren veertig.

'Kijk, jongen, er zitten allerlei soorten slechteriken daarbinnen,' zegt hij. 'Gozers die goed beginnen en slecht worden; gozers die slecht lijken maar helemaal niet slecht zijn; en dan zijn er de gozers die slecht zijn tot op het bot omdat ze zo geboren zijn. Dat beschrijft ongeveer de helft van die cipiers in Boggo. Ze namen die baan daarbinnen omdat ze aangetrokken werden tot hun eigen soort, al die verkrachters en moordenaars en psychopaten voor wie ze deden alsof ze hen hielpen te rehabiliteren, terwijl ze alleen maar bezig waren hun eigen kwaaie monsters te voeden, sluimerend in de cellen van hun eigen verknipte hoofd.'

'Maar cipier Dale niet.'

'Nee, cipier Dale niet.'

Na zijn eerste ontsnappingspoging werd Slim keihard aangepakt door de cipiers van Boggo Road en werd hij meerdere malen per dag gevisiteerd. Tijdens deze onderzoeken was het gebruikelijk dat de cipiers Slim een mep verkochten tegen de zijkant van zijn hoofd, met het bevel zich om te draaien; hij kreeg een trap tegen zijn kont als hij moest bukken, een elleboogstoot tegen zijn neus als ze wilden dat hij een stap achteruit deed. Op een dag reageerde Slim, hij ontplofte en begon de cipiers te bekogelen met rotzooi uit zijn toiletemmer. Ze reageerden met de hogedrukspuitbehandeling. Eén cipier haalde twee emmers kokend water uit de koperen ketels die in de keuken van de gevangenis op het vuur stonden. Een andere cipier stak door de tralies heen met een gloeiendhete pook op Slim in.

'Die cipiers terroriseerden me alsof ik een haan was die getraind moest worden voor een hanengevecht,' zegt hij. 'Ik had een gevangenismes dat ik had geslepen onder mijn kussen liggen en ik greep het en stak een van die klootzakken in de hand. Ik zwaaide met het mes naar hen, schuimbekkend alsof ik een zieke hond was. Toen brak de hel los, maar te midden van de gekte was er deze vent, cipier Dale, hij kwam voor me op. Hij schreeuwde tegen die verknipte klootzakken dat ze me met rust moesten laten, dat het genoeg was geweest. En ik herinner me dat ik naar hem keek alsof het allemaal in slow motion ging en ik dacht dat het ware karakter pas werkelijk wordt getoond in de hel, dat ware goedheid nergens beter tot uiting komt dan in een onderwereld waar het tegenovergestelde de norm is, waar het kwaad heerst en goedheid een gunst is, snap je wat ik bedoel?'

Slim glimlacht, kijkt naar August. August knikt naar Slim, een van die wetende August-knikjes, alsof hij denkt dat hij zijn tijd heeft uitgezeten naast Slim, als zijn buurman in cel D10.

'Weet je,' zegt Slim, 'je duikt zo diep de hel in dat een knipoog van de duivel begint te voelen als een beurt van Doris Day, snappen jullie dat?'

August knikt nogmaals.

'Rot op, Gus, je weet niet eens wie Doris Day is,' zeg ik.

August haalt zijn schouders op.

'Doet er niet toe,' zegt Slim. 'Punt is, ik was midden in die chaos in een soort dagdroom beland, kijkend naar cipier Dale en hoe hij probeerde die kerels tot bedaren te brengen. Ik raakte zo verdomde ontroerd door dat gebaar dat er een traan opwelde in mijn oog. Meteen daarna sprongen er een heleboel tranen in mijn ogen, omdat een tweede golf cipiers met maskers op traangasbommen in mijn cel gooide. Daarna sloegen ze me bont en blauw en smeten ze me in Black Peter. Mijn kleren waren nog nat van de hogedrukspuit. Het was hartje winter. Geen deken. Geen mat ook, trouwens. Iedereen praat altijd over die veertien dagen in Black Peter in de hittegolf. Maar ik zou die veertien dagen in de hittegolf altijd verkiezen boven die ene nacht in Black Peter in hartje winter, zo nat als een bever. Ik heb de hele nacht liggen rillen en kon maar aan één ding denken...'

'Dat iedereen goedheid in zich heeft?' vraag ik.

'Nee, jongen, niet iedereen, alleen cipier Dale. Maar het zette me aan het denken: als cipier Dale nog wat goedheid bezat nadat hij jarenlang tussen die andere klootzakken had gewerkt, dan kon ik nog wat goedheid in me hebben als ik uit Black Peter zou komen; of als ik ooit voorgoed uit de bajes zou komen.'

'Nieuwe naam, nieuwe man,' zeg ik.

'In het hol leek het een goed idee.'

Ik pak *The South-West Star* op. Een van de foto's bij het 'Queensland Remembers'-artikel toont Slim in 1952, zittend in een achterkamertje van het gerechtsgebouw in Southport. Hij rookt een sigaret in een crèmekleurig pak, met een wit overhemd met een brede kraag. Hij ziet eruit alsof hij thuishoort in Havana, Cuba, niet in de cel waar hij de volgende vierentwintig jaar van zijn leven zou doorbrengen.

'Hoe heb je het gedaan?' vraag ik.

'Wat gedaan?'

'Hoe heb je zo lang kunnen overleven zonder...'

'Een rubberen bal met scheermesjes in te slikken?'

'Nou, ik wilde zeggen "het op te geven", maar ja, dat ook.'

'Dat artikel heeft voor een deel wel gelijk met die flauwekul over een Houdini-truc,' zegt hij. 'Wat ik in de bajes heb gedaan was een soort goocheltruc.'

'Hoe bedoel je?'

'Ik bedoel dat ik trucjes kon uithalen met de tijd,' zegt Slim. 'Ik raakte zo innig verbonden met de tijd dat ik die kon manipuleren, versnellen, vertragen. Op sommige dagen wilde je alleen maar versnellen, dus je moest je hersenen bedotten. Je zorgt dat je zo druk bezig bent dat je jezelf ervan kunt overtuigen dat de dag niet genoeg uren heeft om alles te bereiken wat je wilt. Met "bereiken" bedoel ik niet dat je moet leren vioolspelen of een graad in de economie moet behalen. Ik bedoel realistische doelen voor een dag in de nor. Ik bedoel dat je op één dag genoeg zwarte bolletjes kakkerlakkenstront moet verzamelen om je naam mee te kunnen spellen. Op sommige dagen werd nagelbijten tot op het leven een vrijetijdsbesteding om naar uit te kijken als naar een dubbel-lp van Elvis.

Zo veel te doen in zo weinig tijd. Bed opmaken, hoofdstuk 30 van *Moby Dick* lezen, aan Irene denken, "You Are My Sunshine" fluiten, van begin tot eind, een sjekkie rollen, roken, een partijtje schaak tegen jezelf, nog een partijtje schaak omdat je pissig bent dat je het eerste verloren hebt, in je hoofd gaan vissen op Bribie Island, in je hoofd gaan vissen op de Redcliffe-steiger, de vis van schubben ontdoen, de vis van ingewanden ontdoen, die dikke platkop bakken op gloeiend hete kooltjes op Suttons Beach en de zon zien ondergaan. Je racet zo hard tegen die verrekte klok dat je verbaasd bent als de dag voorbij is en dan ben je zo moe van je dagschema van onzinspelletjes in je kop dat je om zeven uur geeuwend je hoofd op het kussen legt en tegen jezelf zegt dat je wel gek lijkt om zo laat op te blijven en zo veel hooi op je vork te nemen. Maar dan, in de goede uren, die zonnige uren in de tuin, kon je ze vertragen, kon je ze tot stapvoets dwingen alsof het goedgetrainde paarden waren en een uur in de bloementuin oprekken tot een halve dag, omdat je de tijd beleefde in vijf dimensies, en de dimensies waren de dingen die je rook, de dingen die je kon proeven en aanraken en horen en de dingen die je kon zien, dingen binnen in dingen, kleine universums in de meeldraden van een bloem, lagen op lagen, omdat je visie zo werd versterkt door de inactiviteit van al dat getuur naar betonnen muren die je bewaakten dat het elke keer dat je die binnentuin binnenliep was als Dorothy die de kleurenfilm in liep.'

'Je hebt geleerd om alle details te zien,' zeg ik.

Slim knikt. Hij kijkt ons allebei aan. 'Nooit vergeten, jullie allebei, jullie zijn vrij. Dit zijn jullie zonnige uren en je kunt ze eeuwig laten duren als je alle details in de gaten houdt.'

Ik knik loyaal. 'Wat met je tijd doen, hè, Slim?'

Hij knikt trots. 'Voordat de tijd wat met jou doet.'

Dat is Slims favoriete tegeltjeswijsheid.

Doe wat met je tijd, voordat de tijd wat met jou doet.

*

Ik weet precies wanneer ik hem dat voor het eerst hoorde zeggen. We stonden in de machinekamer van de klokkentoren van het stadhuis van Brisbane, het oude, glorieuze gebouw van bruine zandsteen in het centrum van de stad, uittorenend boven King George Square. Slim nam ons mee, met de trein vanuit Darra. Hij zei dat er een oude lift in de hoge klokkentoren was waarmee je naar de top van de toren kon en ik geloofde hem niet. Hij kende de oude liftbediende, Clancy Mallett, uit de tijd waarin hij als boerenknecht werkte, en Clancy had gezegd dat hij ons voor niks met de lift zou laten gaan, maar toen we aankwamen was de lift in reparatie, hij werkte niet, en Slim moest zijn oude vriend paaien met een tip om in te zetten op race 5 op Eagle Farm om hem over te halen ons mee te nemen naar een geheime trap waar alleen het personeel van het stadhuis van afwist. Er kwam nooit een einde aan dat donkere trappenhuis van die klokkentoren en Slim en Clancy de oude liftbediende hijgden de hele weg naar boven, maar August en ik lachten de hele weg omhoog. Onze adem stokte toen Clancy een smalle deur opende die uitkwam op een machinekamer met draaiende katrollen en tandwielen – het uurwerk van de stad – die de vier wijzerplaten op de toren aandreven. Noord, zuid, oost en west, elk met gigantische zwartstalen wijzers die de minuten en uren aangaven van de dagen in Brisbane. Slim staarde tien minuten lang als gebiologeerd naar die wijzers en hij vertelde ons dat tijd de eeuwenoude vijand is. Hij zei dat de tijd ons langzaam doodde. 'De tijd doet je de das om,' zei hij. 'Dus doe wat met je tijd, voordat de tijd wat met jou doet.'

Clancy de liftbediende bracht ons naar een andere geheime trap in de machinekamer, die uitkwam op een uitkijkplatform, en Slim zei dat de kinderen uit Brisbane munten over de reling gooiden naar het vijfenzeventig meter lager gelegen dak van het stadhuis en een wens deden.

'Ik wens dat ik meer tijd heb,' zei ik terwijl ik een koperstuk van twee cent over de reling gooide.

Toen sloeg de tijd toe.

'Handen voor je oren.' Clancy glimlachte en hij keek omhoog naar een reusachtige stalen klok die me nog niet was opgevallen. En deze klok sloeg elf keiharde slagen en mijn trommelvliezen knapten bijna en ik veranderde mijn wens en wenste dat de tijd op dat moment stil zou staan om de wens te laten uitkomen.

*

'Heb je alle details gezien, Eli?' vraagt Slim vanaf de andere kant van de tafel.

Ik keer met een schok terug naar het heden. 'Huh?'

'Heb je alle details?'

'Ja,' zeg ik, verbaasd over de vorsende blik in zijn ogen.

'Heb je alle bijzaken, jongen?'

'Tuurlijk. Altijd, Slim. De details.'

'Maar je hebt het interessantste van dit artikel hier gemist.'

'Wat dan?' Ik bestudeer het artikel, scan de woorden opnieuw.

'De naamregel,' zegt hij. 'Rechtsonder in de hoek.'

De naamregel. De naamregel. Rechts onderaan. Ogen scannen naar beneden, omlaag, omlaag over inktwoorden en foto's. Daar staat hij. Daar staat de naam.

'What the fuck, Gus!'

Ik zal deze naam verbinden aan de dag waarop ik leerde hoe ik de tijd moest manipuleren.

De naam is Caitlyn Spies.

Slim en ik kijken August doordringend aan. Hij zegt niets.

Jongen doodt stier

Mama, door de halfgeopende slaapkamerdeur. Ze staat in haar rode uitgaansjurk voor de spiegel die aan de binnenkant van de deur van haar kledingkast is geplakt en schikt een zilveren ketting om haar hals. Hoe bestaat het dat een gezonde man niet gelukkig met haar kon zijn, niet tevreden, niet dankbaar voor wat hij had om bij thuis te komen?

Waarom zou mijn vader dat verpest hebben? Ze is zo verrekte wonderbaarlijk, mijn moeder, dat het me woest maakt. Laat al die rotkerels die zich zonder vooraf toestemming te vragen aan Zeus binnen een meter van haar wagen de klere krijgen.

Ik slenter haar slaapkamer binnen en ga op het bed zitten, vlak bij haar, bij de spiegel. 'Mam?'

'Ja, maatje.'

'Waarom ben je bij mijn vader weggelopen?'

'Eli, daar wil ik nu niet over praten.'

'Hij is gemeen tegen je geweest, hè?'

'Eli, dat gesprek...'

'Zullen we hebben als ik ouder ben,' zeg ik. Het standaardzinnetje.

Ze schenkt me een halve glimlach in de spiegel van de kledingkast. Half verontschuldigend. Half geroerd dat ik ernaar vraag. 'Het ging niet zo goed met je vader.'

'Is mijn vader een goede man?'

Mama denkt na. Ze knikt.

'Is mijn vader meer zoals ik of meer zoals Gus?'

Mama denkt na. Ze zegt niets.

'Maakt Gus je weleens bang?'

'Nee.'

'Ik ben soms schijtbenauwd voor hem.'

'Let op je woorden.'

Op mijn woorden letten? Op mijn woorden letten? Hier zakt mijn broek echt van af, wanneer de realiteit van de clandestiene heroïnehandel in botsing komt met de 'familie Von Trapp'-mythe die we voor onszelf hebben verzonnen.

'Sorry,' zeg ik.

'Waar ben je bang voor?' vraagt mama.

'Kweenie, voor de dingen die hij zegt, de dingen die hij in de lucht schrijft met zijn magische vingertop. Soms is het niet logisch en soms is het pas twee jaar later of een maand later logisch en kon hij op dat moment onmogelijk weten dat het logisch zou zijn.'

'Zoals?'

'Caitlyn Spies.'

'Caitlyn Spies? Wie is Caitlyn Spies?'

'Dat is het nou juist. We hebben geen flauw benul, maar een hele tijd geleden waren Slim en ik een beetje aan het klooien met de Land Cruiser en zaten we te kijken hoe August zijn berichten schreef in het niets, en toen zagen we dat hij de hele tijd een naam schreef, steeds opnieuw. Caitlyn Spies. Caitlyn Spies. Caitlyn Spies. En vorige week stond er een groot stuk in *The South-West Star*, een artikel in de rubriek "Queensland Remembers" over twee pagina's, allemaal over Slim, het hele verhaal over de Houdini van Boggo Road, en we lezen het en het is echt een interessant stuk en dan ineens zien we de naam van de vrouw die het heeft geschreven rechts onderaan de pagina.

'Caitlyn Spies,' zegt mama.

'Hoe wist je dat?'

'Je hele verhaal was eigenlijk een soort opzetje, jochie.'

Ze gaat naar haar sieradenkistje op de witte ladekast. 'Kennelijk heeft hij vaker artikelen van haar gelezen in die krant. Waarschijnlijk vond hij haar naam gewoon leuk klinken in zijn hoofd. Zulke dingen doet hij, hij pakt een naam of een woord beet en laat het rond- en ronddraaien in zijn gedachten. Alleen omdat hij geen woorden spreekt, wil dat nog niet zeggen dat hij niet van ze houdt.'

Ze pakt twee oorbellen met groene edelstenen en buigt zich naar me toe. Zachtjes en behoedzaam zegt ze: 'Die jongen houdt meer van je dan van wat dan ook in de hele wereld. Toen jij werd geboren...'

'Ja, ik weet het, ik weet het.'

'...waakte hij zo zorgzaam over je, bewaakte je wieg alsof alle leven op de planeet ervan afhing. Hij was niet bij je weg te slaan. Een betere vriend dan hij zul je nooit vinden.'

Ze staat op en kijkt in de spiegel. 'Hoe zie ik eruit?'

'Je ziet er prachtig uit, mam.'

Hoedster van de bliksem. Godin van vuur en oorlog, van wijsheid en Winfield Reds.

'Schaap in lamskleren,' zegt ze.

'Wat betekent dat?'

'Oud schapenvlees verkleed als lammetje.'

'Dat mag je niet zeggen,' zeg ik ontgoocheld.

Ze ziet mijn boze gezicht in de spiegel. 'Hé, ik maak maar een grapje,' zegt ze terwijl ze haar oorbellen vastmaakt.

Ik haat het als ze zichzelf kleineert, want haar gevoel van eigenwaarde is volgens mij een behoorlijk grote oorzaak van alles, van dat we in deze straat wonen tot aan mijn outfit van vanavond, een geel poloshirt en een zwarte spijkerbroek uit de kringloopwinkel van de Saint Vincent de Paul Society in de naburige voorstad Oxley.

'Je bent te goed voor deze plek, weet je dat,' zeg ik.

'Waar heb je het over?'

'Je bent te goed voor dit huis. Je bent te slim voor deze stad. Je bent te goed voor Lyle. Wat doen we hier in dit krot? We hebben hier verdomme niks te zoeken.'

'Oké, bedankt voor de tip, maatje. Ik denk dat je je nu maar eens moet gaan verkleden, denk je niet?'

'Al die klootzakken kregen het lam omdat zij altijd dacht dat ze schapenvlees was.'

'Zo is het genoeg, Eli.'

'Je weet dat je advocaat had moeten worden. Je had dokter kunnen worden. Geen verdomde drugsdealer.'

Haar harde klap raakt mijn schouder voordat ze zich zelfs maar heeft omgedraaid. 'Mijn kamer uit,' tiert ze. Nog een tik op mijn schouder met haar rechterhand, dan een andere met haar linker, op de andere schouder. 'Als de donder mijn kamer uit, Eli!' krijst ze. Haar tanden staan zo strak op elkaar dat ik de lijnen in haar bovenlip kan zien, zwaar ademhalend, diep ademhalend.

'Wie hou je nou voor de gek?' schreeuw ik. 'Moet ik op mijn woorden letten? Op mijn wóórden letten? We zijn verdomme drugsdealers. Drugsdealers vloeken, verdomme. Ik word doodziek van die mooidoenerij van jou en Lyle. Doe je huiswerk, Eli. Eet je verdomde broccoli, Eli. Ruim de keuken op, Eli. Doe je best op school, Eli. Alsof we de verdomde Brady Bunch zijn of zoiets en niet een smerig stelletje vuile drugsdealers. Laat me verdomme met...'

Dan vlieg ik. Twee handen grijpen mijn oksels van achteren beet en ik vlieg door de lucht, word van het bed getild en eerst met mijn schouders en dan met mijn hoofd tegen de slaapkamerdeur gesmeten. Ik stuiter terug en kom als een hoopje botten op de geboende vloerplanken terecht. Lyle torent boven me uit en schopt me zo hard tegen mijn kont met zijn Dunlop Volleys – zijn uitgaansschoenen, één stapje hoger dan zijn rubberen slippers – dat ik op mijn buik twee meter over de vloer van de gang schuif, naar de blote voeten van August, die een nieuwsgierige 'Alweer? Zo snel?'-blik werpt op Lyle.

'Krijg de klere, heroïnehoer,' schreeuw ik door het dolle heen, terwijl ik een groggy poging doe om overeind te krabbelen.

Hij schopt me nogmaals tegen mijn kont en dit keer maak ik een snoekduik over de vloer van de woonkamer.

Mama schreeuwt achter zijn rug: 'Hou op, Lyle, zo is het genoeg.'

Lyle heeft het rode waas van woede voor zijn ogen waar ik al drie keer eerder mee kennis heb gemaakt. Eén keer toen ik van huis was weggelopen en de nacht had doorgebracht in een afgedankte bus op een autokerkhof in Redlands. Een andere keer toen ik zes reuzenpadden in de vriezer had gestopt om een humane dood te sterven en die geharde amfibieën, zo schrikbarend om te zien, die ijskoude doodskist overleefden, helemaal tot Lyle terugkwam van zijn werk, de vriezer opende voor zijn rum en cola en op twee padden stuitte die knipperend met hun ogen op zijn ijsbakje zaten. Een derde keer toen ik samen met een vriendje van school, Jock Whitney, geld ging inzamelen voor het Leger des Heils, behalve dat we eigenlijk geld ophaalden om E.T. the Extra-Terrestrial voor op de Atari te kopen. Daar voel ik me nog steeds rot over, dat spel was shit.

August, lieve goedhartige August, gaat voor Lyle staan als hij wil uithalen voor de derde trap. Hij schudt zijn hoofd en pakt Lyle bij de schouders.

'Het is goed, maat,' zegt Lyle. 'Het wordt tijd dat Eli en ik eens een hartig woordje met elkaar wisselen.'

Lyle sleurt me omhoog aan de kraag van mijn polo, dringt zich langs August en duwt me vervolgens de voordeur uit. Hij sleept me de treden van de veranda af, het pad over en het hek door, me stevig vasthoudend aan mijn kraag, zijn grote straatvechtersvuisten in mijn nek. 'Doorlopen, wijsneus. Doorlopen.'

Hij neemt me mee naar de overkant van de straat, onder de straatlantaarn door die de maan boven ons overschaduwt, naar het park tegenover ons huis. Ik ruik niets anders dan Lyles Old Spice-aftershave.

Ik hoor niets anders dan onze voetstappen en het geluid van de krekels die hun pootjes wrijven alsof de spanning in de lucht ze opwindt, alsof ze hun pootjes wrijven zoals Lyle in zijn handen wrijft voordat de halvefinalewedstrijd van de Eels begint.

'Wat mankeert jou verdomme, Eli?' Hij dwingt me door te lopen over het gras van het ovaalvormige cricketveld dat al een tijdje niet is gemaaid, zodat de zwarte knoppen van het hoge paspalumgras de hele tijd opspringen tegen mijn broekspijpen. Pas als we midden in het veld staan laat hij me los. Hij loopt te ijsberen, frunnikt aan de gesp van zijn broekriem, ademt in, ademt uit. Hij draagt zijn crèmekleurige broek met zijn blauwe katoenen overhemd met een print van een wit tallship met volle zeilen op de borst.

Niet janken, Eli. Niet janken. Niet janken. Godver. Watje dat je bent, Eli.

'Waarom huil je?' vraagt Lyle.

'Ik weet het niet, ik wilde het écht niet. Mijn hersenen luisteren niet naar me.'

Ik huil nog wat harder vanwege dit besef. Lyle laat me een minuutje begaan. Ik veeg mijn ogen af.

'Gaat het weer?' vraagt Lyle.

'Mijn kont doet een beetje zeer.'

'Sorry daarvoor.'

Ik haal mijn schouders op. 'Ik verdiende het.'

Lyle geeft me nog een momentje.

'Vraag je je weleens af waarom je zo snel huilt, Eli?'

'Omdat ik een watje ben.'

'Je bent geen watje. Je hoeft je nooit te schamen als je moet huilen. Je huilt omdat je ergens om geeft. Schaam je er nooit voor dat je ergens om geeft. Te veel mensen op deze wereld zijn te bang om te huilen, omdat ze te bang zijn om ergens om te geven.'

Hij draait zich om en kijkt omhoog naar de sterren. Hij gaat op het cricketveld zitten om het beter te kunnen zien, kijkt omhoog en neemt het heelal in zich op, al die over de hemel verspreide ruimtekristallen. 'Je hebt gelijk over je moeder. Ze is veel te goed voor mij. Altijd geweest. Wat mij betreft is ze te goed voor iedereen. Ze is te goed voor dat huis. Ze is te goed voor deze stad. Te goed voor mij.' Hij wijst naar de sterren. 'Ze hoort daarboven, bij Orion.'

Ik ga, voorzichtig voor mijn billen, naast hem zitten.

'Wil je hier weg?' vraagt hij.

Ik knik, staar naar Orion, de volmaakte cluster van licht.

'Ik ook, maat. Waarom denk je dat ik dat bijbaantje bij Tytus heb aangenomen?'

'Dat is een mooie manier om het te zeggen. Bijbaantje. Ik vraag me af of Pablo Escobar het ook zo noemt.'

Lyle laat zijn hoofd zakken. 'Ik weet dat het een klotemanier is om geld te verdienen, maat.'

We blijven een moment zwijgend zitten. Dan keert Lyle zich naar me toe. 'Ik zal een deal met je maken.'

'Ja...'

'Geef me zes maanden.'

'Zes maanden?'

'Waar wil je naartoe? Sydney, Melbourne, Londen, New York, Parijs?'

'Ik wil in The Gap wonen.'

'The Gap? Waarom wil je in The Gap wonen?'

'Mooie cul-de-sacs in The Gap.'

Lyle lacht. 'Cul-de-sacs,' zegt hij hoofdschuddend. Hij kijkt me aan, diep serieus. 'Het komt goed, maat. Het komt zo goed dat je vergeet dat het ooit slecht is geweest.'

Ik kijk omhoog naar de sterren. Orion bepaalt zijn doel, hij spant zijn boog en schiet zijn pijl af, regelrecht door het linkeroog van Taurus, en zo wordt de woeste stier het zwijgen opgelegd.

'Deal,' zeg ik. 'Op één voorwaarde.'

'En die is?' vraagt Lyle.

'Je laat mij voor je werken.'

*

We kunnen lopend van ons huis naar Bich Dangs Vietnamese restaurant. Het heet Mama Pham's, zo genoemd als eerbetoon aan het kleine, dikke kookgenie Mama Pham, dat Bich in de jaren vijftig leerde koken in haar geboorteplaats Saigon. Het uithangbord aan de voorgevel van mama Pham's is uitgevoerd in knipperend limoengroen neon tegen een oosters rode achtergrond, maar de neon P doet het al drie jaar niet meer, zodat toevallige voorbijgangers denken dat het Mama ham's heet en gespecialiseerd is in varkensvlees en spek. Lyle houdt een sixpack XXXX Bitter in zijn linkerhand en houdt de glazen voordeur open voor mama, die langs hem heen glipt in haar rode jurk en de zwarte hakken van onder haar bed. August volgt, met zijn haar slordig achterovergekamd en zijn roze Catchit-T-shirt in een glanzende zilvergrijze broek gestoken, gekocht bij de kringloopwinkel aan Station Road, zeven of acht winkels voorbij het TAB-wedkantoor, iets verderop in de straat van Mama Pham's.

Mama Pham's is vanbinnen zo groot als een bioscoopzaal. Er staan meer dan twintig ronde eettafels met ronddraaiende plateaus erop, die plaats kunnen bieden aan acht, tien en soms zelfs twaalf personen. Mooi opgemaakte Vietnamese moeders met onbeweeglijk haar en normaal gesproken rustige Vietnamese vaders, die nu ontspannen zijn en hartelijk lachen boven hun bier, wijn of thee. In het midden van elke tafel liggen grote zeedieren op hun zij, geglazuurd en geolied, gekookt en gepaneerd, gezouten en gepeperd, en hele diepzeeleviathans uit de Mekong en verder weg Neptunus misschien wel: grote, dikke, onhandige onderlippen en slijmerige tentakelhaartjes in alle kleuren groen en mosgroen, blauwgroen, grijsgroen en bruin, zwart en rood. Bich Dang bezit hectares grond in het achterland van Darra, achter het Poolse migrantencentrum, met akkeraarde als chocoladetaart, waarop haar oude, gerimpelde en wijze boeren de stapels Vietnamese koriander, shisoblad, *hung cay*-munt, basilicum, citroengras en Vietnamese balsem telen, die de gasten elkaar vanavond aanreiken alsof ze een kinderspelletje doen, een soort doorgevertje aan tafel. Boven onze hoofden fonkelt een reusachtige spiegelbol en op het podium fonkelt een Vietnamese zangeres met paarse glittermake-up op haar wangen en een turquoise jurk met lovertjes die oplichten als de glinsterende schubben van een zeemeermin aan de oever van de Mekong. Ze zingt 'Calling Occupants of Interplanetary Craft' van The Carpenters, wiegend op de krakende achtergrondmuziek, buitenaards bijna, alsof ze zojuist Darra binnengevlogen is in het soort voertuig waarover ze zingt in die oude microfoon. Rood klatergoud siert de wanden, hangt boven de aquariums vol meervallen, kabeljauwen en rode keizersvissen en vette snappers met bulten op hun kop alsof iemand ze een mep heeft verkocht met een cricketbat. Er zijn twee aparte aquariums voor de rivierkreeften en de modderkrabben, die altijd kijken alsof ze berusten in het feit dat zij vanavond het hoofdgerecht vormen. Ze zitten onder hun aquariumrotsen en hun goedkope, stenen onderwaterkasteeldecoraties, zo opgewekt en *bayou*-nonchalant dat het enige wat er nog aan ontbreekt een mondharmonica en een strootje om op te kauwen zijn. Ze zijn zich totaal niet bewust van hun gewichtigheid, totaal onwetend van het feit dat zij de reden zijn waarom mensen hiernaartoe komen, zelfs helemaal vanaf de Sunshine Coast, om hun binnenkant te proeven, op smaak gemaakt met peper en zout en chilipasta.

Aan de rechterkant van het restaurant loopt een trap naar een balkon met nog tien ronde tafels waar 'Back Off' Bich Dang haar vipgasten plaatst, en vanavond is er maar één vip en zijn naam staat in grote letters op de banner die helemaal langs de reling van het bovenste balkon is gespannen: GEFELICITEERD MET JE 80E VERJAARDAG TYTUS BROZ.

'Lyle Orlik, zoon van Aureli!' roept Tytus Broz hoogdravend uit. Hij staat op het balkon, zijn armen gastvrij in de lucht gestoken. 'Zo te zien heeft Bich alle toeters, bellen en registers opengetrokken om mijn achtste decennium op deze mooie planeet te vieren!'

Tytus doet me aan botten denken. Hij draagt een ivoorwit pak op een ivoorwit overhemd met een ivoorwitte stropdas. Zijn schoenen zijn van glanzend bruin leer en zijn haar is even ivoorwit als zijn pak. Zijn lichaam is een en al botten, lang en dun, en hij glimlacht zoals een geraamte zou glimlachen als het van de haak in het biologielokaal zou springen en zou beginnen te dansen als Michael Jackson in de 'Billie Jean'-clip, waar August en ik geen genoeg van kunnen krijgen. Tytus' jukbeenderen zijn even rond als de bulten op de kop van Bich Dangs snapper, maar zijn wangen zijn in zijn tachtigjarige bestaan stilaan naar binnen gezogen en wanneer zijn lippen trillen – en dat doen ze de hele tijd – ziet dat eruit alsof hij voortdurend op een pistachenoot zuigt, of als een vampier die op een menselijke lever zuigt.

Tytus Broz doet me aan botten denken omdat hij een fortuin heeft verdiend met botten. Tytus Broz is Lyles baas bij Human Touch, zijn verkoop- en productiecentrum van protheses en ortheses is gezeteld in de voorstad Moorooka, Queensland, tien minuten rijden van ons huis. Lyle werkt er als monteur, hij doet het onderhoud aan de machines waarmee ze kunstarmen en -benen maken voor amputatieslachtoffers in de hele staat. Tytus Broz is de Heer der Ledematen, van wie het enorme bereik van zijn natuurlijke arm zich in de afgelopen zes jaar heeft uitgestrekt over mijn leven en dat van August, sinds Lyle die baan als onderhoudsmonteur bij Human Touch versierde via zijn beste vriend, Tadeusz 'Teddy' Kallas, de man met de dikke zwarte snor die vier witte plastic stoeltjes rechts van Tytus aan de viptafel zit. Teddy is ook onderhoudsmonteur bij Human Touch. Teddy is ook, zoals ik al heel lang vermoed, een man die goed bijverdient met het soort 'bijbaantje' bij

Tytus Broz waar Lyle het eerder vanavond over had. De man die naast Teddy zit, in een grijs pak met een kastanjebruine stropdas, met zwart haar als een nieuwslezer, heeft verdomd veel weg van ons gemeenteraadslid Stephen Bourke, de man die ons elk jaar magnetische kalenders stuurt, waarmee mam haar boodschappenlijstjes op de koelkast kan hangen. Hij nipt aan een glas witte wijn. Ja, ik weet zeker dat dit ons raadslid is. STEPHEN BOURKE, UW LOKALE LEIDER, staat er op de kalender. Stephen Bourke, aan tafel met Tytus Broz, uw lokale dealer.

Wat me bij Tytus Broz het meest aan botten doet denken is dat elke keer dat ik hem zie – en dit is pas de tweede keer – de rillingen me over de rug lopen. Hij lacht nu naar me en hij lacht naar mama en hij lacht naar August, maar ik vertrouw die glimlach van die pistachenootsabbelaar voor geen seconde. Geen idee waarom. Gewoon iets in mijn botten.

*

De eerste keer dat ik Tytus Broz ontmoette was twee jaar geleden, toen ik tien was. Lyle bracht August en mij naar de rolschaatsbaan in Stafford, aan de noordkant van Brisbane, maar onderweg moest hij even langs zijn werk in Moorooka om een defecte hendel te repareren aan de machine die de kunstarmen en -benen in de juiste vormen giet waarmee Tytus Broz zijn ivoorwitte pakken bekostigt. Dat was nog in het oude pakhuis, voordat het bedrijf werd gerenoveerd tot de moderne Human Touch-fabriek van nu. Het pakhuis was een aluminium loods ter grootte van een tennisbaan, met gigantische plafondventilators tegen de verstikkende hitte van al dat zonovergoten metaal waarin duizend valse ledematen huisden, verspreid over haken en planken die zich uitstrekten langs de gipsmakers die lichaamsvormen kneedden en monteurs die schroeven aandraaiden in gebogen nepknieën en gebogen nep-ellebogen.

'Overal afblijven,' beval Lyle terwijl hij ons langs eindeloze benen leidde, keurig opgesteld in rijen, als een troep cancandanseressen van de Moulin Rouge die op wonderbaarlijke wijze kunnen dansen zonder lijf. We liepen dwars door hele rijen armen die aan haken aan het plafond hingen, armen met plastic handen die langs mijn gezicht streken als we langsliepen, en ik stelde me voor dat die armen verbonden waren met de lichamen van gesneuvelde arthuriaanse ridders die aan lange speren in de grond waren gespietst en hun handen uitstrekten naar hulp die August en ik niet konden geven, omdat Lyle bleef herhalen dat we niets mochten aanraken, zelfs de uitgestoken hand van de grote Sir Lancelot du Lac niet. Ik zag die armen en benen tot leven komen, om me aan te raken, me vast te grijpen, me te schoppen. Dat pakhuis was het einde van honderd slechte horrorfilms en het begin van honderd nachtmerries die ik nog zou krijgen.

Lyle nam ons mee naar het kantoor van Tytus Broz, achter in het magazijn. 'Dit zijn de zoons van Frances, August en Eli,' zei hij. August was de oudste en de grootste, dus hij liep als eerste het kantoor binnen, en August was degene die Tytus vanaf het eerste begin boeide.

'Kom eens hier, jongeman,' zei Tytus.

August keek op naar Lyle voor steun en een ontsnapping uit dat moment, maar die kreeg hij niet. Lyle gaf August alleen een knikje om te doen wat beleefd was en naar de man toe te lopen die zorgde dat wij elke avond vlees en drie stuks groente te eten kregen.

'Geef me je hand,' zei Tytus vanuit een draaistoel achter een roodbruin antiek bureau. Er hing een ingelijst schilderij van een gigantische witte walvis boven dat bureau. Het was Moby Dick, naar Lyle me later vertelde, het favoriete boek van Tytus Broz, over de ongrijpbare potvis die werd achtervolgd door een obsessief-compulsieve geamputeerde die baat gehad zou hebben bij een filiaal van Human Touch-protheses en -ortheses in Nantucket. Kort daarna vroeg ik Slim of hij *Moby Dick* ooit had gelezen en hij zei dat hij het twee keer had gelezen, omdat het de moeite waard is om een tweede keer te lezen, hoewel hij toegaf dat hij bij de tweede keer het stuk had overgeslagen waarin de schrijver maar doorgaat over alle verschillende soorten walvissen over de hele wereld. Ik vroeg Slim om me het hele verhaal van begin tot einde te vertellen en twee uur lang, terwijl we zijn Land Cruiser wasten, vertelde hij me dat spannende avonturenverhaal zo enthousiast dat ik Nantucket-vissoep wilde als lunch en witte-walvissticks als avondeten. Toen hij kapitein Achab beschreef, met zijn wilde ogen, zijn leeftijd en zijn magere lijf en spierwitte huid, stelde ik me Tytus Broz voor op die walvisvaarder, vloekend tegen zijn walvisspotters in de bulderende wind, eisend om zijn prooi te zien, zijn witte walvis, even wit als Tytus Broz zelf. Slim veranderde de Land Cruiser in Moby Dick en de tuinslang was de harpoen die hij in de zij van de walvis stak en we klampten ons uit alle macht vast aan de rubberen slang toen de walvis ons de afgrond in sleurde en het water uit de slang werd de oceaan die ons de diepte in zou zuigen, steeds verder omlaag, omlaag naar Poseidon, god van zeeen en tuinslangen.

August stak hem zijn rechterhand toe en Tytus nam hem voorzichtig in zijn beide handen.

'Mmmmmmm,' zei hij. Met zijn wijsvinger en duim kneep hij stuk voor stuk in de vingers van Augusts rechterhand, in een trage beweging langs de hele hand, van de duim naar de pink. 'Kijk aan, er zit kracht in je, nietwaar?'

August zei niets.

'Ik zei: "Er zit kracht in je, jongen, nietwaar?" '

August zei niets.

'Nou... wil je reageren alsjeblieft, jongeman?' zei Tytus verbaasd.

'Hij praat niet,' zei Lyle.

'Hoe bedoel je, hij praat niet?'

'Hij heeft geen woord meer gesproken sinds hij zes jaar oud was.'

'Is hij achterlijk?' vroeg Tytus.

'Nee, hij is niet achterlijk,' zei Lyle. 'Zo bij de pinken als wat, zelfs.'

'Dan is het zeker zo'n autistische jongen? Functioneert niet in de maatschappij, maar kan precies vertellen hoeveel zandkorrels er in mijn zandloper zitten?'

'Er is niks mis met hem,' zei ik gefrustreerd.

Tytus draaide zijn draaistoel naar mij toe. 'Ik begrijp het,' zei hij terwijl hij mijn gezicht monsterde. 'Dus jij bent de prater van het gezin?'

'Ik praat als er iets is wat de moeite waard is om te zeggen,' zei ik.

'Wijze woorden.'

Hij stak zijn hand uit. 'Geef me je arm.'

Ik stak mijn rechterarm uit en hij pakte hem beet met zijn zachte, oude handen, zijn handpalmen zo glad dat het voelde alsof ze bedekt waren met mama's Glad-huishoudfolie, dat in de derde la onder het aanrecht ligt.

Hij kneep hard in mijn arm. Ik keek naar Lyle, hij knikte bemoedigend.

'Je bent bang,' zei Tytus Broz.

'Ik ben niet bang.'

'Jawel, ik voel het aan je merg.'

'Bedoelt u niet aan mijn botten?'

'Nee, je merg, jongen. Je hebt slappe botten. Je botten zijn hard, maar ze zitten niet vol.'

Hij knikte naar August. 'De botten van Marcel Marceau zijn hard en ze zitten ook vol. Je broer heeft een kracht die jij nooit zult hebben.'

August wierp me een zelfvoldane en alwetende glimlach toe. Ik stak mijn middelvinger naar hem op. 'Maar ik heb heel veel kracht in de botten van mijn vingers,' zei ik.

Op dat moment zag ik de menselijke hand liggen, op een metalen standaard op het bureau. 'Is die echt?'

De hand zag er tegelijkertijd realistisch en onwerkelijk uit. Hij was kaarsrecht afgesneden bij de pols, en alle vijf de vingers zagen eruit alsof ze gemaakt waren van was of gewikkeld in Glad-huishoudfolie, net zoals Tytus aanvoelde.

'Ja, die is inderdaad echt,' zei Tytus. 'Het is de hand van een vijfenzestigjarige buschauffeur, Ernie Hogg genaamd, die zo vriendelijk was zijn lichaam te doneren aan de studenten anatomie van de Universiteit van Queensland, wier recente onderzoek naar plastinatie vol enthousiasme is gesponsord door ondergetekende.'

'Wat betekent "plastinatie"?' vroeg ik.

'Zo heet het wanneer we water en lichaamsvetten in een lichaamsdeel vervangen door bepaalde uithardende polymeren – kunststoffen – om een echt lichaamsdeel te creëren dat kan worden aangeraakt, van dichtbij kan worden bestudeerd, en dat gereproduceerd kan worden, maar het afgestorven lichaamsdeel gaat niet stinken of rotten.'

'Dat is smerig.'

Tytus grinnikte. 'Nee,' zei hij met een vreemd, verontrustend ontzag in zijn ogen, 'dat is de toekomst.'

Er stond een aardewerken beeldje van een geketende oudere man op zijn bureau. De oudere man droeg een oud-Grieks gewaad en op zijn blote rug zaten bloedsporen van olieverf. Hij leek net een stap te willen zetten, met een been dat een voet miste en slordig verbonden was.

'Wat is dat?' vroeg ik.

Tytus vestigde zijn ogen op het beeldje. 'Dat is Hegesistratus. Een van de grote geamputeerden die we kennen uit de geschiedenis. Hij was een oud-Griekse profeet die tot diepzinnige en gevaarlijke dingen in staat was.'

'Wat is een profeet?' wilde ik weten.

'Een profeet is veel dingen. In het oude Griekenland waren profeten vooral zieners. Ze konden dingen zien die anderen niet konden zien door tekens van de goden te interpreteren. Ze konden gebeurtenissen zien aankomen, een waardevolle vaardigheid in een oorlog.'

Ik draaide me om naar Lyle. 'Dat is net als Gus.'

Lyle schudde zijn hoofd. 'Oké, zo is het genoeg, maat.'

'Wat bedoel je, jongen?' vroeg Tytus.

'Gus ziet ook dingen,' zei ik. 'Net als Hegesistaramus, of hoe die ook heet.'

Tytus bekeek August nu met andere ogen, die een halve glimlach produceerde, zijn hoofd schudde en achteruitschuifelde tot hij naast Lyle stond.

'Wat voor dingen precies?'

'Gewoon, maffe dingen die weleens uitkomen. Hij schrijft ze in de lucht. Zoals die keer toen hij *Park Terrace* in de lucht schreef en ik me afvroeg waar hij het in godsnaam over had, tot mama thuiskwam en vertelde dat ze bij een stoplicht had staan wachten toen ze boodschappen was gaan doen in Corinda en een oud vrouwtje zomaar pardoes de straat op stapte, regelrecht tussen het verkeer, alsof het haar geen reet kon schelen dat...'

'Let op je woorden, Eli,' waarschuwde Lyle.

'Sorry. Dus mama laat al haar boodschappentasjes vallen en doet twee stappen naar voren om die vrouw vast te grijpen en trekt haar razendsnel terug naar de stoep, vlak voordat ze geschept zou worden door een grote gemeentebus. Ze redde die oude vrouw het leven. En raad eens in welke straat dat is gebeurd?'

'Park Terrace?' vroeg Tytus met grote ogen.

'Nee,' zei ik. 'Het gebeurde op Oxley Avenue, maar toen heeft mama die oude dame naar huis gebracht, een paar straten verderop, en die vrouw sprak geen woord, zei helemaal niks, had alleen maar een wezenloze blik op haar gezicht. Dan komen ze bij het huis van die vrouw en de voordeur staat wagenwijd open en een van de oude, openslaande ramen klappert luid in de wind en de oude vrouw zegt dat ze de trap niet op wil en mama probeert haar naar boven te helpen, maar ze wordt helemaal gek, "Nee, nee, nee, nee," gilt ze. En ze knikt naar mama dat zij de trap op moet gaan en omdat mama ook harde en volle botten heeft gaat ze naar boven en loopt ze het huis in en alle openslaande ramen aan alle vier de kanten van dat oude Queenslander-huis in Corinda klapperen in de wind en mama loopt door het huis naar de keuken, waar een broodje ham met tomaat wordt opgegeten door de vliegen en dit hele huis stinkt naar Dettol en iets duisters, iets smerigs, en mam loopt verder, door de woonkamer, door een gang, helemaal naar de hoofdslaapkamer van het huis, en de deur zit dicht en ze opent hem en wordt bijna omvergeworpen door de stank van de oude dode man die in een leunstoel zit bij een kingsize bed, zijn hoofd gewikkeld in een plastic zak en een gastank naast zijn stoel. En raad eens in welke straat dat huis stond?'

'Park Terrace,' zei Tytus.

'Nee. De politie werd erbij gehaald en toen zij het hele verhaal hadden uitgeknobbeld, vertelden ze dat de vrouw haar man een maand geleden zo had aangetroffen in de slaapkamer en ze was kwaad op hem, omdat hij had gezegd dat hij het zou gaan doen, maar zij had hem laten beloven dat hij het niet zou doen en hij had het toch gedaan en ze was zo woest en geschokt door de situatie dat ze gewoon deed alsof hij er niet was. Ze deed de deur van de hoofdslaapkamer dicht, spoot een maand lang Dettol door het hele huis tegen de stank en ging gewoon door met haar dagelijkse bezigheden, zoals broodjes ham met tomaat maken voor de lunch. Ten slotte, toen de stank te erg werd, kwam ze bij haar positieven en ze zette alle ramen in het huis open en liep regelrecht naar Oxley Avenue om zich voor een bus te gooien.'

'Wat had Park Terrace er dan mee te maken?'

'Nou, dat had niets met mama te maken. Dat was Lyle, die kreeg op diezelfde dag een boete voor te hard rijden op Park Terrace, onderweg naar zijn werk.'

'Fascinerend,' zei Tytus.

Hij keek naar August, boog zich naar voren in zijn draaistoel. Er lag iets sinisters in zijn ogen. Hij was oud maar bedreigend. Het kwam door die ingevallen wangen, het witte haar, het *iets* wat ik voelde in mijn zwakke botten. Het was Achab. 'Kijk aan, jonge August, jij ontluikende profeet, vertel me eens,' begon hij, 'wat zie je als je naar me kijkt?'

August schudde zijn hoofd en schokschouderde het hele verhaal van zich af.

Tytus glimlachte. 'Ik denk dat ik jou goed in de gaten ga houden, August,' zei hij, achteroverleunend in zijn draaistoel.

Ik wilde meer weten over het beeldje. 'Hoe is hij zijn voet verloren?' vroeg ik.

'Hij werd gevangengenomen door de bloeddorstige Spartanen en in de boeien geslagen,' zei hij. 'Maar hij wist te ontsnappen door zijn voet af te snijden.'

'Wedden dat ze dat niet zagen aankomen,' zei ik.

'Nee, jonge Eli, dat deden ze niet.' Hij lachte. 'Dus wat leert Hegesistratus ons?'

'Altijd een ijzerzaag meenemen als je naar Griekenland gaat,' zei ik.

Tytus glimlachte. Toen wendde hij zich tot Lyle. 'Opoffering. Raak nooit gehecht aan iets waar je jezelf niet onmiddellijk van kunt losmaken.'

*

Op het balkongedeelte van Mama Pham's legt Tytus zijn handen op mama's schouders en kust haar op de rechterwang. 'Welkom,' zegt hij. 'Fijn dat je er bent.'

Tytus stelt mama en Lyle voor aan de vrouw die rechts van hem zit. 'Mag ik jullie voorstellen aan mijn dochter Hanna.'

Hanna staat op van haar stoel. Ze is evenals haar vader geheel in het wit gekleed, haar haar is witblond, een soort niet-kleurig haar, alsof al het leven eruit is gezogen. Ze is even dun als haar vader.

Haar lange, steile haar hangt over de schouders van een witte, hooggesloten blouse met lange mouwen tot op de handen, die ze onder de tafel houdt nu ze staat. Misschien is ze veertig. Misschien is ze vijftig, maar dan zegt ze iets en is ze misschien dertig en heel verlegen.

Lyle heeft ons over Hanna verteld. Aan haar heeft hij zijn baan te danken. Als Hanna Broz niet was geboren met armen die eindigen bij de ellebogen, dan zou Tytus Broz nooit op het idee zijn gekomen om zijn magazijn in auto-onderdelen in Darra te veranderen in een beginnend orthesefabriekje dat op zijn beurt uitgroeide tot Human Touch, een godsgeschenk voor lokale geamputeerden zoals Hanna, en de basis van verschillende maatschappelijke onderscheidingen voor Tytus, die zich onbaatzuchtig inzet voor mensen met een handicap.

'Hallo,' zegt Hanna zachtjes en ze schenkt me een glimlach die kleine steden zou kunnen verlichten als ze die iets langer zou laten zien. Mam steekt een hand uit om te schudden en Hanna reageert door haar eigen hand van onder de tafel uit te steken, en deze hand is helemaal geen hand maar een kunstledemaat onder de witte mouw, en mama vertrekt geen spier als ze die huidkleurige plastic hand vastpakt en deze hartelijk schudt. Hanna lacht, deze keer een beetje langer.

Tytus Broz doet me aan botten denken omdat ik een en al botten ben en die andere man, die me nu pas opvalt, is van steen. Hij is een en al steen. Een man van steen staart me aan. Hij draagt een zwart katoenen overhemd met korte mouwen en knoopsluiting. Hij is oud, maar niet zo oud als Tytus. Misschien is hij vijftig. Misschien is hij zestig. Het is een van die keiharde kerels die Lyle kent, gespierd en grimmig – je zou hem in tweeën kunnen hakken en zijn leeftijd kunnen meten aan de groeiringen in zijn binnenste. Hij zit me alleen maar aan te gapen, die vent. In alle drukte rondom deze ronde eettafel zit een stenen man naar mij te loeren met zijn smalle ogen, een man van steen met een grote neus en lang, zilverkleurig haar dat in een paardenstaart is gebonden, maar het haar begint pas halverwege zijn schedel, zodat het eruitziet alsof dat lange zilverwitte haar met een stofzuiger van zijn schedel wordt gezogen. Dit is waar Slim het altijd over heeft, over de kleine films in de film van je eigen leven. Het leven dat wordt geleefd in meerdere dimensies. Het leven dat wordt geleefd vanuit meerdere gezichtspunten. Eén moment in de tijd – verschillende mensen schudden elkaar de hand voordat ze plaatsnemen aan een ronde eettafel – maar het moment heeft meerdere gezichtspunten. Op dit soort momenten gaat de tijd niet alleen vooruit, hij kan zijwaarts bewegen, zich uitbreiden om aan oneindige gezichtspunten tegemoet te komen, en als je al deze gezichtspuntmomenten bij elkaar optelt, krijg je misschien iets wat in de buurt komt van de eeuwigheid die gedurende één enkel tijdsmoment zijwaarts loopt. Of zoiets.

Niemand ziet dit moment zoals ik het zie, zoals het voor de rest van mijn leven beheerst zal worden door een zilverharige griezel met een paardenstaart.

'Iwan,' roept Tytus Broz, zijn linkerhand op Lyles schouder, wijzend op August, die naast me staat. 'Dit is de jongen over wie ik je vertelde. Hij praat niet, net als jij.'

De man die Tytus Iwan noemt verschuift zijn focus van mij naar August. 'Ik praat,' zegt de man die Tytus Iwan noemt.

De man die Tytus Iwan noemt richt zijn blik op een glas bier voor hem, dat hij vervolgens stevig vastgrijpt met zijn rechterhand en traag als een stoellift naar zijn lippen brengt. Hij drinkt het glas in één teug halfleeg. Misschien is de man die Tytus Iwan noemt wel tweehonderd jaar oud. Het is niemand ooit gelukt hem doormidden te hakken, dat is zeker.

Bich Dang komt naar onze tafel, roepend vanuit de verte. Ze draagt een fonkelende smaragdgroene japon die strak om haar lichaam en benen zit, helemaal tot aan haar verborgen voeten, dus nu ze door de bovenzaal van Mama Pham's loopt, lijkt het alsof ze naar onze tafel zweeft. Darren Dang op sloffende voeten in haar kielzog, zichtbaar geplaagd door het zwarte kostuum dat hij eerder verdraagt dan draagt.

'Welkom, mensen, welkom, welkom, blijft u zitten, blijft u zitten,' zegt ze. Ze legt een arm om Tytus Broz' schouders. 'Wel, ik hoop dat je flink wat eetlust hebt meegebracht. Ik heb voor vanavond meer warme gerechten bereid dan deze man hier in zijn hele leven heeft gegeten.'

*

Standpunten. Gezichtspunten. Invalshoeken. Mama in haar rode jurk, lachend met Lyle terwijl ze brokken knapperige tilapia op haar bord legt. De tilapia is verdronken in een knoflook-chili-koriandersaus, en er zijn zo veel witte graten in zijn verkoolde en doornige rugvin blootgesteld dat ze doen denken aan de ivoren toetsen in het kromgetrokken piano-orgel dat de duivel zelf bespeelt in de hel.

Tytus Broz zit met zijn arm over de schouders van zijn dochter Hanna geslagen, diep in gesprek met ons lokale raadslid, Stephen Bourke, die worstelt met zijn eetstokjes en een hap Vietnamese citroengrasbami met rundvlees.

Lyles beste vriend Teddy zit vanaf de andere kant van de tafel naar mijn moeder te lonken. Bich Dang brengt een nieuw gerecht naar de tafel.

'Gestoofde slangenkop!' zegt ze stralend.

Darren Dang zit links van me en August rechts. Wij drieën eten loempia's. De man die Tytus Iwan noemt zit tegenover ons aan tafel, zuigt het vlees van een feloranje chili-krabbenpoot.

'Iwan Krol,' zegt Darren terwijl hij met zijn hoofd omlaag een flinke hap van zijn loempia neemt.

'Huh?' zeg ik.

'Kijk hem niet zo aan,' zegt Darren en zijn hoofd schiet alle kanten op, behalve in de richting van de man die Tytus Iwan noemt.

'Ik krijg de kriebels van hem,' zeg ik.

Het is luidruchtig aan deze tafel. Het lawaai van het restaurant, met de loungezangeres in de eetzaal beneden ons, vermengd met de door de drank geanimeerde gesprekken van onze tafelgenoten en de kakelende lach van Bich Dang, zorgt voor een soort onzichtbare en geluiddichte bel rondom Darren en mij, waardoor we vrijuit kunnen praten over de mensen bij ons aan tafel.

'Daar wordt hij voor betaald,' zegt Darren.

'Waarvoor?'

'Om mensen de kriebels te geven.'

'Wat bedoel je? Wat doet hij?'

'Overdag runt hij een lamaboerderij in Dayboro.'

'Een lamaboerderij?'

'Ja, ik ben er weleens geweest. Een hele boerderij vol met lama's. Maffe klotebeesten, alsof een ezel seks heeft gehad met een kameel. Ze hebben van die grote gele ondertanden, diepe ellende, zulke beugelbekkies heb je nog nooit gezien. Die tanden zijn zo slecht dat ze als je ze een halve appel geeft geen hap kunnen nemen, ze moeten hem om hun tong rollen als een soort toverbal of zo.'

'En 's avonds?'

''s Avonds bezorgt hij mensen de kriebels.'

Darren draait aan het plateau op onze tafel en haalt een kom met in zout en peper gebakken modderkrab naar ons toe. Hij kiest een schaar en drie knapperige krabbenpoten en legt ze in zijn kommetje rijst.

'Is dat zijn werk?' vraag ik.

'Fuck, ja. Hij heeft een van de belangrijkste banen in de hele operatie.' Hij schudt zijn hoofd. 'Godver, Tink, wat een groen zoontje van een verrekte drugsdealer ben je toch.'

'Ik heb je al duizend keer gezegd, Lyle is mijn vader niet.'

'Sorry, ik was vergeten dat hij je tijdelijke vader is.'

Ik pak een krabbenschaar en bijt hem door met mijn grote achterste kiezen, en de gebakken krabbenschaal breekt zoals een eierschaal breekt onder druk. Als Darra een gemeentevlag had, dan zou er een gezouten en gepeperde modderkrab met een zachte schaal op moeten staan.

'Hoe bezorgt hij mensen de kriebels?'

'Reputatie en geruchten, zegt mama,' legt Darren uit. 'Iedereen kan een reputatie krijgen, natuurlijk. Loop gewoon naar buiten en steek een mes in de nek van de eerste de beste arme klootzak die je op straat tegenkomt.' Hij draait weer aan het plateau, stopt bij een schaal viskoekjes.

Ik kan mijn ogen niet van Iwan Krol afhouden, die krabschalenzooi uit zijn grote, rechte, door tabak verkleurde tanden peutert.

'Tuurlijk, Iwan Krol heeft genoeg rottigheid uitgehaald waar iedereen van weet. Een kogel in het achterhoofd hier, een zoutzuurbad daar, maar het is de shit waar we niets van afweten die mensen bang maakt. Het zijn de geruchten die zich rondom zo iemand als Iwan Krol opstapelen die het halve werk voor hem doen. Het zijn de geruchten die mensen de kriebels geven.'

'Welke geruchten?'

'Heb je de geruchten nooit gehoord?'

'Welke geruchten, Darren?'

Hij kijkt naar Iwan Krol. Hij buigt zich dicht naar me toe. '*Dem bones*,' fluistert Darren. '*Dem bones, dem bones*.'[4]

'Wat voor botten? Waar heb je het verdomme over?'

Hij pakt twee krabbenpoten, laat ze als mensenbenen voor zich op tafel dansen.

'*The toe bone's connected to the foot bone*,' zingt hij. '*The foot bone's connected to the ankle bone, the ankle bone's connected to the leg bone, now shake dem skeleton bones!*'

Darren barst in lachen uit. Hij steekt een spitse hand uit en grijpt me bij mijn nek, knijpt hard. '*Neck bone's connected to the head bone*,' zingt hij. Hij zet zijn vuist op mijn voorhoofd. 'Hoofdbot is verbonden met je lulbot.'

Hij giert het uit en Iwan Krol kijkt op van zijn bord, laat zijn dode bruine ogen over ons heen dwalen. Darren gaat rechtop zitten, komt onmiddellijk tot bedaren. Iwan concentreert zich weer op zijn bord met de afgeslachte krab.

'Eikel,' fluister ik. Ik kruip iets dichter naar hem toe. 'Waar heb je het over met "die botten".'

Hij zet zijn eetstokjes in zijn rijst. 'Vergeet het maar.'

Ik geef hem met de rug van mijn hand een klap tegen zijn schouder. 'Doe niet zo lullig.'

'Waarom wil je dat allemaal weten? Om er op een dag over te schrijven in *The Courier-Mail*?' vraagt hij.

'Ik moet die shit weten. Ik ga een tijdje voor Lyle werken.'

Darrens ogen beginnen te glinsteren. 'Wat ga je doen?'

'Ik ga overal op letten,' zeg ik trots.

'Wat?' Hij giert het uit. Hij laat zich achterover in zijn stoel vallen en schuddebuikt van het lachen. 'Ha! Tinkelbel gaat opletten. Zo, prijs de Heer en kus mijn ballen! Tinkelbel houdt de wacht! En waar ga je precies op letten?'

'Op details.'

'Details?' Hij brult het weer uit, slaat zich op de knieën. 'Wat voor details? Dat ik vandaag een groene onderbroek en witte sokken draag?'

'Ja. Alles. Alle kleine details. Details zijn kennis, zegt Slim. Kennis is macht.'

'Is dat een fulltime klus waar Lyle je op zet?' vraagt Darren.

'Opletten houdt nooit op. Dat gaat dag en nacht door.'

'Wat heb je vanavond gezien?'

'Als jij mij vertelt hoe dat zit met die botten, zal ik jou vertellen wat ik heb gezien.'

'Als jij mij vertelt wat je hebt gezien, vertel ik jou over die botten, Tink.'

Ik haal diep adem. Ik kijk over de tafel. Lyles beste vriend Teddy zit nog steeds naar mijn moeder te loeren. Ik heb mannen eerder zo naar mijn moeder zien kijken. Teddy heeft een volle bos zwart krullend haar, een olijfkleurige huid en een dikke zwarte snor, zo een waarvan Slim zegt dat hij wordt gedragen door mannen met grote ego's en kleine pikken. Slim zegt dat hij geen cel met Teddy zou willen delen. Hij zegt nooit waarom. Teddy heeft iets Italiaans in zich, misschien wat Grieks van moederskant. Hij vangt mijn blik als ik naar hem zit te kijken. Hij glimlacht. Ik heb die glimlach eerder gezien.

'Hoe staat het leven, jongens?' vraagt Teddy, boven de herrie van de eettafel uit schreeuwend.

'Goed, Teddy, dank je,' zeg ik.

'Hoe gaat het, Gussy?' Teddy heft een bierglas op naar August.

August houdt een beker limonade op in een proostgebaar, en trekt halfhartig zijn linkerwenkbrauw op.

'Zo doe je dat, jongens,' zegt Teddy lachend, en hij geeft ons een vette knipoog.

Ik richt mijn aandacht weer op Darren. 'De kleinste details,' zeg ik. 'Een miljoen en één details in één enkele zaal. De manier waarop je je eetstokjes vasthoudt, met die gebogen rechterwijsvinger. De geur van je oksels en de watervlek van de waterpijp aan de onderkant van je overhemd. De vrouw die daar zit met de moedervlek op haar schouder in de vorm van Afrika. Het feit dat Tytus' dochter, Hanna, de hele avond niets anders heeft gegeten dan een paar hapjes rijst. Tytus heeft zijn linkerhand al meer dan een halfuur op haar linkerdijbeen liggen. Je moeder stak ons vriendelijke lokale raadslid een envelop toe toen hij naar de wc ging en toen hij terugkwam ging hij op zijn stoel zitten en hief hij zijn wijnglas naar je moeder, die bij de drankkoeling stond. Ze glimlachte en knikte en ging naar beneden om met de oude, lange Vietnamese man te praten die bij het podium zat te kijken hoe die vreselijke zangeres zich door "New York Mining Disaster 1941" van de Bee Gees worstelde. Er staat een kind bij het forellenaquarium dat met een vuurwerksterretje in de vissen prikt. En de grote zus van dat kind is Thuy Chan, die in het achtste jaar van Jindalee High zit en er verrekte goed uitziet in die gele jurk en ze heeft vanavond al vier keer naar je gekeken jij bent te verrekte stoned of te achterlijk om het zelfs maar te merken.'

Darren kijkt naar de beneden gelegen eetzaal en Thuy Chan vangt zijn blik op en lacht, schudt het steile haar uit haar gezicht. Hij wendt zich onmiddellijk af. 'Shit, Bell. Je hebt gelijk.' Hij schudt zijn hoofd. 'Ik dacht dat het gewoon een stelletje klojo's was dat zat te eten.'

'En nu je verhaal van die botten,' zeg ik.

Hij neemt een slok limonade, trekt zijn jasje en broek recht. Hij buigt zich weer wat dichter naar me toe en we kijken verholen naar het onderwerp van ons gesprek, Iwan Krol.

'Dertig jaar geleden verdween zijn oudere broer,' zegt Darren. 'Zijn broer was een kerel die Magnar heette – zijn naam betekent "stoere bink" of zoiets in het Pools. Sterkste klootzak in Darra. Echte sadistische lul. Zat Iwan constant te pesten. Verbrandde hem en shit, bond hem vast aan de spoorbaan en ranselde hem af met startkabels. Het verhaal gaat dat die Magnar op een dag een flesje Poolse whisky drinkt, vijftig procent raketbrandstof, en buiten westen raakt in de schuur bij hun huis, waar de twee broers bezig waren met wat autoreparaties. Iwan pakt zijn broer bij de armen en sleept hem naar het weiland van de familie en laat hem daar achter, honderd meter verderop. En dan, zo koel als een kikker, koppelt hij in de schuur twee verlengsnoeren aan elkaar, leidt ze naar het weiland, pakt een cirkelzaag en zaagt het hoofd van zijn broer af, even kalm alsof hij het dak van een Ford Falcon eraf zou zagen.'

We gluren naar Iwan Krol. Hij kijkt op, alsof hij aanvoelt dat we naar hem kijken. Hij veegt zijn mond af met een servet van zijn schoot.

'Echt waar?' fluister ik.

'Mam zegt dat geruchten over Iwan Krol niet altijd precies kloppen.'

'Dacht ik al.'

'Nee, man. Je snapt het niet. Ze bedoelt dat de geruchten over Iwan Krol nooit de volledige waarheid vertellen, omdat de volledige waarheid zo gruwelijk is dat normale mensen er met hun pet niet bij kunnen.'

'Wat heeft hij met die Magnar of wat er van hem over was gedaan?'

'Dat weet niemand,' zegt Darren. 'Magnar is gewoon verdwenen. Foetsie. Nooit meer gezien. Voor de rest zijn het alleen geruchten. Dat is zo geniaal. Daarom is hij zo briljant in wat hij tegenwoordig doet. De ene dag loopt zijn doelwit rustig over straat. De volgende dag loopt zijn doelwit nergens meer rond.'

Ik kan mijn ogen niet van Iwan Krol afhouden.

'Weet je moeder het?' vraag ik.

'Wat?'

'Wat Iwan heeft uitgespookt met het lichaam van zijn broer?'

'Nee, mama weet het niet,' zegt hij. 'Maar ik weet het wel.'

'Wat heeft hij ermee gedaan?'

'Hetzelfde als wat hij met al zijn slachtoffers doet.'

'Wat dan?'

Darren draait aan het plateau, houdt het stil bij een schaal chilikrab. Hij pakt een hele gekookte zandkrab en laat hem op zijn bord vallen. 'Goed opletten.'

Hij pakt de rechterschaar van de krab beet, draait hem er met geweld af en zuigt hem leeg. Hij grijpt de linkerschaar van de krab en trekt hem even makkelijk van zijn gepantserde lijf als de stok die de arm moet voorstellen van een sneeuwpop.

'De armen,' zegt hij. 'Dan de benen.'

Hij scheurt drie poten van de rechterkant van de schaal. Drie poten van de linkerkant.

'Al die slachtoffers verdwijnen gewoon, Tink. Verraders, kletsmeiers, vijanden, concurrenten, klanten die hun schulden niet betalen.'

Dan verwijdert Darren de achterste zwempoten van de krab, vier met elkaar verbonden segmenten, elk in de vorm van een plat peillood-je. Hij zuigt het vlees eruit en legt alle leeggezogen schalen weer naast het schild, precies waar ze anatomisch zouden moeten zijn, maar zonder het schild te raken. Hij legt de krabscharen terug op hun plaats, en dan ook de poten, een millimeter van het met chilisaus bedekte schild van de krab. 'Amputatie, Eli,' fluistert hij.

Hij kijkt me aan om de oenige blik te zien op mijn oenige gezicht. Dan veegt hij alle poten en scharen van de krab bij elkaar en laat ze in het omgekeerde schild vallen. 'Veel makkelijker om een lichaam in zes stukken te vervoeren,' zegt hij, terwijl hij het schild in een kom legt die al vol zit met stapels leeggezogen krabbenschalen.

'Waarnaartoe vervoeren?'

Hij lacht. Hij knikt met zijn hoofd naar Tytus Broz. 'Naar een goed thuis.'

Naar de Heer der Ledematen.

Net op dat moment staat Tytus op en tikt met een vork tegen zijn wijnglas. 'Excuseer me, dames en heren, maar ik geloof dat het tijd is om deze buitengewone avond af te sluiten met een kort dankwoord.'

*

Als we terug lopen naar huis, gaat Orion schuil achter een dik wolkendek. August en mam lopen voor Lyle en mij uit. We kijken hoe ze balanceren op de groene houten hekken van Ducie Street Park. Deze hekken – elk hek bestaat uit één lange lichtgroen geverfde stam van een dennenboom die rust op twee stronken – dienen al een jaar of zes als onze olympische evenwichtsbalken.

Mama springt er elegant op en zet haar voeten achter elkaar op de evenwichtsbalk.

Dan maakt ze een prachtige schaarsprong en landt weer op haar voeten. August klapt enthousiast.

'Nu bereidt de grote Comăneci zich voor op de afsprong,' zegt ze en ze schuifelt voorzichtig naar de rand van de paal. Ze maakt een serie bewegingen met haar armen en handen om alle aandacht naar zich toe te trekken, knikt naar de denkbeeldige jury in Montreal en de menigte fans bij de Olympische Spelen in 1976. August steekt zijn armen naar voren, zet zich schrap met gebogen knieën. En mama springt in zijn wachtende armen.

'Perfecte tien!' roept ze uit. August draait haar feestelijk in de rondte.

Ze lopen een stukje door en dan springt August ook op een paal.

Lyle kijkt vanuit de verte glimlachend toe.

'En, heb je erover nagedacht?' vraag ik.

'Waarover?'

'Over mijn plan.'

'Vertel me eens wat meer over deze taskforce.'

'Taskforce Janus. Je moet echt vaker de krant lezen. De politie voert de strijd op tegen drugs die worden aangevoerd vanuit de Gouden Driehoek.'

'Flauwekul,' zegt Lyle.

'Het is waar. De kranten staan er bol van. Vraag maar aan Slim.'

'Nou, de taskforce kan waar zijn, maar hun bedoelingen zijn onzin. Het is een rookgordijn. Van de helft van de oudere smerissen hier wordt de kerstvakantie gefinancierd door Tytus. Geen van die klojo's wil iets tegen die drugshandel beginnen, omdat ze die extra inkomsten van Tytus goed kunnen gebruiken.'

'In Taskforce Janus zitten geen mensen van hier. Het is de Australische federale politie, de AFP. Ze focussen zich op de grenzen en pakken ze al op zee, voordat ze het strand bereiken.'

'Dus...'

'Dus binnenkort zal het aanbod niet meer aan de vraag voldoen,' zeg ik. 'Dan rennen er duizend junkies rond in Darra en Ipswich die willen scoren, maar de enigen die het spul hebben zijn die lui van de federale politie en die verkopen het niet.'

'En dus?'

'Dus we kopen het nu op. We kopen in één keer groot in. Stoppen het spul in de grond, begraven het voor een jaar, misschien twee, en wachten tot de AFP de voorraad in diamant heeft veranderd.'

Lyle draait zich naar me toe, monstert me van mijn kruin tot aan mijn tenen. 'Volgens mij kun je voortaan beter bij Darren Dang uit de buurt blijven.'

'Slechte zet,' zeg ik. 'Darren is onze ingang naar Bich. Jij zet me af bij Darrens huis en dan maak je een praatje met Bich als de verantwoordelijke, liefhebbende voogd die je bent, tot ze je uiteindelijk genoeg vertrouwt om je tien kilo heroïne te verkopen.'

'Je bent compleet gestoord, jochie.'

'Ik heb Darren gepolst over de marktprijzen. Hij zegt dat tien kilo heroïne, zelfs als je het verkoopt tegen de huidige prijs van vijftien dollar per gram, ons honderdvijftigduizend dollar zou opleveren. Je laat die voorraad een jaar of twee liggen en ik garandeer je dat je verkoopprijzen van achttien, negentien en zelfs twintig dollar per gram kunt halen. Een mooi huis in The Gap kost eenenzeventigduizend dollar. We zouden genoeg hebben voor twee huizen en nog geld overhouden voor een zwembad bij beide huizen.'

'En wat gebeurt er als Tytus ontdekt dat ik er een handeltje naast ben begonnen en hij Iwan Krol op mijn dak stuurt om verhaal te halen?'

Daar heb ik geen antwoord op. Ik loop door. Er ligt een leeg blikje Solo-frisdrank in de goot en ik trap het weg met mijn rechtervoet. Midden op de asfaltweg komt het stuiterend tot stilstand.

'Wil je dat oprapen?' zegt Lyle.

'Wat?'

'Dat blikje, dat verdomde blikje, Eli,' zegt hij gefrustreerd. 'Kijk verdomme eens om je heen. Godvergeten winkelwagentjes in het park, overal chipszakjes en vuile luiers en god weet wat nog meer. Toen ik een kind was, waren deze straten brandschoon. De mensen voelden zich verantwoordelijk voor deze straten. Het was hier vroeger net zo mooi als in die verdomde Gap van jou. Ik zal je dit zeggen, het begint ermee dat moeders en vaders in Darra hun gebruikte luiers zomaar op straat gooien, en voor je het weet steken ze autobanden in de fik bij het Opera House in Sydney. Zo gaat Australië naar de knoppen, alleen omdat jij dat Solo-blikje over de weg trapt.'

'Ik denk dat wijdverbreid heroïnegebruik in de voorsteden een snellere manier is om het land naar de knoppen te helpen,' merk ik op.

'Raap dat blikje nou maar op, wijsneus.'

Ik raap het blikje op. 'De druppel in het meer.'

'De wat?'

'Het rimpeleffect,' zeg ik, terwijl ik het Solo-blikje omhooghoud. 'Wat wil je dat ik ermee doe?'

'Gooi maar in die vuilnisbak.'

Ik gooi het in een zwarte bak langs de stoeprand, boordevol Silvio's-pizzadozen en lege bierflessen. We lopen verder.

'Wat is de druppel in het meer?' vraagt Lyle.

Gewoon een theorie over mijn leven. We kijken naar mama en August, die elkaar nu zigzaggend nazitten door het in segmenten verdeelde spijlenhekwerk langs het park. 'De druppel in het meer was mams ouweheer die haar als kind in de steek liet,' zeg ik. 'Daarmee zijn alle rimpelingen in haar leven begonnen. Haar ouweheer vertrekt, en oma moet in haar eentje voor zes kinderen zorgen in een schoenendoos in de westelijke buitenwijken van Sydney. Mama is de oudste, dus ze gaat op haar veertiende van school en zoekt een baantje om oma te helpen de rekeningen te betalen en eten op tafel te zetten. Na twee of drie jaar wordt ze boos op oma omdat ze dromen heeft, weet je wel. Ze wilde advocaat worden of wat dan ook en al die arme sloppenkinderen in westelijk Sydney helpen om uit Silverwater te blijven. Ze reist liftend door Australië, helemaal over de Nullabor-vlakte naar West-Australië, waar ze een baantje vindt als serveerster in het Rose and Crown Hotel, tot een gestoorde idioot op een avond, als ze onderweg is naar huis, een mes tegen haar keel houdt en haar in zijn auto smijt en god weet wat hij verdomme met haar van plan was, maar hij gaat langzamer rijden bij wegwerkzaamheden aan de snelweg, waar ze bezig zijn de weg te verbreden en mama, de dapperste vrouw in de wereld, duikt gewoon uit die auto die op dat moment tachtig kilometer per uur rijdt en breekt haar rechterarm op het asfalt en haalt haar benen open, maar ze is slim genoeg om op te staan en een sprintje te trekken zoals ze deed toen ze als meisje elke hardloopwedstrijd op school won en ze rent in de richting van de lampen van de wegwerkers terwijl die gestoorde klootzak achteruitrijdt over de donkere snelweg, maar mama weet een schaftkeet te bereiken, waar drie wegwerkers zitten te roken, en mama is hysterisch en schreeuwt het uit over wat er is gebeurd en een van die gozers gaat naar buiten en ziet de auto van die gestoorde klootzak wegscheuren over de snelweg en die kerel komt terug naar de keet en zegt: "Je bent veilig, je bent veilig," en die kerel is Robert Bell, mijn ouweheer.'

Lyle blijft ter plekke staan. 'Verdomme.'

'Heeft ze je nooit verteld over de druppel in het meer?'

'Nee, Eli, dat heeft ze me nooit verteld.'

We lopen door.

'Denk je echt dat Tytus Iwan Krol achter ons aan stuurt?' vraag ik.

'Zaken zijn zaken, jochie.'

'Is het waar, wat ze over hem zeggen?'

'Wat zeggen ze dan?'

'Darren heeft me verteld wat hij met de lichamen doet. Is dat waar?'

'Ik heb het nooit willen weten, Eli, en als je weet wat goed voor je is, stel je geen vragen meer over wat Iwan Krol uitvoert met de lichamen van dode misdadigers.'

We lopen verder.

'Dus waar gaan we morgen naartoe?' vraag ik.

Lyle haalt diep adem, slaakt een zucht. 'Je gaat naar school.'

'Dus wat doen we zaterdag?' vraag ik, onwrikbaar, onzinkbaar.

'Teddy en ik moeten wat afleveren in Logan City.'

'Mogen we mee?'

'Nee,' zegt Lyle.

'We blijven gewoon in de auto zitten.'

'Waarom zou je dat in vredesnaam willen?'

'Ik heb je al gezegd dat ik dingen zie.'

'En wat verwacht je te zien, Eli?'

'Van die dingen die ik vanavond heb gezien. De dingen die jij niet ziet.'

'Wat voor dingen?'

'Dingen zoals dat Teddy verliefd is op mama.'

Jongen verliest geluk

Een druppel in het meer. Mama wordt gevraagd om lid te worden van het organisatiecomité voor het schoolfestival, dat in de komende maand elke zaterdag bij elkaar moet komen. Ze wil het graag doen, omdat ze dat soort dingen nooit doet. Ze heeft een hekel aan die tuttebellen van behulpzame moeders, maar dat betekent niet dat ze daar zo nu en dan niet graag bij wil horen. Dan begint Slims borst op te spelen. Zijn plas krijgt de kleur van roest en de dokter zegt dat hij longontsteking heeft. Hij heeft zich verschanst in een huurhuisje in Redcliffe aan de andere kant van Brisbane. Mama en Lyle hebben op zaterdag geen oppas meer om over August en mij te waken.

Voorjaar 1986. Ik zit op de middelbare school. Ik hoef niet meer elke dag uit de ramen van Darra State School te turen, nu neem ik elke dag samen met August de bus naar Inala om uit de ramen van Richlands State High School te turen. Ik ben dertien jaar en zoals elke zichzelf respecterende puber uit Queensland met een zwaardere stem en grotere ballen wil ik nieuwe dingen beleven, zoals de zaterdagen van de komende maand met Lyle meegaan op zijn heroïneritjes. Ik herinner mama subtiel aan onze fascinatie voor fikkies stoken als August en ik geen toezicht van volwassenen hebben. Laatst heb ik tussen neus en lippen verteld dat ik had gezien dat August een in benzine gedrenkte globe, die we hadden gevonden in een goededoelencontainer in Oxley, in de fik had gestoken. '*Gonna set the world on fire*,' galmde ik, terwijl August zijn vergrootglas boven Australië hield en een heet apocalyptisch puntje uitvergroot zonlicht op de stad Brisbane liet vallen.

'Ik breng ze naar het zwembad in Jindalee,' zegt Lyle. 'Zij gaan een paar uurtjes zwemmen, Teddy en ik doen onze klus en we pikken ze op de terugweg naar huis weer op.'

Mama kijkt naar August en mij. 'Hoe zit het met jullie huiswerk?'

'Alleen nog wiskunde,' antwoord ik.

August knikt. *Hetzelfde als Eli.*

'Je had eerst je wiskunde moeten doen, altijd eerst de moeilijke dingen uit de weg ruimen.'

'Soms werkt het leven niet zo, mama,' zeg ik. 'Soms kun je de moeilijke dingen niet eerst uit de weg ruimen.'

'Vertel mij wat. Oké, jullie mogen naar het zwembad, maar zorg ervoor dat je huiswerk af is voordat ik thuiskom.'

Geen probleem. Maar als we bij het zwembad in Jindalee aankomen, is het gesloten omdat het vijftigmeterbad een nieuwe coating krijgt.

'Goddomme,' vloekt Lyle.

Teddy zit achter het stuur omdat het zijn auto is, een olijfgroene Mazda-sedan uit 1976, zelfs in het voorjaar een mobiele oven, met gloeiende nepleren bekleding die aan de achterkant van mijn dijen blijft plakken en aan die van August ook, omdat hij dezelfde grijze Kmart-short draagt.

Teddy kijkt op zijn horloge. 'We moeten over zeven minuten in Jamboree Heights zijn.'

'Goddomme,' bromt Lyle hoofdschuddend. 'Vooruit dan maar.'

We parkeren voor een huis met twee verdiepingen in Jamboree Heights. Het huis is opgetrokken uit gele baksteen, met een grote aluminium garagedeur en aan de voorkant een trap naar een veranda waar een Maori-jongen van een jaar of vijf in zijn blote bast driftig op de plaats touwtjespringt met een roze plastic springtouw. Het is zo heet buiten dat de asfaltweg aan de andere kant van mijn autoraam glinstert in de zinderende trillingen van de lucht.

Lyle en Teddy blijven even staan om de omgeving te scannen, en ze kijken in de achteruitkijkspiegel en zijspiegels van de auto. Teddy gooit de achterbak open. Ze stappen allebei tegelijk uit de Mazda en lopen naar de achterkant van de auto. Gooien de achterbak dicht.

Lyle loopt terug naar de passagierskant met een blauwe plastic koelbox en steekt zijn hoofd door het raampje. 'Jullie blijven hier rustig zitten en je houdt je koest, oké?' Hij wil het portier afsluiten.

'Je maakt een geintje, Lyle,' zeg ik.

'Wat?'

'Het is hier minstens vijftig graden. We zijn binnen tien minuten geroosterd.'

Lyle slaakt een diepe zucht. Hij kijkt om zich heen, ziet een boompje staan bij het voetpad. 'Goed, ga maar onder die boom zitten.'

'En wat zeggen we als de buurman naar buiten komt en vraagt waarom we onder zijn boom zitten? "We moeten even snel een drugsdeal sluiten, maat? Let maar niet op ons?" '

'Je begint me flink te irriteren, Eli,' zegt hij, en hij smijt het portier dicht.

Dan loopt hij naar de andere kant en opent het portier voor August. 'Kom mee. Maar geen woord.'

We passeren de jongen met het springtouw en hij kijkt naar ons, geel snot onder zijn neus.

'Hé,' zeg ik als ik langsloop. Het joch zegt niets terug.

Lyle tikt met zijn knokkel tegen het frame van de hordeur. 'Ben jij dat, Lyle?' klinkt het vanuit de donkere woonkamer. 'Kom erin, *bro*.'

We gaan het huis binnen. Lyle voorop, dan Teddy, dan August, dan ik.

Twee Maori-mannen hangen loom op bruine fauteuils naast een lege driezitsbank. De kamer staat blauw van de rook. Er staan volle asbakken op de armleuningen van de stoelen. Een van de mannen is mager, met Maori-tatoeages op zijn linkerwang; de andere is de dikste man die ik ooit van mijn leven heb gezien, en hij is degene die spreekt.

'Lyle, Ted,' zegt hij ter begroeting.

'Ezra,' antwoordt Lyle.

Ezra draagt een zwarte short en een slobberig zwart shirt en zijn benen zijn zo dik dat het vet van zijn dijbenen over zijn knieschijven lubbert, zodat zijn benen er in het midden uitzien als walruskoppen zonder slagtanden. Het is echter niet het formaat van de man waar ik niet over uit kan, maar het formaat van zijn zwarte T-shirt, groot genoeg om te gebruiken als beschermingshoes voor Teddy's Mazda, die buiten in de zon geparkeerd staat.

De magere man zit op de rand van zijn leunstoel met een dienblad op schoot aardappelen te schillen.

'Verdomme, Lyle,' zegt Ezra en hij kijkt grijnzend naar August en mij. 'Daar win je prijzen mee als ouder, bro, dat je je kinderen meeneemt naar een drugsdeal.' Hij slaat op zijn been, kijkt naar zijn magere vriend met het tattoo-gezicht, die zwijgend toekijkt. '*Papara* van het jaar, eeey, makker?'

'Het zijn mijn kinderen niet,' zegt Lyle.

Een vrouw komt de woonkamer binnen. 'Nou, als ze niet van jou zijn, neem ik ze wel, Lyle,' zegt ze, glimlachend naar August en mij terwijl ze op de bank gaat zitten. Ze is blootsvoets, draagt een zwarte singlet. Een Maori-vrouw met een tribal tatoeage rond haar rechterbovenarm. Een lijn getatoeëerde stippen loopt over haar rechterslaap. Zij heeft ook een dienblad meegenomen, beladen met wortelen, zoete aardappelen en een kwart van een pompoen.

'Sorry, Elsie,' zegt Lyle. 'Het zijn Frankies kinderen.'

'Dacht al dat ze te knap waren om jouw *tamariki-tane* te zijn.' Ze geeft August een knipoog. Hij glimlacht terug. 'Hoelang zorg je al voor deze jongens, Lyle?'

'Ik ken ze nu een jaar of acht, negen.'

Elsie kijkt naar August en mij. 'Een jaar of acht, negen?' herhaalt ze. 'Wat vinden jullie, jongens? Zou het niet redelijk zijn om te zeggen dat jullie nu ook zijn kinderen zijn?'

August knikt. Elsie kijkt mij aan voor een antwoord.

'Klinkt redelijk zat,' zeg ik.

Ezra en de magere man zijn verdiept in een film op tv met een kolossale gebronsde krijger aan het hoofd van een groots en eeuwenoud feestmaal. 'Wat is het belangrijkste in het leven?' zegt een man op het scherm, gekleed als Dzjengis Khan.

De gebronsde krijger heeft zijn benen gekruist, stalen spieren, een hoofdband als een kroon. 'Je vijanden verpletteren,' zegt hij. 'Hem voor je uit drijven, en het gejammer van de vrouwen aanhoren!'

August en ik kijken gebiologeerd naar het scherm.

'Wie is dat?' vraag ik.

'Dat is Arnold Schwarzenegger, bro,' antwoordt Ezra. '*Conan the Barbarian*.'

Arnold Schwarzenegger is fascinerend.

'Die klootzak wordt een van de grootsten,' zegt Ezra.

'Waar gaat het over?' vraag ik.

'Het gaat over krijgers, bro, en over tovenaars en zwaarden en magie. Maar het gaat vooral over wraak. Conan reist de hele wereld over, op zoek naar de klootzak die zijn vader aan de honden heeft gevoerd en zijn moeder heeft onthoofd.'

Dan zie ik de videocassetterecorder onder de televisie. 'Hebt u een Sony Betamax?' vraag ik verbijsterd.

'Natuurlijk, maat. Betere resolutie, high fidelity, geen sneeuw, beter contrast, betere ruisonderdrukking.'

August en ik duiken meteen naar het tapijt om het apparaat beter te bekijken.

'Wat is high fidelity?' vraag ik.

'Weet ik veel,' zegt Ezra. 'Dat stond op de doos.'

Bij de televisie staat een boekenplank vol met zwarte Betamax-banden, voorzien van witte stickers waar de titels op staan. Honderden banden. Sommige titels zijn doorgestreept met een blauwe balpen en er staan andere titels onder gekrabbeld. *Raiders of the Lost Ark. E.T. the Extra-Terrestrial. Rocky III. Time Bandits. Clash of the Titans.* August wijst opvallend met zijn vinger naar een van de banden.

'Hebt u *Excalibur*?' roep ik uit.

'Shit, hé, bro? Helen Mirren, man. Bloedgeil wijf die maffe heks.'

Ik knik hartgrondig van ja. 'Merlijn.'

'Maffe klootzak,' zegt Ezra glunderend.

Ik scan de video's. 'U hebt alle *Star Wars*!'

'Wat is de beste *Star Wars*?' vraagt hij, op een toon die suggereert dat hij het antwoord al weet.

'*Empire*,' antwoord ik.

'Juist. Beste stuk?'

'Yoda's grot in Dagobah,' zeg ik zonder erover na te denken.

'O shit, Lyle, diepzinnig jonkie heb je hier.'

Lyle haalt zijn schouders op en rolt een sigaret uit een pakje White Ox in zijn zak. 'Kweenie waar je 't over hebt.'

'Luke vindt Vader in de grot en doodt hem en dan springt het masker open en kijkt Luke naar zichzelf,' zegt Ezra mysterieus. 'Maffe shit, man. Hoe heet dit jonkie?'

Lyle wijst naar mij. 'Dat is Eli.' Wijst naar August. 'Dat is August.'

'Hé, Eli, hoe zit het met die shit in die grot?' vraagt hij. 'Wat betekent die shit, jonkie?'

Ik blijf de videofilms bekijken terwijl ik praat. 'De grot is de wereld en het is precies zoals Yoda zegt, er is niets anders in de grot dan dat wat je zelf meeneemt. Ik denk dat Luke al aanvoelt wie zijn ouweheer is. Hij weet het al, diep vanbinnen. Hij is schijtbang om zijn vader te ontmoeten, omdat hij schijtbang is voor wat er al in hem zit, de donkere kant in zijn bloed.'

De woonkamer wordt even stil. August kijkt me langdurig aan. Hij knikt begripvol en trekt zijn wenkbrauwen op.

'Cool,' zegt Ezra.

Lyle zet de blauwe koelbox naast Ezra's stoel. 'Ik heb wat biertjes voor jullie meegenomen.'

Ezra gebaart met een knikje naar de magere man, wat genoeg communicatie is om hem te laten opspringen en de koelbox te openen. Hij steekt zijn hand diep in de kist met bierflessen en ijs en haalt een rechthoekig blok tevoorschijn, gewikkeld in dik zwart plastic. Hij geeft het pak onmiddellijk door aan Elsie.

Ze trekt rimpels in haar gezicht. 'In godsnaam, Rua, je kunt het zelf ook controleren.'

De magere man kijkt naar Ezra om steun te zoeken. Ezra is verdiept in de film, maar hij gunt één oog de tijd om naar Elsie te schieten, gevolgd door een hoofdknik naar de keuken.

Elsie springt op van de bank in een storm van heftige bewegingen en grist het zwarte blok uit Rua's hand. 'Stelletje stomme eikels,' vloekt ze.

Ze weet een glimlach op te brengen voor August en mij. 'Willen jullie een frisdrankje uitkiezen?' vraagt ze.

We kijken naar Lyle; hij knikt instemmend. We volgen haar naar de keuken.

Rua deelt bierflesjes uit aan Ezra, Lyle en Teddy.

'Wanneer halen jullie Queenslanders eens ander bier dan altijd maar dat verrekte xxxx Bitter?' vraagt Ezra.

'We hebben ander bier,' zegt Teddy, terwijl hij achteroverleunt op de driezitsbank om *Conan the Barbarian* te kijken. 'We hebben xxxx-tapbier.'

*

Het loopt tegen enen als we aan de aardappelkoekjes zitten in een snackbar langs de Moorooka Magic Mile, op een kwartier rijden van Jamboree Heights, waar mensen uit heel Brisbane hun auto's kopen bij een hele rits autodealers die variëren in kwaliteit en prestige van 'Al onze auto's hebben airbags!' tot 'Al onze auto's hebben een voorruit!'

We zitten aan een ronde witte plastic tafel, eten uit een opengescheurde bruine zak gehavende aardappelkoekjes, rundvleeskroketten, krabsticks, grote felgele dimsums en hete friet gebakken in oude olie, zodat ze eruitzien als kromme peuken en ook ongeveer zo smaken.

'Wie wil de laatste runderkroket?' vraagt Teddy.

Hij is de enige die kroketten heeft gegeten. Hij is altijd de enige die de kroketten eet.

'Helemaal van jou, Teddy,' zeg ik.

August en ik nippen aan de paarse blikjes Kirks Pasito, onze op één na favoriete frisdrank. Slim heeft ons aan de Pasito gebracht. Hij drinkt niets anders dan Kirks-frisdranken, omdat ze uit Queensland komen, en hij zegt dat hij een oude kerel heeft gekend die voor het oorspronkelijke Kirks werkte, dat toen de Helidon Spa Water Company heette, dat in de jaren tachtig van de negentiende eeuw naam maakte door het geneeskrachtige bronwater uit Helidon, nabij Toowoomba, waarvan de lokale Aboriginals beweerden dat het hun de kracht gaf die ze nodig hadden om iedere hebberige ziel af te weren die hun belangrijke persoonlijke bronwatervoorzieningen te gelde zou willen maken, te bottelen. Ik heb het natuurlijke bronwater uit Helidon nooit geproefd, maar ik kan me niet voorstellen dat het lekkerder is dan de zoete, herstellende krachten van een ijskoude sarsaparillapriklimonade.

'Elsie had Big Sars,' zeg ik, en ik neem uitgekiende hapjes van mijn aardappelkoekje in een poging de vorm van Australië te creëren. August neemt hapjes van de zijne om er een ninjaster van te maken. 'Ze had een hele plank met kleine frisdrankblikjes. Ze had alle blikjes van Kirks. Lemon Squash. Creaming Soda. Old Stoney-gemberbier. Noem maar op.'

Lyle rolt nog een White Oss-sigaret. 'Heb je nog iets anders gezien, *Captain Details*, toen je met Elsie de keuken in ging?'

'Ja, van alles. Ze had een heel pak Iced VoVo-koekjes in de koelkast, op de plank boven de groentelades. Ik denk dat ze gisteravond Ribbetts hebben gehaald, want er stond een zilveren afhaalbak op de plank boven de Iced VoVo's en hoewel er een deksel op zat en ik niet kon zien wat erin zat, wist ik dat het Ribbetts was, omdat er barbecuesaus over de rand van de bak was gemorst en er is geen barbecuesaus zoals Ribbetts-barbecuesaus.'

Lyle steekt zijn sjekkie aan. 'Heb je nog details opgepikt die niet gerelateerd zijn aan wat er in Elsies koelkast stond?' vraagt hij, zijn hoofd naar rechts draaiend om de rook niet over de aardappelkoekjes uit te blazen.

'Ja, van alles,' zeg ik, terwijl ik drie frietjes in mijn mond stop, inmiddels koud en slap geworden. 'Aan de muur boven de keukenbank hing een Maori-wapen en ik vroeg Elsie wat het was en ze zei dat het een *mere* heette. Het was een soort wapenstok in de vorm van een blad, gemaakt van iets wat nefriet heet, en die wordt van generatie op generatie doorgegeven in haar familie. En ze stond aan de gootsteen en sneed op het aanrecht voorzichtig de verpakking los van je heroïneblok en bracht de keukenweegschaal in balans en intussen vertelde ze me over de vreselijke dingen die haar betovergrootvader Hamiora met dat wapen heeft gedaan. Want er was eens een hoofdman van een andere stam, Marama heette hij, die de stam van Hamiora altijd aan het treiteren en koeioneren was en toen Hamiora het hoofdkwartier van die rivaliserende hoofdman bezocht...'

'Ik weet niet of de Maori-leiders vroeger een hoofdkwartier hadden,' zegt Teddy.

'Zijn hut dan, de hut van de grote rivaliserende hoofdman,' verduidelijk ik. 'Toen Hamiora de hut van Marama bezocht, lachte de rivaliserende hoofdman Hamiora uit om het formaat en de vorm van Hamiora's mere omdat die er zo ongevaarlijk uitzag, als een stenen deegroller of iets om je koekjes uit te rollen of zo en Hamiora stond tussen al die rivaliserende strijders in toen Marama grapjes over hem maakte en zijn mensen aanmoedigde om mee te lachen en grappen te maken over Hamiora's familiewapen en Hamiora begon mee te lachen en toen, sneller dan je "jamkoekje" kunt zeggen, gaf Hamiora Marama een klap tegen zijn kop met het eeuwenoude familiewapen dat ze allemaal stonden uit te lachen.'

Ik neem een dimsummetje.

'Die oude Hamiora hanteerde zijn nefrietwapen zoals Viv Richards zijn cricketbat en hij was gespecialiseerd in een stootbeweging met zijn onderarm waarbij hij iemand tegen zijn slaap raakte, en precies als hij die raakte, gaf hij dat wapen een scherpe draai.'

Ik scheur in één beweging het bovenste deel van het dimsummetje af. 'Hij sloeg in één klap Marama's hele schedeldak eraf en de rest van de stam was zo verbluft dat ze geen tijd hadden om hun wapens te trekken toen de rest van Hamiora's mannen – ook allemaal verre voorvaderen van Elsie – uit de struiken sprong en de verbijsterde rivaliserende stamleden aanviel.'

Ik laat het schedeldakje van de dimsum in mijn mond vallen.

'En terwijl Elsie dit verhaal vertelt, pakt ze voorzichtig de dope uit en let ze niet op waar ik naar kijk en ik zeg de hele tijd dingen als "O, echt waar?" en "Neee, niet waar!" alsof ik helemaal meegesleept word door het verhaal, maar tegelijkertijd dwalen mijn ogen door de keuken op zoek naar details. Het rechteroog is waar het behoort te zijn, maar dat losse linkeroog schiet alle kanten uit en ziet van alles en nog wat.'

Lyle en Teddy wisselen een veelbetekenende blik. Lyle schudt zijn hoofd.

'Als August en ik een duik nemen in de koelkast om Elsies verzameling frisdranken van Kirks te bekijken, beseft ze niet dat ik met mijn ene oog druk bezig ben om te zien wat ze aan het aanrecht uitvoert met de dope en ze pakt een scherp mes en snijdt schijfjes van het heroïneblok alsof ze dunne plakjes cheddar van een blok COON af schaaft. En ze schuift het schaafsel bij elkaar in een balletje van één gram en stopt het in een zwart plastic fotokokertje met een grijze dop. Ze stopt de koker in de zak van haar spijkerbroek en ze pakt het blok weer op en gaat ermee naar de woonkamer, waar jullie aan *Conan the Barbarian* gekluisterd zitten, en ze zegt: "Alles in orde," en niemand zegt ook maar een woord terug.

Dan komt ze terug in de keuken en pakt ze de draad weer op van dat ouwe verhaal over de bet-over-over-overgrootvader Hamiora en de stomme, stomme, stomme, stomme hoofdman Marama en ik zie allemaal details, een hele stapel post naast hun telefoon, brieven van de gemeente en rekeningen van Telecom en een vel papier met allemaal namen en nummers erop en jouw naam en nummer staan er ook tussen, Lyle, en Tytus' naam stond erop en ik zag een Kylie en een Mal en een nummer van iemand die Snapper heet en een nummer achter de naam van Dustin Vang...'

'Dustin Vang?' zegt Teddy. Hij kijkt Lyle aan, die een knikje geeft en zijn wenkbrauwen optrekt.

'Klinkt logisch,' zegt Lyle.

'Wie is Dustin Vang?' vraag ik.

'Als Bich Dang Hamiora was, zou Dustin Vang haar Marama zijn,' zegt Lyle.

'Hij is goed nieuws,' zegt Teddy.

'Waarom?'

'Gezonde concurrentie,' antwoordt Teddy. 'Als Bich niet de enige importeur in de buurt is, is dat goed nieuws voor Tytus, omdat Bich haar prijzen zal moeten aanpassen aan de concurrentie en dan zal ze er misschien wat minder lol in krijgen om ons te verneuken.'

'Maar het is minder goed nieuws voor Tytus als Ezra overweegt om rechtstreeks naar een andere leverancier te stappen,' zegt Lyle. 'Ik moet maar eens een babbeltje gaan maken met Tytus.'

Teddy grinnikt. 'Niet slecht, Captain Details.'

*

Er is niets wat een stad zo verbindt als Zuidoost-Aziatische heroïne. Deze glorieuze maand van zaterdagen waarin het zwembad in Jindalee was gesloten voor een opknapbeurt ziet Lyle, Teddy, August en mij de stad Brisbane doorkruisen, kriskras langs elke culturele minderheid, elke bende, elke obscure subcultuur die mijn uitgestrekte, broeierig hete stad aan haar bezwete boezem drukt.

De Italianen in South Brisbane. De rugbylui met hun opstaande kraagjes in Ballymore. De drummers en gitaristen en de straatmuzikanten en waardeloze bands in Fortitude Valley.

'Geen woord hierover tegen je moeder, horen jullie wel?' zegt Lyle als we in Highgate Hill parkeren voor het hoofdkwartier van een nationale neonazigroep, White Hammer, die geleid wordt door een magere man van vijfentwintig met een zachte stem, die Timothy heet en zo openhartig is om Lyle tijdens een hartelijke uitwisseling van contant geld en drugs te vertellen dat hij zijn skinhead eigenlijk niet scheert, maar in feite van nature kaal is, waardoor ik me stilletjes afvraag wat hem het eerst trof op zijn unieke filosofische reis, het idee dat het blanke ras superieur is of het klassieke patroon van haarverlies onder blanke mannen.

Ik weet niet wat ik had verwacht van de handel in drugs. Meer romantiek misschien. Een gevoel van gevaar en spanning. Ik realiseer me nu dat de gemiddelde voorstedelijke drugsdealer weinig verschilt van een doodgewone pizzakoerier. De helft van de ritjes die Lyle en Teddy aflegden had ik twee keer zo snel kunnen doen door voor de zuidwestelijke voorsteden van Brisbane mijn Mongoose-BMX te nemen, met de dope in mijn rugzak. August zou het waarschijnlijk nog sneller kunnen doen, omdat hij harder fietst dan ik en bovendien een Malvern Star-racefiets heeft, met tien versnellingen.

*

August en ik maken ons wiskundehuiswerk op de achterbank van Teddy's Mazda terwijl we van noord naar zuid en van zuid naar noord de Story Bridge oversteken, de verhalenbrug, verhalen zoals dat van de jongen die het vuur wist te doven, verhalen zoals dat van de stomme jongen en zijn jongere broer, die nooit om iets anders vroeg dan de antwoorden op de vragen.

August heeft een wetenschappelijke zakrekenmachine met tien cijfers in zijn hand, een verjaardagscadeau, en nadat hij een rijtje getallen heeft ingetikt draait hij de calculator ondersteboven om woorden te vormen. 7383375 = SLEEBEL. 48 = BH. Hij tikt nog een aantal cijfers in. Toont me trots het rekenmachinescherm. ELIBELL.

'Hé, Teddy,' vraag ik, 'voor een schoolfeest zijn twintig van de tachtig verkochte kaartjes met vroegboekkorting. Hoeveel procent van de verkochte kaartjes is dat?'

Teddy kijkt in de achteruitkijkspiegel. 'Kom op, maat, toe even, hoeveel twintigjes gaan er in tachtig?'

'Vier.

'Dus...'

'Dus twintig is een kwart van de kaartjes?'

'Correct.'

'Een kwart van honderd is... vijfentwintig procent?'

'Ja, maat,' zegt Teddy hoofdschuddend. 'Krijg wat, Lyle, laat je belastingaangifte nooit over aan dit stel.'

'Belastingaangifte?' Lyle trekt een verbijsterd gezicht. 'Is dat ook een soort algebraformule?'

De drugs moeten op zaterdag worden geleverd, omdat de meeste van de derderangs drugsdealers aan wie Lyle verkoopt doordeweeks gewoon werken. Tytus Broz is eersterangs, hij krijgt de dope rechtstreeks aangeleverd. Lyle is tweederangs. Lyle verkoopt aan de derderangs drugsdealers die op hun beurt verkopen aan de man of vrouw op straat of, in het geval van Kev Hunt, aan de man of vrouw op zee. Kev is een trawlervisser met een bijbaantje als derderangs drugsdealer met veel klanten onder de garnalenvissers in Moreton Bay. Hij zit doordeweeks altijd op zee. Daarom, omdat hij daar woont, rijden we op zaterdag naar Bald Hills. Hij doet goede zaken. Lyle past zich aan de behoeften van zijn klanten aan. Shane Bridgman, bijvoorbeeld, is een advocaat in de stad die een nevenactiviteit heeft als derderangs drugsdealer voor de juridische kliek rondom George Street. Hij is altijd aan het werk en doordeweeks nooit thuis, maar hij wil beslist geen drugsdeals op zijn kantoor, drie gebouwen verwijderd van het hooggerechtshof van Queensland. Dus maken we een ritje naar zijn huis in Wilston, een noordelijke voorstad. Hij sluit de deal in de serre terwijl zijn vrouw bosbessenmuffins bakt in de keuken en hun zoon *medium pacers* werpt in een zwarte vuilnisbak in de achtertuin.

Lyle is een meester in deze zaterdagse deals. Hij is een diplomaat, een cultureel ambassadeur, een vertegenwoordiger van zijn baas, Tytus Broz, een schakel tussen de koning en zijn volk.

Lyle zegt dat hij een drugsdeal benadert op dezelfde manier waarop hij mama benadert als ze een rotbui heeft. Blijf scherp. Blijf waakzaam. Laat ze niet te dicht bij de keukenmessen staan. Wees flexibel, geduldig, meegaand. De koper/boze mama heeft altijd gelijk. Lyle schikt zijn emoties op elk gewenst moment naar de gevoelens van de koper/mama. Wanneer een Chinese projectontwikkelaar scheldt op de bureaucratische rompslomp, knikt hij empathisch met zijn hoofd. Wanneer de leider van de Bandidos-motorbende moppert over de slechte kwaliteit van de toerenteller op zijn Harley Davidson, knikt Lyle met wat ik beschouw als oprechte bezorgdheid, en dat is dezelfde blik die hij laatst nog voor mama had gereserveerd, toen ze klaagde dat Lyle en zij nooit moeite doen om vriendschap te sluiten met de andere ouders op onze school. Sluit de deal, kus de vrouw van wie je houdt, pak je geld en zorg dat je de kamer levend verlaat.

*

Op onze laatste zaterdagse drugsrit licht Lyle August en mij in over de ondergrondse kamer met de rode telefoon. Lyle heeft de kamer eigenhandig gebouwd, helemaal zelf uitgegraven onder de kruipruimte van het huis, waar August en ik nooit in mochten kruipen. Een geheime ruimte gebouwd met dertienhonderd stenen, gekocht bij de plaatselijke steenfabriek. De geheime kamer waar mam en Lyle grote dozen wiet konden opslaan in de beginjaren van hun drugsdealerbestaan.

'Waar gebruik je hem voor, nu je geen wiet meer verkoopt?' vraag ik.

'Voor een kwade dag, als ik moet vluchten en me ergens moet verbergen.'

'Voor wie?'

'Voor iedereen.'

'Waar is de telefoon voor?' vraag ik.

Teddy kijkt schuins naar Lyle.

'Die is rechtstreeks verbonden met een andere rode telefoon, net zo een als deze, bij Tytus thuis in Bellbowrie,' zegt Lyle. Hij kijkt achterom naar de achterbank om onze reacties te peilen.

'Dus het was Tytus die we laatst aan de telefoon hadden?'

'Nee,' zegt hij. 'Nee, Eli.' We houden elkaars blik langdurig vast in de achteruitkijkspiegel. 'Je hebt helemaal niemand gesproken.'

Hij trapt het gaspedaal in en racet naar onze laatste klus.

*

'Ik heb vandaag iets gevoeld wat ik nog nooit eerder heb gevoeld,' zegt mama, terwijl ze spaghetti op onze borden schept aan de eettafel, de gelamineerde groene formicatafel met metalen poten waaraan Lyle als jongetje zijn kersen-*babka* at.

Vandaag was het schoolfestival. Acht uur lang, onder een hete zaterdagzon, had mama de leiding over drie attractiekraampjes op het sportveld van Richlands State High School. Ze runde het visvijverspel, waar kinderen voor vijftig cent op platte vissen van piepschuim mochten hengelen met een gordijnroede en een touwtje. Op de buik van die vissen zat een gekleurde sticker die overeenkwam met de kleurcode op de prijzen, speelgoedjes die ongeveer evenveel waard waren als de ponystront waar ik vandaag in ben getrapt bij de 'Dierenboerderij van Ome Bob'. Het allerpopulairste spel van de hele rij kraampjes was op de een of andere manier een spelletje dat mama zelf had bedacht, meeliftend op de onweerstaanbare aantrekkingskracht van *Star Wars* om de broodnodige fondsen te werven voor de oudercommissie van Richlands State High School. Haar 'Han Solo Master Blaster-wedstrijd' daagde potentiële redders van de Melkweg uit om drie *imperial stormtroopers* van August en mij omver te werpen, balancerend op standaards op steeds ambitieuzere afstanden, met behulp van een groot waterpistool dat ze zwart geverfd had om op Han Solo's blaster te lijken. Ze had de doelwit-stormtroopers op meesterlijke wijze neergezet; de eerste twee waren op makkelijk haalbare afstanden geplaatst en ze prikkelde haar grotendeels vijf- tot twaalfjarige clientèle met de verslavende glans van pril succes, maar de derde en laatste stormtrooper stond zo ver weg, dat een kind toegang zou moeten hebben tot de krachten van de Force om een prijswinnend waterpistoolschot-met-effect te lossen. Mama was echter ook verantwoordelijk voor de minst populaire attractie van het feest, 'IJsstokjespandemonium', honderd ijsstokjes, tien gemarkeerd met een prijswinnende ster, in een kruiwagen vol met zand. Al had ze aan het einde van elk van die stokjes de zin van het leven beloofd, dan nog had ze in ruim acht uur tijd niet meer dan zesenhalve dollar verdiend.

'Ik voelde me deel van de gemeenschap,' zegt mama. 'Ik had het gevoel dat ik erbij hoorde, weet je.'

Ik kijk hoe Lyle naar haar glimlacht. Hij houdt zijn rechtervuist onder zijn kin. Het enige wat ze doet is onze borden vullen met grote lepels van haar bolognesesaus met extra spek en rozemarijn, maar Lyle kijkt haar met grote ogen aan, vol ontzag, alsof ze 'Paint It Black' speelt op een gouden harp met snaren van vuur. 'Dat is geweldig, schat.'

Teddy roept vanuit de keuken: 'Biertje, Lyle?'

'Ja, maat. In de deur van de koelkast.'

Teddy blijft eten. Teddy blijft altijd eten.

'Dat is echt geweldig, Frankie,' zegt hij als hij vanuit de keuken de kamer in loopt. Hij slaat zijn arm onnodig om mama's schouder. Trekt haar onnodig tegen zich aan. 'We zijn trots op je, maatje.' Tjongejonge, wat zijn we innig. Ik bedoel, wat flik je me nou, Ted? Zomaar hier aan Lena en Aureli's tafel?

'Ik kan me vergissen, maar zie ik een nieuwe twinkeling in die blauwe ogen?' Hij wrijft met zijn rechterduim over mama's jukbeen.

Lyle en ik kijken elkaar aan. August werpt mij een blik toe. *Rot op met je shitzooi. Voor de ogen van zijn beste vriend. Ik heb die vent nooit vertrouwd. Doet zich o zo lief en aardig voor, maar dat zijn juist de kerels voor wie je moet uitkijken, Eli. Ik weet niet op wie hij meer verliefd is, op mam, op Lyle of op zichzelf.*

Ik knik. *Gesnopen, broer.*

'Ik weet het niet.' Mam haalt haar schouders op, een beetje opgelaten door haar vrolijke bui. 'Het voelde gewoon goed om deel uit te maken van zoiets...'

'Saais?' suggereer ik. 'Burgerlijks?'

Mama lacht, en ze laat de lepel gehakt even in de lucht hangen terwijl ze nadenkt. 'Zoiets... normááls.'

Ze strooit het gehakt over mijn pasta en geeft me een van die snelle, mooie halve lachjes die zij in een rechtstreekse corridor van liefde naar de persoon kan sturen voor wie het is bedoeld, door een tunnel van levenslange liefde die onzichtbaar is voor alle anderen, en toch weet ik dat August een tunnel heeft die er precies zo uitziet, en Lyle ook.

'Geweldig, mama,' zeg ik. En dat was nog nooit van mijn leven zo serieus gemeend als op dat moment. 'Volgens mij past normaal wel bij je.'

Ik reik naar de Parmezaanse kaas van Kraft die ruikt naar braaksel van August. Ik strooi kaasvlokken over mijn spaghetti, steek mijn vork in mama's pasta en draai hem twee keer rond.

Dan stapt Tytus Broz onze woonkamer binnen.

Het bovenste deel van mijn wervelkolom kent hem het beste. Het bovenste deel van mijn wervelkolom herkent al dat witte haar en dat witte pak en de witte tanden in zijn knarsetandende gemaakte glimlach. De rest van mij staat stijf van schrik, maar mijn ruggengraat weet dat Tytus Broz echt in onze woonkamer staat en trilt van boven tot onder en ik huiver onwillekeurig, zoals ik soms doe als ik sta te piesen in de pisbakken van Lyles favoriete pub, het Regatta Hotel in Toowong.

Lyle heeft zijn mond vol pasta als hij Tytus ziet en kijkt verbluft toe als hij ons huis binnenstapt, zomaar via de achterdeur langs de wc de keuken in.

Lyle spreekt zijn naam uit als een vraag. 'Tytus?'

August en mama zitten tegenover Lyle en mij en draaien zich om als Tytus binnenkomt, gevolgd door een andere man, groter dan Tytus, donkerdere ogen, donkerder humeur. O fuck. O fuck, fuck, fuck. Wat doet hij hier?

Iwan Krol. En nog twee van Tytus' moordlustige, hersenloze spierbundels achter Iwan. Ze dragen rubberen slippers, net als Iwan Krol, strakke Stubbies-shorts met ingestopte katoenen overhemden met opstaande kraag; de een is pezig en kaal en de ander is fors gebouwd, met drie kinnen en een domme grijns op zijn bek.

'Tytus!' zegt mama en ze schiet meteen in haar gastvrouwenrol. Ze springt op van haar stoel.

'Blijf zitten, Frances,' zegt Tytus.

Iwan Krol legt zachtjes een hand op mama's schouder en iets in dat gebaar vertelt haar dat ze beter weer kan gaan zitten. Nu pas zie ik dat hij een legergroene plunjezak bij zich heeft, die hij zachtjes op de grond laat vallen, naast onze eettafel.

Teddy houdt een vork in zijn rechterhand. Hij heeft twee velletjes keukenpapier in de boord van zijn donkerblauwe Bonds-shirt gepropt en zijn lippen zijn rood van de bolognesesaus, als een clown die is uitgeschoten met de lippenstift. 'Tytus, alles oké?' vraagt hij. 'Wil je ook een bordje...'

Tytus kijkt niet eens naar Teddy als hij een wijsvinger op zijn mond legt en zegt: 'Sst.'

Hij kijkt naar Lyle. Stilte. Misschien een volle minuut stilte of misschien duurt het maar dertig seconden, maar het voelt als dertig klotedagen van donderend stille blikken tussen Tytus en Lyle. Gezichtspunten en details, een enkel moment uitgerekt tot in het oneindige.

Een tatoeage op de linkerarm van de pezige moordenaar. Bugs Bunny in een nazi-uniform. August grijpt zijn pastalepel stevig vast en wrijft nerveus met zijn duim over de steel. Dit moment vanuit het gezichtspunt van mam, helemaal in de war op haar stoel in een wijdvallende perzikkleurige singlet – haar hoofd schiet van het ene gezicht naar het andere, zoekend naar antwoorden, om niets anders te vinden dan het antwoord op het gezicht van de enige man van wie ze ooit echt heeft gehouden. Angst.

Dan verbreekt Lyle genadig de stilte. 'August,' zegt hij.

August? August? Wat heeft dit moment met August te maken?

August draait zich weer om en kijkt naar Lyle.

En Lyle begint iets in de lucht te schrijven. Zijn rechterwijsvinger vliegt als een ganzenveer door de lucht en Augusts ogen volgen de stroom woorden die ik niet kan lezen omdat ik niet recht voor hem zit en ze niet goed genoeg kan omdraaien in mijn spiegelgeest.

'Wat doet hij?' snauwt Tytus.

Lyle blijft snel en zeker woorden in de lucht schrijven, en August leest ze, zijn hoofd knikt begrijpend bij elk woord.

‘Ophouden,’ schreeuwt Tytus. ‘Hou op!’ Hij draait zich om naar de zware bullebak en knarsetandend van woede schreeuwt hij: ‘Laat hem onmiddellijk stoppen met dat geklooi.’

Maar Lyle, als in trance, blijft woorden krabbelen, die August registreert. Woord na gekrabbeld woord, tot de rechteronderarm van de kleerkast met drie kinnen Lyles neus raakt en hij met stoel en al achterover op de vloer van de woonkamer belandt, waarbij het bloed uit zijn neus langs zijn kin stroomt. ‘Lyle,’ schreeuw ik. Ik spring naar hem toe en sla mijn armen om zijn borst. ‘Blijf van hem af.’

Lyle hoest een klodder bloed op.

‘Jezus christus, Tytus, wat…’ stamelt Teddy, onmiddellijk tot zwijgen gebracht door de punt van een scherp geslepen zilveren bowiemes dat Iwan Krol tegen zijn kin houdt. Dat mes is een monster met tanden, alienachtig en glanzend sist het aan de scherpe kant en krijst het aan de andere, getande kant, kwaadaardige metalen tanden om dingen door te zagen waar ik me amper een voorstelling van kan maken… nekken, voornamelijk.

‘Hou je bek, Teddy, wie weet overleef je deze avond dan nog,’ zegt Iwan.

Teddy krimpt behoedzaam in elkaar op zijn stoel.

Tytus kijkt naar Lyle op de grond. ‘Haal hem hier weg.’

De pezige bullebak loopt naar de kleerkast naast Lyle en samen slepen ze hem twee meter de woonkamer door, terwijl ik me krampachtig vastklamp aan zijn borst.

‘Laat hem met rust,’ schreeuw ik door mijn tranen heen. ‘Blijf van hem af!’

Ze trekken Lyle overeind en ik moet hem loslaten en kom keihard op de vloer terecht.

‘Het spijt me, Frankie,’ zegt Lyle. ‘Ik hou zo veel van je, Frankie. Het spijt me zo, Frankie.’

De pezige bullebak plant zijn vuist in Lyles mond en mam rent om de tafel heen met de schaal bolognesesaus en slaat hem kapot op het hoofd van die valse klootzak met zijn harde vuisten. 'Laat hem los,' gilt ze. Het gekooide wilde beest dat haar hele leven al in haar huist en slechts drie of vier keer het daglicht heeft gezien slaat zijn armen om de nek van de kleerkast, mams monster graaft zijn vollemaanswolvenklauwen diep in zijn wangen en gezicht, zo woest en diep dat ze de huid van de kleerkast tot bloedens toe openhaalt. Ze brult het uit, net zoals ze deed toen ze al die dagen in Lena's kamer zat opgesloten. Banshee-gekrijs, angstaanjagend en oer-achtig. Ik ben nog nooit zo bang geweest in mijn leven, voor mama, voor Tytus Broz, voor Lyles bloed op mijn handen en gezicht als hij door de gang van het huis wordt gesleept.

'Laat dat wijf ophouden,' zegt Tytus kalm.

Iwan Krol trekt een sprintje om de keukentafel, met het bowiemes in zijn rechterhand, en August rent van de andere kant om de tafel heen en ontmoet Iwan Krol ter hoogte van de deur naar de gang. Hij heft zijn vuisten als een oude bokser uit de jaren twintig. Iwan Krol haalt razendsnel zijn mes uit naar Augusts gezicht en August weet deze aanval te ontduiken, maar het was slechts een afleiding voor de snelle schop van Iwan Krols linkerbeen, waarmee hij Augusts voeten onder hem wegmaait, zodat hij zwaar op zijn rug op de grond belandt. 'Waag het niet je te bewegen,' brult Iwan Krol naar ons terwijl hij achter mama aan de gang in rent.

'Mam, achter je,' gil ik. Maar ze is te woest om het te registreren en klampt zich wanhopig vast aan Lyles armen, in een poging hem terug te slepen door de gang. Iwan Krol neemt het mes over in zijn linkerhand en met twee onmogelijk snelle en harde backhandstoten drijft hij de punt van het heft in mams linkerslaap. Ze valt op de grond, haar hoofd hangt slap over haar linkerschouder, haar rechterkuit gebogen achter haar rechterdij, alsof ze een crashtestdummy is die net een muur te veel heeft gezien.

‘Frankie,’ schreeuwt Lyle als hij de voordeur uit wordt gesleept. ‘Frankiiiieeeee!’

August en ik hollen naar mama, maar Iwan Krol vangt ons op in de gang en sleept ons terug naar de keukentafel; onze spichtige dertien- en veertienjarige benen zijn niet sterk genoeg voor een stevig houvast op de vloer om ons te verzetten tegen de gewelddadige greep van de moordenaar. Hij trekt zo hard dat mijn shirt over mijn hoofd glipt en ik niets anders meer zie dan duisternis en oranje katoenen stof.

Hij smijt ons op onze eettafelstoelen, met onze rug naar mama, die bewusteloos in de gang ligt… of erger, ik weet het niet.

‘Zitten, verdomme,’ zegt Iwan Krol.

Ik kan bijna niet ademhalen van de angst en het geweld en de schrik. Iwan Krol haalt een touw uit de legergroene plunjezak. Met snelle bewegingen windt hij het touw driemaal om August heen om hem stevig vast te binden aan zijn stoel.

‘Wat doe je?’ vraag ik hakkelend.

De tranen en het snot stromen uit mijn neus en ik kan nauwelijks rechtop op mijn stoel blijven zitten, maar August blijft rustig zitten en staart met boos toegeknepen lippen naar Tytus Broz, die aandachtig terugkijkt.

Ik hap tussen de tranen door naar lucht, maar ik krijg niet genoeg lucht in mijn longen en dat irriteert Tytus.

‘Ademhalen, verdomme. Adem door,’ zegt hij.

August steekt zijn rechtervoet uit en legt hem op mijn linkervoet. Dat kalmeert me om de een of andere reden. Ik adem door.

‘Mooi zo,’ zegt Tytus. Hij werpt een scherpe blik op Teddy, die verbijsterd aan het hoofd van de tafel zit. ‘Wegwezen.’

‘De jongens weten nergens wat van, Tytus,’ probeert Teddy smekend.

Tytus heeft zijn ogen alweer op August gericht als hij reageert op Teddy’s woorden. ‘Ik zeg het maar één keer.’

Teddy springt overeind, rent de woonkamer uit en de gang door en stapt onderweg over het bewusteloze lichaam van mama. Zelfs door al mijn angst en bezorgdheid heen, voor mama in de gang en voor Lyle die is meegesleept naar de duivel moge weten waar, is er genoeg ruimte in mijn hoofd voor de gedachte dat Teddy een laffe eikel is.

Met August vastgebonden aan zijn stoel, niet in staat om zijn armen te bewegen, staat Iwan Krol direct pal achter me, het bowiemes in zijn rechterhand ter hoogte van zijn middel. Ik kan hem achter me voelen, hem achter me ruiken.

Tytus ademt zelf diep door. Hij schudt gefrustreerd zijn hoofd. 'Welaan, jongens, sta mij alsjeblieft toe om de ongelukkige situatie waarin jullie je bevinden toe te lichten,' zegt hij. 'Mocht ik te snel gaan voor jullie jeugdige oortjes, dan komt dat alleen omdat over ongeveer vijftien minuten, zodra ik dit ellendige huis heb verlaten, twee doorgewinterde rechercheurs van de politie dit huis binnen zullen vallen via de voordeur om je moeder te arresteren, verondersteld natuurlijk dat ze in het land der levenden blijft, voor haar belangrijke rol als koerierster van een groeiend heroïnenetwerk in de westelijke voorsteden van Brisbane, gerund door Lyle Orlik, die sinds ongeveer twee minuten op mysterieuze wijze van de aardbodem is verdwenen.'

'Waar breng je hem naartoe?' schreeuw ik. 'Ik ga de politie alles vertellen. Jij bent het.' Ik sta op zonder het te beseffen. Ik spuw de woorden uit, wijzend naar hem. 'Jij bent het. Jij zit overal achter. Je bent hartstikke gemeen.'

Met een harde klap van Iwan Krol tegen mijn wang beland ik weer op mijn stoel.

Tytus draait zich om en loopt de woonkamer door. Hij komt bij een kabinet en pakt een oud beeldje op van Lena, een Poolse zoutmijnwerker gemaakt van zout uit een ondergrondse zoutmijn in het zuiden van Polen, die Lena's voorouders hebben helpen uitgraven.

'Je hebt gelijk en je hebt ongelijk, jongeman,' zegt Tytus. 'Nee, je zult de politie niet alles vertellen, omdat ze niet met je zullen praten. Maar ja, ik ben inderdaad zoals je beschrijft. Daar heb ik me jaren geleden bij neergelegd. Maar ik ben niet zo slecht dat ik kinderen meesleep bij het werk van slechte mensen. Dat laat ik over aan mannen zoals Lyle.'

Hij plaatst het beeldje van de zoutmijnwerker weer op de kast.

'Weten jullie wat loyaliteit is?' vraagt Tytus.

Wij antwoorden niet. Hij lacht.

'Dat is een soort loyaliteit op zich, dat jullie geen antwoord geven,' zegt hij. 'Jullie zijn loyaal aan een man die jullie niet kennen, een man wiens trouweloosheid aan mij jullie in de situatie heeft gebracht waarin jullie je nu bevinden.'

Hij draait zich om, schraapt zijn keel en denkt nog even na.

'Goed, ik heb een vraag voor jullie en voordat jullie die vraag beantwoorden of ervoor kiezen om hem niet te beantwoorden, wil ik jullie simpelweg verzoeken om te overwegen de loyaliteit naar Lyle niet te laten prevaleren boven de loyaliteit die je hebt naar jezelf, omdat, zoals het wrede lot zo tragisch heeft bepaald, het ernaar uitziet dat jullie zelf het enige zijn wat jullie nog hebben.'

Ik kijk naar August tegenover me. Hij kijkt me niet aan.

Tytus knikt naar Iwan Krol en in een oogwenk heeft Iwan Krol een stevige en onwrikbare greep op mijn rechterhand. Zijn machtige armen planten mijn handpalm op het groene blad van Lena's eettafel, vlak naast het bord spaghetti dat ik aan het eten was voordat de wereld instortte, voordat de bergen in zee stortten, voordat de sterren uit de lucht vielen en deze bloedstollende avond creëerden.

'Wat doe je verdomme?'

Ik ruik zijn oksels. Ik ruik zijn Old Spice-eau de cologne en zijn kleren ruiken naar sigaretten. Hij buigt zich over me heen met zijn gewicht op mijn rechteronderarm en zijn grote handen hebben botten van ijzer en ze proberen mijn rechterwijsvinger naar buiten te trekken, mijn geluksvinger met mijn gelukssproet op mijn middelste geluksknokkel. Mijn hand maakt instinctief een vuist, maar hij is ijzersterk en helemaal wild vanbinnen, dat voel ik door zijn handen heen, zijn zwarte elektriciteit, zijn gebrek aan rede, geen enkele andere emotie dan razernij. Hij drukt keihard op mijn vuist en mijn wijsvinger springt eruit, rust plat op de tafel.

Ik moet overgeven.

August kijkt naar mijn vinger, plat op de tafel.

'Wat zei hij, August?' vraagt Tytus.

August kijkt hem aan.

'Wat schreef hij zojuist, August?' vraagt Tytus.

August veinst een vragende blik, verward.

Tytus knikt naar Iwan Krol achter me en dan raakt het lemmet van het bowiemes mijn wijsvinger, net boven de onderste knokkel. Braaksel. In mijn maag. In mijn keel. De tijd vertraagt.

'Hij schreef een bericht in de lucht,' spuwt Tytus. 'Wat zei hij, August?'

Het lemmet drukt harder in de vinger, hij begint te bloeden en ik hou mijn adem in. 'Hij praat niet, Tytus,' schreeuw ik. 'Hij praat niet. Hij kan het je niet vertellen, al wil hij het nog zo graag.'

August staart naar Tytus en Tytus blijft naar August staren.

'Wat zei hij, August?' vraagt Tytus.

August kijkt naar mijn vinger. Iwan Krol drukt het lemmet er harder in, zo hard dat het nu door mijn huid en vlees snijdt, tot op het bot.

'We weten het niet, Tytus, alsjeblieft,' schreeuw ik. 'We weten het niet.'

Duizelig nu. Panisch. Koud zweet. Tytus staart diep in de ogen van August. Hij knikt weer naar Iwan Krol en die duwt het mes harder naar beneden. Old Spice en zijn adem en dat mes, dat eindeloze mes dat in mijn beenmerg graaft. Mijn merg. Mijn zwakke beenmerg. Mijn zwakke vingers.

Ik brul het uit van pijn, een gil die zo ongebreideld en rauw is dat hij eindigt in een hoge piep, van uitzinnige pijn en shock en ongeloof.

'Niet doen,' jammer ik door mijn tranen heen. 'Alsjeblieft, niet doen.'
Het mes gaat nog dieper en ik schreeuw opnieuw.

Dan voegt een stem zich bij de geluiden in de kamer, een stem die ik niet kan thuisbrengen. Een stem links van mij, die ik niet goed kon horen door mijn geschreeuw, maar deze stem zorgt ervoor dat Iwan Krol de druk op het mes verlicht. Een stem die ik nog nooit eerder heb gehoord in mijn bewuste leven.

Tytus buigt zich verder over de tafel heen, dichter naar August toe. 'Nog eens?'

Stilte. August likt zijn lippen en schraapt zijn keel. 'Ik wil iets zeggen,' zegt hij.

En het enige wat me vertelt dat ik niet droom is het bloed dat uit mijn geluksvinger stroomt.

Tytus' gezicht klaart op. Hij geeft een knikje met zijn hoofd.

August kijkt me aan. En ik ken die blik. Die halve lach met licht gekrulde mondhoeken, de manier waarop hij zijn linkeroog toeknijpt. Dat is de manier waarop hij sorry zegt zonder sorry te zeggen. Dat is de manier waarop hij sorry zegt voor iets ergs dat staat te gebeuren, iets waar hij geen controle meer over heeft.

Hij richt zich tot Tytus Broz. 'Je einde is een dood ornaatelfje.'

Tytus lacht. Hij kijkt verbaasd naar Iwan Krol. Hij grinnikt. Een gegrinnik om zijn gezicht te redden en iets te maskeren waarvan ik nooit had verwacht dat ik het op zijn gezicht zou zien. Op dit moment staat er angst te lezen op zijn gezicht. 'Sorry, August, wil je dat alsjeblieft herhalen?'

August praat en hij klinkt net als ik. Ik heb nooit geweten dat hij net als ik zou klinken. 'Je einde is een dood ornaatelfje,' zegt hij.

Tytus krabt aan zijn kin, haalt diep adem, monstert August met toegeknepen ogen. Dan knikt hij naar Iwan Krol en het lemmet van het bowiemes petst tegen Lena's tafel en dan zit mijn wijsvinger niet langer vast aan mijn hand.

Mijn oogleden vallen dicht en gaan weer open. Leven en de duisternis. Thuis en de duisternis. Mijn geluksvinger met de geluksproet op tafel in een plas bloed. Oogleden sluiten. De duisternis. En open. Tytus pakt mijn vinger op met een witzijden zakdoek, vouwt hem zorgvuldig dicht. Oogleden sluiten. Duisternis. En open.

Mijn broer, August. Oogleden sluiten. En open. Mijn broer, August. Oogleden sluiten.

De duisternis.

Jongen breekt uit

De betoverde auto. De magische vliegende Holden Kingswood. De magische lucht, lichtblauw en roze, buiten het raam. Een wolk, zo pluizig en groot en misvormd dat het een uitstekende kandidaat is voor Augusts spel: waar lijkt die op volgens jou?

'Dat is een olifant,' zeg ik. 'Dat zijn z'n flaporen, links en rechts, met z'n lijf in het midden.'

'Nee,' zegt hij, want in de droom van de betoverde auto praat hij. 'Het is een bijl. Dat zijn de bladen, links en rechts, met het heft van de bijl in het midden.'

De auto keert in de lucht en we rollen over de bruine nepleren achterbank.

'Waarom vliegen we?' vraag ik.

'We vliegen altijd,' zegt August. 'Maar je hoeft niet bang te zijn, het is zo voorbij.'

De auto maakt een duikvlucht en daalt in een boog naar links door de wolken.

Ik kijk in de achteruitkijkspiegel van de auto. De diepblauwe ogen van Robert Bell. De diepblauwe ogen van mijn vader.

'Ik wil hier niet zijn, Gus.'

De kracht van de neerstortende auto drukt ons hard tegen onze stoelen.

'Weet ik,' zegt hij. 'Maar we eindigen altijd hierboven. Wat ik ook doe, het maakt niets uit.'

Er is water onder ons. Maar zulk water heb ik nog nooit gezien. Dit water is zilver en het gloeit, het trilt van het zilverachtige licht.

'Wat is dat?' vraag ik.

'Dat is de maan,' zegt August.

De auto stort in het gloeiende zilveren oppervlak en het oppervlak breekt open in vloeistof als de auto in het verstikkende groen van een onderzeese wereld stort. De betoverde Holden Kingswood stroomt vol met water en we kijken elkaar aan en zien de belletjes uit onze monden stromen. August vindt het niet erg om onder water te zijn, hij is totaal niet bang. Hij steekt zijn rechterhand op en schrijft met zijn rechterwijsvinger langzaam drie woorden in het water.

Jongen verslindt heelal.

En ik hef mijn rechterhand omdat ik iets terug wil schrijven en ik wil mijn rechterwijsvinger uitsteken, maar die is er niet meer, alleen een bloederige knokkel waaruit rood bloed de zee in stroomt. Ik gil. Dan de roodheid. Dan de duisternis.

*

Wakker worden. Wazig zicht op een witte ziekenhuiskamer. De kloppende pijn in mijn rechterhand zet alles op scherp. Alles in mij, al mijn cellen, al mijn bloedmoleculen, gieren door mijn lijf en klappen met een noodgang tegen de damwand van de zwaar verbonden, strak ingetapete wijsvingerknokkel die eens vastzat aan mijn gelukswijsvinger met de geluksproet. Maar wacht, ineens wordt de pijn minder erg. Een warm gevoel in mijn buik. Een zwevend gevoel, donzig, soezerig en behaaglijk.

Een infuus in de rug van mijn linkerhand. Zo'n dorst. Zo misselijk. Zo surrealistisch hier. Een hard ziekenhuisbed en een deken over me heen en de geur van ontsmettingsmiddel. Een gordijn dat veel weg heeft van Lena's oude, olijfgroene beddenlakens hangt aan een U-vormige stang rondom het ziekenhuisbed. Het plafond is van vierkante tegels met honderden kleine gaatjes. Rechts van me zit een man in een stoel. Een lange man. Een slanke man. Een magere man.

'Slim.'

'Hoe gaat het, jochie?'

'Water,' zeg ik.

'Ja, maatje.' Hij pakt een witte plastic beker van een ziekenhuistafeltje naast mijn bed, zet de beker aan mijn lippen.

Ik drink de beker helemaal leeg. Hij schenkt hem nogmaals vol en ik drink hem weer leeg en dan leun ik achterover, zwak en uitgeput door deze lichte inspanning. Ik kijk weer naar mijn ontbrekende vinger. Een rechterduim, een verbonden knokkel en drie andere vingers steken als een ongelijke cactus uit mijn hand.

'Het spijt me, jochie,' zegt Slim. 'Hij is weg.'

'Hij is niet weg,' zeg ik, 'Tytus Broz...' Ik maak een schokkerige beweging en mijn hand trilt van de pijn.

Slim knikt. 'Ik weet het, Eli. Ga maar weer liggen.'

'Waar ben ik?'

'Royal Brisbane.'

'Waar is mama?'

'Op het politiebureau,' zegt Slim. Hij laat zijn hoofd zakken. 'Je zult haar een tijdje niet zien, Eli.'

'Waarom niet?'

En de tranen in mijn binnenste schieten naar mijn ogen, zoals het bloed in mijn binnenste naar de stomp van mijn wijsvinger schiet, maar er is geen dam om de tranen tegen te houden en ze stromen over mijn gezicht. 'Wat is er gebeurd?'

Slim schuift zijn stoel dichter naar het bed. Hij staart me zwijgend aan. 'Je weet wat er is gebeurd. En nu kan er elk moment een vrouw binnenkomen, dokter Brennan genaamd, die ook wil weten wat er is gebeurd. En je moet beslissen wat je haar wilt vertellen, omdat ze jou wel zal geloven. Ze gelooft niet wat de ambulancebroeders haar hebben verteld, wat hetzelfde is als wat je moeder hun vertelde vlak voordat de politie arriveerde.'

‘Wat heeft ze hun verteld?’

‘Ze heeft hun verteld dat August en jij met een bijl aan het klooien waren. Ze heeft hun verteld dat jij een van je *Star Wars*-poppen op een boomstronk had gelegd en August had gevraagd om hem doormidden te hakken en hij hakte Darth Vader doormidden en nam je vinger mee.’

‘Een bijl?’ zeg ik. ‘Ik heb net nog over een bijl gedroomd. Een wolk die op een bijl leek. Zo helder dat het wel een herinnering leek.’

‘Dat zijn de enige dromen die de moeite waard zijn, de dromen die je je herinnert.’

‘Wat heeft August tegen de politie gezegd?’

‘Hetzelfde wat hij altijd zegt. Niks.’

‘Waarom hebben ze Lyle meegenomen, Slim?’

Hij zucht. ‘Vergeet dat nou maar, maat.’

‘Waarom, Slim?’

Hij haalt diep adem. ‘Hij had een bijhandeltje opgezet met Bich Dang.’

‘Een bijhandeltje?’

‘Hij handelde achter de rug van de baas om, jongen. Hij wilde iets opbouwen. Hij had een heel plan.’

‘Wat voor plan?’

‘Hij wilde de handel uit. Hij noemde het een appeltje voor de dorst. Langzaamaan een voorraad aanleggen, die een jaar of twee laten liggen. Wachten tot de tijd en de markt de waarde zouden verdubbelen. Op de een of andere manier kreeg Tytus er lucht van en hij reageerde zoals verwacht. Tytus heeft de banden met Bich Dang verbroken. Hij zal nu wel overstappen op Dustin Vang als leverancier. En als Bich Dang het te weten komt over Lyle, breekt de Derde Wereldoorlog uit in de straten van Darra.’

Appeltje voor de dorst. Derde Wereldoorlog. Als ze het te weten komt over Lyle.

‘Verdomme,’ zeg ik.

'Niet vloeken, verdomme.'

Ik huil, veeg met de rechtermouw van mijn ziekenhuishemd over mijn ogen.

'Wat is er, Eli?'

'Het is mijn schuld,' zeg ik.

'Wat?'

'Het was mijn idee, Slim. Ik heb hem verteld over de markt. Ik heb hem verteld over vraag en aanbod, waar we het over hadden, je weet wel, Taskforce Janus en zo.'

Slim haalt zijn White Ox uit de borstzak van zijn overhemd en rolt een sigaret, die hij in het pakje tabak zal bewaren en pas aansteekt als hij het ziekenhuis verlaat. Zo weet ik dat Slim bezorgd is, omdat hij een sigaret rolt die hij niet kan aansteken. 'Wanneer heb je hem dat verteld?' vraagt hij.

'Een paar maanden geleden.'

'Nou, hij doet het al zes maanden, jongen, dus je kan er donder op zeggen dat het jouw schuld niet is.'

'Maar... Dat is... Dat bestaat niet... Dan heeft hij tegen me gelogen.'

Lyle heeft tegen me gelogen. De man die zei dat hij niet kon liegen. Hij heeft tegen me gelogen.

'Er is een groot verschil tussen liegen tegen een kind en iets voor hem verzwijgen voor zijn eigen bestwil,' zegt Slim.

'Wat hebben ze met hem gedaan, Slim?'

Hij schudt zijn hoofd. 'Ik weet het niet, maat,' zegt hij zacht. 'Ik wil het niet weten en misschien moet jij dat ook niet willen.'

'Er is geen verschil tussen liegen en verzwijgen, Slim. Het is allebei slap gezeik.'

'Pas op,' waarschuwt hij.

Misschien is het de pijn in de knokkel waar ooit mijn vinger zat die me deze woede bezorgt, of misschien is het de herinnering aan mama, die bewusteloos geslagen werd in de gang van Lena en Aureli Orlik.

'Het zijn monsters, Slim. Het zijn verdomde psychopaten die de baas spelen in de voorsteden. Ik ga alles vertellen. Alles wat ik weet ga ik vertellen. Over Iwan Krol en alle lichamen die hij kapotgesneden heeft. Dat de heilige Tytus Broz en "Back Off" Bich Dang en die klootzak van een Dustin Vang half westelijk Brisbane van heroïne voorzien. Ze vielen ons huis binnen toen wij aan de spaghetti zaten en namen Lyle mee. Ze hebben hem zomaar bij ons weggehaald, Slim.'

Ik hijs mezelf overeind op mijn rechterelleboog om dichter bij Slim te komen, tot een felle pijnsteek door mijn knokkels schiet. 'Je moet het me vertellen. Waar hebben ze hem naartoe gebracht?'

Slim schudt zijn hoofd. 'Ik weet het niet, jochie, maar vergeet dat nou maar. Denk eerst maar eens goed na over je moeders redenen om dat verhaal te verzinnen. Ze beschermt haar jongens, maat. Zij slikt die shit voor jullie tweeën en jullie moeten die shit voor haar slikken.'

Mijn linkerhand op mijn voorhoofd. Ik wrijf in mijn ogen, veeg de tranen weg. Ik ben duizelig. Verward. Ik wil weg hier. Ik wil Missile Command spelen op de Atari. Ik wil tien minuten naar Jane Seymour turen in mama's *Women's Weekly*. Ik wil verdomme in mijn neus peuteren met mijn geluksvinger.

'Waar is August?' vraag ik.

'De politie heeft hem naar je vader gebracht.'

'Wat?'

'Hij is nu je voogd, maat. Hij gaat voortaan voor jullie zorgen.'

'Ik ga niet naar hem toe.'

'Het is de enige plek waar je naartoe kunt, jochie.'

'Ik kan toch bij jou blijven?'

'Je kunt niet bij mij blijven, jochie.'

'Waarom niet?'

Nu verliest Slim zijn geduld. Hij zegt het niet hard, maar het komt wel hard aan. 'Omdat je mijn zoon niet bent, maat.'

Ongepland. Ongewenst. Ongevraagd. Ongelegen. Onecht. Ongeschikt. Onherstelbaar. Onbemind. On-dood. Ik zou hier niet eens geweest zijn als die griezel mama niet zijn auto in gesleurd had, jaren geleden. Als ze niet van huis weggelopen was. Als haar ouweheer haar niet in de steek had gelaten. Had ze maar, kon ze maar, was ze maar.

In mijn hoofd zie ik mama's vader en hij lijkt op Tytus Broz. Ik zie de engerd die mama in zijn auto probeerde te sleuren en hij lijkt op Tytus Broz, met dezelfde zombiekop maar dan dertig jaar jonger, met een stiletto als tong. Ik zie mijn vader en ik kan me niet herinneren hoe hij eruitziet, dus hij lijkt ook op Tytus Broz.

Slim laat zijn hoofd zakken. Zucht.

Opnieuw in tranen leg ik mijn hoofd op het kussen en tuur naar de vierkante plafondplaten. Ik tel de gaten in de plafondplaten, vanaf links. Een, twee, drie, vier, vijf, zes, zeven…

'Kijk, Eli, je zit in het hol. Je weet wat ik bedoel. Dit is een dieptepunt. Maar van hieruit kun je alleen nog maar omhoog, maat. Dit is jouw Black Peter. Je kunt alleen nog maar omhoog.'

Ik blijf naar het plafond staren. Ik heb een vraag. 'Ben jij een goede man, Slim?'

Hij kijkt verbaasd. 'Waarom vraag je dat?'

De tranen stromen uit mijn ogen, sijpelen over mijn slapen naar het kussen. 'Ben jij een goed mens?'

'Ja,' zegt Slim. Ik draai mijn hoofd naar hem toe. Hij kijkt uit het raam van mijn kamer. Blauwe lucht en wolken. 'Ik ben een goed mens. Maar ik ben ook een slecht mens. En dat geldt voor alle mensen, jochie. We hebben allemaal een beetje goed en een beetje slecht in ons. De truc is dat je moet leren om altijd goed en nooit slecht te zijn. Sommigen van ons krijgen dat voor elkaar. De meesten van ons niet.'

'Is Lyle een goed mens?'

'Ja, Eli,' zegt hij. 'Hij is een goed mens. Soms.'

'Slim…'

'Ja, jongen.'

'Denk je dat ik goed ben?'

Hij knikt. 'Ja, jongen, jij bent dik in orde.'

'Maar ben ik goed? Denk je dat ik een goed mens word als ik groot ben?'

Slim haalt zijn schouders op. 'Nou, je bent een goede jongen. Maar je kunt nooit garanderen dat een goede jongen ook uitgroeit tot een goede man.'

'Ik denk dat ik getest moet worden,' zeg ik.

'Wat bedoel je nou weer?'

'Ik moet getest worden. Een karaktertest. Ik weet niet hoe ik vanbinnen ben, Slim.'

Hij staat op en kijkt naar de tekst op mijn infuuszak. 'Volgens mij word je helemaal platgespoten met spul waar je kierewiet van wordt, vriend,' zegt hij, voor hij weer gaat zitten.

'Ik voel me best lekker. Ik heb het gevoel dat ik nog steeds droom.'

'Dat komt door de pijnstillers, maat. Waarom moet je getest worden? Waarom weet je niet gewoon dat je een goede jongen bent? Je hebt een goed hart.'

'Dat weet ik niet,' zeg ik. 'Ik weet het niet zeker. Ik heb afschuwelijke dingen gedacht. Ik heb hele slechte gedachten gehad... een goed iemand zou zulke dingen nooit denken.'

'Slechte gedachten hebben en slechte dingen doen zijn twee heel verschillende dingen.'

'Soms stel ik me voor dat twee buitenaardse wezens naar de aarde komen, ze hebben koppen als piranha's en ze sleuren me mee, hun ruimteschip in, en we vliegen door de ruimte en wanneer in de achteruitkijkspiegel van het ruimteschip de aarde te zien is, kijkt een van de aliens achterom naar mij en zegt: "Het is tijd, Eli," en dan werp ik een laatste blik op de aarde en ik zeg: "Doe het," en dan drukt de andere alien op een rode knop en in de achteruitkijkspiegel zie ik de aarde niet exploderen, zoals de Death Star werd opgeblazen, maar geruisloos uit de ruimte verdwijnen… Eerst is hij er wel en dan ineens niet meer, alsof hij niet vernietigd is, maar simpelweg uit het heelal is gewist.'

Slim knikt.

'Ik vraag me weleens af of jij geen acteur bent, Slim. En mama en Lyle ook, en Gus, o man, Gus is de beste acteur die ooit heeft geleefd, en jullie acteren allemaal om me heen en al die buitenaardse wezens kijken naar me in een of ander langlopend tv-programma over mijn leven.'

'Dat is niet slecht. Dat is gewoon helemaal gestoord en een tikje egocentrisch.'

'Ik heb een test nodig. Een moment waarop mijn ware karakter op een natuurlijke manier duidelijk wordt. Dat ik iets heel nobels doe zonder er een seconde over na te denken, ik doe het gewoon omdat goeddoen in mij zit, en dan weet ik zeker dat ik vanbinnen echt goed ben.'

'Uiteindelijk krijgen we die test allemaal, jochie,' zegt Slim, terwijl hij uit het raam kijkt. 'Je kunt elke dag iets goeds doen, jochie. En weet je wat je goede daad van vandaag zal zijn?'

'Wat?'

'Je moeders versie van de gebeurtenissen beamen.'

'Wat was er ook alweer gebeurd?'

'August heeft je vinger afgehakt met een bijl.'

'Gus is goed,' zeg ik. 'Ik kan me niet herinneren dat hij ooit gemeen is geweest tegen iemand die het niet verdiende, niet één keer.'

'De regels van goed en kwaad zijn niet van toepassing op die jongen, vrees ik. Hij bewandelt een ander pad, geloof ik.'

'Waarnaartoe, denk je?'

'Kweenie,' zegt Slim. 'Ergens waarvan alleen Gus weet hoe hij er moet komen.'

'Hij praatte.'

'Wie heeft er gepraat?'

'Gus. Vlak voordat ik flauwviel. Hij praatte.'

'Wat zei hij?'

'Hij zei...'

Een vrouw trekt het olijfgroene gordijn aan de U-vormige rails open. Ze draagt een blauwe wollen trui met een afbeelding erop van een kookaburra die met een gomboomblad op een tak zit. Ze draagt een donkergroene broek in dezelfde kleur als het gomboomblad op de trui. Ze is ongeveer eind vijftig, met rood haar en een bleke huid. Ze kijkt naar mijn ogen zodra ze het gordijn opzij heeft geschoven. Ze heeft een klembord bij zich. Ze doet het gordijn weer dicht voor wat privacy.

'Hoe gaat het met onze dappere soldaat?' vraagt ze. Ze heeft een Iers accent. Ik heb nog nooit in het echt een vrouw met een Iers accent horen praten.

'Het gaat prima,' zegt Slim.

'Goed, laten we dat verband eens bekijken.'

Ik vind haar Ierse accent geweldig. Ik wil nu meteen met deze vrouw naar Ierland en in het welige groene gras liggen aan de rand van een klif en gekookte aardappelen eten met boter, zout en peper en met een Iers accent praten over hoe alles mogelijk is voor dertienjarige jongens met een Iers accent.

'Ik ben Caroline Brennan. En jij moet dappere Eli zijn, de jongeman die zijn speciale vinger verloor.'

'Hoe wist u dat hij speciaal was?'

'Nou, de rechterwijsvinger is altijd speciaal. Het is de vinger die je gebruikt om de sterren aan te wijzen. De vinger die je gebruikt om te laten zien op welk meisje op de klassenfoto je in het geheim verliefd bent. De vinger die je gebruikt om een heel lang woord in je favoriete boek te lezen. De vinger die je gebruikt om in je neus te peuteren en je kont te krabben, toch?'

Dokter Brennan zegt dat de chirurgen boven niet veel konden doen aan mijn ontbrekende vinger. Ze zegt dat moderne hersteloperaties bij tieners ruw geschat zeventig tot tachtig procent succesvol zijn, maar die ingewikkelde operaties zijn sterk afhankelijk van één verdomd belangrijk element: een vinger om terug te zetten. Na ongeveer twaalf uur zonder replantatie van de geamputeerde vinger komt dat succes van zeventig, tachtig procent uit op 'pech gehad, jij arme stakker van een zoon van een smackdealer'. Soms, zegt ze, veroorzaakt de replantatie van een vinger meer problemen dan hij waard is, vooral wanneer de eenzame afgerukte vinger een wijs- of pinkvinger is, maar dat klinkt alsof ik tegen een uitgehongerde man die op een houten plank op zee dobbert zeg: 'Nou, het is maar goed dat je geen beenham bij je hebt, anders zou je nog constipatie krijgen ook.' Amputaties zoals deze, zegt ze, aan de basis van de vinger, zijn extra gecompliceerd, en zelfs als mijn verdwenen tienervinger plotseling zou komen opdagen in een emmer ijs, is het onwaarschijnlijk dat de zenuwfunctie voldoende zou herstellen tot iets bruikbaarders dan een vinger die ik in een bed hete kolen zou kunnen steken, als een leuk trucje voor op feestjes.

'Hou je middelvinger eens op.' Ze wiebelt met haar eigen middelvinger.

Ik hou hem op.

'Stop hem in je neusgat,' zegt ze. Ze steekt haar vinger in haar neusgat en trekt haar wenkbrauwen op.

Slim grijnst breeduit. Ik doe wat ze zegt, stop hem in mijn neus.

'Zie je,' zegt dokter Brennan. 'Er is niets wat je wijsvinger zou kunnen wat je middelvinger niet kan, hoor je me, jonge Eli? Je middelvinger kan zelfs nog dieper.'

Ik knik glimlachend.

Ze haalt voorzichtig het verband rond mijn vingerloze knokkel los en de lucht op het blootgestelde vlees doet me huiveren.

Ik probeer te kijken en wend me onmiddellijk af van het beeld van een kaal wit knokkelbot dat blootligt in mijn vlees, alsof een van mijn achterste tanden in een varkensworst bijt.

'Het geneest goed,' zegt ze.

'Hoelang moet hij in het ziekenhuis blijven, dokter?'

'Ik zou hem hier nog twee of drie dagen willen houden. Ik wil hem in de gaten houden in verband met de kans op infectie in de vroege stadia.'

Ze verbindt de wond opnieuw. Ze richt zich tot Slim. 'Kan ik even alleen met Eli praten?'

Hij knikt. Hij staat op, zijn oude botten kraken als hij overeind komt. Hij hoest twee keer, een akelige, piepende hoest vanuit zijn longen, die klinkt alsof er een sissende neushoornkever in zijn strottenhoofd zit.

'Bent u naar een dokter geweest met die hoest?' vraagt dokter Brennan.

'Nah.'

'Waarom niet?'

'Omdat een van die snuggere kwakzalvers van jullie per ongeluk iets stoms kan doen, zoals mij beletten om dood te gaan.' Hij geeft me een knipoog als hij achter dokter Brennan langs loopt.

'Kan Eli ergens naartoe?' vraagt ze.

'Hij gaat naar zijn vader,' zegt Slim.

Dokter Brennan kijkt me vorsend aan. 'Vind je dat oké?'

Slim wacht tot ik heb geantwoord.

Ik knik. En hij knikt ook.

Hij steekt me een twintigdollarbiljet toe. 'Zodra je hier weg mag, neem je een taxi naar het huis van je vader, oké?' Hij wijst naar een kast naast mijn ziekenhuisbed. 'Ik heb je schoenen en een stel schone kleren voor je meegenomen.' Slim geeft me een velletje papier en loopt naar de deur. Een adres en een telefoonnummer op het velletje papier. 'Het adres van je ouweheer. Ik zit vlakbij, net voorbij de Hornibrook-brug. Als je me nodig hebt, bel je dit nummer. Het is het nummer van de lommerd onder de flat. Vraag naar Gill.'

'Wat moet ik dan zeggen?'

'Zeg maar dat je de beste vriend bent van Slim Halliday.'

Dan is hij weg.

*

Dokter Brennan bestudeert een grafiek op haar klembord. Ze gaat op de rand van het bed zitten. 'Geef me je arm.' Ze wikkelt een fluwelen manchet om mijn linkerbovenarm, verbonden aan een zwarte pomp in de vorm van een granaat.

'Waar is dat voor?'

'Om je bloeddruk te meten,' zegt ze. 'Gewoon ontspannen nu.' Ze knijpt meerdere malen in de granaat. 'Dus jij houdt van *Star Wars*?'

Ik knik.

'Ik ook. Wie is je favoriete personage?'

'Han. Of nee, Boba Fett.' Ik zwijg even. 'Nee, Han.'

Ze kijkt me scherp aan. 'Weet je het zeker?'

Stilte.

'Luke,' zeg ik dan. 'Het is altijd Luke geweest. En van u?'

'O, Darth Vader is het helemaal voor mij.'

Ik zie waar ze heen wil. Dokter Brennan zou bij de politie moeten gaan. Ik weet nu al dat ik erin zal vliegen.

'Vindt u Vader leuk?'

'O ja, ik geniet altijd van de slechteriken. Zonder slechteriken heb je weinig verhaal. Je kunt nooit een supergoeie held hebben zonder een superslechte schurk, toch?'

Ik lach.

'Wie zou niet Darth Vader willen zijn?' vraagt ze lachend. 'Iemand kruipt voor als je in de rij staat voor een hotdog en je geeft hem de *Force choke*.' Ze vormt een tang met haar duim en wijsvinger.

Ik maak lachend hetzelfde gebaar in de lucht. '*I find your lack of mustard disturbing*,' zeg ik, en we lachen allebei.

Uit mijn ooghoek zie ik een jongen in de deuropening van mijn ziekenhuiskamer verschijnen. Hij draagt een lichtblauw ziekenhuishemd, net als ik. Hij heeft een kaalgeschoren hoofd, afgezien van een lange, bruine rattenstaart aan zijn achterhoofd, die over zijn rechterschouder valt. Zijn linkerhand rust op een mobiele infuusstandaard en de slang van het infuus is verbonden met zijn hand.

'Wat is er, Christopher?' vraagt dokter Brennan.

Hij is een jaar of elf. Hij heeft een litteken op zijn bovenlip, waardoor hij eruitziet als de laatste elfjarige jongen met een mobiel infuus die ik ooit in een donker steegje zou willen tegenkomen. Hij krabt aan zijn reet.

'Mijn Tang[5] is weer te slap,' zeurt hij.

Dokter Brennan zucht. 'Christopher, er zit tweemaal zo veel poeder in als de vorige keer.'

Hij schudt zijn hoofd en loopt weg. 'Ik ben verdomme aan het doodgaan en jullie geven me slappe Tang?' moppert hij onderweg naar de gang.

Dokter Brennan trekt haar wenkbrauwen op. 'Sorry daarvoor.'

'Waar gaat hij dood aan?' vraag ik.

'Arme stakker heeft een tumor zo groot als Ayers Rock in zijn hoofd.'

'Is er iets aan te doen?'

'Misschien,' zegt ze, terwijl ze mijn bloeddruk noteert op een blad op het klembord. 'Misschien ook niet. Soms heeft de geneeskunde er weinig mee te maken.'

'Hoe bedoelt u? God?'

'O nee, God niet. Ik heb het over Gog.'

'Wie is Gog?'

'Gog is de chagrijnige, prikkelbare jongere broer van God. Terwijl God druk bezig is de Himalaya te bouwen, zet die ellendige ouwe Gog tumoren in de hoofden van jonge jongens in Brisbane.'

'Gog heeft heel wat op zijn geweten,' voer ik aan.

'Gog bevindt zich onder ons. Hoe dan ook, waar waren we?'

'Vader.'

'O ja, je houdt niet van Darth Vader, hè? Jij en je broer wilden hem met een bijl doormidden hakken, begrijp ik?'

'We waren pissig omdat hij Obi-Wan heeft gedood.'

Ze kijkt me vorsend in de ogen, legt haar map op het bed. 'Eli, heb je ooit het gezegde gehoord "neem nooit een ouwe zeikerd in de zeik"?'

'Dat gezegde vindt Slim geweldig,' zeg ik.

'Dat geloof ik graag.'

'Ik ruik gezeik hier.' Met haar Ierse accent klinkt die zin alsof ze het heeft over een mooie zonsopkomst. 'Ik heb groene zeik en gele zeik en zwarte zeik en paarse zeik met stippen gezien en zo dik dat je het over het hoofd van je schoonmoeder zou kunnen gooien en haar ermee buiten westen zou kunnen slaan. Ik heb zeik gezien die uit gaten kwam waarvan je niet wist dat ze bestonden. Ik heb zeik van mannen en vrouwen gezien waar ze aan kapotgingen, maar ik heb zelden zulke gevaarlijke zeik gezien als de onzin die nu uit je mond stroomt.'

Ze spreekt al die zeikwoorden uit met liefde en mededogen en dat maakt me aan het lachen.

'Het spijt me,' zeg ik.

'Er is wel wat aan te doen. Er zijn plaatsen waar je heen kunt, waar je veilig bent, bij mensen die je kunt vertrouwen. Er zijn nog steeds mensen in deze stad die machtiger zijn dan de politie. Er zijn nog wel een paar Luke Skywalkers in Brisbane, Eli.'

'Helden?'

'Het is heus niet zo dat al die slechteriken hier rondlopen zonder dat we ook een paar helden hebben,' zegt ze.

*

Beste Alex,

Groeten vanuit de kinderafdeling van het Royal Brisbane Hospital. Ten eerste, sorry voor mijn slordige handschrift. Ik ben onlangs mijn rechterwijsvinger kwijtgeraakt (heel lang verhaal) maar het schrijven gaat prima als ik een BIC*-balpen tussen mijn middelvinger, mijn* *duim en mijn ringvinger hou. Mijn arts, dokter Brennan, wil dat ik mijn hand ga gebruiken en ze zei dat een brief schrijven wel een goed begin was, om te oefenen met schrijven en voor de bloedcirculatie in mijn hand. Hoe gaat het met jou en de jongens en Tripod de kat? Het spijt me dat ik je geen updates kan geven van* Days of Our Lives, *ze hebben maar één tv op de kinderafdeling en die staat altijd op* Play School. *Heb jij weleens in het ziekenhuis gelegen? Het is hier best leuk. Dokter Brennan is heel erg aardig en ze praat met een Iers accent dat de jongens van Afdeling 2 volgens mij heel erg leuk zouden vinden. Het avondeten is een beetje afzien met het gebraden lamsvlees, maar het ontbijt (cornflakes) en de lunch (broodjes kip) zijn perfect. Ik zou hier best langer willen blijven, maar dat gaat niet, want ik heb werk te doen. Kijk, ik heb nagedacht over helden, Alex. Heb jij ook een held? Iemand die je heeft gered? Iemand die heeft gezorgd dat je veilig was? Wat maakt iemand tot een held? Luke Skywalker was nooit van plan om een held te worden. Hij wilde alleen Obi-Wan vinden. Toen besloot hij buiten de gebaande paden te treden. Hij besloot om zijn hart te volgen. Dus misschien is dat genoeg om een held te zijn, Alex. Gewoon je hart volgen. Het diepe in springen. Misschien hoor je een tijdje niks van me, omdat ik een poosje wegga. Ik vertrek op een queeste, ik ga op een soort van avontuur. Ik heb mijn doel gekozen en ik heb de wil om het te bereiken.*

Onthoud wat Slim altijd zegt over de vier dingen: timing, planning, geluk, geloof. Net zoiets als het leven, denk ik. Ik denk dat je zo je leven moet leiden. Ik zal je schrijven wanneer ik kan, maar als je een tijdje niets van me hoort, bedankt voor alle brieven en bedankt dat je mijn vriend bent. Ik heb nog veel meer te zeggen, maar dat moet wachten tot een andere keer, want mijn moment is bijna aangebroken en de tijd glipt door mijn vingers. Zoals zand door de zandloper. Ha!

Voor altijd je vriend, Eli

*

Slim had altijd een sterk geloof in zichzelf, hij vertrouwde erop dat het hem zou lukken om uit de gevangenis te ontsnappen. Het ging ongeveer in de trant van: 'Als je denkt dat de bewakers je kunnen zien, kunnen de bewakers je ook echt zien. Maar als je werkelijk gelooft dat je onzichtbaar bent, dan zullen de bewakers geloven dat je echt onzichtbaar bent.' Zoiets zei hij, volgens mij. Het ging in elk geval over vertrouwen. De Houdini van Boggo Road was niet zozeer magisch, maar vooral stiekem en zelfverzekerd, en een zelfverzekerde stiekemerd kan zijn eigen magie opwekken. Zijn eerste succesvolle ontsnapping uit Boggo Road was op klaarlichte dag. Een zinderend hete zondagmiddag, 28 januari 1940. Slim en zijn medegevangenen uit de D-vleugel liepen onder begeleiding door de centrale ring naar Binnenplaats 4. Slim raakte achterop bij de groep en omdat hij geloofde dat hij onzichtbaar was, was hij onzichtbaar.

Vier factoren voor een loepzuivere ontsnapping: timing, planning, geluk, geloof. De timing was goed, tussen drie en vier uur op een zondagmiddag, toen de meerderheid van de bewakers de meerderheid van de gevangenen bewaakte tijdens de gebedsdienst op Binnenplaats 4, helemaal aan de andere kant van het terrein. Eenvoudig plan. Effectief plan. Trefzeker plan. Op weg naar Binnenplaats 4 werd Slim simpelweg onzichtbaar, glipte als een geest uit de enkele rij gevangenen en schoot Binnenplaats 1 op, die grensde aan de D-vleugel, niet ver van zijn uiteindelijke bestemming: de gevangeniswerkplaatsen.

Toen geloofde hij dat hij over een drie meter hoge houten omheining kon klimmen en dat was ook zo. Hij beklom het hek langs het sportterrein op Binnenplaats 1, sprong naar beneden en kwam op een pad terecht, een beveiligingszone die langs de gevangenismuren liep en een vierkant vormde. Hij stak het pad over naar het werkplaatsgedeelte, dat altijd bewaakt werd, behalve tijdens de zondagse dienst. Zwetend, warm, stil, behoedzaam rende hij naar de achterkant van de werkplaatsen en onzichtbaar voor de bewakers klom hij op een bijgebouw, vanwaar hij verder omhoog kon klimmen, naar het dak van de werkplaatsen.

Hier, potentieel zichtbaar voor de bewakers in de wachttorens, knipte hij met een meegesmokkelde tang het gaas voor de ventilatieraampjes van de werkplaats door. Timing, planning, geluk, vertrouwen. En een slank postuur. De Houdini van Boggo Road wurmde zijn dunne lijf door de ventilatieramen en liet zich zakken in de schoenlapperswerkplaats.

De werkplaatsen waren van elkaar gescheiden door draadgaas. Slim knipte gaten en glipte van de schoenmakerij naar de matrassenwerkplaats, van de matrassenwerkplaats naar de timmerwerkplaats, van de timmerwerkplaats naar de weverij, van de weverij naar het paradijs – de borstelmakerij waar hij de afgelopen weken had gewerkt en zijn ontsnappingsmateriaal had verstopt.

De timing is goed voor mijn ontsnapping. Het is drie uur 's middags in de speelkamer van de kinderafdeling, een gemeenschappelijke ruimte met een glanzend geboende houten vloer in de vorm van een halve achthoek. Aan alle kanten zitten schuiframen met withouten kozijnen, dezelfde ramen als op mijn school. Hetzelfde tijdstip in de middag als het tijdstip waarop Slim is ontsnapt. Een tijdstip waarop de meeste kinderen van de afdeling – zo'n achttien kinderen van vier tot veertien jaar, die strijden tegen alles van blindedarmontsteking tot gebroken armen tot hersenschuddingen tot messteken tot afgehakte vingers door specialisten in kunstledematen – high zijn van de Tang en de Green Cordial[6] van het thee-uurtje, hun tong bruisend van het zoete elixer van de room in een Monte Carlo-koekje.

Kleine kinderen duwen vrachtwagens in de rondte, vingerverven vlinders of trekken hun onderbroek naar beneden om met hun piemel te spelen. Oudere kinderen lezen een boek en vijf kinderen kijken naar *Romper Room* en hopen dat de zachtaardige Helena in de televisie hen zal zien door haar toverspiegel. Een roodharige jongen laat een blikken tol ronddraaien, in de vorm van een geel-zwarte hommel. Een meisje, ongeveer van mijn leeftijd, schenkt me een halve glimlach, zoals fabrieksarbeiders naar elkaar zouden kunnen glimlachen over de lopende band van hommeltollen heen. Prints van exotische dieren aan de wanden. En Christopher met zijn mobiele infuus. De jongen met Ayers Rock in zijn kop.

'Kijk je daarnaar?' vraag ik Christopher.

Hij zit in een leunstoel voor de gemeenschappelijke televisie en likt de room van de uit elkaar gehaalde helften van een sinaasappelkoekje. 'Nee,' antwoordt hij verontwaardigd. 'Ik kijk niet naar *Romper Room*. Ik heb gevraagd of ze *Diff'rent Strokes* wilden opzetten, maar omdat er meer kleine kinderen zijn dan oudere kinderen, moeten we naar deze shit kijken. Verdomde flauwekul als je het mij vraagt. Die kleine ettertjes kunnen hun hele leven nog naar *Romper Room* kijken. Ik ga over drie maanden dood en het enige wat ik wil is een beetje *Diff'rent Strokes* kijken. Het kan niemand een reet schelen.' Zijn tong likt aan de oranje room. Zijn lichtblauwe ziekenhuishemd is even vormeloos en gekreukeld als het mijne.

'Ik ben Eli,' zeg ik.

'Christopher.'

'Het spijt me van je hersenen.'

'Mij spijt het niet. Ik hoef niet meer naar school. En mijn moeder koopt Golden Gaytimes-ijsjes voor me als ik er zin in heb. Ik hoef het maar te zeggen of ze parkeert de auto ergens en haalt er eentje voor me.'

Hij ziet mijn verbonden rechterhand. 'Wat is er met je vinger gebeurd?'

Ik schuif dichter naar hem toe. 'Afgehakt met een bowiemes door de huurmoordenaar van een drugskoningin.'

'Koooolere. Waarom deed hij dat?'

'Omdat mijn broer de leider van de bende niet kon vertellen wat hij wilde weten.'

'Wat wilde hij dan weten?'

'Weet ik niet.'

'Waarom heeft je broer het hem niet verteld?'

'Omdat hij niet praat.'

'Waarom vroegen ze iemand die niet praat om te praten?'

'Omdat hij uiteindelijk wel praatte.'

'Wat zei hij?'

' "Je einde is een dood ornaatelfje." '

'Waaaaat?' vraagt Christopher.

'Laat maar,' zeg ik, terwijl ik me nog dichter naar zijn stoel toe buig en fluisterend zeg: 'Hoor eens, zie je die werkman daar?'

Christopher volgt mijn blik naar de andere kant van de zaal, waar een werkman een paar extra opbergkasten in elkaar zet, achter de administratiebalie in het midden van de afdeling. Christopher knikt.

'Er staat een gereedschapskist bij zijn voeten en in die gereedschapskist zitten een pakje Benson & Hedges Extra Mild en een paarse sigarettenaansteker.'

'En dus?'

'En dus wil ik dat je naar hem toe gaat en hem een vraag stelt en zorgt dat hij even de andere kant op kijkt. Jij zorgt voor een afleidingsmanoeuvre en ik sluip naar die gereedschapskist en jat zijn aansteker eruit.'

Christopher kijkt verbaasd. 'Hoezo een afleidingsmanoeuvre?'

Die creëerde Slim in december 1953, nadat hij tot levenslang was veroordeeld. In de matrassenwerkplaats van Afdeling 2 veegde hij een hele berg matrasvezels en kapok bij elkaar en stak hem in brand. De brandende matrassenberg vormde een afleiding voor de haastig toegesnelde bewakers, die niet wisten of ze zich met het vuur moesten bezighouden of met de beruchtste gevangene van Boggo Road, die al een geïmproviseerde ladder naar het dakraam van de werkplaats beklom.

Slims afleidingsmanoeuvre betekende echter zijn ondergang, want de vlammen reikten tot het dak, waar hij het dakraam probeerde in te slaan tot hij door zware rookinhalatie een val van vijf meter maakte naar de grond. Maar de les blijft hetzelfde: iedereen raakt hartstikke in paniek van brand.

'Een schijnbeweging. Kijk eens naar mijn vuist.'

Ik steek mijn rechtervuist in de lucht en draai er rondjes mee en Christophers groene ogen volgen de vuist zo plichtsgetrouw dat hij niet ziet dat ik mijn linkerhand uitsteek naar zijn oor en aan zijn oorlel ruk.

'Yoink,' zeg ik.

Hij moet lachen en knikt. 'Waar heb je die aansteker voor nodig?'

'Om dat exemplaar van *Anne of Green Gables* dat in de boekenkast staat in de fik te steken.'

'Een afleidingsmanoeuvre?'

'Je leert snel. Die hersenpan van jou werkt nog prima. Het is een afleiding die belangrijk genoeg is om ervoor te zorgen dat de verpleegsters achter de balie jouw kant op komen, terwijl ik triomfantelijk ontsnap via die deuren die ze altijd in de gaten houden.'

'Waar ga je naartoe?'

'Op reis, Christopher. Ik ga het ver schoppen.'

Christopher knikt.

'Wil je met me mee?'

Christopher denkt een moment over het aanbod na. 'Nah. Deze lui denken nog steeds dat ze me kunnen redden, dus ik kan hier beter nog wat langer blijven.'

Hij staat op en trekt de naald uit de rug van zijn hand die hem verbindt met zijn metalen infuusstandaard.

'Wat doe jij nou?' vraag ik.

Hij is al onderweg naar de televisie als hij even omkijkt. 'Een afleidingsmanoeuvre.'

De televisie heeft een standaardformaat en als hij op zijn kant stond, zou hij tot aan Christophers middel reiken. Hij buigt zich eroverheen, grijpt de achterkant van de televisie beet met zijn linkerhand, legt zijn rechterhand eronder en tilt met zijn dunne armen de televisie boven zijn hoofd. De kinderen die op een regenboogkleurige mat op hun buik naar *Romper Room* liggen te kijken zien verschrikt en ongelovig hoe Miss Helena in de televisie helemaal op haar zij wordt gekanteld, terwijl Christopher de televisie boven zijn hoofd tilt en tandenknarsend van woede schreeuwt: 'Ik zei dat ik *Diff'rent Strokes* wilde kijken!'

Ik loop voetje voor voetje achteruit, terwijl de vier verpleegsters die achter de balie bezig waren op Christopher af stormen en paniekerig om hem heen gaan staan. Een jongere verpleegster trekt de jongste kinderen bij Christopher uit de buurt, terwijl een oudere verpleegster hem benadert zoals een politieonderhandelaar een man in een bomvest zou benaderen.

'Christopher... zet... de... televisie... onmiddellijk...'

Ik sta al bij de deur als Christopher achteruitwankelt, met de televisie boven zijn hoofd, het televisiesnoer zo strak getrokken dat het elk moment uit het stopcontact kan schieten. Hij zingt iets.

'Christopher!' schreeuwt de oudere verpleegster.

Hij zingt de titelsong van *Diff'rent Strokes*. Het is een lied over begrip en erbij horen en verschillen; over hoe sommigen worden geboren met minder dan een ander en tegelijkertijd met meer dan een ander. Het is een lied over verbinding.

Hij zet drie, vier, vijf stappen achteruit, als de monsterstappen van Frankenstein, dan draait hij zijn heup om meer kracht te kunnen zetten en smijt het toestel met de vriendelijk glimlachende Miss Helena erin naar een onbekende bestemming, dwars door de ruit van het dichtstbijzijnde schuifraam met witte kozijnen. De verpleegsters happen naar lucht en Christopher draait zich om met zijn armen omhoog, in een v van Victorie. Hij juicht in triomf en als de verplegers hem met zijn allen tegelijk beentje lichten, weet hij me op de een of andere manier met zijn ogen te vinden bij de deur, te midden van alle afleidende waanzin. Hij geeft me een knipoog met zijn linkeroog en het beste wat ik terug kan doen is vol enthousiasme mijn vuist in de lucht steken. voordat ik de deur uit glip, de vrijheid tegemoet.

*

Timing, planning, geluk, geloof. Planning. Nadat Slim zich moeizaam een weg had gebaand door het gaaswerk van de schoenmakerij, de matrassenwerkplaats, de timmerwerkplaats en de weverij bij die gewaagde ontsnapping van 28 januari 1940, glipte hij uiteindelijk door het gaas van de borstelmakerij om zijn ontsnappingsuitrusting te pakken. Slim had ook in die vroege dagen al geduld, nog voor zijn langste periodes in Black Peter. Hij had de tijd genomen om zijn uitrusting in elkaar te zetten, tussen de waakzame patrouilles van werkplaatsbewakers door, want tijd was het enige wat hij in overvloed bezat. Hij genoot van de planning, vond soelaas in de heimelijke creativiteit, de adrenalinekick van zijn zoektocht naar de vrijheid. Het in het geheim maken en opslaan van zijn ontsnappingsuitrusting bezorgde hem vreugde en een doel in de verder sombere gevangeniswereld. Tussen de waakzame blikken van de bewakers door had Slim maandenlang gewerkt aan een ontsnappingslijn, negen meter lang, gemaakt van gevlochten kokos, het spul waar ze matten van maakten in de gevangenisweverij, het spul waar de mat van was gemaakt waar Slim op lag in de koude, vochtige duisternis van Black Peter. Ongeveer om de halve meter had hij een dubbele knoop in het touw gelegd, als steunpunt. Tot de uitrusting behoorden een tweede touw van drie meter lang en twee houten hangmatstokken, samengebonden tot een kruis, dat hij vastbond aan het touw van negen meter.

Gewapend met zijn uitrusting klom hij naar het plafond van de borstelmakerij en sneed zich een weg door het gaas van een groot, waaiervormig daklicht om opnieuw boven op het dak van de werkplaats uit te komen, ditmaal op een plek die onzichtbaar was voor de torenwachters, de achilleshiel van de gevangenis, een perfecte blinde vlek die Slim had ontdekt door uur na uur geduldig over het gevangenisterrein te lopen, met zijn hoofd in zijn nek, in gedachten ruwe geometrische schetsen makend tussen de variabelen van de wachttorens, het dak van de werkplaats en de vrijheid.

Met behulp van het kortere touw liet hij zich van het dak van de werkplaats naar beneden glijden, wat hem touwbrandwonden aan zijn handen opleverde. Eenmaal terug op het pad rondom de gevangenis, tuurde hij omhoog naar een afschrikwekkend obstakel: Boggo Roads acht meter hoge bakstenen gevangenismuur. Hij haalde de samengebonden hangmatstokken tevoorschijn. Wat hij in zijn handen hield was een enterhaak, vastgemaakt aan een touw van negen meter lang, voorzien van steunpunten. En hij zette zich schrap voor de worp.

Timing, planning, geluk, geloof. Wekenlang had Slim in zijn eenzame gevangeniscel de kennis en techniek bestudeerd die nodig waren om een grijphaak over een hoge muur te werpen. Langs de bovenkant van de gevangenismuren van Boggo Road zaten inhammen, waar lagere en hogere delen van de muur bij elkaar kwamen. Slim had wekenlang op zijn worp geoefend met twee tot een kruis samengebonden luciferhoutjes aan een touwtje en een ruw schaalmodel van de gevangenismuur van Boggo Road. Nu wierp hij de haak over de muur en werkte het verzwaarde touw langs de muur tot de haak stevig vastzat in een van de inhammen waar een lager en een hoger deel van de muur samenkwamen. En hij vertelde me hoe het voelde toen hij dat touw straktrok en de haak bleef vastzitten. Slim zei dat het voelde als een kerstochtend in het oude weeshuis van de Church of England in Carlingford, toen de huismeester al die spichtige wezen vertelde dat er warme pruimenpudding met custard zou zijn als toetje bij de kerstlunch. En dat is de smaak van de vrijheid, zei Slim: warme pruimenpudding met custard. Hij trok zich op aan het touw, zijn handen en voeten stevig vastzettend op de knopen, tot hij schrijlings op de gevangenismuur zat, onzichtbaar in zijn prachtige blinde vlek, hoog in de lucht, met aan de ene kant uitzicht op de bloeiende tuinen achter de muren van Binnenplaats 1 en aan de andere kant op de grillige bakstenen gevangenis, die eigenlijk het enige permanente thuis was – het enige vaste adres – dat hij ooit in zijn leven had gekend. Hij ademde de lucht diep in zijn longen en draaide de haak om, zodat die zich vastzette aan de gevangeniskant van de muur, in de inham die later bekend zou worden als Halliday's Leap, en hij klauterde naar beneden, zijn vrijheid tegemoet.

*

Vier verdiepingen naar de vrijheid voor mij. In de lift druk ik op het knopje BEGANE GROND. Het eerste wat Slim deed nadat hij zich als voortvluchtige een weg door de tuinen had gebaand naar de naastgelegen Annerley Road was zich van zijn gevangeniskledij ontdoen. Tegen 16.10 uur, ongeveer toen de gevangenisbewaarders zijn naam riepen voor het middagappel, sprong Slim over hekken in de buitenwijken van Brisbane en stal een nieuwe outfit bij elkaar van een stel waslijnen.

Nu ben ik Houdini en hier is mijn grote je-knippert-met-je-ogen-en-je-hebt-het-gemist-truc: ik trek mijn ziekenhuishemd uit om mijn dagelijkse, niet-voortvluchtige plunje te onthullen die ik eronder aanheb: een oud donkerblauw poloshirt, een zwarte spijkerbroek en mijn blauw met grijze Dunlop KT-26-hardloopschoenen. Ik rol het hemd tot een bal van blauwe stof die ik in mijn linkerhand hou, net als de lift stopt op de tweede verdieping.

Twee mannelijke artsen met klemborden stappen in de lift, diep in gesprek. 'Ik zei tegen de vader van het jochie: "Als hij zo vaak een hersenschudding oploopt op het veld, moet u misschien een sport met een lage impact overwegen, zoals tennis of golf," ' zegt een van de artsen, terwijl ik zo ver mogelijk naar links achter in de lift schuifel, de bal van mijn hemd verborgen achter mijn rug.

'Wat zei hij daarop?' vraagt de andere arts.

'Hij zei dat hij hem niet uit het team kon halen, omdat ze vlak voor de eindwedstrijden zaten,' zegt de eerste arts. 'Ik zei: "Nou, meneer Newcombe, ik denk dat u moet kiezen wat belangrijker voor u is, dat de Brothers de jeugdtrofee winnen of dat uw zoon voldoende hersenfunctie overhoudt om het woord 'jeugdtrofee' uit te spreken." '

De artsen schudden hun hoofd. De eerste dokter kijkt mij onderzoekend aan.

Ik glimlach.

'Ben je verdwaald, vriend?' vraagt hij.

Hier heb ik rekening mee gehouden. Een aantal reacties gerepeteerd bij het avondmaal van gebraden lamsvlees waar ik gisteravond niets van heb gegeten. 'Nee, ik ben op bezoek bij mijn broer op de kinderafdeling,' zeg ik. De lift stopt op de begane grond.

'Ben je met je vader en moeder?'

'Ja, die staan even buiten te roken.'

De liftdeuren gaan open en de dokters gaan naar rechts en ik loop de centrale hal van het ziekenhuis in, glimmende betonvloeren en de drukte van bezoekers en ambulancebroeders die brancards voortduwen. De eerste arts ziet het verband aan mijn rechterhand en blijft staan. 'Hé, wacht even, jochie...'

Gewoon doorlopen. Gewoon doorlopen. Vertrouwen. Je bent onzichtbaar. Je gelooft dat je onzichtbaar bent en je bent onzichtbaar. Gewoon doorlopen. Langs de waterkoeler. Langs een gezin rond een meisje met een bril met colaflesdikke glazen in een rolstoel. Langs een affiche van Norm, de vader met de bierbuik die de hoofdrol speelt in de '*Life. Be in it*'-televisiespotjes, waar August zo hard om moet lachen.

Ik kijk steels over mijn rechterschouder en zie dat de eerste dokter naar de receptie loopt en wijzend naar mij zijn verhaal doet tegen een vrouw achter de balie. Sneller doorlopen nu. Sneller. Sneller. Je bent niet onzichtbaar, stommeling. Je bent niet magisch. Je bent een dertienjarige jongen die op het punt staat gepakt te worden door die forse Polynesische beveiliger met wie de arts nu staat te praten. Je staat op het punt om naar een vader gestuurd te worden die je niet kent.

Rennen.

*

Het Royal Brisbane Hospital ligt aan Bowen Bridge Road. Ik ken deze wijk goed, omdat de Brisbane Exhibition, de Ekka, hier altijd in augustus wordt gehouden, iets verderop op het oude showterrein, waar August en ik op een keer alles wat er in onze Milky Way-tasjes zat mochten opeten van mama en Lyle, terwijl we keken naar vijf reuzen uit Tasmanië die met een bijl boomstammen hakten onder begeleiding van opzwepend applaus. We namen de trein terug naar Darra vanaf het station van Bowen Hills – hier ergens in de buurt – en in de rijdende trein braakte ik de inhoud van mijn Milky Way-tas uit in een Army Combat-tasje met een plastic machinegeweer, een plastic handgranaat, een munitieband en een camouflagejunglehoofdband waarmee ik had gehoopt op verschillende topgeheime reddingsmissies in de straten van Darra te gaan, tot de hoofdband verdronk in braaksel, dat bestond uit twee delen chocolademilkshake met volle room en één deel gepaneerde hotdog.

Druk verkeer op Bowen Bridge Road. Een maan bij daglicht aan de hemel. Op de stoep voor het ziekenhuis staat een hoge grijze elektriciteitskast. Ik glip achter de kast en zie de beveiliger, de Polynesiër, door de schuifdeuren van het ziekenhuis komen rennen. Hij kijkt naar links, naar rechts, weer naar links. Zoekt naar aanwijzingen, vindt ze niet. Hij spreekt een vrouw aan in een groen vest en op donzige pantoffels, die zit te roken op het bankje van een bushokje, naast een vuilnisbak met een asbak erin.

Rennen nu. De drommen mensen bereiken die bij de verkeerslichten de drukke hoofdweg oversteken. Loop naar het midden van deze menigte. Jongen op de vlucht. Jongen is ziekenhuispersoneel te slim af. Jongen is de wereld te slim af. Jongen legt heelal in de luren.

Ik ken deze straat. Hier zijn we de Brisbane Exhibition binnengegaan. Lyle en mama kochten de kaartjes bij een vent in een betonnen gat in de muur. We liepen door paardenstallen en koeienstront en honderd geiten en een schuur vol met kippen en kippenstront. Toen liepen we een heuvel af en kwamen we bij de kermisattracties en August en ik smeekten Lyle om ons mee te nemen in de Spooktrein en naar het Spiegeldoolhof, waar ik rondjes liep en rondjes liep en de ene doorgang na de andere probeerde en elke keer alleen mezelf tegenkwam. Blijf doorlopen in deze straat. Zoek iemand, maakt niet uit wie. Zoals deze man.

'Pardon,' zeg ik.

Hij draagt een wijde legergroene jas en een muts en staat tegen de betonnen muur geleund die de omheining van het kermisterrein vormt, met een grote glazen colafles tussen zijn gekruiste benen. Het is zo'n colafles die August en ik verzamelen om terug te brengen naar de winkel in Oxley, waar de oude winkelmevrouw ons twintig cent geeft voor de moeite, en met die twintig cent kopen we dan twintig karameltoffees van een cent. Er zit heldere vloeistof in de colafles van deze man, zo te ruiken methylalcohol. Hij kijkt op, zijn lippen trillen, zijn ogen zijn gericht op de zon achter mijn schouders.

'Weet u de weg naar het treinstation?' vraag ik.

'Batman,' zegt de man, en hij laat zijn hoofd wiebelen.

'Sorry?'

'Batman,' gromt hij.

'Batman?'

Hij zingt de televisiemelodie. 'Nanananananana... Batman!' roept hij. Hij is bruin van de zon en hij zweet in de wijde groene jas.

'Ja, Batman,' zeg ik.

Hij wijst naar zijn nek. Die zit aan de zijkant onder het bloed. 'Gebeten door die klotevleermuis,' zegt hij. Zijn hoofd wiebelt van de ene kant naar de andere, deinend als het piratenschip waar we in de herfst altijd in mogen tijdens de Brisbane Exhibition. Nu pas zie ik dat zijn linkeroog zwaar gekneusd is, vol geronnen bloed.

'Gaat het wel?' vraag ik. 'Hebt u hulp nodig?'

'Ik heb geen hulp nodig,' gorgelt hij. 'Ik ben Batman.'

Volwassen mannen. Volwassen klotemannen. Knettergek, allemaal. Kun je nooit vertrouwen. Verrekte psychopaten. Griezels. Moordenaars. Welke weg heeft deze man afgelegd om te eindigen als Batman in een zijstraat in het centrum van Brisbane? Hoeveel goeds had hij in zich? Hoeveel slechts? Wie was zijn vader? Wat heeft zijn vader gedaan? Wat heeft zijn vader niet gedaan? Op welke manieren hebben andere volwassen mannen zijn leven verpest?

'Welke kant uit naar het treinstation?'

'Wazzegje?'

'Het treinstation,' zeg ik, luider nu.

Hij wijst de weg, een wankele rechterarm en een slappe wijsvinger wijzen naar links, in de richting van een kruispunt. 'Gewoon doorlopen, Robin.'

Gewoon doorlopen.

'Bedankt, Batman.'

Hij steekt zijn hand uit. 'Geef me de vijf,' beveelt hij.

Instinctief steek ik mijn rechterhand uit, maar ik herinner me net op tijd dat die in het verband zit en dan bied ik aarzelend mijn linkerhand aan.

'Goed, goed,' zegt hij, en hij geeft een stevige handdruk.

'Nogmaals bedankt.'

Dan trekt hij mijn hand naar zijn mond en bijt erin als een hondsdolle hond. 'Nnnngrrrrr,' spuwt hij, zijn mond slobbert over mijn hand. Hij bijt in mijn hand, maar zijn mond is enkel en alleen huid, week tandvlees. Ik gris mijn hand terug en hij laat zich grijnzend terugvallen, zijn mond wijd open en gestoord. Een tandeloze grijns.

Rennen.

Nu sprinten. Ik sprint ervandoor als Eric Grothe, de grote vleugelverdediger van de machtige Parramatta Eels, met naast me de zijlijn, voor me uit een *try line* van tachtig meter. Sprint alsof mijn leven ervan afhangt. Sprint alsof ik straaljagerschoenen aan mijn voeten heb en een vuur in mijn hart dat nooit zal doven. Het kruispunt over. Mijn Dunlop KT-26-schoenen wijzen de weg. Vertrouw maar op het slanke, verende ontwerp van de KT-26, de goedkoopste, doeltreffendste hardloopschoenen van de hele Kmart. Sprint alsof ik de laatste warmbloedige jongen op aarde ben en de wereld is overgenomen door vampiers. Vampiervleermuizen.

Rennen. Langs rechts een autodealer en links een haag. Rennen. Langs een oranje bakstenen gebouw links van me, over de lengte van het hele blok. Een naam in sierlijke letters op de gevel. THE COURIER-MAIL.

Stop.

Hier wordt hij gemaakt. Hier wordt de krant in elkaar gezet. Slim heeft me over deze plek verteld. Alle verslaggevers komen hiernaartoe om hun verhalen uit te tikken en dan zetten de zetters die op metaal in de drukpersen aan de achterkant van het gebouw. Slim zei dat hij een keer een journalist had gesproken die hem vertelde dat hij het kon ruiken als zijn kopij 's avonds in inkt gedrukt werd. Er was geen mooiere geur, vertelde die verslaggever, dan die van de voorpaginaprimeur van de volgende dag die in inkt werd gedrukt. Ik haal diep adem en snuif de geur op en ik zweer dat ik die inkt kan ruiken, want misschien zitten ze allemaal voor hun deadline en draaien de persen al, en ik ga deel uitmaken van deze plek, ooit, hoe dan ook, ik weet het gewoon, want waarom had Batman zonder tanden me anders hierheen gestuurd, uitgerekend naar deze straat waar de misdaadverslaggevers van *The Courier-Mail* naar terugkeren om hun stukken in te dienen en het land te veranderen en de wereld te veranderen? Batman speelde misschien maar een bijrolletje, maar hij deed het goed in de grootse productie van *Het buitengewone en onverwachte en toch zeer verwachte leven van Eli Bell*. Natuurlijk heeft hij me hierheen gestuurd. Natuurlijk deed hij dat.

Een politieauto passeert het kruispunt, rijdt langs de straat waar ik sta. Twee agenten. De agent op de passagiersstoel kijkt mijn kant uit. Geen aandacht aan schenken. Geen aandacht aan schenken. Maar het zijn twee agenten in een politieauto en hoe kan ik daar geen aandacht aan schenken? Nu kijkt de politieagent naar mij. De politiewagen gaat langzamer rijden en steekt dan het kruispunt over. Rennen.

*

Slim was al bijna twee weken voortvluchtig toen hij voor het eerst door een burger werd aangegeven, op 9 februari 1940. Een nationale klopjacht strekte zich uit tot de grens van New South Wales en het wemelde van de politieauto's op de wegen naar het zuiden, de richting die Slim volgens de meeste mensen zou kiezen. Maar Slim was onderweg naar het noorden toen hij om drie uur 's nachts een pompstation in reed in Nundah, een noordelijke voorstad van Brisbane, om de auto vol te tanken die hij in het nabijgelegen Clayfield had gestolen. De eigenaar van het pompstation, een zekere Walter Wildman, werd gewekt door het geluid van de lopende benzinepomp. Hij overviel Slim onmiddellijk en terecht met een geladen dubbelloopsjachtgeweer.

'Blijf staan!' brulde Wildman.

'Jij zou toch nooit iemand neerschieten?' zei Slim rustig.

'Jawel. Ik knal je dwars door je kop.'

Deze uitspraak bracht Slim er natuurlijk toe om een sprintje te trekken naar de bestuurdersstoel van zijn gestolen auto, wat er dan weer toe leidde dat Walter Wildman tweemaal op Slim schoot in een poging hem dwars door zijn kop te knallen, maar hij kwam niet verder dan het verbrijzelen van de achterruit van de auto. Slim reed als een dolle Bruce Highway naar het noorden, en intussen belde Walter Wildman de politie om het kenteken van de auto door te geven. Slim kwam helemaal tot aan Caboolture, ongeveer dertig minuten van Brisbane, voordat een politieauto hem op het spoor kwam, met een spannende achtervolging tot gevolg, over smalle wegen met scherpe blinde bochten, door de bush, dwars door greppels en geulen, die eindigde toen Slim de auto door een draadhek wilde sturen en crashte. Hij rende de bosjes in, maar werd al snel omsingeld door een dertigtal agenten van de politie van Queensland die hem uiteindelijk vonden, verstopt achter een dikke boomstronk. De politie bracht Slim terug naar Boggo Road, naar zijn cel in Afdeling 2, en smeet de celdeur achter hem dicht en Slim ging op zijn harde gevangenisbrits zitten. En hij glimlachte.

'Waarom lachte je toch?' vroeg ik eens aan Slim.

'Ik had mezelf een doel gesteld en dat had ik bereikt. Uiteindelijk, kleine Eli, had deze eikel van een weesjongen die nergens goed voor was iets gevonden waar hij goed in was. Ik besefte waarom die kerel daarboven mij zo verdomde lang en slungelig had geschapen. Ik ben er goed in om over gevangenismuren te springen.'

*

Treinrails. Een trein. Het station van Bowen Hills. De Ipswich-lijn, perron 3. Een binnenrijdende trein en een betonnen trap waarover ik met twee treden tegelijk naar beneden ren. Zo'n vijftig betonnen treden holderdebolder naar beneden, één oog op de treden, één oog op de geopende portieren van de trein. Dan een misstap en ik verdraai mijn rechterenkel in mijn rechter-Dunlop KT-26 op de rand van de allerlaatste tree en ik kom plat op mijn gezicht op het ruwe asfalt van perron 3 terecht. Mijn rechterschouder vangt de grootste klap op, maar mijn rechterwang en -oor schrapen over de grond als de achterband van mijn BMX wanneer ik keihard op de remmen ga staan voor een lange slip. Maar de treindeuren staan nog steeds open, dus ik hijs mezelf overeind en wankel ernaartoe, buiten adem en versuft, en terwijl ze beginnen te sluiten neem ik de sprong van mijn leven en land in de trein, waar drie oudere vrouwen die op twee bankjes tegenover elkaar zitten verschrikt opkijken.

'Is alles in orde met je?' vraagt een oude vrouw. Ze houdt haar handtas met beide handen op haar schoot.

Ik knik, zuig de lucht naar binnen, draai me om om door de wagon te lopen. Kleine asfaltgrindkiezels steken in mijn gezicht. De frisse lucht bijt in de open schaafwonden op mijn wang. De knokkel die ooit mijn ontbrekende vinger aanstuurde schreeuwt om aandacht. Ik ga zitten, haal diep adem en bid dat deze trein stopt in Darra.

*

Verlaten voorsteden in de schemering. Misschien is de wereld wel echt vergaan. Misschien ben ik helemaal alleen over en slapen de vampiers, omdat het daglicht nog niet is verdwenen. Misschien raak ik mijn verstand kwijt en zou ik niet zo in de zon moeten lopen, nu de pijnstillers van het ziekenhuis uitgewerkt raken, maar deze droom begint realistische trekjes te krijgen, omdat ik mijn oksels kan ruiken en het zweet op mijn bovenlip kan proeven. Ik loop langs de winkels aan Station Road in Darra. Langs Mama Pham's. Langs een leeg zakje Burger Rings dat wervelt in de wind. Voorbij de groente- en fruitmarkt. Voorbij de kapper en de lommerd en het gokkantoor. Door Ducie Street Park, waar de knoppen van het paspalumgras aan de zoom van mijn spijkerbroek en de witte veters van mijn Dunlops blijven plakken. Ik ben er bijna. Bijna thuis.

Voorzichtig nu. Sandakan Street. Ik scan de straat vanuit de verte en verstop me achter een dikke, laaghangende tak die zwiept in de middagwind. Geen auto's voor ons huis. Niemand op straat. Ik schiet behoedzaam en snel tussen bomen door, zigzaggend door het park naar ons huis. De lucht boven het huis kleurt oranje en dieproze nu het begint te schemeren. Terug naar de plaats van de misdaad. Ik ben moe, maar ik ben ook bang. Ik weet niet meer zo zeker of deze queeste wel zo'n goed idee was. Maar er wordt van mij verwacht dat ik het ver zal schoppen. Er is maar één weg, naar boven, het hol uit. Of verder naar beneden, denk ik. Regelrecht naar de hel.

Ik hol de straat over, het hek door naar huis, want het is tenslotte mijn huis, of Lyles huis, liever gezegd. Lyles huis. Lyle.

Kan niet door de voordeur. Ga via de achterdeur. Als de achterdeur op slot is, probeer je Lena's raam. Als Lena's raam op slot is, probeer dan het schuifraam aan de kant van onze oude buurman Gene Crimmins en misschien is mama, of anders ik, vergeten de metalen gordijnroede in de vensterrail te plaatsen om indringers te weren. Indringers zoals ik. Indringers zoals ik met grootse plannen.

Ik ga het ver schoppen.

De achterdeur is op slot. Lena's raam geeft niet mee. Ik haal de zwarte vuilcontainer naar het keukenraam, hijs mezelf erbovenop en geef een ruk aan het raam. Het schuift vijf centimeter omhoog en net als ik hoop begin te krijgen, slaat het tegen de gordijnroede en is alle hoop verloren. Verdorie. De wanhoop nabij. Sla een ruit in.

Ik spring van de vuilnisbak. Het begint donker te worden, maar ik kan nog wel onder het huis kijken, de aarden ondergrond bezaaid met stenen, geen van alle groot genoeg voor mijn doel. Maar dit is wel geschikt. Een baksteen. Waarschijnlijk een van die glorieuze stenen uit de fabriek langs de weg. Een baksteen uit mijn geboorteplaats. Een Darra-baksteen. Ik kom onder het huis vandaan, leg de steen op de vuilnisbak, en net als ik mezelf ophijs om erop te klimmen, hoor ik een stem achter mijn rug.

'Alles goed, Eli?' vraagt Gene Crimmins. Hij staat in zijn woonkamer en leunt uit het open raam. De ruimte tussen Genes huis en dat van ons is niet meer dan drie meter, zodat hij zachtjes kan praten. Hij is sowieso een zachte prater, wat ik altijd kalmerend heb gevonden. Ik hou van Gene. Gene weet hoe hij discreet moet zijn.

'Hoi, Gene,' zeg ik, terwijl ik me naar hem toe keer en de vuilnisbak loslaat.

Gene draagt een wit onderhemd en een blauwe katoenen pyjamabroek. Hij monstert mijn gezicht. 'Sodeju, maat, wat is er met jou gebeurd?'

'Gestruikeld op de trap van het treinstation.'

Gene knikt. 'Ben je buitengesloten?'

Ik knik.

'Je moeder in de buurt?' vraagt hij.

Ik schud mijn hoofd.

'Lyle?'

Ik schud mijn hoofd.

Hij knikt. 'Ik zag dat die kerels hem een auto in sleurden. Ik dacht niet dat ze met z'n allen een ijsje gingen halen.'

Ik schud mijn hoofd.

'Alles in orde met hem?'

'Weet ik niet,' zeg ik. 'Maar ik hoop erachter te komen. Ik kan alleen niet naar binnen.'

'Vandaar die steen?'

Ik knik.

'Ik heb je nooit gezien, oké?' zegt hij.

'Dank je wel, Gene.'

'Heb je nog steeds de hand van een wicketkeeper, zoals vroeger in de achtertuin?'

'Ja, denk het wel.'

'Vangen,' zegt hij. Hij gooit me een sleutel toe en ik vang hem op in twee holle handen. Hij zit aan een sleutelhanger met een kangoeroe-flesopener. 'Dat is de reservesleutel die ik van Lyle heb gekregen voor het geval ik een keer voor de regen binnen moet zijn.'

Ik knik bij wijze van bedankje. 'Het regent wel een beetje.'

'Het hoost,' zegt Gene.

*

Binnen is het donker en stil. Ik laat het licht uit. Onze borden van de avond dat we spaghetti bolognese aten staan in een afdruiprek naast de gootsteen. Iemand heeft opgeruimd. Slim, denk ik. Ik hou mijn hand onder de keukenkraan en neem een flinke slok water. Ik open de koelkast en vind een stuk verpakte Devon-worst en een blok COON-kaas. Ik vraag me af wat Slim at op zijn vlucht. Water uit kreken, misschien roofde hij eieren uit kippenrennen, jatte hij broodjes als de bakker even niet oplette, plukte sinaasappelen uit de boom. Zorgen dat je eten en drinken krijgt is een openbare activiteit, vaak is het nodig om je nek uit te steken om het voor elkaar te krijgen. Er ligt een Tip Top-brood op het aanrecht en als ik er in het donker aan ruik, weet ik meteen dat het groen is uitgeslagen van de schimmel. Ik neem happen van de worst en de kaas, laat ze samensmelten in mijn mond. Niet hetzelfde zonder brood, maar het vult het gapende gat in mijn maag. Ik haal de rode zaklamp uit de derde la van beneden onder het aanrecht. Stap regelrecht naar de kamer van Lena.

Deze kamer van ware liefde. Deze kamer van bloed. Jezus aan de muur. Het licht van mijn zaklamp schampt zijn treurige gezicht en ik vind dat hij er afwerend en afstandelijk uitziet in het halfdonker.

Mijn rechterhand klopt. De knokkel van mijn wijsvinger is warm en vol bloed dat nergens naartoe kan. Ik heb rust nodig. Ik moet ophouden met bewegen. Ik moet gaan liggen. Ik trek Lena's kastdeur open, schuif haar oude jurken opzij. Ik duw met mijn linkerhand tegen de achterwand van de kast, tot die zich samenvouwt en openklapt. Lyles geheime deur.

Het moet hier zijn. Waar zou het anders moeten zijn?

Het licht van mijn zaklamp laat een kleine maan zo groot als een tennisbal over de grond van Lyles geheime kamer stuiteren. Ik laat me naar beneden glijden tot mijn Dunlops in de aarde belanden. Het licht van mijn zaklamp weet alle hoeken van de kamer met de bakstenen muren te vinden. Vervolgens cirkelt het door het midden van de kamer, langs de muren, over de rode telefoon. Het moet hier zijn. Het moet hier zijn. Waarom zou hij het ergens anders verbergen dan in zijn geheime kamer, speciaal gebouwd om dingen te verstoppen?

Maar de kamer is leeg.

Ik hurk neer en kruip naar de geheime deur, verborgen in de muur van de geheime kamer. Ik krijg grip op de deur en steek de zaklamp in de tunnel die Lyle heeft gegraven naar de poepdoos die erachter ligt. De tunnel is vrij van slangen en spinnen. Niets dan aarde en bedompte lucht.

Verdomme. Mijn hart bonst. Ik moet pissen. Ik wil dit niet doen. Ik moet dit doen.

Ik laat me op mijn buik vallen en duw mezelf met mijn knieën het gat in. Ik bescherm mijn gewonde rechterhand en trek mezelf voort met mijn ellebogen, schrapend over de aarden vloer. Ik krijg troep in mijn ogen als ik met mijn hoofd tegen het tunnelplafond bots. Doorademen. Kalm blijven. Ik ben er bijna. Mijn zaklamp schijnt door de tunnel en ik kan iets onderscheiden, iets wat op de grond onder de poepdoos staat. Een koelbox.

Als ik dat zie, tijger ik in versneld tempo door. Ik ben een krab. Ik ben een soldaatkrab. Zo'n kleine paarse met een lijf als een knikker. August en ik lieten ze met honderden tegelijk over ons heen kruipen aan de kust van Bribie Island, Lyles favoriete bestemming voor dagtochtjes, een uur ten noorden van Brisbane. Lyle pakte twee of drie krabben in zijn hand en ze klauwden naar zijn vingers en dan legde hij ze nonchalant op onze hoofden. De zon ging onder en er was niemand op het strand, alleen wij, twee vissende jongens en een paar meeuwen, hun hongerige ogen op onze sardines gericht.

Mijn hoofd komt uit de tunnel de poepdoos in en het licht van de zaklamp schijnt op de koelbox. Een witte koelbox. Zo'n rechthoekige piepschuimen koelbox van Bich Dang. Natuurlijk heeft hij hem hier neergezet. Natuurlijk heeft hij hem in de poepdoos gezet.

Ik trek mijn benen op, buig me met de zaklamp over de koelbox, haal het deksel eraf met mijn linkerhand. En er zit niets in. De zaklamp vliegt over de doos, maar hoe vaak ik hem ook heen en weer beweeg, er verschijnt niets daarbinnen. Leeg. Tytus Broz is me voor geweest. Tytus Broz weet alles. Tytus Broz is een dag ouder dan het heelal.

Trap tegen de koelbox. Trap tegen die verrekte piepschuimen koelbox. Trap tegen dit kloteleven van mij en schop die verdomde Lyle en die klote-Tytus Broz en die verknipte Iwan Krol en mam en August en die sukkel van een Teddy en Slim met zijn gelul, die nooit echt iets om me heeft gegeven als hij me niet eens mee naar huis wilde nemen op mijn zwartste dieptepunt. Slim, nota bene, van wie ik dacht dat hij wist hoe het voelde om afgedankt te worden door het leven, ongewenst en ongewild.

Stampvoeten nu met mijn rechter-Dunlop. Stukjes piepschuim verspreiden zich over de bodem van de poepdoos en vormen patronen in het zaagsel, als losgelagen landen op een wereldkaart. En wat is dat voor zooi in mijn ogen, dat klotevocht dat me elke keer verraadt? Het stroomt in mijn ogen en over mijn gezicht en ik krijg bijna geen lucht meer, zo veel komt eruit. Ja, het is afgelopen. Zo ga ik dood. Ik ga mezelf doodhuilen. Ik ga zo hard huilen dat ik sterf aan vochtverlies, hier in dit schijthol. Een schijteinde aan een schijtbestaan. Caitlyn Spies kan mijn verhaal delen in *The South-West Star*.

> *Het lichaam van de dertienjarige uit het ziekenhuis ontsnapte Eli Bell, die sinds acht weken werd vermist, is gisteren gevonden op de bodem van een schijthuis in een achtertuin. Naar verluidt had hij de koelbox vernietigd waarvan hij had gehoopt dat die het leven zou redden van de enige man van wie hij ooit heeft gehouden. Zijn enige bereikbare familielid, zijn oudere broer August Bell, onthield zich van alle commentaar.*

Caitlyn Spies. Ik val uitgeput op de grond. Ik laat mijn knokige kont in het zaagsel zakken en leun met mijn rug tegen de ruwhouten wand van de poepdoos. Sluit je ogen. Adem door. En slaap. Slaap. Ik klik de zaklamp uit en leg hem op mijn schoot. Het is warm in het schijthuis. Het is knus. Slapen nu. Slaap.

Ik kan Caitlyn Spies zien. Ik kan haar zien. Ze loopt in de zonsondergang op het strand van Bribie Island. Er kruipen duizenden paarse krabben rond, maar ze maken ruimte voor haar, houden een perfect voetpad van Queenslands strandzand voor haar vrij, en ze schrijdt eroverheen, waarbij ze de hardwerkende krabben begroet met haar open handpalmen. Ze heeft donkerbruin haar dat wappert in de zeebries en ik zie haar gezicht, ook al heb ik haar gezicht nooit gezien. Haar ogen zijn diep en groen en wijs en ze lacht, omdat ze weet wie ik ben, zoals ze alles weet. De soldatenkrabben aan haar voeten en de ondergaande zon aan de horizon en haar bovenlip krult een beetje als ze zo lacht. Caitlyn Spies. Het mooiste meisje dat ik nog nooit heb gezien.

Ze wil me iets vertellen. 'Kom dichterbij. Kom dichterbij, dan fluister ik het in je oor.' Haar lippen bewegen en haar woorden klinken vertrouwd. 'Jongen verslindt heelal,' zegt ze.

En ze draait haar hoofd om en laat haar ogen dwalen over wat eens de Stille Oceaan was, maar nu veranderd is in een enorm melkwegstelsel van sterren en planeten en supernova's en duizend astronomische gebeurtenissen die gelijktijdig plaatsvinden. Explosies van roze en paars. Brandende flitsen in feloranje, -groen en -geel en miljarden glinsterende sterren tegen het eeuwige zwarte canvas van de ruimte. We staan aan de rand van het heelal en het heelal stopt en begint hier bij ons. Saturnus is binnen handbereik. En zijn ringen beginnen te trillen. *Zoem, zoem.* En zijn vibrerende ringen klinken als een telefoon. *Tring, tring.*

'Ga je opnemen?' vraagt Caitlyn Spies.

Een telefoon. Ik open mijn ogen. Het geluid van een telefoon. *Tring, tring.* Terug door de geheime tunnel, terug naar de geheime kamer. Lyles geheime rode telefoon rinkelt.

Ik kruip terug door de tunnel. Vochtige aarde onder mijn gekneusde knieschijven en mijn geschaafde ellebogen. Dit telefoontje is zo belangrijk. Dit telefoontje is zo perfect getimed. Ik bedoel, hoe groot is die kans? Dat ik hierbeneden ben en dat de telefoon gaat terwijl ik hierbeneden ben? Ik bereik het andere eind van de tunnel en klauter de geheime kamer in en de telefoon gaat nog steeds over. Dat is toch gewoon niet te geloven. Goeie ouwe Eli Bell, wat een mazzelkont, op het juiste onbekende tijdstip op de juiste geheime plek. Ik steek mijn hand uit om de hoorn van de geheime rode telefoon van de geheime rode haak te nemen. Wacht. Denk even na over dit opmerkelijke toeval. Dat ik hier ben, uitgerekend als de telefoon gaat. Buitengewoon goed getimed als je niet weet dat ik hier ben. Niet zo buitengewoon als je gezien hebt dat ik door het keukenraam naar binnen ben geklommen. Niet zo buitengewoon als Gene Crimmins aan boord van Tytus Broz' geldtrein is gestapt en hij me met al zijn vriendelijkheid bedrogen heeft. Niet zo buitengewoon als Iwan Krol buiten in de auto naar The Carpenters op de radio zit te luisteren en intussen zijn bowiemes slijpt.

Tring, tring. Stik maar. Soms, als Saturnus roept, moet je gewoon antwoorden.

'Hallo,' zeg ik.

'Hallo, Eli.'

Dezelfde stem als de vorige keer. De stem van een man. Een echte, mannelijke man. Diep en schor, moe misschien.

'U bent het, hè?' vraag ik. 'Degene die ik heb gesproken toen Lyle zei dat ik met niemand had gesproken, maar dat wel zo was.'

'Dat ben ik, denk ik,' zegt de man.

'Hoe wist u dat ik hier was?'

'Dat wist ik niet.'

'Dan is het wel verdomde toevallig dat u net belde toen ik langskwam.'

'Valt wel mee,' zegt hij. 'Ik moet dit nummer veertig keer per dag bellen.'

'Welk nummer hebt u gebeld?'

'Ik bel het nummer voor Eli Bell.'

'Welk nummer is dat?'

'773 8173.'

'Dat is waanzin,' zeg ik. 'Deze telefoon kan niet gebeld worden.'

'Wie heeft je dat verteld?'

'Lyle.'

'Maar ik bel je toch?'

'Ja.'

'Dan kan die telefoon dus gebeld worden, neem ik aan. Vertel eens, waar zit je nu?'

'Wat bedoelt u?'

'In welk stadium van je leven zit je?'

'Nou, ik ben dertien jaar oud...'

'Jaja,' zegt hij ongeduldig. 'Kun je wat specifieker zijn. Is het al bijna Kerstmis?'

'Huh?'

'Laat maar. Wat ben je nu aan het doen en waarom? En alsjeblieft, lieg niet, want ik merk het meteen als je liegt.'

'Waarom zou ik u iets vertellen?'

'Omdat ik je iets belangrijks over je moeder moet vertellen, Eli,' zegt hij gefrustreerd. 'Maar eerst moet je me vertellen wat er met jou en je familie is gebeurd.'

'Lyle is meegenomen door een paar mannen die voor Tytus Broz werken. Toen hakte Iwan Krol mijn geluksvinger af en raakte ik bewusteloos en ik kwam bij in het ziekenhuis en Slim vertelde me dat ze mama naar de Boggo Road-vrouwengevangenis hebben gebracht en Gus is meegenomen naar mijn vaders huis in Bracken Ridge en ik ben ontsnapt uit het ziekenhuis en nu ben ik op de vlucht, net als Slim in 1940, en ik kwam hier omdat ik wilde zien waar... omdat ik iets moest halen.'

'De drugs,' zegt de man. 'Je wilde Lyles voorraad heroïne vinden, omdat je dacht dat je die naar Tytus Broz kon brengen en hij de drugs misschien zou willen ruilen tegen Lyle, maar –'

'Het is weg. Tytus was hier eerder dan ik. Hij heeft de drugs en hij heeft Lyle. Hij heeft alles.'

Ik geeuw. Ik ben zo moe.

'Ik ben moe,' zeg ik door de telefoon. 'Ik ben zo moe. Ik moet dit dromen. Dit is maar een droom.' Mijn ogen vallen dicht van de slaap.

'Dit is geen droom.'

'Dit is idioot,' zeg ik, duizelig nu, verward. Koortsrillingen. 'Hoe hebt u me gevonden?'

'Je hebt de telefoon opgenomen, Eli.'

'Ik begrijp het niet. Ik ben zo moe.'

'Je moet naar me luisteren.'

'Oké, ik luister,' zeg ik.

'Luister je echt?' vraagt de man.

'Ja, ik luister echt.'

Een lange stilte.

'Je moeder gaat Kerstmis niet halen,' zegt de man.

'Waar hebt u het over?'

'Ze is in obs, Eli.'

'Wat is obs?'

'Observatie,' zegt hij. 'Ze vrezen voor zelfmoord.'

'Wie bent u?' Ik ben misselijk. Ik moet slapen. Ik heb koorts.

'Het is bijna Kerstmis.'

'U maakt me bang en ik moet slapen.'

'Kerstmis staat voor de deur, Eli. *Sleigh bells*.'

Sleebellen?

'Ik moet gaan liggen.'

'Sleigh bells,' zegt de man. 'Sleigh bells!'

'Ik moet gaan liggen.'

'Sleigh bells,' herhaalt de man.

Hoe ging dat liedje dat ze altijd zong, over sleigh bells? *Sleigh bells ring, are you listening? In the lane, snow is glistenin'. Gone away is the bluebird. Here to stay is a new bird.*[7]

'Ja hoor, sleebellen,' zeg ik tegen de man. 'Je einde is een dood ornaat-elfje.'

En ik hang op en ik rol me op op de vloer van Lyles geheime kamer en ik doe alsof Slims meisje Irene hier bij me is in mijn hol. Ik kruip naast haar in bed en ga lepeltje-lepeltje liggen tegen haar porseleinen huid en ik leg een geruststellende arm over haar warme borst en ze draait zich om en kust me welterusten met het gezicht van Caitlyn Spies. Het mooiste gezicht dat ik nog nooit heb gezien.

Jongen ontmoet meisje

Het kantoor van *The South-West Star* bevindt zich in Spine Street in Sumner Park, een industriële buitenwijk grenzend aan Darra, aan de andere kant van de Centenary Highway, die automobilisten in noordelijke richting naar Brisbanes Central Business District voert en in westelijke richting naar de Darling Downs. Het kantoor van de krant ligt twee deuren verderop van Gilbert's, de bandenzaak waar Lyle altijd tweedehandsbanden kocht. Het zit tussen een handel in getint glas en een dierengroothandel, Pawsitively Pets genaamd, in. August en ik gingen altijd op de fiets naar Spine Street voor een bezoekje aan de legerdump, twee deuren verder, om oude militaire bajonetten en waterflessen uit de Vietnamoorlog te bekijken en te proberen de eigenaar, 'Bomber' Lerner – een Australische patriot met een kort lontje en een scheel oog die even dol is op zijn land en de verdediging ervan als op Kenny Rogers – over te halen om ons de dodelijke granaat met de pen er nog in te laten zien waarvan we wisten dat hij die onder de kassa bewaarde.

Het *South-West Star*-kantoor is een winkelruimte op de begane grond met een gevel van spiegelglas en de dieprode wimpel van *The South-West Star* met de vier rode vallende sterren die samen het Zuiderkruis vormen. Ik zie mijn spiegelbeeld in het glas. Ik ben sterker dan gisteren. Beter bij de les. Heb meer vertrouwen in geest, lichaam en spirit. Ik heb ontbeten met een kom warm water uit de keukenkraan en vier Weet-Bixen. Gedoucht. Een bordeauxrood T-shirt met een blauwe spijkerbroek en de Dunlops aangetrokken. Ik heb mijn vinger en de rest van mijn hand opnieuw verbonden. Vond schoon verband in mama's EHBO-doos en heb het gaasverband van dokter Brennan opnieuw ingetapet. Mijn schooltas hing nog steeds over de hoekstijl van mijn bed. Een rugzak van gebleekt blauw denim, bezaaid met bandnamen – INXS, Cold Chisel, Led Zeppelin. Ik heb nog nooit een nummer van de Sex Pistols gehoord, maar dat weerhield me er twee jaar geleden niet van om hun naam met grote letters op mijn rugzak te kalken. Op het achterzakje met rits staat een schets van een corpulent buitenaards monster met drie poten dat ik zelf heb bedacht en Thurston Carbunkle heb genoemd, dat kinderen in één keer door zijn neusgaten zuigt, dol is op Alfred Hitchcock-films en daarom altijd een mouwloos *Psycho*-T-shirt draagt. Tussen al die krabbels in staan nog wat moeilijk leesbare schoolpleinteksten, geschreven met watervaste stift, die net als mijn kloppende, ontbrekende vingerknokkel niet mooi oud worden. *Ga lekker zitten en dan draaien* bij een tekening van een vuist met opgeheven middelvinger. Andere teksten had ik echt moeten verwijderen in het belang van de goede smaak, zoals *Kenneth Chugg houdt van Amy Preston, ware liefde 4ever*. Amy Preston is vorig jaar gestorven aan leukemie. Ik bleef een volle minuut naar die rugzak staren en dacht terug aan eenvoudiger tijden. Pre-dit. Pre-dat. Pre-afgehakte vinger. Fuck die hufter Tytus Broz. Ik propte de rugzak vol met kleding en voedsel – een paar blikjes gebakken bonen, een mueslireep uit de voorraadkast – en Slims exemplaar van *Papillon* dat hij me had geleend, glipte de achterdeur van dat schijthuis in Darra uit en zwoer dat ik nooit terug zou komen. Dertig seconden nadat ik de voordeur had dichtgeslagen moest ik echter terug, toen ik me realiseerde dat ik vergeten was om te plassen voor mijn lange wandeling naar Sumner Park.

Ik leg mijn neus tegen de ruit om te zien of ik erdoorheen kan kijken, maar ik zie alleen mezelf van dichtbij. Ik trek aan de hendel van de deur, ook van spiegelglas, maar er komt geen beweging in. Er hangt een ovale witte intercom bij de deur, dus ik druk op de groene knop onderaan.

'Kan ik u helpen?' vraagt een stem via de intercom. Ik breng mijn mond er dichter naartoe.

'Hm, ik kom voor...'

'De knop ingedrukt houden als je praat,' zegt de stem. Ik druk op de knop.

'Sorry.'

'Wat kan ik voor je doen?' Het is de stem van een vrouw. Een stoere vrouw die klinkt alsof ze macadamianoten kraakt met haar oogkassen.

'Ik kom voor Caitlyn Spies.'

'Op de knop drukken, alsjeblieft.'

Ik druk op de knop. 'Sorry,' zeg ik, terwijl ik de knop ingedrukt hou. 'Ik kom voor Caitlyn Spies.'

'Verwacht ze je?'

Zo, dat was het dan. Het spel is uit. Gestruikeld bij de eerste horde. Verwacht ze me? Nou, nee. Verwacht een roos dat hij zal baden in het zonlicht? Verwacht een oeroude boom dat hij getroffen wordt door de bliksem? Verwacht de zee eb en vloed?

'Hm, ja... nee. Nee, ze verwacht mij niet.'

'Waarom wil je haar spreken?' vraagt de vrouw door de intercom.

'Ik heb een verhaal voor haar.'

'Waar gaat het over?'

'Dat zeg ik liever niet.'

'Knop ingedrukt houden, graag.'

'Sorry, dat zeg ik liever niet.'

'Tja,' zegt de vrouw, en ze slaakt een diepe zucht, 'dan kun je me misschien vertellen wat voor soort verhaal het is, zodat ik Caitlyn kan vertellen wat voor verhaal het is, want je doet wel erg geheimzinnig.'

'Wat voor soort verhaal? Ik begrijp niet wat u bedoelt.'

'Nieuwsverhaal? Toekomstverhaal? Maatschappelijk verhaal? Sportverhaal? Gemeenteraadsverhaal? Klacht-over-de-gemeenteraadverhaal? Wat voor verhaal?'

Daar moet ik even over nadenken. Misdaadverhaal. Vermist-persoonverhaal. Gezinsverhaal. Verhaal van twee broers. Tragisch verhaal. Ik druk op de groene knop. 'Liefdesverhaal.' Ik kuch. 'Het is een liefdesverhaal.'

'Oooooo,' zegt de vrouw door de luidspreker. 'Ik ben dol op een goed liefdesverhaal.' Ze schatert het uit. 'Hoe heet je, Romeo?'

'Eli Bell.'

'Momentje, Eli.'

Ik kijk naar mijn spiegelbeeld in het spiegelglas van de deur. Mijn haar staat alle kanten uit, het is smerig. Ik had Lyles rosborstel erdoorheen moeten halen, er een paar klodders van Lyles haargel in moeten doen. Ik draai me om en tuur door de straat. Nog altijd voortvluchtig. Nog altijd de gezochte ongewenste. Ongewenst door iedereen behalve de politie. Een kolossale cementwagen rijdt door Spine Street, gevolgd door een koeriersbusje, een rode Nissan-terreinwagen, een gele, vierkante Ford Falcon, waarvan de chauffeur een sigarettenpeuk uit het raampje gooit.

Een krakend geluid komt terug via de intercom. 'Hé, Romeo...'

'Ja.'

'Hoor eens, ze heeft het echt druk momenteel. Wil je een contactnummer achterlaten en een idee van waarom je hier bent? Dan kan ze eventueel contact met je opnemen. Die verslaggevers hebben het altijd immens druk.'

De zee zal niet wegebben. De vloed zal niet opkomen.

Ik druk op de groene knop. 'Zeg tegen haar dat ik weet waar Slim Halliday is.'

'Sorry?'

'Zeg tegen haar dat ik de beste vriend ben van Slim Halliday. Zeg dat ik een verhaal voor haar heb.'

Een lange stilte.

'Momentje.'

*

Ik sta drie minuten lang te staren naar een rij zwarte mieren die met vereende krachten de buit vervoeren langs een spoor van korstdeegvlokken dat naar een half opgegeten worstenbroodje op de grond van de parkeerplaats van Pawsitively Pets leidt. Ik zal slierten mieren associëren met Caitlyn Spies en ik zal half opgegeten worstenbroodjes associëren met de dag dat ik Caitlyn Spies voor het eerst probeerde te ontmoeten. De mieren botsen zo nu en dan tegen elkaar op en ik vraag me af of ze vragen stellen, plannen maken, routes bepalen of gewoon hun excuses aanbieden tijdens die korte ontmoetingen. Slim en ik zaten op een keer naar een lange rij mieren te kijken die heen en terug marcheerden over onze traptreden. Hij zat te roken op de trap en ik vroeg hem wat die mieren volgens hem tegen elkaar zeiden als ze elkaar voorbijliepen, waarom ze elkaar in hemelsnaam altijd aanraakten. Hij legde uit dat de mieren antennes op hun kop hadden en dat ze door die antennes spraken zonder echt te praten. Die mieren waren net als August, ze hadden hun eigen manier van communiceren. Ze praatten op gevoel. Kleine haartjes aan het uiteinde van de voelsprieten, zei Slim, en die haartjes gaven geuren door en die geuren vertelden andere mieren waar de dingen waren, waar ze moesten foerageren, waar ze naartoe gingen, waar ze waren geweest.

'Voedselbronferomonen,' zei Slim.

'Wat zijn feromonen?'

'Dat zijn geuren met betekenis. Een chemische reactie die een sociale reactie tussen de mieren teweegbrengt, waardoor ze die betekenis allemaal snappen.'

'Geuren kunnen geen betekenis hebben.'

'Zeker wel.' Slim strekte zijn arm uit vanaf het trapje naar ons huis en trok een trosje paarse bloemen van een lavendelstruik die mama in de tuin had geplant. Hij wreef de bloemen fijn in zijn gesloten handpalm, bracht de grof gemalen bloemen naar mijn neus en liet me de geur opsnuiven. 'Hoe ruikt dat?'

'Naar de moederdagkraampjes op school,' zei ik.

'Dus de betekenis is dan misschien je moeder. Of misschien betekent dit nu dat er mieren lopen op de trap naast de lavendelstruik van je moeder. Vruchtencake betekent Kerstmis. Vleespasteitjes betekenen de Redcliffe Dolphins tegen Wynnum-Manly en voetbal op zondagmiddag. Zoute borrelnootjes betekenen dat je oom zich een stuk in de kraag zuipt. Sunlight-zeep betekent winter in Carlingford en dat de weesoudste me in een ijskoud bad gooit om het vuil van mijn knieën te boenen, maar het vuil gaat er niet af omdat hij me te lang op mijn knieën in de modder heeft laten zitten om de trap naar de voordeur van het weeshuis te boenen. Net zo'n trap als deze.'

Ik knikte.

'Sporen, jochie. Waar we naartoe gaan. Waar we zijn geweest. Gewoon een andere manier waarop de wereld tegen je praat.'

*

De intercom bij de ingang van *The South-West Star* knettert. 'Kom binnen en vertel je verhaal, Romeo.'

De deur wordt ontgrendeld en ik trek hem open voordat hij weer in het slot valt. Ik stap de entree van *The South-West Star* binnen. Ze hebben hier airconditioning. Blauwgrijs tapijt. Een waterkoeler met witte plastic bekers. Een witte receptiebalie, achter de balie een kleine, gedrongen vrouw in een fris wit beveiligersoverhemd met marineblauwe epauletten op de schouders.

Ze glimlacht. 'Ga maar zitten, ze komt zo,' zegt de vrouw en ze knikt naar een tweezitsbank en een leunstoel bij de waterkoeler. Bezorgdheid op haar gezicht. 'Gaat het?'

Ik knik.

'Je ziet er niet best uit. Je gezicht is helemaal rood en bezweet.' Ze kijkt naar mijn verbonden hand. 'Wie heeft dat verband aangelegd?'

Ik kijk naar mijn hand. Het verband is losgeraakt, hangt er verkreukeld bij en zit deels te strak, alsof ik eerste hulp heb gekregen van een blinde dronkaard.

'Mijn moeder.'

De vrouw achter de balie knikt, de twijfel staat op haar gezicht te lezen. 'Neem wat water.'

Ik vul een plastic bekertje, klok het water in één teug weg, en de beker stort in elkaar in mijn linkerhand. Vul nog een beker en gooi die even snel achterover.

'Hoe oud ben je?' vraagt de vrouw.

'Ik word over vijf maanden veertien.'

Ik ben aan het veranderen, balievrouw, vanbinnen en vanbuiten. Mijn benen worden langer, net als mijn verleden. Er groeien wel meer dan twintig haren op mijn rechteronderarm.

'Dus je bent dertien.'

Ik knik.

'Weten je ouders dat je hier bent?'

Ik knik.

'Je hebt een aardig eindje gelopen, hè?' vraagt ze.

Ik knik.

Ze werpt een blik op de rugzak aan mijn voeten.

'Ga je ergens heen?'

Ik knik.

'Waarnaartoe?'

'Nou, ik ging hierheen. Nu ben ik hier. En hierna ga ik waarschijnlijk ergens anders heen. Maar dat hangt ervan af.'

'Waar hangt het van af?' vraagt de vrouw achter de balie.

'Van Caitlyn Spies.'

De vrouw glimlacht en kijkt om en als ik zie waar ze naar kijkt, sta ik op.

'Nou, als je het over de duvel hebt.'

Ik ga staan zoals een dertienjarige Azteekse jongen op een strand gestaan moet hebben toen hij aan de horizon de Spaanse vloot zag opdoemen.

Ze loopt naar me toe. Niet naar de dame van de beveiliging achter de balie. Niet naar de waterkoeler. Niet naar de ingang. Ze loopt naar mij toe. Eli Bell. Het mooiste gezicht dat ik nog nooit heb gezien. Ik zag dat gezicht aan de rand van het heelal. Dat gezicht sprak tegen me. Dat gezicht heeft altijd tegen me gesproken. Haar donkerbruine haar is naar achteren gebonden en ze draagt een dikke bril met een zwarte rand en een wit shirt met lange mouwen dat losjes over een lichtblauw gebleekte spijkerbroek hangt en de pijpen van haar spijkerbroek hangen over bruinleren laarzen. Ze heeft een pen in haar rechterhand en in dezelfde hand houdt ze een geel Spirax-notitieblokje zo groot als haar handpalm.

Ze blijft voor me staan. 'Ken je Slim Halliday?' vraagt ze botweg.

En ik bevries gedurende twee seconden en dan zegt mijn brein tegen mijn mond dat hij zich moet openen en dan zegt mijn brein tegen mijn stembanden dat ze moeten reageren, maar er komt niets uit. Ik probeer het opnieuw, maar er komt niets uit. Eli Bell. Sprakeloos, niets te melden als hij aan de rand van het heelal staat. Mijn stem heeft me tijdelijk verlaten, me in de steek gelaten, evenals mijn zelfvertrouwen en mijn kalmte. Ik ga naar de waterkoeler en schenk mezelf nog een beker water in. Terwijl ik het opdrink, begint mijn gebonden rechterhand onbewust woorden in het niets te krabbelen. *Hij is mijn beste vriend,* schrijf ik in de lucht met mijn knotsvormige verbonden hand. *Hij is mijn beste vriend.*

'Wat ben je aan het doen?' vraagt Caitlyn Spies. 'Wat is dat?'

'Sorry,' zeg ik, opgelucht dat ik een woord uit mijn mond hoor komen. 'Mijn broer Gus praat zo.'

'Hoe? Het zag eruit alsof je een huis wilde schilderen, maar dan zonder verfkwast.'

Zo zie ik eruit, hè? Ze is zo grappig. Zo scherpzinnig.

'Mijn broer, Gus, praat niet. Hij schrijft zijn woorden in de lucht.'

'Leuk,' zegt ze scherp. 'Maar ik heb een deadline, dus zou je willen opschieten en me vertellen hoe je Slim Halliday kent?'

'Hij is mijn beste vriend.'

Ze lacht.

'Ben jij Slim Hallidays beste vriend? Slim Halliday is in drie jaar niet meer in het echt gezien. De meeste mensen veronderstellen dat hij dood is. En jij vertelt me dat hij nog springlevend is en beste vrienden is met een jongen van… wat ben je, twaalf?'

'Ik ben dertien. Slim was eerst goede vrienden met… nou… Slim was mijn oppas.'

Ze schudt haar hoofd. 'Je ouders namen een veroordeelde moordenaar als oppas? De Houdini van Boggo Road? De grootste ontsnappingsmeester uit een Australische bajes ooit? Een man die met genoegen de nieren van een dertienjarige jongen zou verkopen als dat een zuivere ontsnapping zou opleveren? Dat is een mooi staaltje opvoeding van die ouders van je.'

Er ligt warmte in de manier waarop ze dat zegt. Humor en stoerheid ook, maar vooral warmte. Misschien ben ik bevooroordeeld omdat ze echt lijkt op het meisje van mijn dromen, in een soort Clark Kent-achtige vermomming met een bril met een fors montuur, maar er ligt warmte in alles wat ze zegt. De warmte komt tot uiting in de manier waarop haar bovenlip licht opkrult in haar mondhoek en er is warmte in de huid van haar wangen en de kleur van haar rode onderlip en de diepe poelen van haar groene ogen, die me doen denken aan de met plompenblad bezaaide wateren van het Enoggera Reservoir, waar Lyle August en mij mee naartoe nam om te gaan zwemmen op de dag dat we de Atari kochten van die familie in The Gap in de groene westelijke binnenstad van Brisbane. Ik wil in die groene ogen duiken en 'Geronimo!' roepen en in de wereld van Caitlyn Spies plonzen en nooit meer bovenkomen voor lucht.

'Hé,' zegt ze en ze zwaait met een hand voor mijn gezicht. 'Hé, ben je er nog?'

'Ja, ik ben er.'

'Ja, nu wel, maar zo-even was je afgedwaald. Zo stond je me aan te gapen en zo was je verdwenen, met zo'n schaapachtige blik op je gezicht als een giraffe die een stille scheet laat.'

Zo zie ik eruit, hè? Ze is zo grappig! Ik kijk naar de tweezitsbank en fluister: 'Kunnen we even gaan zitten?'

Ze kijkt op haar horloge.

'Ik heb een verhaal voor je,' zeg ik. 'Maar ik moet oppassen hoe ik het vertel.'

Ze haalt diep adem, ademt uit met een zucht. Ze knikt, gaat op de bank zitten.

Ik ga naast haar zitten. Ze slaat haar notitieblok open en draait de dop van haar pen.

'Ga je aantekeningen maken?' vraag ik.

'Laten we niet op de zaken vooruitlopen. Hoe wordt je naam gespeld?'

'Waarom wil je dat weten?'

'Omdat ik een trui voor je wil breien met je naam erop.'

Ik raak in de war.

'Zodat ik je naam goed gespeld opneem in mijn stuk.'

'Ga je een stuk over mij schrijven?'

'Als het verhaal dat jij me gaat vertellen de moeite waard is om een stuk over te schrijven, ja.'

'Mag ik een valse naam opgeven?'

'Oké. Geef maar een valse naam op.'

'Theodore... Zuckerman.'

'Dat is een waardeloze naam,' zegt ze. 'Hoeveel Australiërs ken jij die Zuckerman heten? Waarom neem je niet iets als... O, weet ik het, Eli Bell.'

'Hoe weet je mijn naam?'

Ze knikt naar de vrouw achter de receptie. 'Die heb je Lorraine verteld.'

Lorraine achter de balie grijnst pienter.

Ik haal diep adem. 'Geen namen.'

'Oké, geen namen. Tjonge, dit moet me het verhaal wel worden, Deep Throat.' Ze slaat haar benen over elkaar en kijkt me recht in de ogen. 'Zo.'

'Zo?' herhaal ik niet-begrijpend.

'Brand maar los.'

'Ik vond je stuk over Slim in *Queensland Remembers* heel erg goed.'

'Dank je.'

'Ik vond het leuk dat je zei dat de manier waarop hij uiteindelijk aan Boggo Road ontsnapte was door als vrij man de voordeur uit te lopen.'

Ze knikt.

'Dat is helemaal waar. Uiteindelijk was de grootste truc die hij heeft uitgehaald overleven. Dat is de waarheid van dit verhaal. Iedereen roept altijd hoe gewiekst hij is geweest daarbinnen, maar ze zeggen nooit iets over zijn geduld, zijn wilskracht of zijn doorzettingsvermogen, of over hoe vaak hij heeft overwogen om een elastiekjesbal vol scheermesjes in te slikken.'

'Mooie beeldspraak,' zegt Caitlyn.

'Maar je hebt het aangrijpendste deel van Slims verhaal weggelaten.'

'Vertel.'

'Het feit dat hij goed wilde zijn, maar dat het slechte in hem zijn plannen steeds in de weg stond. Hij was niet anders dan andere mensen, hij had goed en slecht in zich, maar Slim kreeg nooit de kans om de goede kant lang genoeg aan bod te laten komen. Hij bracht het grootste deel van zijn leven in gevangenschap door en als je daarbinnen zit, is goed zijn gelijk aan je doodvonnis.'

'Ben je niet wat jong om na te denken over de levens van veroordeelde Queenslanders? Moet je niet met He-Man-poppetjes spelen of zo?'

'Mijn broer Gus en ik hebben al onze He-Man-poppetjes verbrand met een vergrootglas.'

'Hoe oud is je broer?' vraagt ze.

'Veertien. Hoe oud ben jij?'

'Ik ben eenentwintig.'

Dat doet pijn. Dat klinkt niet logisch. Dat voelt om de een of andere reden niet goed.

'Dan ben je acht jaar ouder dan ik. Tegen de tijd dat ik achttien ben, ben je… zesentwintig?'

Ze trekt een wenkbrauw op.

'Tegen de tijd dat ik twintig ben, ben je –'

Ze snoert me de mond: 'Wat maakt het uit hoe oud ik ben als jij twintig bent?'

Ik kijk opnieuw in die groene ogen. 'Omdat ik denk dat we voor elkaar…'

Wat, Eli? Wat zijn we voor elkaar? Waar heb je het in godsnaam over?

De antwoorden op de vragen. Je einde is een dood ornaatelfje. Caitlyn Spies.

Jongen. Verslindt. Heelal.

Ik wed dat August weet wat we voor elkaar moeten zijn.

'Laat maar.' Ik wrijf in mijn ogen.

'Gaat het? Zal ik je ouders voor je bellen?'

'Nee, het gaat wel. Ik ben gewoon moe.'

'Wat is er met je hand gebeurd?'

Ik staar naar mijn verbonden hand. Tytus Broz. Daar ben je voor gekomen. Voor Tytus Broz. Niet voor Caitlyn Spies.

'Luister, ik ga je een verhaal vertellen, maar je moet heel voorzichtig zijn met wat je ermee doet,' zeg ik. 'De mannen over wie ik je ga vertellen zijn levensgevaarlijk. Die mannen doen mensen gruwelijke dingen aan.'

Ze kijkt me ernstig aan. 'Vertel me wat er met je hand is gebeurd, Eli Bell.'

'Heb je weleens gehoord van een man die Tytus Broz heet?' vraag ik fluisterend.

'Tytus Broz?' herhaalt ze nadenkend. Ze begint de naam in haar notitieboekje te krabbelen.

'Niet opschrijven. Onthoud alleen de naam als je kunt. Tytus Broz.'

'Tytus Broz,' zegt ze opnieuw. 'Wie is Tytus Broz?'

'Dat is de man die mijn...'

Maar ik maak die zin niet af, omdat een vuist tegen de glazen pui van het kantoor slaat, net iets boven de plek waar wij zitten. Ik duik instinctief omlaag, samen met Caitlyn Spies. *Boem. Boem.* Twee vuisten nu.

'O, verdorie,' zegt Lorraine van de receptie. 'Daar hebben we Raymond Leary.'

'Bel de politie, Lorraine,' zegt Caitlyn.

*

Raymond Leary draagt een camelkleurig pak met een stropdas en een wit overhemd. Halverwege de vijftig. Hij heeft een rond gezicht en een bolle buik; zijn haar is strokleurig en vogelverschrikkerslordig. Zijn vuisten zijn groot en rammen tegen de glaspui met zo veel woede dat het hele glaspaneel ervan rammelt en de waterkoeler in de receptie licht begint te trillen.

Lorraine drukt op een knop achter de balie, spreekt via de intercom. 'Mr Leary, ga weg bij die ruit, alstublieft.'

Raymond Leary schreeuwt. 'Laat me erin,' brult hij. Hij drukt zijn neus tegen het glas. 'Laat me erin!'

Caitlyn gaat naar de receptie en ik loop achter haar aan. Raymond

Leary bonst opnieuw op de ruit. 'Blijf bij de ramen vandaan,' waarschuwt ze.

'Wie is dat?' vraag ik terwijl ik naar haar kant verhuis.

'De staat heeft zijn huis platgegooid omdat er een afrit van de Ipswich Motorway moest komen. Raymond werd genaaid tijdens de procedure en vervolgens kreeg zijn vrouw een depressie en wierp ze zich voor een cementwagen op de Ipswich Motorway, vlak voordat de nieuwe afrit werd aangelegd op de plek waar eens haar huis stond.'

'Waarom bonst hij bij jullie op de ruiten?'

'Omdat we zijn verhaal niet willen vertellen.'

Raymonds gebalde vuisten slaan tegen het raam.

'Bel de politie, Lorraine,' zegt Caitlyn opnieuw.

Lorraine knikt. Neemt de hoorn van de haak.

'Waarom willen jullie zijn verhaal niet vertellen?' vraag ik.

'Omdat onze krant campagne voerde voor de overheid om die afrit aan te leggen. Negenentachtig procent van onze lezers wilde verbeteringen op dat deel van de snelweg.'

Raymond Leary neemt vijf weloverwogen stappen achteruit, weg van het raam.

'O verdomme,' zegt Caitlyn Spies.

Raymond Leary stormt op de glazen pui af. Het duurt even voordat ik begrijp dat hij dit werkelijk doet, dat dit moment echt is, omdat het zo verkeerd is, zo ver buiten de norm, dat het onmogelijk lijkt. Maar het gebeurt. Hij rent echt met zijn hoofd vooruit op de glazen muur af en zijn brede, mollige voorhoofd raakt de glazen muur als eerste, met al het gewicht van, wat zal het zijn, honderdvijftig kilo erachter, en de impact is zo spectaculair hard dat Caitlyn Spies en Lorraine achter de balie en ik, Eli Bell – solo-avonturier, ziekenhuisvluchteling, jongen op de vlucht – onze adem inhouden en ons voorbereiden op het onvermijdelijke versplinteren van al dat gevaarlijke glas, maar het wijkt niet, het rammelt alleen in zijn sponningen en Raymond Leary's hoofd slaat naar achteren alsof hij zijn nek heeft gebroken en ik zie dat zijn ogen registreren wat hij heeft gedaan en zijn ogen zeggen dat hij boos is, zijn ogen zeggen dat hij nu een beest is, zijn ogen zeggen dat hij Taurus de stier is.

'Ja, het kantoor van *The South-West Star*, 64 Spine Street, Sumner Park. Snel, alstublieft,' zegt Lorraine door de telefoon.

Hij wankelt en hervindt zijn evenwicht en ditmaal doet hij zeven passen terug, hij haalt adem en zet nogmaals de aanval in tegen het glas. *Beng*. Ditmaal slaat zijn hoofd nog verder terug en hij zakt door zijn benen. Hou op, Raymond Leary. Hou hiermee op. Er verschijnt een buil op zijn voorhoofd. Hij neemt de kleur en de vorm aan van de oude zwarte tennisballen die August en ik hebben, kaal gebeukt, vuil en versleten van de ontelbare handbalspelletjes op straat in Sandakan Street. Hij stapt terug, de woede zwelt aan en explodeert en zwelt vanbinnen nog verder aan met elke stap achteruit, schouders draaiend in hun kom, gebalde vuisten. Taurus de stier wil vandaag sterven.

Lorraine spreekt dringend in haar intercom. 'Dat is gepantserd glas, meneer Leary. U kunt er niet doorheen breken.'

Uitdaging aanvaard. Raymond Leary in zijn rafelige camelkleurige pak en zijn trieste aanval op een muur van gepantserd glas. Hij valt opnieuw aan. *Boink*. En door de klap gaat hij neer. Hij komt keihard op zijn linkerschouder terecht. Het schuim staat op zijn lippen. Versuft en dronken van zijn eigen waanzin. Hij komt slingerend overeind, een winkelhaak in de linkerschouder van zijn colbert. Hij is duizelig en verdwaasd. Staat te zwaaien op zijn benen. Voor een ogenblik keert hij zijn rug naar het glas en dat is het moment waarop ik ervoor kies om naar de ingang van het kantoor te rennen.

'Eli, wat doe je?' gilt Caitlyn Spies.

Ik doe de deur open.

'Eli, stop, niet naar buiten gaan. Eli!'

Ik ga naar buiten. Ik glip de deur uit en doe hem achter me snel weer dicht.

Raymond Leary staat te waggelen op zijn benen, dronken van de klappen. Hij stapt drie keer opzij, blijft dan staan en draait zich om en richt zijn blik op mij. Er zit een snee in het midden van zijn voorhoofd, dat bont en blauw en opgezwollen is, en de snee bloedt hevig en het bloed stroomt over zijn gezicht, over de heuvel van een gebroken neus, over de randen van zijn trillende lippen, langs de vlakte van zijn brede kin met kuiltjes erin en op zijn helderwitte overhemd en stropdas.

'Hou op,' zeg ik.

Hij staart in mijn ogen en hij probeert me te begrijpen en ik denk dat hij dat doet omdat hij ademt en dat is wat mensen doen. We ademen. En we denken. Maar we worden ook boos. We worden heel erg verdrietig en we worden heel erg boos.

'Hou alsjeblieft op, Raymond,' zeg ik.

En hij haalt opnieuw diep adem en stapt achteruit. In verwarring door dit moment. In verwarring door de jongen die voor hem staat. Aan de overkant van de straat, bij een snackbarretje dat vleespasteitjes en aardappelen met jus verkoopt, staat een groepje mannen in werkkleding naar de hele scène te kijken.

Het is stil op straat. Er rijden geen auto's. Dit moment is bevroren in de tijd. De stier en de jongen.

Ik kan hem horen ademen. Hij is uitgeput. Geradbraakt.

Er blinkt iets in zijn ogen. Iets menselijks.

'Ze willen mijn verhaal niet horen,' zegt hij.

Hij draait zich om naar de glazen muur, ziet zichzelf in de gespiegelde reflectie.

'Ik wil je verhaal horen,' zeg ik.

Zijn rechterhand wrijft over zijn gezwollen voorhoofd. Er komt bloed op zijn vingers en zijn vingers volgen het bloed dat over zijn gezicht stroomt. Zijn rechterhand bereikt het bloed nu en de palm wrijft het bloed in cirkels over zijn voorhoofd. Hij wrijft het over zijn hele gezicht. De kleur rood. Hij richt zijn ogen weer op mij, alsof hij zojuist uit een droom is ontwaakt. *Hoe ben ik hier terechtgekomen? Wie ben je?* Hij schudt zijn hoofd in ongeloof. En hij laat zijn hoofd zakken en de werklui van de snackbar aan de overkant steken nu de straat over en Raymond Leary heeft het opgegeven.

'Gaat het, jongen?' roept een van de werklui.

En op dat moment heft Raymond Leary zijn hoofd op, ziet zichzelf nogmaals in de ruit, en zijn bloedige gezicht ontmoet zijn bloedige gezicht en beide versies van Raymond Leary vallen bewusteloos op de grond.

Drie werklieden steken de straat over, gaan in een halve kring om Raymond Leary heen staan.

'Wat is er verdomme mis met die vent?' vraagt een van de werklieden.

Ik zeg niets. Ik staar alleen maar naar Raymond Leary. Hij ligt plat op zijn rug met zijn armen en benen gestrekt, alsof Da Vinci hem heeft klaargelegd voor wetenschappelijk onderzoek.

Caitlyn Spies komt behoedzaam de voordeur uit, met haar ogen op Raymond Leary gericht, die plat op zijn rug ligt. Haar pony hangt voor haar gezicht en een lichte windvlaag blaast hem omhoog alsof er een pop in een jurk over haar voorhoofd danst en de zon maakt haar mooi, omdat die haar gezicht verlicht en haar buiten de tijd laat bewegen, buiten het leven, alsof ze in slow motion langs de rand van het heelal loopt. Ze loopt naar me toe. Naar mij, Eli Bell. Jongen op de vlucht. Jongen in problemen.

Ze legt een zachte hand op mijn linkerschouder. Haar hand raakt mij aan. Jongen op de vlucht. Jongen verliefd. 'Alles oké?' vraagt ze.

'Met mij wel. Is hij…?'

'Ik weet het niet.' Ze kijkt aandachtig naar Raymond Leary, doet vervolgens een stap achteruit en schudt haar hoofd. 'Je bent een dappere jongen, Eli Bell. Dom, maar dapper dom.'

De zon is nu in mij. De zon is mijn hart, en de hele wereld – de vissers in China en de maïsboeren in Mexico en de vlooien op de rug van de honden in Kathmandu – is afhankelijk van het rijzen en dalen van mijn overstromende hart.

Een politieauto komt aanrijden en stopt aan de kant van de weg, het rechtervoorwiel schuurt in de betonnen goot. Twee mannelijke politieagenten stappen uit en rennen naar Raymond Leary op de grond. 'Achteruit, alstublieft,' zegt een van de agenten, terwijl hij handschoenen aantrekt en neerhurkt naast Raymond Leary. Een plas bloed breidt zich uit op het beton naast Raymonds linkeroor.

Politie.

'Tot ziens, Caitlyn Spies,' zeg ik.

Ik stap ruggelings uit het groepje mensen dat zich rondom Raymond heeft verzameld.

'Huh?' zegt ze. 'Waar ga je naartoe?'

'Ik ga naar mijn moeder.'

'Maar hoe zit het met je verhaal? Je hebt me je verhaal niet verteld.'

'De timing is niet goed.'

'De timing?'

'Dit is niet het moment,' zeg ik, achteruitlopend.

'Je bent een eigenaardige jongen, Eli Bell.'

'Zul je wachten?'

'Wachten waarop?'

Lorraine van de receptie roept Caitlyn vanuit de groep rondom Raymond Leary. 'Caitlyn, de politie wil je wat vragen stellen.'

Ze draait zich om naar Lorraine, naar de politie en het tafereel voor de glazen wand. En ik ren. Ik sprint Spine Street in en mijn knokige benen zijn snel, maar misschien niet sneller dan Kerstmis.

Wacht op het heelal, Caitlyn Spies. Wacht op mij.

Jongen tart monster

De maanpoel. Helemaal hier, aan de noordelijke rand van de stad. De middernachtelijke vollemaan schijnt overal op August Bell, dus waarom zou hij niet voor hem schijnen in Bracken Ridge, thuisbasis van koning Arthur en de ridders van de Ronde Tafel.

Lancelot Street nummer 5. Het kleine oranje bakstenen huis van Robert Bell in het wijkje vol kleine huizen van oranje bakstenen van de huisvestingscommissie, iets heuvelafwaarts vanaf Arthur Street en Gawain Road, Percivale Street en Geraint Street. Hier zit Sir August de Stomme, in de goot bij een zwarte brievenbus aan een verweerde paal. Hij laat de tuinslang op zijn rechterheup rusten terwijl hij een vlak stuk in het asfalt van Lancelot Street vol laat lopen, in de exacte hoek om een vollemaan zo levendig weer te geven dat je kunt zien hoe het maanmannetje met vochtige lippen 'And the Band Played Waltzing Matilda' zit te fluiten.

Ik kijk naar hem vanachter een blauw Nissan-busje dat vijf huizen verderop in de straat geparkeerd staat. Hij tuurt omhoog naar de maan en maakt dan een knik in de tuinslang in zijn handen zodat het water stopt en de maanpoel stilstaat, met daarin de reflectie van een perfecte zilveren maan. Dan reikt hij naast zich naar een oude geroeste golfclub, een ijzer 7, buigt zich over de maanpoel en staart naar zijn spiegelbeeld. Hij kantelt de club ondersteboven en tikt met het uiteinde van de grip precies in het midden van zijn poel. En hij ziet dingen die alleen hij kan zien.

Dan kijkt hij op en ziet hij mij.

'Je kunt dus praten als je dat wilt?' zeg ik.

Hij haalt zijn schouders op, krabbelt in de lucht. *Sorry, Eli.*

'Zeg het.'

Hij laat zijn hoofd zakken. Denkt een poosje diep na. Kijkt op. 'Sorry,' zegt hij.

Jongen klinkt zacht en kwetsbaar, nerveus en onzeker. Jongen klinkt als ik.

'Waarom, Gus?'

'Waarom wat?'

'Waarom praatte je verdomme niet?'

Hij ademt in. 'Veiliger zo. Kan niemand kwaad doen zo.'

'Waar heb je het over, Gus?'

August kijkt neer op de maanpoel. Hij glimlacht. 'Kan jou geen kwaad doen, Eli,' zegt hij. 'Kan ons geen kwaad doen. Er zijn dingen die ik wil zeggen, maar als ik ze zou zeggen, Eli, zouden die dingen de mensen bang maken.'

'Wat voor dingen?'

'Grote dingen. Het soort dingen dat mensen niet zouden begrijpen, dingen waardoor mensen mij verkeerd zouden begrijpen als ik ze zou zeggen. Dan zouden ze ons verkeerd begrijpen, Eli. En dan zouden ze me meenemen en wie is er dan nog over om op jou te passen?'

'Ik red het prima in mijn eentje.'

August glimlacht. Hij knikt.

We staan in het licht van een straatlantaarn. Alle huizen in de straat zijn donker, er brandt alleen licht in de woonkamer van mijn vaders huis.

Hij wenkt me met een knikje dichterbij. Ik ga naast hem staan en we staren in de maanpoel. *Moet je kijken,* zegt hij niet. Hij tikt met de grip van de ijzer 7 op de poel en vanuit het midden verspreiden kringen zich over het water, tot ons spiegelbeeld – wij tweeën, twee broers – dertien of veertien keer is gebroken.

August krabbelt in de lucht. *Jij en ik en jij en ik en jij en ik en jij en ik en...*

'Ik begrijp het niet,' zeg ik.

Hij tikt opnieuw op de poel en wijst naar de rimpelingen.

'Ik geloof dat ik mijn verstand verlies, Gus. Ik geloof dat ik gek word. Ik moet slapen. Ik heb het gevoel dat ik in een droom loop en dat dit het laatste stukje is, dat heel echt aanvoelt, het stukje vlak voordat ik wakker word.'

Hij knikt.

'Word ik gek, Gus?'

'Je bent niet gek, Eli,' zegt August. 'Maar je bent speciaal. Heb je nooit gevoeld dat je speciaal bent?'

'Ik ben niet speciaal. Ik denk dat ik gewoon moe ben.'

We kijken samen in de maanpoel.

'Dus voortaan ga je met mensen praten?'

August haalt zijn schouders op. 'Daar moet ik nog over nadenken. Misschien kan ik alleen met jou praten?'

'Iedereen moet ergens beginnen.'

'Weet je wat ik me in al die tijd met mijn mond dicht heb gerealiseerd?'

'Wat?'

'De meeste dingen die mensen zeggen hoeven niet gezegd te worden.' Hij tikt op de maanpoel. 'Ik heb nagedacht over alle dingen die Lyle tegen me heeft gezegd. Hij zei zo veel dingen en ik vind dat al die dingen samen minder zeggen dan wat hij zei als hij zijn arm om mijn schouder sloeg.'

'Wat heeft Lyle tegen je gezegd vanaf de andere kant van de tafel?'

'Hij vertelde me waar de drugs waren,' zegt hij.

'Waar zijn de drugs?'

'Dat vertel ik je niet.'

'Waarom niet?'

'Omdat hij me ook heeft opgedragen om je te beschermen.'

'Waarom?'

'Lyle wist ook dat jij speciaal was, Eli.'

Ik vertel hem over mijn avontuur. Ik vertel hem over mijn zoektocht. Ik vertel hem dat ik Caitlyn Spies heb ontmoet. Ik vertel hem hoe mooi ze is. Hoe alles aan haar goed voelt. 'Het voelt alsof ik haar ken. Maar dat is onmogelijk, toch?'

August knikt.

'Hoe wist je haar naam die dag?' vraag ik. 'Die dag thuis, toen je op het muurtje zat en haar naam in de lucht schreef, telkens en telkens opnieuw? Was dat een van die grote dingen? Een van die dingen die je weet, maar niet kunt zeggen omdat dat veiliger is?'

August haalt zijn schouders op. 'Ik had gewoon haar naam in de krant zien staan.'

Ik vertel hem alles over haar gezicht. Over hoe ze loopt. Over hoe ze praat.

Ik vertel hem alles. Over mijn vlucht uit het ziekenhuis, mijn ontmoeting met Batman, de thuiskomst in Darra, de terugkeer naar de geheime kamer en de boodschap over mama van de man aan de telefoon.

Mijn verhaal wordt onderbroken door luid gejammer, afkomstig uit de woonkamer van Lancelot Street nummer 5.

'Wat is dat, verdomme?'

'Dat is papa,' zegt August.

'Ligt hij daar dood te gaan of zo?'

'Hij zingt.'

'Het klinkt alsof hij tegen een walvis praat.'

'Hij zingt voor mama.'

'Voor mama?'

'Dat doet hij om de andere avond. Tijdens de eerste vier bekers Goon[8] vervloekt hij haar, scheldt hij haar verrot met alle woorden die er bestaan. En dan, bij de volgende vier bekers, zingt hij voor haar.'

Het vreemde gejammer loeit trillend door het grote schuifraam aan de voorkant van het oranje bakstenen huis. Er zijn geen woorden in het gehuil, alleen verdriet, een krankzinnig vocaal trilgeluid, snotterend, aangeschoten en keelachtig, als een operazanger die crescendo zingt met een mond vol knikkers.

Blauwgrijze flitsen televisielicht flikkeren tegen de wanden van de woonkamer, die zichtbaar zijn door de voorruit.

Ik kijk even aandachtig naar het huis.

Alle huizen in de straat zijn huizen van de huisvestingscommissie en al die huizen zien er exact hetzelfde uit: lage schoenendozen met drie slaapkamers, met aan de linkerkant een veranda met twee treetjes en een schuine helling van beton naar de achterdeur. Mijn vader heeft het gazon aan de voorkant van Lancelot Street nummer 5 niet gemaaid. Mijn vader heeft het gazon aan de achterkant van het huis ook niet gemaaid. Maar hij moet het gazon aan de voorkant eerder maaien dan dat aan de achterkant, omdat het gras aan de voorkant tot mijn knieën reikt, en aan de achterkant tot aan mijn neus.

'Wat een schijtplek,' zeg ik.

August knikt.

'We moeten haar gaan opzoeken, Gus. We moeten naar mam. Ze hoeft ons alleen maar te zien en dan komt het goed.' Ik knik naar het raam van de woonkamer. 'Hij brengt ons wel.'

August houdt zijn hoofd schuin, een weifelende blik. Hij zegt niets.

*

Het gejank wordt sterker naarmate we dichter bij de veranda komen. 'OOOOooowwwwwwwwwoooooooooo.' Het verdriet erin. Het melodrama. Een paar vreemde, onsamenhangende klanken van een lied over de nacht en het lot en de dood.

August gaat me voor door een houten voordeur, die slordig diepbruin is geschilderd.

De vloer in de woonkamer is van ruw, donkerbruin hout. Bij de ingang staat een crèmekleurige kast uit de jaren zestig die vrijwel leeg is, op een stuk of zes, zeven oude mokken na, een bruine kom met een houten banaan, appel en sinaasappel en een bumpersticker van nepmetaal: DISLECTISI ZIJN OOM KENSEN. De vezelcementwanden in de woonkamer zijn geschilderd in een perziktint en er zitten kleine en grote gaten en deuken in alle wanden, willekeurige gaten en deuken, afgewisseld met plekken witte verf waar andere gaten zijn opgevuld. Er hangt een ingelijste afdruk van een mooie vrouw in een witte jurk die in een boot op een vijver zit met haar armen buitenboord, een blik van wanhoop op haar gezicht.

Mijn vader ziet ons niet binnenkomen. Hij zit in een hoekje, verborgen in een waas van tabaksrook en peyoterockmuziek uit de jaren zestig. Hij zit geknield op de vloer, een halve meter van een televisie met het volume op zacht en niets anders dan witte ruis op het scherm. Mijn vader leunt met een elleboog onvast op een vierkante witte salontafel, vol met krassen die historische verflagen in alle kleuren onthullen, zoals de binnenkant van een toverbal. Naast zijn blote rechtervoet staat een gele plastic beker waar ik vroeger, op de basisschool, limonade uit dronk. Naast de beker staat een zilverkleurige wijnzak, uitgewrongen als een oude zeem.

Robert Bells jammergezang is een poging om mee te zingen met The Doors, die op maximum volume uit een stereo naast de televisie komen. Mijn vader laat een nieuwe jammerklacht horen, zijn stem breekt bij de hoge noten en verdrinkt in speeksel en drank bij de lage. En mijn vader kan de woorden van Jim Morrison niet volgen, dus hij legt zijn hoofd achterover en huilt en zijn namiddernachtelijke roedel wolven kan elk moment arriveren. Hij is mager en pezig, met een bierbuik en een peper-en-zoutkleurige stekelkop. Als Lyle John Lennon is, dan is deze man George Harrison, mager, donker en duister. Een witte singlet en een blauwe Stubbies-short. Ik denk dat hij inmiddels rond de veertig is. Ziet eruit als vijftig. Zijn tatoeages zien eruit als zestig, oude eigengemaakte prutswerkjes zoals die van Lyle. Een python gewikkeld rond een crucifix op zijn rechteronderarm. Een afbeelding van een gigantisch schip, de Titanic misschien, vaart over zijn rechterkuit onder de letters SOS.

Een zingend monster in die spookachtige hoek vol rook in de woonkamer, in elkaar gedoken en geknield, jammerend en wel. Het monster ziet eruit alsof hij ergens in een kelder thuishoort, bij Frankenstein en zijn vrienden, Kreeftjongen en Kameelmeisje. En mijn vaders bloeddoorlopen rechteroogbol beweegt in zijn oogkas in de bruine kauwgomhuid van zijn oude, verweerde gezicht en vindt mij.

'Hallo, pap,' zeg ik.

Zijn gezicht wiebelt als hij naar me kijkt, dan tast zijn rechterhand naar iets onder de salontafel. Hij vindt de steel van een bijl, een welgevormde, harde bruine houten knuppel zonder het hakmes aan de bovenkant. Hij grijpt dit wapen beet en komt wankelend overeind. 'Whoooooooo…' snauwt hij. 'Whhaaaa…' Zijn korte broek is bevuild met zijn eigen pis. Hij knarst met zijn tanden, kwijl loopt uit zijn mond. Probeert iets te zeggen. Doet heel hard zijn best om woorden te vormen. Hij kijkt naar me, zwaaiend op zijn benen, tot hij zijn evenwicht hervindt. 'UUUUuuuuuuuu…' tiert hij. Hij bevochtigt zijn lippen en begint opnieuw. 'UUUUuuuuuuuuuuuu.' Dan brandt hij weer los. 'Kloooojooooo,' roept hij hijgend uit, worstelend om het woord te vinden. Dan, sneller dan ik het kan bevatten, stormt hij recht op me af met de steel van de bijl hoog boven zijn hoofd geheven, klaar om uit te halen.

'Kloooojooooo,' schreeuwt hij.

Ik sta als aan de grond genageld, mijn brein kan geen betere verdediging verzinnen dan dat ik mijn hoofd moet beschermen met mijn armen.

Maar Sir August de Stomme, heer August de Onverschrokkene, springt voor me. Met een perfecte beweging raakt Augusts gebalde rechtervuist de linkerslaap van mijn vader, waardoor de man met de bijlgreep ineenkrimpt, laag genoeg om August de kans te geven hem met beide handen bij de achterkant van zijn singlet te grijpen en zijn voorwaartse stoot aan te vullen met een opwaartse worp, waardoor die dronken tor met zijn kop tegen de perzikkleurige muur achter ons slaat. Mijn vaders schedel maakt een gat in de wand en dan zakt hij als een zoutzak in elkaar en valt hij bewusteloos op de ruwhouten vloer. We staan over hem heen gebogen. Hij ligt met zijn lippen tegen de vloer gedrukt, zijn oogleden gesloten, bijlsteel nog steeds in zijn hand.

August ademt in. 'Niet bang zijn,' zegt hij. 'Hij is best lief als hij nuchter is.'

*

August opent de oude Kelvinator-koelkast in de keuken. Hij zit zo onder de roest dat ik bronskleurig stof op mijn handen krijg als ik hem aanraak.

'Sorry, weinig te bikken,' zegt August.

Er staat een fles water in de koelkast, met een bakje Meadow Lea-margarine en een potje ingelegde uien, en iets wat zwart en beschimmeld in de onderste la ligt, een oude biefstuk misschien, of een klein mens.

'Wat heb je als avondeten gegeten?' vraag ik.

August opent de deur van de voorraadkast en wijst naar zes huismerkpakjes kipnoedels. 'Deze heb ik een paar dagen geleden gekocht. Met een zak diepvriesgroenten om erdoorheen te doen. Zal ik dat voor je maken?'

'Nee, bedankt. Ik moet gewoon slapen.'

Ik volg August terug langs mijn vader, die bewusteloos in de woonkamer ligt, door een gang naar de eerste slaapkamer aan de linkerkant.

'Hier slaap ik,' zegt hij. Er ligt diepblauwe vloerbedekking in de kamer en er staat een eenpersoonsbed tegen de linkerwand, met daartegenover een crèmekleurig geschilderde oude kledingkast. 'Je kan wel naast me komen liggen, op het tapijt.'

Hij wijst naar de slaapkamer aan het einde van de gang. 'Paps kamer.'

Ik wijs naar de slaapkamer naast die van August. De deur is gesloten. 'En die dan?'

'Dat is de bibliotheek.'

'De bibliotheek?'

August opent de deur van de kamer en tikt op de lichtschakelaar. Er staan geen bedden of kasten in deze kamer, er hangen geen schilderijen aan de wand. Er zijn alleen boeken. Maar de boeken liggen niet netjes op planken, want er zijn geen noemenswaardige boekenplanken. Er is alleen een berg boeken, voornamelijk paperbacks, die uit alle hoeken van de kamer komen en in het midden een piek vormen, zo hoog dat ik er nog net overheen kan kijken. Niets anders in de kamer dan een berg boeken, bij duizenden, in de vorm van een vulkaan. Thrillers en westerns en romans, klassiekers en avonturenromans en dikke handboeken over wiskunde en biologie, studies over het menselijke bewegingsapparaat en poëzie en de Australische geschiedenis, oorlog en sport en boeken over religie.

'Zijn die allemaal van hem?' vraag ik.

August knikt.

'Waar haalt hij die allemaal vandaan?'

'Uit rommelwinkels. Ik geloof dat hij ze allemaal heeft gelezen.'

'Dat bestaat niet.'

'Ik weet het niet. Lezen is het enige wat hij doet. En drinken.'

Hij knikt naar de slaapkamer aan het einde van de gang. 'Hij wordt vroeg in de ochtend wakker, rond vijf uur 's ochtends, en dan rolt hij alle sjekkies die hij op een dag rookt, dertig of veertig stuks, en verder doet hij niets dan lezen en de sigaretten roken die hij heeft gerold.'

'Komt hij er ooit uit?'

'Ja, hij komt eruit als hij wil drinken,' zegt August. 'En wanneer hij *Sale of the Century* op televisie wil zien.'

'Dat is gestoord.'

August knikt. 'Ja, hij kickt op *Sale of the Century*.'

'Ik moet pissen,' zeg ik.

August knikt weer, gaat me voor naar het toilet en de badkamer, naast mijn vaders slaapkamer. Hij opent de wc-deur en we deinzen allebei terug voor de stank van urine en verschaald bier.

Boven de plastic wc-bril ligt een stapeltje slordig in vierkanten gescheurde stukken krantenpapier van *The Courier-Mail*, die August gebruikt om zijn reet af te vegen.

De vloer van het toilet is net lang en breed genoeg voor een porseleinen wc-pot en een deur die naar binnen opengaat, en momenteel gaat de vloer schuil onder een duimdikke laag van mijn vaders pis. Een donzige toiletmat, kuikentjesgeel, ligt doorweekt van de pis in een hoek, naast een toiletborstel die tegen de wand geleund staat. 'Hij kan niet meer richten na de vijfde beker,' zegt August vanaf de rand van mijn vaders urinepoel. 'Je kunt vanuit de gang piesen als je wilt. Als je een volle tank hebt, haal je het waarschijnlijk wel vanaf hier.'

Ik stel me op aan de rand van de piespoel en maak mijn gulp open.

*

August haalt een laken en een handdoek uit de gangkast. In zijn slaapkamer rolt hij de handdoek op tot een kussen voor mijn hoofd. Ik ga op mijn rug op zijn diepblauwe tapijt liggen en trek het laken over me heen.

August staat bij de slaapkamerdeur. Hij steekt zijn rechterhand uit naar de lichtschakelaar. 'Gaat het?'

‘Ja, prima,’ zeg ik en ik leg mijn benen recht voor een betere slaaphouding. ‘Goed je te zien, Gus.’

‘Goed je te zien, Eli.’

‘Goed om met je te praten.’

Hij glimlacht. ‘Goed om met je te praten. Ga slapen. Alles komt goed.’

‘Denk je dat echt?’ vraag ik.

Hij knikt. ‘Niet bang zijn. Het komt goed.’

‘Wat komt goed?’

‘Dit leven van ons.’

‘Hoe weet je dat het goed komt?’

‘Dat heeft de man aan de telefoon me verteld.’

Ik knik. Nee hoor, we zijn heus niet gek. We zijn gewoon moe. We hebben alleen wat slaap nodig.

‘Truste, Gus.’

‘Truste, Eli.’

Het licht gaat uit en het wordt donker in de kamer. August stapt over me heen om bij zijn bed te komen. Ik hoor de veren van het bed inzakken als hij gaat liggen. Stilte. Eli en August Bell weer samen, in een andere donkere slaapkamer. Slim zegt dat hij weleens zijn ogen opendeed in een duisternis als deze, de duisternis boven op de duisternis onder de grond in Black Peter, en dan deed hij alsof de duisternis helemaal geen duisternis was. Het was maar ruimte, zegt hij. Diepe ruimte. Diep heelal.

‘Gus?’

‘Ja.’

‘Denk je dat Lyle nog leeft?’

Stilte. Een lange stilte.

‘Gus?’

‘Ja.’

‘O,’ zeg ik, ‘ik wilde net controleren of je niet weer was gestopt met praten.’

Stilte.

'Stop alsjeblieft niet met tegen me te praten, Gus. Ik vind het leuk om met je te praten.'

'Ik zal niet stoppen met tegen je praten, Eli.'

Stilte. Diepe heelalstilte.

'Denk je dat Lyle nog leeft?' vraag ik.

'Wat denk jij, Eli?'

Daar denk ik over na. Daar denk ik heel vaak over na. 'Weet je nog wat Lyle altijd zei over de Parramatta Eels, als hij zeker wist dat het team verslagen zou worden, maar het niet wilde toegeven?'

'Ja,' zegt August.

Stilte.

'Weet je nog wat hij zei?'

'Ja, sorry. Ik heb het in de lucht geschreven.'

'Goed,' zeg ik. 'Ik wil het niet zeggen.'

Schrijf het maar in de lucht. Daar kan Lyle Orlick misschien wel blijven. In de lucht. In mijn hoofd. In mijn hart. In mijn woede. In mijn wraak. In mijn haat. In mijn tijd die zal komen. In mijn heelal.

'Weet je nog die dag dat we alle moerbeien hebben opgegeten?' vraagt August.

Dat weet ik nog. De moerbeiboom bij Dot Watson in de tuin, die boven de omheining uitstak, achter ons huis in Darra, met luie takken die zich uitstrekten over ons hek. Slim paste die dag op ons, maar had geen idee dat we zo veel dikke, donkerrode moerbeien hadden gegeten dat ik na de lunch een paarse rivier uitbraakte. Ik rende de achterdeur van het washok uit, maar ik haalde het gazon niet. Ik braakte de paarse rivier uit over het pad dat naar de waslijn leidde. Een paarse vlek spatte over het beton alsof iemand een fles rode wijn had laten vallen. Slim had geen medelijden met mij en mijn buikkrampen, liet me gewoon de boel schoonmaken met Pine-O-Cleen en heet water. Nadat ik alles had schoongemaakt zei Slim dat hij een moerbeitaart wilde maken, zoals hij die in een jongenstehuis in het zuiden had gegeten.

'Herinner jij je het verhaal dat hij ons vertelde over de jongen die het heelal in zijn mond had?' vraagt August.

Tijdens het plukken van de moerbeien begon Slim ons een verhaal te vertellen dat hij ooit had gelezen in Boggo Road, een verhaal over een of andere god, of een bijzondere vent van een andere religie dan die van het houten kruis, die wij kenden; geen verhaal waarin Jezus de held was, maar over wie werd gesproken op het soort plekken waar volgens Slim Indiana Jones graag naartoe ging. Het ging over een bijzondere jongen die eigenlijk een bijzondere man was en die bijzondere jongen hing rond met een stel andere kinderen, oudere kinderen, die in de buurt van een grote fruitboom speelden. En de oudere kinderen vonden het niet goed dat deze bijzondere jongen net als zij in de fruitboom klom omdat hij te klein was, maar ze lieten hem de vruchten oprapen die uit de boom vielen terwijl zij erin klommen. De oudere kinderen waarschuwden de jongen om de vruchten niet te eten omdat ze niet schoon waren. 'Alleen oprapen,' zei een oudere jongen. Maar de jongen begon zijn mond vol te proppen met het dikke, sappige paarse fruit dat op de grond lag. Hij at de vruchten alsof hij bezeten was, zo begerig dat hij ze met plukken gras en aarde en al in zijn onstuimige mond propte, net zo lang tot er paarse fruitrivieren aan weerszijden uit zijn mondhoeken stroomden. 'Wat ben je aan het doen?' vroegen de oudere jongens. 'Wat ben je aan het doen? Leg het uit. Geef ons wat antwoorden. Geef ons alle antwoorden.'

Maar de jongen zei niets. Hij sprak niet. Hij kon niet praten met zijn mond vol besmeurde vruchten. De oudere kinderen waarschuwden dat hij moest stoppen, maar de jongen bleef dooreten, dus renden ze weg om zijn moeder te halen. 'Uw zoon eet modder!' schreeuwden de oudere kinderen. De moeder van de jongen, razend van woede, eiste dat haar zoon zijn mond opendeed om haar het bewijs te tonen van zijn roekeloosheid, zijn hebzucht, zijn waanzin. 'Doe je mond open!' tierde ze. En de jongen opende zijn mond en de moeder keek naar binnen en zag bomen en besneeuwde bergen en blauwe lucht en alle sterren en alle manen en planeten en zonnen van het heelal. En ze trok haar zoon stevig tegen zich aan om hem te knuffelen. 'Wie ben je?' fluisterde ze. 'Wie ben je? Wie ben je?'

'Wie was hij?' vroeg ik.

'Hij was de jongen met alle antwoorden,' zei Slim.

*

Ik spreek in de duisternis van onze slaapkamer.

'De jongen had een hele wereld in zich,' zeg ik.

'De jongen die het heelal verslond.'

Stilte in het donker.

'Gus,' zeg ik.

'Ja?'

'Wie is de man aan de rode telefoon?'

'Wil je dat echt weten?'

'Ja.'

'Ik denk niet dat je eraan toe bent om het te weten,' zegt hij.

'Ik ben eraan toe om het te weten.'

Een lange stilte in het heelal.

'Je hebt het in de lucht geschreven, hè?'

'Ja.'

'Zeg het alsjeblieft, Gus. Wie is de man aan de rode telefoon?'

Een lange stilte in het heelal.

'Dat ben ik, Eli.'

Jongen uit balans

Ik zal me Mrs Birkbeck herinneren door de plastic kerstman, dansend op een spiraalveer naast de telefoon op Mrs Birkbecks bureau in haar kantoor. Tweede week van december. Laatste schoolweek. Het is bijna Kerstmis. Sleebellen rinkelen, luister je?

Poppy Birkbeck is de schoolpsychologe van Nashville State High School, met een zonnige glimlach en het opmerkelijk onverstoorbare optimisme dat weigert te versplinteren in haar dagelijkse wereld van abortussen onder tienermoeders, drugsverslaafde zestienjarigen en pedo's uit de voorstad Bracken Ridge die jongens met mega-agressieve gedragsstoornissen misbruiken, die thuiskomen bij mega-onwetende ouders die rustig aan tafel schuiven met pedo's uit de voorstad Bracken Ridge.

'Eerlijk gezegd, Eli,' zegt Mrs Birkbeck, 'begrijp ik niet waarom we je niet voorgoed van school sturen.'

Nashville High heeft niets met Tennessee te maken. Nashville was een voorstad tussen Bracken Ridge en Brighton, in de richting van het noordelijk gelegen Redcliffe, voordat het werd weggedrukt – weggevaagd – door de tijd en de voortgang. Nashville High is een halfuurtje lopen van ons huis, via een tunnel onder de snelweg die de lokale bewoners naar de Sunshine Coast brengt. Ik zit vandaag zes weken op die school. Op de tweede dag werd ik door een rotjoch uit het tiende jaar, Bobby Linyette, hartelijk welkom geheten: toen ik langs de waterkoeler van het gebouw voor sociale wetenschappen liep spuugde hij naar me, om onverklaarbare redenen, en raakte mijn linkerschouder. Het was een smerige fluim, zo'n van ver weg opgehoeste fluim vol met gelig slijm en snot en alles wat er verder mis is met Bobby Linyette, die boven op de tassenrekken van sociale wetenschappen zat te lachen, te midden van een groep grijnzende hyenavriendjes met pukkelkoppen en matjes. Bobby Linyette hief zijn rechterhand op, met zijn rechterwijsvinger verborgen, en zwaaide naar me. 'Waar is wijzer? Waar is wijzer?' zong hij op de melodie van 'Vader Jacob', als een kleuterleidster.

Ik keek naar mijn ontbrekende wijsvinger. Mijn huid won de strijd tegen de open wond en sloot zich geleidelijk rond het bot, maar ik moest er nog steeds een pleister op plakken, waardoor het des te opvallender werd voor wilde schoolpleinleeuwen zoals Bobby Linyette.

Toen verscheen zijn wijsvinger. 'Hier ben ik. Hier ben ik.' Hij lachte. 'Fucking freak,' schold hij.

Bobby Linyette is vijftien jaar en heeft twee kinnen en borsthaar. In mijn derde week op school hielden Bobby Linyettes vriendjes me vast terwijl Bobby een hele fles tomatensaus uit de schoolwinkel leegspoot in mijn haar en over de rug van mijn shirt. Ik heb deze zeer frustrerende acties niet aan de leraren gemeld, omdat ik niet wilde dat iets wat zo dodelijk saai en voorspelbaar was als pesten op school mijn plan in de war zou schoppen. August bood aan om Bobby Linyette in de ribben te steken met papa's vismes, maar dat had ik liever niet, want afgezien van het feit dat August lang genoeg mijn ruzies voor me had uitgevochten, wist ik dat ook dat mijn plan in de war zou schoppen. In het begin van mijn zesde week op school, toen ik afgelopen maandag door de tunnel van school naar huis liep, rukte Bobby Linyette mijn canvas rugzak van mijn schouders en stak hem in de fik. Ik keek naar mijn brandende rugzak en het vuur in mijn ogen vertelde me diep vanbinnen dat Bobby Linyette zojuist mijn plan in de war had geschopt, voornamelijk omdat mijn plan in die rugzak zat. Een blauw gelinieerd schoolschrift vol met al mijn ideeën en zorgvuldig opgebouwde strategieën, met inkt geschreven. Er stonden schema's in dat schrift en diagrammen en schetsen van enterhaken en touwen en afmetingen van muren. Het meesterwerk van deze plannen was een potloodschets over twee pagina's, het product van kostbare informatie over de gevangenis, rechtstreeks aan mij doorgegeven door de Houdini van Boggo Road. Een perfecte 2B-potloodblauwdruk in vogelperspectief van het terrein en de lay-out van de Boggo Road-vrouwengevangenis.

'Hoe kon je zoiets doen, zoiets... gewelddadigs?' vraagt Poppy Birkbeck vanachter haar bureau.

Ze kleedt zich als zo'n zangeres uit de jaren zestig waar mama zo dol op is. Ze kleedt zich als Melanie. Haar armen liggen gevouwen op haar bureau en over haar ellebogen hangen de vuurrode mouwen van een wijde jurk, deels indiaanse ceremonieleider, deels Sunshine Coast-plattelandsverkoopster van handgemaakte sculpturen uit boomstammen.

'Ik bedoel, dit is niet het soort gedrag dat past bij het schoolplein.'

'Dat weet ik, Mrs Birkbeck,' zeg ik oprecht, om het plan weer op het juiste spoor te krijgen. 'Het is geen schoolpleingedrag. Het is meer iets wat je op de binnenplaats van een gevangenis verwacht.'

'Dat is echt zo, Eli.'

En dat was ook echt zo. Het kwam regelrecht van Binnenplaats 1 van Boggo Road vandaan. Een simpel staaltje bajesgeweld. Het enige wat je nodig hebt is een kussensloop, iets onbreekbaars en een breekbare knieschijf.

Ik had die ochtend om tien uur een kussensloop gestolen uit de huishoudles van het achtste jaar. We leerden naaien. De meeste jongens naaiden zakdoeken. Maar de echte huishoudkundesterren, zoals Wendy Docker, naaiden kussenslopen versierd met opgestikte afbeeldingen van de Australische fauna. Ik vulde Wendy Dockers kookaburrakussensloop met twee gewichten van vijf kilo die ik had gestolen uit de gymzaal tijdens onze les gezondheid en lichamelijke opvoeding van elf uur.

Kort na de lunchbel van kwart over twaalf zag ik Bobby Linyette samen met zijn hyenavriendjes in de rij staan bij de centrale handbalvelden, knagend op een Chiko-loempia.

Ik benaderde Bobby op de manier waarop mijn penvriend Alex Bermudez, voormalig leider van de Rebels-motorbende in Queensland, had uitgelegd dat je een argeloos slachtoffer moet benaderen bij een aanval met een stiletto. Ik kende de tekst van Alex' brieven even goed als de tekst van 'Candles in the Rain' van Melanie.

> *Je valt het slachtoffer in de rug aan en je zorgt dat je de steek zo dicht mogelijk bij de nieren aanbrengt. Hij valt neer als een zak zand. Het gaat erom dat je het mes hard genoeg naar binnen brengt om jouw punt duidelijk te maken, maar zacht genoeg om een moordaanklacht te voorkomen. Een uiterst subtiel evenwicht.*

Ik liep met snelle stappen op Bobby af, het kussensloop strak aangetrokken, zodat de gewichten van elk vijf kilo de kop vormden van een met katoendraad geborduurde kookaburraknuppel, en ik zwaaide hem met kracht tegen zijn rechternier, net boven zijn grijze schoolbroek. Zijn Chiko-loempia viel op de grond toen hij naar rechts kantelde en als een verpletterd blikje Pasito dubbelsloeg van de pijn en de schrik van de klap. Hij had tijd genoeg om mijn gezicht te zien en tijd genoeg om het bloed naar zijn hoofd te laten stijgen van woede, maar niet genoeg tijd om te anticiperen op mijn krachtige armzwaai naar zijn rechterknieschijf. Hard genoeg om mijn punt duidelijk te maken. Zacht genoeg om schorsing te voorkomen. Bobby hinkte nog even op zijn linkervoet en greep wanhopig naar zijn kapotte rechterknieschijf, waarna hij ruggelings neerstortte op het scherpe, huidschurende asfalt van het *King square* van het handbalveld. Ik torende boven hem uit met het kussensloop met de gewichten boven zijn hoofd en ik wist dat de woede in mij het enige geschenk was dat ik in tien jaar van mijn vader had gekregen.

'Kloooojooooo!' brulde ik in zijn gezicht. Het schuim stond op mijn lippen. Mijn kreet was zo luid en primitief, zo woest en beangstigend, dat Bobby's vriendjes terugdeinsden alsof ze achteruitweken voor een vreugdevuur met een blik brandende benzine erin.

'Kappen nou,' zei ik.

Bobby huilde nu. Hij zag bleek en zijn ogen waren rood en hij deed zo zijn best om zo ver mogelijk weg te komen van het gewichtenkussen, dat ik dacht dat zijn hoofd dwars door het handbalveld zou zinken.

'Kappen,' zei ik.

*

De wanden van Mrs Birkbecks kantoor zijn versierd met gekleurde aluminium dieren, zoals de groene kikker boven de archiefkast rechts van mij. Op de wand achter haar zweeft een adelaar. Op de wand links van mij een koala die zich vastklampt aan een gomboom. Deze decoraties dienen allemaal als aanvulling op het ware genrestuk in het kantoor, een grote ingelijste muurafdruk van een pinguïn die over een uitgestrekte ijswoestijn scharrelt boven de woorden: BEPERKINGEN: *Totdat je je vleugels spreidt, heb je geen idee hoe ver je kunt lopen.*

Op het bureau, naast de telefoon, staat een collectebus voor Shelly Huffman.

Ik hoop dat Poppy Birkbeck die pinguïnposter over beperkingen weghaalt als Shelly hier komt.

Op de collectebus staat een foto van een glimlachende Shelly in haar Nashville-uniform, een en al mond met spleetjes tussen de tanden in zo'n geforceerde over-the-top-glimlach die Artful Dodger-kinderen zoals Shelly trekken als een of andere norse fotograaf vraagt of ze iets meer moeite kunnen doen. Shelly zit in jaar 8, net als ik. Ze woont bij ons om de hoek in een huis van de huisvestingscommissie in Tor Street, waar August en ik doorheen moeten om naar school te gaan. Vier maanden geleden hoorden Shelly's ouders dat hun op één na oudste van vier kinderen de rest van haar leven met spierdystrofie zal moeten leven. August en ik vinden Shelly leuk, al is ze een nerd en doet ze vaak wijsneuzerig als we langs haar huis lopen. Ze is de enige vriendin die we tot nu toe hebben gemaakt in Bracken Ridge. Ze vraagt me steeds om een wedstrijdje armpje drukken met haar te doen op hun veranda. Ze wint meestal, omdat haar armen sterkere en langere botten hebben dan die van mij, dus ze wint op hefboomkracht. 'Nee, het zet nog niet door,' zegt ze dan als ze me heeft verslagen. Ze zegt dat ze zal weten dat de spierdystrofie pas goed begonnen is als ik haar kan verslaan met armpje drukken. De school is bezig geld in te zamelen om te helpen Shelly's huis aan te passen met rolstoelhellingen binnen en buiten, relingen in de badkamer, de keuken en Shelly's slaapkamer – zoals Shelly het noemt: 'Zodat ik niet meer op mijn bek ga.' Daarna hoopt de school een rolstoelvriendelijke familiebus voor de Huffmans te kunnen kopen, zodat ze nog steeds met Shelly naar Manly kunnen, aan de oostkant van Brisbane, waar ze graag skiffs, jachten en roeiboten naar de horizon van Moreton Bay ziet varen. De school hoopt 70.000 dollar op te halen om het huis toekomstbestendig te maken. De school heeft tot dusver 6217 ingezameld, voor wat Shelly 'een halve hellingbaan' noemt.

Mrs Birkbeck schraapt haar keel en leunt naar me toe over het bureau. 'Ik heb je vader vier keer gebeld, maar hij neemt niet op.'

'Hij neemt nooit op,' zeg ik.

'Waarom niet?'

'Omdat hij niet graag met mensen praat.'

'Kun je hem alsjeblieft vragen me te bellen?'

'Dat gaat niet.'

'Waarom niet?'

'Onze telefoon neemt alleen inkomende oproepen aan. Het enige nummer dat we kunnen bellen is het noodnummer.'

‘Wil je hem dan vragen om hiernaartoe te komen? Ik wil hem spreken, het is zeer belangrijk.’

‘Ik kan het wel vragen, maar hij doet het toch niet.’

‘Waarom niet?’

‘Omdat hij liever niet de deur uit gaat. Hij gaat alleen naar buiten tussen drie uur ’s nachts en zes uur ’s morgens, als er niemand anders in de buurt is. Of als hij ladderzat is en zijn klotedrank op is.’

‘Let op je woorden.’

‘Sorry.’

Mrs Birkbeck zucht, leunt achterover in haar stoel. ‘Heeft hij August en jou al meegenomen om bij je moeder op bezoek te gaan?’

*

Ik sliep laat uit, na die eerste nacht in Lancelot Street. Toen ik wakker werd, merkte ik dat Augusts bed leeg was en dat ik een stijve nek had van het slapen op een opgerolde badhanddoek. Ik liep de kamer uit en kwam, op weg naar de wc, langs de deur van mijn vaders slaapkamer. Hij zat op zijn bed te lezen. Ik opende de deur van het toilet en zag dat de wc-vloer nu vlekkeloos schoon was en rook naar ontsmettingsmiddel. Ik deed een flinke plas en liep de badkamer naast het toilet in. De badkamer bestond uit vier witte muren, een geel bad, een met schimmel overdekt douchegordijn, een spiegel, een wastafel, een eenzaam, oud stukje gele zeep en een limoengroene ronde kam van plastic. Ik monsterde mezelf in de spiegel en vroeg me af of ik misselijk was van de honger of misselijk van de vraag die ik moest stellen aan de man die in de kamer naast de badkamer zat te lezen. Ik klopte op zijn deur en hij keek op en ik probeerde net te doen of ik niet naar de duisternis van zijn gezicht keek en ik was dankbaar dat de kamer blauw stond van de blauwgrijze sigarettenrook die als een sluier tussen ons in hing.

‘Kunnen we mama gaan opzoeken?’ vroeg ik.

‘Nee,’ zei hij.

En hij dook weer in zijn boek.

*

Mrs Birkbeck zucht.

‘Ik heb het hem de afgelopen zes weken wel honderd keer gevraagd en hij zegt steeds hetzelfde,’ zeg ik.

‘Waarom denk je dat hij jullie niet naar haar toe wil brengen?’

‘Omdat hij nog steeds van mama houdt.’

‘Zou dat niet betekenen dat hij haar zou willen zien?’

‘Nee, want hij haat haar ook.’

‘Heb je er weleens aan gedacht dat je vader jullie misschien wil beschermen tegen die wereld? Misschien vindt hij het beter dat jullie je moeder niet zien in die situatie.’

Nee, dat is nooit bij me opgekomen.

‘Heb je je moeder gesproken?’

‘Nee.’

‘Heeft ze naar huis gebeld?’

‘Nee. Dat verwacht ik ook niet. Haar gezondheid is niet goed.’

‘Hoe weet je dat?’

‘Ik weet het gewoon.’

Mrs Birkbeck kijkt naar mijn rechterhand. ‘Vertel me nog eens hoe je je vinger bent kwijtgeraakt?’

‘August heeft hem eraf gehakt met een bijl, maar het ging per ongeluk.’

‘Hij zal wel wanhopig zijn geweest toen hij besefte wat hij had gedaan.’

Ik haal mijn schouders op. ‘Hij deed er behoorlijk laconiek over. August doet niet echt aan wanhopig.’

‘Hoe gaat het met je vinger?’

'Best. Het geneest goed.'

'Kun je ermee schrijven?'

'Ja, beetje slordig, maar het gaat.'

'Je schrijft graag, nietwaar?'

'Ja.'

'Waar schrijf je het liefste over?'

Ik schokschouder. 'Ik schrijf weleens verhalen over waargebeurde misdaden,' zeg ik.

'Zoals?'

'Van alles. Ik lees de misdaadpagina's in *The Courier-Mail* en vervolgens schrijf ik mijn eigen versies van die stukken.'

'Dat is je doel, toch?'

'Wat?'

'Om over misdaad te schrijven.'

'Ik ga later zelf voor de misdaadpagina's van *The Courier-Mail* schrijven.'

'Ben je geïnteresseerd in misdaad?'

'Niet in de misdaad zelf, ik ben vooral geïnteresseerd in de mensen die misdaden plegen.'

'Waarom ben je daar zo in geïnteresseerd?'

'Ik wil weten hoe ze zover zijn gekomen. Ik ben geïnteresseerd in dat moment waarop ze besloten slecht te zijn in plaats van goed.'

Mrs Birkbeck leunt achterover in haar stoel. Kijkt me onderzoekend aan. 'Eli, weet je wat trauma is?'

Ze heeft volle lippen en ze gebruikt veel dieprode lippenstift. Ik zal me trauma herinneren door de robijnrode kralenketting van Poppy Birkbeck.

'Ja.'

In gedachten hou ik me stevig vast aan het plan.

'Weet je ook dat trauma ons in vele vormen kan bereiken, dat het vele maskers draagt?'

'Ja.'

'Trauma kan kort zijn. Trauma kan een leven lang duren. Een trauma heeft geen vast eindpunt, weet je dat?'

'Ja.'

Hou je aan het plan.

'August en jij hebben een traumatische ervaring gehad, is het niet?'

Ik haal mijn schouders op, knik naar de collectebus op haar bureau. 'Nou ja, niet zo erg als Shelly.'

'Ja, maar dat is een ander soort trauma. Niemand was verantwoordelijk voor haar tegenslag.'

'Shelly schold God laatst uit voor klootzak.'

'Let op je woorden.'

'Sorry.'

Mrs Birkbeck leunt dichter naar me toe over haar bureau en legt haar rechterhand op haar linkerhand. Er zit iets vrooms in de manier waarop ze zit.

'Wat ik probeer te zeggen, Eli, is dat trauma en de effecten van trauma de manier waarop mensen denken kunnen veranderen. Ze kunnen ons dingen laten geloven die niet waar zijn. Ze kunnen de manier waarop we naar de wereld kijken veranderen. En soms kunnen ze ons dingen laten doen die we normaal gesproken nooit zouden doen.'

Sluwe Mrs Birkbeck. De vrouw wil me uithoren. Ze gaat tot op het bot om iets te weten te komen over mijn ontbrekende bot.

'Ja, trauma is best raar, denk ik,' geef ik toe.

Mrs Birkbeck knikt. 'Je moet me helpen, Eli. Weet je, ik moet de schoolleiding kunnen uitleggen waarom we je nog een kans moeten geven. Ik geloof dat jij en je broer August echte aanwinsten kunnen zijn voor Nashville High. Het is mijn overtuiging dat jij en August inderdaad heel bijzonder zijn. Maar ik heb je hulp nodig, Eli. Wil je me helpen?'

In gedachten hou ik me stevig vast aan het plan.

'Hmmm… oké,' zeg ik.

Ze trekt een la open aan de rechterkant van haar bureau en haalt een opgerold vel papier tevoorschijn met een elastiekje eromheen.

'Dit is een schildering die je broer twee dagen geleden in de tekenles heeft gemaakt,' zegt ze.

Ze haalt het elastiek van de rol, het rubber piept langs het papier terwijl ze het eraf rolt. Ze spreidt het vel papier uit en laat me het schilderij zien.

Het is een levendige schildering in blauw, groen en paars. August heeft de hemelsblauwe Holden Kingswood op de oceaanbodem geschilderd. Hoog smaragdgroen riet rondom de auto, een zeepaardje galoppeert over het onderwaterlandschap. August heeft mijn droom geschilderd.

'Wie is dat, Eli?' vraagt Mrs Birkbeck, wijzend naar de geschilderde man op de voorbank.

In gedachten hou ik me stevig vast aan het plan.

'Dat is mijn vader, denk ik.'

'En wie is dat?' Ze wijst naar de achterbank van de Kingswood.

In gedachten hou ik me stevig vast aan het plan. 'Dat is August.'

'En wie is dat?'

In gedachten hou ik me stevig vast aan het plan.

'Dat ben ik.'

'Ik begrijp het,' zegt Mrs Birkbeck zacht. 'En vertel eens, Eli, waarom slapen jullie allemaal?'

Dit kan het plan behoorlijk in de war schoppen.

Jongen zoekt hulp

Vijf dagen voor Kerstmis en ik kan niet slapen. We hebben geen gordijnen of jaloezieën voor het enige schuifraam van onze slaapkamer en het blauwe namiddernachtelijke maanlicht valt op Augusts rechterarm, die buiten bed bungelt. Ik kan niet slapen, omdat mijn matras jeukerig is en naar pis stinkt. Pap heeft hem gekregen van Col Lloyd, een Aboriginal die vijf huizen verderop in Lancelot Street woont met zijn vrouw Kylie en hun vijf kinderen, van wie de oudste, de twaalfjarige Ty, altijd op deze oranje schuimmatras heeft geslapen voordat ik hem kreeg. De pisstank houdt me wakker, maar wat me wakker maakte was het plan.

'Gus, hoor je dat?'

Gus zegt niets.

Het is een kreunend geluid. 'Huuuuuuuuuuuu.'

Het zal pap wel zijn. Hij drinkt vannacht niet, omdat hij net een driedaagse zuippartij achter de rug heeft. Op de eerste avond van zijn slemppartij is hij zo spectaculair dronken geworden onder het kijken van *The Outlaw Josey Wales* op tv dat August en ik in de kruipruimte van de woonkamer kropen en zonder dat hij het merkte de veters van zijn Dunlop Volleys samenbonden zodat hij, als hij zou opstaan om een van de vele gemene Union-schurken aan te vallen die zo stom waren geweest om vrouw en kind van Clint Eastwood te vermoorden, zou struikelen en met veel herrie over de salontafel zou vallen. Hij viel driemaal voordat hij zich realiseerde dat zijn veters aan elkaar waren vastgemaakt, waarop hij zwoer – met een grotendeels onsamenhangend spervuur van onverstaanbare woorden en minstens drieëntwintig keer 'kut' – ons levend te begraven in de achtertuin, naast de dode macadamiaboom. *Tuurlijk,* schreef August in de lucht met zijn wijsvinger, en hij haalde zijn schouders op en liep naar de tv om over te schakelen naar *Creepshow*, op kanaal 7. Op dag twee van zijn slemppartij trok papa zijn spijkerbroek en een overhemd aan en met hernieuwde energie, veroorzaakt door een spuitje Brut-cologne en zes rum-cola op de vroege zaterdagochtend, stapte hij op bus 522, zonder te zeggen waar hij naartoe ging. Hij kwam die avond om tien uur thuis, toen August en ik *Stripes* keken op kanaal 9. Hij kwam binnen via de achterdeur en liep de keuken door, regelrecht naar het kabinet waar de telefoon staat, die hij nooit beantwoordt. Onder de telefoon bevindt zich de belangrijke la. Dit is de la waar hij onbetaalde rekeningen, betaalde rekeningen, onze geboorteaktes en zijn oxazepam-tabletten bewaart. Hij trok de belangrijke la open en haalde er een hondenriem uit, die hij methodisch om zijn rechtervuist wikkelde. Hij keurde August en mij geen blik waardig toen hij eerst de televisie uitschakelde en vervolgens alle lampen in huis uitdeed. Hij liep naar het raam aan de voorkant, schoof de oude, crèmekleurige volantgordijnen dicht en gluurde door de spleet tussen de twee gordijnen.

'Wat is er?' vroeg ik, met het gevoel dat ik misselijk werd. 'Pap, wat is er?'

Hij ging simpelweg in het donker op de bank zitten en trok de hondenriem strakker om zijn vuist. Zijn hoofd zwaaide een ogenblik knikkebollend heen en weer, daarna richtte hij zijn ogen op zijn opgeheven linkerwijsvinger, die hij in uiterste concentratie naar zijn mond bracht. 'Sssssssssssssst,' zei hij.

Die nacht deden we geen oog dicht. August en ik lieten onze verbeelding de vrije loop bij de vraag welke entiteit of entiteiten hij zo zwaar had beledigd dat hij het nodig achtte zijn vuist te verpakken in een hondenriem: een bullebak in de pub, een hulk op weg naar de pub, een moordenaar op weg naar huis van de pub, ieder mogelijk wezen in de pub, ninja's, Yakuza, Joe Frazier, Sonny en Cher, God en de duivel. August vroeg zich af hoe de duivel eruit zou zien op de stoep van onze voordeur. Ik zei dat hij lichtblauwe teenslippers zou dragen en een matje met een rattenstaart had en een Balmain Tigers-muts op zijn kop om zijn horens te verbergen. August zei dat de duivel een wit pak zou dragen met witte schoenen en wit haar zou hebben, witte tanden en een witte huid. August zei dat de duivel op Tytus Broz zou lijken en ik zei dat die naam aanvoelde als iets uit een andere wereld, een andere tijd en plaats waar we niet meer toe behoorden. We hoorden alleen nog bij Lancelot Street nummer 5.

'Andere Gus en Eli,' zei hij. 'Ander heelal.'

Pap bracht de volgende morgen door op de keukenvloer bij de deur naar de wasruimte, luisterend naar 'Ruby Tuesday' op een cassettebandje, terugspoelend en afdraaiend, terugspoelend en afdraaiend, tot het bandje vast kwam te zitten in de recorder en de bruine tape kronkelend in zijn handen rolde, als een bergje slordige bruine krullen. August en ik zaten Weet-Bix te eten aan de keukentafel en keken naar zijn hopeloze pogingen om het bandje te repareren, waarbij hij het alleen maar steeds verder in een onherstelbare warboel naar de vergetelheid trok. Daardoor werd hij gedwongen om zijn toevlucht te nemen tot zijn Phil Collins-bandjes, het enige punt in die hele beschonken, driedaagse huiselijke nachtmerrie waarop August en ik serieus overwogen de kinderbescherming te bellen. De felle, gewelddadige slemppartij bereikte haar climax diezelfde ochtend om elf uur, met een spectaculaire plas bloed- en galbraaksel over de perzikkleurige linoleumvloer van de keuken. Hij raakte buiten bewustzijn en lag zo dicht bij zijn eigen abstracte darminhoud dat ik zijn arm kon beetpakken en zijn rechterwijsvinger kon uitstrekken, zodat ik hem als potlood kon gebruiken om een boodschap te schrijven die hij wel moest zien als hij nuchter zou ontwaken. Ik slierde zijn vinger glibberend door het stinkende braaksel en schreef een boodschap in hoofdletters, recht vanuit mijn hart: ZOEK HULP PAP.

*

'Huuuuuuuuuuu.' Het geluid glipt onder de kier van onze slaapkamerdeur door.

Dan een wanhoopskreet, broos en vertrouwd.

'August,' roept papa vanuit zijn slaapkamer.

Ik schud Augusts arm. 'August,' zeg ik.

Hij beweegt niet.

'August,' roept papa. Maar zijn roep is zacht en zwak. Meer een jammerklacht dan een roep.

Ik loop in het donker naar de deur van zijn slaapkamer, knip de lamp aan, mijn ogen moeten wennen aan het licht.

Hij houdt zijn beide handen tegen zijn borst geklemd. Hij is aan het hyperventileren. Zijn woorden komen in horten en stoten tussen zijn amechtige ademtochten door. 'Bel... een... ambulance.'

'Wat is er, pap?' grom ik.

Hij hapt naar lucht die hij niet kan vinden. Hijgt. Zijn hele lichaam trilt. Hij kreunt. 'Huuuuuuuuu.'

Ik ren de gang in, draai het alarmnummer op de telefoon.

'Politie of ambulance?' vraagt een vrouw aan de telefoon.

'Ambulance.'

De telefoon wordt doorgeschakeld naar een andere stem.

'Wat is er aan de hand?'

Mijn vader gaat dood en nu krijg ik die antwoorden helemaal nooit meer van hem.

'Ik denk dat mijn vader een hartaanval heeft.'

*

De buurvrouw van links, een vijfenzestigjarige taxichauffeur, Pamela Waters geheten, wordt naar buiten gezogen door de flitslichten van de aankomende ambulance, waarbij haar onhandelbare borsten uit haar kastanjebruine nachtpon dreigen te vallen. Twee ambulancebroeders tillen een brancard uit de ambulance en zetten hem op de stoep bij de brievenbus.

'Alles goed, Eli?' vraagt Pamela Waters, terwijl ze de satijnen ceintuur van haar kimono vastknoopt.

'Kweenie,' zeg ik.

'Terugvalletje zeker,' zegt ze alsof ze er alles van weet.

Wat bedoelt ze daar verdomme mee?

De ambulancebroeders, van wie een met een zuurstoffles en een masker, haasten zich langs August en mij, blootsvoets en afwachtend in onze matchende witte singlets en pyjamashorts.

'Hij is in de kamer aan het einde van de gang,' roep ik.

'We weten het, vriend, het komt wel goed,' zegt de oudste ambulancebroeder.

We lopen naar binnen en gaan in de gang bij de woonkamer staan om te horen wat de ambulancebroeders in de slaapkamer doen.

'Kom op, Robert, ademen,' roept de oudste broeder. 'Kom op, maat, je bent nu veilig. Niets om je druk over te maken.'

Zuigende geluiden. Stokkende ademhaling.

Ik kijk naar August. 'Zijn ze hier eerder geweest?'

August knikt.

'Goed zo,' zegt de jongste ambulancebroeder. 'Dat is beter, hè?'

Ze dragen hem de slaapkamer uit, de gang door, ieder met een arm onder zijn dijen, net zoals de voorhoedespelers van de Parramatta Eels de allerbeste halfbacks over het veld dragen als ze de finale hebben gewonnen.

Ze leggen hem op de brancard, en pap houdt zijn gezicht tegen het zuurstofmasker gedrukt alsof het een lang verloren geliefde is.

'Gaat het, pap?' vraag ik.

En ik weet niet waarom het me zo veel doet. Iets diep in mij. Iets sluimerends. Iets wat me naar die dronken malloot toe trekt.

'Met mij gaat het goed, maat,' zegt hij.

En ik ken die klank in zijn stem. Ik herinner me de tederheid in die klank. Het gaat goed, Eli. Het gaat goed, Eli. Ik zal deze scène onthouden. Papa, liggend op een brancard. Het gaat goed, Eli. Het gaat goed. De klank erin.

'Sorry dat jullie dit moesten zien,' zegt hij. 'Ik ben naar de kloten, ik weet het, maat. Ik heb het verneukt als vader. Maar ik ga het goedmaken, oké? Ik ga zorgen dat het goed komt.'

Ik knik. Ik wil huilen. Ik wil niet huilen. Niet huilen.

'Is goed, pap,' zeg ik. 'Het is oké.'

De ambulancebroeders laden hem achter in hun wagen. Pap neemt een flinke teug lucht en trekt het masker weg. 'Er staat nog een gehaktschotel in de vriezer, die kunnen jullie morgenavond eten,' zegt hij.

Hij zuigt nogmaals aan het masker. Zijn blik valt op Pamela, die in haar nachtjapon met grote ogen staat te kijken. Hij zuigt genoeg lucht in zijn longen om iets te kunnen roepen.

'Neem een polaroid, Pam,' briest hij, piepend van inspanning. Papa steekt zijn middelvinger op naar Pamela Waters als de broeders de achterportieren van de ambulance sluiten.

*

De volgende ochtend loopt er een ibis door onze voortuin. Hij probeert zijn linkerpoot te ontzien, omdat die verstrikt zit in een vislijn, net boven zijn prehistorische klauwvoet. De kreupele ibis. August kijkt naar de ibis door het raam van de woonkamer. Hij pakt zijn Casio-rekenmachine, tikt een paar cijfers in en houdt het apparaat ondersteboven: IBIS-HEL.

Ik tik 617312 in en draai het ondersteboven: ZIELIG.

'Ik ben voor het eten terug,' zeg ik. August knikt zonder zijn ogen van de ibis af te wenden. 'Bewaar wat van die gehaktschotel voor me.'

Over het hellinkje links van het huis, langs de zwarte vuilcontainer. Paps roestige fiets staat tegen een betonnen paal die het huis overeind houdt, naast de bruine cilinder van het warmwatersysteem. Achter de fiets ligt onder het huis paps verzameling gedumpte huishoudelijke apparaten – wasmachines met motoren zoals ze bij Quantas gebruiken voor hun vliegtuigen, ingestorte koelkasten waarin het wemelt van de roodrugspinnen en bruine slangen, en afgedankte autoportieren en -banden. Het gras in de achtertuin is het maaien voorbij, torenhoog scheefgegroeid stro, zo dik dat ik me zo kan voorstellen hoe Mowgli en kolonel Hathi de olifant zich erdoorheen banen, op weg naar de Big Rooster op Barrett Street. Alleen een kapmes kon het nu nog temmen, of anders een onopzettelijk brandje misschien. Wat een schijthol is dit. 1002. ZOOI.

*

De fiets is een verroeste zwarte Malvern Star 'Sportstar' uit 1976, made in Japan. Het zadel is gebarsten en prikt venijnig in mijn billen. Hij gaat snel, maar hij zou sneller gaan als pap het originele stuur niet had vervangen door het stuur van een damesfiets, een Schwinn uit 1968. De remmen werken niet, dus ik moet afremmen door mijn rechter-Dunlop tussen het wiel en het spatbord te steken.

Het heeft geregend en in de grijze lucht boven Lancelot Street staat een regenboog, die iedereen hier een begin en een einde belooft in zeven perfecte kleuren. Rood en geel en Vivian Hipwood op nummer 16, die haar baby verloor aan wiegendood en haar zeven dagen lang bleef aankleden en voeden en met speeltjes rammelde boven haar blauwe gezichtje. Roze en groen en nummer 17, waar de zesenzestigjarige Albert Lewin probeerde zich te vergassen in zijn afgesloten garage maar de klus niet kon klaren, omdat hij zich wilde vergassen met een aftandse grasmaaier, omdat hij twee maanden daarvoor zijn auto had verkocht om de rekening van de dierenarts te kunnen betalen voor de operaties van zijn boxer, Jaws, die twee dagen voordat Albert zijn groene Victa zijn garage in rolde een spuitje had gekregen. Paars en oranje en zwart en blauw: voor alle moeders in Lancelot Street die op zaterdagochtend Winfield Reds roken aan de keukentafel en hopen dat de kinderen de paarse, oranje, zwarte en blauwe plekken verborgen onder de concealer op hun wangen niet zullen zien. De concealer. Verborgen. De verborgenen. Lester Crowe van Lancelot Street 32, die zijn zwangere vriendin, Zoë Penny, dertien keer in de buik stak met een heroïnespuit om zijn ongeboren dochter te doden. De gebroeders Munk van Lancelot Street 53, die hun vader vastbonden aan een leunstoel in de woonkamer en de helft van zijn oor afhakten met een tomahawk. Als het in de zomer zo heet is in deze eindeloze straat en de gemeente van Brisbane nieuw asfalt heeft aangelegd over kuilen die ontploffen van frustratie, kleeft het teer aan het rubber van je Dunlops als Hubba Bubba-kauwgom en trekt iedereen de gordijnen open, ondanks alle muggen die vanuit de mangroven in Brighton en Shorncliffe hiernaartoe geblazen worden, en dan wordt de hele straat een theater en al die woonkamers met ramen aan de voorkant veranderen in televisies met een voortdurende livesoapprogrammering, genaamd *Godzijdank, het is uitkeringsdag* en een grillige komedie genaamd *Geef de kipkruiden eens door* en een politiedrama genaamd *De kleur van een cent*. Vensters als televisieschermen waarin vuisten worden geheven, lachsalvo's opklinken en tranen vloeien. Boe, zielig hoor. Boe, klerezooi.

'Hoi, Eli.' Shelly Huffman hangt uit haar slaapkamerraam en blaast sigarettenrook naar de zijkant van het huis.

Ik ram mijn schoen tegen het voorwiel aan, maak midden op straat een U-bocht en rijd papa's gammele Malvern Star Shelly's oprit op. Haar vaders auto staat niet onder de carport.

'Hoi, Shelly,' zeg ik.

Ze neemt een trekje van haar sigaret en blaast de rook in geurige ringen weer uit. 'Wil je een trekje?'

Ik neem twee trekjes en blaas ze uit. 'Ben je alleen thuis?'

Ze knikt. 'Ze zijn allemaal naar Kings Beach voor Bradleys verjaardag.'

'Wilde je niet mee?'

'Ik wel, Eli Bell, maar die zak ouwe botten van me niet,' zegt Shelly, met de stem van een oude Amerikaanse grootmoeder uit het Wilde Westen. 'Die loopt niet meer zo lekker in het rulle zand.'

'En toen hebben ze je alleen thuis gelaten?'

'Mijn tante komt zo om op te passen. Ik zei tegen mama dat ik nog liever naar het hondenhotel aan Fletcher Street ga.'

'Ik heb gehoord dat je daar drie maaltijden per dag krijgt.'

Ze lacht, dooft de sigaret onder de rand van de vensterbank en tikt de peuk over de omheining naar de tuin van de buren. 'Ik hoorde dat ze je ouweheer gisteravond met de ambulance naar het ziekenhuis hebben gebracht.'

Ik knik.

'Wat is er met hem gebeurd?'

'Ik weet het echt niet. Hij begon zomaar te shaken. Kon niet praten of niks. Kon geen lucht krijgen.'

'Een paniekaanval.'

'Een wat?'

'Paniekaanval,' zegt ze nonchalant. 'Ja, die had mama ook de hele tijd, een paar jaar geleden. Ze had het zwaar en durfde nergens meer naartoe omdat ze een paniekaanval kreeg zodra ze buitenshuis kwam, vooral als het ergens druk was. Dan werd ze 's morgens helemaal vrolijk wakker, zei dat we met zijn allen naar de film zouden gaan in het winkelcentrum van Toombul, maar zodra we aangekleed en wel in de auto zaten, kreeg ze een paniekaanval.'

'Hoe is ze eroverheen gekomen?'

'Ik kreeg de diagnose MD. Toen moest ze er wel overheen komen.' Ze haalt haar schouders op. 'Kijk, dat heet perspectief, Eli. Een bijensteek doet gemeen zeer, totdat iemand je een opdonder geeft met een cricketbat. En nu we het daar toch over hebben, zullen we een spelletje Test Match doen? Dan mag jij West-Indië zijn.'

'Nee, ik kan niet. Ik heb een afspraak.'

'Onderdeel van het grote geheime plan?' Ze glimlacht.

'Weet je van het plan?'

'Gus heeft het uitgebreid voor me in de lucht geschreven.'

Dat maakt me boos. Ik kijk omhoog naar de grijze lucht.

'Wees maar niet bang, ik hou het voor me. Maar volgens mij ben je knettergek.'

Ik haal mijn schouders op. 'Zal best. Dat denkt Mrs Birkbeck ook.'

Shelly rolt met haar ogen. 'Mrs Birkbeck denkt dat we allemaal gek zijn.'

Ik glimlach.

'Het ís knettergek, Eli...' zegt ze. En ze kijkt me aan met haar mooie glimlach, een en al hart en oprechtheid. 'Maar het is ook lief.'

En heel even wil ik het plan laten varen en naar binnen gaan en samen met Shelly Huffman een spelletje Test Match spelen, en wanneer ze zes correcte ballen zou slaan met haar favoriete slagman, de onstuimige Zuid-Afrikaan Kepler Wessels, en de kleine cricketbal als een kogel dwars door de zes de linkerhoek van het achthoekige groene vilten cricketveld in zou gaan, zouden we het kunnen vieren met een knuffel en omdat er verder niemand thuis is en omdat de lucht grijs is, zouden we ons achterover kunnen laten vallen op haar bed en elkaar kussen en dan zou ik het plan voorgoed kunnen laten vallen – Tytus Broz laten vallen, Lyle laten vallen, Slim en pap en mama en August laten vallen – en de rest van mijn leven gewoon voor Shelly Huffman zorgen, terwijl ze tegen die oneerlijke en grillige klootzak van een God strijdt die Iwan Krol twee sterke armen geeft om mee te doden en Shelly Huffman twee benen waarmee ze niet over het gouden zand van Kings Beach in Caloundra kan lopen.

'Bedankt, Shelly,' zeg ik, terwijl ik terugloop naar mijn Malvern Star op de oprit.

Shelly roept me na vanuit haar raam terwijl ik wegrijd. 'Altijd lief blijven, Eli Bell.'

*

Lyle heeft me een keer verteld dat ze beton van de Queensland Cement and Lime Company in Darra hebben gebruikt om de Hornibrook-brug te bouwen. Hij zei dat het de langste brug over water was die ooit op het zuidelijk halfrond werd gebouwd, over een lengte van meer dan tweeenhalve kilometer, van Brighton aan de kust tot het glorieuze Redcliffe-schiereiland, de thuisbasis van de Bee Gees en de Rugby League-club de Redcliffe Dolphins. Er zitten twee bulten in de brug, waar de schepen op de Bramble Bay onderdoor kunnen varen, een aan de kant van Brighton en een aan de kant van Redcliffe.

Ik ruik de modderige mangroven langs de oevers van Bramble Bay in de wind die de Malvern Star de brug over duwt, de eerste bult over. Lyle noemde het de 'Humpity Bump'-brug, omdat toen hij klein was de auto van zijn vader en moeder zo hotste en botste als ze over het hobbelige, ruwe asfaltwegdek reden, dat vandaag knettert onder mijn fietsbanden.

De brug werd in 1979 afgesloten voor het verkeer toen er een sterkere, bredere en lelijkere brug naast was gebouwd. Nu wordt de Hornibrook alleen gebruikt door een paar op brasem, wijting en platkopvissen vissende hengelaars en wat buurtkinderen, die achterwaartse salto's maken vanaf het grote eucalyptushouten platform en tollend in het woest schuimende groenbruine water belanden, dat zo hoog staat dat het tegen de ijzeren hekken slaat, waarvan de gele verf afbladdert.

Regen op mijn hoofd en ik weet dat ik een regenjas had moeten aantrekken, maar ik hou van de regen op mijn hoofd en van de geur van de regen op het asfalt. De lucht wordt donkerder naarmate ik dichter bij het midden van de brug kom. Hier ontmoeten we elkaar altijd, dus dit is de plek waar ik hem vind, op de betonnen rand van de brug, zijn lange benen bungelend over de rand. Hij draagt een dikke groene regenjas met een capuchon. Zijn rode glasvezelhengel met de oude houten Alvey-molen rust tussen zijn rechterelleboog en zijn middel, terwijl hij voorovergebogen zit te roken. Met zijn hoofd onder de capuchon kan hij me niet zien aankomen in de regen, maar op de een of andere manier weet hij dat ik het ben.

'Waarom heb je geen regenjas aangetrokken?' vraagt Slim.

'Ik zag een regenboog boven Lancelot Street en dacht dat het gestopt was met regenen.'

'Voor ons stopt het nooit met regenen, jongen.'

Ik zet de fiets tegen de gele reling en inspecteer een witte plastic emmer die naast Slim staat. Twee dikke brasems zwemmen rondjes in de emmer. Ik ga naast hem zitten, mijn benen over de rand van de brug. Het vloedwater zwelt en stijgt in heuvels en dalen. 'Bijt de vis wel in de regen?'

'Het regent niet, diep onder water. De platkopvis komt juist naar boven in dit weer. Let op, vissen in een rivier is een ander verhaal. Ik heb in het westen geelbuiken gezien die knettergek werden van de regen.'

'Hoe weet je wanneer een vis gek wordt?'

Slim grinnikt. 'Dan gaan ze prediken over het einde van de wereld.'

Het gaat harder regenen. Hij haalt een opgerolde *Courier-Mail* uit zijn vistas en slaat hem open, zodat ik eronder kan schuilen.

'Bedankt,' zeg ik.

We staren naar zijn strakke lijn, dansend in de golven van de Bramble Bay.

'Wil je hier nog steeds mee doorgaan?'

'Het moet, Slim. Ze wordt beter als ze me heeft gezien. Dat weet ik zeker.'

'Maar wat als dat niet genoeg is, jochie? Tweeënhalf jaar is lang.'

'Je zei het zelf, je straftijd wordt elke dag dat je wakker wordt een beetje makkelijker.'

'Ik had geen twee kinderen buiten de muren. Haar tweeënhalf jaar voelt voor haar als twintig jaren van mij. Die mannengevangenis zit vol met honderd kerels die denken dat ze slecht zijn tot op het bot, omdat ze vijftien jaar hebben gekregen. Maar die gasten houden van niets en niemand en niemand en niets houdt van hen en dat maakt het makkelijk voor ze. Het zijn die moeders aan de overkant die er een harde dobber aan hebben. Zij worden elke dag wakker in de wetenschap dat er daarbuiten een eenzaam hoopje zoals jij op hen wacht om van ze te houden.'

Ik haal de krant weg boven mijn hoofd, zodat de regen in mijn gezicht slaat en mijn vochtige ogen kan verbergen. 'Maar de man aan de telefoon, Slim. Pap zegt dat ik gek ben. Pap zegt dat ik hem gewoon verzonnen heb. Maar ik weet wat ik heb gehoord, Slim. Ik weet wat hij tegen me zei. En Kerstmis komt eraan en mama houdt meer van Kerstmis dan wie dan ook op de hele wereld. Geloof je dat, Slim? Geloof je me?' Ik huil nu hard. Zo hard als de regen uit de donkere hemel valt.

'Ik geloof je, jochie. Maar ik geloof ook dat je vader gelijk heeft om je daar niet mee naartoe te nemen. Je hoeft die wereld niet te zien. En zij hoeft jou daar niet in te zien. Soms maakt dat het alleen maar erger.'

'Heb je je mannetje gesproken?' vraag ik.

Hij knikt, haalt diep adem.

'Wat zei hij?'

'Hij doet het.'

'Echt?'

'Ja, hij doet het.'

'Wat wil hij ervoor hebben? Want ik zal ervoor zorgen, Slim. Ik regel het, dat beloof ik.'

'Rustig aan, Road Runner.' Hij haalt zijn lijn in, met drie omwentelingen van de oude Alvey-molen, zachtjes en instinctief.

'Heb je beet?'

'Er wordt wat geknabbeld.'

Hij draait de molen nog een slag. Stil.

'Hij doet het niet voor jou,' zegt hij. 'Heel lang geleden heb ik zijn broer beschermd tijdens een lange straftijd. Hij heet George en meer hoef je niet te weten. Hij heeft een groothandel in fruit en levert al twaalf jaar aan de mannen en vrouwen in Boggo. De bewakers kennen George en de bewakers weten ook wat George naar binnen sjouwt in de valse bodems onder zijn kratten met water- en suikermeloenen. Maar ze worden natuurlijk vorstelijk betaald om niets van die dingen af te weten. En de feestdagen zijn, net als voor de winkels buiten de muren, een mooie periode om ook daarbinnen een paar dollar extra te verdienen. George kan rond de kerst allerlei cadeautjes binnenbrengen. Hij kan seksspeeltjes en drugs binnensmokkelen, kerstbroden en sieraden en lingerie, en Rudolph-lampjes die rood oplichten als je tegen zijn neus tikt. Hij heeft echter nog nooit, in al die twaalf jaar van vruchtbare bajeshandel, een dertienjarige jongen met een kinderlijke lust naar avontuur en een onwankelbare hang naar zijn moeder naar binnen gesmokkeld op eerste kerstdag.'

Ik knik. 'Dat zal wel niet.'

'Als je betrapt wordt, Eli – en je wordt betrapt – ken je George niet en weet je niets van George' vrachtwagen. Je bent stom, snap je. Je treedt in het voetspoor van je broer en je houdt je snavel. In totaal rijden er op kerstavond en kerstochtend vijf vrachtwagens het terrein op, allemaal met hun eigen illegale bonuslading. Ik kan je garanderen dat de bewakers er alles aan zullen doen om jou even snel en geruisloos weer naar buiten te smokkelen als je binnengekomen bent. Zij zijn wel de laatsten die willen dat de wereld te weten komt dat een dertienjarige jongen als verstekeling aangetroffen is op het terrein van Boggo Road. Als zij ermee hogerop gaan in de voedselketen, zijn zij meer de sigaar dan jij. Dan komt de pers erop af, vervolgens gaan die lui van het gevangeniswezen zich ermee bemoeien en dan stort het handeltje van de bewakers in en krijgt de vrouw van een van die jongens niet die mooie Mixmaster waar ze van droomde en kan de bewaker fluiten naar zijn pannenkoeken op zondagochtend en de bijbehorende rest, als je begrijpt wat ik bedoel.'

'Bedoel je geslachtsgemeenschap?'

'Ja, Eli, ik bedoel geslachtsgemeenschap.'

Hij schudt tweemaal aan zijn hengel, tuurt naar de lijn alsof hij het niet vertrouwt.

'Weer een knabbeltje?' vraag ik.

Hij knikt en haalt zijn vislijn wat meer in. Met zijn kin tegen zijn borst gedrukt steekt hij een peuk op, met zijn hand er beschermend omheen tegen de regen.

'Dus, waar ontmoet ik hem? Hoe weet George wie ik ben?'

Slim blaast de rook uit naar de regen. Hij steekt zijn linkerhand in de bovenste zak van het flanellen shirt onder zijn regenjas. Hij haalt er een dubbelgevouwen stukje papier uit. 'Hij weet wie je bent.' zegt hij.

Hij houdt het papiertje in zijn handen, treuzelt wat. 'Die dag in het ziekenhuis stelde je een vraag over goed en slecht zijn, Eli,' zegt hij. 'Daar heb ik over nagedacht. Ik heb er veel over nagedacht. Ik had je toen moeten zeggen dat het niets anders is dan een keuze. Het zit hem niet in het verleden, in moeders en vaders en waar-kom-je-vandaans. Het is gewoon een keuze. Goed. Slecht. Meer is het niet.'

'Maar jij had niet altijd een keus. Toen je een kind was. Toen had je geen keus. Je moest doen wat je moest doen en toen belandde je op een pad waarop je geen keus meer had.'

'Ik had altijd een keuze. En jij hebt vandaag een keuze, jochie. Je kunt dit stukje papier aannemen. Of je kunt het laten rusten. Je kunt een stap terug doen en het laten rusten, naar huis fietsen en je ouweheer vertellen dat je je erop verheugt om eerste kerstdag samen met hem te vieren en je houdt op met je zorgen maken, want je weet dat je je moeders straftijd niet voor haar kunt uitzitten en dat is wat je doet, jongen, je zit samen met haar in die gevangenis en daar zul je de komende tweeënhalf jaar blijven als je nu geen stapje terug doet en het laat rusten.'

'Dat kan ik niet, Slim.'

Hij knikt en steekt me zijn hand toe met het stukje papier. 'Jouw keuze, Eli.'

Het papiertje bespikkeld door regen. Gewoon een stukje papier. Pak het papiertje. Pak aan.

'Word je boos op me als ik het aanpak?'

Hij schudt zijn hoofd. 'Nee,' zegt hij botweg.

Ik neem het papiertje aan. Ik stop het in mijn broekzak zonder te lezen wat erop staat. Ik tuur naar de zee.

Slim kijkt naar mij. 'We kunnen elkaar niet meer zien, Eli.'

'Wat?'

'Je kunt niet langer omgaan met zo'n ouwe schurk als ik, jochie.'

'Je zei dat je niet boos zou worden.'

'Ik ben niet boos. Als jij je moeder zo nodig moet zien, allemaal goed en wel, maar het moet afgelopen zijn met die schurkenflauwekul, hoor je me? Afgelopen.'

Mijn hoofd bonst van verwarring. Mijn ogen lopen vol. De regen op mijn wangen en op mijn hoofd en in mijn huilende ogen.

'Maar jij bent de enige echte vriend die ik heb.'

'Dan wordt het tijd dat je nieuwe maakt,' zegt hij.

Ik laat mijn hoofd hangen. Ik duw mijn vuisten in mijn ogen, druk hard, alsof ik het bloed van een snee wil stelpen.

'Wat gaat er met me gebeuren?'

'Je gaat je leven leiden. Je gaat dingen doen waar ik alleen maar van heb kunnen dromen. Je gaat de wereld zien.'

Ik heb het koud vanbinnen. Zo koud vanbinnen.

'Je bent koud, Slim,' zeg ik tussen de tranen door.

Ik ben zo boos vanbinnen. Zo boos vanbinnen.

'Ik denk dat je die taxichauffeur wel hebt vermoord. Je bent een koelbloedige moordenaar. Koud als een slang. Ik denk dat je Black Peter kon verslaan omdat je geen hart hebt.'

'Misschien heb je gelijk.'

'Je bent een moordenaar,' roep ik.

Hij sluit zijn ogen bij het onverwachte lawaai. 'Rustig aan,' zegt hij, terwijl hij links en rechts om zich heen kijkt om te zien of er niemand binnen gehoorsafstand is op de brug. Iedereen is weg. Iedereen moet altijd weg. Iedereen vlucht voor de regen. Niemand rent ernaartoe.

Zo koud vanbinnen.

'Je hebt alles wat je is overkomen verdiend?,' brul ik.

'Zo is het genoeg, Eli.'

'Je bent een gemene leugenaar,' gil ik.

Slim schreeuwt en ik heb hem nog nooit horen schreeuwen. 'Zo is het genoeg, verdomme!' buldert hij. En zijn geschreeuw beneemt hem de adem en bezorgt hem een hoestbui. Hij brengt zijn linkerarm naar zijn mond en hoest in zijn elleboog, een verstikkende hoestbui vanuit zijn longen die hem doet kokhalzen, alsof er niets anders in hem zit dan oude botten en aarde van Black Peter. Hij ademt diep in, hortend en stotend, en spuwt gorgelend een dot slijm uit die op twee meter rechts van hem naast een paar afgedankte sardines belandt. Hij komt tot bedaren.

'Ik heb genoeg gedaan. En ik heb het te veel mensen aangedaan. Ik heb nooit gezegd dat ik de tijd die ik kreeg niet had verdiend, Eli. Ik heb alleen gezegd dat ik die moord niet heb gepleegd. Maar ik heb genoeg gedaan en God wist dat ik genoeg had gedaan en Hij wilde dat ik nadacht over een paar andere dingen die ik had gedaan en dat deed ik, jochie. Ik heb mijn tijd uitgezeten terwijl ik daarover nadacht en ik heb er lang en breed over nagedacht. Dus het is nergens voor nodig dat jij je hoofd er ook nog eens over breekt. Jij hoort aan meisjes te denken. Jij moet bedenken hoe je die ladder gaat beklimmen. Hoe je uit dat schijthuis waar je woont in Bracken Ridge wegkomt. Hou eens op andermans verhalen te vertellen en begin eens aan je eigen verhaal, verdomme.' Hij schudt zijn hoofd. Tuurt naar de bruingroene zee.

De punt van zijn hengel buigt scherp door. Eén keer. Twee keer. Drie keer. Slim bestudeert de hengel zwijgend. Dan slaat hij de hengel aan met een ferme beweging en buigt die door als de regenboog die ik boven Lancelot Street heb gezien.

'Beet,' zegt hij.

De regen stort omlaag en de plotselinge handeling brengt Slim weer onbedaarlijk aan het hoesten. Hij overhandigt me zijn hengel terwijl hij zich concentreert op zijn hoestbui. 'Platkop,' zegt hij, tussen het hevige hoesten door. 'Monster. Zeker tien pond.' Nog drie hoesten. 'Haal hem binnen, oké?'

'Wat?' zeg ik. 'Ik kan niet...'

'Haal hem verdomme omhoog,' hijgt hij, en met zijn handen op zijn knieën staat hij een of ander smerig heksenbrouwsel op te hoesten van teer en slijm. En bloed. Er zit bloed in zijn speeksel en het valt op het asfaltgranulaat van de brug en de regen spoelt het weg, maar het blijft komen. Geen kleur zo fel als de kleur van het rode bloed van Slim Halliday. Ik wrik krampachtig draaiend de lijn op en schiet met mijn hoofd heen en weer tussen de zee en het bloed aan de voeten van Slim. De zee en het bloed. De zee en het bloed.

De platkop wil ervandoor met de lijn, zwemt voor zijn leven. Ik trek harder aan de Alvey en wind hem op met lange, trage draaibewegingen, zoals ik vroeger aan de hendel van de roestige droogmolen in onze achtertuin in Darra draaide.

'Het is echt een monster, Slim!' roep ik uit, plotseling opgetogen en vol ontzag.

'Gewoon kalm blijven,' brengt hij uit tussen het hoesten door. 'Geef hem wat lijn als je denkt dat hij ervandoor gaat.'

Pas nu Slim staat, zie ik hoe mager hij is geworden. Ik bedoel, hij is altijd mager geweest. Hij is altijd dun geweest. Arthur Halliday heeft een nieuwe bijnaam nodig, maar Uitgemergelde Halliday heeft nu eenmaal niet dezelfde romantiek.

'Wat sta je te kijken?' hijgt Slim, voorovergebogen. 'Haal dat monster binnen!'

Ik voel de platkop heen en weer zwiepen door het water. In paniek. Verloren. Hij komt een tijdje met me mee, volgt de trekkracht van de haak in zijn lip, alsof hij een goddelijke boodschap heeft gekregen dat hij daarnaartoe moet, naar de sardine en de haak en het tij in Bramble Bay op deze regenachtige dag, het ultieme doel na al dat zoeken en overleven op de oceaanbodem. Maar dan vecht hij. Hij zwemt hard weg en de vingergrepen van de Alvey-molen dringen in de muis van mijn hand. 'Verdomme,' gil ik.

'Ga de strijd aan,' piept Slim.

Ik ruk aan de hengel en geef meteen een draai aan de molen. Lange, uitgekiende draaibewegingen. Ritmisch. Vastberaden. Meedogenloos. Het monster begint vermoeid te raken, maar ik ben ook moe.

Slims stem achter me. 'Blijf vechten,' zegt hij zacht, weer hoestend.

Ik blijf draaien en draaien en de regen slaat in mijn gezicht en de wereld is nu zo dicht bij me, elk stukje ervan, elk molecuul. De wind. De vis. De zee. En Slim.

Het monster wordt rustiger. Ik blijf stevig draaien en dan zie ik het naar het oppervlak van de zee komen, opduikend als een Russische onderzeeër.

'Slim, hier komt hij! Hier komt hij!' brul ik euforisch. Hij is wel tachtig centimeter lang. Eerder vijftien pond dan tien. Een buitenaardse monstervis, een en al spieren en ruggengraat en olijfgroene platkopgeheimzinnigheid. 'Kijk nou, Slim!' schreeuw ik in extase. Ik rol de Alvey zo snel in dat ik een vuurtje kan maken om het monster te roosteren, het in aluminiumfolie te pakken en te barbecueën voor Slim en mij op de modderige mangrovebanken aan de Redcliffe-kant van de brug, met als toetje wat geroosterde marshmallows, gedompeld in Milo. De platkop komt boven en mijn hengel en lijn zijn een kraan die een kostbare lading naar een wolkenkrabber takelt, mijn monster vliegt door de donkere lucht, de bewoner van de oceaanbodem voelt voor het eerst regen op zijn rug, ziet een glimp van het heelal boven de zee, een glimp van mijn verbijsterde gezicht, met grote ogen van blijdschap.

'Slim! Slim! Ik heb hem, Slim!'

Maar ik hoor Slim helemaal niet. De zee en het bloed. De zee en het bloed.

Ik kijk van de vis om naar Slim. Hij ligt plat op zijn rug, zijn hoofd naar de zijkant gekeerd. Bloed nog op zijn lippen. Ogen gesloten.

'Slim.'

De platkop zwiept door de lucht met zijn stekelige, krachtige staart en de vislijn knapt.

Ik zal dit onthouden door het huilen. Ik zal dit onthouden door de manier waarop mijn wang tegen de ruwe haartjes van zijn ongeschoren gezicht wrijft. De manier waarop ik zo ongemakkelijk zit omdat ik niet aan zitten denk, ik denk alleen aan hem. De manier waarop ik niet kan zeggen of hij nog ademt in de regen. Het bloed op zijn lippen sijpelt naar zijn kin. De geur van White Ox-tabak. De steentjes van het grind van de brug prikken in mijn knieën.

'Slim,' snik ik. 'Slim,' roep ik. De manier waarop ik heen en weer schommel, in meelijwekkende verwarring. 'Nee, Slim. Nee, Slim. Nee, Slim.'

Het geluid van mijn stomme, ademloze gemompel door mijn tranen heen. ‘Sorry dat ik dat zei. Sorry dat ik dat zei. Sorry dat ik dat zei.’

En de manier waarop de monstervis in de bruingroene zee stort, diep het hoge water in, nadat hij het heelal hier heeft gezien.

Hij wilde het alleen maar heel even zien. Het beviel hem niet wat hij zag. Hij hield niet van regen.

Jongen splijt oceaan

Onze kerstboom is een kamerplant, Henry Bath genaamd. Henry Bath is een Australische treurvijg. Henry Bath is anderhalve meter hoog, inclusief de terracotta pot waar hij in staat. Papa houdt van bomen en hij houdt van Henry Bath, met al zijn rommelige groene, kanovormige bladeren en de grijze vijgenstam als een bevroren tapijtslang. Hij wil zijn planten graag vermenselijken, want als hij ze niet vermenselijkt – zich inbeeldt dat ze menselijke behoeften en wensen hebben in een piepklein en grillig deel van een brein dat naar mijn bescheiden mening even ordelijk en voorspelbaar functioneert als de binnenkant van de nepleren zitzak in onze woonkamer – dan is hij minder geneigd om ze water te geven en is de kans groter dat de plant bezwijkt aan de nooit aflatende aanval van paps uitgedrukte peuken. Hij heeft hem Henry genoemd naar Henry Miller en Bath omdat hij in bad *Kreeftskeerkring* zat te lezen toen hij op het idee kwam om de treurvijg een naam te geven.

'Waarom treurt Henry?' vraag ik pap als we de boom naar het midden van de woonkamer schuiven, waar altijd de strijkplank staat, met ons oude strijkijzer wegroestend op zijn vierkante metalen rek.

'Omdat hij nooit Henry Miller zal kunnen lezen.'

We schuiven de potplant naar zijn plek.

'We moeten goed bedenken waar we hem neerzetten,' zegt pap. 'Het is nogal een schok voor Henry om naar een andere plek te verhuizen.'

'Serieus?' vraag ik.

Hij knikt. 'Als hij in een ander soort licht komt te staan, op een andere plek met een andere temperatuur, misschien wat tocht, een verandering in de luchtvochtigheid, denkt hij dat het een ander seizoen is. Dan begint hij zijn bladeren af te werpen.'

'Kan hij dan dingen voelen?'

'Natuurlijk kan hij dingen voelen. Henry Bath is een gevoelige klootzak, net als jij. Vandaar die waterlanders de hele tijd.'

'Hoe bedoel je, net als ik?'

'Jij houdt wel van een goeie huilbui,' zegt hij.

'Nietes.'

Hij haalt zijn schouders op. 'Als baby huilde je nogal graag.'

Dat was ik vergeten. Ik was vergeten dat hij me al kende voordat ik hem kende. 'Tjonge, dat je dat nog weet.'

'Natuurlijk weet ik dat nog. Gelukkigste dagen van mijn leven.' Hij doet een stapje achteruit om Henry Baths nieuwe plek in ogenschouw te nemen. 'Wat vind jij?'

Ik knik. August houdt twee kerstslingers in zijn handen, een blinkend rode en een blinkend groene, allebei wat kaal geworden van ouderdom, net zoals Henry Bath langzaam zijn blad verliest en papa waarschijnlijk langzaam maar zeker zijn verstand.

August drapeert de slingers zorgvuldig over Henry Baths bladeren en we staan om de treurvijg heen en verwonderen ons over de droevigste kerstboom van Lancelot Street, mogelijk van het zuidelijk halfrond.

Pap kijkt ons verwachtingsvol aan. 'Ik heb vanmiddag een kerstpakket ontvangen van St Vinnies. Zitten lekkere dingen in. Een blik ham, ananassap, wat Engelse drop. Ik dacht dat we er morgen een beetje een dag van kunnen maken. Elkaar cadeautjes geven en zo.'

'Wat, heb je cadeautjes voor ons?' vraag ik twijfelachtig.

August lacht bemoedigend.

Pap krabt aan zijn kin. 'Nou, nee. Maar ik had een idee.'

August knikt. *Geweldig, pa,* schrijft hij in de lucht om hem aan te sporen.

'Ik had zo gedacht dat we allemaal een boek uit de boekenkamer konden kiezen en dan pakken we dat in en leggen het onder de boom,' zegt pap.

Hij weet hoeveel plezier August en ik beleven aan de boekenberg in zijn slaapkamer.

'Maar niet zomaar een boek. Misschien iets wat we hebben gelezen, iets wat heel belangrijk voor ons is of iets waarvan we denken dat de ander het mooi zal vinden.'

August klapt in zijn handen, glimlacht. Steekt zijn duim op naar pap. Ik rol met mijn ogen alsof er twee ontsnapte Kool Mints uit een kerstpakket van St Vincent de Paul in zitten.

'Daarna, nou ja, kunnen we Engelse drop eten en onze boeken lezen voor Kerstmis,' zegt pap.

'En wat is het verschil met andere dagen voor jou?'

Hij knikt. 'Ja, nou, we kunnen allemaal in de woonkamer lezen. Je weet wel, we kunnen samen lezen.'

August geeft me een por tegen mijn schouder. *Doe niet zo lullig. Hij doet zijn best. Geef hem een kans, Eli.*

Ik knik. 'Klinkt goed.'

Pap gaat naar de keukentafel en scheurt een TAB-weddenschapsformulier in drie stukken, krabbelt op elk stuk een naam met het potlood dat hij gebruikt om de paarden op het formulier te omcirkelen. Hij verfrommelt de papiertjes en houdt ze in zijn gesloten hand. 'Jij mag eerst kiezen, August.'

August pakt er een, vouwt het open met glinsterende kerstogen. Hij laat ons de naam zien: *papa*.

'Oké,' zegt pap. 'August kiest een boek voor mij. Ik kies een boek voor Eli en Eli kiest een boek voor August.'

Pap knikt. August knikt. Pap kijkt naar mij.

'Je bent er toch wel bij, hè, Eli?'

August kijkt me aan. *Je bent een klootzak. Echt.*

'Ja, ik ben erbij,' zeg ik.

*

Ik ben er niet bij. Om vier uur in de ochtend, eerste kerstdag, leg ik een exemplaar van *Papillon* onder de kerstboom voor August, ingepakt in de sportpagina van *The Courier-Mail*. Pap heeft zijn boek voor mij ingepakt in de advertentiepagina. August heeft voor papa's boek de voorpagina gebruikt.

Ik loop naar het treinstation in de nabijgelegen buitenwijk Sandgate – die ligt aan de kust en is beroemd om zijn vis met friet en de vele verpleeghuizen – en neem een kortere weg door de snelweg naar de Sunshine Coast over te steken, normaal gesproken een waanzinnig kunststukje van Evel Knievel-achtige proporties, dat van de kinderen uit Bracken Ridge verlangt dat ze eerst over een stalen vangrail klauteren, vervolgens vier drukke rijstroken met hardrijdend verkeer oversteken, nogmaals over een stalen vangrail klauteren en dan door een gat ter grootte van een eetbord in een afrastering kruipen, en dat alles zonder gesnapt te worden door de politie of, erger nog, door verontruste ouders die al jaren druk uitoefenen op de gemeenteraad om een loopbrug over de snelweg aan te leggen. Maar op deze ochtend is de snelweg vrijwel verlaten. Ik neem er de tijd voor om over de vangrails te klimmen en fluit 'God Rest Ye Merry Gentlemen' tijdens de oversteek.

Achter de snelweg ligt Racecourse Road, langs de rand van de Deagon Racebaan, waar op deze vroege kerstochtend, in het halfduister van een langzaam ontwakende zon, een jonge vrouwelijke ruiter oefent op een parmantige, mahoniekleurige volbloed. Een oude man met een muts op kijkt toe, geleund tegen de omheining van de renbaan. Hij lijkt een beetje op Slim, maar het kan Slim niet zijn, omdat Slim in het ziekenhuis ligt. Houdini Halliday doet zijn best om te ontsnappen aan het lot. Houdini Halliday verbergt zich in de struiken en duikt omlaag, terwijl de man met de zeis steeds dichterbij sluipt.

'Vrolijk kerstfeest,' zegt de oude man.

‘Vrolijk kerstfeest.’ Ik knik en zet de pas erin.

Slechts vier treinen rijden er vandaag en de trein van 05.45 uur naar Central stopt bij station Bindha, pal naast de ijzeren buizen en de open en blootliggende lopende banden van de stinkende Golden Circle-conservenfabriek, die vandaag niet zo vreselijk stinkt omdat de fabriek gesloten is. In ons kerstpakket van St Vincent de Paul, dat gistermiddag is afgeleverd door een vrouw met een lief gezicht, rossig haar en knalrood gelakte vingernagels, zit een literblik Golden Circle-sinaasappel-mangosap. Er zit ook een blik Golden Circle-ananasschijven in, ingeblikt en verzonden door de goede mensen van de Golden Circle-conservenfabriek achter station Bindha. De oude rode vrachtwagen staat te wachten waar Slims briefje zei dat hij zou staan. Hij staat sputterend in zijn vrij op de hoek van Chapel Street en St Vincents Road. De voorkant van de vrachtwagen is een en al forse rondingen en roest, iets waarin Tom Joad had kunnen rijden op weg naar Californië. De achterkant van de vrachtwagen bestaat uit vier ijzeren wanden met een blauwe canvas bovenkant die samen een rechthoekige doos vormen, zo groot als papa’s keuken. Ik grijp de schouderbanden van mijn rugzak stevig beet en loop naar het portier aan de bestuurderskant.

Achter het stuur zit een man een sigaret te roken, zijn rechterelleboog steekt uit het raam.

‘George?’ vraag ik.

Het is een Griek, denk ik. Of een Italiaan. Ik weet het niet. Ongeveer even oud als Slim, kale kop en vlezige armen. Hij opent het portier en stapt uit, trapt zijn sigaret uit onder een paar versleten hardloopschoenen, die hij draagt met dikke grijze sokken, lubberend om zijn enkels. Hij is klein en gedrongen, maar snel in zijn bewegingen. Een man in beweging.

‘Bedankt dat u dit wilt doen,’ zeg ik.

Hij zegt niets. Hij opent de achterkant van de vrachtwagen, zwaait de metalen achterklep wijd open en haakt hem vast aan de zijkant. Hij gebaart met een knikje omhoog. Ik klim in de vrachtwagen en hij klimt achter me aan.

'Ik geef geen kik, dat beloof ik,' zeg ik.

George zegt niets.

De vrachtwagen is afgeladen met kratten fruit en groenten. Een krat pompoenen. Een krat suikermeloenen. Een krat aardappelen. Een palletwagen bij de linkerwand. Bij de achterklep staat een grote vierkante kist op een pallet. George buigt zich eroverheen en haalt er op twee derde van onderen een houten valse bodem uit. Hij knikt twee keer met zijn hoofd. Ik heb genoeg stille knikjes van August gezien om te weten dat hij bedoelt: stap in de kist. Ik laat de rugzak in de kist vallen, sla mijn benen over de zijkant en ga in de kist liggen.

'Krijg ik hier wel genoeg lucht?'

Hij wijst naar de luchtgaten die in alle wanden van de kist zijn geboord. Het is een onmogelijk kleine ruimte, waar ik alleen in pas als ik op mij linkerzij ga liggen, met mijn benen opgetrokken tegen mijn borst. Ik gebruik mijn rugzak als hoofdkussen.

George controleert hoe ik lig en dan, tevreden, pakt hij de houten plaat die de valse bodem van de kist vormt en legt hem over mijn in elkaar gedoken lichaam.

'Wacht even. Hebt u instructies voor wat ik moet doen aan de andere kant?'

Hij schudt zijn hoofd.

'Bedankt. Het is heel goed dat u dit doet. U helpt me om mijn moeder te helpen.'

George knikt. 'Ik praat niet, jongen, omdat je niet bestaat, gesnopen?' zegt hij.

'Gesnopen.'

'Je houdt je koest en je wacht.'

Ik knik drie keer. De valse bodem komt omlaag en bedekt mijn lichaam.

'Vrolijk kerstfeest,' zegt George.

Dan duisternis.

*

De motor komt rammelend tot leven en mijn hoofd slaat tegen de bodem van de kist. Ademen. Korte, kalme ademhalingen. Geen tijd voor zo'n rottige paniekaanval zoals pap die heeft. Dit is leven. Dit is wat Slim vroeger het ware mijnwerkersleven noemde. Al die andere sukkels deinzen terug voor de steenkoolwand, bang dat de mijn instort, maar hier ben ik, Eli Bell, krabbelend aan de muren van het leven, op zoek naar mijn steenkoollaag, op zoek naar mijn bron.

In de duisternis is Irene. Een zijden onderjurk. Haar blote kuitspier, perfecte huid en een sproet op haar enkel. De vrachtwagen rijdt hard over de weg. Ik kan het voelen als George schakelt, ik voel elke hobbel in de weg. Nu zie ik Caitlyn Spies op het strand. En ze draagt Irenes onderjurk en ze roept me. Ze lacht breeduit en draait zich om naar het eeuwige heelal.

De vrachtwagen neemt gas terug, komt tot stilstand, ik hoor een richtingaanwijzer en de vrachtwagen slaat links af en rijdt over een drempel. Dan gaan we eerst vooruit, dan weer achteruit, en ik hoor het geluid van het achteruitrijsignaal. De vrachtwagen stopt. De achterklep gaat open en ik hoor dat George een ijzeren laadklep uittrekt, die met een klap op het beton terechtkomt. Dan het geluid van een machine, waarschijnlijk een vorklift, over de laadklep. De geur van motorolie en benzine. De machine vlak bij de kist. De kist schudt en schommelt als twee metalen vorken door de pallet onder me worden gestoken en ik plotseling word opgetild. Ik beweeg, mijn hoofd stoot tegen de wand als de vorklift over de ijzeren helling naar beneden rijdt en de kist met een klap op het beton zet. De tanden van de vorklift glijden uit de pallet en de machine rijdt heen en weer, zo dichtbij dat ik het rubber van de draaiende wielen kan ruiken. *Piep, piep. Rits, rats.* Links, rechts. Dan het geluid van de tanden van de vorklift die een ander krat omhoogtillen en iets als zware regenval op de valse bodem boven me. *Bengerdebengbeng. Budddddderrduddddderrrr.* Onder het gewicht van de nieuwe lading buigt de valse bodem door en mijn hart gaat tekeer. Er ligt fruit boven mijn hoofd. Ik kan het ruiken. Watermeloenen. Dan zweef ik opnieuw, opgetild door de vorklift, terug naar de vrachtwagen. En het gaat weer verder.

*

Ik doe mijn ogen dicht en kijk naar het strand, maar het enige wat ik kan onderscheiden is Slim: hij ligt op zijn zij zoals toen op de brug, geronnen bloed op zijn lippen. En ik zie voetafdrukken in het zand en ik volg de voetstappen en zie dat het de voetstappen zijn van een man en die man is Iwan Krol en hij sleept een man achter zich aan over het strand en de man die hij achter zich aan sleept is Lyle, gekleed in hetzelfde hemd en dezelfde korte broek als op de avond waarop we hem voor het laatst zagen, de avond waarop hij het huis uit werd gesleurd. Ik kan Lyles hoofd niet zien omdat het naar achteren hangt terwijl hij wordt versleept, maar ik weet de waarheid. Ik weet de waarheid al sinds hij is verdwenen. Natuurlijk kan ik zijn hoofd niet zien. Natuurlijk kan ik zijn hoofd niet zien.

*

De vrachtwagen remt hard, neemt een flauwe bocht naar rechts. Dan linksaf, een hellende oprit op met iets wat aanvoelt als verkeersdrempels. De vrachtwagen stopt.

'Vrolijk kerstfeest, Georgie Porgie,' roept een man buiten de vrachtwagen.

Ik hoor George en de man praten, maar ik kan niet horen wat ze zeggen. Ze lachen. Ik vang woorden op. *Vrouw. Kinderen. Zwembad. Lam worden.*

'Rij maar naar binnen,' zegt de man.

Het geluid van een grote mechanische poort of hek. De vrachtwagen rijdt vooruit, iets omhoog, en komt dan weer tot stilstand. Twee mannen nu die met George praten.

'Vrolijk kerstfeest, Georgie,' zegt iemand.

'We zullen het kort houden, maat,' zegt een andere man. 'Maakt Tina weer cassata dit jaar?'

George zegt iets terug waar de mannen om grinniken.

De achterkant van de vrachtwagen wordt opengemaakt. Ik hoor de voetstappen van twee mannen die in de vrachtwagen klimmen. Ze inspecteren de kisten naast de mijne.

'Moet je verdomme zien, zeg,' zegt een van de mannen. 'Die loeders eten beter dan wij. Verse kersen. Druiven. Pruimen. Suikermeloen. Wat? Geen aardbeien met chocola? Geen karamelappels?'

Ze raken de kist waar ik in zit niet eens aan.

Ze stappen uit de vrachtwagen. Sluiten de achterkant.

Het ratelende geluid van een roldeur die omhooggaat.

'Wanneer je wilt, Georgie,' roept een van de mannen.

De vrachtwagen rijdt langzaam vooruit, neemt meerdere bochten naar links en rechts en stopt dan. En weer gaat de achterkant open en slaat de laadklep tegen het beton.

En weer word ik opgetild en beweeg ik, ditmaal op de vork van Georges palletwagen. Geen motor, alleen ratelende verroeste vorken. De helling af naar een betonnen vloer. George haalt nog zes kratten en laat ze naast de mijne vallen. Ik hoor dat hij de laadklep terugschuift in de vrachtwagen. Ik hoor hem de achterklep sluiten en dan komen zijn piepende gympen dichterbij, naar mijn kist watermeloenen met de valse bodem uit een of andere spionageroman over de buitenwijken van

Queensland, een roman waarvoor niemand ooit de moeite heeft genomen om hem te schrijven. Zijn fluisterende stem door een luchtgat.

'De mazzel, Eli Bell,' zegt hij. Hij tikt twee keer op de kist en schuifelt weg.

De motor komt brullend tot leven en galmt luid door de ruimte waarin ik zit, en de dampen van de uitlaat vullen mijn claustrofobische en steeds benardere spionagehol.

Dan stilte.

*

Ik versnel de tijd met mijn angst. Mijn angst laat me denken. Mijn denken manipuleert de tijd. Waar is ze? Gaat het goed met haar? Zal ze me willen zien? Wat doe ik hier? De man aan de rode telefoon. De man aan de rode telefoon.

Wat was het ook weer wat Mrs Birkbeck, coach voor de verlorenen en rustelozen, over kinderen en trauma zei? Wat was dat voor iets over dingen geloven die nooit zijn gebeurd? Gebeurt dit echt? Zit ik hier echt, op eerste kerstdag, onder in een kist watermeloenen? Tussen verheven en belachelijk, tussen belachelijk en de bodem van een kist fruit.

Hoelang zit ik hier al? Eén uur, twee uur? Als ik zo'n trek heb, moet het lunchtijd zijn. Drie uur wel, denk ik. Ik rammel van de honger. Op dit moment zitten August en pap vast en zeker te smullen van die ham uit blik. Lezen hun kerstboeken en sabbelen aan de Golden Circle-ananasschijven. August vertelt papa waarschijnlijk hoe de legendarische, uit de gevangenis ontsnapte Henri Charrière de bijnaam 'Papillon' kreeg vanwege de vlindertatoeage op zijn gebruinde, behaarde borst. Dat ga ik doen als ik hieruit kom. Ik ga naar Travis Mancini in Percivale Street in Bracken Ridge en vraag hem om een van zijn zelfgemaakte Indiase inkttatoeages: een felblauwe vlinder die zijn vleugels spreidt vanuit het midden van mijn borst. En als andere kinderen me zien zwemmen in Sandgate komen ze naar me toe om te vragen waarom ik een blauwe vlinder op mijn borst heb getatoeëerd en dan kan ik zeggen dat het mijn eerbetoon is aan de wilskracht van Papillon, aan de nooit aflatende kracht van de menselijke geest. Ik kan zeggen dat ik die tatoeage heb laten zetten nadat ik mezelf de Boggo Road-vrouwengevangenis had binnengesmokkeld om mijn moeders leven te redden en dat ik voor een vlinder heb gekozen omdat ik die dag een cocon was, ik was een jongenslarve gevangen in een pop van watermeloenen, maar ik overleefde, ik brak als nieuw uit mijn omhulsel van watermeloenen, gemetamorfoseerd.

Jongen verslindt verleden. Jongen verslindt zichzelf. Jongen verslindt heelal.

Een deur opent en sluit. Voetstappen. Rubberen zolen piepen op gepolijst beton. Iemand blijft stilstaan bij de kist. Handen op de watermeloenen. De watermeloenen worden uit de kist getild. Ik voel het gewicht afnemen op de valse bodem. Minder spanning. Licht stroomt over mijn ogen als de bodem wordt verwijderd. Mijn pupillen vechten tegen het licht en proberen te focussen op het gezicht van een vrouw die over de kist gebogen staat en op mij neerkijkt. Een Aboriginal-vrouw. Imposant, met zware botten, misschien zestig jaar oud. Grijs aan de wortels van haar zwarte haar.

'Ach, kijk jou nou,' zegt ze hartelijk. Haar glimlach is aarde en zonneschijn en een blauwe vlinder die met zijn vleugels slaat. 'Vrolijk kerstfeest, Eli.'

'Vrolijk kerstfeest,' zeg ik, nog steeds ineengedoken in de kist als een verfrommeld Pasito-blikje.

'Wil je eruit?' vraagt de vrouw.

'Graag.'

Ze steekt me haar rechterhand toe en helpt me omhoog. Een tatoeage van een kleurige regenboogslang uit de droomtijd glijdt kronkelend over de binnenkant van haar rechterarm. Op school, bij maatschappijleer in het vijfde jaar, kregen we les over de regenboogslang: symbool van nieuw leven, wonderbaarlijk en majestueus, maar geen dier om mee te spotten, niet in de laatste plaats omdat hij half Australië zou hebben geschapen.

'Ik ben Bernie,' zegt ze. 'Slim heeft me laten weten dat je met kerst langs zou komen.'

'Kent u Slim?'

'Wie kent de Houdini van Boggo Road niet?' Een ernstige blik op haar gezicht. 'Hoe gaat het met hem?'

'Ik weet het niet. Hij ligt nog steeds in het ziekenhuis.'

Ze knikt, kijkt me met een warme blik aan. 'Ik moet je waarschuwen dat je hier in de tent het gesprek van de dag bent geworden.' Ze strijkt met een zachte hand over mijn rechterwang. 'Ach, Eli. Elke vrouw hier die ooit een druppel melk in haar tieten heeft gehad wil je aan haar borst drukken.'

Ik scan de kamer waar we in staan, rek me uit en klik mijn pijnlijke nek terug naar een plek waar hij kan functioneren. We zijn in een keuken, met aan de ene kant een praktische kookruimte met metalen werkbanken, spoelbakken en droogrekken, industriële ovens en fornuizen. De toegangsdeur naar de keuken is gesloten en de stalen roldeuren zijn naar beneden getrokken boven een bain-marie-installatie met twaalf compartimenten. Wij staan in een soort opslagruimte die aansluit op de keuken, met een roldeur aan de achterwand waar ik doorheen moet zijn gekomen.

'Is dit uw keuken?'

'Nee, niet mijn keuken,' zegt Bernie, met een gezicht alsof ze beledigd is. 'Dit is mijn restaurant, Eli. Ik noem het Jailbirds. Nou ja, soms noem ik het Cell Block Ate, dat spel je A-t-e, en af en toe noem ik het Bernie's Bars and Grill, maar meestal noem ik het Jailbirds. De allerbeste boeuf bourguignon ten zuiden van de Brisbane River. Niet de beste locatie voor een restaurant natuurlijk, maar het personeel is vriendelijk en we hebben dagelijks een gestage stroom van ongeveer honderdvijftig trouwe gasten voor ontbijt, lunch en diner.'

Daar moet ik om grinniken. Ze lacht en legt een vinger op haar lippen. 'Ssssst, je moet muisstil zijn, hoor je me?'

Ik knik. 'Weet u waar mijn moeder is?'

Ze knikt.

'Hoe gaat het met haar?'

Bernie kijkt me onderzoekend aan. Ze heeft een tatoeage van een sterrenstelsel op haar linkerslaap. 'Ach, lieve Eli,' zegt ze, met haar handen om mijn kin. 'Je moeder heeft ons over jou verteld. Ze vertelde hoe speciaal jij en je broer zijn. En we hebben allemaal gehoord dat je zo graag hier wilde komen om je moeder op te zoeken, maar dat je ouweheer het niet wilde hebben.'

Ik schud mijn hoofd. Mijn ogen vallen op een doos rode appels op een keukenblad.

'Heb je honger?' vraagt Bernie.

Ik knik.

Ze loopt naar de doos appels, veegt er een schoon aan haar gevangenisbroek, zoals Dennis Lillee een cricketbal opwrijft, en gooit me de appel toe. 'Wil je dat ik een broodje voor je maak of zo?'

Ik schud mijn hoofd.

'We hebben hier cornflakes. Volgens mij heeft Tanya Foley in Blok D een pak Froot Loops binnengesmokkeld. Als je wil, ritsel ik een bakje Froot Loops voor je.'

Ik bijt in de appel, die sappig en knapperig is. 'De appel is heerlijk, dank u wel. Mag ik naar haar toe?'

Ze zucht, trekt zich op aan de stalen keukenwerkbank en strijkt haar gevangenisoverhemd glad. 'Nee, je kunt niet zomaar naar haar toe. Je kunt niet zomaar naar haar toe, want ik weet niet of je het doorhebt, maar dit is verdomme een vrouwengevangenis, maat, en geen zomervakantieoord waar je zomaar even doorloopt naar Blok B en de concierge vraagt om je moeder om te laten roepen. En begrijp me goed, je bent alleen zo ver gekomen omdat Slim me heeft gesmeekt om je zo ver te laten komen, dus nu moet je me eerst maar eens vertellen waarom ik dit krankzinnige avontuur van jou een etappe verder moet helpen.'

De klanken van een koor buiten de keuken.

'Wat is dat?' vraag ik.

Een prachtig koor. Engelen zingen. Een kerstlied.

'Dat zijn de Salvo's in de recreatiezaal hiernaast. Ze zingen tot ze erbij neervallen.'

'Komen ze elke kerst?'

'Als we brave kleine elfen zijn geweest.'

Het gezang zwelt aan, driestemmige klanken kruipen door de spleet onder de deur van Bernie's restaurant.

'Wat is dat voor liedje dat ze zingen?'

'Hoor je dat niet?'

Bernie begint te zingen. *'Sleigh bells ring, are you listening? In the lane, snow is glistenin'. A beautiful sight, we're happy tonight. Walking in a winter wonderland.'*

Dat liedje. Weer dat verrekte nummer. Ze laat zich van de werkbank glijden en komt naar me toe, een onnozele blik op haar gezicht. Ze komt schommelend op me af, glimlachend. Iets aan haar glimlach is verontrustend. Bernie heeft iets krankzinnigs over zich. Ze kijkt me aan, maar tegelijkertijd kijkt ze dwars door me heen. *'Gone away is the bluebird,'* zingt ze. *'Here to stay is a new bird...'*

Een klop op de keukendeur.

'Binnen,' roept Bernie.

Een vrouw van een jaar of twintig komt de keuken binnen. Ze heeft blonde plukjes aan de voorkant van haar hoofd en blonde plukjes onderaan haar achterhoofd en voor de rest heeft ze stekeltjes. Haar armen en benen zijn botten zonder vlees en haar stralende glimlach voor mij, als ze de keuken binnenkomt, is het grootste geschenk dat ik tot nu toe heb ontvangen op deze steeds gekker wordende eerste kerstdag.

Dan wendt ze zich tot Bernie en verdwijnt haar glimlach. 'Ze komt er niet uit. Ze is volkomen apathisch, Bern. Zit maar naar de muur te staren, alsof ze in haar hoofd dood is voor de wereld. Ze is er totaal niet bij.'

De vrouw kijkt naar mij. 'Sorry.'

'Heb je tegen haar gezegd dat hij hier in de keuken staat?'

'Nee, dat gaat niet. De deur moet op slot blijven van Lord Brian. Hij is bang dat ze weer een woedeaanval krijgt.'

Bernie laat haar hoofd hangen en denkt diep na. Ze steekt haar arm op naar de vrouw, hoewel ze haar hoofd nog steeds omlaag houdt. 'Eli, dit is Debbie.'

Debbie lacht nogmaals naar me. 'Vrolijk kerstfeest, Eli.'

'Vrolijk kerstfeest, Debbie.'

Bernie kijkt op en draait zich naar me toe. 'Kijk, jochie, wil je het recht voor z'n raap of wil je het met chocoladesaus en een kers erbovenop?'

'Recht voor z'n raap.'

Ze zucht. 'Ze ziet er niet best uit, Eli. Ze eet niks. Ze komt niet uit haar cel. Ik kan me de laatste keer dat ze naar buiten ging voor de middagrecreatie van drie uur niet herinneren. Ze heeft een tijdje kooklessen bij me gevolgd, maar daar is ze mee opgehouden. Ze bevindt zich op een duistere plek.'

'Dat weet ik. Daarom heb ik Slim gevraagd om me hier naar binnen te smokkelen.'

'Maar ze wil niet dat je haar zo ziet, begrijp je wat ik zeg?'

'Ik weet dat ze me niet wil zien. Dat weet ik. Maar het punt is, Bernie, ze wil me wel zien, ook al wil ze me niet zien, en ik moet naar haar toe om tegen haar te zeggen dat alles goed komt, want als ik zeg dat alles goed komt – nou, dan gebeurt het ook. Het komt altijd goed als ik haar vertel dat dat zo is.'

'Dus, voor alle duidelijkheid, jij gaat gewoon naar haar toe, je zegt tegen je moeder dat het allemaal rozengeur en maneschijn wordt hier in dit schijthol en dan…' Bernie knipt met haar vingers. '…voilà, is alles in orde met Frankie Bell?'

Ik knik.

'Zomaar ineens?'

Ik knik.

'Als bij toverslag?'

Ik knik.

'Ben jij een beetje een tovenaar, Eli?'

Ik schud mijn hoofd.

'Welja, opdondertje, misschien ben jij de nieuwe Houdini van Boggo Road wel,' zegt ze spottend. 'Misschien heeft Slim ons de nieuwe Houdini gestuurd om ons hier allemaal uit te halen met je magische krachten. Kun je dat? Misschien wil je even met je toverstaf zwaaien en mij regelrecht naar station Dutton Park toveren, zodat ik een van mijn kinderen kan zien. Ik heb er vijf, ergens daarbuiten. Ik zou al blij zijn als ik er eentje kon zien. De jongste misschien. Kim. Hoe oud zou Kim nu zijn, denk je, Deb?'

Debbie schudt haar hoofd. 'Schei uit, Bern. Die arme jongen is al zo ver gekomen. Laten we hem gewoon meenemen om zijn moeder te zien. Het is Kerstmis, verdorie.'

Bernie kijkt me aan.

'Ze hoeft me alleen maar even te zien.'

'Ik denk nu even vooral aan je moeder, jochie. Geen moeder ter wereld wil dat haar kind haar ziet zoals zij nu is. Waarom zou ik je naar haar toe laten gaan en haar nog meer pijn doen dan ze al heeft, weet je, alleen om jouw kerst een beetje op te vrolijken?'

En ik staar zo diep en serieus in haar ogen dat ik haar staalharde ziel kan zien. 'Omdat ik niks weet van toverkracht, Bernie. Omdat ik nergens iets van weet. Maar ik weet dat het waar is wat mijn moeder over mijn broer en mij zegt.'

'Wat was dat ook weer?' vraagt Bernie.

'Wij zijn speciaal.'

*

De gevangenen van Blok B voeren deze kerstdag een musical uit op een geïmproviseerd podium in de recreatieruimte, en de dames van de blokken C, D, E en de tijdelijke barakken van Blok F, waar nieuwkomers worden geplaatst als het hoofdgebouw vol is, hebben zich na de lunch verzameld voor een vrolijk en goed ontvangen kerstconcert. De kerstuitvoering van Blok B is een combinatie van het kerstverhaal en de musical *Grease*. De hoofdrollen worden gespeeld door twee vrouwelijke gevangenen, die Maria en Jozef spelen in de gedaanten van John Travolta en Olivia Newton-John. De drie wijzen zijn allemaal lid van de Pink Ladies-bende. Het kindje Jezus is een pop in een leren motorpak en in plaats van de nacht in een kribbe te moeten doorbrengen, slaapt onze toekomstige Heer en Verlosser in de kofferbak van een kartonnen Greased Lightning. De musical heet *When a Child is Born to Hand Jive*.

Bij het grote succesnummer en hoogtepunt van de show, 'You're the One That I Want for Christmas', gezongen door Maria, gaat het dak eraf en een daverend gejuich galmt door Blok B. Zelfs de bewakers, drie zwaargebouwde mannen in groenbruine uniformen die op strategische punten om het uitbundig applaudisserende publiek heen staan, worden meegezogen in de losbandige cabaretstijl van de vrouw die Maria speelt in een loeistrakke zwarte legging.

'Oké, we gaan,' fluistert Bernie, profiterend van de magnetische kracht en kleurrijke alle-ogen-op-het-podium-gericht-afleiding van de vertolkers op het podium.

Ik zit in een grote zwarte vuilcontainer en Bernie trekt me achter zich aan, met het deksel van de bak gesloten. Mijn voeten pletten papieren bordjes van de afgeruimde tafels na de kerstlunch. Ik sta tot aan mijn enkels in de restjes ingeblikte ham, erwten en maïs. Ze rolt me de gevangeniskeukens uit, langs de eetzaal, steekt een open ruimte achter de recreatiezaal over en haast zich langs het publiek, dat enkel en alleen oog heeft voor Maria. Bij een scherpe bocht naar rechts kiept ze de bak op zijn kant en word ik platgedrukt tegen de vettige, stinkende binnenkant. Ze loopt nog dertig of veertig passen stevig door, zet de bak weer rechtop, opent het deksel en steekt haar hoofd naar binnen.

'Hoe heet ik?' vraagt ze.

'Weet ik niet,' zeg ik.

'Hoe ben je hier verdomme binnengekomen?'

'Ik heb me verstopt onder een van de vrachtwagens.'

'Welke vrachtwagen?'

'Weet ik niet. Een witte.'

Bernie knikt. 'Kom eruit,' fluistert ze.

Ik sta op en kruip uit de vuilcontainer. We zijn in de gang van een cellenblok, slechts verlicht door het zwakke schijnsel dat door een kamerhoog matglazen raam aan het einde van de gang valt, ongeveer acht cellen verderop. Alle cellen hebben een rechthoekig, hardglazen venstertje ter grootte van mijn vaders brievenbus in het midden van de deur.

Ik kruip uit de vuilcontainer, met mijn rugzak nog steeds over mijn schouders.

Bernie knikt naar de cel twee deuren verderop in de gang. 'Die is het.' Ze sluit het deksel van de container en maakt zich snel uit de voeten. 'Vanaf nu sta je er alleen voor, Houdini,' fluistert ze. 'Vrolijk kerstfeest.'

'Bedankt Bernie,' fluister ik.

Ik sluip naar mijn moeders cel. Het venstertje in de deur zit te hoog voor me, zelfs als ik op de punten van mijn tenen ga staan. Maar er zit een inkeping in de robuuste deur, die ik met mijn vingers kan pakken en waaraan ik me kan optrekken, waarbij ik mezelf met mijn knieën verder omhoogduw. Mijn rechterhand glipt weg omdat die maar vier vingers heeft om vast te houden, maar ik probeer het opnieuw en grijp me stevig vast aan de rand van het venster. En ik zie haar. Ze draagt een wit hemd onder iets wat eruitziet als een lichtblauwe schilderskiel. Het gevangenisuniform maakt haar piepjong, kleiner en kwetsbaarder dan ik haar ooit heb gezien. Ze ziet eruit als een klein meisje dat koeien zou moeten melken in glooiende Zwitserse heuvels. Tegen de rechterwand van de cel staat een bureau en rechtsachter in de hoek zie ik een chromen toilet en wastafel. Er zijn twee kooien vastgeschroefd aan de linkerwand van de cel en ze zit op de rand van het onderste bed, haar handen samengebald tussen haar knieën geperst. Haar haar staat alle kanten uit, hangt voor haar gezicht en over haar oren. Ze draagt dezelfde blauwe rubberen sandalen als Bernie. Mijn armen kunnen mijn gewicht niet houden en ik glijd van de deur. Ik klim weer omhoog en klem me stevig vast aan de inkeping. Een langere blik naar binnen ditmaal. Ik zie de waarheid van alles. De graatmagere scheenbenen. Haar ellebogen als hamerkoppen, haar armen als de twijgjes die ik zou willen hebben om een fik te stoken en deze bajes-voor-moeders tot de grond plat te branden.

Haar jukbeenderen staan hoger dan vroeger en haar wangen zijn verdwenen, veranderd in een holte van dunne huid in een gezicht dat niet gegroeid lijkt te zijn door het leven, maar getekend door een humorloze, macabere colorist wiens schaduwen uitgegumd kunnen worden met een druppel speeksel en een snel bewegende wijsvinger. Toch zijn het niet haar benen, armen of jukbeenderen waar ik van schrik; het zijn de ogen, starend naar de muur tegenover haar. Wezenloos starend. Zo verdwaald in die muur dat het is alsof haar brein is verwijderd. Ze lijkt op Jack Nicholson na de lobotomie in *One Flew Over the Cuckoo's Nest*, en ook de plek past in dat plaatje. Ik kan eerst niet uitmaken waar ze naar kijkt op die muur, maar dan ineens weet ik het. Ik ben het. Het zijn August en ik, arm in arm. Een foto op de celmuur geplakt. We zijn in onze blote bast, spelen in de achtertuin van het huis in Darra, en

August steekt zijn buik zo ver mogelijk naar voren en maakt met zijn rechterhand buitenaardse gebaren, zijn eeuwige '*E.T. phone home*'-gebaar. Ik bespeel zijn bolle buik als een bongo.

Ik tik zachtjes met mijn knokkel op het glazen paneel. Ze hoort het niet.

Ik klop, hard en snel. Ze hoort me niet. Ik glij van de deur en spring er weer op. 'Mááám,' fluister ik. Ik klop opnieuw, tweemaal, driemaal, de laatste keer te luid, te hard. Ik kijk naar rechts, de gang door. Gelach en applaus klinken nog steeds om de hoek van Blok B als de sterren van *When a Child Is Born to Hand Jive* hun triomfantelijke buigingen maken aan het slot van de voorstelling. 'Mááám!' fluister ik uit alle macht. Ik klop harder. Twee harde bonzen en ze draait haar hoofd naar me toe. Merkt dat ik gespannen naar haar kijk door het raampje. 'Mam,' fluister ik. Ik glimlach. En ze licht heel even op, een fractie van een seconde flikkert het licht aan en even snel weer uit. 'Vrolijk kerstfeest, mama.' En ik huil nu. Natuurlijk huil ik. Ik wist niet hoe hard ik het nodig had om voor haar te huilen, tot nu, hangend aan mijn vingers aan de deur van cel 24 in de vrouwenbajes van Boggo Road. 'Vrolijk kerstfeest, mama.'

Ik trek een vrolijk gezicht. Zie je wel, mam. Zie je wel. Na alles wat er is gebeurd, na al die krankzinnige momenten, na Lyle, na Slim, nadat jij bent opgepakt, ben ik nog steeds dezelfde oude ik. Er verandert niets, mam. Niets verandert mij. Niets verandert jou. Ik hou nog meer van je, mama. Je denkt dat ik minder van je hou, maar ik hou meer van je door dit alles. Ik hou van je. Kijk maar. Kijk maar naar mijn gezicht.

'Doe de deur open, mama,' fluister ik. 'Doe de deur open.'

Ik glijd weg en ik klim terug en een spijker dringt diep in mijn rechtermiddelvinger en het bloed stroomt langs de rug van mijn hand. 'Doe de deur open, mama.' En ik kan mezelf niet langer houden en ik veeg mijn ogen af en de tranen maken mijn vingers glad, maar ik klamp me weer net lang genoeg vast om te zien dat ze me wezenloos aankijkt, waarbij ze haar hoofd schudt. *Nee, Eli.* Dat lees ik. Ik lees het zoals ik al tien jaar lang de stille gebaren van mijn broer lees. *Nee, Eli. Niet hier. Niet zo. Nee.* 'Doe de deur open, mam,' breng ik moeizaam uit. 'Doe open, mam,' smeek ik. Ze schudt haar hoofd. Zij huilt nu ook. *Nee, Eli. Het spijt me, Eli. Nee nee nee.*

Mijn vingers glijden van de deur en ik val op de harde gepolijste betonnen vloer van de gang. Ik hap naar lucht door mijn tranen heen en leun met mijn rug tegen de deur. Ik bons mijn hoofd tweemaal hard tegen de deur, die harder is dan mijn hoofd.

En ik haal adem. Ik haal diep adem. En ik zie de rode telefoon in Lyles geheime kamer. En ik zie de hemelsblauwe wanden van Lena Orliks slaapkamer. Ik zie de foto van Jezus die vandaag is geboren. En ik zie mama in die kamer. En ik zing.

Omdat ze haar liedje nodig heeft. Ik heb geen platenspeler om haar liedje af te spelen, daarom zing ik haar liedje. De plaat die ze zo vaak draaide. Kant A, derde dikke groef vanaf de rand. Dat liedje over een meisje dat nooit vertelde waar ze vandaan kwam.

En ik draai me om en zing door de kieren in de deur. Ik zing in het licht van een spleet van een centimeter breed. Ik ga op mijn buik liggen en zing in de kier onder de deur.

Ruby Tuesday en haar pijn en verlangen, haar vertrek en mijn brekende kerststem. Ik zing. Ik zing haar liedje. Telkens opnieuw. Ik zing.

En ik stop. Stilte. Ik bons met mijn voorhoofd tegen de deur. En het kan me niet meer schelen. Ik zal haar laten gaan. Ik zal ze allemaal laten gaan. Lyle. Slim. August. Pap. En mijn moeder. En ik ga Caitlyn Spies zoeken en ik zal haar vertellen dat ik haar ook laat gaan. En ik zal stom zijn. En ik zal niet dromen. En ik zal in een hol kruipen en lezen over dromers net zoals mijn vader doet en ik zal lezen en lezen en drinken en drinken en roken en roken en sterven. Vaarwel Robijnen Dinsdag. Vaarwel Smaragden Woensdag. Vaarwel Saffieren Donderdag. Vaarwel.

Dan gaat de celdeur open. Ik ruik de cel onmiddellijk en hij ruikt naar zweet en vocht en lichaamsgeur. Mama's rubberen sandalen piepen op de vloer naast me. Ze valt op de vloer, huilend. Ze legt een hand op mijn schouder en laat zich snikkend boven op me vallen in de deuropening van haar cel.

'Groepsknuffel,' zegt ze.

Ik ga rechtop zitten en sla mijn armen om haar heen en ik druk haar zo stevig tegen me aan dat ik bang ben dat ik de zwakke botten in haar ribbenkast breek. Ik laat mijn hoofd op haar schouder vallen en ik wist niet dat ik die geur zo had gemist, die geur van mama's haar, haar te kunnen voelen.

'Alles komt goed, mama,' zeg ik. 'Alles komt goed.'

'Ik weet het, jochie. Ik weet het.'

'Het wordt goed, mama.'

Ze trekt me dichter tegen zich aan.

'Hierna wordt alles goed. August heeft het gezegd, mama. August heeft het gezegd. Hij zegt dat je hier even doorheen moet, alleen hier nog even doorheen.'

Mama huilt op mijn schouder. 'Sssssssssst,' zegt ze, terwijl ze zachtjes op mijn rug klopt. 'Sssssssssssssst.'

'Alleen nu nog even volhouden en hierna wordt het alleen maar beter. August weet het, mama. Dit is het allermoeilijkste, dat je hier bent. Het wordt niet erger.'

Mama gaat harder huilen. 'Sssssssssssst. Hou me vast, lieverd. Hou me gewoon vast.'

'Geloof je me, mama?' vraag ik. 'Als je me gelooft, zul je ook geloven dat het beter zal worden en als je het gelooft, gebeurt het ook.'

Mama knikt.

'Ik ga zorgen dat het goed komt, mam, dat beloof ik. Ik ga een plekje zoeken waar je naartoe kunt als je vrijkomt, een plekje waar het fijn en veilig is en we gelukkig kunnen zijn en daar zul je vrij zijn, mama. Dit is alleen maar tijd. En je kunt doen wat je wilt met de tijd, mam.'

Mama knikt.

'Geloof je me, mama?'

Mama knikt.

'Zeg het.'

'Ik geloof je, Eli.'

Dan galmt er een vrouwenstem door de gang. 'Wat zullen we goddomme nou beleven?' tiert een roodharige vrouw met een dikke buik en een holle rug. Ze draagt gevangeniskleren en met een plastic dessertkom vol lillende rode gelatinepudding in haar hand staart ze met open mond naar mama en mij in de deuropening van cel 24. Ze draait zich om naar de recreatiezaal en roept: 'Wat is dit verdomme voor crèche hier?' Ze smijt woedend haar dessert op de grond. 'Hoezo verdient prinses Frankie vandaag bezoek?' brult ze.

Mama trekt me nog steviger tegen zich aan.

'Ik moet gaan, mam,' zeg ik, me losmakend uit haar omhelzing. 'Ik moet gaan.'

Ze klampt zich aan me vast en ik moet mezelf van haar lostrekken. Ze laat haar betraande gezicht zakken als ik opsta.

'We komen hier wel doorheen, mama. Het is maar tijd. Je bent sterker dan de tijd, mam. Jij bent sterker.'

Ik draai me om en ren de gang door, terwijl een lange, breedgeschouderde gevangeniscipier de hoek om komt in mams cellenvleugel en de blik volgt van de roodharige vrouw. 'Krijg nou wat,' roept hij verbijsterd uit als hij mij ziet. Ik grijp de riemen van mijn rugzak beet en sprint de andere kant uit. De bewaker heeft zijn hand op de knop van de wapenstok die aan zijn riem bungelt. Brett Kenny verrijst voor mijn geestesoog – glorieuze middenspeler van de Parramatta Eels. Al die namiddagen waarop August en ik in de achtertuin Kenny's onovertroffen zigzagrun hebben geoefend, zijn dodelijke kaarsrechte sprint.

'Blijf onmiddellijk staan,' commandeert de bewaker. Maar ik zet een tandje bij, zigzag van links naar rechts door de gang en maak volop gebruik van de vier meter brede ruimte, slingerend zoals Brett Kenny door een verdedigingslinie van de Canterbury Bulldogs. Ik zet koers naar de rechterkant van de gang en de logge bewaker met zijn dikke x-benen en zijn buik als een tractorband koerst mee in mijn bewegingslijn. Ik ben binnen twee meter van zijn bereik wanneer hij zijn beide benen stevig neerzet en zijn armen wijd uitstrekt om me op te slokken, me als een glibberige Bramble Bay-platkop – een glibberige Eel-speler – te vangen, en dan zet ik razendsnel af met de bal van mijn rechtervoet, schiet als een kogel helemaal naar de linkerkant van de gang en duik onder zijn ambitieuze, maar nutteloos zwaaiende rechterarm door. Brett Kenny vindt de opening en de zee van blauw-gele supporters van de Eels op de westelijke tribunes van het Sydney Cricket Ground-stadion staan als één man overeind. Ik sla links af naar de open recreatie- en eetzaal van Blok B, waar veertig vrouwen rond de eettafels en de kaarttafels, de schaaktafels en de breitafels hangen. Een andere gevangenisbewaker – een onderdeurtje, maar gespierd en snel – krijgt me van de andere kant van de zaal in de smiezen en zet de achtervolging in. Ik ren door de eetzaal, op zoek naar een uitgang, en de vrouwen lachen en schreeuwen en klappen in hun handen. Vanaf de linkerkant van de eetzaal sluit een andere bewaker zich bij de achtervolging aan. 'Stop!' brult hij. Maar ik stop niet. Ik sprint door het middenpad van de zaal, terwijl mama's medegevangenen met hun handen op de tafels slaan, waardoor de kommen kerstpudding, gelatinepudding en vla tussen hun vuisten stuiteren. Ik kan de uitgang niet vinden en de bewakers komen aan weerskanten op me af, dus ik draai me om en ren diagonaal door naar de overkant, over de stalen eettafels. De bewaker die ik in de gang wist te ontduiken komt nu de eetzaal binnen en wringt zich boos door een zee van gevangenen, die van hun stoelen zijn opgesprongen voor de kerst- annex *Grease*-show en zich nu hebben omgedraaid voor het surrealistische tafereel van de jongen die over de tafels en stoelen van Boggo Road stuitert als de held uit een aflevering van *Looney Tunes*. De bewakers springen onhandig op de tafels en reppen zich door gangpaden om me af te snijden, onder het schreeuwen van bedreigingen die ik niet goed kan verstaan door het gejuich van de menigte in het SCG-stadion. *Kenny! Brett Kenny! Naar het open veld. De meester, Eli Bell, op weg naar de* try line. *Hij gaat scoren. Hij verzekert zich van eeuwige roem, een ware legende in de rugbycompetitie.*

Ik spring over de tafels als een Russische ballerina, ontwijk de uitgestoken armen van de onfortuinlijke bewakers zoals Errol Flynn in de film de sabels van de piraten ontwijkt, en de gevangenen zitten nu in een rock-'n-rollshow en steken hun vuisten in de lucht naar de heldendaden van de aanstormende middenvelder van de Eels met straalaandrijving in de rubberzolen van zijn Dunlop KT-26's. Ik spring van een tafel op de gepolijste betonnen vloer bij de ingang van de eetzaal, waar de vrouwen voor me uitwijken – een scheiding in de zee van vrouwelijke bajesklanten – en ze vormen een erewacht waar ik doorheen kan rennen. En op de een of andere manier weten de vrouwen hoe ik heet.

'Vooruit, Eli!' gillen ze.

'Rennen, Eli!' gillen ze.

Dus ren ik door, tot ik een uitgang zie achter de gemeenschappelijke ruimte, tussen de keuken, de cellen en de eetzaal in. Het is een deur die uitkomt op een grasveld. Buiten. Vrij. *Kenny! Brett Kenny voor de try line!* Sprinten, sprinten. De bewakers op mijn hielen en een andere bewaker, nummer vier, komt van rechts op me af om mijn weg naar de deur te blokkeren. Het is de vleugelverdediger van de Canterbury Bulldogs. De vleugelbewaker. De laatste verdedigingslinie van elk team, de beste technische verdediger in het team, wendbaar en sterk, altijd in staat rugdekking te geven met vliegende tackles dwars over het veld om een einde te maken aan de grote finaledromen van goden als Brett Kenny. Mama deed aan hardlopen toen ze jong was, kon fantastisch sprinten. Won alle sprintwedstrijden op atletiektoernooien. Ze heeft me eens verteld dat er een manier is om een extra kick te krijgen, die extra kracht om je voeten contact met de grond te laten houden, door jezelf als een ploeg te zien – de eerste vijftig meter van een honderdmetersprint graven je benen de aarde op en jij graaft in de aarde en dan, voor de laatste vijftig meter, graaf je jezelf uit en leg je je hoofd in je nek en steek je je borst vooruit, de finishlijn over. Dus nu, als de vierde bewaker in een boog over de gevangenisvloer op me af stormt, ben ik een ploeg, maar ik ben niet sterk genoeg als ploeg en hij zal me zeker en gewis onderscheppen voordat ik de deur naar het grasveld en de vrijheid heb bereikt. Maar dan een kerstwonder, een heilige verschijning in gevangeniskleding. Het is Bernie, langzaam lopend met haar vuilcontainer, kennelijk verstrooid maar niet heus, die het pad kruist van de woedende vierde bewaker. 'Uit de weg, Bernie!' brult de cipier en hij schiet om haar heen.

'Wat?' zegt Bernie. Ze draait zich blind om, en onhandig als een filmster uit een oude slapstickfilm maakt ze er een hele vertoning van door de bak nu kennelijk onbewust achteruit te rollen, pal voor de neus van de bewaker. Hij probeert over de gekantelde bak heen te springen, maar zijn voet blijft haken achter het deksel en hij stort spectaculair neer, plat op zijn buik op de gepolijste gevangenisvloer.

Ik storm door de deur aan de achterkant van Blok B en kom uit op een goed onderhouden grasveld, dat naar een omheinde tennisbaan leidt. Ik ren zo hard als ik kan. *Brett Kenny, de man van de wedstrijd voor de derde achtereenvolgende week op rij, loopt nu ver voorbij de buitenspellijn en rent de geschiedenis in.* Eli Bell. De ongrijpbare Eli Bell. Noem me Merlijn. De Tovenaar van de Boggo Road-vrouwengevangenis. De enige jongen die ooit aan dat Blok B-schijthol is ontsnapt. De enige jongen die ooit uit Boggo Road is ontsnapt. Ik ruik het gras. Er staat witte klaver in het gras en in de klaver zoemen bijen. Het soort bijen waardoor mijn enkels opzwellen als ze me steken. Stel je niet aan, Eli. Er zijn ergere dingen in deze wereld dan bijen. Het gazon loopt af naar de tennisbaan en ik kijk over mijn schouder terwijl ik blijf doorrennen. Vier bewakers in een paniekerige achtervolging brullen dingen die ik niet versta. Ik ren door en laat mijn rechterarm onder de schouderband van mijn rugzak vandaan glijden. Ik rits de rugzak open, steek mijn arm erin en grijp naar het touw. Het is tijd, Eli. Dit is het moment van de waarheid.

*

Ik begon met lucifers, net zoals Slim dat deed in zijn cel. Lucifers en een eindje touw. Twee lucifers met in het midden een elastiekje eromheen om een kruisvormige grijphaak te vormen. Timing, planning, geluk, geloof. Ik geloof. Ik geloof, Slim. Ik heb urenlang in mijn slaapkamer doorgebracht om de wetenschap en techniek te bestuderen van het werpen van een grijphaak tegen een hoge, oranjebruine bakstenen muur. Daarna heb ik mijn eigen echte grijphaak gemaakt van een stuk touw van vijftien meter lang, met om de vijftig centimeter een knoop erin voor houvast en twee aan elkaar gebonden stokken, van de steel van een oude hark die ik onder paps huis heb gevonden. Op zaterdagmiddag nam ik de grijphaak mee naar het Bracken Ridge Scouts Center, waar ze een hoge muur hebben die jonge scoutinggroepen moeten beklimmen tijdens teambuildingoefeningen. Na eindeloos werpen had ik mijn grijphaakmuurwerptechniek onder de knie. Een verontruste scoutinggids betrapte me op een middag bij het oefenen van deze vreemde ontsnappingsmanoeuvre uit de gevangenis. 'Wat denk je precies dat je aan het doen bent, jongeman?' vroeg hij.

'Ontsnappen,' zei ik.

'Pardon?'

'Ik doe net of ik Batman ben.'

*

Ik neem een scherpe bocht naar links op de tennisbaan en sprint naar een paadje dat tussen de cellen van Blok C links en een naaiatelier rechts van mij loopt. Ik raak buiten adem. Begin moe te worden. Ik moet de muur vinden. Ik moet de muur vinden. Ik passeer de noodcellen van Blok F en kijk achterom. Nergens een bewaker te bekennen. Ik ren naar de gevangenismuur. Het is een oude muur van bruine baksteen, hoog en indrukwekkend. Ik weet niet zeker of mijn touw lang genoeg is voor de muur waar ik voor sta, dus ren ik erlangs, zoekend, zoekend, zoekend naar een plek in de bruine bakstenen vesting waar een hoger gedeelte van de muur aansluit op een lager gedeelte. Bingo. Ik wikkel mijn grijphaaktouw af en hou een stuk van twee meter achter, dat mijn werptouw zal zijn. Ik kijk omhoog naar de hoek waar hoog en laag samenkomen en draai het touw twee keer rond, als een cowboy zijn lasso, waarbij het gewicht van de harksteelstukken fungeert als een leidend projectiel voor de worp. Ik krijg slechts één kans. Help me, Slim. Help me, Brett Kenny. Help me, God. Help me, Obi-Wan, je bent mijn enige hoop. Help me, mam. Help me, Lyle. Help me, August.

Een weesgegroetjesworp. Een daad van puur vertrouwen, van ambitie en geloof. Ik geloof, Slim. Ik geloof. De haak zweeft door de lucht en over de muur. Ik zet twee stappen naar rechts en trek het touw strak, op zo'n manier dat de haak stevig vast komt te zitten achter de muur als ik eraan trek.

'Oi!' hoor ik een bewaker schreeuwen. Ik kijk achterom en zie hem langs de muur rennen, zo'n vijftig meter achter me, met een andere bewaker op zijn hielen. 'Stoppen jij, rotjoch,' roept hij.

Ik grijp een van de knopen in het touw beet en trek mezelf met beide handen tegen de muur omhoog, waarbij ik mijn betrouwbare en gezegende Dunlop KT-26's tegen de muur zet, mijn rug parallel aan het grasveld onder me. Ik ben Batman. Ik ben Adam West in die oude televisieserie van *Batman* en beklim een kantoortoren in Gotham City. Dit werkt. Dit werkt verdorie echt.

Hoe lichter iemand is, hoe makkelijker dit is. Slim was mager toen hij zijn klim tegen een dergelijke muur maakte, maar ik ben de jongen, de jongen die muren beklom, de jongen die de bewakers te slim af was, de jongen die ontsnapte uit Boggo Road. Merlijn de Grote. De Tovenaar van de Vrouwenbajes.

Alleen lucht vanuit deze hoek. Blauwe lucht en wolken. En flitsen van de bovenkant van de muur. Zes meter omhoog nu. Zeven meter. Acht misschien. Negen meter. Het is vast wel tien meter hoog, mijn hoofd in de wolken.

Het touw staat strak en brandt in mijn handen. De middelvinger van mijn rechterhand doet pijn van de stress van het overwerk bij afwezigheid van zijn collega wijsvinger.

Twee bewakers komen aanrennen, stoppen recht onder mij en kijken omhoog. Ze klinken net als Lyle als hij boos op me was.

'Ben je wel goed bij je hoofd, jochie?' roept de ene. 'Wat dacht je daar verdorie te doen?'

'Kom onmiddellijk naar beneden,' roept de ander.

Maar ik blijf tegen de muur omhoogkruipen. Klimmen en klauteren. Zoals een SAS-militair van het Britse leger, die al die mensen redden uit handen van terroristische gijzelaars.

'Dat wordt je dood, idioot,' zegt de tweede bewaker. 'Dat touw is niet sterk genoeg om je te houden.'

Natuurlijk is dit touw sterk genoeg. Ik heb het zeventien keer getest op het scoutingterrein. Paps oude touw, gevonden onder het huis, bedolven onder stof en vuil in zijn roestige kruiwagen. Hoger en hoger ga ik. O, de lucht hierboven. Was dat het gevoel dat je kreeg, Slim? De opwinding hiervan? De aanblik van de top? De gedachte aan wat je buiten deze muren wachtte? Het verhaal van het onbekende.

'Kom onmiddellijk naar beneden en er zal je niets gebeuren,' zegt de eerste bewaker. 'Kom naar beneden, maat. Christus nog aan toe, het is verdomme eerste kerstdag. Je moeder wil niet dat je doodgaat op eerste kerstdag.'

Ik ben op een meter van de top als ik pauzeer om op adem te komen

– nog één laatste diepe ademhaling voordat ik mijn triomfantelijke been over de top sla, voordat ik het onmogelijke heb bereikt, voordat Merlijn zijn laatste verdwaasde konijn uit zijn hoed tovert. Ik haal drie keer diep adem, mijn benen staan gestrekt tegen de muur. Ik trek mezelf hoger op, zo hoog dat ik zie hoe de haakdelen van papa's hark tegen de muur geperst worden. Ze kraken onder het gewicht, maar ze houden het. De top. Everests eenzame top. Ik kijk heel even om naar de bewakers onder me.

'Tot ziens aan de andere kant, jongens,' roep ik triomfantelijk, getroffen door een aanval van brutaal lef in de ijlere lucht boven de muur. 'Zeg maar tegen die rijke stinkerds in George Street dat geen muur in Australië hoog genoeg is om de Tovenaar van Boggo Road tegen te houden.'

Een van de segmenten van paps harksteel knapt en ik tuimel achterover van de muur. De blauwe lucht en de witte wolken wervelen van me af. Met zwaaiende armen en trappende benen in het niets zie ik mijn hele leven aan me voorbijflitsen. Het heelal. De vis die door mijn dromen zwemt. Kauwgom. Frisbees. Olifanten. Leven en werk van Joe Cocker. Macaroni. Oorlog. Waterglijbanen. Broodjes ei-kerriesalade. Alle antwoorden. De antwoorden op de vragen. En een woord dat ik niet had verwacht rolt van mijn doodsbange lippen.

'Papa.'

Jongen steelt oceaan

Op de grafsteen staat: AUDREY BOGUT, 1912-1983, LIEFHEBBENDE ECHTGENOTE VAN TOM, MOEDER VAN THERESE EN DAVID. EEN LEVEN ALS HET HUNNE LAAT ONS IN LIEFDEVOLLE HERINNERING ACHTER.

Eenenzeventig jaar voordat Audrey Bogut stierf.

Op de steen naast de hare staat: SHONA TODD, 1906-1981, GELIEFDE DOCHTER VAN MARTIN EN MARY TODD, ZUSTER VAN BERNICE EN PHILLIP. ZIJ BEROERDE DE BEKER DES LEVENS MET HAAR LIPPEN, DE SMAAK ZO ZOET DAT ZIJ HEM LEEGDRONK.

Vijfenzeventig jaar voordat Shona Todd stierf.

'Kom, het begint zo,' zeg ik tegen August.

We lopen het bakstenen kapelletje van het crematorium in Albany Creek binnen. Winter 1987. De negende maand van mijn geweldige timelapse-experiment.

Slim heeft gelijk. Alles is enkel en alleen maar tijd. Negenendertig minuten rijden van ons huis in Bracken Ridge naar het crematorium in Albany Creek. Twintig seconden om mijn veters vast te maken. Drie seconden voor August om zijn shirt in te stoppen. Nog bijna eenentwintig maanden tot mama vrijkomt. Ik ben hard op weg een meestermanipulator van de tijd te worden. Ik zal eenentwintig maanden laten voelen als eenentwintig weken. Dat heb ik geleerd van de man in de houten kist.

Zevenenzeventig jaar voordat Slim stierf. De laatste zes maanden lag hij vaker wel dan niet in het ziekenhuis, terwijl de kanker alle hoeken van dat lange lijf van hem besloop. Ik ging zo vaak ik kon bij hem op bezoek. Tussen school door. Tussen huiswerk en middag-tv door. Tussen mijn opgroeien en zijn overlijden door. Zijn laatste grote ontsnapping.

EINDE VAN EEN MISDAADTIJDPERK, kopte de *Telegraph* die pap mij gisteren toestak. *Met de dood van Arthur Ernest 'Slim' Halliday, 77 jaar oud, in Redcliffe Hospital deze week, is een aangrijpend hoofdstuk in de misdaadannalen van Queensland voorgoed afgesloten.*

De tijd stopt in deze kapel. Geen geluid van het handjevol rouwenden rond de kist, een aantal mannen in pak, niemand die iemand anders kent.

Ik steek mijn hand in mijn broekzak en tast naar de laatste woorden die Slim voor me heeft opgeschreven. Het was een boodschap voor mij, onderaan de instructies die hij me gaf voor de ontmoeting met de mysterieuze George en zijn smokkelwagen met fruit.

Doe wat met je tijd, schreef hij, *voordat de tijd wat met jou doet. Je vriend voor altijd, Slim.*

Doe wat met je tijd, Eli Bell, voordat de tijd wat met jou doet.

Iemand van het crematorium zegt iets over leven en tijd, maar het gaat allemaal aan mij voorbij, omdat ik zit te peinzen over leven en tijd. En dan wordt de kist weggereden.

Het is snel voorbij. Snelle tijd. Goede tijd.

Een oude man in een zwart pak met stropdas komt naar August en mij toe als we de kapel uit lopen. Hij stelt zich voor als een oude bookmakersvriend van Slim. Hij zegt dat Slim wat klusjes voor hem heeft gedaan na de gevangenis. 'Hoe kenden jullie Slim, jongens?' Zijn gezicht is warm en vriendelijk, een glimlach als die van Mickey Rooney.

'Hij was onze oppas,' zeg ik.

De man knikt verbaasd.

'Hoe kende u Slim?' vraag ik de man in het zwarte pak.

'Hij heeft een tijdje bij mij en mijn familie ingewoond,' zegt de oude man.

En op dat moment realiseer ik me dat Slim andere levens heeft geleid. Er waren andere gezichtspunten. Andere vrienden. Andere familie.

'Wat aardig van jullie om hem de laatste eer te komen betuigen,' zegt de oude man.

'Hij was mijn beste vriend,' zeg ik.

Hij grinnikt. 'De mijne ook.'

'Echt?'

'Ja, echt. Maak je geen zorgen,' fluistert hij. 'Een man kan veel beste vrienden hebben, en geen van hen is minder of beter de beste dan de ander.'

We lopen langs het gazon van het crematorium, rijen grijze graven vormen grimmige, uniforme lanen op het kerkhof achter de kapel.

'Denkt u dat hij die taxichauffeur heeft vermoord?' vraag ik.

Hij haalt zijn schouders op. 'Ik heb het hem nooit gevraagd.'

'Maar zoiets zou je weten, toch? Denkt u niet dat je zoiets kunt voelen? Je instinct of zo, waardoor je het zou weten als hij het had gedaan?'

'Hoe bedoel je, instinct?'

'Ik was ooit eens heel dicht bij een man die veel mensen heeft vermoord, en mijn instinct vertelde me dat hij veel mensen had vermoord,' zeg ik. 'Er liep een rilling langs mijn ruggengraat die me vertelde dat hij veel mensen had vermoord.'

De oude man houdt zijn pas in. 'Ik heb het hem nooit gevraagd, puur uit respect. Ik had respect voor hem. Als hij die moord niet heeft gepleegd, dan respecteer ik hem nog meer, God hebbe zijn ziel. Ik heb nooit rillingen langs mijn rug gekregen van Slim Halliday. En als hij die moord heeft gepleegd, was hij me de levende ode aan de reclassering wel.'

Dat is een mooie manier om het te zeggen. Bedankt, mysterieuze oude man.

Ik knik.

De oude man steekt zijn handen in zijn zakken en kuiert het kerkhof af. Ik zie hem langs die rijen grafstenen lopen alsof hij de meest zorgeloze ziel bezit die ooit een lichaam heeft bewoond.

August staat gebogen over een muur met gouden plaquettes, gewijd aan de doden.

'Ik moet een baan vinden,' zeg ik.

August kijkt me scherp aan over zijn schouder. *Waarom?*

'We moeten zorgen dat we een huis hebben voor als mama vrijkomt.'

August kijkt nog aandachtiger naar een plaquette.

'Kom op, Gus!' dring ik aan terwijl ik wegloop. 'Geen tijd te verliezen.'

*

Op de dag dat ik van de muur van de Boggo Road-vrouwengevangenis viel, landde ik regelrecht in de armen van de bewakers. Het siert hen dat ze eerder bezorgd waren om mijn geestelijke gezondheid dan kwaad over mijn mislukte avontuur.

'Denk je dat hij gestoord is?' vroeg de jongste bewaker zich hardop af, een man met een rossig baardje en sproeten op zijn onderarmen. 'Wat zullen we met hem doen?' vroeg hij aan zijn collega.

'Laat Muzza dat maar uitmaken,' besloot de tweede bewaker.

De twee bewakers namen me in de houdgreep, allebei bij één arm, en sleepten me terug over het gazon naar de andere bewakers, het oudere en meer ervaren stel, met te weinig uithoudingsvermogen om een tienerjongen achterna te zitten over het gevangenisterrein.

Wat zich vervolgens afspeelde in het kantoorgebouw van de gevangenis was een strategisch overleg tussen gevangenisbewakers, iets wat mij deed denken aan vier vroege neanderthalers die proberen de spelregels van Twister uit te werken.

'Hij kan voor een hoop gezeik zorgen, Muz,' zei de grootste bewaker.

'Moeten we de directeur bellen?' vroeg de rossige.

'We bellen de directeur niet,' zei de man die ze Muzza, Muz of, minder vaak, Murray noemden. 'Hij krijgt het vanzelf te horen. Hij heeft net zo veel te verliezen als wij, als deze ellende naar buiten komt. Hij hoeft er niets van te weten zolang hij thuis met Louise aan de kerstpudding zit.'

Muzza dacht een poosje over de kwestie na. Hij boog zich op ooghoogte naar me toe. 'Je houdt heel veel van je moeder, is het niet, Eli?'

Ik knikte.

'En je bent een slimme jongen, nietwaar?'

'Niet slim genoeg, kennelijk,' zei ik.

Muz grinnikte. 'Ja, da's klote. Maar je bent slim genoeg om te weten wat er op een plek als deze kan gebeuren als mensen ons het leven moeilijk maken. Dat snap je zeker wel?'

Ik knikte.

'Er kan hier van alles gebeuren 's nachts, Eli,' zei hij. 'Echt vreselijke dingen. Dingen die je niet zou geloven.'

Ik knikte.

'Dus vertel me eens, wat heb je gedaan met kerst?'

'Ik heb ananas uit blik van St Vinnies gegeten met mijn broer en mijn vader.'

Muz knikte. 'Vrolijk kerstfeest verdomme, Eli Bell.'

De rossige bewaker, die Brandon bleek te heten, bracht me met de auto naar huis, in zijn paarse Commodore uit 1982. Hij draaide een cassette van Van Halen uit 1984, de hele weg naar huis. Ik probeerde mijn vuisten in de lucht te gooien op het sonische dreunen van 'Panama', maar mijn vrijheid van meningsuiting werd enigszins belemmerd doordat mijn linkerhand met handboeien vastzat aan Brandons armleuning achter in de auto.

'Rock on, Eli,' zei Brandon, terwijl hij me losmaakte en liet uitstappen, op mijn verzoek drie deuren van ons huis op Lancelot Street.

Ik draafde met lichte tred naar huis en trof August slapend aan op de bank in de woonkamer, met *Papillon* op zijn borst. In de gang zag ik sigarettenrook uit paps kamer kringelen. Onder de treurigste kerstboom die ooit was versierd lag een cadeau verpakt in krantenpapier, een groot rechthoekig boek, met de naam *Eli* erop gekrabbeld met viltstift. Ik scheurde het papier open om te zien wat het was. Het was geen boek. Het was een blok papier, zo'n vijfhonderd blanco pagina's A4. Op de eerste pagina stond een opdracht: *Om dit huis plat te branden of de wereld in vuur en vlam te zetten. Aan jou de keus, Eli. Vrolijk kerstfeest. Papa.*

*

Hij gaf me nogmaals zo'n blok papier voor mijn veertiende verjaardag, samen met een exemplaar van *Het geluid en de drift*, omdat hij had gezien dat mijn schouders breder werden en hij vond dat een jongeman brede schouders nodig heeft om Faulkner te lezen.

Op een van die vellen A4-papier schrijf ik mijn lijst met mogelijke baantjes op fietsafstand die genoeg geld zouden opleveren voor August en mij om te sparen voor een aanbetaling voor een huis in The Gap, in de groene westelijke voorsteden van Brisbane, voor mama als ze vrijkomt:

- Frietbakker in het Big Rooster-afhaalrestaurant op Barrett Street.
- Vakkenvuller bij de kruidenier op Barrett Street, met de diepvriesafdeling waar August en ik op de warmste zomerdagen rondhangen, ruziënd over welk ijsje meer waar voor je geld is, een Hava Heart, een Bubble O' Bill of, het onovertroffen meesterwerk, de Paddle Pop-banaan.

- Krantenjongen voor de maffe Russen, eigenaren van het nieuwsagentschap in Barrett Street.
- Bakkersknecht voor de bakker naast het nieuwsagentschap.
- Het duivenhok schoonmaken van ouwe Bill Ogden in Playford Street (laatste redmiddel).

Ik denk nog een poosje diep na, tikkend op het blad met mijn blauwe Kilometrico-pen. En ik krabbel er nog een potentieel baantje onder, diep gravend in mijn beperkte vaardigheden:

- Drugsdealer.

*

Een klop op de voordeur. Dat gebeurt nooit. De laatste keer dat iemand op de voordeur klopte was drie maanden geleden, toen een jonge politieagent papa aan de tand kwam voelen over een ongeval van drie jaar geleden, waarbij papa dronken achter het stuur zat en verschillende moeders beweerden dat hij het stopbord bij het kinderdagverblijf aan Denham Street omvergereden had.

'Mr Bell?' vroeg de jonge agent.

'Wie?' vroeg papa.

'Ik zoek Robert Bell.'

'Robert Bell?' peinsde pap. 'Nahhhh, nooit van gehoord.'

'Uw naam, meneer?'

'Ik?' vroeg pap. 'Ik heet Tom.'

De politieman haalde een notitieblok tevoorschijn. 'Mag ik u vragen wat uw achternaam is, Tom?'

'Joad.'

'Hoe spel je dat?'

'Joad als *toad*.'

'Dus... JODE?'

Pap huiverde.

Een klop op de deur betekent altijd iets dramatisch in dit huis.

August laat zijn *Papillon* – hij leest het voor de tweede keer – op de bank in de woonkamer liggen en draaft naar de voordeur. Ik volg hem op de hielen.

Het is Mrs Birkbeck. Schoolpsychologe. Rode lippenstift. Rode kralenketting. Ze heeft een dikke dossiermap onder haar arm. 'Hallo, August,' zegt ze vriendelijk. 'Is je vader thuis?'

Ik schud mijn hoofd. Ze is gekomen om de wereld te redden. Ze is gekomen om trammelant te schoppen, omdat ze te verrekte serieus en zelfingenomen is om te weten dat het verschil tussen zorgzaamheid en onverschilligheid precies even groot is als een doorn van vijf centimeter die in je gat zit. 'Hij slaapt,' zeg ik.

'Kun je hem voor me wekken, Eli?'

Ik schud nogmaals mijn hoofd, draai me om en loop langzaam de gang door naar paps slaapkamer.

Hij zit Patrick White te lezen in een blauwe singlet en korte broek, een zelfgerolde sigaret tussen zijn lippen.

'Mrs Birkbeck staat voor de deur,' zeg ik.

'Wie is verdomme Mrs Birkbeck?' snauwt hij.

'De schoolpsychologe.'

Hij rolt met zijn ogen. Dan springt hij op van zijn bed en drukt zijn sigaret uit. Hij schraapt zijn keel en hoest een slijmerige tabaksfluim op, spuugt hem in de asbak op zijn bed. 'Is ze aardig?'

'Ze bedoelt het goed,' zeg ik.

Hij loopt de hal door naar de voordeur. 'Hallo. Robert Bell.' Hij glimlacht en er ligt vriendelijkheid in zijn glimlach, een zachtheid die ik nooit echt heb gezien. Hij steekt zijn hand uit en ook dat heb ik hem nooit eerder zien doen, iemand de hand schudden. Ik dacht dat hij alleen in staat was om op min of meer menselijk niveau met August en mij om te gaan, en wij communiceren gewoonlijk alleen met wat geknik en gebrom.

'Poppy Birkbeck, Mr Bell,' zegt ze. 'Ik begeleid de jongens op school.'

'Ja, Eli heeft me verteld over de geweldige begeleiding die u mijn jongens hebt gegeven.'

De leugenachtige klootzak.

Mrs Birkbeck is stil en lijkt ietwat ontroerd. 'Is dat zo?' antwoordt ze met haar blik op mij, haar wangen gloeiend rood. 'Nou, meneer Bell, ik vind dat u twee heel bijzondere zoons hebt. Ik geloof dat ze veel in hun mars hebben en ik vind het min of meer mijn taak om hen zo te inspireren dat ze hun talenten volledig kunnen ontplooien.'

Papa knikt uitbundig, vriendelijk glimlachend. Realiteit. Je weet wel, middernachtelijke angstaanvallen. Suïcidaal-depressieve periodes. Driedaagse drankgelagen. Gespleten wenkbrauwen door een vuistslag. Gal braken. Loopneus. Bruine pis. Realiteit. 'Opvoeding van de geest zonder opvoeding van het hart is in het geheel geen opvoeding,' citeert hij.

'Ja!' zegt Mrs Birkbeck verrast.

'Aristoteles,' zegt vader ernstig.

'Ja! Ik leef naar dat citaat.'

'Blijf dan leven, Poppy Birkbeck, en blijf die kinderen inspireren,' zegt papa oprecht.

Wie is die vent eigenlijk?

'Dat zal ik doen,' zegt ze met een glimlach. 'Ik beloof het.' Dan concentreert ze zich weer op waar ze voor kwam. 'Hoor eens, Robert... mag ik je Robert noemen?'

Papa knikt.

'Eh... de jongens waren vandaag niet op school en... eh –'

Pap onderbreekt haar. 'Dat spijt me. Ik heb de jongens meegenomen naar een begrafenis van een oude vriend van hen. Ze hebben een paar moeilijke dagen achter de rug.'

Ze kijkt naar August en mij. 'Een paar moeilijke jaren, begrijp ik.'

We knikken allemaal, pap, August en ik, alsof we de hoofdrollen hebben in een of andere suffe middagfilm.

'Mag ik even met je praten, Robert?' vraagt ze. 'Onder vier ogen misschien?'

Pap slaakt een diepe zucht. Knikt. 'Kunnen jullie je even uit de voeten maken, jongens?'

August en ik slenteren het hellinkje naast het huis af, langs het warmwatersysteem en een paar oude roestige motoren van mijn vader. Dan duiken we onder het huis en banen ons een weg langs paps voorraad afgedankte wasmachines en kapotte koelkasten. De kruipruimte wordt steeds nauwer, omdat de aarden ondergrond onder de woonkamer en de keuken oploopt. We kruipen zo ver mogelijk omhoog, terwijl de vochtige bruine aarde aan onze knieën kleeft, totdat we vlak onder de houten vloer van de keuken zitten, waar pap en Mrs Birkbeck het over August en mij hebben aan de achthoekige tafel – dezelfde tafel waaraan pap zich op uitkering-voor-alleenstaande-ouders-dag gewoonlijk laveloos drinkt. Door de kieren tussen de vloerplaten kunnen we hen woordelijk verstaan.

'In alle eerlijkheid, August levert uitstekend werk af,' zegt Mrs Birkbeck. 'Zijn artistieke inzicht en originaliteit en zijn aangeboren vaardigheden wijzen op een zuiver artistiek talent, maar hij... hij...' Ze zwijgt.

'Ga door,' zegt pap.

'Hij baart me zorgen. Beide jongens baren me zorgen.'

Ik had nooit een woord tegen haar moeten loslaten. Er stond met dikke letters *verraadster* op haar voorhoofd geschreven.

'Mag ik je iets laten zien?' Mrs Birkbeck klinkt hol door de kieren.

August ligt op zijn rug op de grond. Hij luistert wel, maar het boeit hem niet wat hij hoort. Zoals hij daar ligt, met zijn handen achter zijn hoofd, zou hij evengoed aan de oever van de Mississippi kunnen liggen dagdromen. Alleen de grasspriet in zijn mond ontbreekt.

Maar mij boeit het wel.

‘Dit is een schilderij dat August vorig jaar in de tekenles heeft gemaakt,’ zegt ze.

Er valt een lange stilte.

‘En deze...’ We horen het papier ritselen in haar handen. ‘...deze zijn van begin dit jaar en deze van vorige week.’

Opnieuw een lange stilte.

‘Zoals u kunt zien, Mr Bell... Uhmmm... Robert... lijkt August geobsedeerd te zijn door deze scène. Welnu, er is een zeker probleem ontstaan tussen August en zijn tekenlerares, Miss Prodger, want ook al is Miss Prodger van mening dat August een van haar beste en ijverigste leerlingen is, hij weigert ronduit om iets anders te tekenen dan dit. Vorige maand kregen de leerlingen de opdracht om een stilleven te schilderen en August schilderde deze scène. De maand daarvoor was de opdracht om een surrealistisch beeld te schilderen en August schilderde dit. Vorige week kreeg August de opdracht om een Australisch landschap te schilderen; August schilderde dezelfde scène opnieuw.’

August staart recht naar de vloer boven hem, schijnbaar onbewogen.

Pap blijft zwijgen.

‘Normaal gesproken zou ik het vertrouwen van een leerling nooit beschamen,’ zegt ze. ‘Ik beschouw mijn kantoor als een heilige plek voor openheid, genezing en opvoeding. Ik noem het weleens “de kluis” en alleen ikzelf en mijn leerlingen kennen het wachtwoord voor de kluis. Dat wachtwoord luidt “respect”.’

August rolt met zijn ogen.

‘Maar als ik denk dat de veiligheid van het individu binnen onze scholengemeenschap gevaar loopt, dan vind ik dat ik iets moet zeggen.’

‘Als je denkt dat August iemand kwaad gaat doen, snuffel je aan het verkeerde konijnenhol, vrees ik,’ zegt pap. ‘Die jongen doet niemand kwaad die het niet verdient. Hij doet niets in een opwelling. Hij verroert geen vinger als hij daar niet eerst dubbel en dwars over heeft nagedacht.’

'Interessant dat je dat zegt.'

'Dat ik wat zeg?'

'Dubbel en dwars.'

'Nou, hij denkt diep over alles na.'

Nog een lange stilte.

'Mijn bezorgdheid geldt niet de andere leerlingen op school, Robert,' zegt ze. 'Ik geloof echt dat August – en de gedachten die door die buitengewone geest van hem spoken – voor niemand anders dan hijzelf een risico vormt.'

Een stoel verschuift over de houten vloer van de keuken. 'Herken je die scène?' vraagt ze.

'Ja, ik weet wat hij schildert.'

'Eli noemde het de maanpoel. Heb je hem dat ooit zo horen noemen, "de maanpoel"?'

'Nee,' zegt papa.

August kijkt me aan. *Wat heb je haar verteld, Eli, jij verrekte verklikker?*

Ik fluister: 'Ik moest haar wel tegemoetkomen. Ze wilde me van school trappen.'

August kijkt me aan. *Heb je die maffe heks verteld over de maanpoel?*

'Toen onze directeur, Mr Gardner, me vertelde over de recente trauma's in hun leven, vond ik het niet meer dan normaal dat het effect van deze ervaringen zich op de een of andere manier zou manifesteren in het gedrag van de jongens,' zegt Mrs Birkbeck boven de vloerplanken. 'Ik geloof dat ze allebei lijden aan een soort posttraumatische stressstoornis.'

'Wat, zoals shellshock of zo? Denk je dat die jongens uit de oorlog komen, Mrs Birkbeck? Denk je dat die jongens net zijn teruggekeerd van de Somme, Mrs Birkbeck?' Pap begint zijn geduld te verliezen.

'Ja, in zekere zin wel. Geen oorlog met kogels en bommen. Maar een oorlog van woorden of herinneringen en momenten, even schadelijk voor de hersenen van een opgroeiende jongen, zou je kunnen zeggen, als de gebeurtenissen aan het front.'

'Wil je beweren dat ze getikt zijn?' vraagt papa.

'Dat zeg ik niet.'

'Klinkt alsof je zegt dat ze gek zijn.'

'Wat ik zeg is dat sommige dingen die door hun hoofd spoken ongebruikelijk zijn.'

'Wat voor dingen?'

August kijkt me aan. *Waarom denk je dat ik het aan niemand anders heb verteld dan aan jou, Eli?*

'Dingen die potentieel schadelijk kunnen zijn voor beide jongens,' zegt Mrs Birkbeck. 'Dingen waarvan ik vind dat ik verplicht ben om ze te melden aan de kinderbescherming.'

'De kinderbescherming?' herhaalt pap. Zijn stem klinkt bijtend.

August kijkt me aan. *Je hebt het mooi verpest, Eli. Kijk wat je hebt gedaan. Kon je je grote bek niet houden? Kon je verdomme niet discreet zijn?*

'Ik heb het gevoel dat die twee jongens iets van plan zijn. Het voelt alsof ze op weg zijn naar een of andere bestemming waar niemand van ons iets van zal weten tot het te laat is.'

'Bestemming?' vraagt pap. 'Vertel me alsjeblieft waar ze naartoe gaan, Mrs Birkbeck? Londen, Parijs, de Birdsville Races?'

'Ik bedoel niet per se een fysieke plaats. Ik bedoel, ze gaan in gedachten naar bepaalde bestemmingen waar het niet veilig is voor tienerjongens.'

Pap lacht. 'Haal je dat allemaal uit die waterverfwerkjes van August?'

'Hebben de jongens ooit suïcidaal gedrag vertoond, Robert?'

August schudt zijn hoofd en rolt met zijn ogen. Ik zet de loop van een denkbeeldig pistool onder mijn kin en schiet mezelf grijnzend voor de kop. August grinnikt, hangt zichzelf op aan een denkbeeldige strop, met zijn tong naar buiten.

'Eli zei dat August zijn dromen schilderde,' zegt Mrs Birkbeck. 'De maanpoel kwam uit Eli's dromen, vertelde hij. Maar hij zei ook dat hij diepe gevoelens van angst, gevoelens van duisternis, met de maanpoel associeert. Hij zei dat hij zich deze droom levendig en tot in de details kan herinneren, Robert. Heeft Eli ooit met je gesproken over zijn terugkerende dromen?'

August heeft een takje in zijn hand, dat hij in kleine stukjes breekt. Hij gooit een van die stukjes naar mijn hoofd.

'Nee,' zegt papa.

'Hij kan zich zijn dromen met opmerkelijke helderheid herinneren. Er is veel geweld in deze dromen, Robert. Wanneer hij me over deze dromen vertelt, kan hij het geluid van zijn moeders stem beschrijven, de manier waarop het bloed op de houten vloer van een huis druppelt, hij kan zelfs geuren beschrijven. Maar ik heb tegen hem gezegd dat dromen niet gepaard gaan met geuren. Dromen komen niet met geluid. En ik heb Eli gevraagd om deze dromen te noemen wat ze zijn.'

Een lange stilte.

'Wat zijn het dan?' vraagt papa.

'Herinneringen,' zegt Mrs Birkbeck.

August schrijft in de lucht: *De kinderbescherming brengt August Bell naar de hel.*

August schrijft in de lucht: *De kinderbescherming zal Eli Bell de verklikker leren zijn grote bek te houden.*

'Eli vertelde dat de auto twee dagen voordat Frances je verliet de maanpoel in reed.'

'Waarom wil je al die oude koeien uit de sloot halen?' vraagt papa. 'De jongens doen het goed. Ze hebben hun leven weer opgepakt. Ze kunnen hun leven niet oppakken als sentimentele wereldverbeteraars zoals jij de boel maar blijven oprakelen en dingen in hun hoofd verdraaien en dingen die in hun hoofd zijn gebeurd vervangen door dingen die in jouw hoofd zijn gebeurd.'

'Eli zei dat jij met hen de maanpoel in bent gereden, Robert.'

En de droom voelt zo anders nu ze het zo zegt. *...dat jij met hen de maanpoel in bent gereden.* Hij heeft ons de maanpoel in gereden. Dat heeft niemand anders gedaan. Hij was het, dat kan niet anders. We zaten op de achterbank en speelden bochtje, vielen tegen elkaar aan op de achterbank wanneer we in een scherpe bocht hard tegen het portier werden gedrukt.

'Je hebt leuke zoons, Robert,' zegt Mrs Birkbeck. 'Ik ben hier vandaag gekomen met de hoop, in hun belang, dat je mij ervan kunt overtuigen dat ik de kinderbescherming niet hoef te informeren dat August en Eli Bell in angst leven voor hun enige voogd.'

Ik herinner me de droom. Ik herinner me de herinnering. Het was donker en de auto maakte een scherpe bocht van de weg af en hobbelde voort over een grindweg, tussen hoge gombomen door die langs mijn raam flitsten alsof God de beelden van een livediapresentatie eens flink door elkaar schudde.

'Het was een paniekaanval,' zegt papa. 'Ik lijd aan paniekaanvallen. Ik krijg ze de hele tijd. Die had ik als kind al.'

'Ik denk dat Eli gelooft dat je het met opzet hebt gedaan. Ik denk dat hij gelooft dat je die nacht opzettelijk van de weg af bent gereden.'

'Dat dacht zijn moeder ook. Waarom denk je verdomme dat ze is vertrokken?'

Een lange stilte.

'Het was een paniekaanval. Vraag het maar aan de politie van Samford, als je me niet gelooft.'

Samford. Ja. Samford. Het was ergens buiten. Het moest Samford wel zijn. Al die bomen en heuvels. De wielen stuiterden over de kuilen en hobbels in het glooiende veld. Ik had genoeg tijd om naar mijn vader te kijken, voorin achter het stuur. 'Ogen dicht,' zei hij.

'Ik was met de jongens op weg naar Cedar Creek Falls,' zegt papa.

'Wat heb je 's nachts te zoeken bij Cedar Creek Falls?'

'Ga jij nou doen alsof je van de politie bent? Je geniet hiervan, of niet soms?'

'Waarvan?'

'Dat je me in de tang hebt.'

'Hoe zou ik je precies in de tang hebben?'

'Omdat je die jongens met één kruisje in het juiste vakje bij me weg kunt halen.'

'Het is mijn taak lastige vragen te stellen, zeker wanneer die lastige vragen de veiligheid van mijn leerlingen waarborgen,' zegt Mrs Birkbeck.

'Je denkt zeker dat je je vak zo nobel, zo vol medeleven uitvoert. Jij gaat de jongens bij me weghalen, ze van elkaar scheiden en ze het enige afnemen wat ze overeind houdt, elkaar, en dan ga je je vrienden bij een flesje Margaret River-chardonnay uitgebreid vertellen hoe je twee jongens hebt gered van hun monsterlijke vader, die hen op een keer bijna had vermoord, en vervolgens gaan ze van pleeggezin naar pleeggezin, tot ze elkaar weer tegenkomen op de stoep van jouw huis met een blik benzine en dan zullen ze je bedanken voor je verregaande bemoeizucht met ons door je huis in de fik te steken.'

Ogen dicht. Ik doe mijn ogen dicht. En ik zie de droom. Ik zie de herinnering. De auto raakt de rand van een wal – een wal langs de achtertuin van iemands boerderij op het platteland van Samford, in de vruchtbare heuvels aan de westelijke rand van Brisbane – en dan vliegen we.

'De jongens raakten bewusteloos,' zegt Mrs Birkbeck.

Ik kan mijn vaders reactie niet verstaan.

'Het is een wonder dat iemand dit heeft overleefd. De jongens waren bewusteloos, maar op de een of andere manier wist je ze eruit te halen?'

De betoverde auto. De vliegende, hemelsblauwe Holden Kingswood.

Pap zucht. We horen hem zuchten door de kieren. 'We gingen kamperen.' Hij laat lange stiltes vallen tussen zijn zinnen. Om na te denken en een teug te nemen van zijn sigaret. 'August was dol op kamperen onder de sterrenhemel. Hij genoot ervan om vanuit zijn bed naar de maan te kunnen kijken. Zijn moeder en ik hadden wat... problemen gehad.'

'Was ze bij je weggelopen?'

Stilte.

'Ja, ik denk dat je het zo zou kunnen zeggen.'

Stilte.

'Ik was er denk ik te veel mee bezig,' zegt pap. 'Ik had nooit achter het stuur moeten kruipen. Kreeg de grote bibbers vlak voor een onzichtbare drempel in Cedar Creek Road, een onzichtbare drempel die overging in een blinde bocht. Was niet te zien op de weg. Mijn brein veranderde in brij.'

Lange stilte.

'Ik heb geluk gehad. De jongens hadden hun raampjes opengedraaid. August had altijd zijn raampje open om naar de maan te kijken.'

August ligt roerloos naast me. En in mijn geest schijnt het maanlicht op het zwarte water van het stuwmeer. De vollemaan wordt weerspiegeld in het stuwmeer. De maanpoel. De verdomde maanpoel.

'De bewoner van het huisje bij de dam rende naar buiten,' hoor ik pap zeggen boven ons, door de vloerplanken heen. 'Hij heeft me geholpen de jongens eruit te slepen.'

'Waren ze bewusteloos?'

'Ik dacht dat ik ze kwijt was.' Paps stem trilt. 'Dat ze dood waren.'

'Ademden ze niet meer?'

'Nou, dat is het lastige, Mrs Birkbeck.'

August glimlacht half. Hij geniet van dit verhaal. Hij knikt instemmend, alsof hij het eerder heeft gehoord, maar ik weet dat dat niet zo is. Ik weet dat hij het niet gehoord kan hebben.

'Ik zou gezworen hebben dat ze niet meer ademden,' zegt papa. 'Ik probeerde ze te reanimeren, schudde ze als een dolle heen en weer om ze wakker te maken. En ik kreeg ze niet wakker. En ik begon als een gek naar de hemel te schreeuwen en toen ik weer naar hun gezichten keek, waren ze wakker.' Hij knipt met zijn vingers. 'Zomaar ineens waren ze terug.'

Hij trekt aan zijn sigaret. Blaast uit.

'Ik vroeg de ambulancebroeders ernaar toen ze op kwamen draven en die zeiden dat de jongens waarschijnlijk in shock waren geweest. Dat ik hun hartslag niet had kunnen vinden en hun ademhaling niet kon controleren, omdat hun lichamen zo koud en gevoelloos waren.'

'Wat denk jij daarvan?'

'Ik denk helemaal niets, Mrs Birkbeck,' zegt mijn vader gefrustreerd. 'Het was een paniekaanval. Ik heb het verkloot. En sinds die nacht is er geen uur voorbijgegaan dat ik niet wenste dat ik die auto weer op Cedar Creek Road kon zetten.'

Een lange stilte.

'Ik denk niet dat August niet meer aan die avond denkt,' zegt Mrs Birkbeck.

'Wat bedoel je?'

'Ik denk dat die nacht een diepe psychologische indruk op August heeft achtergelaten.'

'August heeft elke psycholoog in het zuidoosten van Queensland gezien, Mrs Birkbeck. Hij is jarenlang geanalyseerd en getest en onderzocht en ondervraagd door mensen zoals jij en niemand van hen heeft ooit gezegd dat hij iets anders was dan een normaal kind dat niet van praten houdt.'

'Het is een slimme jongen, Robert. Hij is slim genoeg om die psychologen niet te vertellen wat hij zijn broer wel vertelt.'

'Zoals?'

Ik kijk naar August. Hij schudt zijn hoofd. *Eli. Eli. Eli.* Ik kijk omhoog naar de vloerplanken, bedekt met teksten en tekeningen die August en ik hierbeneden met een permanente markeerstift hebben aangebracht. Bigfoot op een skateboard. Mr T bestuurt de DeLorean DMC-12 uit *Back to the Future*. Een beroerde schets van een naakte Jane Seymour, met borsten die meer lijken op metalen vuilnisbakdeksels. Een hele serie stomme oneliners: *Het leven is als een neus, je moet eruit halen wat erin zit. Iedere scheidsrechter fluit goed, alleen niet altijd op het juiste moment. Geld is geen cent waard, behalve als je het hebt.*

'Waarom is hij gestopt met praten?' vraagt Mrs Birkbeck.

'Weet ik niet. Dat heeft hij me nooit verteld.'

'Hij heeft tegen Eli gezegd dat hij niet praat omdat hij bang is dat hij zich zijn geheim laat ontglippen.'

'Zijn geheim?' vraagt papa snuivend.

'Hebben de jongens je ooit iets verteld over een rode telefoon?'

August trapt tegen mijn rechterscheenbeen. *Kloothommel.*

Een lange stilte.

'Nee,' zegt papa.

'Robert, het spijt me dat ik het moet zeggen, maar August heeft Eli een aantal verontrustende dingen verteld,' zegt Mrs Birkbeck. 'Traumatische dingen, die volgens mij het gevolg zijn van zijn eigen trauma. Potentieel schadelijke gedachten van een slimme jongen met een ongebreidelde fantasie die groter is dan goed voor hem is.'

'Alle oudere broers vertellen hun jongere broers allerlei onzin.'

'Maar Eli gelooft alles, Robert. Eli gelooft het omdat August het gelooft.'

'Wat gelooft?' vraagt pap gefrustreerd.

Haar stem verandert in een gefluister dat we slechts vaag kunnen horen. 'Het lijkt erop dat August ervan overtuigd is dat hij… eh… hoe moet ik het zeggen… hij gelooft dat hij die nacht in de maanpoel is gestorven. Hij gelooft dat hij is gestorven en is teruggekeerd. En ik denk dat hij gelooft dat hij eerder is gestorven en teruggekeerd. Wellicht gelooft hij dat hij meerdere malen zo is gestorven en teruggekeerd.'

Een lange stilte in de keuken. Het geluid van pap die een sigaret aansteekt.

'En kennelijk heeft hij Eli verteld dat... nou ja... dat hij gelooft dat er andere Augusts zijn op andere... plekken.'

'Plekken?' herhaalt pap.

'Ja.'

'Wat voor plekken?'

'Nou, plekken die buiten ons begrip vallen. Plekken aan de andere kant van de rode telefoon waar de jongens het over hebben.'

'Wat verdomme... Sorry... welke rode telefoon?' briest pap, die nu werkelijk zijn geduld begint te verliezen.

'Eli beweert dat ze stemmen horen. Een man aan de andere kant van een rode telefoon.'

'Ik heb geen idee waar je het over hebt.'

Mrs Birkbeck zet een toon op alsof ze een zesjarige bestraft. 'De rode telefoon in de geheime kamer onder het huis van hun moeder en haar partner Lyle, die op onverklaarbare wijze van de aardbodem is verdwenen.'

Pap neemt een lange trek van zijn sigaret. Een lange stilte.

'August heeft sinds die nacht van de maanpoel geen woord meer gesproken, omdat hij niet wil riskeren dat hij zich de waarheid achter zijn grote geheim laat ontvallen,' zegt Mrs Birkbeck. 'En Eli houdt vol dat de magische rode telefoon echt bestaat, omdat hij met een man aan de andere kant van de telefoon heeft gesproken die dingen over hem weet die hij onmogelijk kan weten.'

Nog een lange stilte. En papa lacht. Hij brult van het lachen, eigenlijk. 'O, dat is onbetaalbaar. Dat is verdomme briljant.' Ik hoor dat hij zich op de knieën slaat.

'Ik ben blij dat je de grappige kant ervan inziet,' zegt Mrs Birkbeck.

'En jij gelooft dat mijn zoons dit allemaal echt geloven?'

'Ik geloof dat beide jongens in hun hoofd, misschien al enige tijd geleden, een complex en gemengd geloofssysteem hebben ontwikkeld van echte en ingebeelde verklaringen om hun traumatische ervaringen te verwerken,' zegt ze. 'Ik geloof dat ze ofwel diep psychisch beschadigd zijn of... of...' Ze pauzeert.

'Of wat?' vraagt papa.

'Of... Het kan geen kwaad om de andere verklaring voor dit alles te overwegen.'

'En die is?'

'Dat ze specialer zijn dan jij en ik kunnen begrijpen,' zegt Mrs Birkbeck. 'Misschien horen ze ook dingen die hun eigen begrip te boven gaan en is die rode telefoon waar ze het over hebben de enige manier die ze kennen om het onmogelijke te verklaren.'

'Dat is bespottelijk,' zegt papa.

'Kan zijn. Hoe dan ook – hoe fantastisch deze theorieën ook zijn – mijn punt is dat ik oprecht bang ben dat deze overtuigingen, zelfs als ze in hun verbeelding zijn gevormd, August en Eli op een dag grote schade kunnen berokkenen. Stel dat het geloof van August in wat hij "terugkeren" noemt overgaat in een waanidee van... onoverwinnelijkheid.'

Pap grinnikt.

'Ik ben bang dat deze gedachten je zoons op een pad van roekeloos gedrag kunnen brengen, Robert.'

Hier denkt papa even over na. De klik van zijn aansteker. Het uitblazen van rook. 'Nou, je hoeft je geen zorgen te maken over mijn zoons, Mrs Birkbeck.'

'Niet?'

'Nah. Dat is allemaal niks dan flauwekul.'

'Hoezo?'

'Ik bedoel, August is rechttoe rechtaan.'

'Sorry, rechttoe rechtaan?'

'Praktisch,' zegt pap. 'Ik bedoel, het klinkt alsof Eli de boel voor de gek houdt. Hij verzint een fantastisch onzinverhaal om zichzelf uit de nesten te halen waar hij zich kennelijk in gewerkt heeft. Het is een win-winsituatie. Jij gelooft het en je denkt dat hij speciaal is. Je gelooft het niet en je denkt dat hij een klap van de molen heeft gehad, maar dan nog denk je dat hij speciaal is. Kijk, Eli is een verhalenverteller. En het spijt me dat ik het moet zeggen, Mrs Birkbeck, maar Eli is geboren met de twee kwaliteiten van een goede verhalenverteller – de vaardigheid om een zin in elkaar te zetten en het vermogen om onzin te verkopen.'

Ik kijk naar August. Hij knikt instemmend. De poten van een van de keukenstoelen schuiven over de keukenvloerplanken. Mrs Birkbeck zucht.

August hijst zich op in kruiphouding en tijgert onder het huis door naar de achterkant. Daar, waar de ruimte tussen de ondergrond en de vloer van het huis groot genoeg is om rechtop te kunnen staan, stopt hij bij een van paps afgedankte wasmachines. Het is een bovenlader. Hij opent het deksel van de wasmachine en kijkt naar binnen, sluit het deksel weer. Hij gebaart dat ik moet komen. *Open het deksel, Eli. Open het deksel.*

Ik open het deksel en in de wasmachine zit een zwarte vuilniszak. *Kijk in de zak, Eli. Kijk in de zak.*

Ik kijk in de zak en zie tien rechthoekige heroïneblokken verpakt in bruin, vetvrij papier en nogmaals ingepakt in doorzichtig plastic. De blokken zijn even groot als de bakstenen uit de steenfabriek van Darra.

August zegt niets. Hij sluit het deksel van de wasmachine en loopt langs de zijkant van het huis naar boven, het hellinkje op en de keuken in.

Mrs Birkbeck draait zich om in haar stoel en wordt getroffen door de intense uitdrukking op Augusts gezicht. 'Wat is er, August?' vraagt ze.

Hij likt zijn lippen. 'Ik ga geen zelfmoord plegen,' zegt hij. Hij wijst naar pap. 'En we houden heel veel van hem, wat nog niet de helft is van hoeveel hij van ons houdt.'

Jongen bedwingt tijd

Doe wat met je tijd, voordat de tijd wat met jou doet. Voordat hij de rozen in Khanh Bui's bekroonde tuin op Harrington Street laat verwelken. Voordat hij de verf van Bi van Trans' gele volkswagenbusje afbladdert, dat net als anders geparkeerd staat in Stratheden Street.

Tijd is het antwoord op alles, natuurlijk. Het antwoord op onze gebeden en moorden, onze verliezen en ups en downs, onze dierbaren en doden.

Tijd voor de gebroeders Bell om op te groeien en tijd om de waarde van Lyles heroïnevoorraad te laten stijgen. De tijd kweekt haartjes op mijn kin en onder mijn oksels, maar neemt de tijd om haar te laten groeien op mijn ballen. De tijd brengt August in zijn laatste jaar op school, met mij op zijn hielen.

De tijd verandert pap in een redelijke kok. De meeste avonden waarop hij niet drinkt maakt hij een maaltijd klaar. Karbonaadjes met diepvriesgroenten. Worst met diepvriesgroenten. Een lekkere spaghetti bolognese. Hij braadt schapenvlees waar we een hele week van eten. Op sommige ochtenden, als de rest van de wereld nog slaapt, waadt hij tot zijn middel door de mangroven van Cabbage Tree Creek, aan de kust van Shorncliffe, om modderkrabben voor ons te vangen, met klauwen zo dik als de biceps van Viv Richards. Op sommige middagen loopt hij naar de Foodstore-supermarkt om boodschappen te doen, maakt halverwege rechtsomkeert en komt met niets thuis, maar we vragen niet waarom, omdat we weten dat hij de bibberaties kreeg, omdat we nu op de hoogte zijn van zijn zenuwen, hoe ze hem verwoesten, hoe ze hem levend opvreten van binnenuit, waar alle herinneringen en spanningen, gedachten, drama's en dood door zijn slagaderen en bloedvaten stromen.

Soms stap ik samen met hem in de bus, als hij me vraagt of ik onderweg op hem wil passen. Hij heeft me nodig om zijn schaduw te zijn. Hij vraagt me om met hem te praten. Hij vraagt me om hem verhalen te vertellen om zijn zenuwen te kalmeren. Dus vertel ik hem alle verhalen die Slim me heeft verteld. Al die oeverloze verhalen over al die boeven van Boggo Road. Ik vertel hem over mijn oude penvriend, Alex Bermudez, en hoe die mannen daarbinnen slechts op twee dingen wachten in het leven, de dood en *Days of Our Lives*. Wanneer de zenuwen hem de baas worden, geeft hij me een knikje en druk ik op de bel om de bus te laten stoppen en dan komt pap op adem bij een bushalte en zeg ik tegen hem dat alles goed zal komen, tot we de volgende bus terug kunnen nemen naar huis. Kleine stappen in onze Dunlops. Hij komt met elk tripje buitenshuis een stukje verder. Van Bracken Ridge naar Chermside. Van Chermside naar Kedron. Van Kedron naar Bowen Hills.

De tijd zorgt dat mijn vader minder drinkt. Lightbier deed zijn intrede in Queensland en pap laat de plee niet langer overstromen met zijn pis. Ze zullen die dingen wel niet bijhouden, maar ik weet dat meer kratjes lightbier in Bracken Ridge betekent dat minder moeders uit Bracken Ridge met een kapotgeslagen oogkas naar dokter Benson in het medisch centrum in Barrett Street moeten.

De tijd geeft pap een baan. Hij slikt genoeg oxazepam om hem de deur uit te krijgen en in een bus te laten stappen, die hem meeneemt naar een sollicitatiegesprek in de G. James Glas- en Aluminiumfabriek op Kingsford Smith Drive, Hamilton, niet ver van het Central Business District van Brisbane. Drie weken lang staat hij aan de lopende band om aluminiumplaten van diverse afmetingen in verschillende vormen te snijden, waarmee hij genoeg verdient om voor duizend dollar een kleine bronskleurige Toyota Corona uit 1979 te kopen, van een vage kennis uit de Bracken Ridge Tavern, Jim 'Snapper' Norton genaamd, tegen betaling van honderd dollar per betaaldag, tien weken lang. Hij glimlacht als hij op vrijdagmiddag zijn portefeuille opent en me drie grijsblauwe bankbiljetten laat zien, van die biljetten die we nooit te zien krijgen, die met Douglas Mawson met een bivakmuts in de Antarctische vrieskou, die de vele haren op zijn ballen formaat ijsberg bevriest. Ik heb pap nog nooit zo trots gezien als op deze avond, zo trots dat hij zowaar meer lacht dan huilt als hij dronken is. Maar in de vierde week van dit wonderbaarlijke betaalde werk roept zijn voorman hem op het matje voor iets wat hij niet heeft gedaan – iemand had de verkeerde cijfers ingevoerd voor een serie metaalplaten, waardoor vijfduizend dollar aan metaal vijf centimeter te kort uitviel – en pap kan niet tegen onrecht, dus scheldt hij de voorman uit voor 'filister' en omdat de jonge voorman niet weet wat dat betekent, legt pap hem dat haarfijn uit.

'Het betekent dat je een lulhannes met sproeten bent,' zegt hij. En onderweg naar huis stopt hij bij het Hamilton Hotel aan Kingsford Smith Drive om met acht pullen extra sterke XXXX te proosten op wat hij van dat prachtige betaalde werk had kunnen maken. En als hij van de afrit van het Hamilton Hotel de weg op rijdt, wordt hij aan de kant gezet door de politie, die hem naar een rechter stuurt voor rijden onder invloed en de rechter neemt hem zijn rijbewijs af en veroordeelt pap tot zes weken taakstraf en August en ik staan met onze mond vol tanden als pap ons vertelt dat zijn door de rechtbank opgelegde taakstraf betekent dat hij de bejaarde, kwakkelende terreinknecht van onze eigen Nashville State High School, Bob Chandler, een handje moet gaan helpen. Ik ben helemaal met stomheid geslagen als ik tijdens de wiskundeles naar buiten kijk en zie dat mijn vader trots naar me staat te gebaren, naast het gigantische ELI! dat hij heeft gemaaid in het met een nagelschaar bijgehouden gazon, pal voor het wis- en natuurkundegebouw.

De tijd laat de telefoon rinkelen.

'Ja,' zegt pap. 'Oké. Ja, ik begrijp het. Wat is het adres? Oké. Yep. Yep. Doei.' Hij legt de hoorn neer.

August en ik kijken naar *Family Ties* en eten sandwiches met Devon-worst en tomatenketchup.

'Je moeder komt een maand vervroegd vrij,' zegt hij. En hij trekt de la onder de telefoon open, klikt twee oxazepamtabletten uit de strip, loopt regelrecht door naar zijn slaapkamer en gooit die zenuwpillen achterover als Tic Tacs.

*

De tijd zorgt ervoor dat de zachte rode rozen in de bekroonde tuin van Khanh Bui hard worden, waardoor ze uitgroeien tot zichzelf, net zoals pap dat deed na die korte, kleurrijke periode in de lentezon bij de G. James Glas- en Aluminiumfabriek.

Op weg naar Arcadia Street in Darra loop ik langs Khanh Bui's huis. Ik weet nog goed hoe zijn voortuin eruitzag toen hij vijf jaar geleden de eerste prijs won in een buurttuinwedstrijd, als onderdeel van een feestelijk evenement van de Darra State School. Het was een soort snoepwinkel van kleuren toen, een mengeling van sier- en inheemse planten die Khanh Bui elke ochtend als we naar school gingen stond te besproeien in zijn blauw-witte pyjama. Op sommige ochtenden piepte zijn rimpelige oude piemel per ongeluk uit de gulp van zijn pyjama, maar dat had meneer Bui nooit door, omdat zijn tuin zo verdomde betoverend was. Maar nu is alles dor en dood, strogeel en borstelig als het ovaalvormige grasveld in Ducie Street Park.

Als ik de hoek omsla naar Arcadia Street, blijf ik ter plekke staan.

Twee Vietnamese mannen zitten in witte plastic tuinstoelen op de oprit van Darren Dangs huis. Ze dragen zwarte zonnebrillen, witte sneakers en nylon adidas-trainingspakken, marineblauw met drie gele strepen langs de zijkanten van het jack en de broek. Ik loop langzaam door naar de oprit. Een van de mannen houdt zijn handen op en maakt een stopgebaar. Ik blijf staan. Beide mannen komen uit hun stoel en reiken naar iets wat ik niet kan zien achter Darrens hoge beveiligingshek, dat langs de hele voorkant loopt.

Nu komen ze met grote, scherp uitziende machetes in hun handen mijn kant uit.

'Wat moet je?' vraagt een van de mannen.

'Ik ben Eli Bell. Een oude schoolvriend van Darren.'

'Wat zit er in die zak?' bijt dezelfde man me toe. Hij heeft een zwaar Vietnamees accent.

Ik kijk links en rechts de straat in en dan omhoog, naar de woonkamerramen van de huizen van twee verdiepingen om ons heen, in de hoop dat niemand zo nieuwsgierig zal zijn om zijn neus in dit stinkende zaakje te steken. 'Tja, dat ligt nogal gevoelig,' zeg ik op fluistertoon.

'Wat kom je hier verdomme doen?' vraagt de man opgefokt. Zijn standaard gezichtsuitdrukking is een valse grijns.

'Ik heb een zakelijk voorstel voor Darren.'

'Meneer Dang, bedoel je?' blaft de man.

'Ja, meneer Dang,' verduidelijk ik. Mijn hart gaat tekeer. Mijn vingers grijpen de banden van mijn zwarte rugzak stevig vast.

'Zakelijk voorstel?'

Ik kijk weer om me heen, doe een stap dichterbij. 'Ik heb wat... eh... koopwaar... waar hij misschien in geïnteresseerd is.'

'Koopwaar?' echoot de man. 'Ben je van BTK[9]?'

'Sorry?'

'Als je van BTK bent, snijden we je tong eruit,' zegt hij. Zijn wijdopen ogen suggereren dat hij die handeling met genoegen zou uitvoeren.

'Nee, ik ben niet van BTK.'

'Jij mormoon?'

Ik lach. 'Nee.'

'Jij Jehova's getuige?' sist de man. 'Kom je weer klotewarmwatersysteem verkopen?'

'Nee.'

Ik denk even na in wat voor soort vreemd parallel universum van Darra ik beland ben. BTK? *Meneer* Darren Dang? 'Ik heb geen flauw benul waar je het over hebt. Luister, ik wil Darren even gedag zeggen...'

De mannen komen dichterbij, hun handen glijden over de houten handvatten van hun machetes. 'Geef me je tas,' zegt de ene.

Ik doe een stap achteruit.

De man heft zijn machete. 'Tas,' snauwt hij.

Ik geef hem de tas. Hij geeft hem door aan zijn hulpje, dat erin kijkt. Hij zegt iets in het Vietnamees tegen de ander, kennelijk zijn meerdere.

'Waar heb je deze handel vandaan?' vraagt de baas.

'Dit heeft Darrens moeder lang geleden verkocht aan een vriend van mijn moeder. Ik ben gekomen om het terug te verkopen.'

De man kijkt me zwijgend aan. Ik kan zijn ogen niet zien door zijn zwarte zonnebril.

Hij haalt een zwarte portofoon uit zijn zak. 'Wat is je naam ook weer?'

'Eli Bell.'

Hij praat in de zender in het Vietnamees. Het enige wat ik kan verstaan is 'Eli Bell'.

Hij stopt de zender weer in zijn zak, wenkt me dichterbij. 'Hier komen. Armen omhoog.'

Ik steek mijn handen in de lucht en de twee Vietnamese mannen fouilleren mijn benen, armen en heupen.

'Zo, zo, de beveiliging hier is behoorlijk aangetrokken,' zeg ik.

De rechterhand van de baas wriemelt aan mijn ballen.

'Zachtjes,' smeek ik kronkelend.

'Volgen,' beveelt hij.

We gaan niet naar het huis waar Lyle ooit zijn deals sloot met de exotische 'Back Off' Bich Dang. We passeren Darrens grote gele baksteneen huis aan de linkerkant. Nu zie ik pas dat de hoge houten omheining rondom het terrein bovenlangs is voorzien van prikkeldraad. Dit is eerder een fort dan een achtertuin. We lopen naar een apart appartementje achter het grote huis, dat veel weg heeft van een openbaar toiletgebouw en is opgetrokken uit witgeschilderde betonblokken, een uitgelezen plek voor drugsdealers, of Hitler, om de strategie uit te zetten. De bewaker klopt één keer op de perzikkleurige deur van de bunker en zegt één enkel woord in het Vietnamees.

De deur gaat open en de poortwachter brengt me naar een gang met ingelijste zwart-witfoto's van de familie Dang: huwelijksfoto's, familiefeesten, een foto van een man met een microfoon, een foto van een oude dame die een gigantische garnaal ophoudt bij een bruine rivier.

De gang leidt naar een woonkamer waar een twaalftal Vietnamese mannen staat, allemaal in marineblauwe nylon adidas-trainingspakken met gele strepen langs de zijkant van hun broekspijpen en mouwen. Ze dragen allemaal dezelfde zwarte zonnebril als de mannen bij de oprit. Deze mannen in blauwe trainingspakken staan rondom een zittende man, gekleed in een rood nylon adidas-trainingspak met witte strepen langs de mouwen en de pijpen. Hij zit aan een groot houten bureau en laat zijn ogen over verschillende documenten op tafel dwalen. Hij draagt geen zwarte zonnebril. Hij draagt een pilotenbril met spiegelglazen en een gouden montuur.

'Darren?' zeg ik.

Als de man in het rode trainingspak opkijkt, zie ik een litteken lopen vanaf zijn linkermondhoek. Hij zet zijn zonnebril af en zijn ogen focussen zich op mijn gezicht. Loensende ogen. 'Wie ben jij in godsnaam?'

'Darren, ik ben het. Ik ben het. Eli.'

Hij legt zijn zonnebril op tafel en trekt een la open onder het bureau. Hij haalt een stiletto tevoorschijn en klikt hem open terwijl hij om het bureau heen loopt en naar me toe komt. Hij wrijft over de onderkant van zijn neus, snuift twee keer scherp. Zijn oogbollen pulseren als gloeilampen die aan kracht verliezen. Hij komt pal voor me staan en laat het lemmet over mijn rechterwang glijden.

'Eli wie?'

'Eli Bell. Van school. Verdomme, Darren. Ik ben het, maat. Ik heb vroeger verderop in de straat gewoond.'

Hij legt het mes op mijn oogbol.

'Darren? Darren? Ik ben het.'

Dan verstijft hij. Trekt zijn gezicht in een brede grijns. 'Haaaaaaaaaaaaaa!' giert hij. 'Moet je die kop van je zien, klojo!' Zijn maten in hun marineblauwe trainingspakken brullen van het lachen ten koste van mij. Hij neemt een zwaar Australisch outbackaccent aan. 'Hoorde je die ouwe nicht?' roept hij tegen zijn publiek. ' "Ik ben het, maaaat. Ik ben het, Eeeeliiii." ' Hij mept zich op zijn dijen en slaat dan zijn armen om me heen, het mes nog steeds stevig in zijn rechterknuist. 'Kom hier, Bellzak!' roept hij lachend. 'Wat mankeert jou, verdomme? Je belt niet, je schrijft niet. Ik had grootse plannen met jou, Tink.'

'Het liep allemaal in de shit.'

Hij knikt instemmend. 'Ja, een hele berg smerige ouwe Eli-shit.' Hij grijpt mijn rechterhand, tilt hem op om hem beter te zien en laat zijn vinger over de spierwitte knobbel van mijn ontbrekende vinger lopen. 'Mis je het?'

'Alleen als ik schrijf.'

'Nee, ik bedoel Darra, stomme ezel, mis je Darra?'

'Ja,' zeg ik.

Darren loopt terug naar zijn bureau. 'Kan ik iets aan je kwijt? Ik heb een koelkast vol frisdrank.'

'Heb je een Pasito voor me?'

'Nah. Cola, Solo, Fanta en Creaming Soda.'

'Nee, dank je.'

Hij leunt achterover in zijn bureaustoel en schudt zijn hoofd. 'Eli Bell is terug in de stad! Goed je te zien, Tink.'

Zijn glimlach verdwijnt. 'Klote wat er met Lyle is gebeurd.'

'Was het Bich?'

'Was het Bich, wat?'

'Was het Bich die Lyle heeft verlinkt?'

'Denk je dat het mama was?' vraagt hij verbijsterd.

'Nee, dat denk ik niet. Maar was het zo?'

'Ze beschouwde Lyle als een klant, net als Tytus Broz. Afgezien van het feit dat de boel verlinken een klotestreek is, had ze geen reden om over wat voor bijhandeltje dan ook te lullen, want zij deed gewoon zaken, Tink. Als Lyle zo stom was om een handeltje met haar te beginnen achter de rug van zijn baas om, dan was dat zijn zaak, niet de hare. Zijn geld had dezelfde getallen erop als dat van iemand anders. Nee, man, je weet zelf wel wie hem aan de galg heeft geluld.'

Nee. Nee, ik weet het echt niet. Niet precies. Helemaal niet.

Darren kijkt me met open mond aan, kennelijk stomverbaasd. 'Je bent echt een lieve knul, Eli. Weet je niet dat de grootste ratten altijd het dichtst op de kaas zitten?'

'Teddy?' vraag ik.

'Ik zou het je zeggen, Tink, maar ik lust geen kaas.'

Darrens maten knikken.

Vuile smerige matennaaier, zogenaamde vriend Tadeusz 'Teddy' Kallas. Godvergeten kaasvreter.

'Waar is je moeder?'

'In het huis, ze ligt te rusten. Kreeg ongeveer een jaar geleden de grote ziekte.'

'Kanker?'

'Nee, staar,' zegt hij. 'Die arme Bich ziet niks meer.'

De poortwachter laat mijn rugzak op zijn bureau vallen. Darren kijkt erin.

'Importeer je nog steeds voor Tytus Broz?' vraag ik.

'Nee, dat mietje is overgestapt naar Dustin Vang en BTK. Dat akkefietje met je dierbare Lyle heeft de relatie tussen mama en Tytus geen goed gedaan.' Hij steekt zijn mes in de tas en trekt het er weer uit, de punt bezaaid met korrels van Lyles hoogwaardige heroïne.

'Wat is BTK?' vraag ik.

Darren inspecteert de dope op zijn mes als een juwelier die een diamant inspecteert op zuiverheid. 'Born To Kill. Dit is de nieuwe wereld, Tink. Iedereen moet nu lid zijn van een bende. BTK. 5T. Canal Boys. De exporteurs aan het thuisfront hebben tegenwoordig allemaal regeltjes over de dope. Alles gaat via abracadabra-Cabramatta naar het zuiden en alle hoofden in Cab moesten zich opsplitsen in kampen toen alle hoofden in Saigon zich opsplitsten in kampen. Die punkteef Dustin Vang ging naar BTK en mijn moeder sloot zich aan bij 5T.'

'Wat is 5T?'

Darren kijkt om zich heen naar zijn maten. Die beginnen te grijnzen. Ze beginnen iets te zingen in het Vietnamees. Hij staat op, ritst zijn rode nylon adidas-jack open en trekt een witte singlet naar beneden om een tatoeage op zijn borst te onthullen, een groot cijfer 5 met een T in de vorm van een dolk. Met het lemmet in een kloppend zwart hart en vijf woorden eromheen. Vietnamese woorden: TÌNH, TIÊN, TÙ, TÔI en THU.

De 5T-bende dreunt unisono op: 'Liefde, Geld, Gevangenis, Zonde, Wraak.'

Darren knikt. 'Fuck ja,' zegt hij goedkeurend.

Er wordt op de deur van de bunker geklopt. Een Vietnamese jongen, hooguit een jaar of negen en gehuld in een kleinere versie van hetzelfde marineblauwe adidas-trainingspak, komt het kantoor binnen. Hij zweet. Hij schreeuwt iets tegen Darren in het Vietnamees.

'BTK?' vraagt Darren.

De knaap knikt. Darren gebaart met een knikje naar een ouder bendelid, dat op zijn beurt naar drie anderen knikt, die prompt de bunker uit rennen.

'Wat is er?' vraag ik.

'Klote-BTK-crew banjert door Grant Street. Ze hebben verdomme het recht niet om door Grant Street te banjeren.'

Darren is gefrustreerd, ongedurig. Hij kijkt weer naar mijn tas. 'Hoeveel?'

'Sorry?'

'Hoeveel?' herhaalt hij. 'Wat moet je ervoor hebben?'

'Voor de dope?' vraag ik voor de zekerheid.

'Nee, Tink, om mijn dikke lul te pijpen, nou goed? Ja, wat moet je hebben voor de dope?'

'Dit is de dope die je moeder bijna vier jaar geleden aan Lyle heeft verkocht.'

'Je meent het,' klinkt het sarcastisch. 'Ik dacht dat je misschien je eigen importbedrijf had opgezet in dat klote-Bracken Ridge.'

Ik begin aan mijn verkooppraatje. Ik heb het gisteren zes keer geoefend in onze slaapkamer, maar daar stonden geen veertien intimiderende Vietnamese kerels met een zonnebril naar me te loeren.

'Ik denk dat, gezien de huidige focus van de politie van Queensland op de heroïnehandel, de prijzen voor spul van deze integriteit...'

'Ha!' Darren lacht. 'Integriteit? Dat vind ik leuk, Tink, het klinkt alsof je me een Engelse butler of zoiets verkoopt. Integriteit.' De bendeleden lachen mee.

Ik ploeter voort: '...spul van deze kwaliteit is lastig aan te komen, lijkt me, dus met de hoeveelheid die ik hier in die tas heb zitten, is een redelijk bedrag volgens mij...'

Ik kijk Darren in de ogen. Hij heeft dit eerder gedaan. Ik nog nooit. Vijf uur geleden tekende ik mezelf nog als stokmannetje in de stoom op het beslagen douchedeurtje in paps badkamer, verkleed als ridder met Excalibur strijdvaardig geheven. Nu sluit ik een heroïnedeal met de zestienjarige leider van de 5T-bende. 'Uhmmmm...' Verdomme, geen 'uhmmmm' zeggen. Vertrouwen. 'Eh... tachtigduizend?'

Darren lacht. 'Je hebt wel stijl, Eli.'

Hij wendt zich tot een ander bendelid. Zegt iets in het Vietnamees. Het bendelid vertrekt spoorslags naar een andere kamer.

'Wat gaat hij doen?' vraag ik.

'Hij haalt vijftigduizend dollar voor je.'

'Vijftigduizend?' herhaal ik. 'Ik zei tachtigduizend. Wat dacht je van de inflatie?'

'Tink, de enige inflatie die ik nu zie is de hete lucht die uit je kont wordt geblazen.' Hij lacht smakelijk. 'Ja, het is waarschijnlijk minstens een ton waard, maar hoeveel ik ook van je hou, Eli, jij bent jij en ik ben ik en het probleem om jou te zijn op dit moment, afgezien van het feit dat je nog geen cricketbal kunt slaan om je eigen hachje te redden, is het feit dat je geen flauw benul hebt waar je met dat spul naartoe moet als je hier de deur uit loopt.'

Ik draai me om en kijk naar de deur achter me. Redelijk punt, mooi gescoord.

Hij lacht weer. 'Aaaaah, ik heb je gemist, Eli Bell.'

Drie bendeleden stormen het kantoor binnen en schreeuwen Darren woeste woorden toe.

'Godvergeten klotespleetogen,' vloekt hij.

Hij snauwt iets tegen zijn bendeleden in het Vietnamees. Die haasten zich naar een aangrenzende kamer en komen even rap terug met machetes. Een ander bendelid komt uit een aparte kamer met mijn vijftigduizend dollar, verpakt in drie bundels met briefjes van vijftig. De mannen marcheren met militaire pas de gang in, opgewonden met hun machetes tegen de gangmuren meppend tot ze de bunker hebben verlaten.

'Wat is er verdomme aan de hand?' vraag ik.

'Klote-BTK heeft het vredespact verbroken,' zegt Darren, terwijl hij een lange la in zijn bureau opentrekt. 'Ze lopen verdomme op nog geen twee minuten van mijn huis. Ik hak hun BTK-koppen eraf, meervalhufters die het zijn.' Hij haalt een blinkende, goudkleurige en speciaal voor hem gemaakte machete met het 5T-logo erop tevoorschijn.

'En ik dan?' vraag ik.

'O ja.' Hij leunt naar achteren, haalt nog een machete uit de la en smijt hem mijn richting uit.

In mijn poging het handvat te grijpen zeilt het ding naar de grond en komt op een haar na in mijn voet terecht. Ik raap het wapen voorzichtig op. 'Nee. Ik bedoel, we moeten de deal nog sluiten.'

'Tink, de deal is gesloten.'

Zijn hulpje geeft me mijn rugzak. De drugs zijn eruit gehaald en vervangen door de bundels geld.

'Kom mee,' zegt Darren. Hij rent door de gang, met de bloeddorstige blik van een krijger.

'Ik denk dat ik hier maar even wacht tot jullie klaar zijn.'

'Mooi niet, Tink. Er ligt genoeg geld in deze bunker om het hele Vietnamese volk een halfjaar lang van Big Rooster-kip te voorzien. De tent wordt gesloten.'

'Ik glip wel over het hek aan de achterkant,' zeg ik.

'De omheining is aan alle kanten voorzien van prikkeldraad. Er is geen andere uitgang dan de voordeur. Wat mankeert jou, man? Die BTK-hufters willen onze wijk overnemen. Ze zijn uit op het hele Darra-territorium. Laat je die klootzakken onze geboortestad inpikken? Dit is ons stekkie, Tink. We moeten het verdedigen.'

*

De strijd begint zoals alle andere oorlogen in de geschiedenis van de mensheid zijn begonnen. De leiders van de strijdende clans wisselen woorden uit.

‘Ik hak je neus eraf, Tran, en dan steek ik een sleutelring door je neusgat,’ roept Darren. Hij staat voor zijn huis aan de cul-de-sac Arcadia Street, omringd door een groep 5T-leden die nu is uitgegroeid tot een man of dertig.

Op de hoek van de straat staat de man die, naar ik aanneem, Tran heet, voor zijn bende verhitte BTK-barbaren die inderdaad op deze aarde lijken te zijn geplaatst met als enig doel het leven van anderen te beëindigen. Tran, met een machete in zijn rechter- en een hamer in zijn linkerhand, voert een bende aan die minstens tien man sterker is dan die van Darren.

‘Ik hak je oren van je kop, Darren, en zing ze elke avond voor het eten de *Marching Song* toe,’ zegt Tran.

Dan begint het gekletter. Bendeleden van beide kanten slaan hun metalen wapen tegen dat van de mannen naast hen. Een ritmisch gekletter dat steeds heviger wordt. Een oproep tot oorlog. Een lied van verdoemenis.

En iets in mij, mijn eigen levenslust, mijn eigen zoektocht naar vrede misschien, of anders simpelweg mijn aangeboren angst om een machete in mijn schedel te krijgen, brengt me ertoe om vanuit mijn positie in de achterhoede naar voren te dringen, dwars door de troep 5T-leden heen. ‘Sorry,’ zeg ik. ‘Mijn excuses.’ Ik loop naar het midden van Arcadia Street en stap midden in het niemandsland tussen de twee op bloed beluste groepen. ‘Sorry dat ik stoor,’ roep ik. En het machetegekletter stopt. In de doodstille straat galmt alleen mijn trillende stem door Darra.

‘Ik weet dat er geen reden is waarom jullie naar mij moeten luisteren. Ik ben zomaar een idioot die hiernaartoe kwam om zijn oude maat te zien. Maar ik denk echt dat het perspectief van een buitenstaander jullie kan helpen om eventuele grieven die jullie tegen elkaar hebben op te lossen.’

Ik kijk van de ene kant naar de andere. De totale verbijstering druipt van de gezichten van Darren en Tran.

'Zonen van Darra,' zeg ik. 'Zonen van Vietnam. Was het niet de oorlog die jullie families uit hun thuisland heeft verjaagd? Waren het oorspronkelijk niet de haat, de verdeeldheid en het onbegrip die jullie naar deze prachtige buitenwijk hebben gebracht? Er is een vreemd land buiten de grenzen van Darra, een plek die Australië wordt genoemd. En die plek is niet altijd leuk voor nieuwkomers. Die plek heet buitenlanders niet altijd even hartelijk welkom. Jullie zullen nog genoeg gevechten moeten leveren daar, buiten deze vrijplaats van ons thuis. Maar hier moeten jullie het gevecht samen aangaan, in plaats van tegen elkaar.'

Ik wijs naar mijn eigen hoofd. 'Misschien is het tijd dat we dit wat meer gaan gebruiken. En een beetje minder van dit.' Ik steek mijn machete in de lucht.

Langzaam en symbolisch leg ik mijn machete plat op het asfalt in de roerloze Arcadia Street.

Darren kijkt naar zijn mannen.

Tran laat zijn armen even zakken en kijkt naar zijn soldaten. Dan kijkt hij weer naar mij en steekt hij zijn wapens in de lucht. '*Tan coooooong!*' brult hij. En het BTK-leger stormt naar voren, machetes, hamers en breekijzers omhooggeheven naar de hemel van Brisbane.

'Dood ze allemaal!' schreeuwt Darren, terwijl het genadeloze 5T-leger naar voren sprint, rubberen zolen piepend over het wegdek, het metaal rammelend van opgewonden afwachting. Ik draai me om en sprint naar de kant van de straat, juist op het moment waarop de twee hondsdolle legers elkaar ontmoeten in een explosie van vlees op vlees en mes op mes. Ik spring over een kniehoog hek en ren de voortuin in van een kleine cottage, vier deuren van Darrens huis. Ik laat me op mijn buik vallen en kruip over het gras, biddend dat geen van de BTK-leden mijn ontsnapping heeft opgemerkt. Aan de zijkant van het huis vind ik een schuilplaats achter een witte rozenstruik, vanwaar ik nog een laatste blik werp op de Grote Macheteslag om Arcadia Street. Messen zoeven door de lucht, vuisten en ellebogen knallen tegen voorhoofden en neuzen. Benen schoppen in buiken. Knieën raken oogballen. Darren Dang springt kort en triomfantelijk uit het gevecht en maakt een boogvlucht naar een nietsvermoedende rivaliserende krijger. Ik steek mijn hand in de rugzak om te voelen of de vijftigduizend dollar er nog steeds in zit. En ik dank de oorlogsgoden die me herinneren aan de zesde T uit het probleemanalyserijtje: Terug naar huis zo snel je kan.

Jongen heeft visioen

Ik kan niet wachten om het haar te vertellen. Kan niet wachten om haar te zien. In mijn visioen draagt ze een witte jurk. Haar haar is lang en valt over haar schouders. Ze bukt zich en neemt me in haar armen. Ik geef haar het geld dat we voor haar hebben verdiend en ze begint te huilen. Die avond rijden we naar The Gap en deponeren we dat geld op het bureau van een bank in het winkelcentrum van The Gap Village en dan zegt zij tegen een knappe bankier dat het een aanbetaling is voor een klein huis met een witte rozenstruik bij de voordeur.

Onze bus stopt bij Buckland Road, in de voorstad Nundah in het noorden van Brisbane. Een grote herfstzon verwarmt mijn kruin, verbrandt mijn oren en nek. We lopen langs de Corpus Christi-kerk, een machtige kathedraal van bruine baksteen met een groene koepel erop, net zoals op de belangrijke gebouwen in Londen die ik heb gezien in de delen van de *Encyclopaedia Britannica* die verspreid liggen over de boekenberg in paps bibliotheekkamer.

Misschien ga ik die schoenendoos die pap thuis noemt wel missen. Ik zal de gaten in de muur missen. Ik zal al die boeken missen. Ik zal papa missen, op de nuchtere avonden wanneer hij *Sale of the Century* met ons speelt en lacht om de grappen van Tony Barber en geen spaan heel laat van welke winnaar dan ook die door het programma tot 'voorlopig kampioen' wordt gebombardeerd. Ik zal Henry Bath missen. Ik zal mijn loopje naar de winkel missen om sigaretten te halen voor mijn nuchtere vader. Ik zal mijn nuchtere vader missen.

We slaan de hoek om van Buckland Road naar Bage Street. Ik blijf staan. 'Hier is het,' zeg ik. 'Nummer eenenzestig.'

August en ik staan voor een groot houten huis in de traditionele Queensland-bouwstijl, hoog op zijn lange, stompe poten, een huis met zo veel oud en aftands karakter dat het voelt alsof het op een wandelstok leunt en een gebbetje maakt over de Ierse hongersnood.

Een hoge trap met afgebladderde blauwe verf brengt ons naar de oude openslaande deuren, verweerd en verrot, die splinterig aanvoelen onder mijn hand. Ik klop tweemaal met mijn linkerhand, die met de vijf vingers.

'Ik kom eraan,' zingt de hoge stem van een vrouw.

Als de voordeur opengaat staat er een non voor ons. Ze is oud en draagt een witte jurk met korte mouwen. Een blauw-witte sluier bedekt haar hoofd en omsluit een zacht, stralend gezicht. Een groot zilveren kruis zwaait aan een ketting om haar hals.

'Jullie zijn vast August en Eli,' zegt ze.

'Ik ben Eli. Hij is August.'

August lacht en knikt uitbundig.

'Ik ben zuster Patricia. Ik zorg al een paar dagen voor je moeder om haar weer een beetje op de been te helpen.' Ze kijkt diep in onze ogen. 'Ik heb alles over jullie gehoord.' Ze knikt naar mij. 'Eli, de prater en de verhalenverteller.' Ze knikt naar August. 'En August, onze lieve wijze, stille man. Ooo, wat een zeldzaam water en vuur hebben we hier, hè.'

Water en vuur. Yin en yang. Sonny en Cher. Allemaal goed.

'Kom binnen.'

We gaan naar binnen en blijven beleefd staan in de serre van een huis dat zich naar alle kanten uitstrekt. Een grote ingelijste afbeelding van Jezus hangt boven de deur naar de gang. Deze verschilt niet veel van de afbeelding in Lena's slaapkamer. Een droevige jonge Jezus. Knappe jonge Jezus. Hoeder van mijn grootste zonden. Hij die weet.

Hij die vergeeft. De man die me een onderbreking gunt in al die hatelijke gedachten die ik de laatste tijd heb. Al die duistere hoop. Dat de mannen die mijn moeder hier hebben gebracht in de hel zullen branden. Dat de mannen die we ooit kenden zullen bloeden voor de dingen die ze hebben gedaan. Laat ze verzuipen. Geef ze de hel, geef ze ziektes en toorn, pest en pijn en eeuwig vuur en ijs. Amen.

'Eli?' zegt zuster Patricia. 'Ben je er nog, Eli?'

'Ja, sorry.'

'Komaan, waar wacht je op? Moet ik je hand vasthouden?'

We lopen verder door de gang.

'Tweede kamer aan de rechterkant,' roept zuster Patricia.

August loopt voor me uit. Er ligt vloerbedekking in de gang. Er staat een buffetkast met ingelijste gebeden, kommetjes met rozenkransen en een vaas paarse bloemen. Het hele huis geurt naar lavendel. Ik zal me mama herinneren door de lavendel. Ik zal me mama herinneren door de rozenkrans en de gewelfde houten wanden, geschilderd in aqua. We passeren de eerste kamer aan de rechterkant, waar een vrouw aan een bureau zit te lezen. Ze lacht naar ons en we glimlachen terug en lopen verder door de gang.

August stopt even bij de deur van de tweede kamer aan de rechterkant. Hij kijkt over zijn schouder naar mij. Ik leg mijn hand op zijn rechterschouder. We praten zonder te praten. *Ik weet het, maat. Ik weet het.* Hij loopt de kamer in en ik volg mijn grote broer en zie hoe ze hem in haar armen neemt. Ze huilde voordat hij naar binnen ging. Ze draagt geen wit, ze draagt een lichtblauwe zomerjurk, maar haar haar is even lang als in mijn visioen en haar gezicht is warm en volmaakt en hier.

'Groepsknuffel,' fluistert ze.

Nu we hier zijn, zijn we langer dan in het visioen. Ik was de tijd vergeten. Het visioen was achteropgeraakt, sprak over dingen die niet waren en niet over dingen die zouden zijn. Ze zit op een eenpersoonsbed en ik herinner me hoe ze op die brits in Boggo Road zat. En die twee vrouwen konden niet verschillender zijn. Haar ergste zelf in mijn hoofd en haar beste zelf hier.

En dit is de zij die zal zijn.

*

Mama sluit de deur van de slaapkamer en we komen er pas drie volle uren later weer uit. We vullen de leemten van al die tijd die we hebben gemist. De meisjes die we leuk vinden op school, de sporten die we beoefenen, de boeken die we lezen, het kattenkwaad dat we uithalen. We spelen monopoly en Uno en luisteren naar muziek op een wekkerradiootje naast mama's bed. Fleetwood Mac. Duran Duran. Cold Chisel, 'When the War Is Over'.

We gaan naar een gemeenschappelijke ruimte voor het avondeten en mama stelt ons voor aan twee vrouwen die samen met haar hebben gezeten en ook een beetje op de been geholpen worden in zuster Patricia's gammele oude huis. De vrouwen heten Shan en Linda en ik denk dat Slim ze allebei wel had gemogen. Ze dragen allebei singlets zonder beha, ze hebben allebei een raszuivere rokerslach en als ze lachen, stuiteren hun borsten in hun singlets. Met droge humor vertellen ze eindeloze verhalen over de ellende van het leven daarbinnen, maar ze doen dat met voldoende straaltjes zonlicht om August en mij te laten geloven dat mama het niet zo vreselijk heeft gehad daarbinnen. Er was vriendschap en loyaliteit, zorgzaamheid en liefde. Ze maken grapjes over het vlees dat zo hard was dat ze hun tanden erop braken. Er werden grappen uitgehaald met bewakers, poetsen gebakken. Er waren ambitieuze ontsnappingspogingen, zoals die van de Russische voormalig jeugdkampioene atletiek, die een polsstok in elkaar flanste en een rampzalige poging deed om over de gevangenismuren te springen. En natuurlijk was er geen grotere dag dan toen dat dwaze joch uit Bracken Ridge Boggo binnendrong om zijn moeder te zien met Kerstmis.

Mama moet lachen bij dat verhaal, maar het brengt haar ook aan het huilen.

*

We leggen een dik donzen dekbed op de vloer van mama's kamer om op te slapen, met kussens van de bank als hoofdkussen. Voordat we gaan liggen, zegt mama dat ze ons iets moet vertellen. Ze zit tussen ons in op het bed.

Ik pak mijn rugzak. Er zit vijftigduizend dollar in. 'Ik moet jou ook iets vertellen, mam,' zeg ik. Ik kan het niet voor me houden. Kan niet wachten om het haar te vertellen. Kan niet wachten om haar te vertellen dat onze dromen zullen uitkomen. We zijn vrij. We zijn eindelijk vrij.

'Wat dan?' vraagt ze.

'Jij mag eerst,' zeg ik.

Ze strijkt mijn haar uit mijn gezicht, glimlacht naar me. Ze kijkt naar haar voeten. Denkt nog even na.

'Toe maar, mam, jij mag eerst,' zeg ik bemoedigend.

'Ik weet niet hoe ik het moet zeggen.'

Ik por zachtjes tegen haar schouder, gniffelend. 'Zeg het maar gewoon.'

Ze haalt diep adem. Glimlacht. Glimlacht zo breed dat we met haar meelachen. 'Ik trek bij Teddy in,' zegt ze.

En de tijd is om. De tijd vervliegt. De tijd is vervlogen.

Jongen bijt spin

Er heerst een roodrugspinnenplaag in Bracken Ridge. Door een bijzondere combinatie van hitte en luchtvochtigheid zoeken de roodrugspinnen in Lancelot Street hun heil onder de plastic deksels van de wc-brillen. Op de laatste dag van mijn elfde leerjaar wordt onze buurvrouw, Pamela Waters, in haar kont gebeten tijdens een van haar luidruchtige grote boodschappen, die soms vanuit haar plee over onze omheining bubbelen en kraken. August en ik weten niet met wie we meer medelijden moeten hebben, met buurvrouw Waters of met de nietsvermoedende roodrug die een hap vlees uit haar reet nam als avondmaal.

Ik heb een boek over spinnen gevonden in paps bibliotheekkamer en een stukje gelezen over roodrugspinnen. In het boek staat dat vrouwtjesroodruggen seksuele kannibalen zijn en hun mannelijke partners opeten tijdens het paren, wat vergelijkbaar is met de paring- en eetrituelen van sommige meisjes op mijn school. De schattige kleine spinnetjes, zonen en dochters van deze liefdesmoordenaars, zijn broer-en-zuskannibalen die een week in moeders web blijven hangen voordat ze wegzweven op de wind.

Een week. Zo lang wil mama dat August en ik in de zomervakantie bij haar en Teddy komen logeren. Een week met Teddy de rat. Ik blijf liever hier in Bracken Ridge, bij mijn vader en de sekskannibalen.

*

'Welke planeet heeft de meeste manen?' vraagt Tony Barber in onze wazige televisie, waarbij vragen worden gesteld aan drie kandidaten op de pastelroze met aquamarijnkleurige set van *Sale of the Century.*

Pap heeft zesendertig biertjes en drie kopjes Fruity Lexia in zijn mik en nog is hij sneller met zijn antwoord dan alle drie de deelnemers. 'Jupiter!' brult hij.

'Wat is de hoofdstad van Roemenië?' vraagt Barber.

'Tot welk geslacht behoort de kanoet?' vraagt Barber.

'Hoe kon Frankie Bell in godsnaam die verrader van een Teddy Kallas vertrouwen?' vraagt Barber. Ik zit rechtop in mijn stoel, eindelijk geïnteresseerd in mijn vaders favoriete programma.

'En voor een selectie uit de eregalerij, wie ben ik?' vraagt Barber. Hij stelt de vraag recht in de camera. Hij vraagt het rechtstreeks aan mij. 'Ik ben de zoon van een echtpaar dat nooit heeft bestaan. De jongste van twee zoons, mijn oudere broer stopte met praten toen zijn vader hem op zesjarige leeftijd een stuwmeer in reed. Toen ik dertien jaar was werd de man van wie ik dacht dat hij me zou helpen volwassen te worden naar de ongeziene vergetelheid gesleurd door de handhaver van een drugsdealer uit een buitenwijk die zich voordoet als fabrikant van kunstledematen. Net toen ik dacht dat alles beter zou worden trok mijn moeder in bij de vent die volgens mij verantwoordelijk is voor de dood van de man van wie ik het meeste heb gehouden in mijn leven. Een rollend tuimelkruid van verwarring en wanhoop, ik ben Eli wie?'

*

August zit in onze kamer te schilderen. Olieverf op canvas. Hij zegt dat hij misschien schilder wil worden.

'Net als je ouweheer,' roept pap telkens wanneer dit onderwerp ter sprake komt, en dan trekt hij standaard de vergelijking tussen Augusts vaak verrassende, soms onthutsende olieverfschilderijen en paps eerste baantje als leerling bij schildersbedrijf End of the Rainbow House in Woolloongabba.

Overal in de kamer liggen, hangen en staan doeken, tegen de wanden en onder het doorgezakte bed. August is behoorlijk productief. Hij werkt al een tijdje aan een serie waarin hij onbeduidende voorstedelijke taferelen in de straten van Bracken Ridge schildert tegen een onwaarschijnlijk grootse achtergrond van de ruimte. In een van die schilderijen plaatste hij ons lokale Big Rooster-restaurant voor het spiraalvormige sterrenstelsel Andromeda, tweeënhalf miljoen lichtjaren van de aarde. In een ander plaatste hij een tafereel met twee kinderen uit McKeering Street die cricket spelen in de achtertuin, met hun vuilcontainer als wicketpaaltje, tegen de achtergrond van een rood starburststelsel dat eruitzag als maagbloed na een schot van hagelgeweer. Weer een ander toont een Foodstore-supermarktwagen die honderdduizend lichtjaren verderop aan de rand van de Melkweg zweeft. Hij schilderde zijn vader in een blauwe singlet, liggend op zijn zij op de bank, die een sjekkie zit te roken en kringetjes zet op het weddenschapsformulier, tegen een achtergrond van een enorme, kleurrijke hemelgaswolk aan de rand van het bekende universum waar, zei Gus, alle kosmische materie ruikt naar papa's scheten.

'Wie is dat?' vraag ik aan de slaapkamerdeur.

'Dat ben jij.'

August dept zijn penseel in het '*choc chip*'-ijsbakje van Black & Gold dat hij als verfpalet gebruikt. Ik sta op het doek. Ik ben het, van mijn Nashville High School-foto. Ik moet naar de kapper. Ik zie eruit alsof ik bas speel in *The Partridge Family.* Puberpuistjes, grote, domme puberoren, vettige puberneus. Ik zit in de klas aan een bruine lessenaar uit het raam te kijken, met een bezorgde blik op mijn gezicht, en aan de andere kant van dat raam is de ruimte.

'Wat is dat?'

Een of ander intergalactisch fenomeen, een lichtgevende groene klodder tekent zich af tussen de sterren.

'Je kijkt bij wiskunde uit het raam en je hebt een licht gezien dat twaalf miljard jaar nodig heeft gehad om je te bereiken.'

'Wat betekent het?'

'Weet ik niet. Ik denk dat het er alleen maar om gaat dat jij het licht hebt gezien.'

'Hoe ga je het noemen?'

'Eli ziet het licht in de wiskundeles.' August voegt een diepere tint toe aan mijn met olieverf geschilderde adamsappel.

'Ik wil niet naar Teddy,' zeg ik.

Penseel en deppen. Penseel en deppen.

'Ik ook niet.'

Penseel en deppen. Penseel en deppen.

'Maar we gaan zeker wel?'

Penseel en deppen. Penseel en deppen.

August knikt. *Ja, Eli, we moeten gaan.*

*

Teddy's ogen liggen dieper in hun kassen sinds ik hem voor het laatst heb gezien, terwijl zijn buik juist een heel stuk uitpuilt. Hij staat in de deuropening van een Queenslander-huis met twee verdiepingen in Wacol, een voorstad ten zuidwesten van Darra, dat hij heeft geërfd van zijn ouders.

Die zitten nu in een verzorgingstehuis in Ipswich, twintig minuten rijden via Brisbane Road.

August en ik staan bovenaan een gammele trap met een ijzeren leuning, zo oud en fragiel dat de trap aanvoelt als een touwbrug waarop Indiana Jones en zijn trouwe sidekick Short Round een kreek vol met krokodillen moeten oversteken.

'Lang niet gezien, jongens,' zegt Teddy, zijn dikke arm om mama heen geslagen alsof ze een vaatje bier is.

Ik zie je bijna dagelijks in mijn hoofd, Teddy.

'Lang, ja,' zeg ik.

August staat achter me en steekt zijn hand uit over de leuning om iets aan te raken wat aan een overhangende tak hangt. Het ziet eruit als een wilde gele abrikoos.

'Leuk je te zien, Gus,' zegt Teddy.

August kijkt naar Teddy, glimlacht een halve glimlach, plukt een vrucht uit de boom.

'Dat is mijn moeders Japanse mispelboom. Staat hier al meer dan vijftig jaar, die boom.'

August ruikt aan de vrucht.

'Ga je gang, neem een hap. Smaakt als peer en ananas in één.'

August bijt erin, kauwt op een hap mispel. Glimlacht.

'Wil jij er ook eentje, Eli?'

Ik wil niets van jou, Teddy Kallas, behalve je hoofd op een spies.

'Nee dank je, Teddy.'

'Willen jullie iets cools zien?'

We zeggen niets.

Mam kijkt me streng aan. 'Eli,' waarschuwt ze. Meer is niet nodig.

'Graag, Teddy,' zeg ik met het enthousiasme van een mispel.

Het is een vrachtwagen. Een kolossale oranje Kenworth K100 Cabover uit 1980, geparkeerd aan de zijkant van zijn uitgestrekte tuin onder een monsterlijke mangoboom, die zijn door vliegende vossen aangevreten groene vruchten op de motorkap van de truck laat vallen.

Teddy vertelt dat hij met de vrachtwagen voor Woolworths rijdt en fruit vervoert langs de hele oostkust van Australië. We klimmen samen met hem de vrachtwagen in en dan draait hij de contactsleutel om en komt het fruittransportbeest rammelend tot leven. 'Wil je even toeteren, Eli?'

Hallo, ik ben geen acht meer, Teddy.

'Leuk, Teddy,' zeg ik.

Hij toetert zelf en laat een opgewonden gegrinnik horen, zoals de halfgare reus uit een sprookje zou grinniken om een stelende boerenjongen die rondspringt op een springstok.

Hij pakt zijn bakkie en friemelt wat aan de frequentieknoppen, op zoek naar een paar goede vrienden die volgens hem ergens in truckersland rondzwerven. Deze truckermaten checken allemaal langzaam in, vloekende kerels genaamd Marlon en Fitz en een rukkende trucklegende die in heel Australië bekendstaat als 'The Log' vanwege het formaat van zijn lul. Ik mocht Teddy Kallas wel toen ik hem pas had leren kennen. Ik vond het leuk dat Teddy en Lyle het zo goed met elkaar konden vinden, dat ze beste vrienden waren. Teddy leek hetzelfde in Lyle te zien als wat ik in hem zag. Ik vond Teddy wel iets weg hebben van een Elvis Presley uit het *G.I. Blues*-tijdperk, zoals hij zijn haar met gel achteroverkamde en vanwege de welving van zijn dikke lippen. Maar nu is hij aan alle kanten uitgedijd en lijkt hij meer op de Vegas-Elvis. Gefrituurde-pindakaasbroodjes-Elvis. Hij heeft Lyle verraden. Hij heeft Tytus Broz verteld dat Lyle er in het geniep een drugshandeltje naast had. Hij liet Lyle wegslepen en in vieren delen en dacht dat dit hem het meisje zou bezorgen, met als bonus een wit voetje bij Tytus Broz. Maar Tytus liet hem barsten, omdat Tytus wist dat ratten niet te vertrouwen zijn. Ratten moeten echte banen nemen, Woolworths-voedseltrucks op en neer rijden langs de oostkust van Australië. Hij begon mama op te zoeken in de gevangenis en ik denk dat ze wilde geloven dat hij de boel niet had verraden, omdat ze die bezoekjes wilde. Ik ging niet naar Boggo. August ook niet. Wij mochten er zonder papa geen van beiden naartoe. Maar mama had het nodig om met iemand van buiten te praten, al was het maar om eraan herinnerd te worden dat buiten nog steeds bestond. Dus praatte ze met de rat. Hij kwam elke donderdagochtend, zegt mama. Hij was grappig, zegt ze. Hij was vriendelijk, zegt ze. Hij was er voor me, zegt ze.

'Ik hou van vrachtwagenrijden,' zegt Teddy. 'Zodra ik de snelweg op rij, kom ik in een bepaalde stemming. Ik kan het niet uitleggen.'

Doe maar niet, Teddy.

'Weet je wat ik weleens doe op de weg?'

Jij, Marlon, Fitz en The Log masturberen in een soort bakkie-aftrek-groep?

'Wat?' snauw ik.

'Ik praat met Lyle.' Hij schudt zijn hoofd.

We zeggen niets.

'Weet je wat ik tegen hem zeg?'

Sorry? Vergeef me, alsjeblieft? Bevrijd me alsjeblieft van de non-stop hartverscheurende kwelling van mijn schuld, van mijn verraad en mijn hebzucht?

'Ik praat met hem over de melkwagen.'

Teddy en Lyle stalen een melkwagen toen ze jong waren, vertelt hij. Dat was in Darra. Ze gingen er met de melkwagen vandoor terwijl de melkman voor de deur aan het kletsen was met Lyles moeder Lena. Ze hielden een roekeloze joyride met de wagen, misschien wel de gelukkigste zes minuten van hun beider levens. Lyle liet Teddy eruit bij een winkel op de hoek, voordat hij de melkwagen terugbracht, en draaide alleen op voor de gevolgen. Omdat Lyle Orlik een goede, fatsoenlijke vent was, die bij toeval uitgroeide tot heroïnedealer in een buitenwijk.

'Ik mis hem,' zegt hij.

Zijn gemijmer wordt onderbroken door twee grote Duitse herders die naar zijn portier staan te blaffen.

‘Hé, jongens!’ Hij draait het raampje van de vrachtwagen open. ‘Maak kennis met mijn jongens,’ zegt hij bemoedigend.

Hij laat zich uit de truck glijden en begint een stoeipartij met de honden. ‘Deze gast is Beau.’ Hij wrijft stevig met zijn hand over zijn kop en steekt dan zijn linkerhand uit om de buik van het andere beest te kietelen. ‘En deze vriend is Arrow.’ Hij kijkt liefdevol in hun ogen. ‘Deze jongens zijn de enige familie die ik nog heb.’

August en ik zeggen iets tegen elkaar wat we niet zeggen. *Wat een sukkel.*

‘Kom, ik laat jullie hun hok zien,’ zegt hij opgetogen.

De kennel van Beau en Arrow is onder het huis. Eerder een buitenhuis met twee verdiepingen dan een hondenhok. Hardhouten palen met in triplex gefiguurzaagde ramen en deuren, het soort huisje dat Hans en Grietje zomaar kunnen tegenkomen als ze verdwaald zijn in het bos. Het hele geval staat op palen en Beau en Arrow hebben een hellinkje met inkepingen voor hun poten om toegang te krijgen tot hun gerieflijke, comfortabele droomhuis.

‘Helemaal zelf gebouwd,’ pocht Teddy.

August en ik zeggen iets tegen elkaar wat we niet zeggen. *Wat een ongelooflijke sukkel.*

*

De eerste drie dagen van onze logeerpartij in Teddy’s huis zijn een en al rozengeur en maneschijn. Mispelperfect. Teddy glimlacht naar mama om ons te laten zien dat hij van haar houdt en hij trakteert op Paddle Pop-ijsjes om ons voor zich te winnen en vertelt ons truckergrappen, die bijna allemaal fel racistisch zijn en eindigen met een Aboriginal/Ier /Chinees/vrouw op de koeienvanger van een achttienwieler. Dan, op de vierde dag van ons verblijf, strooit Dustin Hoffman roet in het eten.

We zijn onderweg naar huis van de Eldorado-bioscoop in Indooroopilly, als iets aan Dustin Hoffmans acteerprestaties in de film die we net hebben gezien, *Rain Man*, Teddy aan August doet denken.

'Kun jij dat soort dingen ook, Gus?' Hij kijkt naar August via de achteruitkijkspiegel.

August zegt niets.

'Je weet wel,' gaat Teddy door, 'kun je met één oogopslag een hele berg tandenstokers tellen? Heb jij zulke bijzondere krachten?'

August rolt met zijn ogen.

'Hij is niet autistisch, Teddy,' zeg ik. 'Hij is gewoon stil.'

'Eli!' waarschuwt mama.

Het blijft vijf volle minuten stil in de auto. Niemand zegt iets. Ik kijk naar de gele gloed van de wegverlichting. De gloed is het vuur in mij dat een vraag smeedt in de vlammen.

Ik vraag het recht voor z'n raap, zonder een spat emotie. 'Teddy, waarom heb je je beste vriend verlinkt?'

En hij zegt niets. Hij kijkt me alleen maar aan via de achteruitkijkspiegel en nu heeft hij niets meer van Elvis, uit welke periode, fase, plaats of context dan ook, omdat Elvis nooit naar de hel is gegaan. Elvis heeft nooit een duivelse fase gehad.

*

Hij blijft twee dagen zwijgen. Hij komt laat zijn bed uit en als mama, August en ik allang aan de ontbijttafel achter onze kommen cornflakes zitten sjokt hij ons zwaar voorbij. Dan zegt mama goedemorgen, maar hij kijkt niet op of om en gaat zonder een woord te zeggen de deur uit.

Pap doet dit weleens bij August en mij als we slaande ruzie hebben gehad tijdens een van zijn slemppartijen. Hij is degene die ruzie met ons schopt, hij is degene die ons om de haverklap een mep tegen ons achterhoofd verkoopt als we *21 Jump Street* proberen te kijken, hij is degene die altijd net iets te ver gaat bij August en hij is degene die een klap voor zijn kanis krijgt omdat August even rust aan zijn kop wil. En toch zijn wij het die doodgezwegen worden. Meestal wordt pap de volgende ochtend wakker, inspecteert de blauwe plekken op zijn gezicht en biedt zijn excuses aan. Maar soms negeert hij ons dagenlang. Alsof wij de klootzakken zijn. Alsof wij de eikels zijn in dit verhaal. Klotevolwassenen. Teddy doet net of wij er niet zijn, alsof we geesten zijn, spoken die in zijn woonkamer Pictionary en Game of Life spelen, terwijl hij in zijn slaapkamer de vermoorde onschuld uithangt.

Dan voel ik me rot omdat mama zich rot voelt en als ze August en mij vraagt om haar te helpen met het bereiden van een pan lamsschenkels voor het avondeten, geeft August me een van die blikken die zegt: *Je helpt haar met die lamsschenkels omdat het belangrijk voor haar is en je gaat het hartstikke gezellig vinden en als je dat niet doet, trem ik je in elkaar.*

We maken de lamsschenkels klaar en laten ze een hele dag stoven, precies zoals die kinderachtige Teddy het lekker vindt.

Teddy gaat 's middags de deur uit, beent door de keuken.

'Waar ga je naartoe?' vraagt mama.

Hij zegt niets.

'Kun je om zes uur thuis zijn voor het eten?' zegt ze.

Niets.

'We maken lamsvlees voor je,' zegt ze.

Zeg iets, eikel.

'Met de rodewijnsaus die je zo lekker vindt,' zegt mama. Mama's glimlach. Kijk naar die glimlach, Teddy. Kijk naar de zon op haar gezicht. Teddy? Teddy?

Niets. Hij loopt de keuken uit, de trap af. Naar beneden, beneden, de duivel gaat naar beneden, en het zonneschijnmeisje van de duivel doet haar best om het weg te lachen.

We stoven de lamsschenkels langzaam gaar in een stalen pan die ooit van Teddy's grootmoeder is geweest, groot genoeg om een bubbelbad in te nemen. We laten ze een halve dag stoven en keren ze elk uur om in een saus van rode wijn, knoflook, tijm, vier laurierbladeren, gehakte uien, wortel en stengels bleekselderij. Als ze zover zijn dat we mogen proeven, valt het vlees van het bot als de chocolade in de handen van die etherische dame in het wit uit het Flake-spotje op wie August verkikkerd is.

*

Zes uur en Teddy is niet thuis. We zitten aan de eettafel als hij twee uur later binnen komt zeilen.

'Je eten staat in de oven,' zegt mama.

Hij staart ons aan. Observeert ons. August en ik kunnen de drank in hem ruiken zodra hij aan tafel gaat zitten. En iets anders. Speed, misschien. De kleine helper van de vrachtwagenchauffeur om het vol te houden op langeafstandsritten naar Cairns. Zijn ogen kunnen zich niet goed op ons focussen, hij ademt luid en opent en sluit zijn mond alsof hij dorst heeft, met dikke witte ballen speeksel in zijn mondhoeken. Mam gaat naar de keuken om zijn eten te halen en hij staart naar August aan de overkant van de tafel.

'Leuke dag gehad, Teddy?' vraag ik.

Maar hij antwoordt niet, hij blijft alleen maar naar August staren, die zijn ogen op zijn bord gericht houdt terwijl hij zijn lamsvlees door de rodewijnsaus en aardappelpuree haalt.

'Wat zei je?' zegt Teddy, loerend naar August. 'Sorry. Ik verstond je niet.'

'Hij zei niets, Teddy,' zeg ik.

Hij buigt zich dichter naar August toe en hijst zijn dikke pens zo ver op de tafel dat zijn Winfield Reds uit de zak van zijn blauwe spijkerhemd vallen. 'Kun je dat voor me herhalen? Misschien wat harder deze keer.' Hij draait zijn linkeroor theatraal naar August.

'Nee, nee, ik begrijp het, vriend.' Teddy haalt zijn schouders op. 'Ik zou er ook geen woorden voor hebben als mijn ouweheer me zoiets had geflikt.'

Mijn broer kijkt op naar de verrader en glimlacht.

Teddy laat zich achteroverzakken op zijn stoel en mama zet zijn bord voor hem neer. 'Fijn dat je er bent,' zegt ze.

Hij lepelt zijn aardappelpuree op als een kind. Bijt in een stuk vlees als een haai. Hij kijkt opnieuw naar August. 'Je weet wat zijn probleem is, hè?'

'Laten we nou maar gewoon eten, hè, Teddy,' zegt mama.

'Jij hebt die stilteflauwekul zomaar goedgevonden. Het is jouw schuld dat die jongens net zo gek zijn geworden als die verdomde vader van ze.'

'Oké, Teddy, zo is het genoeg,' zegt mama.

August kijkt weer op naar Teddy. August glimlacht deze keer niet. Hij kijkt Teddy aandachtig aan.

'Ik moet het jullie nageven, jongens. Het is verrekte dapper van jullie om onder hetzelfde dak te slapen als de kerel die met jullie van die verdomde stuwdam af is gereden.'

'Zo is het genoeg, Teddy, verdomme!' schreeuwt mama.

Teddy giert het uit. 'Jazeker, jij zegt het.' Hij lacht. 'Verdamme zul je bedoelen. Verdamme, hè jongens? Verdaaaaamme.'

Dan begint hij te schreeuwen. Harder dan mama. 'Nee, nee,' tiert hij. 'Dit is mijn vaders tafel. Mijn vader heeft deze verdomde tafel gemaakt en nu is het mijn verdomde tafel en mijn vader was een beste man en hij heeft me verdomme goed opgevoed en ik zeg verdomme wat ik wil aan mijn eigen verdomde tafel.' Hij neemt nog een hap lamsvlees, alsof hij het vlees van mijn linkeronderarm bijt. 'Nee, nee,' roept hij. 'Jullie kunnen allemaal de klere krijgen.'

Hij staat op. 'Jullie verdienen het niet om aan deze tafel te zitten. Donder op van mijn tafel. Jullie zijn deze tafel niet waard, stelletje idioten.'

Mama staat nu ook. 'Jongens, wij eten wel verder in de keuken,' zegt ze, en ze pakt haar bord op.

Dan slaat Teddy het bord uit haar handen en het valt kapot op de tafel, in drie stukken, als het vredesteken. 'Laat dat bord verdomme staan,' schreeuwt hij.

August en ik staan al en schuiven onze stoelen naar achteren, op weg naar mama.

'Nee, nee,' zegt Teddy. 'Alleen familie eet aan deze tafel.'

Hij laat een schel boerenfluitje horen en zijn geliefde Duitse herders denderen de trap op en draven via de keuken de eetkamer in. Teddy slaat met zijn handen op mijn plek aan tafel en dan op die van August. 'Op, jongens.' Beau springt braaf op mijn stoel en Arrow springt gehoorzaam op die van August. Teddy geeft ze met een knikje toestemming. 'Eten, jongens,' zegt hij. 'Het lamsvlees is van restaurantkwaliteit.'

De honden steken hun kop in onze borden, kwispelend van blijdschap.

Ik kijk naar mam. 'Kom mee, mama.'

Ze staat als verlamd naar de grommende honden te staren, die het voedsel oplebberen waarvoor zij de hele dag in de keuken heeft gestaan. Ze draait zich om en loopt geruisloos, robotachtig naar de keuken. Er staat een oude kanariegele keukenkast tegen de muur bij de oven waar onze lamsstoofpot op staat, met nog vier lamsschenkels die we hebben bewaard voor de lunch van de volgende dag.

Mama staat zowat een volle minuut roerloos in de keuken, met een diepe frons van het denken.

'Mam, laten we gaan,' zeg ik. 'Laten we gewoon weggaan hier.'

Dan draait ze zich om naar de keukenkast en haalt met haar rechtervuist uit naar een rijtje van acht oude landelijke borden die ooit van Teddy's grootmoeder zijn geweest en rechtop achter een elastieken witte band te pronk staan. Ze stompt op ze in alsof ze geprogrammeerd is om ze stuk te slaan, alsof haar handen mechanisch worden gestuurd. Ze beseft niet eens dat het kapotte aardewerk haar knokkels openhaalt, dat haar bloed donkerrood over de resterende stukken achter de band stroomt. En August en ik blijven als aan de grond genageld staan kijken. Ik kan geen woord uit mijn keel krijgen, zo verlamd en perplex ben ik door wat ze doet. Bloed en vuisten. Stomp na stomp. Met haar vuisten slaat ze de glazen schuifdeur van de kast kapot. Ze steekt haar hand uit en grijpt een FM 104-radiomok, een World Expo '88-mok en een roze Mr Perfect-Mr Men-beker. Ze loopt terug naar de eetkamer en gooit ze allemaal keihard naar Teddy's hoofd en met de derde mok, Mr Perfect, raakt ze hem tegen zijn rechterslaap.

Hij vliegt op haar af in blinde amfetaminewoede. August en ik werpen ons instinctief tussen hem en mama in, met onze armen om ons hoofd geslagen ter bescherming, maar met zijn dikke knieschijven zo groot als crickethelmen geeft hij een knietje tegen de dunne huid van onze schedels en dan stort hij zich met brute woede en kracht op mama. Hij grijpt haar bij haar achterhoofd en sleurt haar aan haar haren de keuken uit, over de linoleum keukenvloer, zo hard dat er hele plukken haar op de grond vallen. Hij sleurt haar naar beneden – de duivel sleurt haar naar beneden, naar beneden, naar beneden – de houten achtertrap af. Hij sleept haar bij haar hoofdhaar achter zich aan, alsof hij een zwaar tapijt of een gesnoeide boomtak meesleept, haar achterwerk en hielen stoten hard tegen de treden. En op dat moment vraag ik me iets af; op dit afschuwelijke, angstaanjagende moment – terwijl het monster mijn moeder naar de hel sleept – komt er een glasheldere gedachte bij me op: waarom gilt mama niet? Waarom huilt mama niet? Ze houdt zich muisstil en ik realiseer me nu, nu de tijd zich gelijkmatig uitstrekt, lusvormig en oneindig, dat ze niet gilt vanwege haar jongens. Ze wil niet dat we merken hoe bang ze is. Een razende psychopaat, stijf van de speed, sleept haar bij haar haren een houten trap af en zij denkt alleen maar aan ons. Ik kijk naar haar gezicht en haar gezicht kijkt me aan. De details. Het onuitgesprokene.

Wees niet bang, Eli, probeert haar gezicht te zeggen terwijl het monster haar hoofd laat tollen. *Wees niet bang, Eli, want ik heb dit onder controle. Ik heb erger meegemaakt, maatje, en dit heb ik in de hand. Dus niet huilen, Eli. Kijk naar mij, huil ik?*

Onderaan de trap sleept hij mama naar de hellende toegang naar het hondenhok. Hij grijpt mama stevig in haar nekvel en drukt haar met haar gezicht in de voerbakken van Beau en Arrow. Ze gromt als haar gezicht wegzakt in een papperige bruine brij van oude hompen vlees en vet.

'Jij verdomd rotbeest,' schreeuw ik, en ik stoot mijn rechterschouder zo hard als ik kan in Teddy's ribben, maar ik krijg geen beweging in zijn grote, vette lijf.

'Ik heb je te vreten gegeven, Frankie,' schreeuwt hij, zijn vonken schietende ogen wijd open. 'Hondenvoer. Voer voor een hond. Voer voor een hond. Voer voor een hond.'

Ik probeer hem weg te duwen en haal uit naar zijn gezicht, maar mijn stoten hebben geen impact. Hij voelt niets op dit moment, dus hij kan niet opzijgeduwd worden. Maar dan flitst een groot zilveren voorwerp langs mijn ogen en ik zie dit voorwerp in contact komen met Teddy's hoofd. Iets warms wat aanvoelt als bloed en vlees spat over mijn rug. Maar het ruikt niet naar bloed. Het ruikt naar lamsvlees. Het is de pan waarin we de lamsschenkels hebben laten stoven. Teddy valt verdwaasd op zijn knieën en August haalt nogmaals uit met de pan, mikt ditmaal recht op zijn gezicht en deze mep slaat hem buiten westen, vloert hem op het ellendige beton onder dit ellendige geërfde huis.

'Loop naar de weg,' zegt mama kalm. Ze veegt haar gezicht schoon met haar shirt en plotseling ziet ze eruit als een krijger – geen slachtoffer, maar een eeuwenoude overlever die het bloed van de gevallenen van haar wangen, neus en kin veegt. Ze rent de trap op en het huis in en vijf minuten later staat ze naast ons op de weg, met onze tassen en een rugzak voor zichzelf.

*

Een uur later zitten we in de trein van Wacol naar Nundah. Om tien uur die avond kloppen we op de deur van zuster Patricia's huis in Bage Street. Ze laat ons meteen binnen, zonder te vragen waarom we hier zijn.

We slapen op logeermatrassen in zuster Patricia's serre.

We worden om zes uur 's morgens gewekt en gaan samen met zuster Patricia en vier vrouwelijke ex-gevangenen in transitie naar de eetzaal voor het ontbijt. We eten geroosterd brood met Vegemite en drinken appelsap van de Golden Circle-conservenfabriek. We zitten aan het einde van een lange bruine tafel, groot genoeg voor achttien of twintig personen. Mama is stil. August zegt niets.

'Duuuuuus,' fluister ik.

Mama neemt een slokje zwarte koffie. 'Wat, maatje?' zegt ze zachtjes.

'Dus wat nu? Nu je weg bent bij Teddy, wat ga je nu doen?'

Mama neemt een hap geroosterd brood, veegt de kruimels uit haar mondhoeken met een servet.

Mijn hoofd barst van de plannen. De toekomst. Onze toekomst. Onze familie. 'Ik denk dat je vannacht het beste bij ons kunt slapen.' Ik zeg de dingen zo snel als ik ze denk. 'Je gaat gewoon met ons mee. Papa zal wel schrikken als hij je ziet, maar ik weet dat hij lief voor je zal zijn. Hij heeft een goed hart, mama, hij zal je niet wegsturen. Zo zit hij niet in elkaar.'

'Eli, ik denk niet –'

'Waar zou je het liefste willen wonen?' vraag ik.

'Wat?'

'Als jij kon kiezen waar je wilt wonen en geld is geen probleem, waar zou je dan naartoe willen?' vraag ik.

'Pluto,' zegt mama.

'Oké, waar dan ook in het zuidoosten van Queensland. Noem maar een plek, mama, en Gus en ik, wij zorgen dat het gebeurt.'

'En hoe denken jullie dat te gaan doen?'

August kijkt op van zijn ontbijtbord. *Nee, Eli.*

Ik denk even na. Weeg mijn gedachten.

'Stel dat ik je zou vertellen dat ik een huis zou kunnen krijgen in… Ik weet het niet… The Gap,' zeg ik.

'The Gap?' zegt mama verbaasd. 'Hoezo The Gap?'

'Dat is een fijne plek. Veel cul-de-sacs. Weet je nog dat we met Lyle mee mochten om de Atari te kopen?'

'Eli…' zegt mama.

'Je zult het geweldig vinden in The Gap, mama,' zeg ik opgewonden. 'Het is mooi en groen en aan het einde van de buitenwijk ligt een heel groot reservoir, midden in het *bushland*, en het water is glashelder…'

Mama geeft een klap op de tafel. 'Eli!' waarschuwt ze. Ze laat haar hoofd zakken. Ze huilt. 'Eli, ik heb nooit gezegd dat ik bij Teddy wegga.'

Jongen sluit net

De hoofdstad van Roemenië is Boekarest. De verzamelnaam voor een troep wolven is een roedel. De verzamelnaam voor een groep Eli Bells is een prisma. Een kooi. Een hol. Een gevangenis.

Zaterdagavond, kwart over zeven, en pap ligt voor pampus naast de wc. Hij raakte meteen nadat hij in de porseleinen kom had overgegeven buiten westen en hangt nu diep in slaap onder de toiletrolhouder – bij het uitademen blaast de lucht uit zijn neusgaten drie velletjes eenlaags toiletpapier op als een witte vlag van overgave, wapperend in de wind.

Ik geef het op. Ik wil net zo worden als hij.

Maar heer August de Onverstoorbare deelt mijn enthousiasme niet om Lyles zuurverdiende drugsgeld vanavond aan te spreken om ons vol te vreten en dood te drinken.

Mijn aanvankelijke plan is om vijfhonderd dollar te spenderen aan een afhaalmaaltijdfestijn uit alle zaken in Barrett Street. We kunnen beginnen bij de Big Rooster – een hele kip, twee grote friet, twee cola, twee maïskolven – en dan de rest van de straat afwerken, via de gebakken-viskraam en de Chinees naar de delicatessen voor grote dimsums en choc-chiproomijs. Daarna lopen we door naar de Bracken Ridge Tavern en vragen we Gunther, een van paps oude kroegmaten, of hij voor vijftig dollar een fles Bundaberg-rum voor ons wil kopen.

Je bent een klootshommel, zegt August niet. Dus drink ik alleen vanavond. Ik fiets naar de Shorncliffe Pier met een fles rum en de zakken van mijn spijkerbroek puilen uit van vierhonderd dollar in contanten. Mijn benen bengelen over de pier onder een flikkerende pierlamp. Naast me ligt de afgehakte kop van een mul. Ik drink de rum zo uit de fles en denkend aan Slim besef ik wat een warm gevoel ik krijg van de rum en dat het helemaal niet zo slecht is om het volgende jaar van mijn leven te spenderen door de resterende 49.500 dollar van Lyles drugsgeld te besteden aan rum en Twisties-kipzoutjes. Ik drink totdat ik van mijn stokje ga op de rand van de pier.

*

Ik word wakker van de zon en staar naar de lippen van de uitgedroogde mullenkop. Ik blijf twee volle minuten water drinken uit een groen waterfonteintje van de gemeente. Ik trek mijn onderbroek uit en zwem in het van luizen vergeven water bij de pier. Ik fiets naar huis en tref August aan op de bank in de kamer, exact zoals ik hem gisteravond heb achtergelaten. Hij lacht.

'Wat?' vraag ik.

Niks.

We kijken televisie. Het is lunchpauze in een testwedstrijd tussen Australië en Pakistan.

'Hoe staan we ervoor?'

August schrijft in de lucht. *Dean Jones op 82.*

Ik ben moe. Mijn botten zijn stijf. Ik laat mijn hoofd achterovervallen tegen de leuning van de bank en sluit mijn ogen.

Maar August knipt met zijn vingers. Ik doe mijn ogen weer open en zie dat hij naar het tv-scherm zit te wijzen, naar een plaatselijk bulletin van kanaal 9.

'Kerstmis valt vroeg voor een heel bijzonder gezin in Bracken Ridge, in de noordelijke buitenwijken van Brisbane,' zegt de nieuwslezeres, een vrouw met zwart haar dat stijf staat van de lak. En dan… een shot van

Shelly Huffman in haar rolstoel voor haar huis in Tor Street, samen met haar ouders.

'Dat is Shelly!' roep ik uit.

August lacht. Knikt met zijn hoofd, klapt in zijn handen.

Begeleid door de stem van de nieuwslezeres zien we een reeks beelden van Shelly en haar ouders, die elkaar huilend van geluk omhelzen.

'De afgelopen drie jaar hebben Tess en Craig Huffman, ouders van vier kinderen, alles op alles gezet om de zeventigduizend dollar bij elkaar te brengen die ze nodig hebben om hun huis aan te passen voor hun gehandicapte dochter, de zeventienjarige Shelly, die lijdt aan spierdystrofie. Met behulp van diverse fundraisingacties van Shelly's school en de buurtbewoners hadden ze 34.540 dollar ingezameld. Totdat Tess Huffman vanmorgen haar voordeur opendeed.'

In het bulletin zien we Tess, Shelly's moeder, een traantje wegpinken als ze een verslaggever te woord staat. Ze staat in de voortuin met een in kerstpapier verpakte doos in haar handen.

'Ik wilde naar de bakker voor scones, omdat Shelly's grootmoeder zou komen,' zegt ze. 'Toen ik de voordeur opendeed vond ik deze doos op de deurmat, ingepakt in dit mooie cadeaupapier.' Het papier is versierd met elkaar kruisende rijen kerstzuurstokken en kerstbomen. 'Ik scheurde het open en toen ik in de doos keek, zat hij boordevol met geld,' zegt Tess snikkend. 'Het is een wonder.'

De camera zwenkt naar een politieagent bij het hek van Shelly's voortuin. 'Het betreft in totaal 49.500 dollar in contanten,' zegt de politieagent met een uitgestreken gezicht. 'We moeten nog nader onderzoeken waar het geld vandaan komt, maar de eerste analyse wijst uit dat het geld is geschonken door een ware barmhartige samaritaan, iemand met een groot hart.'

Ik kijk naar August. Zijn gezicht straalt en hij slaat zich op de knieën van vreugde.

De verslaggeefster ter plaatse stelt Shelly een vraag, buiten de camera. 'Wat wil je tegen die goede persoon zeggen die dit geld voor de deur heeft achtergelaten, Shelly?'

Shelly's loensende blik in de zon. 'Ik wil alleen maar zeggen… ik wil alleen maar zeggen… wie je ook bent… ik hou van je.'

August knikt triomfantelijk en springt op, met zijn armen juichend in de lucht.

Ik sta al en met twee flinke stappen grijp ik hem bij zijn heupen en sleur hem naar het schuifraam boven de veranda. De ruit barst bijna als ik August er met zijn achterhoofd tegenaan pin en hem bedelf onder een lawine aan uppercuts in zijn buik en tegen zijn kin.

'Jij verdomde idioot!' schreeuw ik. Dan tilt hij me op bij mijn middel en slingert me met een enorme zwaai boven op de televisie. De nieuwslezeres dondert van paps bruine televisietafeltje. De perzikkleurige keramische lamp die op de televisie staat valt in acht scherven kapot op de houten vloer. Pap komt op hoge poten zijn slaapkamer uit. 'Wat is hier verdomme aan de hand?' tiert hij.

Ik doe een nieuwe uitval naar August en hij stompt me eerst met zijn linker- en dan met zijn rechtervuist in mijn gezicht, en ik reageer met een serie onbehouwen stoten, tot pap ons uit elkaar haalt.

'Eli,' schreeuwt hij. 'Schei uit.'

Pap duwt me weg en ik haal diep adem.

'Wat heb je gedaan?' gil ik. 'Je spoort niet, Gus. Je bent knettergek.'

Hij krabbelt in de lucht. *Het spijt me, Eli. Het moest.*

'Je bent niet speciaal, Gus. Je bent gewoon zo gek als een deur. Je bent niet teruggekeerd. Er is geen ander heelal dan dit en het is een kloteplek. Er lopen nergens andere Augusts rond. Er is er maar één en die is knettergestoord.'

August glimlacht. Hij krabbelt in de lucht.

Je zou opgepakt zijn met dat geld, Eli.

'Praat gewoon, eikel,' schreeuw ik. 'Ik ben dat klotegekrabbel van je spuugzat.'

We moeten alle drie op adem komen. De nieuwslezeres praat nog steeds door in de televisie, die met het scherm omhoog achter paps televisietafeltje ligt: 'Tjonge, als dit verhaal uw hart niet verwarmt, weet ik niet wat dat wel zal doen.'

August en ik nemen elkaar op. August weet zwijgend meer te zeggen dan ik. *Ik moest wel, Eli.*

De telefoon gaat.

Wij konden er niets goeds mee doen, Eli, met al dat geld. Niets goeds. Shelly heeft het harder nodig dan wij.

'Mrs Birkbeck had gelijk over jou, Gus,' zeg ik. 'Volgens mij moest je al die flauwekul over mensen aan de telefoon verzinnen omdat je een tik van de molen hebt gehad. Je bent zo verkloot door de realiteit dat je bent gevlucht in je fantasie.'

Maar je hebt hem zelf gehoord, Eli. Jij hebt hem ook gehoord aan de telefoon.

'Ik speelde het spelletje mee, Gus,' zeg ik. 'Ik deed mee met die flauwekul omdat ik het zielig voor je vind dat je zo'n halvegare bent.'

Het spijt me, Gus. Het spijt me.

'Nou, hier is de realiteit, Gus,' zeg ik, en ik wijs op papa. 'Hij is zo gestoord dat hij verdomme heeft geprobeerd ons een stuwmeer in te rijden. En jij bent net zo gek als hij en misschien ben ik wel net zo gek als jij.'

Ik draai me om naar pap. Ik weet niet waarom ik het zeg, maar ik zeg het. Het is het enige wat ik wil zeggen. Het is het enige wat ik wil weten. 'Heb je het expres gedaan?'

'Wat?' vraagt hij zacht. Hij is zijn tong verloren. Hij is stom.

'Iedereen is stom,' roep ik. 'De hele wereld speelt verdomme stommetje. Laat me dat anders formuleren, want misschien is het te moeilijk te begrijpen en dat snap ik, omdat ik om de dooie donder niet begrijp waarom je het zou willen doen, maar heb je ons met opzet dat stuwmeer in gereden?'

De telefoon gaat. Pap is compleet van slag door mijn vraag.

'Teddy zegt dat je ons wilde vermoorden,' roep ik. 'Teddy zegt dat het helemaal geen paniekaanval of zo was. Teddy zegt dat je knettergek bent.'

De telefoon gaat. Pap schudt woedend zijn hoofd. 'In godsnaam, Eli, neem verdomme die telefoon op,' zegt hij.

'Waarom doe je het niet lekker zelf?'

'Het is je moeder.'

'Mama?'

'Ze heeft vanochtend gebeld.'

'Heb je haar gesproken?' vraag ik.

Hij heeft haar gesproken. Papa heeft mama gesproken. Dat is een fenomeen dat mij totaal vreemd is.

'Ja, ik heb haar gesproken. Sommige mensen in dit huis weten hoe ze moeten communiceren met hun stembanden.'

De telefoon gaat.

'Wat wilde ze?'

'Dat heeft ze niet gezegd.'

De telefoon gaat.

Ik neem op. 'Mam.'

'Hé, lieverd.'

'Hallo.'

Lange stilte.

'Hoe is het met je?' vraagt ze.

Vreselijk. Kan niet slechter. Hart als een baksteen. Orkaan als hoofd. Ik ben wakker geworden met een kater van de rum van gisteren en nu ben ik 49.500 dollar kwijt.

Ik adem diep door. 'Goed,' jok ik.

'Je klinkt niet al te best.'

'Het gaat prima, hoe is het daar?'

'Goed. Beter als jij en August snel langskomen.'

Lange stilte.

'Wat denk je?'

'Wat denk ik over wat?'

'Denk je dat je misschien wilt langskomen om me te zien?'

'Niet zolang hij er ook is, mam.'

'Hij wil jullie graag weer zien, Eli. Hij wil persoonlijk zijn excuses aanbieden voor wat hij heeft gedaan.'

Dit weer. Mama gelooft weer eens dat een vos uit de voorsteden van Queensland zijn streken verliest.

'Mam, doorgedraaide laffe kerels die hun vrouw mishandelen veranderen nooit.'

Lange stilte.

'Daar heeft hij echt spijt van,' zegt ze.

'Heeft hij zijn excuses aangeboden?'

'Ja.'

'Wat zei hij?'

'Ik wil niet ingaan op de details, maar –'

'Wil je dat wel doen, alsjeblieft?'

'Wat?'

'Ingaan op de details? Ik word doodziek van al die onsamenhangende verhalen. Jullie praten altijd alleen maar in brokstukken en ik krijg nooit specifieke informatie. Je zegt altijd dat je het me zult vertellen als ik wat ouder ben, maar ik word steeds ouder en de verhalen worden alleen maar vager. Niks klopt. Het is allemaal versplinterde glazen onzin. Jullie vertellen geen verhalen. Je vertelt een begin, een midden of een eind, maar je vertelt geen verhaal. Pap en jij hebben me nog nooit ook maar één volledig verhaal verteld.'

Lange stilte. Lange stilte en tranen.

'Het spijt me,' zegt ze.

'Wat heeft Iwan Krol met Lyle gedaan?'

Tranen.

'Doe dit niet, Eli.'

'Hij heeft hem in stukken gesneden, hè? Darren heeft me verteld wat hij doet. Als hij aardig is, hakt hij eerst het hoofd af...'

'Hou hiermee op, Eli.'

'Maar als hij echt een sadistische bui heeft, misschien als hij zijn lunch nog niet heeft gehad of als hij met het verkeerde been uit zijn grafkist is gestapt, hakt hij eerst de enkels eraf en houdt hij zijn slachtoffer gekneveld, maar wel in leven. Dan hakt hij de polsen eraf en dan een been of een arm. Hij gaat van de ene kant naar de andere –'

'Eli, ik maak me zorgen om je.'

'Niet zo veel zorgen als ik.'

Lange stilte.

'Ik belde om je iets te vertellen,' zegt mama.

'Heb je Teddy's kop eraf gehakt?'

Lange stilte. Stop ermee, Eli. Je bent bezig je verstand te verliezen. Vind het, Eli. Vind je verloren verstand.

'Ben je klaar?' vraagt mama.

'Ja.'

'Ik ben aan een opleiding begonnen,' zegt ze.

Geweldig.

'Geweldig, mam.'

'Dank je. Bedoel je dat sarcastisch?'

'Nee. Het is echt geweldig, mam. Wat voor opleiding?'

'Maatschappelijk werk. Ik ben in de gevangenis al begonnen met lezen. De overheid betaalt mee aan mijn lessen en ik hoef alleen maar een hele berg boeken te lezen. Ik denk dat ik meer studieboeken over dit onderwerp heb gelezen dan sommige van mijn docenten.'

'Dat is echt geweldig, mama.'

'Ben je trots op me?'

'Ik ben altijd trots op je.'

'Waarom?'

'Omdat je er bent.'

'Waar dan?'

'Gewoon... dat je er bent.'

'Ja hoor,' zegt ze. 'Hoor eens, ik bel omdat een vrouw in mijn college communicatie vertelde dat haar neefje pas begonnen is als journalist bij *The Courier-Mail*. Ik zei tegen haar dat het de grote droom was van mijn zoon Eli om daar te werken. Ik vertelde dat je een ontzettend goeie politieverslaggever gaat worden –'

'Verslaggever.'

'Ja, een goeie politieverslaggever, en zij zei dat ik mijn zoon moest vertellen dat de krant altijd jongeren in dienst neemt om stage te lopen. Je moet gewoon bij ze aankloppen en zeggen dat je een stageplek zoekt.'

'Ik denk niet dat het zo simpel is, mama.'

'Jawel hoor. Ik heb opgezocht wie de hoofdredacteur is van de krant. Hij heet Brian Robertson. Je gaat ernaartoe en vraagt of hij twee minuutjes zijn kantoor uit wil komen om met je te praten, twee minuutjes maar, want meer heeft hij niet nodig om het te zien.'

'Om wat te zien?'

'De vonk,' zegt ze. 'Dat ziet hij meteen. Hij ziet meteen hoe speciaal je bent.'

'Ik ben niet speciaal, mama.'

'Ja, dat ben je wel. Je gelooft het alleen nog niet.'

'Sorry, mam, ik moet ophangen. Ik voel me niet lekker.'

'Ben je ziek? Wat mankeert je?'

'Nee, het gaat wel, ik heb alleen geen zin om veel te praten. Wil je August nog spreken?'

'Ja. Ga die hoofdredacteur eens vragen om een stageplek, Eli. Écht doen. Twee minuten. Meer heb je niet nodig.'

'Ik hou van je, mam.'

'Ik ook van jou, Eli.'

Ik geef de telefoon door aan August. 'Kun je een tijdje uit onze kamer blijven?' vraag ik.

Hij knikt. August praat nooit met mama door de telefoon. Hij luistert alleen. Ik weet niet wat ze tegen hem zegt. Ik denk dat ze gewoon praat.

*

Ik doe de deur van onze slaapkamer dicht en leg een velletje dun A4-papier op mijn bed. Papier. Om dit huis plat te branden of de wereld in vuur en vlam te zetten. Met mijn vonk. Er ligt een afgekloven blauwe Kilometrico-balpen op mijn hoofdeinde. Ik probeer te schrijven, maar er komt geen inkt uit de pen. Ik rol hem woedend tussen mijn handpalmen om hem te verwarmen en dan komt er genoeg inkt uit om de titel van mijn verhaal op te schrijven en te onderstrepen.

Een galg vol Eli Bells

Ingeval ik sterf in een voorstedelijk Bracken Ridge-inferno of bij perron 1 van station Sandgate verpletterd word door de trein van 04.30 uur naar Central nadat ik de rails ingevet heb met vaseline, zoals Ben Yates twee jaar geleden deed toen Shannon Dennis tegen hem had gezegd dat ze onder geen enkele voorwaarde – zelfs niet als hij zijn opleiding tot leerling-slager afmaakte – een kind van hem wilde, dan vind ik het belangrijk dat ik op zijn minst een paar details heb vastgelegd over de verdwijning van Lyle Orlik. De feiten van deze kwestie zijn in de eerste plaats dat Teddy Kallas Lyle Orlik heeft laten vermoorden, omdat hij verliefd was op mijn moeder. Mijn moeder houdt niet van Teddy Kallas, maar ze hield wel van Lyle Orlik, een goede, fatsoenlijke man die per ongeluk heroïnedealer was geworden. Het duurde een poosje voordat ik de realiteit van Lyles lot onder ogen durfde te zien, maar nu zie ik in dat hij hoogst-

waarschijnlijk ledemaat voor ledemaat uit elkaar is gezaagd door een zekere Iwan Krol, de psychopathische spierbundel van Tytus Broz, wiens fabriek voor kunstledematen in Moorooka, ten zuiden van Brisbane, een dekmantel is voor een wijdvertakt heroïne-imperium in het zuidoosten van Queensland.

Ingeval ik op een dag platgereden word gevonden op het spoor van station Sandgate, richt dan alle verdere vragen, alsmede de rekening voor de schoonmaakkosten, aan Teddy Kallas, woonachtig in Wacol, een zuidwestelijke voorstad van Brisbane.

Voor de goede orde, ik ben niet speciaal en dat ben ik ook nooit geweest. Ik heb een tijdje gedacht dat August en ik speciaal waren. Ik dacht een tijdje dat ik werkelijk stemmen hoorde door Lyles mysterieuze rode telefoon. Maar nu besef ik dat we niet zo speciaal zijn. Ik besef dat Mrs Birkbeck gelijk heeft. De menselijke geest zal ons van alles wijsmaken om te overleven. Trauma draagt vele maskers. Ik heb het mijne gedragen. Maar niet meer dan dat. Teddy Kallas heeft gelijk. Mijn broer en ik zijn nooit speciaal geweest. We waren gewoon gek.

De klop van een knokkel op de slaapkamerdeur.

'Donder op, August,' zeg ik. 'Ik ben net lekker op dreef.'

Ik wacht tot de deur opengaat, ondanks mijn waarschuwing. Dat gebeurt niet. Maar er wordt wel een krant onder de deur door geschoven, *The Courier-Mail* van vandaag. De krant is opengeslagen bij een groot artikel over beide middenpagina's: VOORSTEDELIJKE HEROÏNEOORLOG – AZIATISCHE BENDES VOEREN STRIJD OM DE STRATEN VAN BRISBANE.

Het is een diepteonderzoek naar het geweld tussen de 5T- en BTK-bendes in Darra en de wijdvertakte smokkelhandel van Gouden Driehoek-heroïne in het zuidoosten van Queensland. Het is een goed onderbouwd en goed geschreven stuk over verdachte, niet nader genoemde Brisbane-drugsbaronnen en Vietnamese drugsfamilies die zich voordoen als eenvoudige, hardwerkende restauranthouders, terwijl ze hun miljoenendrugsnetwerk ten noorden van Melbourne en Sydney steeds verder uitbreiden. De verslaggever citeert een oud-politieman van de afdeling Drugsbestrijding, die klaagde dat corrupte politici en hoge politiecommissarissen 'te lang de andere kant op hebben gekeken' ten aanzien van de verspreiding van heroïne vanuit de westelijke voorsteden van Brisbane. De politie-informant spreekt van wijdverbreide vermoedens onder politiemensen dat diverse vooraanstaande zakenlieden in Brisbane hun fortuin hebben gemaakt door 'heimelijk de gouden draak van de illegale Aziatische drugsscene te berijden'.

'Ze lopen hier gewoon op straat,' aldus de informant. 'Zogenaamd vooraanstaande lieden uit de hogere kringen in Brisbane komen weg met moord.'

Ik zoek naar de naam van de verslaggever. Ik ga op mijn rug op mijn bed liggen en schrijf de naam in de lucht met mijn middelvinger, de vinger naast de geluksvinger met de gelukssproet die ik ben kwijtgeraakt door een vooraanstaand lid van de hogere kringen in Brisbane, iemand die op dit moment wegkomt met moord. Haar naam ziet er prachtig uit in de ijle lucht.

Caitlyn Spies.

Jongen graaft diep

Ik zie de man in de gele tweedeurs Ford Mustang voor het eerst als ik op de stoeltjes voor station Sandgate een worstenbroodje met saus zit te eten voor de lunch. Hij parkeert in het vak op de parkeerplaats dat gereserveerd is voor bussen en staart me aan vanachter zijn raampje. Halverwege de veertig ongeveer. Hij ziet er groot uit vanaf hier, lang en gespierd in het krappe autostoeltje. Hij heeft zwart haar en een zwarte snor. Zwarte ogen die naar me kijken. We maken oogcontact maar ik keer me ongemakkelijk af, net als ik denk dat hij misschien naar me heeft geknikt. Hij rijdt de bussenparking af en parkeert zijn auto op de parkeerplaats van het station. Hij springt uit zijn auto. Mijn trein naar Central rijdt net binnen en ik gooi het laatste stukje van mijn worstenbroodje in de prullenbak en loop snel naar het voorste einde van het perron.

Ik stap uit bij station Bowen Hills en steek via een zijstraat door naar het grote gebouw van rode baksteen met THE COURIER-MAIL in sierlijke letters op de gevel. Het heeft me drie maanden gekost om de moed te verzamelen om zover te komen. Dit is de plek waar de krant wordt gemaakt. Dit is de plek waar Caitlyn Spies werkt. Zij heeft het gemaakt. Ze heeft het helemaal gemaakt, van *The South-West Star* tot waar ze thuishoort. Lid van het misdaadverslaggeversteam van de krant, waarschijnlijk de stralendste ster van het team.

'Ik kom voor de hoofdredacteur, Brian Robertson,' zeg ik met gefingeerd zelfvertrouwen tegen de vrouw achter de receptiebalie. Ze is klein van stuk, met kort zwart haar en feloranje oorringen.

'Verwacht hij je?' vraagt de vrouw achter de balie.

Ik friemel aan mijn stropdas. Hij wurgt me bijna. Pap heeft hem veel te strak geknoopt. Het is papa's das, voor vijftig cent gekocht bij St Vinnies. De stropdas is bedrukt met de letters van het alfabet, met de letters W, O, R, D en S eroverheen in knalgeel. Pap zei dat hij mijn liefde voor woorden zou overbrengen aan Brian Robertson, de hoofdredacteur.

'Ja,' antwoord ik en ik knik met mijn hoofd. 'Maar alleen in de zin dat hij kan verwachten dat de meest veelbelovende jonge verslaggevers in de dop uit Brisbane dit gebouw binnenlopen, in de hoop hem te zien.'

'Dus hij verwacht je niet?'

'Nee.'

'Waarom wilde je hem spreken?'

'Ik ben op zoek naar een stageplek bij zijn uitstekende en invloedrijke krant.'

'Sorry,' zegt de vrouw met de oranje oorringen en ze richt haar ogen weer op een logboek vol namen, data en handtekeningen. 'De stageaanvragen zijn twee maanden geleden gesloten. We nemen geen junioren meer aan tot november volgend jaar.'

'Maar, maar...'

Maar wat, Eli?

'Maar wat?' vraagt de vrouw.

'Maar ik ben speciaal.'

'Wat?' De vrouw schatert het uit. 'Wat zei je?'

Je bent een sukkel, Eli Bell. Doorademen. Anders verwoorden.

'Nou, ik heb het gevoel dat ik geweldige dingen kan doen voor zijn krant.'

'Omdat je speciaal bent?'

Nee, ik ben niet speciaal. Ik ben gewoon gek.

'Nou, ik ben niet echt speciaal. Maar wel gedreven. En anders. Ik ben anders.'

'Leuk hoor,' zegt de vrouw sarcastisch. Ze kijkt naar een glazen veiligheidsdeur tussen de entreehal van het gebouw en de ingewanden van het gebouw: de redactievloer, waar ik de inkt op de duimen van de redactieleden, de sigaretten in de asbakken van de gehaaste schrijvers en de whisky in de glazen van de politiek journalisten bijna kan ruiken en ik hoor het geluid van de geschiedenis die getypt wordt door mannen en vrouwen die niet blind kunnen typen omdat ze hun ogen nodig hebben, omdat ze hun zintuigen gebruiken, een neus hebben om de lucht op te snuiven van een scoop.

'Maar anders zijn brengt je niet door die beveiligingsdeur, vrees ik,' zegt ze.

'Wat brengt me wel door die deur?'

'Geduld en tijd.'

'Maar ik heb mijn tijd al uitgezeten.'

'O ja?' zegt ze lachend. 'Hoe oud ben je helemaal? Zestien? Zeventien?'

'Ik ben bijna zeventien.'

'Een oldtimer, hè. Zit je nog op school?'

'Jawel, maar mijn ziel is jaren geleden afgestudeerd.'

Ik buig me over de balie naar haar toe. 'Het zit zo, eigenlijk heb ik een verhaal voor hem. En als hij dat verhaal hoort, weet hij meteen dat ik anders ben dan alle andere kandidaten en wil hij me zeker een kans geven.'

De vrouw met de oranje oorringen rolt met haar ogen en dan glimlacht ze en legt haar pen op het logboek. 'Hoe heet je, jongen?'

'Eli Bell.'

'Hoor eens even, Eli Bell, je komt vandaag niet door die deur.' Ze kijkt op naar de glazen toegangsdeur naar deze hal en buigt zich over de balie om me iets toe te fluisteren. 'Maar ik kan je er niet van weerhouden om rond acht uur vanavond bij die haag te gaan zitten.'

'Wat gebeurt er om acht uur?'

'Jezus, maat, of jij speciaal bent,' zegt ze hoofdschuddend. 'Dan gaat de baas naar huis, sukkel.'

'Okéééé!' fluister ik. 'Dank u wel. Nog één ding, hoe ziet de baas eruit?'

Ze houdt haar ogen strak op mij gericht. 'Zie je die drie ingelijste foto's aan de wand achter mijn linkerschouder, van die drie ernstige, nors kijkende mannen?'

'Ja.'

'Het is die vent in het midden.'

*

Brian Robertson verlaat het gebouw om zes minuten over negen. Op de foto achter de balie ziet hij er een stuk jonger uit. Zijn haar is grijzend aan de slapen en bij de oren en het grijs stijgt op naar de askleurige krullen op zijn hoofd. Zijn leesbril hangt aan een koordje om zijn nek. Een marineblauw wollen vest over een wit overhemd. Hij heeft een bruinleren aktetas in zijn rechterhand en drie kwaliteitskranten onder zijn linkerarm gestoken. Zijn gezicht heeft iets taais, een zekere hardheid. Hij ziet eruit als zo'n oude Rugby League-speler uit het begin van de eeuw die ik in paps oude boeken over de Australische Rugby League heb gezien, een gezicht uit de tijd dat mannen hun voetbalverplichtingen nakwamen tussen de gevechten aan het westfront door. Hij daalt de drie stoeptreetjes voor de ingang van het gebouw af en dan duik ik op uit de donkere haag waar ik de afgelopen zes uur als een stalker heb rondgehangen.

'Mr Robertson?'

Hij blijft staan. 'Ja?'

'Neem me niet kwalijk dat ik u stoor, maar ik wil me graag aan u voorstellen.'

Hij neemt me van top tot teen op. 'Hoelang zit je hier al?' gromt hij.

'Zes uur, meneer.'

'Wat een dwaasheid.' Hij draait zich om en loopt door naar de parkeerplaats van het gebouw.

Ik moet twee passen overslaan om hem in te halen. 'Ik lees uw krant al sinds ik acht jaar was,' zeg ik.

'Sinds vorig jaar?' zegt hij met zijn blik op oneindig.

'Ha!' Ik lach beleefd en ik ga naast hem lopen om zijn blik te vangen. 'Dat is grappig. Eh... Ik wilde vragen of u –'

'Waar heb je die das vandaan?' vraagt hij, zijn blik nog steeds strak naar voren gericht.

Hij heeft misschien een halve seconde naar me gekeken en de details van mijn stropdas vielen hem meteen op. Deze man heeft oog voor detail. Journalisten zien details.

'Die heeft mijn vader op de kop getikt bij St Vinnies.'

Hij knikt. 'Heb je ooit gehoord van het bloedbad in Narella Street?'

Ik schud van nee.

Hij loopt stug door terwijl hij zijn verhaal doet. 'Cannon Hill, oostelijk Brisbane, 1957, een zekere Marian Majka, Poolse immigrant, halverwege de dertig, vermoordt zijn vrouw en zijn vijfjarige dochter met een mes en een hamer. Hij steekt het huis in brand en loopt vervolgens naar het huis tegenover het zijne. Vermoordt de moeder in dat huis ook, samen met haar twee dochters. Dan, als hij alle dode lichamen opstapelt om ze te verbranden, komt er een meisje uit de buurt – een tienjarig meisje, Lynette Karger geheten – aan de deur kloppen. Ze komt haar vriendinnetjes halen om naar school te gaan, zoals ze dat om de andere dag doet. En Majka vermoordt haar ook en legt haar lichaam op de stapel en steekt hem aan. Dan schiet hij zichzelf neer en komt de politie om de horrorshow in ogenschouw te nemen. De kleine Lynette hield het geld voor de schoolmaaltijd nog in haar hand.'

'Jezus,' zeg ik hijgend.

'Ik moest die ochtend naar dat huis om verslag uit te brengen. Ik heb die hele gestoorde ellende van dichtbij gezien.'

'Echt waar?'

'Ja,' zegt hij, stevig doorlopend. 'En toch heb ik nooit iets schokkenders gezien dan die stropdas van jou.'

'Het zijn de letters van het alfabet. Ik hoopte dat hij uw liefde voor woorden zou aanspreken.'

'Liefde voor woorden?' herhaalt hij. Hij blijft staan. 'Waarom denk je dat ik van woorden hou? Ik haat woorden. Ik veracht ze. Ik zie nooit iets anders dan woorden. Woorden achtervolgen me in mijn slaap. Woorden kruipen onder mijn huid en wurmen zich in mijn gedachten als ik een warm bad neem en ze kwellen mijn zenuwstelsel wanneer ik bij de doop van mijn kleindochter ben, want in plaats van me op haar lieve gezichtje te concentreren, denk ik alleen aan de klotewoorden van de kop op de voorpagina van morgen.' Hij balt zijn vuist en beseft dat pas als hij weer doorloopt naar de parkeerplaats.

Ik vat de koe bij de horens. 'Ik hoopte dat u zou willen overwegen om me aan te nemen als stagiair.'

Hij kapt me af. 'Onmogelijk,' bromt hij. 'Voorlopig zijn alle stageplekken bezet.'

'Dat weet ik, maar ik denk dat ik iets te bieden heb wat de anderen niet hebben.'

'O ja? En dat is?'

'Een voorpaginaverhaal.'

Hij blijft staan. 'Een voorpaginaverhaal?' Hij lacht. 'Oké, laat maar horen.'

'Nou, het is nogal ingewikkeld.'

Hij loopt onmiddellijk door. 'Jammer.'

Ik haal hem weer in. 'Nou, het is een beetje moeilijk om het allemaal zo snel uit te leggen onder het lopen.'

'Gelul,' zegt hij. 'Cook ontdekt Australië. Hitler valt Polen binnen.

Oswald doodt Kennedy. Mens op de maan. Dat waren ook ingewikkelde verhalen. Je hebt al te veel van je geliefde woorden verspild om mijn kont te likken, dus ik geef je er nog drie. Vertel me je verhaal in drie woorden.'

Denk na, Eli. Drie woorden. Denk na. Maar mijn hoofd is leeg. Ik zie alleen zijn norse gezicht en verder komt er niets bij me op. Mijn verhaal in drie woorden. Slechts drie woorden.

Niets. Niets. Niets.

'Het lukt me niet,' zeg ik.

'Dat zijn er vier.'

'Maar...'

'Dat zijn er vijf. Sorry, jochie. Je kunt volgend jaar weer solliciteren.'

En hij loopt weg, de oprit op naar een loods vol dure auto's.

*

Ik zal me dit verslagen gevoel herinneren door de kleur van de maan van deze avond. Hij is oranje, een maansikkel als een schijf suikermeloen hoog in de lucht. Ik zal me deze mislukkingen en teleurstellingen en hopeloze gevallen herinneren door de graffiti op de betonnen muur tegenover perron 4 van station Bowen Hills. Iemand heeft er een tekening van een grote, kloppende penis op gespoten, maar de eikel is een indrukwekkend beeld van de aarde die ronddraait onder de woorden: *Verneuk de wereld niet!* Op een lange bruine bank knoop ik mijn wurgende stropdas los en bestudeer ik de letters van het alfabet, in een poging drie woorden te vinden om mijn verhaal te vertellen. Eli mist kans. Eli verneukt alles. Eli verneukt wereld. Ik verdwaal in de letters van deze afgrijselijke stropdas.

Dan een stem vanaf het andere eind van mijn perronbank. 'Eli Bell.'

Ik volg de stem en ik vind haar. Wij zijn de enige twee mensen op het perron. Wij zijn de enige twee mensen op aarde.

‘Caitlyn Spies,’ zeg ik.

Ze lacht.

‘Daar ben je,’ zeg ik.

Er ligt iets in mijn onnozele blik, mijn opengevallen mond, het verbijsterde stokken van mijn adem wat te sterk is, te overdreven.

‘Ja. Daar ben ik.’

Ze draagt een lange zwarte jas en haar lange bruine haar valt over haar schouders. Dr. Martens-laarzen. De koele lucht lijkt haar bleke gezicht te laten gloeien. Caitlyn Spies gloeit. Misschien trekt ze zo al die waardevolle bronnen naar zich toe. Misschien is dat het waardoor mensen zich openstellen en al hun innerlijke roerselen voor haar blootleggen. Ze betovert hen met haar gloed. Met haar vuur.

‘Weet je nog wie ik ben?’

Ze knikt. ‘Ja,’ zegt ze lachend. ‘Geen idee waarom. Ik onthoud nooit gezichten.’

De trein komt luid ratelend tot stilstand bij perron 4.

‘Ik zie jouw gezicht elke dag,’ zeg ik.

Dat hoort ze niet door de herrie van de trein.

‘Sorry? Wat zei je?’

‘Laat maar.’

Caitlyn staat op en grijpt de riem van de bruinleren tas over haar rechterschouder. ‘Moet je deze trein hebben?’

‘Waar gaat hij naartoe?’

‘Caboolture.’

‘Ik ben… eh… Ja. Dat is mijn trein.’

Caitlyn lacht, kijkt me vorsend aan. Ze rukt aan de zilveren hendel van een van de middelste wagons en stapt de trein in. Hij is leeg. Alleen wij tweeën in de trein. Alleen wij tweeën in het heelal.

Ze kiest voor een plek met vier zitplaatsen, twee lege stoelen tegenover twee lege stoelen.

‘Mag ik bij jou komen zitten?’ vraag ik.

'Dat mag,' zegt ze met een vorstelijke stem en dan schiet ze in de lach. De trein boemelt station Bowen Hills uit.

'Wat heb je gedaan in Bowen Hills?'

'Ik had een gesprek met je baas, Brian Robertson, over een stageplek.'

'Echt waar?'

'Echt waar.'

'Had je een afspraak met Brian?'

'Nou, niet echt een afspraak. Ik heb me zes uur lang achter een haag verstopt en toen hij het gebouw uit kwam, om zes minuten over negen, heb ik hem aangesproken.'

Ze gooit lachend haar hoofd achterover. 'En, hoe ging het?'

'Niet zo best.'

Ze knikt meelevend. 'Ik herinner me dat ik, toen ik Brian voor het eerst ontmoette, dacht dat er misschien een teddyberenhart schuilging onder die monsterlijke buitenkant. Dat is niet het geval. Er zit gewoon nog een monster in dat elke teddybeer de kop afbijt. Maar hij is absoluut de beste hoofdredacteur van het land.'

Ik knik, tuur uit het raam en zie de oude korenmolen van Albion passeren.

'Wil je journalist worden?' vraagt ze.

'Ik wil doen wat jij doet, over misdaad schrijven en over criminelen, over wat ze bezielt.'

'Dat is waar ook. Jij kende Slim Halliday.'

Ik knik.

'Je hebt me een naam gegeven. Ik heb hem opgezocht. De ledematenman.'

'Tytus Broz.'

'Tytus Broz, ja. Ik herinner me dat je me een verhaal over hem wilde vertellen en toen ging je er ineens als een haas vandoor. Waar moest je zo snel naartoe die dag?'

'Ik moest dringend naar mijn moeder.'

‘Was alles goed met haar?’

‘Niet echt,’ zeg ik. ‘Maar wel nadat ik bij haar was geweest. Wat aardig van je.’

‘Wat?’

‘Die simpele vraag stellen over mijn moeder, dat is aardig. Ik neem aan dat je dat na een tijdje als journalist leert?’

‘Wat bedoel je?’

‘Dat je aardige, simpele vragen stelt tussen de grote, belangrijke vragen door. Ik denk dat dat mensen een goed gevoel geeft als ze met je praten.’

‘Ik denk van wel. Weet je, ik ben uiteindelijk wel gaan graven naar die ledematenvent van jou, die Tytus Broz.’

‘Heb je iets gevonden?’

‘Ik heb een aantal mensen gebeld. Iedereen zei dat hij de aardigste kerel van de zuidwestelijke voorsteden was. Goudeerlijk, zei iedereen. Een weldoener. Schenkt aan goede doelen. Pleitbezorger van gehandicapten. Ik heb een paar politieagenten gebeld die ik indertijd kende in Moorooka. Ze zeiden dat hij de hoeksteen van de samenleving was.’

‘Natuurlijk zeiden ze dat. De politie profiteert het meest van zijn liefdadige ziel.’ Ik kijk op naar die oranje maansikkel. ‘Tytus Broz is een slechte man die hele slechte dingen doet. Dat kunstledematenbedrijf is een dekmantel voor een van de grootste heroïne-importsyndicaten in het zuidoosten van Queensland.’

‘Kun je dat bewijzen, Eli Bell?’

‘Mijn verhaal is mijn bewijs.’

En een ontbrekende geluksvinger, als ik die ooit kan vinden.

‘Heb je je verhaal al eens aan iemand verteld?’

‘Nee, ik wilde het je baas vertellen, maar hij stond erop dat ik hem het hele verhaal in drie woorden vertelde.’

Ze lacht. ‘Dat doet hij altijd. Daar heeft hij mij mee overdonderd tijdens mijn sollicitatiegesprek. Hij vroeg me om mijn hele leven tot dat moment en alles waarin ik geloof samen te vatten in een kop van drie woorden.'

Caitlyn is schoonheid. Caitlyn is waarheid. Caitlyn is hier.

'Wat heb je gezegd?' vraag ik.

'Iets stoms, het eerste stompzinnige zinnetje dat in mijn onnozele hoofd opkwam.'

'Wat was het?'

Ze krimpt ineen. 'Spies graaft diep.'

En de volgende acht haltes langs de Caboolture-lijn vertelt ze me waarom die kop een goede samenvatting is van haar levensverhaal. Ze vertelt me dat het weinig scheelde of ze was bij de geboorte al gestorven, omdat ze niet veel groter was dan een Pasito-blikje. Maar in plaats daarvan stierf haar moeder in het kraambed en ze heeft altijd het gevoel gehad dat haar moeder het op een soort akkoordje had gegooid met God, een leven voor een leven, en het besef van dit handjeklap was van jongs af aan haar grootste drijfveer. Ze kon nooit de kantjes eraf lopen. Ze kon zichzelf nooit op de sluimerstand zetten. Ze kon nooit opgeven, zelfs niet als puber, toen ze door een gothfase ging en ze haar leven haatte en de wereld wilde verneuken zoals op die hilarische graffiti van de aarde-eikel die ze elke avond ziet als ze de trein van Bowen Hills naar huis neemt. Want haar moeder is niet voor haar dochter gestorven opdat die haar leven zou verlummelen. Dus groef Spies diep. Altijd. Bij sporttoernooien op de middelbare school. Bij vriendschappelijke wedstrijdjes netbal, waar ze veel te fanatiek was en de scheidsrechter altijd 'CONTACT!' schreeuwde als ze haar rivaliserende vleugelaanvalster met de ellebogen op afstand hield. Spies graaft diep. En dat zegt ze tegen zichzelf als ze aan haar verhalen werkt en vraaggesprekken voert. Ze zegt dat die drie woorden inmiddels een soort mantra uit zo'n stom zelfhulpboekje zijn geworden. Spies graaft diep. Spies graaft diep. En ze heeft het inmiddels zo vaak gezegd dat het haar zegen en haar vloek is geworden. Ze graaft te diep bij mensen. Zoekt naar hun fouten in plaats van naar hun deugden. Ze heeft nooit het juiste vriendje gevonden op de universiteit of wanneer dan ook en die ziet ze zichzelf nog niet vinden in de nabije toekomst, want Spies graaft diep.

'O verdomme, zie je wel?' zegt ze. 'Nu ga ik ook weer veel te diep.'

'Dat is prima. Waar graaf je eigenlijk naar?'

Ze denkt even na, spelend met de manchet van haar jas.

'Dat is een leuk klein tussenvraagje, Eli,' zegt ze met een glimlach. 'Ik weet het niet. Waarschijnlijk gewoon naar het waarom? Waarom ben ik hier en zij niet? Waarom is zij niet hier, terwijl al die verkrachters en moordenaars en dieven en fraudeurs over wie ik schrijf elke dag in blakende gezondheid kunnen leven en ademen?'

Ze schudt die gedachten van zich af. 'Kom op, geef me in drie woorden het levensverhaal van Eli Bell.'

Jongen ziet toekomst. Jongen ziet haar. Jongen graaft diep.

'Ik kan niets bedenken,' zeg ik.

Ze knijpt haar oogleden onderzoekend toe. 'Waarom geloof ik je niet, Eli Bell? Het zou me niet verbazen als jouw grootste probleem eigenlijk is dat je te veel nadenkt.'

De trein gaat langzamer rijden. Ze kijkt uit het raam. Niemand daarbuiten. Geen levende ziel op aarde. Alleen de nacht.

'Ik moet er bij het volgende station uit,' zegt ze.

Ik knik.

Ze bestudeert mijn gezicht. 'Dit was jouw trein niet, hè?'

Ik schud mijn hoofd. 'Nee, dit was mijn trein niet.'

'Waarom ben je dan toch ingestapt?'

'Ik wilde wat langer met jou praten.'

'Nou, ik hoop dat het gesprek de lange reis naar huis waard was.'

'Dat is zo,' zeg ik. 'Wil je de waarheid weten?'

'Altijd.'

'Ik was in een trein naar Perth gesprongen om je dertig minuten lang te horen praten.'

Ze lacht. Kijkt naar de grond en schudt haar hoofd. 'Je bent een uitslover, Eli Bell.'

'Huh? Hoezo?'

'Je overdrijft het.'

'Eh...'

'Geen zorgen, je bent een leuke uitslover.'

Ze kijkt in mijn ogen. Ik verdwaal in de gloed van die van haar.

'Waar kom je vandaan, Eli Bell?' vraagt ze peinzend en raadselachtig.

'Bracken Ridge.'

'Mmmmmmm.' Ze blijft peinzend kijken. De trein gaat langzamer rijden. 'Wil je hier ook uitstappen?'

Ik schud mijn hoofd. Deze stoel voelt goed aan op dit moment. De hele wereld voelt goed aan. 'Nee, ik blijf nog even zitten.'

Ze knikt glimlachend. 'Luister, ik zal die Tytus Broz nog eens natrekken.'

'Spies graaft diep.'

Ze trekt haar wenkbrauwen op, zucht. 'Ja, Spies graaft diep.'

Als de trein tot stilstand komt, loopt ze naar de deuren van het rijtuig. 'En trouwens, Eli, als je voor de krant wilt schrijven, begin dan gewoon met schrijven voor de krant. Schrijf een verhaal voor Brian dat zo goed is, dat hij wel gek zou zijn om het niet te plaatsen.'

Ik knik. 'Bedankt.'

Ik zal me toewijding herinneren door dit brok in mijn keel. Ik zal me de liefde herinneren door een schijf suikermeloen. Het brok is een innerlijke motor die me voortstuwt. Ze loopt het perron af en mijn hart bonst in de eerste, tweede, derde, vierde versnelling. Doe iets. Ik sprint naar de deuren en roep haar na.

'Ik weet de drie woorden,' zeg ik.

Ze houdt haar pas in en draait zich om. 'O ja?'

Ik knik. En ik zeg deze drie woorden hardop. 'Caitlyn en Eli.'

De schuifdeuren gaan dicht en de trein rijdt weg van het station, maar ik zie haar gezicht nog steeds door de portierruiten. Ze schudt haar hoofd. Ze lacht. Dan verdwijnt de glimlach van haar gezicht. Ze kijkt me alleen maar aan. Boort haar ogen in de mijne.

Spies graaft diep.

Laat de lente maar komen met de onvergetelijke romans van dit voorjaar
HarperCollins

Of de oleander de winter overleeft
Stefan Popa

ISBN 978 94 027 0257 6
Verschijnt 12 maart

Blijf hun namen noemen
Simon Stranger

ISBN 978 94 027 0258 3
Verschijnt 19 maart

Als alles is gezegd
Anne Griffin

ISBN 978 94 027 0262 0
Verschijnt 9 april

Middaguur
Dörte Hansen

ISBN 978 94 027 0261 3
Verschijnt 23 april

harpercollinsholland

harpercollins_holland

Jongen stijgt op

De ibis heeft zijn linkerpoot verloren. Hij staat op zijn zwarte rechterpoot, de linker is een stomp, afgesneden bij het gewricht waar ooit de ontbrekende klauwvoet zich kromde om op te vliegen. De vislijn sneed dwars door zijn poot. De vogel moet maandenlang in paniek zijn geweest toen de vislijn de bloedsomloop naar zijn klauw afsneed. Maar nu is hij vrij. Mank maar vrij. Hij heeft zijn klauw losgelaten. Hij verdroeg de pijn en liet vervolgens los. Ik zie hem nu door onze voortuin hoppen, vanuit het raam in de woonkamer. Hij hopt rond en klapt met zijn werkende vleugels voor een korte vlucht van vier meter naar een leeg chipszakje dat naar onze brievenbus is geblazen. De vogel steekt zijn lange zwarte snavel in het chipszakje en vindt niets en ik heb medelijden met hem en werp hem een stuk van mijn broodje runderhaas met augurk toe.

'Niet voeren, Eli,' zegt pap. Hij zit met zijn voeten op de salontafel een sigaret te roken en kijkt naar een competitiewedstrijd tussen het relatief nieuwe en veelbelovende rugbyteam de Brisbane Bronco's en de vrijwel onoverwinnelijke Canberra Raiders van coach Mal Meninga. Pap zit tegenwoordig vaker in de woonkamer om samen met August en mij televisie te kijken. Hij drinkt minder, al weet ik niet waarom. De blauwe ogen beu, misschien. Het opruimen van plassen braaksel en pis beu, denk ik. Volgens mij heeft het hem goedgedaan dat August en ik hier zijn en soms vraag ik me af of het feit dat wij er niet waren de heuvel is geweest vanwaaraf de kar met de ziel van zijn leven omlaag is gedenderd. Soms maakt hij grapjes en dan lachen we allemaal en voel ik een warmte waarvan ik dacht dat die alleen voorkwam in gezinnen uit Amerikaanse televisieseries: mijn geliefde Keatons uit *Family Ties*, de Cosby's en die best een beetje rare uitslovers van *Growing Pains*, de Seavers. De vaders in die shows brengen een groot deel van hun tijd door in de huiskamer, waar ze met hun kinderen praten. Steven Keaton – mijn droomvader – lijkt niets anders te doen dan op de bank of aan de keukentafel te zitten om met zijn kinderen over de talloze calamiteiten in hun puberleven te praten. Hij luistert en luistert naar zijn kinderen en hij schenkt glazen sinaasappelsap in en geeft ze aan zijn kinderen terwijl hij nog steeds luistert. Hij vertelt zijn kinderen dat hij van ze houdt door tegen zijn kinderen te zeggen dat hij van ze houdt.

Pap zegt dat hij van me houdt als hij een pistool vormt met zijn wijsvinger en duim, op mij richt en harde scheten laat. Ik moest bijna huilen toen hij dat voor het eerst deed. Hij vertelt ons dat hij van ons houdt door ons de tatoeage te laten zien waarvan we nooit wisten dat hij die had, aan de binnenkant van zijn onderlip: FUCK YOU. Soms, als hij gedronken heeft, wordt hij helemaal huilerig en vraagt hij me om bij hem te komen zitten en of ik hem wil knuffelen en het voelt raar om hem dicht tegen me aan te houden, maar het voelt ook goed, met zijn gezichtshaar als schuurpapier tegen mijn zachtere wangen, en het gevoel van verdriet dat door me heen gaat is vreemd en droevig, omdat ik weet dat hij al wel vijftien jaar niet fysiek is aangeraakt, behalve per ongeluk, door een ander mens.

'Het spijt me,' mompelt hij kwijlend in deze omhelzingen. 'Sorry.'

En ik neem aan dat hij bedoelt: *het spijt me dat ik je dat stuwmeer in heb gereden die waanzinnige nacht al die duistere jaren geleden, omdat ik zo'n verdomde verwarde idioot ben, maar ik doe mijn best, Eli, ik doe echt heel hard mijn best*, en dan knuffel ik hem nog harder omdat ik de neiging heb om alles te vergeven, wat ik overigens haat, omdat het waarschijnlijk betekent dat ik de man zou vergeven die mijn hart verwijdert met een stomp mes als hij zegt dat hij het harder nodig heeft dan ik of als hij zegt dat zijn moment van bloedige hartverwijdering is gekomen in een ingewikkelde periode van zijn leven. Tot mijn verrassing voelt het knuffelen van papa als iets wat goed is om te doen en aangezien het mijn hoop is om uit te groeien tot een goede man, doe ik het.

Een goede man als August.

August zit aan de salontafel geld te tellen. Die dankbare, brede glimlach van Shelly Huffman uit het middagjournaal van die gedenkwaardige dag heeft mijn broer iets gedaan, sentimentele stomme dwaas die hij is. Er werd iets in hem aangewakkerd. Geven, realiseerde hij zich, was misschien wel datgene wat ontbrak in het leven van de gebroeders Bell, August en Eli. *Misschien is dat de reden waarom ik ben teruggekeerd,* zei hij nog niet zo lang geleden.

'Je bent niet teruggekeerd, August,' zei ik. 'Je bent nooit ergens anders geweest.'

Hij luisterde niet. Daar was hij te bezield voor. Geven, besefte hij, ontbrak in de levens van de meeste Australische gezinnen in de voorsteden die zich, of ze het nu leuk vonden of niet, op het pad van de kleine criminaliteit begaven. Misdaad, zo redeneerde hij, is van nature een zelfzuchtig streven; een en al roven en tippelen en zwendelen en stelen en dealen en nemen en niet geven. En zo is August de afgelopen drie weken de deuren langs gegaan in Bracken Ridge en de naburige buitenwijken Brighton, Sandgate en Boondall, om te collecteren voor de South East Queensland Muscular Dystrophy Association. Hij gaat gedisciplineerd te werk, obsessief bijna. Hij stelt kaarten en roosters op van zijn routes en toezeggingen. Hij heeft onderzoek gedaan in de bibliotheek van Bracken Ridge om met behulp van demografische statistieken uit te zoeken wat de rijkere wijken van Brisbane zijn om daar langs de deuren te gaan, waarop hij deze week de trein nam naar Ascot, Clayfield, het oud geld van New Farm en, aan de overkant van de rivier, naar het slaperige Bulimba, waar, zoals Slim ons ooit vertelde, de oude weduwvrouwtjes dikke rollen geld bewaren in hun ondersteek omdat ze weten dat geen zichzelf respecterende inbreker of, erger nog, een hebberig familielid, ooit een greep wil doen in de pispot van een oude vrouw. Ik dacht dat dat hele niet-pratengedoe Augusts vermogen om fondsen te werven zou belemmeren, maar het bleek juist een geheim wapen te zijn. Hij houdt simpelweg zijn collectebus omhoog, met een sticker erop van de South East Queensland Muscular Dystrophy Association, maakt een gebaar met zijn handen dat suggereert dat hij niet praat en de meeste goedhartige mensen – en als je maar bij genoeg huizen aanklopt, krijg je vanzelf door dat het menselijke hart van nature goed is – denken dat dit betekent dat hij doof en stom is omdat hij zelf – de jongeman met de warme ogen en zijn collectebus – lijdt aan spierdystrofie. Misschien zouden we allemaal veel effectiever communiceren als we wat vaker onze mond hielden.

*

'Waarom mag ik de vogels niet voeren?'

'Omdat het egoïstisch is,' zegt pap.

'Hoezo is het egoïstisch als ik die vogel een stukje brood geef?'

Pap komt naast me staan bij het raam en kijkt naar de manke ibis in onze tuin. 'Omdat een ibis geen broodje runderhaas met augurk eet. Je voert hem alleen om jezelf een goed gevoel te bezorgen. Dat is een egoïstische instelling. Het begint ermee dat je die vogel elke dag gaat voeren vanuit dit raam, vervolgens komt hij elke middag langs alsof we verdomme de Big Rooster zijn en neemt hij zijn vriendjes mee, en dan krijgt geen van die vogels de kracht en de beweging die ze gewoonlijk krijgen door hun kostje bij elkaar te scharrelen op de harde manier, waardoor je hun metabolisme drastisch verandert, om nog maar te zwijgen van de wijdverbreide burgeroorlog onder de Bracken Ridge-ibisgemeenschap, in hun strijd om vooraan te staan en een brokje mee te pikken van jouw runderhaas-met-augurken-traktatie. Bovendien krijg je plotseling een onnatuurlijk hoog aantal vogels op één plek, wat het ecologisch evenwicht van het hele Bracken Ridge-gebied beïnvloedt. Ik weet dat ik het zelf niet altijd in de praktijk breng, maar eigenlijk, weet je, is het hele punt van het leven een kwestie van de juiste dingen doen, in plaats van de dingen te doen die het makkelijkste zijn. Omdat jij een goed gevoel wilt over jezelf, zitten de ibissen ineens minder vaak in de wetlands in een boom en brengen ze meer tijd door op de grond, op een treurig parkeerterrein in het gezelschap van de duiven, en dan krijgen we contact tussen de soorten en zwakkere immuunsystemen onder de vogels en hogere stresshormonen, en door dat petrischaaltje dynamiet ontstaat salmonella.'

Papa knikt naar Pamela Waters, die in haar tuinkloffie op handen en knieën het onkruid wiedt in een bed oranje gerbera's. 'Vervolgens gaat Pam naar de deli in Barrett Street en koopt drie plakken beenham, maar Max heeft het raampje van zijn koelvak de afgelopen twee uur open laten staan en al die plakjes heerlijke beenham zijn besmet met salmonella en twee weken later ligt Pam onder de zoden en de artsen komen er niet uit waar het nou aan lag, maar het zat hem in dat stokbroodje ham-sla in de serre.'

'Dus mijn stukje brood met runderhaas kan leiden tot de dood van Mrs Waters?'

'Ja. Bij nader inzien, voer die klotevogels maar.'

We barsten in lachen uit.

'Pap?'

'Ja?'

'Mag ik je iets vragen?'

'Ja.'

'Ben jij een goede man?'

Hij kijkt naar de manke ibis, die probeert een homp wit Tip Topbrood weg te kauwen en door te slikken. 'Nee, waarschijnlijk niet, zou ik zeggen.'

We kijken zwijgend uit het raam.

'Is mama daarom bij je weggelopen?'

Hij haalt zijn schouders op. Knikt. Schudt zijn hoofd. Misschien niet. Waarschijnlijk wel. 'Ik heb haar redenen genoeg gegeven om bij me weg te gaan.'

We kijken nog wat langer naar de ibis, die hoppend onze tuin verkent.

'Ik geloof niet dat je een slechte man bent.'

'Zo, nou, bedankt, Eli. Ik zal eraan denken om die oprechte steunbetuiging te vermelden bij mijn volgende sollicitatie.'

'Slim is een tijdje een slechte man geweest,' zeg ik. 'Maar later werd hij goed.'

Pap lacht. 'Fijn dat je me vergelijkt met je moordenaarsvriendjes.'

Dan rijdt de gele Ford Mustang langs ons huis. Dezelfde man achter het stuur. Grote kerel. Zwart haar, zwarte snor, zwarte ogen, kijkt aandachtig naar ons als hij ons huis passeert. Pap kijkt even hard terug. Hij rijdt de straat uit.

'Wat is verdomme zijn probleem?'

'Vorige week zag ik hem ook al. Ik zat op het bankje voor station Sandgate en toen keek hij ook al zo naar me vanuit zijn auto.'

'Wie zou het kunnen zijn?'

'Zal me aan m'n reet roesten.'

'Niet zo vloeken verdomme, kloothommel.'

*

's Middags rinkelt de telefoon. Het is mama. Ze belt vanuit de telefooncel op station Sandgate. Ze is bang. Ze huilt. Ze kan niet naar het huis van zuster Patricia, omdat hij haar daar weet te vinden. Teddy kent het huis van zuster Patricia.

Ik vermoord die verdomde klootzak. Ik steek hem met een klein, scherp mes in zijn nier.

Ik leg de telefoon neer.

Pap zit op de bank naar een spannende documentaire van Malcolm Douglas te kijken. Ik ga naast hem zitten, met één bankkussen tussen ons in.

'Ze heeft ons nodig, pap,' zeg ik.

'Wat?'

'Ze heeft je nodig.'

Hij weet wat ik denk.

'Ze kan nergens anders naartoe.'

'Nee, Eli.'

Op televisie steekt outbackavonturier Malcolm Douglas zijn rechterhand in een modderpoel tussen de mangroven.

'Dan maak ik de boekenkamer vrij. Ze kan ons helpen met de huishouding en zo. Een paar maanden maar.'

'Nee, Eli.'

'Heb ik je ooit ergens om gevraagd?'

'Niet doen. Ik kan het niet.'

'Heb ik je ooit ook maar ergens om gevraagd?'

Malcolm Douglas trekt in Far North Queensland een woeste modderkrab uit de modderpoel.

Ik sta op en loop naar het raam. Hij weet dat dit het juiste is om te doen. De ibis met één poot hopt een eindje en vliegt dan weg over de huizen van Lancelot Street. De ibis weet dat dit het juiste is om te doen.

'Je weet wat een goede man ooit tegen me heeft gezegd, pap,' zeg ik.

'Wat?'

'Het hele punt van het leven is een kwestie van de juiste dingen doen, in plaats van de dingen te doen die het makkelijkste zijn.'

*

Haar zomerjurk is gerafeld en uitgelubberd. Ze staat op blote voeten bij de telefooncel op het treinstation. August en ik wachten op haar glimlach, omdat haar glimlach de zon en de hemel is en ons verwarmt. We glimlachen naar haar als we op haar toe rennen. Ze heeft niets. Geen tas. Geen schoenen. Geen portemonnee. Maar ze zal altijd nog haar glimlach hebben, die vluchtige hemelse gebeurtenis wanneer haar lippen zich openen van rechts naar links en ze haar bovenlip laat krullen en ons met haar glimlach vertelt dat we niet gek zijn, dat wij het allemaal juist hebben en dat het heelal het gewoon helemaal mis heeft. En zij ziet ons en schenkt ons die glimlach en dan blijkt dat het heelal gelijk heeft en dat de glimlach helemaal verkeerd is, omdat mama haar twee voortanden mist.

Niemand praat tijdens de rit naar huis vanaf het station. Pap rijdt en mama zit naast hem. Ik zit achter haar en August zit naast me en steekt regelmatig zijn linkerhand uit om mama geruststellend over haar rechterschouder te aaien. Ik zie mama's gezicht in de zijspiegel van de auto. Haar bovenlip kan niet omkrullen zoals het hoort, omdat hij opgezwollen is. Haar linkeroog is blauw en er zit bloed in het oogwit. Ik steek hem zijn verdomde ogen uit. *Ik steek hem zijn verdomde ogen uit.*

Pas wanneer papa onze oprit op rijdt, wordt er iets gezegd. Het zijn de eerste woorden die ik mama ooit tegen papa heb horen zeggen.

'Dank je, Robert,' zegt ze.

*

August en ik beginnen meteen met het leeghalen van paps boekenkamer. We hebben niet genoeg dozen om ze allemaal in te pakken. Er liggen wel tienduizend paperbacks met ongeveer vijftigduizend zilvervisjes die door hun pagina's zwemmen.

Augusts schrijft in de lucht. *Boekenverkoop.*

'Je bent geniaal, Gus.'

We slepen een oude tafel naar buiten die pap nog onder het huis had staan. De boekenkraam wordt opgericht op het voetpad, pal naast onze brievenbus. We maken een bord van een oude kartonnen verpakking van paps XXXX-bier en krabbelen op de blanco bruine binnenkant van het karton: BRACKEN RIDGE-BOEKENBONANZA – ALLE BOEKEN 50 CENT.

Als we tienduizend boeken verkopen, verdienen we vijfduizend dollar. Dat is genoeg voor de borg van een huurhuis voor mama. Dat is genoeg voor een paar nieuwe schoenen voor mama.

August en ik slepen stapels paperbacks van de boekenkamer naar de kraam, terwijl mama en papa zwarte thee van Homebrand drinken en het over vroeger hebben, geloof ik. Ze hebben een soort steno, die twee. Dan realiseer ik me dat ze ooit geliefden waren.

'Maar je houdt niet eens van biefstuk,' zegt papa.

'Weet ik,' zegt mama. 'En wat zij serveerden was zo taai dat je er een wiebelende tafel mee recht kon zetten. Maar een paar van de meisjes lieten me zien hoe je een cirkel vlees dicht bij het bot afsnijdt, en zo kun je elk stuk vlees van een aangereden wild dier verkopen als ossenhaas.'

Ze hielden van elkaar voordat ze elkaar gingen haten. Er leeft iets op in paps ogen wat ik nooit eerder heb gezien. Hij is zo attent voor haar. Niet op zijn neppe manier zoals hij weleens doet als hij iemand moet inpalmen. Hij lacht om dingen die ze zegt en wat ze zegt is grappig. Dingetjes die mama met galgenhumor vertelt over het gevangenisvoedsel en het wilde avontuur van pakweg de afgelopen vijftien jaar van haar leven.

Ik zie iets. Ik zie het verleden. Ik zie de toekomst. Ik zie hoe mijn vader en moeder neukend op weg zijn naar mijn bestaan en ik wil het liefst overgeven, maar ik wil ook glimlachen, omdat het leuk is om te denken dat ze begonnen zijn met hoge verwachtingen voor ons zogenaamde gezin. Vóór de slechte dagen. Voordat ze werden opgeslokt door het heelal.

De telefoon gaat.

Ik sprint ernaartoe.

'Eli, wacht,' zegt mama. Ik blijf staan. 'Misschien is hij het wel.'

'Ik hoop het,' zeg ik.

Ik breng de hoorn naar mijn rechteroor. 'Hallo.'

Stilte.

'Hallo.'

Een stem. Zijn stem. 'Laat je moeder aan de telefoon komen.'

'Jij gore laffe klootzak,' scheld ik door de telefoon.

Pap schudt zijn hoofd. 'Zeg tegen hem dat we de politie hebben gebeld,' fluistert hij.

'Mama heeft de politie gebeld, Teddy,' zeg ik. 'De juten komen achter je aan.'

'Ze heeft de politie niet gebeld. Ik ken Frankie. Ze heeft de politie niet gebeld. Zeg tegen je moeder dat ik haar kom halen.'

'Jij blijft bij haar uit de buurt, of anders –'

'Of anders wat, kleine Eli?' schreeuwt hij door de telefoon.

'Of ik steek je verdomde ogen uit, Teddy, dat is wat.'

'O ja?'

Ik kijk naar pap. Ik heb even wat back-up nodig. 'Ja. En mijn vader breekt die laffe smoel van je doormidden alsof hij met zijn blote handen twee kokosnoten breekt.'

Pap kijkt me verbijsterd aan. 'Leg die telefoon neer, Eli.'

'Zeg tegen je moeder dat ik haar kom halen,' tiert Teddy.

'We zullen je opwachten, laffe eikel,' zeg ik. Het komt door de woede. Die maakt me anders. Ik voel dat er iets opzwelt vanbinnen. Alle opgekropte woede uit mijn jeugd, weggemoffeld tussen mijn ribben. Ik schreeuw het eruit: 'We wachten je op, Teddy.'

De verbinding wordt verbroken. Ik leg de hoorn neer. Ik kijk naar pap en mam. August zit op de bank en schudt zijn hoofd. Ze staren me allemaal aan alsof ik gestoord ben, wat ik misschien wel ben.

'Wat?' zeg ik.

Pap schudt zijn hoofd. Hij staat op en opent de deur van de bijkeuken. Draait de dop van een fles Captain Morgan. Slaat een half glas goedkope rum achterover. 'August, haal de bijlsteel, wil je?'

*

Slim heeft ooit eens tegen me gezegd dat het grootste nadeel van tijd is dat het niet echt bestaat.

Het is niet iets fysieks, zoals Teddy's nek bijvoorbeeld, die ik kan beetpakken en omdraaien. Je kunt tijd niet beheersen, plannen of manipuleren, omdat het er niet is. Het is niet het heelal dat die getallen op onze kalenders, of die Romeinse cijfers op onze klokken heeft gezet, dat hebben wij gedaan. Als het zou bestaan en ik het met twee handen kon wurgen, zou ik het doen. Ik zou de tijd met beide handen beetpakken en onder mijn arm in de houdgreep nemen waar hij niet kon bewegen en de tijd zou acht jaar lang onder mijn arm blijven stilstaan en als ik dan even oud zou zijn als Caitlyn Spies, wilde ze misschien overwegen om de lippen te kussen van een volwassen man van haar leeftijd. Ik zou een baard hebben, want tegen die tijd zou ik eindelijk gezichtshaar hebben. Ik zou een diepe stem hebben om met haar te praten over politiek en huishoudelijke artikelen en wat voor soort hond we zouden nemen die past bij onze kleine achtertuin in The Gap. Als wij die cijfers niet op de klok hadden gezet, zou Caitlyn Spies niet ouder worden, zou Caitlyn Spies simpelweg bestaan en kon ik samen zijn met haar. Ik weet alles van slechte timing. Ik heb nooit anders geweten dan dat ik uit de pas liep met de tijd. Maar vandaag niet. Niet op dit moment bij het raam van de woonkamer van Lancelot Street nummer 5 in Bracken Ridge. Midden op de dag. Waar zijn het rollende tuimelkruid en de oude oma die de luiken van de saloon sluit?

Pap staat nerveus met zijn bijlsteel in zijn rechterhand. August staat naast mij, met een dunne metalen staaf die we anders gebruiken als slot voor het keukenraam. Ik ben gewapend met mijn Gray-Nicolls Single Scoop – de Excalibur-in-de-steen onder de cricketbats – die ik voor vijftien dollar heb gekocht bij de lommerd in Sandgate. Slappe, te dikke krijgers in singlets, teenslippers en shorts, klaar voor de strijd. We zijn alle drie bereid om te sterven voor onze koningin, veilig opgesloten in de boekenkamer, die we langzaam van boeken ontdoen. Zelfs pap zou voor haar sterven, denk ik. Misschien kan hij haar zo zijn liefde bewijzen. Misschien is dit zijn pad naar verlossing, een paar stappen door zijn voortuin en een bijlsteel tegen Teddy's slaap, en mama valt dankbaar in zijn flubberige armen en de getatoeëerde Ned Kelly op zijn rechterschouder geeft een stevige duim omhoog voor ware liefde.

'Waarom zei je verdomme dat ik zijn gezicht zou breken?' vraagt papa.

'Ik dacht dat het hem zou afschrikken.'

'Je weet toch dat ik voor geen meter kan vechten?'

'Ik dacht dat dat alleen was als je dronken was.'

'Ik vecht beter als ik dronken ben.'

We kunnen het schudden. Zo is het leven.

*

Dan komt de gele Ford Mustang de straat in rijden en – brok in mijn keel, wiebelknieën – onze oprit op.

'Daar heb je hem,' roep ik geschrokken.

Zwart haar, zwarte ogen.

'Is dat Teddy?' vraagt pap.

'Nee, die vent die ik bij het station heb gezien.'

Hij haalt de sleutel uit het contact en springt uit de auto. Hij draagt een grijs jasje over een donker shirt op een grijze broek. Zijn kleding is te formeel voor een bezoekje aan Bracken Ridge. In zijn linkerhand heeft hij een cadeautje, verpakt in een doosje in rood cellofaan.

Hij loopt door de voortuin naar het raam van de woonkamer, waar wij staan met z'n drieën – de Bell-jongens – met onze knullige boze-boemanwapens in onze zweethanden.

'Als jij een maat van Teddy bent, kun je maar beter rechtsomkeert maken, maat,' zegt pap.

De man blijft staan.

'Een maat van wie?' vraagt de man.

Dan stopt er nog een auto langs de stoeprand bij onze brievenbus. Een grote blauwe Nissan-bestelwagen. Teddy stapt uit aan de passagierskant. De chauffeur van het busje stapt ook uit en een derde man schuift de achterdeur van de bestelwagen open en gooit hem achter zich dicht.

Drie zware jongens, alle drie even forsgebouwd. Ze zien eruit als de Tasmaanse houthakkers die altijd eerste worden op de Ekka. Ze hebben dat typische, ongelikte vette-reet-loopje van langeafstandsvrachtwagenchauffeurs uit Queensland. Teddy zal ze wel opgeroepen hebben via zijn bakkie en om back-up hebben gevraagd, als een zevenjarig jongetje dat boefje-en-agent speelt. Vuile reetketelsteen. Misschien is een van die eikels wel The Log, de grote eikel met de grote lul. Die kan een flinke trap in zijn ballen van me krijgen. Ik zou die randdebielen kneitehard uitlachen, als ze niet allemaal aluminium honkbalknuppels bij zich hadden.

Teddy marcheert naar het midden van onze voortuin en roept iets door het raam, zich niet bewust van de man in de grijze jas die vlakbij staat, met een cadeautje in zijn linkerhand.

'Kom godverdomme naar buiten, Frankie!' brult Teddy.

Hij heeft weer een hele lading drugs in zijn lijf. De manie van langeafstandsspeed.

De man in de grijze jas doet nonchalant en rustig een stap opzij en kijkt Teddy aan met een verwonderde blik op zijn gezicht, als een panter, besef ik ineens, die plaatsmaakt voor een ezel.

Mama komt achter me staan bij het raam.

'Ga terug naar je kamer, Fran,' zegt pap zachtjes.

'Fran?' schreeuwt Teddy. 'Fran? Was dat vroeger zijn koosnaampje voor je, Frankie? Was je soms van plan weer bij die halvegare in te trekken?'

De man in de grijze jas heeft zich verplaatst naar de twee treden die naar onze kleine betonnen veranda aan de voorkant leiden. Hij gaat erop zitten en bestudeert het tafereel, met zijn wijsvinger bedachtzaam tegen zijn lippen.

Mama wringt zich tussen August en mij door en leunt uit het raam. 'Het is voorbij, Teddy. Klaar. Ik kom niet terug. Nooit meer. Het is voorbij.'

'Nee, nee, nee. We zijn pas klaar als ík zeg dat we klaar zijn.'

Ik grijp mijn Gray-Nicolls nog steviger vast. 'Ze zei opdonderen, Teddy Bear, of ben je doof?'

Teddy lacht. 'Eli Bell, de grote man voor zijn mammie. Maar ik weet dat je staat te trillen op je poten, lulletje. Ik weet dat je in broek piest als je nog een seconde langer bij dat raam moet blijven staan.'

Ik moet het hem nageven, hij weet precies hoe het zit. Ik moet ontzettend nodig plassen en ik heb er nooit eerder zo hevig naar verlangd om lekker ingestopt te worden onder een warme deken, *Family Ties* te kijken en mama's kippensoep te slurpen.

'Blijf uit haar buurt of ik steek je de ogen uit,' schreeuw ik knarsetandend.

Teddy kijkt naar zijn mannen. Ze geven hem een knikje.

'Oké, Frankie,' zegt hij. 'Als jij niet naar buiten komt, dan komen we je wel halen.' Teddy en zijn gorillavriendjes rukken op naar het trapje van de veranda.

Dan staat de man in de grijze jas op en realiseer ik me hoe breed de schouders zijn onder die grijze jas, hoe strak de mouwen van die jas om de gespierde armen van de man in de grijze jas zitten. Zijn geschenk blijft op de eerste trede naar de veranda staan. 'De dame zei dat het voorbij is. En de jongen zei opdonderen.'

'Wie ben jij, verdomme?' vloekt Teddy.

De man in de grijze jas haalt zijn schouders op. 'Als je me niet kent, wil je me niet kennen.'

Ik begin van deze man te houden zoals ik van Clint Eastwood hou. *Pale Rider*.

De twee mannen kijken elkaar strak in de ogen.

'Ga naar huis, maat. De dame zei dat het voorbij is.'

Teddy schudt zijn hoofd, laat een lachje horen en kijkt naar zijn twee maten, die hun honkbalknuppels vastgrijpen, klaar om in actie te komen, stijf van de speed en hunkerend naar water en bloed. Als Teddy zich weer omdraait, zwaait hij zijn aluminium honkbalknuppel hard en snel naar het hoofd van de vreemdeling op onze verandatrap. De vreemdeling duikt als een bokser en zonder zijn ogen van de aanvaller af te wenden stoot hij zijn gebalde linkervuist keihard in Teddy's vadsige ribbenkast, zet zich vervolgens af met zijn voeten en brengt de kracht van zijn kuiten, dijbenen en heupen over naar de woede van zijn rechtervuist, die zich samenbalt met een uppercut onder Teddy's kin. Teddy staat te tollen op zijn benen in de roes van de klap, maar hij hervindt zijn focus net op tijd om te zien dat het voorhoofd van de vreemdeling op het puntje van zijn neus afkomt, waardoor zijn neusbotten kraken, knappen en uit elkaar knallen in een abstract spettersschilderij van mensenbloed. Ik zie deze man nu voor wie hij is. Een bajesbeest. Een vrijgekomen bajesbeest. De panter. De leeuw. Ik huil tranen van doorgedraaid geluk als ik Teddy's verminkte gezicht bewusteloos op de grond zie liggen en een naam mijn droge lippen bereikt.

'Alex,' fluister ik.

Teddy's gorilla's komen schoorvoetend naderbij, maar ze blijven roerloos staan als de vreemdeling een zwart pistool uit zijn broekriem trekt.

'Achteruit,' waarschuwt de man in de grijze jas. Hij richt het wapen op het hoofd van de dichtstbijzijnde gorilla. 'Jij. Bestuurder. Ik heb je kenteken, dus ik weet je te vinden, begrepen?'

De chauffeur van het busje knikt, sprakeloos van schrik.

'Je sleept dit vette stuk stront terug naar het gat waar hij uit is gekropen. Als hij bijkomt, vergeet dan niet tegen hem te zeggen dat Alexander Bermudez en tweehonderdvijfendertig chapterleden van de Rebels in Queensland eisen dat hij Frankie Bell met rust laat. Gesnopen?'

De bestuurder van de bestelwagen knikt. 'Het spijt me, Mr Bermudez,' stamelt hij. 'Het spijt me heel erg.'

Alex kijkt naar mama, die vanachter het raam naar het surrealistische tafereel staat te kijken. 'Liggen daar nog spullen die je nodig hebt?' vraagt hij haar.

Mam knikt. Alex knikt begrijpend, kijkt naar de bestuurder en steekt zijn pistool weer achter zijn riem. 'Chauffeur, morgen voor zonsondergang staan alle bezittingen van de dame netjes ingepakt op de veranda bij deze voordeur, gesnopen?'

'Ja, ja, natuurlijk,' zegt de bestuurder van het busje, terwijl hij Teddy al over het gras van de voortuin sleept. De twee gorilla's tillen Teddy in het blauwe busje en rijden Lancelot Street uit. De bestuurder knikt respectvol naar Alex en Alex knikt terug. Hij draait zich om naar het raam en zegt hoofdschuddend: 'Ik heb altijd tegen mijn moeder gezegd dat dit het ergste is aan dit land. Al die verrekte bullebakken.'

*

Alex drinkt een kopje thee aan de keukentafel. 'Lekker bakkie, Mr Bell.'

'Zeg maar Rob,' zegt papa.

Alex glimlacht naar mama. 'U hebt twee prachtige zoons grootgebracht, Mrs Bell.'

'Zeg maar Frankie. Ja, nou, dat is wel zo, Alex.'

Hij wendt zich tot mij. 'Ik heb er een paar keer flink doorheen gezeten daarbinnen. Iedereen gaat er maar van uit dat de leider van een organisatie zoals de mijne verzuipt in de brieven van vrienden van buiten. Maar de realiteit is juist het tegenovergestelde. Geen hond die je schrijft, omdat ze denken dat alle klootzakken van de verrekte wereld je al schrijven. Maar geen mens is een eiland, weet je, de eerste minister van Australië niet, Michael Jackson niet, en de sergeant-at-arms van motorbende de Rebels niet.'

Hij kijkt weer naar mama. 'De brieven van vriend Eli waren misschien wel het beste van mijn straftijd. Deze gabber maakte me gelukkig. Hij leerde me zo'n beetje wat belangrijk is aan het mens-zijn, weet je. Hij oordeelde niet. Hij had geen flauw benul van wie ik was, maar hij gaf iets om me.'

Hij kijkt naar mama en papa. 'Ik neem aan dat hij dat van jullie heeft geleerd?'

Mama en papa halen opgelaten hun schouders op.

Ik verbreek de stilte. 'Het spijt me dat ik zomaar ben gestopt met schrijven. Ik heb er zelf ook een tijdje doorheen gezeten.'

'Ik weet het,' zegt hij. 'Het spijt me van Slim. Heb je nog afscheid van hem kunnen nemen?'

'Soort van.'

Hij schuift het geschenk dat hij op tafel heeft gezet naar me toe. 'Dit is voor jou. Sorry voor de verpakking. Wij bikers staan niet bekend om onze gave voor het inpakken van cadeaus.'

Ik trek het slordig dichtgeplakte rode cellofaan aan beide kanten los en schuif de doos eruit. Het is een ExecTalk-dictafoon, kleur zwart.

'Het is voor je journalistiek,' zegt hij.

En ik huil. Ik huil als een zeventienjarige baby voor de ogen van de recent vrijgelaten, zeer invloedrijke sergeant-at-arms van outlawmotorbende de Rebels.

'Wat is er mis, maat?' vraagt hij.

Ik weet het niet. Het is de voorspelbare reactie van mijn ongedisciplineerde traanbuizen. Ik heb er geen controle over. 'Niets. Hij is perfect, Alex. Dank je wel.' Ik haal de dictafoon uit de doos.

'Je wilt toch wel nog steeds journalist worden?'

Ik haal mijn schouders op. 'Misschien.'

'Wat, maar dat is jouw droom toch?'

'Ja, dat is zo,' zeg ik, plotseling somber. Het komt door het vertrouwen dat hij in me stelt. Ik vond het fijner toen niemand in me geloofde. Dat was makkelijker. Dat niemand iets van je verwacht. Dat er geen enkele lat is die te hoog is, of juist te laag.

'Dus wat is het probleem, Scoop?' vraagt hij opgewekt.

Er zitten batterijen in de doos. Ik stop de batterijen in de dictafoon. Ik test de knoppen uit. 'Doorbreken in de journalistiek was minder eenvoudig dan ik had gedacht.'

Alex knikt. 'Kan ik ergens mee helpen? Ik weet het een en ander over inbreken, dus doorbreken moet ook wel lukken.'

Pap lacht nerveus.

'Wat is er zo moeilijk aan?' vraagt Alex.

'Ik weet het niet. Je moet een manier vinden om je van alle anderen te onderscheiden.'

'En wat heb je nodig om je van alle anderen te onderscheiden?'

Daar denk ik even over na.

'Een voorpaginaverhaal.'

Alex lacht. Hij leunt over de keukentafel en drukt de rode opnameknop op mijn nieuwe ExecTalk-dictafoon in. 'Nou, wat dacht je van een exclusief diepte-interview met de sergeant-at-arms van motorbende de Rebels? Daar moet een verhaal in zitten.'

Zo is het leven.

Jongen verdrinkt zee

Kun je ons zien, Slim? Zoals August glimlacht. Zoals mama glimlacht. Zoals ik de tijd vertraag in mijn negentiende jaar op aarde. De tijd stilzet. Bedankt, Slim. Laat me hier blijven, in dit jaar. Laat me in dit moment blijven, dit moment waarop we achter papa's bank staan en kijken naar August, die met heldere, verraste ogen een getypte brief leest die afkomstig is van van het kantoor van de premier van Queensland.

Ik weet het, Slim. Ik weet dat ik papa niet naar de maanpoel heb gevraagd. Ik weet dat dit geluk er mede van afhangt dat August en mama en ik de slechte oude tijd vergeten. We liegen tegen onszelf, ik weet het, maar gaat elke daad van vergeving niet gepaard met een leugentje om bestwil?

Misschien is hij die nacht niet met opzet dat stuwmeer in gereden. Maar misschien ook wel. Misschien heb jij die taxichauffeur niet vermoord. Maar misschien ook wel.

Jij hebt je straf uitgezeten. Je hebt je straf uitgezeten en meer. Misschien heeft pap dat ook wel gedaan.

Misschien had mama het nodig dat hij zijn straf zou uitzitten en kon ze daarna pas bij hem terugkomen. Misschien geeft ze hem een tweede kans. Ze is goed voor hem, Slim. Ze heeft hem menselijk gemaakt. Het zijn geen minnaars of zo, maar het zijn vrienden en dat is goed, omdat hij al zijn andere vrienden heeft verjaagd met zijn drank en zijn woede.

Misschien zijn alle mensen soms slecht en soms goed. Gewoon een kwestie van timing. Je had gelijk over August. Hij had alle antwoorden. Hij blijft volhouden dat hij het aldoor al had gezegd. Hij blijft volhouden dat hij dit heeft zien aankomen, omdat hij hier eerder is geweest. Hij blijft volhouden dat hij is teruggekeerd. Dat wij allebei zijn teruggekeerd. En hij bedoelt de maanpoel. We zijn teruggekeerd uit de maanpoel.

Hij blijft maar met zijn vinger in de lucht krabbelen. *Ik zei het toch, Eli. Ik zei het toch, Eli.*

Het wordt beter, zei hij. *Het wordt hartstikke goed.*

Geachte heer August Bell,
Op 6 juni aanstaande zullen de inwoners van Queensland feestelijk bijeenkomen voor de viering van Queensland Day, een nooit eerder vertoond feest ter ere van de officiële afscheiding van onze prachtige staat van New South Wales op 6 juni 1859. Als onderdeel van de festiviteiten zetten wij vijfhonderd 'Queensland Champions' in het zonnetje, Queenslanders die op uitzonderlijke wijze een bijdrage hebben geleverd aan onze samenleving. Met genoegen nodigen wij u uit voor de inaugurele Queensland Champions-ceremonie op 7 juni 1991 in het stadhuis van Brisbane, waar u onderscheiden zult worden als COMMUNITY CHAMPION *voor uw niet-aflatende inspanningen om fondsen te werven voor de South East Queensland Muscular Dystrophy Association.*

*

Alex Bermudez bleef vier uur met mij in onze keuken zitten en vertelde me zijn levensverhaal.

Na afloop wendde hij zich tot August. 'Hoe zit het met jou, Gus?'

Wat? krabbelde August in de lucht.

'Hij vraagt: "Wat?" ' vertaalde ik.

'Kan ik jou ergens mee helpen?' vroeg Alex.

Dat was het moment, terwijl hij op de bank *Neighbours* zat te kijken, krabbelend aan zijn kin, dat August op het lumineuze idee kwam van Criminal Enterprises, de eerste ondergrondse liefdadigheidsorganisatie van Australië, gefinancierd door een netwerk van vooraanstaande criminelen uit het zuidoosten van Queensland. Hij vroeg Alex om een gift voor zijn spierdystrofiecollectebus. Nadat Alex tweehonderd dollar in de bus had gestopt ging August een stapje verder. Met mij als vertaler van zijn luchtgekrabbel pitchte hij zijn idee voor een langlopend liefdadigheidsproject met de inzet van de bendeleden van de Rebels en niet alleen van hen, maar van alle rijke criminelen in Alex' vriendenkring, die misschien altijd al iets hadden willen terugdoen voor de samenleving die ze eerder zo meedogenloos hadden geplunderd en ondermijnd. De wijdvertakte criminele onderwereld in de staat Queensland, zei August, vertegenwoordigde een nooit aangeboorde bron voor liefdadigheidsdoeleinden die er gewoon om smeekte om te worden geactiveerd. Zelfs in een etterende en donkere onderwereld, bevolkt door moorddadig tuig en mannen die hun eigen grootmoeder zouden ombrengen voor een privézwembad in de tuin, waren grootmoedige mannen te vinden die bereid waren iets terug te geven aan mensen die minder fortuinlijk waren dan zijzelf. August zag een hele reeks speciale behoeften en onderwijsdiensten die veel profijt zouden hebben van de goodwill van lokale boeven. Ze konden bijvoorbeeld jonge vrouwen en mannen die op het verkeerde pad waren geraakt ondersteunen door hun een medische opleiding aan te bieden. Ze zouden bijvoorbeeld kunnen zorgen voor de financiering van een studiebeursprogramma voor kinderen met speciale behoeften van gepensioneerde of aan lagerwal geraakte criminelen. Er kleefde een Robin Hood-element aan, zei August. Wat de boeven verloren in hun portemonnee, wonnen ze in hun ziel; het zou hun een waardevol lintje bezorgen om mee te zwaaien naar de grote Rechter op het moment dat ze moesten aankloppen bij de parelwitte poorten van de hemel.

Ik zag waar August heen wilde en gaf mijn eigen existentiële draai aan zijn idee. 'Alex, ik denk dat Gus probeert te zeggen: "Vraag je je nooit af waar het allemaal toe dient?" ' zei ik. 'Stel je voor dat de tijd is aangebroken om je pistool en je boksbeugel aan de wilgen te hangen en op je laatste werkdag kijk je terug op al die eerloze zaakjes en alles wat je overhebt is een berg geld en een verzameling grafstenen.'

Alex glimlachte. 'Ik zal er een nachtje over slapen.'

Een week later reed er een busje van de Austrialian Post voor om een pakketje af te leveren bij ons huis, geadresseerd aan August. Het was een doos met tienduizend dollar in briefjes van twintig, tien, vijf, twee en één. Als afzender stond op de doos: *R. Hood, 24 Montague Road, West End.*

*

Kun je ons zien, Slim? Mama woelt door Augusts haar.

'Ik ben apetrots op je, August,' zegt mama.

August glimlacht. Mama huilt.

'Wat is er, mam?' vraag ik.

Ze droogt haar ogen.

'Mijn zoon is een Queensland Champion,' snikt ze. 'Ze nodigen mijn zoon uit om naar het podium te komen in het stadhuis en dan gaan ze hem bedanken omdat hij… omdat hij… omdat hij is wie hij is.'

Mama haalt diep adem. Ze geeft strenge instructies. 'We gaan allemaal mee,' zegt ze.

Ik knik. Pap spartelt tegen.

'We gaan ons allemaal mooi aankleden. Ik ga er een mooie jurk voor kopen. Ik ga mijn haar laten doen.' Ze knikt. 'We zullen er goed uitzien voor jou, Gus.'

August knikt stralend.

Pap spartelt tegen. 'Fran, ik... eh... ik hoef denk ik niet mee,' hakkelt hij.

'Onzin, Robert, je gaat.'

*

Kun je mijn bureau zien, Slim? Zie je mijn vingers woorden typen op de schrijfmachine op mijn bureau, Slim? Ik schrijf een stuk over race 8 op Doomben. Je kijkt naar de assistent van de assistent van de assistent van de draf- en rensportverslaggever van *The Courier-Mail*. De hoofdassistent van de draf- en rensportverslaggever, Jim Cheswick, heeft me gecomplimenteerd met mijn stuk van vorige week over de McCarthy's, drie generaties kampioenen in de drafsport, grootvader, vader en zoon – ze worden pikeurs genoemd, zegt Jim, geen jockeys – die op de renbaan van Albion aan dezelfde race meededen. De grootvader won met twee lengtes.

Brian Robertson is aardiger dan wordt gezegd. Hij gaf me een baan en liet me zelfs mijn school afmaken voordat ik begon. Mijn baantje bij de krant is in wezen het allerlaagste, stomste flutwerk dat er is, dat ik met beide handen en negen vingers stevig aanpak. Als er iets belangrijks gebeurt in het landelijke of federale parlement, word ik naar een winkelcentrum gestuurd om willekeurige mensen vragen te stellen die voor me zijn opgesteld door onze grijze stafchef, Lloyd Stokes.

'Gaat het bergafwaarts met de staat Queensland?'

'Maakt het Bob Hawke iets uit dat het bergafwaarts gaat met Queensland?'

'Hoe trekt Queensland zichzelf uit het dal?'

Ik schrijf over de sportuitslagen van de plaatselijke clubs in het weekend. Ik schrijf over getijvoorspellingen en elke vrijdagochtend bel ik een oude visser, Simon King genaamd, voor de wekelijkse column 'Simon Says' met tips voor onze lezers over de beste visplekjes langs de kust van Queensland. Jij zou Simon wel mogen, Slim, hij weet dat het bij vissen niet om de vangst draait, maar om het zitten. Om het dromen.

Ik schrijf over huizen in de onroerendgoedrubriek. Ik schrijf artikelen van driehonderd woorden – de huis-en-tuinredactrice, Regan Stark, noemt het *advertorials* – over dure huizen die worden gepusht door de vastgoedbedrijven met de meeste advertentiedollars om onze pagina's te vullen. Regan zegt dat mijn toon te enthousiast is. Ze zegt dat er geen plaats is voor metaforen in onroerendgoed-advertorials van driehonderd woorden en blijft me maar demonstreren hoe ik zinnen als 'de uitgestrekte zonnewaranda wiegt de noord- en oostzijde van het huis als een moederwallaby zich rond een pasgeboren jonkie krult' kan inkorten tot iets als 'het huis is voorzien van een L-vormige veranda'. Maar ze zegt dat ik mijn enthousiasme niet mag verliezen omdat enthousiasme – en Gilbey's Gin – het nuttigste gereedschap is voor een journalist, nog nuttiger dan pen en papier. Maar ik doe gewoon net als jij, Slim. Ik ben gewoon druk bezig. Ik doe wat met de tijd. Elke dag is een dag dichter bij Caitlyn Spies. We werken in dezelfde ruimte, Slim. Behalve dat die ruimte – de hoofdredactie – ongeveer honderdvijftig meter lang is en zij aan de voorkant zit, bij de misdaadredactie en naast het kantoor van hoofdredacteur Brian Robertson, en ik zit helemaal achterin, naast een lawaaierig kopieerapparaat en Amos Webster, de achtenzeventigjarige man die de kruiswoordpuzzels redigeert en meerdere malen per dag door mij in zijn schouder wordt geprikt om te controleren of hij nog leeft. Ik vind het hier geweldig, Slim. Hoe het hier ruikt! Het geluid van de persen in de bakstenen gebouwen onder ons terwijl we schrijven. De geur van sigarettenrook en de manier waarop de oude mannen schelden op oudere politici die ze hebben gekend in de jaren zestig, en op de jonge vrouwen die ze hebben geneukt in de jaren zeventig.

Jij hebt mij deze baan bezorgd, Slim. Jij hebt mijn leven veranderd. Ik wil je bedanken, Slim. Als je me kunt zien. Bedankt. Jij hebt tegen me gezegd dat ik Alex moest schrijven. Alex heeft me zijn verhaal gegeven. Het was dat verhaal dat op de voorpagina van *The Courier-Mail* werd geplaatst. REBEL ZONDER RUST, luidde de kop van mijn exclusieve interview van vijfentwintighonderd woorden over het leven en de avonturen van de recent vrijgekomen leider van de Rebels, Alex Bermudez. Mijn naam werd niet vermeld bij het artikel, maar dat geeft niet. Brian Robertson heeft mijn verhaal drastisch aangepast, omdat het vol stond met wat hij 'bloemrijke bullshit' noemde.

'Hoe heb je een exclusief interview met Alex Bermudez voor elkaar gebokst?' vroeg hij aan zijn bureau, terwijl hij de uitdraai las van het concept dat ik hem had gestuurd, met een begeleidende brief waarin ik nogmaals mijn diepe verlangen beschreef om deel te mogen uitmaken van de hooggewaardeerde misdaadredactie van *The Courier-Mail*.

'Ik heb hem brieven geschreven in de gevangenis en die beurden hem op als hij erdoorheen zat,' zei ik.

'Hoelang heb je hem geschreven?'

'Vanaf dat ik een jaar of tien was tot mijn dertiende.'

'Hoe kwam je erbij om Alex Bermudez brieven te gaan schrijven?'

'Mijn oppas vertelde me dat het veel kon betekenen voor iemand als hij, omdat hij geen familie of vrienden had die hem schreven.'

'Hij had geen familie of vrienden die hem schreven omdat hij een levensgevaarlijke, mogelijk sociopathische veroordeelde crimineel is,' zei Brian. 'Ik neem aan dat je babysitter niet van het type Mary Poppins was?'

'Nee, dat was hij niet.'

'Hoe weet ik dat dit geen berg bullshit is van een bullshitjoch dat voor mij wil komen werken?'

Alex had voorzien dat hij dat zou vragen. Ik mocht Brian een telefoonnummer geven om Alex te bellen.

Ik keek naar hem vanaf mijn kant van het bureau terwijl hij Alex

Bermudez aan de lijn had, die hem bevestigde dat alle details en citaten in het verhaal klopten.

'Ik begrijp het,' zei hij. 'Ik snap het... Ja, ik denk dat we het kunnen plaatsen.' Hij knikte en staarde me uitdrukkingsloos aan. 'Nou, nee, Mr Bermudez, ik vrees dat het niet "woord voor woord" zal zijn, want het joch schrijft alsof hij verdomme Lev Tolstoj is en hij heeft de lead verstopt in de negentiende alinea. En bovendien zal geen enkele krant van mij ooit een voorpagina-artikel openen met een citaat uit een gedicht!'

Alex had geopperd om te openen met het citaat uit 'Rubáiyát' van Omar Khayyám, het gedicht dat ik hem in de gevangenis had gestuurd:

Een schaakbord is het Al van dag en nacht,
Waar 't lot ons mensch' als stukken heeft gebracht:
Het schuift ons heen en weer, en neemt, en slaat.
Tot, na het spel, ons d' eeuw'ge rust weer wacht.

Hij zei dat hij dat gedicht uit zijn hoofd had geleerd. Hij zei dat dat gedicht hem door zijn straftijd had getrokken. Dat het hem wijsheid en troost had gebracht. Dat het hem uit het hol had gehaald, zoals het Slim uit het hol had gehaald, vier decennia vóór hem. Dat citaat was een thematische emotionele draad door mijn stuk, omdat het ging over Alex' spijt over de dingen die hij anderen had aangedaan, die weer te maken hadden met de dingen die hem waren aangedaan in zijn jeugd.

'Vindt u het goed?' vroeg ik Brian.

'Nee,' zei hij botweg. 'Het is een tenenkrommend jankverhaal over een topcrimineel uit het hoogste echelon die tranen met tuiten huilt om zijn leven als tuig van de richel.'

Hij wierp zijn ogen weer op mijn verhaal. 'Maar het heeft zijn momenten. Wat heb je in gedachten?'

'Wat bedoelt u?'

‘Vergoeding,’ zei hij. ‘Hoeveel per woord?’

‘Ik hoef er geen geld voor.’

Hij legde het concept op zijn bureau. Zuchtte.

‘Ik wil schrijven voor uw misdaadteam.’

Hij liet zijn hoofd zakken en wreef in zijn ogen. ‘Je bent geen misdaadschrijver, jongen.’

‘Maar ik heb een exclusief artikel van vijfentwintighonderd woorden geschreven over een van de meest beruchte criminelen van Queensland.’

‘Ja, en vijfhonderd van die woorden gingen over de kleur van Alex’ verdomde ogen en zijn intense blik en zijn manier van kleden en de verrekte dromen over schepen die hij had in de nor.’

‘Dat was een metafoor voor het gevoel dat hij verdronk in de bajes en verlangde naar vrijheid.’

‘Nou, het deed mij verlangen naar een verdomde emmer, maat. Ik zeg het je recht voor zijn raap zodat je er verder geen tijd meer aan verspilt: de waarheid is deze, jongen: je wordt als misdaadverslaggever geboren, niet gemaakt, en jij bent niet als misdaadverslaggever geboren. Je zult nooit misdaadverslaggever worden en je zult waarschijnlijk zelfs nooit verslaggever worden, omdat er veel te veel gedachten door dat kleine koppie van je gaan. Een goede nieuwsreporter heeft maar één ding in gedachten.’

‘De onverbloemde waarheid?’ vroeg ik.

‘Nou, ja... maar hij denkt allereerst aan iets anders.’

‘Rechtvaardigheid en verantwoordelijkheid?’

‘Jawel, maar –’

‘Een objectieve dienaar zijn van de mensen in de informatie-industrie?’

‘Nee, maat, het enige wat hij in zijn kop heeft is de primeur.’

Natuurlijk, dacht ik. De primeur. De almachtige primeur.

Brian Robertson schudde zijn hoofd en trok zijn stropdas wat losser.

‘Ik ben bang, jongen, dat jij niet als misdaadverslaggever geboren bent. Je bent echter wel als kleurenschrijver geboren.’

‘Als kleurenschrijver?’

‘Ja, als kleurenschrijver,’ zei hij. ‘De lucht was blauw. Het bloed was bordeaux. De fiets waarmee Alex Bermudez zijn ouderlijk huis achter zich liet was geel. Je houdt van al die kleine details. Je schrijft geen nieuws. Je schildert mooie plaatjes.’

Ik liet mijn hoofd zakken. Misschien had hij gelijk. Ik heb altijd zo geschreven. Weet je nog, Slim? Gezichtspunten en details, één enkel moment uitgerekt tot in het oneindige. Details, Slim.

Ik hees me uit de stoel tegenover Brians bureau. Ik wist dat ik nooit misdaadverslaggever zou worden. ‘Dank u wel voor uw tijd,’ zei ik, somber en verslagen. Ik liep vol wanhoop naar de deur van zijn kantoor.

Toen hield de stem van de hoofdredacteur me tegen. ‘Wanneer kun je beginnen?’

‘Huh?’ bracht ik uit, verbijsterd door zijn vraag.

‘Ik zoek een assistent voor de assistent van de assistent-draf- en rensportverslaggever,’ zei Brian. Hij glimlachte bijna. ‘Er is genoeg mooie beeldspraak te verzinnen over de rensport.’

*

Details, Slim. Er verschijnen twee kuiltjes bij de rechterhoek van haar mond als ze lacht. Op maandag, woensdag en vrijdag eet ze geraspte worteltjes voor de lunch. Op dinsdag en donderdag eet ze stengels bleekselderij.

Twee dagen geleden droeg ze een T-shirt van The Replacements naar kantoor en in mijn lunchpauze ben ik met de trein naar de stad gegaan om een cassettebandje van The Replacements te kopen. Het heette *Pleased to Meet Me*. Ik heb die tape diezelfde avond nog zestien keer beluisterd en de volgende ochtend ben ik naar haar bureau gegaan om haar te vertellen dat het laatste nummer aan kant B van de tape, 'Can't Hardly Wait', het perfecte huwelijk was tussen zanger Paul Westerbergs rauwe garagepunkrock uit zijn vroege tijd en zijn ontluikende liefde voor vrolijke liefdespop die meer doet denken aan B.J. Thomas' 'Hooked on a Feeling'. Ik vertelde haar niet dat het lied in feite het perfecte huwelijk is tussen mijn hart en mijn verstand, die niet kunnen stoppen met voor haar kloppen en denken; dat het de sonische belichaming is van mijn prangende aanbidding van haar, de belichaming van het ongeduld dat zij mij heeft bezorgd, hoe zij me ertoe brengt om de tijd te versnellen, op te schieten, op te schieten, zodat zij de deur binnen kan lopen, zodat zij met haar ogen kan knipperen zoals ze doet, zodat ze kan lachen met de andere misdaadschrijvers in haar hoek, zodat ze mijn kant uit kan kijken – hier, Caitlyn Spies – zo'n honderdvijftig meter verderop, naar mij, de nobody, en de dode man in de kruiswoordpuzzelhoek.

'Echt?' zei ze. 'Ik haat dat liedje.'

Toen trok ze een la open onder haar bureau. Ze gaf me een cassettebandje. *Let It Be* van The Replacements. Het derde album van de band. 'Nummer negen, "Gary's Got a Boner".' Ze zei 'Boner' alsof ze niets anders zei dan 'lavendel' of zo, in plaats van 'stijve'. Zo is ze, Slim. Ze is magisch, Slim. Elk woord dat ze zegt komt eruit als de woorden 'lavendel' en 'luminescentie' en 'lofbazuin' en… en… wat is dat andere l-woord, Slim? Je weet wel, waar iedereen het altijd over heeft. Ken je dat woord, Slim?

*

Het gebulder van Brian Robertsons spontaan ontbrande woede galmt door de redactie.

'Waar zijn die lui verdomme gebleven?' brult hij.

Ik kom half overeind van mijn stoel voor een beter zicht op de wervelstorm van beweging die zich ver van hier afspeelt, aan de serieuze kant van de redactie. Menselijke granaatscherven en puin verspreiden zich vanuit het middelpunt van de atoombom van mijn hoofdredacteur, die met een exemplaar van onze zondagse zusterkrant in zijn vuist zwaait, de *Sunday Mail*.

Mijn buurman op leeftijd en kruiswoordraadselkoning Amos Webster snelt terug naar zijn bureau en gaat haastig zitten, om zich nog net niet te begraven onder een torenhoge stapel woordenboeken en thesauri. 'Ik zou maar gauw gaan zitten als ik jou was,' waarschuwt hij. 'De baas is op oorlogspad.'

'Wat is er aan de hand?' Ik blijf staan en zie dat Caitlyn Spies met haar hoofd in haar tekstverwerker verdwijnt, terwijl ze Brian Robertsons blitzkrieg van aanwijzingen en onverbloemde journalistieke waarheden ondergaat over hoe kranten overleven en sterven door al dan niet de primeur te hebben.

Brian Robertson explodeert opnieuw, zijn lippen spuwen vuur en granaatscherven. Ervaren journalisten rennen voor hun leven. 'Wie gaat me vertellen waar die verdomde Penns zijn gebleven?' buldert hij.

Ik fluister Amos toe: 'Wat is er nou weer?'

'Primaat die je bent,' zegt Amos. 'De Penns. Hij wil weten wat er met de Penns is gebeurd, die familie die in Oxley is verdwenen.'

'Oxley?'

Buitenwijk van Darra. Thuisbasis van de Oxley-pub. Thuisbasis van de Oxley-wasserette. Thuisbasis van het Oxley-viaduct.

'Er zijn verdomme geen prijzen voor kranten die verdomme als tweede eindigen!' schreeuwt Brian over de redactie, voordat hij naar zijn kantoor marcheert en zijn kantoordeur dichtslaat, zo hard dat hij wiebelt als de bruine hardboardplaat die Rolf Harris bespeelt in 'Tie Me Kangaroo Down, Sport'.

'Veronica Holt is ons weer eens voor geweest,' fluistert Amos.

Veronica Holt. Hoofdredactrice Misdaad van de *Sunday Mail*. Ze is dertig jaar oud en drinkt uitsluitend Schotse whisky met ijs en ze bevriest de ijsblokjes voor haar drankjes door ernaar te kijken. Ze draagt mantelpakjes in houtskoolzwart, onyxzwart, gitzwart en roetzwart. Haar zintuig voor nieuws is even scherp als de punten van haar inktzwarte hakken. De commissaris van politie heeft eens geëist dat Veronica Holt haar beweringen in een artikel over de politie van Queensland die in de buitenwijken van Brisbane bordelen zou frequenteren publiekelijk terugnam. In het radioprogramma *Talkback* van de ochtend daarna richtte Holt zich rechtstreeks tot de commissaris: 'Ik zal mijn verhaal intrekken, meneer de commissaris, als u zorgt dat uw mannen en hun wapens wegblijven uit de illegale bordelen.'

Ik sprint naar de rij kranten uit heel Australië, de plank naslagwerken voor de werknemers, naast de waterkoeler en de kast voor het briefpapier. Een stapel *Sunday Mails* van gisteren ligt op de plank, vastgebonden met wit touw. Ik knip het touw door met een schaar uit de schrijfwarenkast en lees de voorpagina van de *Sunday Mail* van de vorige dag.

Gezin uit Brisbane verdwenen… Deze woorden op de voorpagina van de *Sunday Mail* vormen de onderkop van de kop: DRUGSOORLOG BARST LOS.

Een typische *power slam* van Veronica Holt op de voorpagina over de mysterieuze en onverklaarbare verdwijning van een gezin van drie uit Oxley, de Penns, tegen de achtergrond van wat de politie van Queensland 'escalerende geschillen tussen rivaliserende afdelingen van clandestiene illegale drugsnetwerken die zich uitstrekken over Queensland en de oostkust van Australië' noemt.

Via anonieme bronnen – voornamelijk haar oom, Dave Holt, een gepensioneerde brigadier van politie in Queensland – heeft Veronica Holt een spannend misdaadverhaal geschreven waarin niet expliciet staat dat de familie Penn voorafgaand aan haar raadselachtige verdwijning diep verankerd was in Brisbanes criminele onderwereld, maar met precies voldoende suggestieve achtergronden om Veronica's trouwe en vaak kwijlende lezers te laten zien dat de Penns zo krom waren als paps piesboog rond middernacht op uitkering-voor-alleenstaande-ouders-dag.

De vader, Glenn Penn, was onlangs ontslagen uit de gevangenis van Woodford, ten noorden van Brisbane, waar hij twee jaar had gezeten omdat hij gesnapt was als straatdealer. De moeder, Regina Penn, was een surfmeisje van de Sunshine Coast dat een tijdje als serveerster had gewerkt in een berucht criminelenhotel in Maroochydore, Smokin' Joe's, gefrequenteerd door grote misdadigers zoals Alex Bermudez – hij wordt genoemd in het verhaal – en kleine misdadigers zoals Glenn Penn die op Alex Bermudez willen lijken. De achtjarige zoon van Glenn en Regina, Bevan Penn, is de jongen op de gezinsfoto op de voorpagina, met een gepixeld gezicht. Hij draagt een zwart *Teenage Mutant Ninja Turtles*-shirt. De frisse huid. De arme, onschuldige achtjarige jongen werd meegesleurd door de onderstroom van de onnadenkende acties van zijn mama en papa. De buurvrouw van de familie Penn, een oude weduwe genaamd Gladys Riordan, wordt geciteerd in Veronica's schreeuwende voorpagina-artikel: 'Ik hoorde ongeveer veertien dagen geleden rond middernacht geschreeuw uit het huis komen. Maar die lui schreeuwden altijd laat in de nacht. Dan geen kik meer. Twee weken achter elkaar doodse stilte. Ik dacht dat ze misschien verhuisd waren. Toen kwam de politie langs en vertelde me dat ze als vermist waren opgegeven.'

Weg. Vermist. Van de aardbodem verdwenen.

Ik vraag me heel even af of Bevan Penn misschien een stomme broer heeft die niet op de foto staat. Misschien hebben de Penns een tuinman die bekendstaat als een van de grootste ontsnappingsschurken van Queensland. Misschien zijn de Penns helemaal niet verdwenen, zitten ze gewoon verscholen in de geheime kamer die Glenn Penn heeft gebouwd onder het huis van één verdieping in het voorstedelijke Oxley, waar de jongen advies krijgt van naamloze volwassen mannen aan de andere kant van een rode telefoon.

Tijdkringen, Slim. Alles komt altijd weer terug, Slim. Hoe meer dingen veranderen, des te erger ze blijven.

Ik weet dat Brian Robertson mij strikt heeft verboden om rond te snuffelen bij de misdaadredactie, maar ik kan het niet laten. Ik word geroepen. Aangetrokken als door een magneet. Telkens wanneer ik naar Caitlyn Spies loop, verlies ik de tijd uit het oog. Dat wil zeggen, ik sta aan haar bureau zonder precies te weten hoe ik daar ben gekomen. Dat wil zeggen, ik weet instinctief dat ik links langs de sportredactie en de advertentieafdeling ben gelopen en rechts langs de bierkoelkast naast auto- en motorredacteur Carl Corby en de ingelijste Rugby League-trui van Queensland State of Origin, gesigneerd door de moedige Wally Lewis, maar ik kan me niet herinneren dat ik daar allemaal langs ben gekomen, vanwege mijn tunnelvisie op Caitlyn Spies. Ik sterf altijd op mijn weg door deze tunnel en zij is het levensreddende licht aan het einde ervan.

Ze praat in de oude zwarte draaischijftelefoon op haar bureau.

'Opzouten, Bell.' Dat is Dave Cullen, de stoere politieredacteur van de krant. Sterke reporter. Sterk ego. Hij is tien jaar ouder dan ik en heeft het gezichtshaar om het te bewijzen. Dave Cullen loopt triatlons in zijn vrije tijd. Traint met gewichten. Redt kinderen uit brandende gebouwen. Gloeit.

'Ze moet zich concentreren,' zegt Dave. Hij zit met zijn hoofd in zijn tekstverwerker en zijn vingers gaan woest tekeer.

'Wat heeft de politie je over de familie Penn verteld?' vraag ik.

'Wat kan jou dat schelen, Bellbottoms?'

Dave Cullen noemt me Bellbottoms. Bellbottoms is geen misdaadverslaggever. Bellbottoms is een flikker die kleuren schrijft.

'Zijn er sporen gevonden in het huis?'

'Sporen?' Dave lacht. 'Ja, Bellbottoms, ze hebben een kaars gevonden in de serre.'

'Ik ben daar opgegroeid,' zeg ik. 'Ik ken de straat goed. Logan Avenue. Die loopt helemaal door naar Oxley Creek. Staat om de haverklap blank.'

'Ahhh, shit, bedankt, Eli, dat zal ik in mijn intro vermelden.' Hij tikt als een dolle door terwijl hij zegt: 'Schokkende onthullingen in de zaak van de vermiste familie Penn uit Oxley van bronnen die niet dicht bij de familie stonden: ze woonden in een straat die bij zware regenbuien regelmatig onder water kwam te staan.'

Hij leunt trots achterover in zijn stoel. 'Verdomme, maat, dat zal de knuppel in het hoenderhok gooien. Bedankt voor de tip.'

Maar ik lach het laatst, want terwijl de grote gewichtheffer, triatleet en pedante kwast van een Dave Cullen zijn showtje van boosaardig sarcasme opvoert, zijn mijn ogen op zoek naar details op zijn bureau. Een *Batman*-koffiekop met de vuist van de Caped Crusader in de wang van de Joker, waaruit het woord KAPOW! explodeert. Een grote sinaasappel in staat van verrotting. Een fotootje van de zwemkampioene van Queensland, Lisa Curry, op het tussenschot van zijn bureau geprikt. Een houder om bier koel te houden van het Birdsville Hotel, met zes blauwe balpennen erin. En een gelinieerd Spirax-notitieblok, opengeslagen naast zijn bureautelefoon. Op dit notitieblok staan allerlei krabbels in steno, waaruit ik verschillende sleutelwoorden kan ontcijferen: *Glenn Penn*, *Regina*, *Bevan*, *heroïne*, *Gouden Driehoek*, *Cabramatta*, *koning*, *vergelding*.

Maar er is één woord dat meer mijn aandacht trekt dan alle andere. Een woord dat Dave Cullen heeft onderstreept en waar hij vraagtekens achter heeft gezet. Dit woord jaagt de rillingen over mijn rug. Een absurd woord dat niets te betekenen heeft, behalve als je een bizarre jeugd hebt gehad en opgevoed bent door drugsdealers in de buitenwestelijke voorstad Darra.

Lamahaar?

De naam ontsnapt me. Hij barst uit mijn mond. De hete gesmolten lava van zijn naam. 'Iwan Krol.'

Ik zeg het te hard en Caitlyn Spies draait meteen haar stoel om. Ze herkent de naam. Haar ogen boren zich in de mijne. Spies graaft diep. Spies graaft goed.

Dave Cullen begrijpt het niet. 'Wat?'

Brian Robertson doet zijn deur open en Dave gaat rechtop zitten.

'Bell!' tiert de hoofdredacteur.

Het is een donderende schreeuw die me doet opspringen, terwijl ik me naar het monster keer dat in de deuropening van zijn kantoor staat.

'Wat heb ik je gezegd over rondsnuffelen op de misdaadredactie?' roept Brian.

'U zei: "Niet rondsnuffelen op de misdaadredactie," ' zeg ik, om aan te tonen dat ik een nauwkeurig geheugen voor journalistieke feiten heb.

'Hier komen!' schreeuwt Brian en hij loopt terug naar zijn bureau.

Ik kijk nog even om naar Caitlyn Spies. Ze is nog steeds aan het telefoneren, maar ze kijkt naar me, glimlacht me bemoedigend toe, knikt begripvol en schenkt me het soort glimlach dat schone jonkvrouwen bewaren voor ridders die op het punt staan levend te worden verslonden door mythologische draken.

Ik loop Brians kantoor binnen. 'Het spijt me, Brian, ik wilde Dave alleen wat info geven...'

Hij snoert me de mond. 'Ga zitten, Bell. Ik heb een project waar je meteen mee aan de slag moet.'

Ik ga in een van de twee draaistoelen zitten tegenover zijn bruinleren bureaustoel, die voor niets of niemand wenst te draaien.

'Heb je weleens van de Queensland Champion Awards gehoord?'

'De Queensland Champions?' breng ik verbaasd uit.

'Een hoop flauwekul waarbij de regering onzinnige schouderklopjes uitdeelt op Queensland Day.'

'Ik weet het. Ze hebben mijn broer Gus een prijs in de categorie Community Champions toegekend. Vrijdagavond ga ik met mijn ouders naar de prijsuitreiking in het stadhuis, dan krijgt Gus zijn onderscheiding.'

'Waarvoor wordt hij onderscheiden?'

'Hij loopt met een collectebus door de straten van Brisbane om geld op te halen voor Queenslanders met spierdystrofie.'

'Je moet wat,' zegt Brian droogjes. Hij pakt een bundeltje papieren en schuift ze naar mijn kant van het bureau. Een lijst met namen en telefoonnummers. 'Als sponsor van de avond gaan we tien onderscheiden Queenslanders in het zonnetje zetten.'

Hij knikt naar de papieren die voor me liggen.

'Dat zijn de namen en telefoonnummers die we van de organisatie hebben gekregen,' zegt hij. 'Ik wil dat je ze gaat interviewen. Geef ze elk twintig centimeter, en ik heb het vrijdag voor vier uur nodig voor de persklaarmakers. We plaatsen het zaterdag na de awards. Lukt je dat?'

Mijn eigen project. Mijn eerste grote project voor de grote Brian Robertson.

'Dat gaat lukken,' zeg ik.

'Dit keer wil ik dat je helemaal losgaat met je bloemrijke taal. Je hebt mijn zegen om hier een complete bloementuin van te maken.'

'Complete bloementuin, begrepen.'

Jongen schrijft bloemrijk. Jongen schrijft viooltjes. Jongen schrijft rozen.

Ik scan de lijst met namen. Het is een voorspelbare mix van populaire Queensland-kampioenen uit de wereld van sport en kunst, van sport en politiek. Een olympische-goudenmedaillewinnaar wielrennen. Een beroemde golfer. Een krachtige stem voor inheemse rechten. Een olympische-goudenmedaillewinnaar zwemmen. Er is een sympathieke, maar chagrijnige tv-kok wiens kookprogramma, *Tummy Grumbles*, een vast onderdeel is van de dagelijkse televisie in Queensland. Een krachtige stem voor de rechten van vrouwen. Een bronzen medaille winnende olympische roeier met veel charme. Er is een halfblinde man, genaamd Johannes Wolf, die naar de top van Mount Everest is geklommen en zijn glazen oog heeft begraven in de sneeuw op de top. Er is een moeder van zes die in 1988 1788 rondjes om Ayers Rock draafde om het tweehonderdjarig bestaan van Australië te vieren en geld in te zamelen voor de padvindsters van Scouting Queensland.

Ik neem even de tijd om de laatste naam op de lijst met Queensland-kampioenen te verwerken. De winnaar van de Senior Champion-prijs. Onder zijn naam staat een ondersteunende verklaring die ongeveer negen centimeter journalistenkopij lang is, ongeveer zo lang als mijn rechterwijsvinger nu zou zijn als hij nog aan mijn rechterhand zou zitten.

Een bescheiden filantroop in Queensland, luidt de tekst. *Een man die zijn leven in Queensland begon als Poolse vluchteling die met zijn gezin van acht in het interneringskamp voor ontheemden in Wacol terechtkwam. Een man die de levens van duizenden gehandicapte Queenslanders heeft getransformeerd. Een waarlijk verdienstelijke Senior Champion.*

De Heer der Ledematen. Achab. De man die Lyle heeft laten verdwijnen. De man die iedereen laat verdwijnen. Ik moet de naam drie keer lezen om mezelf ervan te overtuigen dat het er echt staat.

Tytus Broz. Tytus Broz. Tytus Broz.

'Bell?' zegt Brian.

Ik reageer niet.

'Bell?'

Ik reageer niet.

'Eli,' brult hij. 'Ben je daar, jochie?'

Pas dan besef ik dat mijn rechtervuist de blaadjes met de namen verfrommelt.

'Gaat het wel?'

'Ja,' zeg ik, terwijl ik de papieren met mijn handen gladstrijk.

'Je trok helemaal bleek weg.'

'O ja?'

'Ja, je gezicht werd spierwit, alsof je een geest had gezien.'

Een spook. De geest. De man in het wit. Wit haar. Wit pak. Wit van zijn ogen. Wit van zijn botten.

'Krijg verdomme nou wat,' zegt Brian. Hij leunt over het bureau. Tuurt naar mijn handen. Ik stop mijn rechterhand in mijn zak. 'Mis je een vinger?'

Ik knik.

'Hoelang werk je hier nu al?'

'Vier maanden.'

'En ik heb nooit gemerkt dat je je rechterwijsvinger mist.'

Ik haal mijn schouders op.

'Je bent een kei in dingen verborgen houden.'

Ik hou het voor mezelf verborgen. 'Zou kunnen.'

'Hoe ben je die kwijtgeraakt?'

Een geest drong mijn huis binnen en nam hem mee. Toen ik een jongen was.

Jongen overwint maan

Wakker. De veren in mijn bed zijn gesprongen en mijn matras is zo dun dat een van die gesprongen veren dwars door de matras in mijn stuitbeen prikt. Ik ga hier weg. Ik moet gaan. Bed is te klein. Huis is te klein. Wereld is te groot.

Kan niet eeuwig een kamer blijven delen met mijn broer, ondanks het karige loon van een assistent bij de krant.

Na middernacht. Maan door het open raam. August ligt te slapen in zijn bed. De rest van het huis in duisternis. Mams slaapkamerdeur staat open. Ze slaapt in de bibliotheekkamer nu alle boeken weg zijn. August wist ze allemaal kwijt te raken bij de boekenbonanza van Bracken Ridge, die zes achtereenvolgende zaterdagen duurde en waarmee August het teleurstellende bedrag van vijfhonderdvijftig dollar heeft verdiend. Hij overspoelde de wijk met zo'n tienduizend boeken; na teleurstellende verkopen kwam hij tot de filosofische gedachte dat hij de meeste boeken beter gratis van de hand kon doen. Het zou mama er niet sneller bovenop helpen, maar het zou de kansen vergroten dat tieners uit Bracken Ridge kennis zouden maken met Hermann Hesse, John le Carré en *De drie voortplantingsstadia van zilvervisjes*. Dankzij mijn broer August zitten de mannen nu op zaterdagmiddag in de Bracken Ridge Tavern bier te drinken boven hun weddenschapsformulieren en gokkaarten en intussen bespreken ze de psychologische resonantie van Joseph Conrads *Hart der Duisternis*.

Ik loop door de hal, nog steeds in mijn boxershort en het oude zwarte adidas-T-shirt waar ik in slaap, dun en comfortabel en vol gaten, weggevreten door wat zomaar zilvervisjes zouden kunnen zijn, die overleven op een dieet van adidas-T-shirts en boeken van Joseph Conrad.

Ik trek het verschoten crèmekleurige gordijn voor ons brede woonkamerraam open. Schuif het venster helemaal omhoog. Leun naar buiten en adem de nachtlucht diep in. Kijk omhoog naar die vollemaan. Kijk uit over de lege straat. Ik zie Lyle nog staan, lang geleden in Darra. Het is middernacht en hij staat in zijn dikke jachtjas een Winfield Red te roken. Ik mis hem. Ik gaf hem op omdat ik bang was. Omdat ik laf was. Omdat ik boos op hem was. Val dood, man. Eigen schuld als je je met Tytus Broz inlaat. Niet mijn schuld. Ban hem uit mijn gedachten, samen met de Heer der Ledematen. Snijd ze eruit, zoals de ibis zijn eigen poot afbeet omdat de vislijn hem anders zou doden.

De maan zet mijn benen in beweging, naar buiten. Mijn benen bewegen en mijn geest volgt. Dan volgt mijn geest mijn handen naar de groene tuinslang die in lussen om de kraan aan de voorgevel van het huis hangt. Ik koppel hem aan de kraan en maak met mijn rechterhand een knik in de slang, zodat het water niet door het oranje mondstuk stroomt. Ik sleep de slang naar de goot bij de brievenbus. Ik ga zitten en kijk omhoog naar de maan. De vollemaan en ik en de geometrie tussen ons in. Ik laat de knik los en het water stroomt eruit naar het asfalt en vormt een plas op het oneffen wegdek. Het water stroomt en de zilveren maan deint mee met de steeds groter wordende plas.

'Kun je niet slapen?'

Ik was vergeten hoeveel hij op mij lijkt. Het is alsof hij mij is, alsof ik achter mezelf sta. Ik kijk over mijn schouder naar August. Wrijvend in zijn ogen, zijn gezicht verlicht door de maan.

'Nee,' zeg ik.

We turen in de maanpoel.

'Ik denk dat ik paps angstige genen heb,' zeg ik.

'Je hebt zijn angstige genen niet.'

'Ik ben bang dat ik het leven krijg van een kluizenaar. Ik kom nooit buiten. Ik krijg een huurhuis van de huisvestingscommissie, net zoiets als dit, en dan zet ik twee kamers helemaal vol met blikken Black & Gold-spaghetti en doe ik niks anders dan boeken lezen en spaghetti eten tot ik stik in mijn slaap in een bolletje pluis uit mijn navel.'

'Je zult krijgen wat je toekomt,' zegt August.

Ik kijk grijnzend om. 'Weet je, volgens mij zit er een bariton in die stem die je nooit gebruikt.'

Hij grinnikt.

'Je zou eens moeten proberen om te zingen.'

'Ik vind praten voorlopig voldoende,' zegt hij.

'Ik vind het leuk om met je te praten, Gus.'

'Ik vind het leuk om met je te praten, Eli.'

Hij gaat naast me in de goot zitten en bestudeert het water dat uit de slang in de maanpoel stroomt. 'Waar ben je bang voor?'

'Overal voor. Voor alles wat is geweest en alles wat gaat komen.'

'Niet bang zijn. Het komt allemaal –'

Ik val hem in de rede. 'Ja, het komt allemaal goed, Gus, ik weet het. Bedankt dat je me eraan herinnert.'

Onze reflecties vloeien in elkaar over en krijgen de vorm van een monster in de maanpoel.

'Waarom heb ik het gevoel dat morgen de belangrijkste dag van mijn leven wordt?' peins ik hardop.

'Je gevoel is goed gefundeerd. Het wordt de belangrijkste dag van je leven. Elke dag van je leven heeft naar morgen geleid. Maar natuurlijk leidde elke dag van je leven naar vandaag.'

Ik kijk dieper in de maanpoel, steunend op mijn behaarde spillebenen. 'Ik heb het gevoel dat ik er niets meer over te zeggen heb. Alsof niets wat ik doe kan veranderen wat is en wat zal zijn. Ik zit in die auto in de droom en we rijden hotsend en botsend door het bos naar de dam en er is niets wat ik kan doen om ons lot te veranderen. Ik zit gevangen in de auto, ik kan de auto niet stoppen, ik ga gewoon omhoog en dan omlaag, de poel in. En dan stroomt al dat water naar binnen.'

August knikt naar de maanpoel. 'Is dat het wat je daarin ziet?'

Ik schud mijn hoofd. 'Ik zie niks.'

August kijkt ook dieper in de groeiende maanpoel.

'Wat zie jij?' vraag ik.

Hij staat naast me in zijn pyjama. Een katoenen zomerpyjama van Woolworths. Wit met rode strepen, zoals de nachtkleding voor een lid van een kapperskwartet. 'Ik kan morgen zien.'

'Wat zie je over morgen?'

'Alles.'

'Kun je iets specifieker zijn?'

Hij kijkt me aan met een niet-begrijpende blik.

'Ik bedoel, het is wel erg gemakkelijk voor je om die idiote mysteries vol te houden met al die algemene opmerkingen over je onzingesprekken met je andere zelven uit andere dimensies. Waarom hebben ze je nooit iets nuttigs verteld, die rodetelefoonzelven van jou? Zoals wie volgend jaar de Melbourne Cup wint. Of anders de winnende getallen van de Gold Lotto van volgende week, misschien? Of, o, ik weet het niet, of Tytus Broz me verdomme wel of niet zal herkennen morgen.'

'Heb je de politie gesproken?'

'Ik heb ze gebeld,' zeg ik. 'Ik heb een agent verzocht om me door te verbinden met het hoofd van het onderzoeksteam. Dit wilde hij niet doen als ik mijn naam niet wilde opgeven.'

'Je hebt hem je naam niet gegeven, of wel?'

'Nee. Ik heb tegen die agent gezegd dat ze in verband met de zaak-Penn een onderzoek moeten instellen naar een zekere Iwan Krol. Ik zei tegen die agent dat hij die naam moest noteren. Toen vroeg ik: "Hebt u hem genoteerd?" En hij gaf toe dat hij dat niet had gedaan, omdat hij eerst wilde weten wie ik was en waarom ik hem mijn naam niet wilde geven en ik zei dat ik mijn naam niet wilde geven omdat Iwan Krol gevaarlijk is en zijn baas ook. En de agent vroeg wie de baas van Iwan Krol was en ik zei dat zijn baas Tytus Broz was en hij reageerde met: "Wat, die kerel van de goede doelen?" En ik zei: "Ja, die verrekte kerel van de goede doelen." En hij zei dat ik gek was en ik zei dat ik niet gek ben, dat het de verdomde staat van Queensland is die gek is en dat hij gek is als hij niet naar me luistert wanneer ik hem vertel dat de lamaharen die het forensisch team heeft aangetroffen in het huis van de familie Penn afkomstig zijn van Iwan Krol, die al twintig jaar een lamaboerderij runt aan de rand van Dayboro.'

'Toen wilde de agent weten hoe je dat wist, van dat lamahaar?'

Ik knik. 'Dus ik heb opgehangen.'

'Zal ze worst wezen,' zegt August.

'Huh?'

'Wat kan het hun schelen als de criminelen uit Queensland elkaar langzaam uitmoorden?'

'Het zal ze toch iets moeten kunnen schelen als een van de vermisten een jongetje van acht is.'

August haalt zijn schouders op, kijkt dieper in de maanpoel.

'Bevan Penn,' zeg ik. 'Zijn gezicht is op alle foto's gepixeld, maar ik zweer het, Gus, hij is ons. Hij is jij en ik.'

'Wat bedoel je, hij is jij en ik?'

'Ik bedoel, dat hadden wij kunnen zijn. Zijn ouders zijn sprekend mama en Lyle van toen ik acht was, weet je. En ik dacht aan Slim die het altijd had over cycli en tijd en dingen die altijd weer terugkeren.'

'Dat doen ze,' zegt August.

'Ja, misschien wel.'

'Net zoals wij terugkeren.'

'Zo bedoel ik het niet.' Ik sta op. 'Hou hiermee op, Gus.'

'Waarmee?'

'Met die waanzin over terugkeren. Ik kan het niet meer horen.'

'Maar je bent teruggekeerd, Eli. Je keert altijd terug.'

'Ik ben niet teruggekeerd, Gus. Ik keer niet terug. Ik ben gewoon hier, in één verdomde dimensie. En die stemmen die je aan de andere kant van de telefoon hoorde waren stemmen in je hoofd.'

Hij schudt zijn hoofd. 'Je hebt ze gehoord. Je hebt ze zelf gehoord.'

'Ja, ik heb ook stemmen gehoord in mijn hoofd. De knettergekke stemmen in de hoofden van de gebroeders Bell. Ja, Gus, ik heb ze gehoord.'

Hij staart in de maanpoel. 'Zie je haar?'

'Wie moet ik zien?'

Hij knikt naar het water. 'Caitlyn Spies.'

'Wat is er met Caitlyn?' vraag ik terwijl ik in de maanpoel kijk, zijn blik volg en niets kan ontdekken.

'Je moet het Caitlyn Spies vertellen.'

'Wat moet ik haar vertellen?'

Hij kijkt in de maanpoel. Hij tikt met zijn blote rechtervoet op de plas water en de maanpoel golft uit in tien afzonderlijke verhalen. 'Alles.'

Mama's stem vanuit het raam in de voorkamer. Ze probeert tegelijkertijd te schreeuwen en te fluisteren. 'Wat zijn jullie in hemelsnaam aan het doen met die slang?' roept ze. 'Onmiddellijk terug naar bed jullie.' Haar strenge, waarschuwende stem nu. 'Als jullie morgen moe zijn...'

Mams strenge waarschuwingen zijn altijd open, de mogelijke consequenties van morgen moe opstaan zijn intimiderend oneindig.

Als je morgen moe bent... sla ik je rug zo rood dat je Rudolph werkloos maakt. Als je morgen moe bent... zullen de sterren verdwijnen uit de nachtelijke hemel boven Bracken Ridge. Als je morgen moe bent... zal de maan barsten als een toverbal tussen je tanden en de kleuren in de maan zullen de mensheid blind maken. Ga slapen, Eli. Morgen breekt aan. Alles breekt aan. Je hele leven leidt naar morgen.

*

Bij het ontbijt zit pap aan de keukentafel *The Courier-Mail* te lezen. Hij rookt een sjekkie en heeft de krant opengeslagen bij het wereldnieuws. Ik zit tegenover hem met mijn kom Weet-Bix en kan de voorpagina lezen. Een uitvergrote foto van Glenn Penns gevangenisfoto. Hij heeft een dreigend, hard gezicht. Blond stekeltjeshaar, scheve, misvormde tanden als een rij oude garagedeuren op een kier. Acnelittekens. Lichte, blauwe ogen. Hij staat met een onnozele halve grijns op de foto, alsof die gevangenisfoto een overgangsrite was om af te vinken op zijn lijst met dromen, zoals helemaal tot het einde gaan met een mooi meisje en helemaal naar Turkije gaan met tien condooms boordevol heroïne in zijn maag en in zijn reet. Het artikel dat bij de foto hoort is van Dave Cullen en Caitlyn Spies en verhaalt over de verwaarlozing en ellende in Glenn Penns jeugd. Het gebruikelijke verhaal: vader slaat moeder met het snoer van een elektrische braadpan; moeder sprenkelt rattengif over vaders tosti ham-kaas-tomaat; de achtjarige Glenn Penn brandt het lokale postkantoor plat. Dave Cullen staat als eerste in de naamregel, maar ik weet dat Caitlyn dit heeft geschreven. Dat weet ik omdat er compassie ligt in dit verhaal en ook omdat Dave Cullens standaarduitdrukkingen om effect te sorteren – 'schokkende onthulling', 'moordlustige bedoelingen' en 'grondig onderzoek' – ontbreken. Caitlyn heeft met verschillende docenten en ouders gesproken op Bevan Penns basisschool. Ze zeggen allemaal dat het een lief kind is. Een brave jongen. Stil. Doet nooit een vlieg kwaad. Leest veel. Een boekenwurm. Ze vertelt het hele verhaal over de jongen in het *Teenage Mutant Ninja Turtles*-shirt met het tot pixels vervormde gezicht.

‘Wat trek jij vanavond aan, Eli?’ vraagt mam vanuit de woonkamer.

Mam staat te strijken met paps oude, defecte Sunbeam-bout, die de gebruiker elektrische schokken geeft als die hem op ‘linnen’ zet en zwarte schroeiplekken achterlaat op mijn nette overhemden voor werk als ik hem hoger zet dan op ‘synthetisch’.

Het is acht uur ’s morgens, nog tien uur te gaan voordat August zijn prijs in ontvangst zal nemen bij de Queensland Champions-ceremonie in het stadhuis van Brisbane, en mama gonst als een bezig bijtje door de woonkamer, zoals Mr Bojangles gonsde in zijn ontnuchteringscel.

‘Gewoon dit,’ zeg ik en ik knik naar mijn paars met wit geruite overhemd en blauwe spijkerbroek.

Mam kijkt me geschrokken aan. ‘Je grote broer wordt uitgeroepen tot Queensland Champion en jij ziet eruit als een kinderlokker?’

‘En wat heb ik precies aan waardoor ik eruitzie als een kinderlokker?’

Ze monstert me van top tot teen. ‘Het ligt aan het overhemd. De jeans, de schoenen. Alles bij elkaar schreeuwt het gewoon: “Rennen, Joey.” ’

Ik schud verbijsterd mijn hoofd en slik mijn laatste lepel Weet-Bix door.

‘Heb je tijd om thuis te komen en je te verkleden voordat we ernaartoe gaan?’ vraagt ze.

‘Mam, ik heb om drie uur een belangrijk interview in Bellbowrie en dan moet ik terug naar Bowen Hills om voor zessen mijn verhaal in te dienen. Ik heb geen tijd om naar huis te komen en een smoking aan te trekken voor Gus’ grootse, glorieuze dag.’

‘Waag het niet om te spotten met vandaag,’ zegt mam. ‘Waag het niet, Eli.’ Ze wijst naar me met een spijkerbroek onder haar arm die ze net wilde strijken. ‘Dit is de mooiste dag… van…’ De tranen springen in haar ogen. Ze laat haar kin op haar borst zakken. ‘Dit is een… prachtige… dag, verdomme,’ snikt ze.

Een diep gevoel in dat gezicht. Iets primitiefs. Pap legt zijn krant op tafel. Hij kijkt verward, zoekend naar oplossingen om troost te bieden bij het onverwachte vertoon van die verontrustende vrouwelijke oogvochtigheid, in menselijker kringen bekend als tranen.

Ik ga naar haar toe. Ik knuffel haar. 'Oké, mam, ik zal een keurig jasje aantrekken.'

'Je hebt geen keurig jasje,' zegt mama.

'Ik pak wel een jasje voor noodgevallen van het rek op de krant.'

Het rek met zwarte jasjes voor het parlement en de rechtbank, die allemaal naar whisky en sigaretten stinken.

'Je zult er zijn, toch, Eli?' zegt mam. 'Je komt toch wel vanavond?'

'Ik zal er zijn. En ik zal er niet mee spotten.'

'Beloof je dat?'

'Ja, dat beloof ik.' Ik geef haar een stevige knuffel. 'Dit wordt een prachtige dag, mam. Ik weet het zeker.'

Dit is een godvergeten prachtige dag.

*

Judith Campese is de pr-dame van de Queensland Champion Awards. Ze heeft me de hele week geholpen met het speciale artikel dat ik aan het schrijven ben voor de krant van morgen, over tien winnaars van de luisterrijke bijeenkomst van vanavond in het stadhuis van Brisbane.

Ze belt me om kwart over twee. 'Waarom zit je nog achter je bureau?'

'Ik ben het artikel over Bree Dower aan het bijschaven,' zeg ik. Bree Dower is de moeder van zes die in 1988 1788 rondjes om Ayers Rock liep om het tweehonderdjarig bestaan van Australië te vieren en geld in te zamelen voor de padvindsters van de Queensland Girl Guides. Niet de beste twintig centimeter die ik ooit zal schrijven. Mijn verhaal begint met de houterige zin: *Het leven van Bree Dower liep rond in cirkels*, en dan ga ik eindeloos door op dit punt en vertel ik dat ze haar baan als secretaresse bij een makelaardij opgaf en haar uiteindelijke doel in het leven vond en bereikte door rondjes te lopen bij Uluru.

'Je kunt maar beter opschieten,' zegt Judith Campese. Ze heeft een koninklijke Britse ondertoon in haar stem, een soort prinses Diana als prinses Diana manager was geweest van een Fossey's-modezaak.

'Bedankt voor de tip,' zeg ik.

'Heel even snel, kun je me een idee geven van de vragen die je Mr Broz wilt stellen?'

'Het is niet onze gewoonte om voor een interview de vragen bekend te maken.'

'Alleen een ruw idee?' vraagt ze zuchtend.

Nou, ik denk dat ik, om het ijs te breken, begin met een onschuldige vraag: 'Wat heb je met Lyle gedaan, krankzinnige klootzak?' Om vervolgens naadloos over te gaan naar: 'Waar is mijn vinger, hufter?'

'Een ruw idee?' zeg ik. 'Wie bent u? Wat doet u? Waar? Wanneer?'

'En waarom?' vraagt ze.

'Hoe raad je dat zo?'

'O, dat is goed. Hij heeft echt veel te zeggen over waarom hij doet wat hij doet. Het is behoorlijk inspirerend.'

'Mooi, Judith, ik kijk ernaar uit om te horen waarom hij de dingen doet die hij doet.'

Aan de andere kant van de redactie zie ik Brian Robertson op hoge poten mijn kant uit komen, zijn ogen strak op me gericht en zo op stoom dat je hem een schoorsteen zou geven.

'Ik moet ophangen, Judith,' zeg ik, terwijl ik de hoorn neerleg en me weer over het Bree Dower-artikel buig.

'Bell,' blaft Brian dertig meter verderop. 'Waar is de kopij over Tytus Broz?'

'Ik ga zo naar hem toe.'

'Verkloot het niet. Die lui van Advertenties zeggen dat hij overweegt om met een flink bedrag aan advertentiegeld aan boord te komen. Wat doe je nog achter je bureau?'

'Ik ben het artikel over Bree Dower aan het bijschaven.'

'Die Uluru-idioot?'

Ik knik. Hij leest het stuk over mijn schouder en mijn hart slaat een slag over.

Hij lacht. 'Ha!' Ik besef dat ik tot op dit moment nooit zijn tanden heb gezien. *'Het leven van Bree Dower liep rond in cirkels.'* Hij klopt me op mijn schouder met zijn dikke, zware linkerhand. 'Bladgoud, Bell. Bladgoud.'

'Brian?' zeg ik.

'Ja?'

'Er zit echt een groot verhaal in Tytus Broz dat ik voor je kan schrijven.'

'Geweldig, jochie!' zegt hij enthousiast.

'Maar het is geen gemakkelijk verhaal voor mij om...'

Ik word onderbroken door Dave Cullen, die Brian toeroept vanuit de misdaadhoek. 'Baas, ik krijg net bericht van de hoofdcommissaris...'

Brian rent weg. 'We praten als je terug bent, Bell,' zegt hij afgeleid. 'Zorg dat het zo snel mogelijk op mijn bureau ligt.'

*

Wachten op een taxi naar Bellbowrie. Het is veertig minuten rijden naar de westelijke voorsteden. Ik moet er over een halfuur zijn. Ik staar naar mijn spiegelbeeld in de glazen pui van ons gebouw, in het slobberige, veel te grote zwarte jasje dat ik van het rek heb gehaald. Handen diep in de zakken gestoken. Zie ik er als achttienjarige anders uit dan toen ik dertien was? Langer haar. Dat is het zo'n beetje. Dezelfde magere armen en benen. Dezelfde nerveuze glimlach. Hij herkent me meteen. Zodra hij mijn ontbrekende vinger ziet, laat hij een geheim fluitje horen waar alleen honden en Iwan Krol op reageren en dan sleept Iwan Krol me naar een werkschuur achter Tytus Broz' villa in Bellbowrie en daar snijdt hij mijn hoofd eraf met een mes en ook als het niet meer aan mijn lichaam zit, werkt mijn hoofd nog steeds en kan ik hem antwoord geven als hij aan zijn kin krabt en vraagt: 'Waarom, Eli Bell, waarom?' En ik zal antwoorden alsof ik Kurt Vonnegut ben. 'Tijger moet jagen, Iwan Krol. Vogel moet vliegen. Eli Bell moet zitten en zich afvragen waarom, waarom, waarom?'[10]

Een kleine rode Ford Meteor-sedan komt pal voor mijn neus met piepende banden tot stilstand.

Caitlyn Spies opent het portier aan passagierszijde. 'Stap in,' zegt ze kortaf.

'Waarom?'

'Stap gewoon in de auto, Eli Bell!'

Ik laat me op de passagiersstoel glijden. Trek het portier achter me dicht. Ze drukt het gaspedaal in en ik val terug in de stoel terwijl zij zich in het verkeer mengt.

'Iwan Krol,' zegt ze. Haar rechterhand ligt op het stuur, haar linkerhand geeft me een gele dossiermap met een heel pak fotokopieën en bovenop een politiefoto van Iwan Krol.

Ze draait zich naar me toe en in de zon die door het raampje aan de bestuurderskant valt lichten haar haar en haar gezicht op en ze graaft haar volmaakt groene ogen diep in de mijne. 'Vertel me alles.'

*

De Ford Meteor rijdt in volle vaart over een sluipweg in Bellbowrie, door een landschap van bushland, rode gombomen en verstikkende wisselbloemstruiken die zich kilometerslang als kreupelhout in elkaar hebben gevlochten.

Een straatnaambord.

'Cork Lane,' zeg ik. 'Hier is het.'

Cork Lane is een onverharde weg met diepe wielsporen en stenen zo groot als tennisballen, waardoor we hotsend verder rijden in Caitlyns totaal ongeschikte auto.

Ik had zevenentwintig minuten de tijd om Caitlyn alles te vertellen. Ze heeft haar vragen bewaard tot ik uitgesproken was.

'Dus Lyle wordt weggesleept en verdwijnt van de aardbodem?' vraagt ze, haar handen stevig aan het stuur, vechtend om de auto in het spoor te houden.

Ik knik.

'Dat past in het verhaal,' zegt Caitlyn met een knikje naar de map in mijn handen. 'Ik ving je gesprek op met Dave. Ik heb de naam die je noemde opgeschreven. Iwan Krol. Er zijn momenteel slechts vier geregistreerde lamaboeren of mensen die lama's als huisdier houden in het zuidoosten van Queensland en jouw man, Iwan Krol, is daar een van. Dus heb ik de andere drie gebeld en recht voor z'n raap gevraagd waar ze waren op 16 mei, snap je, op de dag waarop de politie vermoedt dat de familie Penn is verdwenen. Ze hadden allemaal een prima geloofwaardig en saai verhaal over waar ze die dag uithingen. Dus toen ben ik naar het politiebureau van Fortitude Valley gegaan en heb ik een oude schoolvriend van me, Tim Cotton, die nu bij de politie in de Valley zit, gevraagd om alles op te sporen wat ze hebben over Iwan Krol en hij geeft me een heel pak papier en ik mag alles fotokopiëren en terwijl ik al die papieren kopieer, lees ik al die politieverklaringen en kom ik erachter dat ze in de afgelopen twintig jaar al vijf keer – vijf keer, verdomme – naar de woning van Iwan Krol in Dayboro zijn geweest, wat steeds te maken had met vermiste personen die Iwan Krol kende of die verband met hem hielden. En vijf keer loopt het onderzoek dood. En gisteravond heb ik Tim Cotton het hele dossier teruggegeven en ik trakteer hem op een pizza gehakt bij Lucky's om hem te bedanken voor zijn hulp en tussen zijn pogingen me te versieren door neemt hij even pauze en weet je wat hij zegt?'

'Wat?'

Ze schudt haar hoofd.

'Hij zegt: "Dit balletje kun je misschien beter doorlaten, Caitlyn." '

Ze geeft een harde klap op het stuur. 'Ik bedoel, verdomme zeg, hij zei het woordelijk zoals ik het zeg, een politieman verdomme, Eli. Er is een achtjarig jongetje verdwenen en hij zegt: "Dit balletje kun je misschien beter doorlaten." Dat is nou waarom ik zo'n verrekte hekel heb aan cricket!'

De auto stopt bij een imposante, witte ijzeren beveiligingspoort, verzonken in een hoge beveiligingsmuur van leemkleurig beton. Caitlyn draait haar raampje omlaag en steekt haar hand uit naar de rode knop op de intercom.

'Hallo,' zegt een vriendelijke stem.

'Hallo, *The Courier-Mail* hier voor het interview met Mr Broz.'

'Welkom,' zegt de vriendelijke stem. De poort schuift met een klik open.

Het huis van Tytus Broz is even wit als zijn pakken, zijn haar en zijn handen. Het is een grote witte villa met torenhoge pilaren, Franse balkons en dubbele witte voordeuren, breed en hoog genoeg om een volledig opgetuigd zeilschip door te laten. Het is meer een New Orleans-bayou-plantagelandhuis dan een miljonairsschuilplaats in Bellbowrie.

Het zonlicht glinstert vlekkerig door de bladeren van acht bloeiende iepen langs de lange, kronkelige oprijlaan met aan weerszijden een breed, met een nagelschaartje bijgehouden gazon, die uitkomt bij een brede, gladgepolijste marmeren trap.

Caitlyn parkeert de auto op het gele grind van de parkeerplaats voor bezoekers, links van de marmeren trap, stapt uit de auto en doet de kofferbak open. Vogelgeluiden in de iepen, een lichte bries. Verder niets.

'Hoe ga ik uitleggen dat jij mee bent?' fluister ik.

Caitlyn steekt haar hand in de kofferbak en haalt er een oude zwarte Canon-camera uit met een lange grijze lens, zoals onze sportfotografen op wedstrijddagen in Lang Park gebruiken.

'Ik maak de kiekjes,' zegt ze lachend, en ze knijpt één oog dicht om door de lens te kijken.

'Je bent geen fotograaf.'

'Poeh!' zegt ze grinnikend. 'Richten en klikken.'

'Hoe kom je aan die camera?'

'Gepikt uit de reparatiekast.'

Ze loopt naar de torenhoge toegangsdeur. 'Kom op. Je bent al laat voor je interview.'

*

Aanbellen. De deurbel rinkelt op drie plaatsen in het immense huis, de ene bel weerklinkt na de andere, als een klein muziekstuk. Hart vol hoop. Hart in mijn keel. Caitlyn grijpt haar camera alsof het een oorlogshamer is en ze een groep dronken Schotten aanvoert in de strijd. Geen enkel ander geluid dan dat van de vogels in de iepen.

Ver weg van alles. Ver van het leven en de wereld. Ik besef nu hoezeer het huis vloekt met de omgeving. De torenhoge witte pilaren passen niet bij het inheemse landschap. Er klopt iets niet, er is iets helemaal verkeerd aan deze plek.

De ene helft van de brede dubbele deuren zwaait open. Net op tijd denk ik eraan om mijn rechterhand met de ontbrekende wijsvinger diep in de rechterzak van mijn jasje te laten glijden, zodat hij uit het zicht is. Een gedrongen vrouw in een formele grijze werkjurk, een dienstmeisjesuniform, denk ik. Een Filipijnse misschien. Brede glimlach. Ze doet de deur verder open om plaats te maken voor een tere, magere vrouw in een witte jurk. De huid van haar gezicht is zo dun dat het is alsof de wangen met olieverf zijn aangebracht op haar uitgesproken jukbeenderen. Een warme glimlach. Een gezicht dat ik ken.

'Goedemiddag,' zegt ze met een elegant knikje van haar hoofd. 'U bent van de krant?'

Haar haar is grijs geworden. Het was witblond. Het hangt nog steeds steil en lang over haar schouders.

'Ik ben Hanna Broz,' zegt ze terwijl ze haar rechterhand op haar borst legt. Maar de hand is helemaal geen hand. Het is een plastic kunsthand zoals ik nooit eerder heb gezien. Het is het evenbeeld van een hand van mama, alsof hij gebruind en verweerd is door de zon. Hij steekt uit de witte mouw van een vest dat ze over haar jurk draagt. Ik kijk naar de linkerhand langs haar zij en die is net zo. Er zitten sproeten op. Hij is stijf, maar ziet er echt uit, gemaakt van een soort kneedbare siliconen. Alles voor de show, niet om te functioneren.

'Ik ben Eli,' zeg ik. Niet je achternaam noemen. 'Dit is mijn fotografe, Caitlyn.'

'Misschien mag ik u ook fotograferen, als u het niet erg vindt?' vraagt Caitlyn.

Hanna knikt. 'Dat is goed,' zegt ze terwijl ze zich van de deur afwendt. 'Komt u maar mee. Pa is achter, in de bibliotheek.'

Hanna Broz is inmiddels een jaar of vijftig. Of veertig en moe. Of zestig en dankbaar. Wat heeft ze de afgelopen zes jaar gedaan, sinds ik haar voor het laatst heb gezien? Ze herkent me niet, maar ik herken haar wel. Het was op het feest voor haar vaders tachtigste verjaardag. Mama Pham's restaurant in Darra. Een andere tijd. Een andere Eli Bell.

*

Het huis is een museum van verzameld antiek en opzichtige olieverfschilderijen zo groot als het hele vloeroppervlak van mijn slaapkamer. Een middeleeuws harnas met een lans. Een Afrikaans stammenmasker aan de wand. Glanzend gewreven houten vloeren. Een set speren van stamhoofden uit Papoea-Nieuw-Guinea hier. Een schilderij van een leeuw die een gazelle verscheurt daar. Een lange woonkamer met een open haard en een televisie die breder is dan mijn bed lang is.

Caitlyn strekt haar hals naar een bronzen kroonluchter die eruitziet als een stalen jachtkrabspin in een web van gloeilampen.

'Mooi huis,' zegt ze.

'Dank je,' zegt Hanna. 'We hebben niet altijd zo geleefd. Mijn vader kwam met niets naar Australië. Zijn eerste huis in Queensland was een kamer die hij deelde met zes andere mannen in het immigratiekamp Wacol.' Hanna zwijgt abrupt. Ze staart naar mijn gezicht. 'Ken je het?' vraagt ze.

'Ken ik wat?'

'Het interneringskamp voor ontheemden in Wacol?'

Ik schud mijn hoofd.

'Ben je opgegroeid in de westelijke voorsteden? Ik heb het gevoel dat ik je ken.'

Glimlach. Schud mijn hoofd. 'Nee, ik ben een noorderling. Opgegroeid in Bracken Ridge.'

Ze knikt. Kijkt me scherp in de ogen. Hanna Broz graaft diep. Ze draait zich om, dribbelt naar de gang.

Een borstbeeld van Napoleon. Een borstbeeld van Captain Cook bij een replica van de Endeavour. Een schilderij van een leeuw die ditmaal een volwassen man verscheurt. De leeuw scheurt de ledematen van de man af, heeft al twee benen en een arm onder zijn poten liggen, zet zijn tanden in de resterende arm.

'Ik hoop dat u geduld wilt hebben met mijn vader,' zegt Hanna, die door een langgerekte eetkamer naar de achterkant van het huis loopt. 'Hij is niet meer zo... hoe zal ik het zeggen... robuust... als hij is geweest. Het kan zijn dat u uw vragen enkele malen moet herhalen en u dient luid en duidelijk te spreken. Soms wordt hij zo afwezig dat het wel lijkt of hij zich op een andere planeet bevindt. Hij kwakkelt al een tijdje met zijn gezondheid, maar hij verheugt zich enorm op de prijsuitreiking van vanavond. Hij heeft zelfs een verrassing in petto voor de genodigden en daarvan wil hij u graag een voorproefje geven.'

Ze opent twee rode houten deuren naar een grote bibliotheek, die koninklijk aandoet. Links en rechts kamerhoge boekenplanken. Honderden boeken met harde kaft, oude bindwijzen en gouden letters. Donkerrood tapijt. Bloedkleurig tapijt. De kamer ruikt naar boeken en oude sigarenrook. Een donkergroene fluwelen bank en twee donkergroene fluwelen fauteuils. Er staat een groot mahoniehouten bureau aan het einde van de kamer en daarachter zit Tytus Broz met zijn ogen neergeslagen een dik boek met een harde kaft te lezen. Achter hem is een enorme glazen wand, zo schoon en helder dat je, als je door je wimpers keek, zou denken dat er helemaal geen glazen wand wás. In het midden van de glazen wand zit een deur, nauwelijks zichtbaar afgezien van twee sets glanzend gepoetste zilveren scharnieren waarmee de deur geopend kan worden naar het magische, weidse gazon dat zich over zeker een kilometer uitstrekt, langs betonnen fonteinen, perfect gesnoeide hagen en bloembedden vol bijen en perfect zonlicht, tot aan iets wat eruitziet als een kleine wijngaard, maar dat moet haast wel een speling van het licht zijn, want zoiets is niet te vinden in de wisselbloemrijke voorstad Bellbowrie, Brisbane. Op het bureau staat een rechthoekige doos van ongeveer vijfentwintig centimeter lang en twintig centimeter breed, met een roodzijden doek eroverheen gedrapeerd.

'Pap,' zegt Hanna.

Hij kijkt niet op van zijn boek. Wit pak. Wit haar. Witte ruggengraat in mijn rug tintelt en zegt dat ik moet vluchten. Hollen, Eli. Weg hier. Het is een val.

'Pardon, pap,' zegt Hanna iets luider.

Hij kijkt op van zijn boek.

'De mensen van de krant zijn hier om met je te praten.'

'Wie?' snauwt hij.

'Dit zijn Eli en zijn fotografe, Caitlyn. Ze komen met je praten over de prijs die je vanavond krijgt.'

Ergens in zijn hoofd begint het te dagen. 'Ja!' zegt hij, terwijl hij zijn leesbril afzet. Hij tikt opgewonden tegen de met rode zijde bedekte doos. 'Kom verder. Neem plaats, neem plaats.'

We lopen langzaam naar hem toe, nemen plaats in de twee elegante zwarte bezoekersstoelen aan zijn bureau. Hij is sterk verouderd. De Heer der Ledematen is een stuk minder angstaanjagend dan hij was in de ogen van een dertienjarig joch. De tijd, Slim. Verandert gezichten. Verandert verhalen. Verandert gezichtspunten.

Ik zou over dat bureau kunnen springen en zijn bijna dode nek wurgen, mijn duimen in zijn bijna dode zombieogen steken. De vulpen. De vulpen staat rechtop in een standaard naast de telefoon. Ik zou die vulpen in zijn borst kunnen steken. Zijn koude, witte borst. Mijn naam in zijn hart krassen. Zijn koude, witte hart.

'Dank u voor uw tijd, Mr Broz,' zeg ik.

Hij lacht en zijn lippen trillen. Zijn lippen zijn vochtig van het speeksel. 'Jaja,' zegt hij ongeduldig. 'Wat wilt u weten?'

Ik zet met mijn linkerhand mijn ExecTalk-dictafoon op het bureau, mijn onzichtbare rechterhand met de ontbrekende vinger pakt een pen om notities te maken op mijn schoot, onder het bureaublad. 'Hebt u er bezwaar tegen als ik dit opneem?' vraag ik.

Hij schudt zijn hoofd.

Hanna stapt zachtjes van ons vandaan en neemt achter in de donkergroene bibliotheek een waakzame uilenpositie in.

'U wordt vanavond, tijdens de ceremonie van de Queensland Champion Awards, gelauwerd voor uw levenslange toewijding aan het verbeteren van het leven van Queenslanders met een lichamelijke beperking,' zeg ik.

Hij knikt, vol aandacht voor mijn egostrelende openingszin.

'Waarom hebt u voor dit buitengewone levenspad gekozen?'

Hij lacht, wijst over mijn schouder naar Hanna, die alert rechtop in de kamer zit. Ze glimlacht, strijkt verlegen haar haar achter haar rechteroor. 'Meer dan een halve eeuw geleden werd de mooie vrouw die daar zit geboren met een ernstige afwijking, tetra-amelie genaamd. Ze is zonder armen geboren. In de embryofase zijn ernstige ontwikkelingsfouten opgetreden, waardoor de ledematen van het kind dat onze Hanna werd niet of zeer minimaal zijn aangelegd.'

Hij spreekt zakelijk, alsof hij voorleest uit een pannenkoekenrecept. Bloedstolsels vormen zich in de foetus. Klop vier eieren. Laat dertig minuten rusten in de koelkast.

'Een tragisch gecompliceerde geboorte volgde en we verloren Hanna's geliefde moeder...' Hij zwijgt even. 'Maar...'

'Wat was haar naam?' vraag ik.

'Pardon?' vraagt Tytus, verbluft over de onderbreking.

'Het spijt me. Vindt u het erg om de naam van uw overleden vrouw voor me te spellen?'

'Ze heette Hanna Broz, net als haar dochter,' zegt hij.

'Sorry, gaat u alstublieft door.'

'Wel... waar was ik gebleven?' vraagt Tytus.

Ik kijk op mijn notitieblok.

'U zei: er volgde een tragisch gecompliceerde geboorte en we verloren Hanna's geliefde moeder. Vervolgens zweeg u even en vervolgde u met: "Maar..." '

'Ja... maar...' zegt hij. 'Maar de wereld en ik werden gezegend met een engel aan wie ik ter plekke, op dat moment, de gelofte aflegde dat Hanna's leven vervuld zou zijn van alle rijkdommen en wonderen die ter beschikking stonden van elke andere Australische baby die op die dag geboren was.'

Hij knikt naar Hanna. 'Ik heb mijn belofte gehouden.'

Ik moet kotsen. De vraag ligt op mijn lippen, maar ik stel hem niet. Iemand anders in mij vraagt het. Een ander wezen. Iemand die moediger is. Iemand die minder snel huilt. 'Bent u een goede man, Tytus Broz?'

Caitlyn draait schielijk haar hoofd naar me toe.

'Pardon?' vraagt Tytus geschokt. Verward.

Ik staar een lang moment in zijn ogen. Keer dan terug naar mijn normale, laffe zelf. 'Ik bedoel, wat is uw advies aan andere Queenslanders, opdat ook zij iets goeds kunnen doen voor onze mooie staat?'

Hij leunt achterover in zijn stoel en bestudeert mijn gezicht. Hij laat zijn stoel draaien en zwenkt zijwaarts, zodat hij door die grote, blinkend schone glazen wand naar buiten kan kijken, peinzend over zijn antwoord terwijl de bijen zijn roze, paarse, rode en gele bloemen verzorgen. 'Vraag niet om toestemming om de wereld te veranderen. Doe het, verander de wereld.'

Hij legt zijn handen tegen elkaar, laat zijn kin nadenkend op zijn vingers rusten. 'Ik denk in alle eerlijkheid dat het kwam door het besef dat niemand een vinger zou uitsteken om de wereld voor mij te veranderen,' zegt hij met zijn blik op de wolkeloze blauwe lucht gericht. 'Niemand zou het vuile werk voor me opknappen. Ik was degene die moest opkomen voor mijn Hanna en voor al die andere kinderen op de wereld zoals zij.'

Hij draait terug naar zijn bureau. 'Dat brengt me bij mijn verrassing. Ik heb een groot geschenk voor de gasten van vanavond.' Zijn lippen zijn nat. Zijn stem is rasperig en zwak. Hij schenkt Caitlyn een gluiperige glimlach. 'Wilt u het zien?'

Caitlyn knikt van ja.

'Gaat uw gang,' zegt Tytus, zonder op te staan uit zijn stoel.

Caitlyn leunt behoedzaam naar voren en trekt de roodzijden doek weg.

Het is een rechthoekige glazen doos. Helder, blinkend schoon glas zoals de glazen wand voor ons. Perfecte randen, alsof de hele doos op de een of andere manier uit één glasplaat is geblazen. In de glazen doos, op een verborgen metalen standaard, ligt een kunstledemaat. Een rechterhand met onderarm, liggend op de standaard alsof hij zweeft.

'Dit is mijn geschenk aan Queensland,' zegt Tytus.

Het zou evengoed mijn hand kunnen zijn. Caitlyns hand. Zo echt ziet hij eruit. Van de huidskleur en -textuur tot de natuurlijke sproeten en verkleuringen van de onderarm en de melkachtige halvemaantjes van de vingernagels. De melkachtige maantjes die me doen denken aan de dag dat Slim me leerde autorijden. De sproeten op deze prothese die me doen denken aan de gelukssproet op mijn geluksvinger. Er zit iets duisters in het maken van deze perfecte prothese. Dat weet ik in mijn ziel en ik voel het aan de stomp van mijn ontbrekende vinger.

'Voelt menselijk aan, beweegt als een mens,' zegt Tytus. 'De afgelopen vijfentwintig jaar heb ik de beste ingenieurs en bewegingswetenschappers aangetrokken en in dienst genomen, met slechts één doel voor ogen: om het leven van kinderen die geboren worden zonder ledematen, zoals mijn Hanna, te transformeren.'

Hij liefkoost de doos alsof het een pasgeboren baby is. 'Onderstreep dat woord op uw notitieblok,' zegt hij. 'Elektromyografie.'

Ik krabbel het woord op mijn notitieblok. Ik onderstreep het niet, omdat ik het te druk heb met het onderstrepen van de woorden *Heroïne-imperium financiert wetenschap?* Een verhaal in vier woorden. Kan ook in drie woorden. *Drugs financieren wetenschap. Drugs kopen…*

'Een doorbraak!' zegt Tytus. 'Dit is slechts een prototype. Hoogwaardige anatomisch gevormde buitenkant op siliconenbasis. Revolutionair. Transformerend. Opvallend onopvallend. Een waarlijk discrete buitenkant, op harmonieuze wijze geïntegreerd met een mechanische binnenkant, gebruikmakend van elektromyografiesignalen – EMG-signalen – van bestaande samengetrokken spieren in de ledematen van de geamputeerde om de beweging van de prothese te sturen. Elektroden, bevestigd aan het huidoppervlak, registreren de EMG-signalen en deze prachtige, informatieve menselijke signalen worden versterkt en verwerkt door motoren die we op verschillende punten in onze protheses hebben ingebouwd. Echte beweging. Echt leven. Zo veranderen wij de wereld.'

Het blijft even stil in de kamer.

'Uiterst opmerkelijk,' zeg ik. 'Dit moet betekenen dat uw mogelijkheden geen grenzen kennen..'

Hij laat een stralende lach zien als hij naar Hanna achter ons kijkt. 'Leven zonder ledematen, Hanna?'

'Leven zonder beperkingen,' zegt ze terug.

Hij slaat zijn vuist triomfantelijk op de tafel. 'Leven zonder beperkingen, precies!'

Hij draait zich weer om naar die enorme wolkeloze blauwe lucht boven zijn uitgestrekte groene gazon. 'Ik heb een blik geworpen op de toekomst.'

'Is dat zo?' vraag ik.

'Absoluut.'

Achter de glazen wand van de bibliotheek zweeft een eenzame vogel boven de goed onderhouden tuinen van Tytus Broz. Tegen de achtergrond van de eeuwig blauwe hemel vliegt en duikt en wervelt het vogeltje door de lucht en de onbesuisde, opzwepende vliegshow van de vogel vangt Tytus' blik.

'Het is een wereld zonder grenzen. Het is een wereld waarin kinderen die geboren worden zoals Hanna hun protheses kunnen besturen met hun hersenen. Echte ledematen, bestuurd door neurale feedback, waarmee je je hand kunt uitsteken om een hond te aaien in het park, waarmee je een frisbee kunt gooien of een cricketbal kunt werpen en je armen om je vader en moeder kunt slaan.' Hij haalt diep adem. 'Dat is een mooie wereld.'

De vogel achter de glazen wand duikt als een Spitfire-gevechtsvliegtuig, schiet onverwacht omhoog als een achtbaanwagentje en voert nog een looping uit voordat hij, snel als de wind en onverwachts, van richting verandert en recht op ons afkomt. De vogel vliegt recht op ons af, drie mensen aan een bureau, ik, het meisje van mijn dromen en de man van mijn nachtmerries. Ik weet dat de vogel de glazen wand niet kan zien. Ik weet dat hij alleen zichzelf ziet. Ik weet dat hij een vriendje ziet. Ik zie de kleur van de vogel als hij het glas nadert. Flitsen levendig, iriserend blauw op het voorhoofd en de staart. Zoals het blauw van de bliksemflitsen die ik soms zie vanuit het raam in Lancelot Street. Zoals het blauw van mijn ogen. Dat soort blauw. Niet zomaar azuurblauw. Magisch blauw. Betoverend blauw.

En de blauwe vogel klapt keihard met zijn kop tegen de glazen wand.

Tytus deinst achteruit in zijn stoel. 'Ach hemel,' zegt hij.

De vogel blijft even hangen, verdwaasd door de inslag tegen het glas, klapperend met zijn vleugels en fladderend met zijn staart, en vliegt vervolgens terug naar waar hij vandaan kwam, met een snelle bocht naar links. Zigzaggend wervelt de vogel als een gespleten atoom door de lucht, zonder te weten waar hij heen gaat, totdat hij zijn doel heeft gevonden, zijn evenbeeld, de andere vogel die hij ziet in de glazen wand, en hij vliegt hard en snel om zichzelf nogmaals te ontmoeten, in te zoomen op zichzelf, het Spitfire-vliegtuig, de kamikazebommenwerper in zijn afdaling uit de blauwe lucht. Opnieuw de flitsen van een ongekend blauw op zijn voorhoofd en staart. En weer knalt hij tegen zichzelf aan. Tegen de ondoordringbare glazen wand. Hij blijft even verward hangen en vliegt weer weg, vastbesloten om zichzelf nogmaals te vinden, en dat doet hij. Hij stijgt op in een boogvlucht naar links waar nooit een einde aan lijkt te komen maar toch komt dat einde, want de vogel zwenkt uit en laat zich meevoeren op een luchtstroom die de snelheid van zijn blinde, onbezonnen vlucht verder opvoert.

Caitlyn Spies is natuurlijk ongerust, omdat haar hart ruimte heeft voor de hemel en alles wat erin vliegt. 'Stop ermee, vogeltje,' fluistert ze. 'Stop ermee.'

Maar de vogel kan niet stoppen. Sneller dan ooit nu. *Bám*. En na deze vreselijke klap blijft hij niet verdwaasd hangen. Hij valt simpelweg op de grond. Valt met een zachte plof op het grind voor de glazen bibliotheekdeur van Tytus Broz.

Ik sta op en zie Tytus Broz verbaasd opkijken als hij me langs zijn bureau ziet lopen om de glazen deur naar het uitgestrekte grasveld te openen. De geur van het gazon. De geur van bloemen. Geel grindstof en kiezelstenen die kraken en knarsen onder de zolen van mijn Dunlops wanneer ik behoedzaam neerkniel bij de gevallen vogel.

Ik pak hem voorzichtig op met de vier vingers van mijn rechterhand en ik kan zijn breekbare dunne botjes onder dat perfecte blauw voelen als ik hem in mijn beide handpalmen neem. Hij is warm en zacht en niet groter dan een muis nu zijn vleugels zijn ingetrokken. Caitlyn is me naar buiten gevolgd.

'Is hij dood?' vraagt ze, terwijl ze zich over me heen buigt.

'Ik geloof van wel,' zeg ik.

Het blauw op zijn voorhoofd. Meer blauwe flitsen langs de oorstreek en op zijn vleugels, alsof hij door een magische blauwe stofwolk is gevlogen. Ik bestudeer de vogel in mijn handen. De levenloze vlieger heeft me vluchtig betoverd met zijn schoonheid.

'Wat is dat voor vogel?' vraagt Caitlyn.

Een blauwe vogel. Luister je, Eli?

'O, hoe heet die ook weer?' Caitlyn denkt na. 'Mijn oma heeft ze in haar achtertuin... Het is haar lievelingsvogel. Ze zijn zo mooi.'

Caitlyn knielt neer, buigt zich over de dode vogel, wrijft met haar pink over zijn buikje. 'Wat ga je ermee doen?' vraagt ze zachtjes.

'Ik weet het niet.'

Tytus Broz staat nu in de glazen deuropening. 'Is hij dood?

'Ja, hij is dood,' antwoord ik.

‘Stomme vogel leek vastbesloten om zichzelf te doden,’ zegt hij.

Caitlyn klapt in haar handen. ‘Ornaatelfje! Nu weet ik het weer! Het is een ornaatelfje.’

En daarmee keert het dode ornaatelfje terug. Alsof het alleen maar wachtte tot Caitlyn Spies het zou herkennen omdat het, net als alle levende wezens – zoals ik, ik, ik – leeft en sterft door haar adem en haar aandacht. Terug. Eerst gaan zijn kraaloogjes open en dan voel ik zijn pootjes zachtjes tegen de huid van mijn handpalmen krassen. Zijn kopje beweegt, een kort schudden. Duizelig en bedwelmd. De ogen van de vogel kijken naar mij en in een flits wordt er iets overgedragen wat buiten mijn verstand ligt, buiten deze wereld, iets teders, maar dan is het weg en wordt het vervangen door het besef dat de vogel in een mensenhand ligt en een elektromyografisch signaal in zijn perfecte constructie zegt tegen zijn verzwakte vleugels dat ze moeten klapperen. *Klapperdeklapper.* En wegvliegen. En wij drieën, Eli Bell en het meisje van zijn dromen en de man van zijn nachtmerries, kijken naar de blauwe vogel terwijl hij naar links schiet en naar rechts en dan, als hij zijn kracht heeft hervonden, nog één maal een looping uitvoert omdat hij zo blij is dat hij leeft. Maar hij vliegt niet ver weg. Hij vliegt alleen naar de uiterste rechterzijde van dit enorme, goed onderhouden gazon, verzorgd door een tuinman die wordt betaald met drugsgeld. Hij vliegt over een groene houten schuur, een soort gereedschapsschuur, denk ik. De deur staat open en ik zie een groene John Deere-tractor staan. Dan vliegt de vogel door naar een betonnen bouwwerk dat me nu pas opvalt. Ik had het niet eerder opgemerkt. Het is een soort vierkante betonnen bunker, verborgen tussen een groepje iepen en bedolven onder de jasmijnranken en andere wilde planten die langs de omheining aan de uiterste rechterzijde van het gazon groeien. Een betonnen doos met een enkele witte deur aan de voorkant. De jasmijnranken groeien over het dak en verbinden het met het gazon, zodat het lijkt alsof het gebouw uit de aarde groeit. De blauwe vogel landt op een stengel die net boven de deur hangt. En daar blijft hij zitten en zijn stormblauwe kopje schiet van links naar rechts alsof hij net zo verbaasd is als wij allemaal zijn over de afgelopen vijf minuten van zijn merkwaardige bestaan.

Merkwaardiger en merkwaardiger. Merkwaardige betonconstructie. Ik kijk ernaar met een vreemde blik en Tytus kijkt ernaar met een vreemde blik en dan merkt hij dat ik er met een vreemde blik naar kijk.

Ik vergeet dat mijn rechterhand met de vier vingers losjes langs mijn zij hangt. Opvallend opvallend. Tytus' oude onbetrouwbare ogen fixeren zich op deze hand.

Ik kom snel overeind en laat mijn handen in mijn zakken glijden. 'Goed, ik denk dat ik genoeg heb, Mr Broz,' zeg ik. 'Ik kan beter teruggaan om dit zo snel mogelijk uit te werken voor de krant van morgen.'

Er ligt een onzekere blik in zijn ogen. Vertrokken naar een andere planeet. Of misschien naar vijf jaar geleden op deze planeet, toen hij zijn Poolse gorilla, de psychotische Iwan, opdroeg mijn levensechte wijsvinger af te snijden van mijn levensechte hand. Hij kijkt me achterdochtig aan.

'Ja,' zegt hij nadenkend. 'Ja. Uitstekend.'

Caitlyn houdt haar camera omhoog. 'Vindt u het goed als ik even snel een foto neem, Mr Broz?'

'Waar wilt u me hebben?' vraagt hij.

'Achter uw bureau is prima.'

Hij neemt plaats achter zijn bureau.

'Lachen,' zegt Caitlyn door de lens.

Als Caitlyn klikt komt er een verblindende flits uit de camera, die pijn doet aan onze ogen. Te fel. Verblindt iedereen in de kamer.

'Lieve god,' roept Tytus en hij wrijft in zijn ogen. 'Schakel die flitser uit.'

'Sorry, Mr Broz,' zegt Caitlyn. 'Volgens mij is hij kapot. Hij moet meteen de reparatiekast in.' Ze richt nogmaals haar lens. 'Eentje nog,' zegt ze, alsof ze het tegen een driejarige heeft.

Tytus forceert een glimlach. Neplach. Kunstmatige glimlach. Op siliconenbasis.

*

In de Ford Meteor gooit Caitlyn de camera voor mijn voeten op de vloer voorin. 'Zo, dat was raar,' zegt ze. Ze start de motor. Rijdt in een noodgang de oprit af.

Ik zwijg. Zij praat.

'Oké, onderbuikgevoel eerst,' zegt ze, zowel tegen zichzelf als tegen haar junior verslaggever. 'Ik bedoel, corrigeer me als ik ongelijk heb, maar er rot iets in de staat Queensland,' zegt ze, en ze drukt het gaspedaal nog wat dieper in als de auto het struikgewas van Bellbowrie achter zich laat en de zwarte asfaltweg neemt naar Bowen Hills. '*To pee or not to pee,* dat is de vraag. Heb je ooit zo'n griezel gezien? Zag je die oude zak botten rammelen in dat kostuum? Hij likte voortdurend zijn lippen, alsof hij aan de plakrand van een envelop likte.'

Ze vinkt haar sterretjes en streepjes af, snel en luid. Soms haalt ze haar ogen van de weg om mij zijdelings aan te kijken.

'Ik bedoel, hoe zit dat tussen die dochter en hem? Hoe zit het met al die maffe spullen daar in huis? Oké, waar wil je beginnen?'

Ik kijk uit het raam. Ik denk aan Lyle in de voortuin van het huis in Darra. Ik zie hem staan in zijn werkkleding, natgespat door regenboogkleurige druppels water uit mijn slang.

'Laten we aan het einde beginnen, hè, en ons een weg banen naar het begin,' zegt ze.

Recht vooruit naar het begin. Dat bevalt me wel. Zo heb ik het altijd gedaan. Recht vooruit naar het begin.

'Ik weet niet hoe het jou vergaat, maar mijn geschift-meter rinkelde als een dolle,' zegt ze. 'Dit zit hartstikke fout, Eli. Dit zit helemaal, hartstikke fout.' Van de zenuwen blijft ze maar doorratelen. De stilte opvullen. Ze kijkt me aan.

Ik draai mijn hoofd naar de weg die voor ons ligt, de onderbroken witte asfaltlijnen verdwijnen onder de auto. Ik weet wat me te doen staat.

'Ik moet terug,' zeg ik. Ik zeg het luider dan ik van plan was. Ik zeg het met gevoel.

'Terug? Waarom wil je terug?'

'Dat kan ik niet zeggen,' antwoord ik. 'Ik moet het geheimhouden. Er zijn dingen die je niet kunt vertellen. Dat weet ik nu. Sommige dingen zijn te moeilijk om hardop te zeggen, die kunnen het beste onuitgesproken blijven.'

Caitlyn gaat keihard op de rem staan en draait de auto scherp richting een zandberm. De voorwielen verliezen hun grip zelfs even en ze rukt aan het stuur om te voorkomen dat de wagen crasht tegen een rotsachtige helling aan mijn kant. Ze komt slingerend tot stilstand. Schakelt de auto uit.

'Leg uit waarom we terug zouden moeten, Eli.'

'Dat kan ik niet uitleggen, dan denk je dat ik gek ben.'

'Zit daar maar niet over in, ik denk al dat je gek bent sinds de eerste keer dat ik je zag.'

'Echt?' vraag ik.

'Natuurlijk. Je bent gestoord, maar dat bedoel ik op de best mogelijke manier. Bowie-achtig gestoord, Iggy Pop-achtig gestoord, Van Gogh-achtig gestoord.'

'Astrid-achtig gestoord,' zeg ik.

'Wie?'

'Een vriendin van mijn moeder toen ik klein was. Ik vond haar knettergek. Maar leuk gek. Lief gek. Ze vertelde ons dat ze stemmen hoorde en we dachten allemaal dat ze gestoord was. Ze zei dat ze een stem hoorde die haar vertelde dat mijn broer, August, speciaal was.'

'Hij klinkt speciaal, op basis van wat je me over hem verteld hebt,' zegt Caitlyn.

Ik haal diep adem. 'Ik moet terug.'

'Waarom?'

Ik haal diep adem. Recht vooruit naar de start. Terug naar het einde. 'De vogel,' breng ik uit.

'Wat is er met de vogel?'

'Een dood ornaatelfje.'

'Ja, het ornaatelfje?'

'Op een dag, toen ik nog een kind was...' En hier eindigt mijn zwijggelofte. Die duurde niet langer dan drieënveertig duizelingwekkende seconden. '...zat ik in Slims auto en hij leerde me hoe ik moest rijden en ik was afgeleid, zoals ik altijd ben, en ik tuurde uit het raam en keek naar Gus die op het muurtje zat en steeds dezelfde zin in de lucht schreef met zijn vinger, omdat dat zijn manier van praten was. En ik kon lezen wat hij schreef, omdat ik wist hoe ik zijn onzichtbare woorden in de lucht moest lezen.'

Ik doe er een moment het zwijgen toe. Caitlyns voorruit is bedekt met een halve cirkel stof. Haar ruitenwissers hebben een regenboog van oud vuil over de passagierszijde gesmeerd. Die regenboog van vuil doet me denken aan de melkachtige halvemaantjes van mijn duimnagels. Die melkachtige halvemaantjes doen me denken aan die dag in de auto met Slim. De kleine details die me aan hem doen denken.

'Wat schreef hij in de lucht?' vraagt ze.

De zon gaat onder. Ik moet mijn verhaal voor morgen indienen. Brian Robertson loopt nu al te schuimbekken. Mama en pap en Gus zijn waarschijnlijk al onderweg naar het stadhuis van Brisbane. Gus' grote avond. Een samenloop van gebeurtenissen. Een convergentie. Detail op detail.

'Hij schreef: "Je einde is een dood ornaatelfje." '

'Wat zou dat kunnen betekenen?'

'Ik weet het niet,' zeg ik. 'Ik denk dat Gus zelf niet eens wist wat het betekende of waarom hij het zei, maar hij zei het. En een jaar later waren dit de eerste woorden die ik ooit uit zijn mond hoorde komen. De avond dat ze Lyle meenamen. Hij keek in de ogen van Tytus Broz en zei:

"Je einde is een dood ornaatelfje." Het betekent dat het dode ornaatelfje een soort einde betekent voor Tytus Broz.'

'Maar die vogel in je hand was niet dood, hij vloog weg en ik weet niet eens zeker of het wel een ornaatelfje was.'

'Het voelde alsof hij dood was. Maar hij kwam terug. En dat is ook iets wat Gus altijd zegt. Dat we terugkeren. Ik weet het niet. Oude zielen, zoals Astrid altijd zei. Iedereen heeft een oude ziel, maar alleen speciale mensen zoals Gus leren die kennen. Alles wat gebeurt, is gebeurd. Alles wat gaat gebeuren is gebeurd. Of zoiets. Ik stond op en ging naar buiten om die vogel op te rapen omdat ik voelde dat het moest. En toen vloog hij op en landde op dat betonnen bunkerding verderop naast dat gazon.'

'Die bunker bezorgde me de kriebels,' zegt Caitlyn. Ze kijkt uit over de kronkelweg richting huis. In de ondergaande zon licht haar donkerbruine haar oranje op. Ze trommelt met haar vingers op het stuur.

'Ik heb nooit geloofd dat Gus speciaal was. Ik geloofde niet dat Astrid stemmen van geesten kon horen. Ik geloofde er geen woord van. Maar...' Ik zwijg.

Ze kijkt me zijdelings aan. 'Maar wat?'

'Maar sinds ik jou heb ontmoet, ben ik in allerlei dingen gaan geloven.'

Ze glimlacht half. 'Eli,' zegt ze, terwijl ze haar hoofd laat zakken, 'ik vind het heel lief hoe je over me denkt.'

Ik schud mijn hoofd, verschuif in mijn stoel.

'Ik zie heus wel hoe je naar me kijkt,' zegt ze.

'Het spijt me.'

'Dat hoeft niet. Ik vind het mooi. Ik geloof niet dat er ooit iemand naar me heeft gekeken zoals jij naar mij kijkt.'

'Je hoeft het niet te zeggen,' zeg ik.

'Wat niet?'

'Wat je gaat zeggen over de timing. Dat ik nog maar een jongen ben.

Of misschien nog maar net een man. Je gaat zeggen dat het universum het heeft verpest. Het heeft ons bij elkaar gebracht, maar de timing was verkeerd. Leuk geprobeerd, maar ongeveer een decennium verkeerd. Je hoeft het niet te zeggen.'

Ze knikt. Krult haar lippen op. 'Wauw. Is dat wat ik ging zeggen? Verdorie, wat dacht je daarvan? En ik maar denken dat ik je alles wilde vertellen over een vreemd gevoel dat ik had toen ik je voor het eerst ontmoette.'

Caitlyn start de auto, drukt het gaspedaal in en maakt met piepende banden een scherpe U-bocht in de richting van de villa van Tytus Broz.

'Wat voor gevoel?' vraag ik.

'Sorry, Eli Bell. Geen tijd. Ik denk dat ik net heb uitgeknobbeld wat er in die bunker zit.'

'Wat zit er dan in?'

'Nou, dat lijkt me duidelijk, toch?'

'Wat?'

'Het einde is daarbinnen, Eli,' zegt ze, terwijl ze het stuur stevig beetpakt en de banden over de asfaltweg laat gieren. 'Het einde.'

*

In de zachte straling van de schemering staan we geparkeerd in een donkere schaduw onder de uitgestrekte takken van een paarse palissanderboom, even hoog als de muur en zo'n vijftig meter van de toegangspoort tot het terrein van Tytus Broz. Een kleine witte Daihatsu Charade komt de poort uit rijden en slaat links af de weg op naar de stad.

'Zijn dat ze?' vraag ik.

'Nee. Dat autootje is te klein, te goedkoop. Dat was de hulp.'

Ze wijst met een knikje naar het dashboard. 'Kijk even in het handschoenenkastje, daar zit een zaklamp in.'

Ik klik het handschoenenkastje open, rommel door zes of zeven gebruikte tissues, twee blocnootjes, een stuk of acht afgekloven pennen, een zonnebril met een geel montuur, een cassettebandje, *Disintegration* van The Cure, en een piepkleine groene zaklamp, formaat lippenstift, met aan het ene uiteinde een zwart drukknopje en aan het andere een lichtbolletje ter grootte van een menselijke iris.

Als ik hem aanzet geeft het bolletje een bedroevend straaltje kunstlicht af, net groot genoeg om de nachtelijke barbecue van een familie groene mieren te verlichten. 'Wat is dit voor ding?'

'Die gebruik ik als ik 's avonds laat thuiskom en het sleutelgat niet kan vinden.'

Caitlyn grist de zaklamp uit mijn hand en tuurt gespannen door de voorruit. 'Daar heb je ze.'

Een zilverkleurige Mercedes-Benz met chauffeur rijdt de poort uit. Tytus en zijn dochter Hanna Broz op de achterbank. De Mercedes slaat links af en gaat op weg naar de stad.

Caitlyn reikt naar de mat onder mijn voeten, haalt haar camera uit het foedraal en slingert de zwarte riem over haar linkerschouder. 'We gaan.'

Ze stapt uit en zet haar Dr. Martens-laars in de palissanderboom, op de plek waar drie hoofdtakken zich afsplitsen van de stam. De winkelhaak op de linkerknie van haar zwarte spijkerbroek scheurt verder uit als ze zich optrekt. Vervolgens kruipt ze als een aap over een dikke tak die zich uitstrekt tot over de leemkleurige muur. Ze denkt niet. Ze handelt. Caitlyn Spies. Een doener. Ik sta heel even als verlamd te kijken hoe ze beweegt. Die natuurlijke moed van haar. Zonder ook maar te knipperen kruipt ze een boom in die hoog genoeg is om haar nek te breken als haar betrouwbare Britse laarzen het laten afweten.

'Waar wacht je op?' vraagt ze.

Ik breng mijn linkerbeen naar de plek waar de hoofdstam zich splitst, zo hoog dat mijn bilspier bijna knapt. Zij staat op de tak en loopt als een turnster op de evenwichtsbalk voordat ze gaat liggen, heel even haar armen om de tak slaat en haar benen ambitieus laat zakken naar de leemkleurige muur onder de tak. Dan staat ze op de muur, hurkt neer en laat haar benen over de rand glijden terwijl ze op haar buik boven op de muur ligt. Ze schenkt hooguit een halve seconde aandacht aan haar potentiële landing, laat haar handen los en is verdwenen.

Ik kruip over de tak, minder gracieus dan zij. Donker nu. Ik spring naar de muur, laat mijn benen over de rand bungelen. Ik smeek om een zachte landing. Laat me vallen. Mijn voeten raken de aarde en de impact is te zwaar voor ze. Ik wankel achteruit en kom hard op mijn billen terecht.

Een tuin in het donker. Voor me zie ik licht branden in Tytus' huis, maar ik kan Caitlyn niet onderscheiden op het donkere gazon. 'Caitlyn?' fluister ik. 'Caitlyn.'

Haar hand op mijn schouder. 'Min tien voor de sprong. Kom mee.'

Ze rent laag en snel over het gazon, linksom langs het grote huis waar we slechts een paar uur geleden met Hanna doorheen liepen. We zijn speciale troepencommando's. Chuck Norris in *The Octagon*. Laag en snel. De hoek om van het huis, naar het gazon aan de achterkant. Stenen fonteinen. Doolhof van hagen. Bloembedden. We rennen erdoorheen en sprinten door naar de witte deur van de bunker, die geheel verborgen gaat onder ranken, struiken en onkruid. Caitlyn stopt voor de deur. We buigen ons allebei voorover, happend naar lucht, handen op de dijen. Journalistiek en sprinten zijn als dag en nacht, water en vuur, Hawke en Keating.

Caitlyn draait aan de zilveren knop op de deur. 'Op slot.'

Ik hijg nog even door.

'Misschien kun je beter teruggaan naar de auto,' zeg ik.

'Waarom?'

'Overtredingsladder.'

'Wat?'

'De overtredingsladder. Op dit moment staan we waarschijnlijk op de onderste sport van de overtredingsladder. We bevinden ons op verboden terrein. Ik sta op het punt een sport omhoog te gaan.'

'Naar wat?'

Ik loop naar het gereedschapsschuurtje naast de bunker. 'Inbraak.'

De geur van olie en benzine in de gereedschapsschuur. Ik loop langs de John Deere-tractor. Een rij tuin- en gazongereedschap tegen de achterwand van de schuur. Een schoffel. Een veldhak. Een spade. Een bijl met roestige bladen. Groot genoeg voor het hoofd van Darth Vader.

Ik ga terug naar de bunkerdeur, met de bijl in mijn beide handen.

Het antwoord, Slim. Jongen vindt vraag. Jongen vindt antwoord.

Ik hef de bijl hoog boven mijn schouder, waarbij het zware geroeste blad ruwweg op één lijn komt met de vijf centimeter ruimte tussen de deurknop en de deurpost. 'Ik heb het gevoel dat ik dit moet doen. Maar jij niet, Caitlyn. Jij kunt beter teruggaan naar de auto.'

Ze kijkt me in de ogen. De maan boven ons. Ze schudt haar hoofd.

Ik maak mijn schouder los om te zwaaien. Ik ga zwaaien.

'Eli, wacht.'

Ik stop. 'Wat is er?'

'Ik bedacht ineens wat.'

'Ja?'

' "Je einde is een dood ornaatelfje"?'

'Ja.'

'Stel dat het niet om het einde van Tytus Broz gaat? Stel dat "je einde" jouw einde betekent? Het einde voor jou, niet voor hem.'

Die gedachte doet me huiveren. Het wordt plotseling koud bij deze donkere bunker. We kijken elkaar gedurende een heel lang moment aan en ik ben dankbaar voor dit moment met haar ook al ben ik doodsbang, en zelfs als ik ergens diep in mijn hart weet dat ze gelijk heeft over de mogelijkheid dat 'je einde' mijn einde betekent en dat mijn einde ons einde betekent. Het einde van Caitlyn en Eli.

Ik haal uit naar de zijkant van de deur en de bijl dringt hard en zwaar in het toch al verweerde hout. Het kraakt en splintert en ik haal nogmaals uit en weer dringt de bijl in de deur, ongeveer zoals, als ik eerlijk ben tegen mezelf, het snijblad waarmee ik voor mijn geestesoog Tytus Broz' geriatrische schedel splijt. De bunkerdeur schiet open en onthult een betonnen trap die steil afdaalt, diep de aarde in. Het maanlicht verlicht de trap slechts tot de zesde trede, de rest gaat in duisternis gehuld.

Caitlyn staat achter me en kijkt over mijn schouder naar de trap. 'Wat is dit in godsnaam, Eli?' vraagt ze ernstig.

Ik schud mijn hoofd en loop de trap af. 'Ik weet het niet.'

Ik tel de treden naar beneden. Zes, zeven, acht... twaalf, dertien, veertien. Dan de grond. Betonnen vloer onder mijn voeten.

'Ruik je dat?' vraagt Caitlyn.

De geur van desinfecteringsmiddel. Bleek. Schoonmaakproducten.

'Het ruikt naar ziekenhuis,' zegt Caitlyn.

In de duisternis laat ik mijn handen langs de muren glijden. Wanden van betonblokken aan weerszijden van een hal – een gang, een tunnel – van een meter of twee breed.

'Je zaklamp,' zeg ik.

'O ja.' Ze steekt haar hand in haar zak, klikt met haar duim op het knopje, en een zwakke lichtkring verlicht ongeveer dertig centimeter van de ruimte voor ons. Genoeg om de witte deur aan de linkerkant van de betonnen hal te zien. Genoeg om de witte deur aan de rechterkant te zien, recht tegenover de deur aan de linkerkant.

'Ooooooo shit,' fluistert Caitlyn. 'Shit, shit, shit, shit, shit, shit.'

'Wil je hier weg?'

'Nog niet.'

Ik waag me verder de duisternis in.

Caitlyn draait aan de knoppen van beide deuren. 'Op slot.'

De gepolijste betonnen vloer. De claustrofobische hal. Ruwe, betonnen muren. Muffe lucht en ontsmettingsmiddel. Caitlyns zwakke licht kaatst over de muren. Vijf meter de duisternis in. Tien meter de duisternis in. Dan valt de armzalige lichtkring op nog twee witte deuren, ingebouwd in de hal.

Caitlyn probeert beide deurknoppen. 'Op slot.'

We lopen verder. Nog zes, zeven meter de duisternis in. En de gang eindigt. De ondergrondse tunnel eindigt bij een laatste witte deur.

Caitlyn legt haar hand op de knop. 'Op slot. Wat nu?'

Rechtdoor naar het begin. Terug naar het einde.

Ik loop haastig terug door de gang, naar de eerste deur die we passeerden. Ik geef een harde klap met de bijl tegen het slot. Eenmaal, tweemaal, driemaal. De deur vliegt open in een splinterige puinhoop van krakende deurspanen en houtsplinters.

Caitlyn schijnt met de zaklamp de ruimte in. De kamer heeft de afmetingen van een standaard garage. Ze loopt naar binnen en zwaait woest met de lamp om zich heen, niets stabiels in haar bewegingen, dus alles wat we zien komt in korte flitsen. Werkbanken langs de wanden en op deze werkbanken snijgereedschap, allerlei soorten zagen en mallen, afgewisseld met protheses in verschillende productiestadia. Een plastic arm tot aan de elleboog, onafgewerkt. Een metalen scheenbeen met voet als uit een sciencefictionfilm. Een voet van carbon. Handen van siliconen en metaal. Het is een minilaboratorium voor kunstledematen. Maar er is niets professioneels aan. Het is het laboratorium van een gek. Te chaotisch om het werk te kunnen zijn van een gekwalificeerd arts. Te hondsdol.

Ik steek de gang door naar de tweede kamer. Sla de bijl vijfmaal in de ruimte tussen de deurknop en de deurrand. Ik word voortgestuwd door een oerkracht, iets wreeds en dierlijks. Angst. De antwoorden misschien. Het einde. Je einde is een dood ornaatelfje. De deur kraakt en ik trap de rest in met mijn schoen, trappen, trappen, trappen. De deur bezwijkt en het licht van Caitlyns zaklamp danst door een andere werkkamer, met drie banken rondom een operatietafel, en wat op deze operatietafel ligt doet ons terugschrikken van afschuw, omdat het eruitziet als een lichaam zonder hoofd, maar dat is het niet. Het is een kunstlichaam, een neplichaam van plastic dat geheel bestaat uit kunstledematen: een torso op siliconenbasis, grofweg verbonden met een monsterlijke mix van ledematen met verschillende huidtinten. Een morbide hybride horror van afgehakte dummyledematen, een experiment.

Ik ren naar de volgende deur links, verderop in deze horrorfilmzaal, deze spookzaal vol met attracties uit ouderwetse circusvoorstellingen; dadelijk verschijnt een man die zijn twee voortanden mist achter het loket van de kassa, hij verkoopt popcorn en kaartjes voor het Spookhuis van Tytus Broz. Ik sla de deur in met de bijl, dit keer met meer kracht omdat ik een aanloop heb genomen. Hakken. Hakken. Barsten. Gekrijs van versplinterd hout als de deur openschiet. Ik trap hem verder open en stap ademloos de volgende kamer in, me schrap zettend voor de impact van wat we hier zullen tegenkomen. Caitlyns licht kaatst flikkerend door de kamer. Betonnen muren. Flits. Rekken. Flits. Glazen monsterpotten. Rechthoekige glazen dozen, perfect geblazen uit één stuk perfect glas. Iets in de glazen bakken. Iets wat lastig te zien is in het donker, in het zwakke licht van Caitlyns zaklamp. Specimens voor de wetenschap, zegt mijn brein om de grimmige feiten te vervangen door iets wat het kan bevatten. De steenvis van mijn oude leraar op de middelbare school, Bill Cadbury, die op zijn bureau stond in een glazen pot met conserveringsvloeistof. De potten met specimens die ik op schoolreisjes heb gezien in het oude Queensland Museum, potten met organisch materiaal. Geprepareerde zeesterren. Geprepareerde palingen. Geprepareerde vogelbekdieren. Dat is begrijpelijk. Dat is iets wat ik kan bevatten. Caitlyns lichtbundel vindt ook hier een medische tafel midden in de ruimte en op deze tafel bevindt zich opnieuw een kunstmatig lichaam van aaneengevoegde ledematen. Een ander lichaam opgebouwd uit kunstvoeten, -benen en -armen; vier ledematen en een vrouwentorso van siliconen. Ik begrijp dit. Dit valt binnen mijn begripsvermogen. Wetenschap. Experimenteren. Construeren. Onderzoek.

Maar wacht. Wacht, Slim. De borsten van dit kunstmatige volwassen vrouwelijke lichaam zijn spierwit en uitgezakt en… en… en…

'O mijn god,' roept Caitlyn uit. Ze haalt haar defecte camera van haar linkerschouder en maakt, in een soort trance, verschillende foto's. 'Die is echt. Ze zijn verdomme echt, Eli.'

Klik. De flits van de camera, te fel voor zo'n donkere kamer. Hij verblindt me, maar zet tegelijkertijd de kamer in het licht. *Klik,* gaat het opnieuw. En ditmaal passen mijn ogen zich voldoende aan om de hele kamer in zich te kunnen opnemen. Geen vogelbekdier. Geen paling. De glazen dozen zijn gevuld met menselijke ledematen. Tien, vijftien glazen dozen op de planken langs de muren. Een menselijke hand drijft in een kopergoudkleurige formaldehyde-oplossing. Een menselijke voet, zwevend in glas. Een onderarm zonder hand. Een kuitbeen, netjes afgezaagd bij de enkel, zodat het doet denken aan een beenham van de slager. *Klik.* Het veel te felle flitslicht van de kapotte camera valt op de operatietafel en Caitlyn moet ter plekke kotsen, omdat het lichaam op de tafel samengesteld is uit ongelijksoortige ledematen, allemaal bevroren in de tijd. Geplastineerd. Geïmpregneerd met een plastic oplosmiddel. Ondergedompeld in vloeibaar polymeer. Behandeld en uitgehard in deze kamer die naar ziekenhuis ruikt.

Caitlyn huivert. 'Wat is hier verdomme aan de hand, Eli?'

Ik gris de zaklamp uit haar hand en laat het licht over het lichaam op de operatietafel glijden. De ledematen zijn bedekt met epoxyhars en glanzen in het licht, als de lichaamsdelen van een wassen beeld. Alle lichaamsdelen liggen los van elkaar. Voeten tegen de onderbenen, maar niet bevestigd. Armen naast de schoudergewrichten, maar niet verbonden. Het is alsof we in een macaber educatief spel beland zijn dat kinderen leert om een menselijk lichaam in elkaar te zetten met behulp van een doos vol geplastineerde lichaamsdelen. De zaklamp glijdt over het lichaam. Benen. Buik. Borsten. En het hoofd van een vrouw die glimlachend naast een boeket nepbloemen op een familieportret staat, genomen in een winkelcentrum, op pagina 3 van *The Courier-Mail* van vandaag. Het is het geplastineerde hoofd van Regina Penn.

Naast de operatietafel staat een metalen blad op wieltjes met daarop een grote witte plastic bak met een giftig ruikende vloeistof, een soort heldere conserveervloeistof. Ik zet twee behoedzame stappen naar deze bak, werp er een blik in en kijk in de starende ogen van het hoofd van Regina's man, Glenn.

Ik overhandig Caitlyn de zaklamp en ren deze zieke kamer uit, waarna ik de bijl hef en woest begin in te slaan op de gesloten witte deur aan de andere kant van de gang.

'Eli, rustig blijven!' roept Caitlyn.

Maar ik kan niet rustig blijven. Ik kan het niet, Slim. Mijn armen zijn zwaar en moe en ik ben uitgeput, traag van vermoeidheid, maar tegelijkertijd barstensvol energie van de shock, van de angst en de drang om te weten.

Met één zwaai van de bijl verbrijzel ik het slot van de deur.

Trappen, stampen, slaan, trappen. Open.

Ik sta hijgend in de deuropening. Caitlyn strijkt langs mijn rechterschouder als ze de kamer binnenstapt en de kleine zaklamp in een boog van eenentachtig graden door de ruimte laat dwalen. De kamer ruikt naar verdampte kunststoffen. De kamer ruikt naar werk en ontsmettingsmiddel en formaldehyde. Geen operatietafel midden in de kamer. Wel een aantal werkbanken en rijen planken langs de wanden. Het licht valt op de werkbanken en we zien een verzameling gereedschappen liggen: snijapparaten, schraapwerktuigen, mallen, hamers en zagen, duister gereedschap voor duister werk. Meer gereedschap ligt deels naast een oude, omgevallen zwartleren tas, een soort bookmakerstas. Naast de zwarte tas staat een verzameling kleinere specimenpotten. Deze hebben het formaat van Vegemite- of pindakaaspotten. Die wil ik van dichterbij bekijken.

‘Mag ik je zaklamp even?’ vraag ik.

Ik breng het licht dichterbij, pak een willekeurige pot uit een groepje van een stuk of tien, tot de rand gevuld met conserveervloeistof. Hij is gelabeld met slordig afgescheurd tape, bevestigd aan het gele deksel van de pot. Ik breng het licht naar het label, beschreven met ruwe cursieve letters: *Man, 24, L oor.* Ik hou de pot in het licht om het linkeroor van een vierentwintigjarige man te inspecteren.

Ik hou een tweede pot omhoog.

Man, 41, R duim.

Ik laat het licht van de zaklamp over de labels op de potten glijden.

Man, 37, R hallux.

Ik breng de pot naar mijn ogen om een afgehakte grote teen te zien drijven.

Man, 34, R ringvinger.

Ik scan zes potten en richt de zaklamp op een van de laatste.

Man, 13, R wijsvinger.

Deze pot pak ik op. Het licht van Caitlyns zaklamp laat de conserveervloeistof glanzen als een gouden zee. En in deze gouden zee drijft een bleke rechterwijsvinger die me aan thuis doet denken, omdat er een sproet zit op de middelste knokkel ervan, die me doet denken aan de sproet die Irene, Slims vriendin, hoog aan de binnenkant van haar linkerdij had, de sproet die iets heiligs werd in de geest van Slim, gevangen in de krochten van het hol. Klinkt raar, Slim, zei ik, maar ik heb een sproet hier op de middelste knokkel van mijn rechterwijsvinger en ik heb het gevoel vanbinnen dat deze sproet me geluk brengt. Mijn geluksproet, Slim. Mijn onnozele, heilige sproet.

‘Wat is dat?’ vraagt Caitlyn.

‘Het is mijn…’ Ik kan de zin niet afmaken. Ik kan het niet hardop zeggen, omdat ik niet zeker weet of dit echt gebeurt. ‘Het is… van mij.’

‘Dit is waanzin, Eli. We moeten hier weg.’

Ik schijn met de zaklamp over de planken boven me. Ik ben nu gepantserd, omdat ik heel ben en omdat dit een droom is. Ik droom dit. Deze nachtmerrie is fantasie.

Logisch dus dat de planken vol staan met menselijke hoofden. Gezichten van kleine criminelen. Geplastineerd. De groteske geplastineerde hoofden van kleine en grote misdadigers. Trofeeën, misschien. Onderzoeksmiddelen, waarschijnlijker. Zwart haar en bruin haar en blond. Een man met een snor. Een eilandbewoner uit de Stille Oceaan. Mannen met gezwollen lippen en beschadigde gezichten waar ze zijn geslagen, gemarteld. Ik word duizelig van deze gezichten. Misselijk en doorgedraaid.

'Eli, laten we gaan,' zegt Caitlyn.

Maar één hoofd doet me stokstijf stilstaan. Eén gezicht houdt me verlamd op mijn plaats. De zaklamp vindt het aan het einde van een plank boven me. En ik weet onmiddellijk dat ik in een traumatisch moment sta. Het trauma zit in mij en het trauma dat zich zal voordoen heeft al plaatsgevonden. Maar het gezicht brengt me in beweging. Dit gezicht waar ik van hou.

Ik pak de zwarte tas die op de werkbank staat, hou hem ondersteboven en kieper het gereedschap dat erin zit kletterend op de betonnen vloer.

'Wat doe je?' vraagt Caitlyn.

Ik strek mijn rechterarm uit naar de plank boven me. 'Dit hebben we nodig.'

'Waarvoor?' Ze wendt haar ogen af, kennelijk vol walging.

'Voor het einde van Tytus Broz.'

*

Bijl in mijn hand. Zwartleren tas over mijn schouder. Ik volg Caitlyn op wankele voeten als we ons terughaasten door de gang. Hoop in ons hart. Hart in onze keel.

‘Wacht,’ zeg ik. Ik blijf ter plekke staan. ‘Hoe zit het met die deur aan het einde?’

‘Laat de politie die maar openen,’ zegt Caitlyn. ‘Wij hebben genoeg gezien.’

Ik schud mijn hoofd. ‘Bevan,’ zeg ik.

Ik maak rechtsomkeert en ren terug naar de laatste gesloten deur aan het einde van de gang, de bijl over mijn schouder. Dit is wat een goede man doet, Slim. Goede mannen zijn onbezonnen en dapper en gaan af op hun gevoel, dat hun hartstocht aanwakkert om altijd het juiste te kiezen. Dit is mijn keuze, Slim. Doe wat juist is, niet wat gemakkelijk is. *Béng*. De bijl slaat de laatste deur in. Doe wat menselijk is. August zou dit doen. *Béng*. Lyle zou dit hebben gedaan. *Béng*. Pap zou dit doen. *Béng*.

De goede mannen in mijn leven helpen me om deze roestige bijl te zwaaien. De deurknop schiet los en de versplinterde deur springt open.

Ik duw hem verder open en blijf in de deuropening staan terwijl de deur naar een hoek van negentig graden zwaait. Het zwakke licht van Caitlyns zaklamp danst achter me, werpt een lichtbundel over mijn rechterschouder, om neer te strijken op een paar blauwe ogen. Een achtjarig jongetje genaamd Bevan Penn. Kort, vaalbruin haar. Een besmeurd gezicht. Caitlyn stabiliseert haar licht op de jongen en het tafereel wordt duidelijker. De jongen staat in een lege kamer met een betonnen vloer en betonnen muren zoals in de andere kamers. Maar er zijn geen werkbanken of planken in deze kamer. Er staat alleen een kruk met een zachte zitting. En op deze kruk staat een rode telefoon en de jongen houdt de hoorn van de rode telefoon tegen zijn oor. Verwarring op zijn gezicht. Angst ook. En nog iets anders. Weten.

Hij steekt me de hoorn toe. Hij wil dat ik hem overneem.

Ik schud mijn hoofd. ‘Bevan, we moeten zorgen dat je hier wegkomt.’

De knaap knikt. Hij laat zijn hoofd zakken en huilt. Hij is hier zijn verstand kwijtgeraakt. Hij steekt me opnieuw de hoorn toe.

Ik loop naar hem toe, neem de hoorn aarzelend over. Ik breng hem naar mijn rechteroor. 'Hallo?'

'Hallo, Eli,' zegt de stem aan de andere kant van de telefoonlijn.

Dezelfde stem als de vorige keer. Een mannenstem. Een echte mannelijke mannenstem. Zwaar en rasperig, moe misschien.

'Hoi.'

Caitlyn kijkt me verbluft aan. Ik keer haar de rug toe. Vestig mijn ogen op de jongen, Bevan Penn, die wezenloos terugkijkt.

'Ik ben het, Eli,' zegt de man. 'Gus.'

'Hoe wist je dat ik hier was?'

'Ik heb jouw nummer gedraaid. Ik belde 77–'

'Ik weet het nummer,' zeg ik, hem afkappend. '773 8173.'

'Dat is het, Eli.'

'Ik weet dat dit niet echt gebeurt,' zeg ik.

'Sssssssssst. Ze vindt je zo al gek genoeg.'

'Ik weet dat je niets anders bent dan een stem in mijn hoofd. Je bent een hersenspinsel. Ik gebruik je om te ontsnappen aan momenten van groot trauma.'

'Ontsnappen?' herhaalt de man. 'Wat, zoals Slim over de muren van Boggo Road? Ontsnappen aan jezelf, Eli, als de Houdini van je eigen gedachten?'

'773 8173. Dat is het nummer dat we als kind intoetsten in de rekenmachine. Dat is gewoon ELI BELL ondersteboven en van achter naar voren.'

'Briljant!' zegt de man. 'Ondersteboven en van achter naar voren, zoals het heelal. Hé, Eli? Heb je die bijl nog?'

'Ja.'

'Gelukkig. Hij komt eraan, Eli.'

'Wie?'

'Hij is er al, Eli.'

En dan begint een tl-buis aan het plafond te flikkeren, tweemaal, tot hij aanfloept. Ik laat de hoorn uit mijn hand vallen en hij blijft bungelen aan het snoer. De hele ondergrondse hal is nu verlicht, alle plafondlampen komen tot leven vanaf één hoofdstroombron.

'O verdomme,' fluistert Caitlyn. 'Wie is dat?'

'Dat is Iwan Krol,' fluister ik terug.

*

Wat we als eerste horen zijn de slippers, de rubberen teenslippers van een dreigende Queenslander die de betonnen treden afdaalt naar deze door de mens gemaakte hellebunker. *Flip. Flop. Flip. Flop.* Rubber op beton. Hij loopt nu door de hal. Het geluid van kapotte deuren die openzwaaien. Eerste deur links. Eerste deur rechts. *Flip. Flop. Flip. Flop.* De tweede deur links zwaait open, na twee trappen. Een lange stilte. Het geluid van de tweede deur rechts die openzwaait. Een lange, krakende zwaai, kapotte scharnieren. Opnieuw een lange stilte. *Flip. Flop. Flip. Flop.* Rubber op beton.

Dichtbij nu. Te dichtbij. Mijn zwakke botten verstijven. Mijn amateurhart bevriest. Mijn amateurmisdadiger nu buiten mijn bereik.

Iwan Krol bereikt de deur naar deze kamer. De kamer met de rode telefoon. Hij staat in de hal. Blauwe teenslippers. Lichtblauw overhemd met korte mouwen, ingestopt in een donkerblauwe korte broek. Hij is op leeftijd nu. Maar hij is nog steeds lang en gespierd, zijn huid verweerd door de zon. Er zit kracht in die armen. Een man die op een boerderij werkt, als hij tenminste niet bezig is de ledematen af te hakken van kleine criminelen uit Queensland, die de fatale fout maakten om Tytus Broz tegen te komen. Het zilverkleurige haar, dat ooit van zijn voorhoofd af werd gekamd en in een paardenstaart gebonden, is volledig verdwenen, evenals de paardenstaart. Zijn donkere ogen. De psychotische glimlach van een gek in zijn ogen, die zegt dat hij ervan geniet om drie onschuldigen in het nauw te drijven in een onderaardse kamer.

'Eén uitgang maar,' zegt hij met een grijns.

We staan in de verste hoek van de betonnen ruimte, Caitlyn en ik vormen een beschermende muur rond Bevan Penn, die zich achter ons probeert te verschuilen. Ik heb de bijl niet meer in mijn handen, omdat Bevan die nu voor me vasthoudt en achter mijn rug verbergt, overeenkomstig mijn twijfelachtige plan om ons uit deze nachtmerrie te redden.

'Wij zijn journalisten van *The Courier-Mail*,' zegt Caitlyn.

We deinzen terug, verder terug, dieper de hoek in totdat er geen hoek meer over is om in terug te deinzen.

'Onze hoofdredacteur weet precies waar wij op dit moment zijn.'

Iwan Krol knikt. Overweegt de mogelijkheid dat dit waar is. Kijkt naar Caitlyn met een holle blik in de ogen. 'Wat je wilde zeggen was: jullie wáren journalisten van *The Courier-Mail*. En als die hoofdredacteur van jullie inderdaad samen met mijn baas op dat chique feestje is en hij inderdaad aan jullie denkt, hierbeneden onder het gazon van mijn werkgever...' Hij schokschoudert en trekt een lang, glimmend bowiemes van achter zijn broeksband vandaan. '...dan kan ik maar beter opschieten.'

Hij stevent op ons af zoals een zwaargewichtbokser zijn blauwe hoek uit schiet bij het geluid van de bel. Als een roofdier. Ik laat hem dichterbij komen. Dichterbij. Dichterbij. Drie meter. Twee meter. Een halve meter bij ons vandaan.

'Nu,' zeg ik.

En Caitlyn richt haar defecte camera op Iwan Krols gezicht, klikt en verblindt hem met de flits. Het roofdier draait zijn hoofd weg, heel even van zijn à propos, en terwijl hij probeert zijn gezichtsvermogen terug te krijgen, laat ik de bijl die nu weer in mijn handen ligt een pijnlijk lange boog maken in de richting van zijn lichaam. Ik mik op zijn torso, maar de cameraflits is zo fel dat ook ik erdoor word verblind en ik mis mijn doel. Het roestige blad mist zijn borst, zijn buik en zijn middel volledig, maar aan het einde van de rit weet het toch iets te raken en boort het zich midden in het dorsale gebied van zijn linkervoet. Het blad gaat dwars door zijn voet met die stomme blauwe teenslipper heen en bijt zich in het beton. Hij kijkt neer op zijn voet, geobsedeerd door de aanblik. Wij zijn er ook door geobsedeerd. Vreemd genoeg brult hij niet van de pijn. Hij bestudeert zijn voet zoals een brontosaurus vuur bestudeerd zou hebben. Hij tilt zijn linkerbeen op en het enkeluiteinde van zijn voet steekt in de lucht, maar alle vijf tenen blijven op het beton staan. Vijf groezelige tenen op een bloederige rubberen teenslipper.

Zijn ogen en de mijne bewegen tegelijk van zijn voet omhoog, om op dezelfde ooghoogte uit te komen. Woede brandt op zijn gezicht. Rode dood. Het roofdier. De dood.

'Rennen!' schreeuw ik.

Iwan Krol haalt razendsnel uit naar mijn nek met zijn bowiemes, maar ik ben ook snel. Ik ben halfback Peter Sterling van de Parramatta Eels, duikend en zigzaggend onder de arm door van een prop van de Canterbury Bulldogs. De zware, zwartleren gereedschapstas die ik onder mijn linkerarm heb gestopt is nu mijn oude leren voetbal. Ik duik en doe een stap naar links en Caitlyn en Bevan Penn rennen rechtdoor en we komen elkaar tegen bij de deur van deze duistere, boosaardige plek.

'Vooruit!' schreeuw ik.

Bevan loopt voorop, dan Caitlyn, dan ik.

'Niet stoppen,' schreeuw ik.

Sprinten. Sprinten. Langs de open deuren naar die lugubere kamers, die Frankenstein-kamers vol met echte en valse lichaamsdelen, deze ondergrondse holen waar misdaad en helse experimenten regeren, omdat we onder de grond zo veel dichter bij de hel zijn. Sprinten. Sprinten. Naar de trap die omhoog leidt, naar het leven. Naar de trap die naar een toekomst leidt, met mij erin. Eerste tree, tweede tree, derde tree. Ik kijk om terwijl ik de trap op loop en het laatste wat ik zie van Tytus Broz' geheime ondergrondse speelterrein is een Poolse psychopaat uit Queensland, Iwan Krol, die met een bijl in zijn linkervoet door de betonnen hal strompelt en een spoor van bloed achterlaat. Bordeauxrood bloed.

*

De banden van de Ford Meteor gieren de hoek om van Countess Street naar Roma Street. Caitlyn schakelt met haar linkerhand en draait met scherpe, afgemeten bewegingen aan het stuur, trapt het gaspedaal in en laat los als we de hoek om moeten. Iets dieps in haar ogen. Trauma, misschien. De omvang van de primeur, misschien. Wat me aan mijn werk herinnert. Wat me aan Brian Robertson herinnert.

De wijzerplaat van de torenklok van het stadhuis van Brisbane heeft dezelfde zilveren kleur als de vollemaan. De wijzerplaat vertelt me dat het 19.35 uur is en ik heb mijn deadline voor de krant van morgen gemist. Ik krijg visioenen van Brian Robertson die in zijn kantoor ijzeren staven krombuigt van woede, terwijl hij mijn naam vervloekt voor het niet indienen van twintig mierzoete centimeters in kruiperige kleuren over de glorie van een Queensland Champion genaamd Tytus Broz.

Ik zie Bevan Penn in de achteruitkijkspiegel. Hij zit op de achterbank. Hij staart uit het raampje, kijkt naar die vollemaan. Hij heeft geen woord gezegd sinds onze autobanden een wolk grindstof achterlieten op die hoge palissanderboom in Bellbowrie. Misschien zal hij nooit meer een woord zeggen. Sommige dingen kunnen niet onder woorden worden gebracht.

'Nergens een parkeerplek,' zegt Caitlyn. 'Nergens een parkeerplek, verdomme.' Langs alle straten rondom Adelaide Street staat het vol met auto's. 'Verdomme.'

Ze rukt hard aan het stuur. De Ford scheurt Adelaide Street door en maakt een sprongetje over de stoeprand richting King George Square, het centrale ontmoetingspunt van de stad Brisbane, een geplaveid plein met gemanicuurde gazons, militaire standbeelden en een rechthoekige fontein waar de kinderen in plassen als ze te veel limonade hebben gedronken bij de jaarlijkse ceremonie van de kerstboomverlichting.

Ze gaat pal voor de ingang van het stadhuis op de remmen staan.

Een jonge beveiliger haast zich naar de auto.

Caitlyn draait het raampje alvast open.

'U mag hier niet parkeren,' zegt de bewaker onnozel, zichtbaar van slag door deze onverwachte bedreiging voor de veiligheid van het stadhuis.

'Weet ik. Bel de politie. Zeg dat Bevan Penn in mijn auto zit. Ik ga nergens heen tot ze hier zijn.'

Caitlyn draait het raampje weer dicht en de beveiliger tast onhandig naar de portofoon aan zijn riem.

Ik knik naar Caitlyn. 'Ik ben zo terug.'

Ze glimlacht half. 'Ik leid die vent wel af. Veel succes, Eli Bell.'

De beveiliger blaft iets in zijn portofoon. Ik glip uit de auto en ren in tegenovergestelde richting van het stadhuis, langs de fontein en over King George Square, dan keer ik om en neem een brede, clandestiene bocht naar de grote toegangsdeur van het stadhuis, achter de rug van de beveiliger langs, die heftig tegen Caitlyn tekeergaat door haar gesloten autoraampje. Er is een welkomstbalie in de hal. Een fleurige, stralende Indiase vrouw achter de balie.

'Ik kom voor de prijsuitreiking,' zeg ik.

'Uw naam, meneer?'

'Eli Bell.'

Ze laat haar ogen over een lijst met namen dwalen.

Ik heb de zwarte tas over mijn linkerschouder. Ik laat hem van mijn schouder glijden, achter de balie, uit het zicht. 'Zijn de Community Awards al uitgereikt?'

‘Ik geloof dat die nu aan de beurt zijn,’ zegt ze.

Ze heeft mijn naam gevonden, tikt erop met haar pen. Ze scheurt een kaartje af en geeft het aan mij. ‘U zit op rij M, meneer. Stoelnummer zeven.’

Ik haast me naar de deuren van het auditorium. Een grote, ronde zaal, gebouwd voor schitterende muziek. Zo’n vijfhonderd rode stoelen met belangrijke mensen in donkere kostuums en mooie jurken, door een middenpad verdeeld in twee groepen. Glanzende houten vloeren lopen naar een glanzend houten podium met aan weerszijden brede trappen met vijf treden en een achtergrond van imposante messing- en zilverkleurige orgelpijpen.

De gastvrouw van vanavond is nieuwslezeres Samantha Bruce van kanaal 7. Ze is elke middag op televisie, meteen na *Wheel of Fortune*. Pap noemt Samantha Bruce een *quinella*[11]. Een dubbele overwinning. Mooi om te zien en nog slim ook. Onlangs bekende hij dat hij een zwak heeft voor de nieuwslezeres, toen ik hem vroeg of hij ooit zou willen hertrouwen. Hij reageerde met zijn quinella-theorie en zei dat zijn droomdate een avond zou zijn met Samantha Bruce in restaurant Kookas van de Bracken Ridge Tavern, waarbij Samantha Bruce smachtend naar hem zou kijken over de tafel en steeds weer hetzelfde woord zou fluisteren: ‘Perestrojka.’ Ik vroeg toen aan pap wie het vrouwelijke equivalent van een *trifecta*[12] zou zijn.

‘Shuang Chen,’ zei hij.

‘Wie is Shuang Chen?’ vroeg ik.

‘Een tandartsassistente in Shanghai over wie ik heb gelezen.’

‘Wat maakt haar de trifecta?’

‘Ze is geboren met drie tieten.’

Samantha Bruce buigt zich naar de microfoon op het katheder. ‘Het moment is aangebroken voor onze Community Champions,’ zegt de nieuwslezeres. ‘Dit zijn de nooit erkende Queensland-helden die zich altijd bescheiden opstellen. Welnu, dames en heren, vanavond zetten wij hen in het zonnetje en krijgen ze voorgoed een plaatsje in ons hart.'

De volle zaal applaudisseert. Ik loop door het middenpad en kijk naar de rijnummers op de randen van de stoelen. Rij W voor waarom. Rij T voor de tijd is gekomen voor Tytus Broz. Rij M voor mijn moeder en vader. Ze zitten naast elkaar op rij M. Mijn ouders. Twee vrije stoelen naast hen. Mama straalt in een zwarte jurk die op de een of andere manier het licht weerkaatst en als ik omhoogkijk om te zien waar dat licht vandaan komt, valt mijn mond bijna open. Het plafond is één grote, gewelfde zilverwitte maan die alle tinten groen, rood en paars van het podium weerkaatst. De vollemaan in het theater.

Pap draagt een grijs nepleren jasje dat hij duidelijk voor anderhalve dollar op de kop getikt heeft bij St Vinnies in Sandgate. Aquamarijnkleurige broek. Het gevoel voor mode van een twintigjarige agorafobiepatiënt die nooit genoeg mensen ziet om de mode te volgen. Maar hij is hier en van het feit dat hij hiernaartoe is gekomen en hier nog steeds zit springen de tranen me in de ogen. Sentimentele eikel die ik ben. Zelfs na alles wat er is gebeurd. Al die psychotische onderaardse ellende. Weer tranen.

Een tikje op mijn schouder van een ouvreuse. 'Ben je verdwaald?'

'Nee, ik ben niet verdwaald.'

Mam ziet me vanuit haar ooghoek. Ze lacht en gebaart wenkend dat ik me moet haasten.

De nieuwslezeres roept de eerste naam door de microfoon. 'Magdalena Godfrey, Coopers Plains.'

Magdalena Godfrey loopt trots vanuit de linkercoulissen het podium op. Stralend neemt ze een gouden medaille aan een kastanjebruin Queensland-lint en een certificaat in ontvangst van een man in smoking op het podium. De man in smoking slaat zijn arm om Magdalena's schouders en loopt met haar naar de fotograaf, die snel drie foto's schiet van Magdalena's guitige glimlach boven haar certificaat. Bij het derde shot bijt Magdalena voor de grap in haar gouden medaille.

'Sourav Goldy, Stretton,' kondigt Samantha Bruce aan.

Sourav Goldy komt het podium op, buigt en neemt zijn certificaat en gouden medaille in ontvangst.

Ik wring me langs zes mensen, die hoffelijk hun knieën intrekken. Mijn zwarte tas stoot tegen hun hoofden en schouders als ik langskom.

'Waar zat je in godsnaam?' fluistert mam.

'Ik was met een verhaal bezig.'

'Wat zit er in godsnaam in die tas?'

Pap buigt zich naar me toe. 'Ssssst,' zegt hij. 'Gus is aan de beurt.'

'August Bell, Bracken Ridge.'

August komt het podium op. Zijn zwarte jasje past hem niet, zijn das zit te los, zijn crèmekleurige bandplooibroek is tien centimeter te lang en zijn haar zit door de war, maar hij is gelukkig en mijn moeder ook. Ze laat het programmaboekje op de grond vallen om haar beide handen vrij te hebben en uitbundig voor haar briljante, onbaatzuchtige, maffe, zwijgende zoon te klappen. Pap steekt zijn duim en wijsvinger in zijn mond en laat een scherp en totaal misplaatst gefluit horen, alsof hij in de outback is en bij zonsondergang een veehond naar huis roept. Onder leiding van mama klinkt er een klaterend applaus door de zaal en dat maakt mijn moeder zo trots dat ze moet gaan staan om niet te ontploffen.

August schudt de hand van de man in smoking en neemt dankbaar zijn medaille en certificaat in ontvangst. Hij lacht trots naar de fotograaf, zwaaiend naar het publiek, en mama zwaait wild terug, ook al zwaaide August meer algemeen, zoals een koningin in het voorbijgaan. Mama doorloopt alle zes stadia van moederliefde: trots, verrukking, spijt, dankbaarheid, hoop en weer trots. Elk van deze stadia wordt begeleid door tranen. Dan loopt August aan de rechterkant het podium af.

Ik sta op en wring me langs de knieën van de mensen rechts van mij in onze rij. 'Het spijt me. Neem me niet kwalijk. Mijn excuses. Sorry.'

‘Eli,’ fluistert mam. ‘Waar ga je naartoe?’

Ik kijk om en maak een wuifgebaar waarvan ik hoop dat het overbrengt dat ik zo snel mogelijk terugkom. Ik ren door het middenpad naar de achterkant van het auditorium, naar een zijdeur die uitkomt op een gang, waar backstagepersoneel in zwarte shirts en zwarte broeken rondloopt met bekers koffie of thee en zilveren bordjes met scones en koekjes. Ik ren nog een paar stappen door en matig mijn snelheid naar slentertempo als een strenge, officieel ogende vrouw me een onderzoekende blik toewerpt. Ik glimlach haar onbekommerd toe en doe alsof ik erbij hoor. Vertrouwen, Slim. Bewegen in magie. Ze weet niets, want ik beweeg in magie. Ik ga een deur door die eruitziet alsof hij naar de toiletten voert en de officieel uitziende vrouw vervolgt haar weg door de gang. Dan glip ik nonchalant en efficiënt achter een zwart gordijn aan de zijkant van het podium.

August. Hij loopt naar me toe. Een grote glimlach op zijn gezicht en zijn gouden medaille stuiterend op zijn borst terwijl hij met verende tred over de glanzende houten vloeren van de coulissen loopt. Maar zijn glimlach verdwijnt zodra hij mijn glimlach ziet verdwijnen.

‘Wat is er, Eli?’

‘Ik heb hem gevonden, Gus.’

‘Wie?’

Ik open de zwarte tas en August kijkt erin. Hij tuurt omlaag in de tas. August zegt niets. Hij knikt met zijn hoofd naar de zijkant. *Volg mij.*

Hij spoedt zich naar de deur van een artiestenfoyer achter de coulissen en doet hem behoedzaam open. Een kamer met vloerbedekking. Tafels en stoelen. Zwarte foedralen en instrumentkoffers. Microfoons. Een fruitbordje met sinaasappel- en meloenschillen, half afgekloven schijven watermeloen. August zet koers naar een verchroomd serveerwagentje. Op het blad staat een doos, bedekt met een roodzijden doek. Er staat een naamkaartje bij. TYTUS BROZ. August licht een punt van de zijden doek op en onthult Tytus Broz' glazen doos met zijn levenswerk, het prototype van de siliconenarm. Zijn grote onthulling. Zijn grote geschenk aan de staat Queensland.

August zegt niets. Wat hij niet zegt is: *geef me die tas, Eli.*

*

We glippen terug door het zwarte gordijn naar de gang. Snel nu. De gebroeders Bell. De overlevenden, Eli en August, de Queensland Champion. De goudenmedaillewinnaar en zijn jongere broer die hem aanbidt. De pas erin. Dan word ik opnieuw streng aangekeken door de dame van eerst, nu op de terugweg door de gang, en op dat moment vertraagt de tijd, omdat die vrouw een man begeleidt naar het podium.

Een oude man in het wit. Wit pak. Wit haar. Witte schoenen. Witte botten. De blik van de oude man valt net iets te laat op mijn gezicht en mijn gezicht dringt pas tot hem door als we voorbij zijn. Tijd en perspectief. Tijd bestaat niet en vanuit elk perspectief zou deze scène het beeld laten zien van Tytus Broz die blijft staan en zich achter de oren krabt, vreemd opkijkend van de jongeman met de zwarte tas, net zo'n tas als die uit zijn bunker van zeer kwade zaken. Maar hij zou vanuit elk perspectief vreemd opkijken, want wanneer de tijd zijn normale tempo zou aannemen, zouden we altijd verdwenen zijn. Ontsnapt. Terug naar onze vader en moeder.

*

'En tot slot, dames en heren, onze laatste onderscheiding van vanavond,' zegt de gastvrouw en nieuwslezeres. 'Hier is de enige echte en absolute winnaar van onze allereerste Queensland Senior Champion Award.'

Ik wring me langs de knieën van de lankmoedige zes personen naast ons in rij M. August wacht in het middenpad. Ik gebaar naar mama dat we moeten gaan. Wijs met mijn duim over mijn schouder, in de richting van August. Ik ga op mijn stoel zitten.

'We moeten gaan, jongens,' zeg ik.

'Doe niet zo onbeleefd, Eli,' zegt mama. 'We blijven tot alle prijzen zijn uitgereikt.'

Ik leg een hand op haar schouder. Ernstig gezicht. Nooit ernstiger dan nu. 'Alsjeblieft, mam. Dit wil je niet zien.'

En de nieuwslezeres van kanaal 7 roept opgetogen de allereerste Queensland Senior Champion naar het podium. 'Tytus Broz,' zingt ze.

Mama's ogen gaan van mij naar het podium en het duurt even voordat ze de naam koppelt aan de gestalte in het witte pak die langzaam het podium op komt om zijn prijs in ontvangst te nemen.

Ze staat op. Zegt niets. Zet zich in beweging.

*

'Vanwaar die haast, verdomme?' vraagt pap als we eenmaal de grote toegangsdeuren van het stadhuis hebben bereikt.

Maar zijn gemopper wordt in de kiem gesmoord door de felle zwaailichten op het plaveisel van King George Square, afkomstig van twee politiewagens, geparkeerd in een v-vorm om Caitlyns Ford Meteor te blokkeren.

Er komen zeker tien politieagenten in hemelsblauwe uniformen onze kant uit gelopen. Twee andere agenten helpen Bevan Penn behoedzaam op de achterbank van een politiewagen. Bevans ogen vinden mij in de chaos. Hij knikt. Dankbaarheid in dat knikje. Verwarring. Overleving. Stilte.

'Wat is hier goddomme aan de hand?' vraagt pap zich hardop af.

Caitlyn Spies loopt tussen de groep politieagenten in. Gaat hun voor, eigenlijk. Spies graaft diep. Ze gaat de hal van het stadhuis binnen en wijst door de deuren van het auditorium. 'Hij staat al op het podium. Dat is hem, in het wit.'

De politieagenten spoeden zich de zaal in.

'Wat is er aan de hand, Eli?' vraagt mama.

Onze ogen volgen de politieagenten terwijl ze hun posities innemen in het auditorium en wachten tot Tytus Broz klaar is met een lange, zelfgenoegzame toespraak over de afgelopen vier decennia, waarin hij zijn leven heeft gewijd aan de gehandicapte gemeenschap van Queensland.

'Het is het einde van Tytus Broz, mama,' zeg ik.

Caitlyn komt naar me toe. 'Gaat het?'

'Ja. En met jou?'

'Ja, ze hebben drie politiewagens naar het huis in Bellbowrie gestuurd.' Caitlyn vestigt haar ogen op mama en pap, die erbij staan te kijken alsof ze getuige zijn van de maanlanding. 'Hallo,' zegt ze.

'Dit is mijn moeder, Frances. Mijn vader, Robert. Mijn broer, Gus.'

'Ik ben Caitlyn.'

Mama schudt Caitlyn de hand. Pap en Gus glimlachen.

'We hebben veel over je gehoord,' zegt mama.

'Mam,' fluister ik, kort en scherp.

Mama kijkt glimlachend naar Caitlyn. 'Eli zegt dat je een heel bijzondere vrouw bent.'

Ik rol met mijn ogen.

'Nou,' antwoordt Caitlyn, 'ik geloof dat ik me nu pas begin te realiseren hoe bijzonder uw zoons zijn, Mrs Bell.'

Mrs Bell. Dat hoor ik niet vaak. Mama vindt het even leuk klinken als ik.

Caitlyn draait zich weer naar het auditorium. Tytus Broz is nog steeds niet uitgesproken. Hij spreekt over onbaatzuchtigheid en het beste maken van onze tijd op deze aarde. We kunnen zijn gezicht niet zien vanaf hier, omdat er te veel mensen in de foyer voor de deuren van het auditorium staan.

'Blijf volhouden,' zegt Tytus Broz. 'Geef nooit op. Wat je ook wilt bereiken. Ga door. Verspil nooit een kans om je wildste dromen om te zetten in je favoriete herinneringen.'

Hij kucht. Schraapt zijn keel. 'Ik heb een verrassing voor u vanavond,' kondigt hij trots aan. 'De som van mijn levenswerk. Een visie voor de toekomst. Een toekomst waarin jonge Australiërs die niet gezegend zijn met alle gaven van onze glorieuze God toch gezegend kunnen zijn, dankzij het geschenk van de menselijke vindingrijkheid.'

Hij last een stilte in.

'Samantha, als je zo vriendelijk wilt zijn.'

Perspectief, Slim. Oneindige gezichtspunten op één enkel moment. Er zitten misschien vijfhonderd mensen in deze zaal en ieder van hen bekijkt dit moment vanuit zijn of haar eigen individuele perspectief. Ik kijk ernaar in mijn geest, omdat ik enkel en alleen oog heb voor Caitlyn. Wij kunnen het podium niet zien vanaf waar wij staan, maar we kunnen horen hoe het publiek reageert wanneer Samantha Bruce de roodzijden doek verwijdert en de glazen vitrine onthult met het levenswerk van Tytus Broz. We horen de kreten van afschuw van het publiek als een golfbeweging door de zaal gaan, vanaf rij A helemaal naar rij Z. Veel mensen gillen. Een vrouw jammert. Mannen schreeuwen van shock en verontwaardiging.

'Wat gebeurt er, Eli?' vraagt mama.

Ik keer me naar haar toe. 'Ik heb hem gevonden, mam.'

'Wie heb je gevonden?'

Nu zie ik de politieagenten door het middenpad rennen. Andere agenten komen vanuit de oost- en westzijde van het auditorium en sluiten Tytus Broz in. August en ik wisselen een veelbetekenende blik. *Je einde is een dood ornaatelfje. Je einde is een dood ornaatelfje.*

Ik zie het allemaal gebeuren voor mijn geestesoog, vanuit het perspectief van de mensen die nog steeds op rij M zitten.

Kapitein Achab verdrinkt in een zee van Queensland-politie. De hemelsblauwe agenten voeren Tytus Broz weg, slepen hem mee aan zijn oude, tere armen door hem bij de mouwen van zijn witte pak te pakken. Leggen die armen op zijn rug. Mensen in het publiek slaan de handen voor de ogen; vrouwen in cocktailjaponnen kokhalzen en gillen. Tytus Broz wordt meegevoerd, het podium af, en kijkt, kijkt, kijkt in totale verwarring naar de glazen doos op het podium, zich afvragend hoe ter wereld en in dit verwarrende heelal zijn levenswerk, zijn supersiliconenprothese, vervangen kon worden door het verwrongen, macabere en geplastineerde afgehakte hoofd van de eerste man van wie ik ooit heb gehouden.

*

Tijd, Slim. Doe wat met je tijd, voordat de tijd wat met jou doet. Nu vertraagt hij. Iedereen beweegt in slow motion en wie weet doe ik dat zelf ook. De zwaailichten van de politie, rood en blauw en stil. Dat langzame en opzettelijke knikje van August dat zegt dat hij trots op me is. Dat zegt dat hij wist dat het precies zo zou gebeuren. Dat alles zou uitkomen in deze drukke foyer in het stadhuis, met mensen die haastig het gebouw verlaten, hun tasjes en paraplu's grijpen en struikelen over hun lange avondjurken. Belangrijke mannen bulderen hun ontzetting en trauma uit tegen de organisatoren. De vrouw met de strenge blik is in tranen, overweldigd door het pandemonium dat is veroorzaakt door het afgehakte hoofd op het podium. Augusts wetende glimlach, en zijn rechtervingerpen schrijft een bericht voor me in de lucht.

August loopt weg, slentert elegant en rustig naar mama en pap, die aan de zijkant van de toegangsdeuren staan te wachten. Ze geven me wat ruimte. Ze geven me wat tijd. Tijd met het meisje van mijn dromen.

Ze staat voor me, een meter van me af, tussen de politieagenten, toeschouwers en organisatoren die krioelen rondom de luchtbel die wij zijn. 'Wat is er zojuist gebeurd?'

'Ik weet het niet,' zeg ik schokschouderend. 'Het ging allemaal zo snel.'

Caitlyn schudt haar hoofd. 'Had je echt iemand aan de lijn?'

Daar moet ik heel lang over nadenken.

'Ik weet het niet. Wat denk jij?'

Ze kijkt me in de ogen. 'Daar moet ik nog eens over nadenken.' Ze knikt naar een groepje politieagenten.

'De politie wil ons spreken op het politiebureau van Roma Street. Wil je met mij meerijden?'

'Mijn ouders brengen me wel.'

Ze kijkt vanuit de foyer naar mama, pap en August, die nu staan te wachten aan de rand van King George Square. 'Ik dacht dat ze er heel anders uit zouden zien, je ouders.'

Ik schiet in de lach. 'Is dat zo?'

'Ze zijn zo aardig. Ze zien er heel gewoon uit, als normale ouders.'

'Ze werken er al een hele poos aan om normaal te zijn.'

Caitlyn knikt. Handen in haar zakken. Ze wipt ongedurig op haar hielen. Ik wil iets zeggen om dit moment te rekken, het stil te zetten, maar ik kan de tijd alleen maar vertragen, ik kan hem nog niet stilzetten.

'Brian zal wel willen dat ik het allemaal opschrijf, morgen,' zegt Caitlyn. 'Wat vind jij dat ik tegen hem moet zeggen?'

'Je moet zeggen dat je alles zult opschrijven, tot in de kleinste details. De waarheid. Alles.'

'Geen sprake van.'

'De eer is aan jou,' zeg ik.

'Zullen we het samen schrijven?'

'Maar ik ben geen misdaadverslaggever.'

'Nog niet. Gezamenlijke naamregel?'

Een gezamenlijke naamregel met Caitlyn Spies. Een droom. Een verhaal in drie woorden.

'Caitlyn en Eli,' zeg ik.

Ze glimlacht. 'Ja. Caitlyn en Eli.'

Caitlyn loopt terug naar de politie. Ik ga naar de toegangsdeuren van het auditorium. De zaal is vrijwel verlaten. Een forensisch rechercheur is op het podium bezig met een zorgvuldige inspectie van de glazen doos van Tytus Broz, nu met de roodzijden doek eroverheen. Ik kijk omhoog naar het maanvormige witte plafond, als vier witte strandschelpen, vier kwarten van een cirkel die samenkomen in de vorm van een vollemaan. Ik zie het begin in dat plafond en ik zie het einde. Ik zie mijn broer August op het muurtje zitten voor het huis van Darra, de volle zon achter hem, de luchtwoorden schrijvend die me mijn halve korte leven al achtervolgen: *Je einde is een dood ornaatelfje.*

*

Ik draai me om en loop naar de uitgang van de foyer, maar dan staat er iemand voor me. Groot en mager en oud en sterk. Ik zie eerst de schoenen van deze figuur, zwartleren nette schoenen, ongepoetst en versleten. Zwarte smokingpantalon. Een blauw overhemd zonder stropdas en een gekreukeld zwart jasje. Ik zie het gezicht van Iwan Krol, het gezicht van de dood. Maar mijn ruggengraat herkent hem het eerst en dat geldt ook voor de tienerbotten in mijn kuiten, die meteen in beweging komen. Ik spring razendsnel weg, maar niet snel genoeg om het mes te ontwijken dat verborgen zit in zijn rechtervuist, waarmee hij uithaalt naar de rechterkant van mijn buik. Het voelt als een scheur. Alsof iemand mijn buik heeft opengescheurd en er een vinger in heeft gestoken, om die heen en weer te bewegen alsof hij op zoek is naar iets wat ik nooit had mogen doorslikken. Iets wat ik lang geleden heb doorgeslikt, zoals het heelal. Ik strompel achteruit en staar naar Iwan Krol, alsof ik nog steeds niet kan geloven dat hij zoiets zou doen. Dat hij zo koud kan zijn, ondanks alles wat ik van hem weet, ondanks alles wat ik heb gezien. Dat hij een jonge man kan neersteken op een avond als deze, op de opwindende avond waarop Caitlyn en Eli de toekomst en het verleden zagen en om allebei konden glimlachen. Ik ben duizelig en mijn mond is plotseling droog en het duurt even voordat ik besef dat Iwan Krol op me afkomt voor een tweede steek, de genadesteek. Het mes waarmee hij mij heeft gestoken is niet te zien. Hij verstopt het. In zijn mouw misschien. In zijn zak. Rennen, Eli. Rennen. Maar ik kan niet rennen. Door de wond in mijn buik buig ik voorover van de pijn. Ik probeer te gillen maar dat lukt niet, want om te gillen maak je gebruik van je buikspieren en mijn buikspieren hebben een diepe snijwond opgelopen. Het enige wat ik doe is wankelen. Wankelen naar links. Wankelen bij Iwan Krol vandaan. En ik bid dat ik word opgemerkt door de politie die zich achter de deuren van de foyer heeft verzameld, maar ze zien me niet in de drukte van het publiek dat zich verdringt in de foyer en niet uitgesproken raakt over de gruwel van het afgehakte hoofd, terwijl ze niets merken van de gruwel van de jongen en het mes die zich voor hun ogen afspeelt. Iwan Krol heeft me te pakken genomen met een perfecte gevangenismessteek, een bajesklantsteek. Snel en stil. Geen grote scènes.

Mijn rechterhand grijpt naar mijn buik en ik zie hem verkleuren van het bloed. Wankelen naar de trap links van mij. Een imposante marmeren trap loopt in een boog naar de eerste verdieping van de foyer. Ik trek mezelf trede voor trede omhoog en Iwan Krol strompelt achter me aan, slepend met zijn afgehakte linkervoet, die nu blijkbaar is verbonden en pijnlijk in een zwartleren schoen is gestoken. Twee kreupelen spelen kat en muis, de een meer gewend aan fysieke pijn dan de ander. Het woord is 'help,' Eli. Zeg het hardop. Zeg het gewoon. 'H...' Maar ik krijg het er niet uit. 'Hel...' Door de wond kan ik niet schreeuwen. Drie toeschouwers dalen de trap af, een man in pak en twee vrouwen in cocktailjurken, van wie één een donzige witte sjaal draagt alsof ze een witte wolf om haar schouders heeft geslagen. Ik wankel dwars door het groepje heen, mijn handen op mijn buik. Ze zien het bloed over mijn handen sijpelen, over het overhemd onder het oude zwarte jasje dat ik van het redactierek heb geleend.

'Help!' breng ik uit, luid genoeg om het te horen.

De vrouw met de witte sjaal gilt van angst en schiet bij me vandaan alsof ik in brand sta of aan een dodelijke ziekte lijd.

'Hij is... Mes,' breng ik uit tegen de man van het afdalende trio en de man legt het verband tussen mijn met bloed besmeurde buik en de man die achter me aan strompelt, met vuurspuwende ogen in een gezicht van duizend hellen.

'Hé, stop,' commandeert de man in pak, en hij stapt moedig voor Iwan Krol, die de dappere man in pak prompt in zijn rechterschouder steekt met een bliksemsnelle neerwaartse beweging, waarop de man neervalt op de marmeren trap.

'Harold!' jammert de vrouw met de witte sjaal. De andere vrouw van het drietal holt gillend als een banshee de trap af en de foyer door naar de verzamelde politieagenten. Ik strompel voort, bereik de bovenkant van de trap en maak een scherpe bocht naar de galerij rechts van mij, ruk een naamloze, bruine deur van massief hout open en beland opnieuw op een galerij, die over zo'n twintig meter rondloopt langs hemelsblauwe wanden. Achteromkijkend zie ik de bloeddruppels die ik achterlaat in mijn kielzog, bloedkruimels voor het beest wiens hondsdolle oudemannengehijg me vertelt dat hij trager is dan ik, maar wel hongeriger. Ik ga opnieuw een naamloze deur door – geen levende ziel te bekennen, niemand in de buurt om de jongen te redden – en deze deur komt uit op een trap die zigzaggend omhoogloopt naar een andere verdieping en ik ken deze verdieping. Ik ken deze ruimte met de witte muren en ik ken deze lift. Ik ken dit, Slim. Dit is de kamer uit mijn jeugd. Dit is de kamer van de liftbediende, de man die ons liet zien hoe de klokken van de stad werken en hoe de wijzerplaten er vanbinnen uitzien.

Ik wankel naar de gele stalen lift van de klokkentoren en probeer de kooideur te openen, maar die zit op slot en ik hoor Iwan Krol al door de deur achter me komen, dus ik strompel verder, naar de deur van de onderhoudstrap. De geheime trap van je vriend Clancy Mallett, Slim, de trap die hij ons jaren geleden liet zien, de hoek om en dan achter de liftruimte de deur door.

Totale duisternis in het geheime trappenhuis. Ik word steeds zwakker. Ik krijg bijna geen lucht. Mijn buik doet niet eens zo heel erg zeer, omdat mijn hele lichaam pijn doet. Verdoofd nu. Maar nog steeds in beweging. Hoger, hoger en hoger de geheime trap op. De betonnen treden gaan zigzaggend omhoog, acht of negen treden steil naar boven, en dan loop ik tegen een muur op die ik niet kan zien in het donker, waarna ik een bocht maak, opnieuw acht of negen treden stijg, om keihard tegen een andere muur te knallen, de bocht te nemen en weer acht of negen treden omhoog te lopen. Ik zal dit blijven doen tot ik erbij neerval, Slim. Ik blijf gewoon omhooggaan. Maar toch stop ik, omdat ik op de trap wil gaan liggen en mijn ogen wil sluiten, maar misschien wordt dat sterven genoemd en dat wil ik niet, Slim, niet als er nog zo veel vragen zijn die ik Caitlyn Spies wil stellen, zo veel vragen die ik mijn vader en moeder wil stellen, hoe ze verliefd zijn geworden en hoe ik ben geboren, over August en de maanpoel en al die dingen die ze me zouden vertellen als ik wat ouder was. Ik moet ouder worden. Mijn ogen vallen dicht. Duister. Duister. De lange duisternis. Dan open ik mijn ogen, want beneden hoor ik de deur naar de geheime trap opengaan, een straal geel licht valt over de trap en verdwijnt weer als de deur dichtvalt. Lopen, Eli Bell. Lopen. Sta op. Ik kan Iwan Krol onder me horen piepen en hijgen in de vochtige lucht van het trappenhuis. Zijn kreupele psychopatenvoeten en zijn misdadigershart jagen hem voort, omhoog, de trap op, op zoek naar mijn nek en mijn ogen en mijn hart, die hij allemaal wil doorboren met zijn mes. Het monster van Frankenstein. Het monster van Tytus. Ik sleep mezelf een andere nauwe trap op, dan weer een, dan nog een. De vrouw met de witte vos om haar hals. Ze schreeuwde op de gebogen trap. Ze gilde zo hard dat de politie haar wel moest horen. Blijf lopen, Eli. Ga door. Tien trappen. Ik ben klaar om te gaan slapen, Slim. Elf trappen. Twaalf. Ik ben klaar om dood te gaan, Slim. Dertien.

En dan een muur zonder zigzaggende trap ernaast. Alleen een smalle deur met een hendel om aan te draaien. Licht. De ruimte met de lampen die 's nachts de vier wijzerplaten verlichten van de klokkentoren van het stadhuis van Brisbane. De noorderklok. De zuiderklok. De ooster- en de westerklok. Van hieruit verlicht voor de stad Brisbane. Het geluid van het uurwerk. Het mechanisme van het uurwerk. Roterende wielen en katrollen haken in elkaar, beginnen nergens en eindigen nergens. Eeuwigdurend. Een gepolijste betonvloer en een gekooide liftschacht in het midden van de machinekamer. Vier grote, tikkende wijzerplaten, aan elke kant van de toren een, motoren onder in elke klok, ingekapseld in metaal.

Met beide handen tegen mijn buik gedrukt wankel ik over het vierkante betonnen pad rondom de liftschacht, langs de oostelijke wijzerplaat, het bloed druipend op mijn schoenen en op het beton, langs de zuidelijke en de westelijke wijzerplaat. Ogen vallen dicht. Zo'n dorst. Zo moe. Ogen dicht. Ik kom bij de noordelijke wijzerplaat en dan kan ik niet verder, het betonnen pad eindigt hier, wordt geblokkeerd door een hoog draadhek dat toegang geeft tot de lift. Ik val op de grond en duw mezelf omhoog, zodat ik tegen de metalen behuizing aan leun van de motor waarmee de lange, zwartstalen minuten- en urenwijzers van de noordelijke wijzerplaat worden voortbewogen. De minutenwijzer gaat iets omhoog en terwijl ik mijn buik vasthoud, mijn handen tegen de messteek druk om het bloeden te stelpen, noteer ik de tijd op de klok. Tijd van overlijden. Twee minuten voor negen.

Ik hoor de deur naar de machinekamer opengaan en weer sluiten. Ik hoor de voetstappen van Iwan Krol. Eén voet stapt en de andere voet sleept. En ik zie hem nu, dwars door het draadwerk en de stalen balken van de liftkooi heen. Hij bevindt zich aan de ene kant van de machinekamer en ik aan de andere. De liftschacht tussen ons in. Ik wil alleen maar slapen. Ik ben zo krachteloos dat hij me niet eens meer bang maakt. Ik ben niet bang voor hem. Ik ben boos. Ik ben woedend. Ik ben wraakzuchtig. Maar ik kan die woede alleen opwekken in mijn hart, verder niet. Niet in mijn handen om mezelf op te trekken, niet in mijn benen om ze te laten staan.

Hij hinkt langs de oostelijke wijzerplaat, de zuidelijke, de westelijke – en slaat dan de hoek om naar mijn pad, naar mijn uitgestrekte lichaam onder de noordelijke wijzerplaat, mijn nutteloze, lekgestoken vlees met mijn zwakke botten zonder merg.

Hij komt naderbij. Ik hoor alleen zijn piepende ademhaling en zijn linkerschoen die over het beton sleept. Van dichtbij lijkt hij stokoud. Ik zie zijn rimpels, de lijnen in zijn voorhoofd als droge woestijngreppels. Zijn boerengezicht bezaaid met zonnevlekken. De helft van zijn neus is operatief weggesneden. Hoe kan hij zo vervuld zijn van haat op die leeftijd?

Hij komt naderbij. *Stap, sleep. Stap, sleep. Stap, sleep.* En hij blijft staan.

Hij staat over me heen gebogen, monstert me alsof ik een dode hond ben. Een dode vogel. Een dood ornaatelfje. Hij knielt neer, verplaatst zijn gewicht naar zijn rechtervoet en verlicht de druk op zijn afgehakte linkervoet. Dan raakt hij me aan. Hij zoekt in mijn hals naar een hartslag. Hij spreidt de flappen van mijn zwarte jasje open om de wond in mijn buik te bekijken. Hij trekt mijn shirt omhoog om de wond nader te bestuderen. Duwt tegen mijn schouder. Neemt mijn linkerbovenarm in zijn handen. Knijpt in mijn biceps, voelt mijn botten.

Ik wil hem vragen wat hij aan het doen is, maar ik ben te zwak om te praten. Ik wil hem vragen of hij denkt dat hij een goede man is, maar mijn lippen bewegen niet. Ik wil hem vragen wat er is gebeurd in zijn leven, op welk moment zijn hart zo koud en mechanisch werd en zijn geest zo verknipt. Dan keren zijn handen terug naar mijn nek, ze tasten naar de botten in mijn nek en hij knijpt met zijn wijsvinger en duim in mijn adamsappel. Vervolgens veegt hij zijn mes af aan mijn broek, veegt het aan beide kanten schoon. Hij ademt diep uit, zijn adem strijkt over mijn gezicht. En hij zet zijn schone mes tegen mijn hals.

Dan vliegt de deur naar de machinekamer open. Drie politieagenten in hemelsblauwe uniformen. Ze schreeuwen.

Mijn ogen vallen dicht.

De politie schreeuwt.

'Achteruit.'

'Achteruit.'

'Laat dat mes vallen.'

Het koude lemmet in mijn hals.

Een knal. Een schot. Twee geweerschoten. Kogels slaan tegen metaal en beton.

Het mes komt heel even los van mijn hals en nu sta ik, overeind gehesen door Iwan Krol. Mijn zicht vervaagt. Ik weet dat hij achter me staat en ik weet dat zijn mes nu mijn adamsappel aanraakt en ik weet dat die shirts voor me blauw zijn. Blauwe mannen met opgeheven wapens.

'Je weet dat ik het ga doen,' zegt hij.

Doe het dan maar, kan ik niet zeggen. *Ik ben al dood.* Mijn einde was een dood ornaatelfje.

Hij duwt me naar voren en mijn benen bewegen met hem mee. En door de beweging van mijn voeten beweegt mijn jasje en verschuift er iets zwaars in de zak. Ik steek mijn rechterhand met de vier vingers erin en voel glas. Iets ronds. Een pot.

'Achteruit,' brult Iwan Krol. 'Achteruit.'

Het lemmet drukt hard tegen mijn keel. Hij houdt me zo dicht tegen zich aan dat ik zijn adem en zijn speeksel voel in mijn oor. En we blijven staan omdat de politie niet verder naar achteren kan.

'Leg het mes neer,' zegt een van de agenten in een poging de zaak te kalmeren. 'Doe dit niet.'

De tijd stopt, Slim. Tijd bestaat niet. De tijd is bevroren in dit moment.

Daarna komt hij weer op gang, omdat hij iets menselijks heeft gekregen om hem te kunnen begrijpen, iets wat we hebben gecreëerd om ons te herinneren aan ouder worden, een oorverdovende klok die boven ons slaat. Een klok die ik niet heb gezien toen ik deze machinekamer binnenkwam. Een klok die negen keer slaat. *Beng. Beng. Beng.* Het geluid scheurt door onze trommelvliezen. Verstikt onze geest. En verdooft tijdelijk Iwan Krols bewustzijn, want hij verdedigt zich niet tegen de glazen specimenpot met mijn afgehakte wijsvinger erin en ik raak hem tegen zijn rechterslaap. Zijn hoofd schiet achterover en het mes komt los van mijn hals, lang genoeg om me op de grond te laten vallen, hard – ik stort neer als een zoutzak en ik kom keihard op mijn billen terecht, me omrollend als een hond die heeft geleerd hoe hij dood moet liggen.

Ik zie niet waar de kogels uit de politiewapens terechtkomen. Alleen mijn perspectief door de ogen van een dode man. Dat is mijn perspectief op dit moment, Slim. Gezicht plat op het beton. De wereld gekanteld op zijn zij. De zwarte, gepoetste schoenen van politieagenten bewegen zich naar iets wat zich achter mij bevindt. Een figuur die door de deur naar de machinekamer rent. Een gezicht dat zich naar me toebuigt.

Mijn broer August. Mijn ogen vallen dicht. Knipperen. Mijn broer August. Knipperen.

Hij fluistert in mijn rechteroor. 'Het komt goed met je, Eli,' zegt hij. 'Het komt allemaal goed. Je keert terug. Je keert altijd weer terug.'

Ik kan niet praten. Mijn mond staat me niet toe om iets te zeggen. Ik ben stom. Mijn linkerwijsvinger krabbelt een zin in de lucht die alleen mijn oudere broer zal lezen, voordat de zin verdwijnt.

Jongen verslindt heelal.

Jongen verslindt heelal

Dit is niet de hemel. Dit is niet de hel. Dit is de gevangenistuin van Afdeling 2 in Boggo Road.

Er is niemand. Geen levende ziel te bekennen behalve... behalve de man die in zijn gevangeniskleren op zijn knieën zit en met zijn gevangenisspade de gevangenistuin verzorgt. Een tuin met rode en gele rozen; lavendelstruiken en paarse irissen onder de volle zon en een wolkeloze blauwe hemel.

'Hé, jochie,' zegt de man zonder me te zien.

'Hé, Slim,' zeg ik.

Hij gaat staan, klopt de aarde van zijn knieën en handen.

'De tuin ziet er fantastisch uit, Slim.'

'Dank je. Als ik die rotrupsen de baas kan blijven, gaat het goed.'

Hij laat zijn spade vallen en wijst me met een hoofdknikje waar ik naartoe moet. 'Kom, we moeten zorgen dat je hier wegkomt.'

Hij loopt door de tuin. Het gras is mals en groen en slokt mijn voeten op. Hij gaat me voor naar een dikke, bruine bakstenen muur achter Cellenblok 2. Een geknoopt touw bungelt aan een vastgeklemde grijphaak, hoog boven ons hoofd.

Slim knikt. Hij trekt twee keer stevig aan het touw om ervoor te zorgen dat het strak staat.

'Klimmen maar, jochie,' zegt hij en hij geeft me het touw.

'Wat is dit, Slim?'

'Dit is jouw grote ontsnapping, Eli.'

Ik kijk op naar de hoge muur. Ik ken deze muur. 'Dit is Halliday's Leap!'

Slim knikt. 'Opschieten. Geen tijd te verspillen.'

'Doe wat met je tijd, hè, Slim?'

Hij knikt. 'Voordat de tijd wat met jou doet.'

Ik klim tegen de muur op, mijn voeten banen zich een weg langs de dikke knopen in Slims touw. Het touw voelt echt aan en brandt in mijn handen tijdens de klim.

Ik bereik de top van de muur, kijk omlaag naar Slim, helemaal beneden op het malse groene gras. 'Wat is er aan de andere kant, Slim?'

'De antwoorden.'

'Waarop?'

'Op de vragen.'

Ik sta op de brede rand van die bakstenen muur en zie een geel zandstrand, maar dat strand loopt niet naar de oceaan, het loopt naar het heelal, een uitgestrekte zwarte leegte, bezaaid met sterrenstelsels en planeten, met supernova's en duizend astronomische gebeurtenissen die allemaal tegelijk plaatsvinden. Explosies van roze en paars. Brandende flitsen in feloranje, -groen en -geel en miljarden glinsterende sterren tegen het eeuwige zwarte canvas van de ruimte.

Er staat een meisje op het strand, ze dompelt haar tenen in de oceaan van het heelal. Ze kijkt om en ziet me staan op de muur. Ze lacht. 'Kom op. Springen.' Ze wenkt me. 'Kom op, Eli.'

En ik spring.

Meisje redt jongen

De Ford Meteor racet over Ipswich Road. Caitlyn Spies' linkerhand laat de versnellingspook los en rukt veel te hard aan het stuur als ze veel te hard de afslag neemt naar Darra.

'En denk je dat ik het was, daar op het strand?' vraagt ze.

'Nou… ja. Toen deed ik mijn ogen open en ineens was mijn hele familie er.'

August zag ik als eerste. Hij nam me onderzoekend op, zoals hij me onderzoekend had opgenomen in de machinekamer van de klokkentoren. Ik dacht dat ik daar nog lag, tot ik het infuus in mijn hand zag. Het ziekenhuisbed voelde. Mam kwam meteen naar het bed toen ze zag dat ik wakker was. Ze zei dat ik iets moest zeggen, zodat ze zou weten dat ik echt leefde.

'Gr…' zei ik en ik bevochtigde mijn droge lippen om te praten.

'Gr…' zei ik.

'Wat is er, Eli?' vroeg mama bezorgd.

'Groepsknuffel,' zei ik.

Mama verstikte me in een knuffel en August sloeg zijn armen om ons heen. Mama huilde tranen met tuiten en kwijlde over me heen en keek toen naar pap, die in een leunstoel in de hoek van de kamer zat.

'Hij bedoelt jou ook, Robert,' zei mama. En dat was een vriendelijke uitnodiging voor veel dingen voor mijn vader, te beginnen met een knuffel waarbij hij probeerde te doen alsof hij die niet wilde.

'En toen kwam jij de ziekenhuiskamer binnengelopen,' zeg ik tegen Caitlyn.

'En daarom denk je dat je dankzij mij bent teruggekeerd?'

'Ja, dat is toch logisch?'

'Sorry dat ik de magie bederf, vriend, maar je bent teruggekeerd dankzij de spoedafdeling van het Royal Brisbane Hospital.'

De auto raakt een hobbel op Darra Station Road. De snijwond in mijn buik schreeuwt om aandacht. Er is pas een maand verstreken sinds de gebeurtenissen in het stadhuis. Ik zou in bed naar *Days of Our Lives* moeten kijken. Ik zou niet in deze oude auto moeten zitten. Ik zou niet moeten werken.

'Sorry daarvoor,' zegt Caitlyn.

De artsen van het RBH zeggen dat ik een wonder op twee benen ben. Een medisch wetenschappelijk wonder, een freak. Het lemmet raakte de top van mijn heupbeen toen het binnenkwam. En dat bot voorkwam dat het mes dieper ging.

'Je moet sterke botten hebben!' zei de dokter.

Daar moest August om glimlachen. August zei dat hij toch had gezegd dat ik zou terugkeren. August weet dingen, omdat August exact een jaar ouder is dan ik en het heelal.

Caitlyn rijdt Ebrington Street in en we passeren Ducie Street Park, met het cricketveld en de speeltuin waar ik Lyle ooit ben gevolgd tijdens zijn middernachtelijke wandeling om drugs op te halen bij 'Back Off' Bich Dang. Een eeuwigheid geleden. Een andere dimensie. Een andere ik. De auto stopt voor ons oude huis aan Sandakan Street.

Lyles huis. Het huis van Lyles ouders.

We moeten het verhaal reconstrueren. Brian Robertson wil alles. De opkomst en ondergang van Tytus Broz, de man die de afgelopen maand van alle voorpagina's van elke krant in Australië spatte. Brian wil ons verhaal brengen in een vijfdelige misdaadserie, met speciale verslagen uit de eerste hand van de jongen die het verhaal deels van dichtbij heeft meegemaakt, met eigen ogen heeft gezien, vanuit zijn eigen perspectief.

Gezamenlijke naamregel. Caitlyn Spies en Eli Bell. Caitlyn zorgt voor de grote lijnen. Ik voor de kleuren en details.

'Details, Eli,' zei Brian Robertson. 'Ik wil elk detail. Alles wat je je kunt herinneren.'

Ik zei niets.

'Hoe noemen we het?' vroeg Brian op de redactievergadering. 'Wat is onze kop voor deze hele krankzinnige sage? Geef hem me in drie woorden.'

Ik zei niets.

*

Ik klop op de deur van het huis. Mijn oude huis. Er komt een man aan de deur. Halverwege de veertig. Diepzwarte huid van een Afrikaan. Twee giechelende meisjes rond zijn benen.

Ik leg uit waarvoor ik kom. Ik ben de jongen die is neergestoken door Iwan Krol. Ik heb hier ooit gewoond. Dit is de plek waar Lyle Orlik werd weggehaald. Hier is het verhaal begonnen. Ik wil mijn collega iets laten zien in mijn oude huis.

We lopen door de gang naar Lena's kamer. Deze kamer van ware liefde. Deze kamer van bloed. Hemelsblauwe vezelcementwanden. Verkleurde plekken in de verf waar Lyle ooit de gaten heeft dichtgestopt. Het is nu een meisjesslaapkamer. Cabbage Patch-poppen op een eenpersoonsbed met een roze quilt. *My Little Pony*-posters aan de wanden.

De Afrikaanse man heet Rana. Hij staat bij de deur van Lena's vroegere slaapkamer. Ik vraag of hij het goedvindt als ik in de ingebouwde kast van de kamer kijk. Rana knikt. Ik schuif de kastdeur open. Ik duw tegen de achterwand van de kast en de muur springt eruit. Rana is verbaasd over deze geheime deur. Ik vraag of hij het goedvindt als Caitlyn en ik in de geheime gang kruipen die onder zijn huis loopt. Hij knikt.

Onze voeten raken de koude, vochtige aarde. Caitlyn klikt haar groene zaklampje aan. De kleine cirkel van wit licht weerkaatst tegen de ondergrondse bakstenen muren van Lyles geheime kamer. De cirkel valt op de beklede kruk met de rode telefoon erop.

Ik kijk naar Caitlyn. Ze haalt diep adem, deinst achteruit voor de telefoon alsof hij behekst is, iets wat vervloekt is door duistere toverkrachten. Ik loop erheen, omdat ik me daartoe genoodzaakt voel. Ik ga ervoor staan. Blijf een hele poos roerloos zo staan. Vervolgens gaat de telefoon over. Ik kijk over mijn schouder naar Caitlyn, in verwarring. Ze geeft geen reactie.

Tring, tring.

Ik zet een stap in de richting van de telefoon.

Tring, tring.

Ik draai me om naar Caitlyn. 'Hoor je dat?' vraag ik.

Ik zet nog een stap dichterbij.

'Laat hem gewoon gaan, Eli,' zegt Caitlyn.

Dichterbij.

'Maar hoor je het?'

Tring, tring.

Mijn hand strekt zich uit naar de telefoon en ik neem op en ik sta op het punt om de hoorn tegen mijn oor te zetten als Caitlyn haar hand zachtjes op de mijne legt.

'Laat hem maar rinkelen, Eli,' zegt ze zacht. 'Wat kan hij je vertellen –' ze legt haar andere hand achter mijn hoofd, haar perfecte, zachte hand glijdt naar het holletje van mijn nek '– dat je niet al weet?'

En de telefoon rinkelt weer als ze naar me toe komt en de telefoon rinkelt als ze haar ogen sluit en haar lippen tegen de mijne drukt en ik zal dit moment onthouden door de sterren die ik op het plafond van deze geheime kamer zie en de draaiende planeten rondom die sterren en het stof van een miljoen sterrenstelsels verspreid over haar onderlip.

Ik zal me deze kus herinneren door de oerknal. Ik zal me het einde herinneren door het begin.

En de telefoon houdt op met rinkelen.

Dankwoord

Met hem zaaide ik het zaad der wijsheid neer,
En vol verwachting hoopte ik op meer;
Maar dit was heel de oogst, dien ik mij won:
'Ik kwam als Water, en als Wind keer 'k weer!'

In dit heelal...

'Rubáiyát' van Omar Khayyam

Arthur 'Slim' Halliday was gedurende korte tijd een unieke vriend in een kort en intens hoofdstuk van mijn jeugd. Twee prachtige boeken over het buitengewone leven van Slim hebben me geholpen enkele voor mij onbekende feiten in te vullen voor dit boek: *Slim Halliday: The Taxi Driver Killer* van Ken Blanch, en *Houdini of Boggo Road: The Life and Escapades of Slim Halliday* van Christopher Dawson. Mijn dank gaat, zoals altijd, uit naar Rachel Clarke en de bibliotheekmedewerkers van de archieven van *The Courier-Mail.*

Catherine Milne heeft dit heelal gebouwd met het geruststellendste en bemoedigendste knikje van haar hoofd. Zij geloofde erin vanaf het begin, evenals alle buitengewone mensen bij HarperCollins Australia, van James Kellow tot Alice Wood en de geniale Scott Forbes met zijn haviksogen. Dank ook aan bureauredacteur Julia Stiles en proeflezers Pam Dunne en Lu Sierra voor jullie schrandere, gevoelige en waardevolle werk.

De hoofdredacteur van *The Weekend Australian Magazine*, Christine Middap, is de beste tijdschriftredacteur ter wereld en ze had, al lang geleden, geen duidelijke reden om in mij te geloven, maar ze deed het en dit boek bestaat door haar. Eeuwige dank ook aan Paul Whittaker, Michelle Gunn, John Lehmann, Helen Trinca, Hedley Thomas, Michael McKenna, Michael Miller, Chris Mitchell, Campbell Reid, David Fagan en alle geweldige, koppige en inspirerende tijdschriftmaten, krantenvrienden, superonderredacteuren, schrijfbroeders, naamregelzusters en andere briljante collega's bij *The Australian*, *The Courier-Mail* en *Brisbane News*, uit heden en verleden.

Er zijn diverse creatieve engelen op mijn schouders neergedaald tijdens deze bijzondere onderneming en ik ben voor altijd dank verschuldigd aan Nikki Gemmell, Caroline Overington, Matthew Condon, Susan Johnson, Frances Whiting, Sean Sennett, Mark Schliebs, Sean Parnell, Sarah Elks, Christine Westwood, Tania Stibbe, Mary Garden, Greg en Caroline Kelly, en Slade en Felicia Gibson voor alle juiste woorden op de juiste momenten. Drie echte levenslange culturele helden van mij – Tim Rogers, David Wenham en Geoffrey Robertson – maakten het hele boek de moeite waard, alleen omdat ze het wilden lezen.

Eli Bell en zijn volle kloppende hart bedanken Emillie Dalton, Fiona Brandis-Dalton en alle lieve Daltons, Farmers, Franzmanns en O'Connors.

Speciale dank aan Ben Hart, Kathy Young, Jason Freier en de familie Freier, Alara Cameron, Brian Robertson, Tim Broadfoot, Chris Stoikov, Travis Kenning, Rob Henry, Adam Hansen, Billy Dale, Trevor Hollywood en Edward Louis Severson III omdat ze er voor me waren. En, ten slotte, dank aan de drie mooie meiden die de jongen altijd weer redden. Ze hebben het mis: het heelal begint en eindigt bij jullie. Mijn linkerschoen.

Noten

1. **Vegemite**: stroperig, zw art broodbeleg, vergelijkbaar met Marmite.
2. **Poms**: Australisch woord voor Engelsen.
3. Gedicht 'Rubáiyát' van Omar Khayyám, Vertaling: https:/www.omarkhayyam.nl/vertalingen/nederlands/van-balen-rubaiyat.html. Naar het Engelsch van Fitz-Gerald, met illustraties door Jessie M. King en bandteekening van C. L. van Balen door CHR. VAN BALEN. Amsterdam: Scheltens & Giltay (1910).
4. 'Dem Bones.' Kinderliedje, ook gospel van James Weldon Johnson. Geïnspireerd op de tekst van Ezekiel 37:1-14.
5. **Tang**: limonade van aanmaakpoeder.
6. **Green Cordial**: ingedikt vruchtensap.
7. 'Winter Wonderland.' Tekst van DICK SMITH. Muziek van FELIX BERNARD. © 1934 (vernieuwd) WB MUSIC CORP. Internationaal auteursrechtelijk beschermd. Alle rechten voorbehouden. Overgenomen door toestemming van DEVIRRA GROUP. Ongeautoriseerde reproductie is illegaal. Voor een Nederlandse vertaling zie: https:/muzikum.eu/nl/127-4891-79641/dean-martin/winter-wonderland-nederlandse-vertaling.html#ixzz5UHdGAlMC
8. **Goon**: goedkope wijn in een vierliterzak.
9. **BTK**: Born to Kill, georganiseerde Vietnamese misdaadbende.
10. Naar: *Geen kind en geen wieg* (Originele titel: *Cat's Cradle*), de vierde roman van de Amerikaanse schrijver Kurt Vonnegut.
11. Met een **quinella**-weddenschap wed je op twee paarden die in de top 2 finishen, maar waarbij de volgorde van binnenkomst van deze twee paarden niet uitmaakt. Gevolg is dat de uitbetaling van een quinella-weddenschap over het algemeen lager is dan die van een exacta-weddenschap.
12. Bij een **trifecta**-weddenschap wed je dat drie paarden als eerste, tweede en derde eindigen in de exact juiste volgorde.